後六十種曲

第一册

朱恒夫　主　編

復旦大學出版社

編輯委員會

（按姓氏筆畫排列）

曲六乙　朱恒夫　吳新雷　周華斌
郭英德　葉長海　曾永義　廖　奔
劉　禎　羅懷臻

主　編

朱恒夫

副主編

宋希芝

校點與編輯人員

（按姓氏筆畫排列）

王思韻　王彩娟　王婉如　石　芳
朱恒夫　朱俊源　朱崇志　朱　婕
朱萬曙　汪　博　李志遠　李佳一
李春蕾　余　越　宋希芝　宋　波
周立波　封紅豔　侯雪麗　徐　冰
高頤珊　郭英德　孫書磊　孫　凱
崔　寧　張　凡　張蘇昱　黃　燕
賀　昕　楊　敏　詹怡萍　趙曉紅
劉永超　劉　軒　戴　雲　戴　霞

後六十種曲總目

前言 ……………………………………… 朱恒夫

第一冊

蝴蝶夢（傳奇）……………………………… 明·謝　國
白羅衫（傳奇）……………………………… 明·佚　名
荔鏡記（潮州戲）…………………………… 明·佚　名
新編目連救母勸善戲文（傳奇）…………… 明·鄭之珍

第二冊

呂蒙正風雪破窰記（傳奇）………………… 明·佚　名
薛平遼金貂記（傳奇）……………………… 明·佚　名
高文舉珍珠記（弋陽腔）…………………… 明·佚　名
鉢中蓮（弋陽腔）…………………………… 明·佚　名
　附録　鉢中道串關 ………………………… 明·佚　名
西園記（傳奇）……………………………… 明·吳　炳
綠牡丹（傳奇）……………………………… 明·吳　炳
翠屏山（傳奇）……………………………… 明·沈自晉
嬌紅記（傳奇）……………………………… 明·孟稱舜

第三冊

燕子箋（傳奇）……………………………… 明·阮大鋮

占花魁（傳奇）………………………………… 清·李　玉
一捧雪（傳奇）………………………………… 清·李　玉
清忠譜（傳奇）………………………………… 清·李　玉
千忠戮（傳奇）………………………………… 清·李　玉
十五貫（傳奇）………………………………… 清·朱　㿥
　附録　十五貫（昆劇）……………………… 陳静等改編

第四册

風箏誤（傳奇）………………………………… 清·李　漁
比目魚（傳奇）………………………………… 清·李　漁
秣陵春（傳奇）………………………………… 清·吴偉業
魚籃記（傳奇）………………………………… 清·范希哲
虎口餘生（傳奇）……………………………… 清·遺民外史
黨人碑（傳奇）………………………………… 清·邱　園

第五册

長生殿（傳奇）………………………………… 清·洪　昇
桃花扇（傳奇）………………………………… 清·孔尚任
　附録　桃花扇（京劇）……………………… 歐陽予倩改編
雷峰塔（傳奇）………………………………… 清·方成培
　附録　白蛇傳（京劇）……………………… 田　漢

第六册

三笑姻緣（傳奇）……………………………… 清·佚　名
紅樓夢（傳奇）………………………………… 清·仲振奎
　附録　紅樓夢（越劇）……………………… 徐進改編
琥珀匙（傳奇）………………………………… 清·葉時章

人中龍（傳奇）……………………………… 清·盛際時
十美圖（傳奇）……………………………… 清·佚　名
正昭陽（傳奇）……………………………… 清·石子斐

第七册

玉蜻蜓（傳奇）……………………………… 清·佚　名
夢中緣（傳奇）……………………………… 清·張　堅
轉天心（傳奇）……………………………… 清·唐　英
冬青樹（傳奇）……………………………… 清·蔣士銓
文星榜（傳奇）……………………………… 清·沈起鳳
寇萊公思親罷宴（雜劇）…………………… 清·楊潮觀

第八册

胭脂舃（傳奇）……………… 清·李文瀚　清·張鋑評點
帝女花（傳奇）……………………………… 清·黃燮清
鴛鴦夢（傳奇）……………………………… 清·劉清韻
祭風臺（楚曲）……………………………… 清·佚　名
哭祖廟（京劇）……………………………… 清·汪笑儂
警黃鐘（傳奇）……………………………… 清·洪炳文
一字獄（秦腔）……………………………… 民國·李桐軒
風洞山（傳奇）……………………………… 民國·吳　梅
玉堂春（京劇）…………… 民國·陳墨香、荀慧生等整理
楊三姐告狀（評劇）………………………… 民國·成兆才

第九册

鎖麟囊（京劇）…………………… 民國·翁偶虹、程硯秋
四進士（京劇）……………………………… 民國·周信芳整理

天仙配（黃梅戲）……………………………陸洪非改編
團圓之後（莆仙戲）…………………………陳仁鑒改編
連升三級（高甲戲）…………………………王冬青改編
沙家浜（京劇）……………… 文牧等編劇 汪曾祺改編
曹操與楊修（京劇）……………………………陳亞先
易膽大（川劇）…………………………………魏明倫
金龍與蜉蝣（淮劇）……………………………羅懷臻
傅山進京（晉劇）………………………………鄭懷興
梁山伯與祝英臺（昆劇）………………………曾永義

附錄十五種
望湖亭（傳奇）………………………………明·沈自晉

第十冊

如是觀（傳奇）………………………………明·張大復
臨春閣（雜劇）………………………………清·吳偉業
讀離騷（雜劇）………………………………清·尤　侗
龍舟會（雜劇）………………………………清·王夫之
續離騷（雜劇）………………………………清·嵇永仁
蝶歸樓（傳奇）………………………………清·黃　治
打漁殺家（京劇）……………………………清·譚鑫培等
黑籍冤魂（京劇幕表戲）……………………民國·夏月珊等
霸王別姬（京劇）…………………民國·齊如山、梅蘭芳等改編
庸醫鑒（川劇高腔）…………………………民國·劉懷敘
珍珠塔（錫劇）………………………錢惠榮、謝鳴改編
鸚鵡記（湘劇）……………明·佚名編劇　文憶萱等改編
梨花情（越劇）…………………………………包朝贊
遲開的玫瑰（眉户劇）…………………………陳　彥

前　　言

朱恒夫

　　無論是對於整個戲曲或某一個劇種的發展，還是對於一臺戲的成功演出來説，劇本的重要性，都是毋庸置疑的。倘若没有關漢卿等人寫出那麽多既關注社會現實，又本色當行的劇本，元代的雜劇就不可能那樣的繁榮；倘若没有"荆劉拜殺"與《琵琶記》等文學性與舞臺性俱佳的劇本，南戲也不可能在戲曲史上有着那麽高的地位；倘若明清兩代，傳奇劇本不是"曲山詞海"，而是寥寥無幾，昆曲的唱腔曲調再怡心悦耳，也不可能風靡全國，成為二百多年間的劇壇霸主；倘若没有齊如山、翁偶虹等人為梅蘭芳、程硯秋等演員打出了那麽多好本子，後者便没有了屬於自己新創的代表作，即使唱得再動人，演得再出色，也不可能成為紅遍全國的名角，京劇自然也就不會有"國劇"之稱。至於戲曲的現代戲，劇本的地位就更高了，它往往是決定一臺戲成敗的關鍵要素。

一、戲曲劇本創作概論

　　正因為劇本如此重要，戲曲界從來都高度重視劇本的創作。在戲曲剛起步的時候，就有人為之創作劇本。《夢粱録·伎樂》説："向者汴京教坊大使孟角球曾做雜劇本子，葛守誠撰四十大曲。"甚至連皇帝也親自為雜劇寫作曲詞。《宋史·樂志》云："真宗不喜鄭聲，而或為雜劇詞，未嘗宣佈於外。"可惜的是，宋雜劇的劇本没有留存下來，我們無法知道宋雜劇的劇本形制。不過，由宋周密《武林舊事》卷十"官本雜劇段數"所開列的雜劇劇目名單，可以揣測到當時劇本創作的活躍程度。劇目單上的劇目有二百八十多個，題材相當廣泛,既有歷史故事、民間傳說,也有對市民或鄉民日常生活的摹寫。我們還可以由宋孟元老《東京夢華錄》"中元節"條所介紹的《目連救母》的演出情況,推斷彼時有些劇本的內容相當的豐富:"構肆樂人,自過七夕,便搬《目連救母》雜劇,直至十五日止,觀者增倍。"雜劇藝人為配合祭祀先祖的盂蘭節,從七月七日一直演至七月十五日,即使不是演的連臺大戲,而是每天重複演出,由唐末開始流行的目連變文來看,其劇目也是相當長的。一定人物眾多,情節曲折,沒有大半天甚至一天的時間,是無法演完的。

金院本雖然承繼了宋雜劇的體制,兩者的藝術形制極為相似,所謂"院本、雜劇,其實一也",然而在一些新創劇目的長度上,還是有着很大的差異。因為金代盛行說唱藝術諸宮調,如留存至今的董解元《西廂記諸宮調》、《劉知遠諸宮調》等等,諸宮調演述的故事多是豐富複雜的,沒有數天時間演述不了,而金院本的新創劇目有許多就是對諸宮調故事的改編,如《黃巢》、《唐三藏》、《芙蓉亭》、《調雙漸》、《張生煮海》、《蔡伯喈》等等。遺憾的是,金院本的劇本也沒有留存下來。

現存最早的戲曲劇本,為南戲的《張協狀元》、《錯立身》與《小孫屠》,因被收錄在明代的《永樂大典》中,故被今人稱之為"永樂大典戲文三種"。而在這三種戲文中,《張協狀元》當是最早的,約產生於南宋。由該戲我們得知:早在南宋時期,編寫劇本或其他演唱藝術的腳本已經成了一個行業,而且有了名為"書會"的行會組織,書會中的作者則稱之為"才人"。《張協狀元》即是由溫州的"九山書會"的才人所編寫。從戲曲劇本的角度來考量,儘管《張協狀元》形制較為完備,內容也相當豐富,但是還是留下了早期劇作稚嫩的痕跡。如開頭完全用諸宮調的形式演唱,中間穿插着許多與故事主線關係不大的以滑稽調笑為目的的短小的雜劇劇目。

南戲的書會才人關注下層百姓的命運,努力反映當下的社會生活。最典型的例子就是《祖傑和尚》這一劇目。據宋周密《癸辛雜識》記載,溫州樂清縣有一個叫祖傑的和尚,依仗官府的權勢,為非作歹,恣意妄為。不守戒律,欺男霸女,最後為一婦人,竟殘忍地殺害了寺廟附近一位里正的全家。鄉人狀告官府，官府居然對凶犯曲意保護。在這樣的情況下，一位才人"旁觀不平，唯恐其漏網也，乃撰為戲文，以廣其事。後衆言難掩，遂斃於獄"。可見該劇目起到了揭露罪惡、要求嚴懲歹徒的輿論作用。宋代的科舉考試，由於錄取人數衆多，又頻頻開科，使得許多出身寒門的人，都能及第入仕，所謂"朝為田舍郎，暮登天子堂"是也。不料也帶來了"婚變"的社會問題，一些品質卑劣的士子在做了官以後，為了使自己在仕途上有更大的發展，便不顧人倫，為尋找得力的"泰山"，或停妻再娶，或乾脆抛棄糟糠之妻，以入贅豪門。南戲的書會才人們對此也作出了反應。他們編演了許多"婚變戲"，以撻伐那些無情無義的薄倖之人。如被稱為"戲文之首"的《趙貞女蔡二郎》、《王魁》就是屬於這一類型的。另外，還有《三負心陳叔文》、《李勉負心》等，上文提到的《張協狀元》也是一部婚變戲，寫張協在做了狀元、入了仕途之後，竟然殘忍地要殺死對自己有救命之恩的結髮之妻。

南戲進入元代之後，受到藝術上較為成熟的北雜劇的影響，劇本的品質得到了大幅度的提高，並形成了鮮明的藝術特色，即生旦雙線交織的結構，質樸自然的語言，道德品質鮮明而突出的人物形象，與劇情相協調的套曲音樂。

當然，無論從數量上還是從品質上來說，元代雜劇的劇本創作，都要勝出南戲許多。據元鍾嗣成《錄鬼簿》、明初賈仲明《錄鬼簿續編》統計，元代劇作家姓名可考者有兩百多人，進入文學史與戲曲史的、今人耳熟能詳的就有關漢卿、白樸、高文秀、馬致遠、王實甫、石君寶、紀君祥、尚仲賢、鄭光祖、喬吉等等。這些劇作家創作的劇本，其名目留存下來的達七百三十七部之多（見傅惜華《元代雜劇全目》），而今日尚可見到劇本的還有二百三十七部。如《竇娥冤》、《救風塵》、《望江亭》、《單刀會》、《牆頭馬上》、《漢宮秋》、《西廂記》、《趙氏孤兒》、《倩女離魂》等等。

為什麼戲曲創作會在元代形成一個高潮呢？其原因主要是與元代停止科舉考試七十多年有關。自隋唐之後，通過科舉考試選拔官員的制度已經在全社會形成了根深蒂固的"讀書做官"的人生價值觀,而長期停止科舉考試,則將除了有一肚子知識而別無所長的讀書人甩出了正常的生活軌道,窮困潦倒的他們只得廁身於社會的最底層,處於娼妓與乞丐之間。為了養家糊口,他們便做了書會的才人,為戲班子寫作劇本。以他們學富五車的文學素養,和對社會生活的深切瞭解,以及因經常泡在戲班子裡而對舞臺藝術的熟稔,當然能夠寫出一流的劇本來。王國維在《宋元戲曲史》中對元雜劇劇本給予了這樣的評價:"元曲之佳處何在?一言以蔽之,曰:自然而已矣。古今之大文學無不以自然勝,而莫著於元曲。……彼但摹寫其胸中之感想,與時代之情狀,而真摯之理,與秀傑之氣,時時露於其間。故謂元曲為中國最自然之文學,無不可也。若其文字之自然,則又為其必然之結果,抑其次也。明以後傳奇,無非喜劇,而元則有悲劇在其中。就其存者言之,如《漢宮秋》、《梧桐雨》、《西蜀夢》、《火燒介子推》、《張千替殺妻》等,初無所謂先離後合始困終亨之事也。其最有悲劇之性質者,則如關漢卿之《竇娥冤》、紀君祥之《趙氏孤兒》,劇中雖有惡人交構其間,而其蹈湯赴火者,仍出於主人翁之意志,即列之於世界大悲劇中,亦無愧色也。……然元劇最佳之處,不在其思想結構,而在其文章。其文章之妙,亦一言以蔽之,曰:有意境而已矣。何以謂之有意境?曰:寫情則沁人心脾,寫景則在人耳目,述事則如其口出是也。古詩詞之佳者無不如是,元曲亦然。"這樣的評價是從文人的視角來看的,雖然符合事實,但並沒有完全切中肯綮。元雜劇之所以能夠得到那一個時代廣大民眾的喜愛,是因為許多劇目生動地摹寫了底層百姓的生存狀態,表現了他們對生活的願望,切合了他們的審美要求。

　　元雜劇的結構形式多是四折加上一楔子,每折都有一套由同一宮調的不同曲子聯綴而成的套曲。所以,"折"既是劇情發展的段落,也是歌唱的音樂單元。由於那時組成戲班的人員較少,且多以家庭成員為主,善唱者不多,故而一臺戲或是由扮演正旦者唱,或是由扮演正末者唱。前者的本子稱為"旦本",後者則稱為"末本"。四折一楔子的雜劇,其演出時間約是半天或一個晚上。為何它不像南戲那樣，動輒四五十齣呢？其主要原因是雜劇多是在城市的勾欄中演出，面向的是普通的市民，而大多數市民不可能經常連續花上三五天的時間，來看幾十齣的大戲。而南方的戲曲多是在農閒之時的廟會上演出，若沒有故事曲折、內容豐富的大戲，便不能滿足觀眾的審美需求。

北雜劇衰弱於元蒙一統中國之後。因彼時南方經濟遠勝於北方，豐厚的演出報酬誘使雜劇戲班、才人伶工們紛紛南下逐食，雜劇作家如關漢卿、馬致遠、白樸、尚仲賢、李文蔚、戴善夫、侯正卿等人，都紛至遝來，於是戲劇演出中心便從北方的大都移到了南方的杭州。雜劇的演員、才人為了能夠在南方扎下根來，便將北雜劇的劇目改編成南戲，音樂亦加入南方的曲調，語言則多用南方方言。如此一來，雜劇原有的藝術特徵漸漸地淡化了、減弱了，而趨向於南戲、傳奇的形態。到了明清時期，雖然雜劇的形制尚存，像元雜劇一樣短小，情節也比較簡單，但是在音樂歌唱上與傳奇幾無差別。其代表如明代徐渭的《四聲猿》，徐復祚的《一文錢》，王衡的《鬱輪袍》，呂天成的《齊東絕倒》，馮惟敏的《僧尼共犯》，孟稱舜的《桃花人面》、《死裡逃生》、《英雄成敗》、《花前一笑》等；清代吳偉業的《通天臺》、《臨春閣》，尤侗的《讀離騷》，王夫之的《龍舟會》，嵇永仁的《續離騷》，裘璉的《四韻事》，洪昇的《四嬋娟》，蔣士銓的《四弦秋》，楊潮觀的《吟風閣雜劇》，等等。

自明代嘉靖年間魏良輔將昆山腔改造成優美動人的新腔"水磨調"之後，戲曲劇本的創作又一次興起了高潮，而濫觴者是梁辰魚。新腔開始僅用於清唱，雖受曲家唱者的歡迎，但流行區域、歌唱之人大概仍限於吳中，真正讓新腔風行四方的是在梁辰魚編寫了用新腔演唱的散曲作品《江東白苧》與劇曲《浣紗記》之後，尤其是《浣紗記》，新腔憑藉着它而得到了迅速的傳播。該劇能夠讓昆劇"開門紅"而一炮打響，除了新腔的魅力之外，還在於作者選對了西施救國的故事題材。何以如此說？因為梁辰魚作此劇本時，當時想到的接受對象是蘇州這一帶人，而吳越故事與蘇州有着密切的關係，並一直在該地區的民間口耳相傳着，人們對西施傳奇性的人生有着無法消解的濃烈興趣，搬演這樣的故事，當然會引發蘇州人觀劇的熱情。再從大的背景上來看，也吻合當時的社會心理。其時的明朝正處於內憂外患的時期。內部，昏君寵信權奸，引發了統治集團內部激烈的閣權紛爭；外部，東南沿海一帶，倭寇恣意掠奪，氣焰囂張。北方，少數民族與中原地區的關係彼時多半處於緊張狀態，不時發生戰爭，如蒙古俺答部經常舉兵南下，僅在嘉靖二十九年(1550)，就掠懷柔，圍順義，下通州，直抵北京城下。在此情況下，人們便强烈地呼求明君賢相與能夠挽救民族的英雄出現。而《浣紗記》所批判的就是奸佞誤國，所歌頌的則是為了國家利益而捨得拋棄一切的人。因此，《浣紗記》問世之後，應觀衆的需求，戲班紛紛搬演，藝人為得真傳，卑辭求教於梁氏，以致"歌兒舞女，不見伯龍，自以為不祥也"。梁氏本人教人度曲時，則"設大案，西向望，序列左右，遞傳迭和"。

儘管《浣紗記》將魏氏新腔搬到了戲曲的舞臺上，使昆山腔成了一個劇種的聲腔，但在之後相當長的時間內，昆劇劇本的創作跟不上新腔傳播的速度與觀衆欣賞的需要，無奈之下，只得改編南戲舊本，被以新聲。在沈璟的《博笑記》中，飾演昆劇藝人的小旦講了自己會演如下的戲文：《殺狗記》、《白兔記》、《荊釵記》、《拜月亭》、《琵琶記》、《牧羊記》、《金印記》、《雙忠記》、《八義記》、《周羽教子尋親記》、《黃孝子尋親記》、《精忠記》、《臥冰記》、《彩樓記》、《躍鯉記》和《馬陵道》，這些大概就是早期昆劇主要上演的劇目，而這些劇目大都屬於南戲。

此時的昆曲已被文人士大夫普遍地接受，所謂"莫不靡然從好"，看戲、唱曲已成為他們這一階層享樂生活中的一個重要的內容，漸漸地，他們不再將演戲、寫戲當作卑賤的事情來看待了，不時地逞才列力，編寫昆腔劇本。

但昆劇進入劇本創作高潮的時間，應該是在湯顯祖《牡丹亭》等"四夢"問世以後，這與湯氏的引領作用有很大的關係。湯氏之前的創作，所表現的僅是社會生活與生活中的故事，可分類為教化、歷史、風情與仙佛，如丘濬的《伍倫全備記》、張鳳翼的《紅拂記》、高濂的《玉簪記》和"闡述仙、釋之宗"的屠隆的《曇花記》。這些作品也表現"人",甚至也寫出了鮮活的人物形象,但這些"人"主要還是為了表現故事而存在的。而湯顯祖的創作則不同,他是將"人"作為主要的表現對象,探討人與社會的關係、如何對待人的本性、人生的價值到底是什麼。而這方面的探討最為深刻的又莫過於《牡丹亭》了。這一肯定人欲、張揚自我、鼓吹個性解放的劇作,問世之後,立即在社會上掀起了軒然大波,新潮前衛的知識界歡呼雀躍,發出了強烈的共鳴,而千百萬青年男女則因與劇作的思想息息相通,迷醉於杜麗娘這一能夠代表他們的藝術形象之中。於是,"《牡丹亭》一出,家傳户誦,幾令《西廂》減價"。尤其對青年女子震撼最大,以致出現了因誦讀劇本傷感而亡的婁江女子俞二娘,由《牡丹亭》而感歎自己紅顏薄命最終抑鬱而死的揚州小妾馮小青和扮演杜麗娘時將自己與戲中人物合而為一死於舞臺上的杭州女演員商小玲。

《牡丹亭》的演出成功使作者湯顯祖獲得了一般文士朝思暮想而不得的盛名,"使若士不草《還魂》,則當日之若士已雖有而若無"。企望知名於當代並垂名於後世的文士們由此看到了一條通往成功的道路,於是紛紛擢管提筆,編寫劇本,然而僅憑有創作的熱情還不夠,還需要掌握戲曲的寫作方法,尤其是度曲的方法。而在這方面,彼時另一位曲學大家沈璟主動地向他們提供了極大的幫助。

儘管湯顯祖的創作得到了人們熱情的讚揚,但也受到曲學家們普遍的指責,說他的創作不合曲律的規範,給歌唱造成了一定的困難,其實,這在當時絕不是個別的現象,而是共同存在的問題。針對這種情況,沈璟提出:"名為樂府,須教合律依腔。"意為只要你所寫的是崑腔劇本,那麼,就必須遵從崑腔的格律規範,"論詞亦豈容疏放? 縱使詞出繡腸,歌稱繞梁,倘不諧音律,也難褒獎。耳邊廂,訛音俗調,羞問短和長"。為此,他以蔣孝《舊編南九宮譜》為藍本,結合崑腔的演唱實踐,以八十多部宋元及明初南戲、當代文人傳奇以及部分唐宋詞作為基本例證,辨別體制,分釐宮調,校訂舊曲,增列新例,在舊曲新調上標注平仄,附點板眼,對昆腔格律一一做出了規定。經過多年的努力,於萬曆三十四年(1606)編成出版了《南九宮十三調曲譜》。時人對這一工作的意義給予了極高的評價。吕天成評云:"嗟曲流之氾濫,表音韻以立防;痛詞法之蓁蕪,訂全譜以辟路。"不惟如此,沈璟還以自己的理論踐履着創作實踐,編寫了十七種合律依腔、通俗美聽的傳奇劇本,為衆多的新作者作了示範。

雖然湯沈之間在劇本的創作方法上發生了激烈的爭論,似乎冰炭不容,然而在外人看來,他們的觀點並不是對立的,而是合則雙美,對於提高劇本創作的品質都有着巨大的指導意義。湯讓作者注重思想内容,沈則强調曲調的完美。二人雖未連袂,然在客觀上都起到了引發昆劇劇本創作熱潮的作用。

湯沈之後的創作盛況可以由時人的論述見其風貌。吕天成說:"博觀傳奇,近時為盛,大江左右,騷雅沸騰;吴浙之間,風流掩映。""近時"的時間約為萬曆四十一年(1613)左右。這種盛況持續了至少五十年,直到明朝滅亡前後,所以,沈寵綏有這樣的描述:"風聲所變,北化為南。名人才子,踵《琵琶》、《拜月》之武,竟以傳奇鳴。曲海詞山,於今為烈。"其高品質的劇本,都被時人毛晉收錄在自編自刻的《六十種曲》中。

明清易代之際,因戰爭造成舊朝權貴之家的没落,使得昆劇由盛轉衰。如原為昆劇演出重鎮的南京,粉黛魂飄,笙歌消歇,舞榭歌臺,鞠為茂草。揚州經過十日災難之後,隋堤翠館,蛛網塵封,吴籍歌伎,風流雲散。

只有昆曲的源發之地蘇州,似乎很少受到動盪時局的影響,居然出現了一個劇作家群體,因他們在創作思想、審美旨趣、藝術風格方面較為接近,又相互往還密切,經常合作,故今人稱他們為"蘇州派"。其主要人物有李玉、朱佐朝、朱素臣、張大復、葉時章、畢魏、朱雲從、盛際時、陳二白、丘園等人。代表作有《清忠譜》、"一人永占"、《漁家樂》、《十五貫》、《琥珀匙》等。

蘇州派戲曲在題材上跳出了寫兒女私情的狹隘圈子,貼近世俗人生，關注時事政治；對現實生活中黑暗的揭露較為有力，具有鮮明的倫理教化指向。所塑造的正面人物，多是下層社會的平民。在藝術上，具有便於演出的舞臺性，戲劇衝突緊張、集中，結構合理、緊湊，音律和協，曲辭通俗。很多劇目至今仍有舞臺生命力。

李玉無疑是蘇州派劇作家中成就最大者。他一生創作了四十二部劇本，現存完整的還有十八部。如《清忠譜》、《千鍾祿》、《萬里圓》、《麒麟閣》、《一捧雪》、《人獸關》、《永團圓》、《占花魁》等。因他的作品得到了人們廣泛的讚譽，所以，每有新作脫稿，各戲班便爭購上演。馮夢龍在《墨憨齋重訂永團圓傳奇敘》中有這樣的記述："一笠庵穎資巧思，善於佈景……初編《人獸關》盛行，優人每獲異稿，競購新劇，甫屬草，便攫以去。"其代表作《清忠譜》，真實反映了明天啟六年發生在蘇州的一場由市民和東林黨人共同反對魏忠賢閹黨的市民群眾運動，帶有鮮明的政治傾向和時代氣息。尤其是它第一次將普通市民作為戲劇主人公，頌揚了反抗統治者的百姓英雄，對後世的歷史劇產生了積極的影響。

明末清初的戲曲創作界，除了蘇州派之外，還有兩位劇作家做出了顯著的成績。一個是阮大鋮，另一個是李漁。阮大鋮在政治上是個奸臣與貳臣，在明王朝，先依附魏忠賢，為閹黨之骨幹；後又與馬士英狼狽為奸，幹了許多倒行逆施的勾當。到易代之際，賣身投敵，以媚顏侍奉新主。但是在戲曲創作上，阮大鋮却有不凡的表現。所寫的劇目有《春燈謎》、《燕子箋》、《雙金榜》和《牟尼合》等。由於他熟悉昆曲的唱腔、身段以及舞臺特性，故而所寫的劇本既能得到上流社會的激賞，亦能獲得普通百姓的喜歡。與阮大鋮同時代的文震彥曾作過這樣的評價："獨開生面……觸聲則和，語態則豔，鼓頰則詼，捃藻則華……入律則嚴，其中有靈，非其才莫能為之也。"(見《阮大鋮戲曲四種》第 313 頁，黃山書社，1993 年)

李漁不僅是一位劇作家，還是戲班的班主與"導演"，所以，他所創作的戲曲《笠翁十種曲》——《憐香伴》、《奈何天》、《比目魚》、《蜃中樓》、《風箏誤》、《慎鸞交》、《凰求鳳》、《巧團圓》、《玉搔頭》、《意中緣》十分地當行，雖然在思想性上難與《牡丹亭》這類一流的作品比肩，但在演出效果上絕不亞於任何一部劇目。李漁不但有戲曲創作和排演的實踐，而且還提出了系統的戲曲理論，其《閒情偶寄》中的"詞曲部"與"演習部"的論述，至今仍被戲曲界奉為圭臬。

雖然蘇州派的數位劇作家和阮大鋮、李漁的劇作給戲曲舞臺增添了一些色彩，但是朝代更迭的殘酷戰爭，給予戲曲尤其是活躍在城市舞臺與達官富紳人家紅氍毹上的昆曲沉重的打擊。儘管在清政權穩定之後，經濟回升，社會繁榮，新貴巨賈，又開始征歌選伎，重新建立昆班，但舊日的盛況，已難以再現了，其突出的表現就是文士創作劇本的熱情普遍下降，罕有高品質的劇目產生。

在此情況下，戲班只得演出舊本或舊本中的折子，就是康熙皇帝南巡到蘇州，昆劇發祥地的官民也只能以《浣紗記》中的"前訪"、"後訪"與《水滸記》中的"借茶"等折子戲來招待他。然而，演出舊本或舊本中的折子戲，是"向後看"的藝術行為，它們受已經定型的演出方式的制約，不可能使昆劇藝術水準得以提高，只會使藝術水準不斷地下降。於是，昆劇與觀衆的關係愈來愈疏遠。

就在這關鍵的時候，洪昇與孔尚任自覺地負起了振衰起敝的重任，分別創作了《長生殿》與《桃花扇》，使萎靡的昆劇展示出新的風貌。這兩部劇作取得了極大的成功，《長生殿》問世之後，朱門綺席，酒社歌樓，非此曲不奏。戲班競相抄寫劇本，優伶若能搬演此劇，身價則升數倍。《桃花扇》在北京的演出歲無虛日，名公巨卿、墨客騷人、新朝大臣、舊國遺老，皆喜此劇，演出的場所，往往座不容膝。何以會受到觀衆如此的熱捧？我以爲，其主要原因約有兩點：一是在全社會對明朝政權的覆亡進行反思之時，洪、孔提出了深刻而正確的見解。這兩部劇作完成之時，離戰爭的完全結束不過纔二三十年的時間，忠於舊朝的人痛定思痛，尋找有三百年歷史的朱明王朝迅速地土崩瓦解的原因；入主中原的勝利者仍保持着清醒的頭腦，也希圖從這一改朝換代的歷史事變中吸取可資借鑒的教訓。在各家紛紜的論說中，洪、孔通過劇本，形象地講述了自己的看法。洪昇將罪責歸咎於帝王，他筆下的李隆基完全忘記了他應該承擔的民族存亡的責任，做了一個全身心投入於風花雪月之中的才子。雖然明朝末代皇帝的所作所為並不同於唐玄宗，但他們在本質上是相同的，都使朝綱廢弛、陷民族於深淵之中。孔尚任沒有像洪昇那樣曲折地反映朝代鼎革，而是直接描述了這一段歷史，他認為君昏固然是一個原因，但主要罪責應該由權奸佞臣來負。崇禎皇帝離世以後，淮河以南仍受南京節制，恢復依然有望。但馬士英、阮大鋮之流，出於一己之私心，迎立了沒有理想、缺少才華的福王為國主，建立了南明弘光朝廷，他們"只勸樓臺追後主，不愁弓矢下南唐"。文臣是賣官鬻爵，貪污淫佚，任用親信，排斥異己；武將則同室操戈，爭權內訌，貪生怕死，棄城迎敵。這些見解無疑能引起人們的共鳴，而舞臺上展示的歷史畫面則會喚起大眾集體的記憶。二是洪、孔集前輩們創作經驗之大成，所作的劇本在藝術上近於完美。《長生殿》關目銜接，針線綿密，結構精美，起伏有致。《桃花扇》除了具有《長生殿》的許多優點以外，還較好地處理了歷史真實與藝術真實之間的關係。雖然情節紛繁複雜，但以侯方域和李香君的定情之物"桃花扇"貫穿始終，一線到底，使得情節繁而不亂，人物多卻主次分明。至於曲詞，能化雅為俗，新警動人。只是在音律上，不如《長生殿》精嚴美妙。

《長生殿》與《桃花扇》的出現，使長久看不到高品質新戲的觀衆興奮不已，人們爭相觀賞，並學唱其中的曲子。時人金埴這樣描述這兩部劇作受歡迎的程度："兩家樂府盛康熙，進御均叨天子知。縱使元人多院本，勾欄爭唱孔洪詞。"

洪、孔的創作無疑又一次激發了觀衆對昆劇的熱情，給昆劇注入了新的生命活力，使昆劇再次展示出自己迷人的風采。但遺憾的是，他們沒有帶動起大批文人積極投身于昆劇的創作事業，創作界依舊寂寥冷落，好的作品極少出現，因此，昆劇繼續在下坡路上滑行着。

直至乾隆中葉，經過多位文士藝人加工整理過的《雷峰塔》风靡南北，昆劇纔又有了新的氣象。此劇"盛行吳越，直達燕趙"，在昆劇演出史上湧起了一個不小的波瀾。

假設没有洪、孔的《長生殿》與《桃花扇》,没有之後的《雷峰塔》,可以斷言,昆劇衰弱的速度一定會快得多,以昆劇失敗告終的花雅之争也會大大地提前。

就在所謂的"雅部"昆曲漸趨没落的時候,長期受到統治者壓制的被稱之為"花部"的地方戲因各種機緣而蓬勃生長。乾隆年間,花部就有京腔、秦腔、弋陽腔、梆子腔、羅羅腔、二黄調等聲名遠揚的劇種。此時的它們羽翼已豐,有的戲班不但能够離開本土,到外埠逐食,還能够到京城與昆劇的大本營江南一帶同長期執劇壇牛耳者的昆劇争勝。在反覆較量中,"其文直質"、"其音慷慨"的花部諸腔終於壓倒了昆曲,贏得了大多數觀衆的喜愛,以致人們"所好惟秦聲、羅、弋,厭聽吴騷,聞歌昆曲,輒哄然散去"。而在花部諸腔中,由徽劇與漢劇融匯而成的皮黄腔,即後來稱之為"京劇"的劇種,取代了昆劇的地位,成了新的舞臺霸主。

京劇在形成之後的相當長的時間内,以聲腔與表演取勝,在文學劇本方面,却幾無建樹。無論是京劇形成初期的"老生三傑"——程長庚、余三勝、張二奎,還是成熟期的"後老生三傑"——譚鑫培、汪桂芬、孫菊仙,所表演的劇目的本子,不要說在文學史上,就是在戲曲史上,也没有一席之地。打動觀衆的是悦耳而又有個性的唱腔,是技術性很强而又富有美感的程式化表演動作,而不是劇目的思想、故事與人物形象。直到上個世紀初,像汪笑儂這樣具有深厚文學修養的人,下海做了藝人,和一批既熱愛戲曲,又有文學造詣的文士主動幫助名伶編寫劇本,纔使得京劇的劇本品質得到了明顯的提升。汪笑儂自編自演的劇目,如《哭祖廟》、《博浪椎》在當時發生了巨大的影響。而專門為梅蘭芳、程硯秋、尚小雲、荀慧生量身定製的劇本,相當一部分,文學性和舞臺性俱佳。於是,每一位著名的演員都有了數部代表性劇目,其中又以程硯秋所演的劇目文學性最强,如《鴛鴦塚》、《春閨夢》、《荒山涙》、《鎖麟囊》等。

其他地方戲的劇本創作情況也大都遵循着這樣的規律:凡是有文士參與創作的劇本,品質便比較高,甚至有些本子被流傳了下來。像秦腔易俗社時期，以李桐軒、孫仁玉、范紫東等文人創作、改編的劇本達五百餘部，其中不少已經成了該劇種的保留劇目，如《一字獄》、《呂四娘》、《三滴血》、《火焰駒》、《櫃中緣》等。川劇在民國年間也得到了劉懷敘、王覺吾等文士的幫助，編創了《人生何處不相逢》、《天字第一號》、《啼笑姻緣》、《夜半的悲哀》、《一封斷腸書》、《庸醫鑒》、《盧溝橋頭姐妹花》等劇目。當然，有一些藝人創作的劇目，也成了所在劇種的經典性劇目，如評劇成兆才編的《楊三姐告狀》、申灘施春軒等人編的《楊乃武與小白菜》、夏福麟等人編的《黃慧如與陸根榮》等。

民國初年，在"戲劇革命"理論的指導下，一批具有憂國憂民之心的文士，以救亡圖存為目的，創作了一批昆曲傳奇劇，使昆劇在整體上急遽衰敗之時，劇本創作倒是迴光返照，產生了幾部在文學史與戲曲史上有一席之地的劇本，如鍾祖芬的《招隱居》、蕭山湘靈子的《軒亭冤》、吳梅的《風洞山》、梁啟超的《新羅馬傳奇》、黃燮清的《居官鑒》、洪炳文的《警黃鐘》等。

中華人民共和國建立之後的前三十年，由於執政黨看中戲曲對社會的宣傳教育作用，用"改制、改戲、改人"的系列措施對戲曲進行徹底的改造，於是戲曲的劇本創作完全服從於主流意識形態。1964年之前，為配合反對封建的婚姻制度、宣傳新的婚姻法，而產生了許多表現男女戀愛受阻的劇目，如越劇《梁山伯與祝英臺》、《紅樓夢》，黃梅戲《天仙配》，莆仙戲《團圓之後》，京劇《白蛇傳》，潮劇《陳三五娘》，滬劇《羅漢錢》，錫劇《珍珠塔》，評劇《劉巧兒》，呂劇《李二嫂改嫁》等等。由於這些劇目歌頌了真摯的愛情，得到了人們熱烈的歡迎。1964年之後，一直到1979年，為了宣傳中國共產黨所領導的旨在推翻舊政權和舊的社會制度的革命的意義，革命歷史題材的劇目成了創作的主流，代表性劇目為《紅燈記》、《沙家浜》、《智取威虎山》、《平原遊擊隊》、《杜鵑山》等等。這些劇目雖然深深地打上了那個時代的烙印，政治色彩過於鮮明，許多人物形象失真，但是由於在唱腔和表演上具有很強的藝術性，仍然得到了許多人的讚賞，至今仍有一定的舞臺生命力。

改革開放以來，儘管戲曲愈來愈不景氣，但是在某種程度上，戲曲的創作不但沒有衰弱，反而呈現出進步的趨勢。戲曲界認為，要振興戲曲，首先要創作出既能表現時代精神、又能吻合今人審美趣味的劇目。於是，一批劇作家不遺餘力，勤勉地創作出了許多具有社會影響甚至引起了爭議的劇目。這些劇目在題材、故事結構、人物塑造、戲劇語言等方面，和以往的劇目相比，有着明顯的區別。最大的不同之處在於：一是融進了發人深省的"先進"的思想，二是塑造出了性格複雜的人物形象。其代表性劇目有魏明倫的《潘金蓮》、王仁傑《董生與李氏》、羅懷臻的《金龍與蜉蝣》、鄭懷興的《傅山進京》等等。在大陸戲曲創作界銳意改革的時候，臺灣劇作家亦作了積極的回應，曾永義、王安祈等人也創作了不少融入啟蒙思想、揭示出複雜人性的劇目。但是，這些劇目只得到了文化素養較高之人的激賞，却得不到廣大草根民衆的認同，所以，他們的創作並沒有改變戲曲日趨衰弱的命運。這不能不説是一件令人遺憾的事。

二、戲曲的選本、個人專集及《六十種曲》

隨着戲曲的繁榮與劇目的增多，刻書業為了滿足普通觀衆對劇目作深入瞭解、藝人將劇目搬上舞臺和劇作者用於創作參考之種種需要，從元代起，就不斷地編刻戲曲的選本，使得戲曲選本成為我國古代文獻的一個重要組成部分。選本有三種類型，一是劇目的全本，當然，不同的全本選本也有區別，有的只有曲文，而没有賓白；有的則既有曲文也有賓白。二是劇目中的一個或幾個折子。三是一部劇中的幾段曲詞。從瞭解一部劇目的全貌來看，第一種類型當然是最好的。

選本反映了當時戲曲的演出情況：劇本有着什麽樣的形制？人們喜歡什麽樣的題材？哪些劇目是最受人們歡迎的？一個時期的劇作風格是怎樣的？等等。當然，不同的選者因其愛好不同、審美眼光的差異，選擇劇目的標準是不一樣的。明代的李開先曾選過元雜劇，名之曰《改定元賢傳奇》，他的選擇標準是"辭意高古，音調協和，與人心風教俱有激勸感移之功，尤以天分高而學力到、悟入深而體裁正者"(《改定元賢傳奇序》)。當然，李開先對所選的本子多加改動，減少了所選本子的歷史認識價值。除了選本之外，還有大量的某一個劇作者的劇作專集。

因本戲曲集所選的都是戲曲的全本，故只對流傳至今的元明清三代各全本戲的選本和劇作者的專集，作一敘錄，使得讀者諸君能對全本戲的選本有一個基本的認識。

《元刊雜劇三十種》。元代大都、杭州等地刻本，甲、乙兩編，今僅存乙編，收錄了三十部雜劇劇目。原為明人李開先舊藏，後歸清人黃丕烈，最後為羅振玉所得。1914年，日本京都帝國大學從羅振玉處把原書借出，請名工陶子麟覆刻一部，題為《覆元槧古今雜劇三十種》。1924年，上海中國書店以覆刻本照相石印，由王國維考訂作者，重新排列次序，並撰《元刊雜劇三十種序錄》，其中十四種為孤本。今存本藏北京圖書館。1958年鄭振鐸主編的《古本戲曲叢刊》第四集據以影印。另有臺北世界書局1962年出版的鄭騫《校訂元刊雜劇三十種》和北京中華書局1980年出版的徐沁君《新校元刊雜劇三十種》。

《誠齋傳奇》。明人朱有燉撰。明永樂、宣德年間開封周藩刻本。收雜劇三十一種。今北京圖書館善本部存原刻殘本兩種，可以見到原書的面貌。

《永樂大典》所收戲文劇本。《永樂大典》自卷一三九六五至卷一三九九一，凡二十七卷，收戲文三十三種。八國聯軍入侵北京時，全書被劫。殘留的三種戲文《張協狀元》、《宦門子弟錯立身》、《小孫屠》於1920年由葉恭綽從倫敦購回。1931年，古今小品書籍印行會刊印，題名《永樂大典戲文三種》。抗日戰爭勝利後，原書不知下落。1979年，錢南揚根據古今小品書籍印行會刊印本，加以校注，由北京中華書局排印，再次出版。

《雜劇十段錦》。明無名氏輯。嘉靖三十七年(1558)紹陶室刊本，收錄雜劇十種，其中有朱有燉八種，陳石亭與無名氏各一種。

1913年武進董氏誦芬樓據以影印。

《改定元賢傳奇》。明代嘉靖年間，李開先和門生從所收藏的千餘種元雜劇中，精挑細選，審訂了十六部劇目，定名為《改定元賢傳奇》。但此書現今能夠流傳下來的僅有七種，為清道光年間常熟瞿氏鐵琴銅劍樓舊藏，繼歸烏程張氏的適園。民國時期入南京中央圖書館。現存臺北中研院。

《海浮山堂詞稿》。明人馮惟敏撰。嘉靖四十五年（1566）刊本。凡四卷。主要收錄散曲作品，雜劇有兩部。

《雜劇選》。明人息機子輯，又名《古今雜劇選》。原錄元明雜劇三十種，殘本現存八冊，二十五卷，錄劇二十五種。今藏北京圖書館。《古本戲曲叢刊》第四集影印了其中的十一種。

《陽春奏》。明人黃正位輯。首有萬曆三十七年（1609）于若瀛序，收錄元明雜劇三十九種。今存的殘本僅有雜劇三種，藏於北京圖書館。《古本戲曲叢刊》第四集據以影印。

《四聲猿》。明人徐渭撰。袁宏道評點。明萬曆年間澂道人刊本。收錄雜劇四種。

《脈望館抄校本古今雜劇》。明人趙琦美輯藏。趙琦美費時三年抄校輯集，所收元明兩代稀見雜劇劇本。趙去世後歸錢謙益"絳雲樓"，"絳雲樓"大火，此書倖免於難，錢氏贈與族孫錢曾"也是園"，故亦稱《也是園古今雜劇》。後該書歷經季振宜、何煌、黃丕烈、汪士鐘等藏書名家之手，又歸趙氏後人趙宗建之"舊山樓"，再歸丁祖蔭"湘素樓"。1938年此書在蘇州出現，鄭振鐸以九千金收購，在當時引起極大轟動。現存古今雜劇二百四十二種，既有刻本也有鈔本。其中世未經見的就有一百四十四種，包括有馬致遠、王實甫、關漢卿、費唐臣等人所撰劇本。鈔本中不少出自明內府中。卷首有黃丕烈親筆手書目錄三十二頁，每冊書中幾乎都有趙琦美校筆和按語，抄校時間為明萬曆四十二年（1614）至四十五年（1617）。1941年商務印書館請曲學名家王季烈選校其中的孤本進行整理，名為《孤本元明雜劇》出版。1958年，《古本戲曲叢刊》第四集據此影印。1983年重印。

《元曲選》。明人臧懋循輯。共十集,每集五卷,每卷一劇,共選錄一百部劇本。萬曆四十三年(1615)先刊前集,共五十種,次年再刊後集五十種。《元曲選》之外,還有不少元雜劇劇本留存,現代學者隋樹森將近幾十年陸續發現的刻本和鈔本六十二種收集在一起,編輯成《元曲選外編》一書。這樣,有了正編和外編,就意味着有了全部現存整本的元人雜劇。

《玉茗堂四種傳奇》。明人湯顯祖撰。明張弘毅著壇刊本。今藏北京圖書館。又有清乾隆六年(1741)金閶映雪草堂刊本。今藏上海圖書館、天津圖書館。

《古雜劇》。明人王驥德輯。萬曆年間顧曲齋刊本。收元雜劇十七種、明雜劇三種。今藏北京圖書館。1958年,《古本戲曲叢刊》第四集據此影印。

《古名家雜劇》。明人陳與郊輯。萬曆年間龍峰徐氏刊本。分正、續集,收元明雜劇六十五種。北京圖書館藏有殘本十三種。與《脈望館抄校本古今雜劇》相同者五十四種。1958年,《古本戲曲叢刊》第四集影印了其中的十種。

《元明雜劇》。明人陳□□輯。萬曆年間陳氏繼志齋刊本。今存六種。1958年,《古本戲曲叢刊》第四集影印了其中的四種。另有同名選本,亦為萬曆年間刊本,收錄元明雜劇二十七種。民國十八年(1929),江蘇省立國學圖書館影印。

《傳奇十種》。輯錄人佚名。明萬曆年間金陵文林閣刊本。凡二十卷,收錄明人傳奇十種。該本今藏日本京都帝國大學文學部。

《太室山房四劇》。明人祁麟佳撰。明刊本。收錄傳奇四種。前有其族弟祁彪佳序。

《大雅堂雜劇》。明人汪道昆撰。明刻本。收錄雜劇四種。今藏北京圖書館。

《四豔記》。明人葉憲祖撰。明刻本。收雜劇四種。今藏北京圖書館。

《孟子塞五種曲》。明人孟子塞撰。明金陵刊本。收錄傳奇五種。

《雜劇三種》。明人王衡撰。明刊本。今存本藏日本東京內閣文庫。

《盛明雜劇》。明人沈泰編輯。明代人所作雜劇甚多，在沈泰以前尚無人加以搜集、選擇而予以彙刊。沈泰取材頗富，選收時注意到各種流派、風格，所據版本較為精善，因而是明雜劇的一種較好選本。同時，此書所收雜劇皆附有評語，有些評語出於名家之手，如袁宏道、王世懋等。選本分一集、二集，分別刻印於崇禎二年（1629）和十四年（1641）。今藏北京圖書館。

《古今名劇合選》。明人孟稱舜輯。明崇禎六年（1633）刊本。收錄元明雜劇五十六種，其中"柳枝集"二十六種，"酹江集"三十種。今藏北京圖書館。1958年，《古本戲曲叢刊》第四集據此影印。

《會真六幻》。明人閔齊伋編。明崇禎十三年（1640）吳興閔氏刊本。收錄唐元稹《會真記》、金董解元《西廂記諸宮調》、元王實甫《西廂記》（即前四本）和關漢卿《續西廂記》（即第五本）、明李日華《南西廂記》和明陸采《南西廂記》等。今藏北京圖書館。近人劉世珩編刻《暖紅室彙刻西廂記》收有此書，並增添了注釋、考證和有關小說、戲曲等。

《白雪樓五種曲》。選編者佚名。明崇禎間刊本。收明人傳奇五種。

《四大癡》。編選者佚名。明崇禎間山水鄰刊本。為雜劇合集。分酒、色、財、氣四集，匯錄這四類題材的雜劇作品。

《傳奇四十種》。選編者佚名。明刻本。收明人傳奇三十九種和元人《西遊記》雜劇一種。今藏日本宮內省圖書寮。

《十種傳奇》。編選者佚名。明末刻本。收明人傳奇十種。今藏北京圖書館。

《白雪樓二種》。明人孫仁孺撰。明崇禎年間刊本。收傳奇兩種。今藏北京圖書館。

《白雪齋新樂府五種》。明人王元壽撰。明代刊本。收錄傳奇五種。今藏北京圖書館。

《粲花齋新樂府五種》。明人吳炳撰。清初金陵兩衡堂刊本。

收録傳奇五種。今藏北京圖書館、清華大學圖書館。

《六合同春》。明人陳繼儒評。清乾隆十二年(1747)修文堂重刻明萬曆刊本。收録元雜劇一種、元明傳奇五種。今藏北京圖書館。

《墨憨齋新曲十種》。明人馮夢龍更定，馮氏所居名"墨憨齋"。原有明崇禎間墨憨齋刊本，清乾隆五十七年(1792)重刊。收明人傳奇十種。馮氏取古今傳奇進行刪改，如更定張鳳翼的《灌園記》為《新灌園》，刪定袁於令的《西樓記》為《楚江情》等等。今存本藏北京圖書館。

《博山堂三種曲》。明人范文若撰。清康熙年間芥子園刊本。收録傳奇三種。今藏北京圖書館。

《曲波園傳奇二種》。明人徐士俊撰。清康熙年間徐氏曲波園刊本。今藏北京圖書館、上海圖書館。

《石巢傳奇四種》。明人阮大鋮撰。明末吳門毛恒刻本。今藏北京圖書館。

《百拙生傳奇四種》。明人鄧志謨撰。清人玉芝齋鈔本。今藏北京圖書館。

《雜劇三集》。清人鄒式金編輯。鄒氏意在續編沈泰的《盛明雜劇》一二集，故有是稱。收明清雜劇三十四種。清順治十八年(1661)刊本。今存本藏北京圖書館。1941年，董氏誦芬室據此翻刻。

《傳奇十一種》。清人范希哲撰。清初刻本。今藏北京圖書館。

《一笠庵四種曲》。清人李玉撰。乾隆五十九年(1794)寶研齋刊本。收傳奇四種。今藏北京圖書館。

《坦庵詞曲六種》。清人徐石麒撰。清初南湖享書堂刊本。收雜劇四種，散曲兩種。今藏北京圖書館。

《擁雙艷三種》。清人萬樹撰。清康熙二十五年(1686)粲花別墅刊本。收傳奇三種。今存本多見。

《笠翁傳奇十種》。清人李漁撰。清康熙年間世德堂刊本。今多見。又有清經本堂刊袖珍本，亦多見。

《四嬋娟》。清人洪昇撰。清抄本。收雜劇四種。今藏北京圖書館。

《續四聲猿》。清人張韜撰。清康熙年間刻本。收雜劇四種。今藏北京圖書館。

《續離騷》。清人嵇永仁撰。清刻本。收雜劇四種。今藏北京圖書館。

《西堂樂府》。清人尤侗撰。清康熙年間刻本。收雜劇六種。今藏北京圖書館。

《漱玉堂三種傳奇》。清人孫郁撰。清康熙間稿本。今藏北京圖書館。

《十二種曲》。清人藕塘居士編輯。清文林堂刊本。收錄李漁傳奇十種及湯顯祖的《南柯夢》與《邯鄲夢》兩種。

《月令承應》。清代升平署鈔本。收雜劇八十八部。今藏北京圖書館。

《法宮奏雅》。清代升平署鈔本。收雜劇四十九部。今藏北京圖書館。

《九九大慶》。清代升平署鈔本。收雜劇五十二種。今藏北京圖書館。

《迎鑾新曲》。清人厲鶚輯。收傳奇兩種。今藏北京圖書館。

《節節好音》。清人內府四色宋體字精鈔本。收清宮月令承應雜劇四十三種。今藏北京圖書館。

《明翠湖亭四韻事》。清人裘璉撰。清康熙年間裘氏絳雲居刊本。收錄傳奇四種。今藏北京圖書館、上海圖書館。

《容居堂三種曲》。清人周冰持撰。清康熙年間書帶草堂刊本。收錄傳奇三種。今藏北京圖書館、上海圖書館。

《瘖堂樂府》。清人黃兆森撰。清康熙五十五年(1716)刊本。收錄傳奇五種。今藏北京圖書館、南京圖書館、浙江圖書館。

《四名家傳奇摘出》。清人車江英撰。清雍正十三年(1735)刊本。收錄車氏雜劇四種。今藏北京圖書館。

收録傳奇五種。今藏北京圖書館、清華大學圖書館。

《六合同春》。明人陳繼儒評。清乾隆十二年(1747)修文堂重刻明萬曆刊本。収録元雜劇一種、元明傳奇五種。今藏北京圖書館。

《墨憨齋新曲十種》。明人馮夢龍更定，馮氏所居名"墨憨齋"。原有明崇禎間墨憨齋刊本，清乾隆五十七年(1792)重刊。收明人傳奇十種。馮氏取古今傳奇進行刪改，如更定張鳳翼的《灌園記》為《新灌園》，刪定袁於令的《西樓記》為《楚江情》等等。今存本藏北京圖書館。

《博山堂三種曲》。明人范文若撰。清康熙年間芥子園刊本。收録傳奇三種。今藏北京圖書館。

《曲波園傳奇二種》。明人徐士俊撰。清康熙年間徐氏曲波園刊本。今藏北京圖書館、上海圖書館。

《石巢傳奇四種》。明人阮大鋮撰。明末吳門毛恒刻本。今藏北京圖書館。

《百拙生傳奇四種》。明人鄧志謨撰。清人玉芝齋鈔本。今藏北京圖書館。

《雜劇三集》。清人鄒式金編輯。鄒氏意在續編沈泰的《盛明雜劇》一二集，故有是稱。收明清雜劇三十四種。清順治十八年(1661)刊本。今存本藏北京圖書館。1941年，董氏誦芬室據此翻刻。

《傳奇十一種》。清人范希哲撰。清初刻本。今藏北京圖書館。

《一笠庵四種曲》。清人李玉撰。乾隆五十九年(1794)寶研齋刊本。收傳奇四種。今藏北京圖書館。

《坦庵詞曲六種》。清人徐石麒撰。清初南湖亨書堂刊本。收雜劇四種，散曲兩種。今藏北京圖書館。

《擁雙豔三種》。清人萬樹撰。清康熙二十五年(1686)粲花別墅刊本。收傳奇三種。今存本多見。

《笠翁傳奇十種》。清人李漁撰。清康熙年間世德堂刊本。今多見。又有清經本堂刊袖珍本，亦多見。

《四嬋娟》。清人洪昇撰。清抄本。收雜劇四種。今藏北京圖書館。

《續四聲猿》。清人張韜撰。清康熙年間刻本。收雜劇四種。今藏北京圖書館。

《續離騷》。清人嵇永仁撰。清刻本。收雜劇四種。今藏北京圖書館。

《西堂樂府》。清人尤侗撰。清康熙年間刻本。收雜劇六種。今藏北京圖書館。

《漱玉堂三種傳奇》。清人孫郁撰。清康熙間稿本。今藏北京圖書館。

《十二種曲》。清人藕塘居士編輯。清文林堂刊本。收錄李漁傳奇十種及湯顯祖的《南柯夢》與《邯鄲夢》兩種。

《月令承應》。清代升平署鈔本。收雜劇八十八部。今藏北京圖書館。

《法宮奏雅》。清代升平署鈔本。收雜劇四十九部。今藏北京圖書館。

《九九大慶》。清代升平署鈔本。收雜劇五十二種。今藏北京圖書館。

《迎鑾新曲》。清人厲鶚輯。收傳奇兩種。今藏北京圖書館。

《節節好音》。清人內府四色宋體字精鈔本。收清宮月令承應雜劇四十三種。今藏北京圖書館。

《明翠湖亭四韻事》。清人裘璉撰。清康熙年間裘氏絳雲居刊本。收錄傳奇四種。今藏北京圖書館、上海圖書館。

《容居堂三種曲》。清人周冰持撰。清康熙年間書帶草堂刊本。收錄傳奇三種。今藏北京圖書館、上海圖書館。

《瘖堂樂府》。清人黃兆森撰。清康熙五十五年（1716）刊本。收錄傳奇五種。今藏北京圖書館、南京圖書館、浙江圖書館。

《四名家傳奇摘出》。清人車江英撰。清雍正十三年（1735）刊本。收錄車氏雜劇四種。今藏北京圖書館。

《惺齋新曲六種》。清人夏綸撰。清乾隆十八年(1753)夏氏世光堂刊本。收錄傳奇六種。今藏北京圖書館。

《玉燕堂四種曲》。清人張堅撰。清乾隆年間刊本。收傳奇四種。今存本多見。

《吟風閣雜劇》。清人楊潮觀撰。清乾隆年間刊本。收錄雜劇三十二種。嘉慶年間重刊。

《紅雪樓九種曲》。清人蔣士銓撰。清乾隆年間江雪樓刊本。收錄傳奇九種。今存本多見。

《鐙月閒情》。清人唐英撰。清乾隆年間唐氏古柏堂刊本。收錄傳奇雜劇十七種。今藏北京圖書館。

《竹初樂府兩種》。清人錢維喬撰。清乾隆年間錢氏小林棲刻本。收錄傳奇兩種。今藏北京圖書館。

《太平樂府玉勾十三種》。清人吳可堂撰。清乾隆年間刻本。收錄雜劇十三種。今藏北京圖書館。

《研露樓兩種曲》。清人崔應階撰。清乾隆年間刻本。收錄傳奇兩種。今藏北京圖書館。

《雅玉堂兩種曲》。清人盧見曾撰。清乾隆年間刻本。收傳奇兩種。今藏北京圖書館。

《沈贊漁四種曲》。清人沈起鳳撰。清乾隆年間古香林刊本。收傳奇四種。今存本多見。

《後四聲猿》。清人桂馥撰。清刊本。收雜劇四種。今藏北京圖書館。

《花間九奏》。清人石韞玉撰。清代石氏花韻庵刻本。收錄雜劇九種。今藏北京圖書館。

《香谷四種曲》。清人汪應培撰。清嘉慶年間刻本。收錄雜劇四種。今藏北京圖書館。

《寫心雜劇十八種》。清人徐爔撰。清嘉慶年間刻本。今藏北京圖書館。

《韞山六種曲》。清人朱鳳森撰。清嘉慶年間刻本。收錄傳奇六種(內含許鴻磐撰一種)。今藏北京圖書館。

《幼髯孔氏撰傳奇雜劇三種》。清人孔廣林撰。清代嘉慶間稿本。今藏上海圖書館。

《補天石傳奇》。清人周樂清撰。清道光年間刊本。收錄傳奇八種。咸豐年間重刊。

《六觀樓北曲六種》。清人許鴻磐撰。清道光年間刊本。收錄雜劇六種。日本鈴木虎雄舊藏。

《小四夢》。清人梁廷枏撰。清道光年間刊本。收錄雜劇四種。今藏北京圖書館。

《茗雪山房二種曲》。清人彭劍南撰。清道光六年（1826）彭氏茗雪山房刻本。收錄傳奇二種。今藏北京圖書館。

《補天石傳奇八種》。清人周文泉撰。清道光十年（1830）刻本。今藏北京圖書館。

《玉田春水軒雜出》。清人張聲玠撰。清道光年間刻本。收錄雜劇九種。今藏北京圖書館。

《缾笙館修簫譜》。清人舒位撰。清道光十三年（1833）錢塘汪氏振綺堂本。收錄傳奇四種。今存本多見。

《味蔗軒雜劇》。清人黃治撰。清道光年間椿蔭軒刻本。收錄雜劇兩種。今藏北京圖書館。

《浙江迎鑾樂府》。清人王文治撰。清道光年間刻本。收錄雜劇九種。今藏北京圖書館。

《春草堂四種曲》。清人謝堃撰。清道光刻本。收錄傳奇四種。今存本藏北京圖書館。

《李雲生四種曲》。清人李文瀚撰。清道光二十五年（1845）刊本。收錄傳奇四種。今藏北京圖書館。

《椿軒居士六種曲》。清人椿軒居士撰。清道光年間刻本。收錄傳奇六種。今藏北京圖書館。

《庶幾堂今樂》。清人余治撰。清咸豐十年（1860）刊本。收錄皮黃劇目二十八種。

《養怡堂樂府四種》。清人東仙撰。清同治十三年（1874）刻本。收錄雜劇四種。今藏北京圖書館。

《倚晴樓七種曲》。清人黃燮清撰。清光緒七年(1881)重刊本。收錄傳奇七種。今藏北京圖書館。

《味蘭簃傳奇》。清人醉筠外史撰。清光緒七年(1881)排印本。收錄傳奇兩種。今存本藏北京圖書館。

《玉獅堂傳奇》。清人陳烺撰。清光緒刊本。收錄傳奇十種。今藏北京圖書館。

《坦園叢稿》。清人楊恩壽撰。清光緒長沙楊氏家刻本。收錄傳奇六種。今藏北京圖書館。

《暗香樓樂府》。清人鄭由熙撰。清光緒十六年(1890)刊本。收錄傳奇三種。今藏北京圖書館。

《今樂府選》。清姚燮選輯。稿本。訂為一百九十二冊。然原書散佚,今浙江圖書館藏有一百一十冊,寧波天一閣藏有五十六冊,北京圖書館藏有兩冊。收錄劇本四百零五部,其中,元雜劇九十四部,元南戲五部,明雜劇二十六部,清雜劇四十三部,明傳奇八十四部,清傳奇一百五十二部。

《小蓬萊仙館傳奇》。清人劉清韻撰。清光緒二十六年(1900)石印本。收傳奇十種。今藏北京圖書館。

《砥石齋二種曲》。清人汪桂撰。清末松月軒刊本。收錄傳奇二種。今藏北京圖書館。

《瞿園雜劇》、《瞿園雜劇續編》。清人瞿園撰。清光緒三十四年(1908)、宣統元年(1909)鉛印本。各收錄雜劇五種。今存本易見。

《楚曲六種》。編選者佚名。清末漢口文陞堂、文雅堂、唐氏三元堂刊本。原刻種數不詳,現存六種。為漢劇劇本。

《暖紅室匯刻傳奇》。清末民初劉世珩輯刻。收元明雜劇傳奇五十一種。

在上述諸種戲曲作品選中,在傳奇方面,能和雜劇的選本《脈望館抄校本古今雜劇》、《元曲選》的影響、地位相提並論的,毫無疑問,是明代末年由毛晉編選的《六十種曲》。

毛晉(1599—1659),原名鳳苞,字東美,又字子九,後名晉,字子晉。常熟（今屬江蘇）人。他年輕時喜歡讀書、藏書，滎陽悔道人《汲古閣主人小傳》云："晉少為諸生……以字行。性嗜卷軸，榜於門曰：'有以宋槧本至者，門內主人計葉酬錢，每葉出二百；有以舊鈔本至者，每葉出四十；有以時下善本至者，別家出一千，主人出一千二百。'於是，湖中書舶雲集於七星橋毛氏之門矣。邑中為之諺曰：'三百六十行生意，不如鬻書於毛氏。'前後積至八萬四千冊，構汲古閣、目耕樓以庋藏。"（《明毛氏汲古閣刻書目錄》卷首）①

崇禎年間（1628—1644），毛晉陸續出版了當時流行的戲曲作品，每次印一套，一套十部，每套第一部的扉頁上題"繡刻演劇十本"，每一部又題"繡刻某某記定本"，所以有人稱這部書為《繡刻演劇十本》，或《繡刻演劇》。先後印六套。康熙年間重印時，六套同時出版，重版者名之曰《六十種曲》。之後不斷重版，就中華人民共和國建立之後而言，不會少於五次。它可謂是我國古代篇幅最大、流傳最廣的傳奇作品選集（只收了一部雜劇《西廂記》）。之所以為讀者歡迎，是因為它收錄的多是自元到明末的傳奇精品，有"荊、劉、拜、殺"等南戲主要劇目，有影響甚廣一直活躍在舞臺上的《琵琶記》，有對崑山腔的發展起了較大作用的《浣紗記》，還有著名劇作家湯顯祖、沈璟的全部傳奇作品。

從出版的角度來看，它的意義還不僅僅在於出版了戲曲傳奇的精品，而是讓許多戲曲劇本因它而得以傳承。《六十種曲》中有三分之一的劇本之前從未刊刻過，如《精忠記》、《八義記》、《三元記》、《春蕪記》、《懷香記》、《綵毫記》、《運甓記》、《鷫鷞記》、《四喜記》、《投梭記》、《贈書記》、《雙烈記》、《龍膏記》、《雙珠記》、《四賢記》和碩園改定本《牡丹亭記》等十六部。如果沒有《六十種曲》的出版，有的傳奇作品會知者甚少，甚至會散佚。比如，屠隆的傳奇作品共有三部：《曇花記》、《綵毫記》和《修文記》。前兩部，因收入《六十種曲》中，為人們熟知，而後一部因未收入《六十種曲》中，差一點失傳（今收入鄭振鐸編的《古本戲曲叢刊初集》中）。

---

① 見朱恒夫《毛晉和他的出版事業》，《中國典籍與文化》2000 年第 3 期。

從戲曲的角度來説,《六十種曲》還有繁榮戲曲創作的意義。明人呂天成在《曲品》中把傳奇作品分成新舊兩類,以萬曆初年為分界嶺。按此標準來核定,《六十種曲》所收的大部分是新傳奇,約有四十餘部。出版這麼多部新創作的傳奇,無疑是對戲曲創作起着肯定、鼓勵的作用,客觀上也有把觀衆與讀者的興趣引到新戲上來的意義。

三、編選本書的緣起、收錄劇目的標準與體例

毛晉的《六十種曲》問世之後至今天的近四百年間,戲曲劇本仍然如雨後春筍般地湧現,尤其是近代以來,隨着地方戲的蓬勃興起,劇目更是呈幾何級數增長。據對明末至今的戲曲選集、劇作家個人專集以及各種戲曲文獻的統計,不包括折子戲,就有兩萬五千本之多,本書副產品之一《中國戲曲總目》就收錄劇目達一萬六千部之多。這麼多的劇目,自然是魚目混珠、沙金同存,然而自明末之後,很少有人像毛晉那樣,對戲曲作品進行精選,以致一般讀者或戲曲愛好者,面對這麼多的劇本,很難辨識其中的經典作品。

鑒於此,我們仿照毛晉的做法,以學術的、歷史的、舞臺的、觀衆的視角,從不計其數的劇作中,篩選出六十部劇作。因與《六十種曲》中的劇目在時間上基本相接,編選方式亦承其衣缽,故而以"後六十種曲"名之。

本書的編纂,希望能達到下列之目的:

一是為文學史與戲曲史的撰寫提供一流的戲曲作品。因所選的劇本或是在題材、内容、藝術表現手法上有開創之功,或是經受住了數百年時間的考驗,具有生生不息的舞臺生命力,或是得到了觀衆的讚賞,為某一個時期戲曲創作的標誌,所以,這些劇本用文學的標準來評判,能夠和已經在文學史上有一席之地的作品媲美;而從戲曲的角度來考量,它們又都推動過戲曲的發展。故而,它們有資格成為文學史與戲曲史上作品的遴選對象。

二是為今日戲曲創作界提供典範性的作品,以促進戲曲的繁

榮。所選的作品都是某一個劇種、某一個劇作家的代表性作品,有的作品耗費了劇作家數年甚至一二十年的心血,融入了他們對社會、人生的思考與對戲曲藝術特性探索的成果。無論在情節結構、人物塑造、曲詞賓白,還是在戲劇衝突方面,都有值得借鑒的經驗。今日之戲曲,日漸衰弱,其中之一的原因,就是沒有優秀的劇本。本書中的作品無疑可以看作戲曲創作的範本。

三是向普通的讀者尤其是青年讀者推廣戲曲,以使他們對戲曲至少是戲曲文學產生正確的認識。今日四十歲以下的人,絕大多數除了在中學的語文課本中讀到幾折元雜劇、明清傳奇的原典外,大多數沒有涉獵過經典戲曲的全本戲,更不用說有着到劇場觀摩戲曲的經歷了。問及《清忠譜》、《桃花扇》、《長生殿》、《金龍與蜉蝣》,僅知其名而已,對內容則茫然無知,然而,他們却會肆意地將戲曲視為陳舊、腐朽的東西而橫加抨擊。出現這種現象的根本原因,是他們沒有真正地接觸過戲曲。可以斷言,當他們讀到《後六十種曲》中的一兩部作品後,便會不由自主地產生濃厚的興趣,甚至欲罷不能,從而改變過去人云亦云的不正確的認識,而對戲曲產生親近之情。

四是給中華民族的文化寶庫增添一件時間愈久而價值愈大的藏品。中華民族之所以被譽為歷史燦爛、文化厚積的偉大民族,其原因之一就是它的每一個時代都給後人留下了不朽的文學藝術珍品。倘若我們沒有《尚書》,沒有《左傳》,沒有《全唐詩》,沒有《古文觀止》,沒有《元曲選》,沒有《紅樓夢》等等,我們還能像今天這樣驕傲自豪嗎?外民族還能對我們這一民族生出敬仰之心嗎?文化建設有兩個方面,即以提高民族成員的文化素養為目的的文化建設和以積累優秀的文藝作品為目的的文化建設。這兩個方面相輔相成,互為因果。《後六十種曲》既是物質的文藝珍品,又能轉換成民族美好心靈的一部分。

為了達到這樣的目的,我們定下了下列五點原則:

1. 所選的劇作須是大多數人高度認可的,並經受住了時間的考驗。當代的劇作雖然還沒有經歷過時間的考驗,但是它必須具有突出的戲曲舞臺性，並體現了當代的美學精神，得到了廣大觀衆的讚賞。

2. 要表現四百年間的戲曲創作狀況，反映自明末到現在的戲曲創作歷程，而不能過多地選取某一個時期、某一個劇種或某一個劇作家的本子。

3. 必須既具有健康的思想内容，又有與内容相協調的藝術表現形式。

4. 當代之前的任何一個時期的劇本，其内容都須與當代社會有一定的聯繫，讓今日之觀衆或從歷史的敘事中加深對現實的認識，或受到美好人性的感染而陶冶情操，或得到思想的啟迪。

5. 在題材上要有所分佈，政治的、戰爭的、家庭倫理的、婚姻愛情的等等，要努力兼顧。

考慮到近四百年間尤其是近六十年間，產生了大量的優秀劇本，也考慮到本選本的根本目的是爲振興戲曲服務，若僅限於六十種，不但不能夠充分地反映戲曲的創作成就，還會將許多具有示範意義的當代劇本拒之門外，所以，我們在從嚴的前提下，又遴選了二十種作爲附錄的劇本。

編輯委員會經過反復討論，定出如下體例：

1. 所選劇本以現存較早的版本爲底本，並以其他較好的版本進行參校。

2. 爲了讓讀者對劇作有較爲全面的瞭解，每部劇本前都有篇提要介紹其作者生平、"劇情概要"、"版本流傳"與"演出情況"等内容。

3. 用現代漢語的標點符號斷句，同時，也要考慮到曲牌體曲文的斷句特點。

4. 爲突出曲文的正體，用宋體和仿宋將其與襯字、賓白、科範、舞臺提示等文字區別開來。

5. 爲照顧海外的讀者，一律採用繁體字。

編纂本書是一個從沙裡淘金的巨大工程，以本人一己之力是無法完成的，好在得到了諸位同仁師友的傾心幫助。編輯委員會的專家們——吳新雷、曲六乙、曾永義、周華斌、廖奔、葉長海、郭英德、劉禎、羅懷臻以及金冠軍等諸位先生，為入選的劇本反復斟酌；吳新雷、劉禎兩位先生還為本書爭取國家出版基金的資助竭力推薦；戴雲、朱萬曙、宋希芝、孫書磊、朱崇志、趙曉紅、周立波、余越、王思韻、王彩娟、王婉如、封紅豔、張凡、李佳一、黃燕、石芳、崔寧、侯雪莉、楊敏、劉軒、孫凱、朱婕、劉永超、汪博、徐冰、朱俊源、李春蕾、宋波、賀昕、戴霞、詹怡萍、李志遠、張蘇昱、高頤珊等不辭辛苦，精心校點。復旦大學出版社社長賀聖遂先生得知這一選題後，明確表態，不管賠多少，也要將這套書做成精品。責任編輯宋文濤先生和胡春麗女士從開始到殺青，傾注了大量的心血。可以説，沒有諸位同仁師友的無私幫助，本書不可能如此順利地面世。在此，向他們致以誠摯的謝意！

目　　錄

蝴蝶夢（傳奇） …………………………… 明·謝　國　1

蝴蝶夢敘 ……………………………………………… 5

凡例 …………………………………………………… 6

第一齣　標目 ………………………………………… 7

第二齣　蝶夢 ………………………………………… 7

第三齣　觀魚 ………………………………………… 9

第四齣　會真 ………………………………………… 11

第五齣　貸粟 ………………………………………… 13

第六齣　試劍 ………………………………………… 14

第七齣　趙聘 ………………………………………… 17

第八齣　誘度 ………………………………………… 18

第九齣　如趙 ………………………………………… 19

第十齣　説劍 ………………………………………… 20

第十一齣　夢疑 ……………………………………… 23

第十二齣　聘惠 ……………………………………… 25

第十三齣　辭家 ……………………………………… 26

第十四齣　相魏 ……………………………………… 28

第十五齣　試凡 ……………………………………… 30

第十六齣　遇師 ……………………………………… 33

第十七齣　秋懷 ……………………………………… 35

第十八齣　旁參 ……………………………………… 36

第十九齣　悟道 ……………………………………… 37

第二十齣　扇墓 ……………………………………… 40

第二十一齣　彈鳥 …………………………………… 42
第二十二齣　宋聘 …………………………………… 45
第二十三齣　探内 …………………………………… 46
第二十四齣　丹紿 …………………………………… 48
第二十五齣　託疾 …………………………………… 50
第二十六齣　誓殉 …………………………………… 53
第二十七齣　幻身 …………………………………… 54
第二十八齣　澆奠 …………………………………… 55
第二十九齣　賺貪 …………………………………… 57
第三十齣　掃墓 ……………………………………… 60
第三十一齣　迷幻 …………………………………… 62
第三十二齣　寄慨 …………………………………… 64
第三十三齣　詢幻 …………………………………… 65
第三十四齣　思幻 …………………………………… 67
第三十五齣　破幻 …………………………………… 69
第三十六齣　懺悔 …………………………………… 73
第三十七齣　讒妒 …………………………………… 75
第三十八齣　雙修 …………………………………… 76
第三十九齣　遭遷 …………………………………… 77
第四十齣　謁惠 ……………………………………… 79
第四十一齣　降真 …………………………………… 82
第四十二齣　剖疑 …………………………………… 85
第四十三齣　歸圓 …………………………………… 87
第四十四齣　赴召 …………………………………… 89

白羅衫（傳奇） …………………………… 明·佚名　93
第一折　開場 ………………………………………… 98
第二折　擇吉 ………………………………………… 98
第三折　做衫 ………………………………………… 102

第四折	催糧	104
第五折	攬載	105
第六折	相勸	109
第七折	被劫	113
第八折	上山	115
第九折	強逼	117
第十折	釋放	121
第十一折	得子	125
第十二折	上任	126
第十三折	遣子	127
第十四折	問情	128
第十五折	尋兄	130
第十六折	憤亡	133
第十七折	聞訃	136
第十八折	打圍	139
第十九折	拜娘	141
第二十折	賀喜	143
第二十一折	請巫	151
第二十二折	井遇	155
第二十三折	設計	158
第二十四折	錯刺	162
第二十五折	相逢	164
第二十六折	請酒	168
第二十七折	遊園	169
第二十八折	贈銀	174
第二十九折	看狀	176
第三十折	請罪	182
第三十一折	賺盜	184
第三十二折	雪冤	184

第三十三折　團圓 …………………………………… 188

荔鏡記（潮州戲） …………………………… 明·佚　名　193
第一齣　家門大意 …………………………………… 197
第二齣　辭親赴任 …………………………………… 197
第三齣　花園遊賞 …………………………………… 199
第四齣　運使登途 …………………………………… 200
第五齣　邀朋賞燈 …………………………………… 200
第六齣　五娘賞燈 …………………………………… 202
第七齣　燈下搭歌 …………………………………… 205
第八齣　士女同遊 …………………………………… 207
第九齣　林郎託媒 …………………………………… 209
第十齣　驛丞伺接 …………………………………… 210
第十一齣　李婆求親 ………………………………… 211
第十二齣　辭兄歸省 ………………………………… 212
第十三齣　李婆送聘 ………………………………… 213
第十四齣　責媒退聘 ………………………………… 215
第十五齣　五娘投井 ………………………………… 222
第十六齣　伯卿遊馬 ………………………………… 223
第十七齣　登樓拋荔 ………………………………… 224
第十八齣　陳三學磨鏡 ……………………………… 226
第十九齣　打破寶鏡 ………………………………… 228
第二十齣　祝告嫦娥 ………………………………… 234
第二十一齣　陳三掃廳 ……………………………… 235
第二十二齣　梳粧意懶 ……………………………… 236
第二十三齣　求計達情 ……………………………… 243
第二十四齣　園內花開 ……………………………… 244
第二十五齣　陳三得病 ……………………………… 250
第二十六齣　五娘刺繡 ……………………………… 254

第二十七齣	益春退約	261
第二十八齣	再約佳期	262
第二十九齣	鸞鳳和同	265
第三十齣	林大催親	268
第三十一齣	李婆催親	269
第三十二齣	赤水收租	270
第三十三齣	計議歸寧	272
第三十四齣	走到花園	274
第三十五齣	閨房尋女	274
第三十六齣	途遇小七	275
第三十七齣	登門逼婚	277
第三十八齣	詞告知州	278
第三十九齣	渡過溪洲	279
第四十齣	公人過渡	280
第四十一齣	旅館敘情	280
第四十二齣	靈山説誓	282
第四十三齣	途中遇捉	283
第四十四齣	知州判詞	284
第四十五齣	收監送飯	287
第四十六齣	敘別發配	291
第四十七齣	敕陞都堂	293
第四十八齣	憶情自歎	294
第四十九齣	途遇佳音	297
第五十齣	小七遞簡	300
第五十一齣	驛遞遇兄	301
第五十二齣	問革知州	304
第五十三齣	再續姻親	306
第五十四齣	衣錦回鄉	307
第五十五齣	合家團圓	307

增補北曲重刊五色潮泉插科增入詩詞北曲荔鏡記戲文 ……… 308

新編目連救母勸善戲文（傳奇） …………… 明·鄭之珍 309
　目連救母勸善戲文自序 …………………………………… 313
　敘勸善記 ………………………………………………………… 314
　勸善記敘 ………………………………………………………… 316
上卷 …………………………………………………………………… 318
　開場 ……………………………………………………………… 318
　元旦上壽 ………………………………………………………… 318
　齋僧齋道 ………………………………………………………… 320
　劉氏齋尼 ………………………………………………………… 324
　博施濟衆 ………………………………………………………… 327
　三官奏事 ………………………………………………………… 331
　閻羅接旨 ………………………………………………………… 333
　城隍掛號 ………………………………………………………… 334
　觀音生日 ………………………………………………………… 336
　化强從善 ………………………………………………………… 339
　花園燒香 ………………………………………………………… 343
　傅相囑子 ………………………………………………………… 345
　修齋薦父 ………………………………………………………… 348
　傅相昇天 ………………………………………………………… 351
　尼姑下山 ………………………………………………………… 354
　和尚下山 ………………………………………………………… 355
　勸姐開葷 ………………………………………………………… 359
　遣子經商 ………………………………………………………… 361
　拐子相邀 ………………………………………………………… 363
　行路施金 ………………………………………………………… 364
　遣買犧牲 ………………………………………………………… 367
　雷公電母 ………………………………………………………… 369

社令插旗	370
劉氏開葷	372
肉饅齋僧	378
議逐僧道	381
李公勸善	382
招財買貨	384
觀音勸善	386
插科	388
羅卜回家	390
觀音救苦	392
劉氏憶子	393
母子團圓	396
中卷	399
開場	399
壽母勸善	399
十友行路	400
觀音渡厄	401
匠人爭席	402
劉氏自歎	405
齋僧濟貧	407
十友見佛	412
司命議事	414
閻羅接旨	416
公作行路	416
花園捉魂	417
請醫救母	420
城隍起解	423
劉氏回煞	425
過金錢山	427

羅卜描容	430
才女試節	432
過滑油山	436
縣官起馬	438
羅卜辭官	439
過望鄉臺	440
議婚辭婚	443
主僕分別	445
遣將擒猿	447
白猿開路	450
挑經挑母	451
過耐河橋	452
過黑松林 觀音戲目連	459
過昇天門	463
善人昇天	466
過寒冰池	466
過火焰山	469
過爛沙河	470
擒沙和尚	472
見佛團圓	475

下卷 …… 477

開場	477
師友講道	477
曹府元宵	479
主婢相逢	481
目連坐禪	486
一殿尋母	488
二殿尋母	491
曹氏清明	493

公子回家	495
見女託媒	495
三殿尋母	499
求婚逼嫁	504
曹氏剪髮	507
四殿尋母	511
曹氏逃難	513
五殿尋母	515
二度見佛	519
曹氏到庵	520
曹公見女	522
六殿見母	527
傅相救妻	531
七殿見佛	533
曹氏却餽	538
目連掛燈	541
八殿尋母	543
十殿尋母	546
益利見驢	549
目連尋犬	552
打獵見犬	554
犬入庵門	558
目連到家	562
曹氏赴會	564
十友赴會	565
盂蘭大會	565
勸善記跋	568

蝴 蝶 夢

(傳奇)

明·謝 國

【作者簡介】謝國，一名弘儀，又作弘義，字簡之，號寤雲、鏡湖釣碭。會稽(今浙江紹興)人。生卒年不詳，萬曆三十八年(1610)庚戌科武狀元(《康熙會稽縣誌》)，曾治兵粵東，頗有戰績，官至都督兼右副都御史。現存作品僅有《蝴蝶夢》傳奇一種。

【劇情概要】該劇作者掇拾《莊子》及《史記·莊周傳》中相關寓言及傳說，並據《古今小說》、《警世通言》中相關小說情節加以增飾；同時，金、元、明間有關莊子題材的戲曲作品如《莊周夢》、《莊子歎骷髏》、《蝴蝶夢》，對於本劇亦或有一定的影響。劇敘戰國時蒙縣人莊周與妻韓氏隱居抱犢山，有僕馴鹿、婢忘鷗，隨侍在側。時相往來者惟友人惠施和監河侯。莊生偶於山中夢化蝴蝶，得其自由之趣。後薪米俱盡，往貸於監河侯，不料遭拒，惠施則主動送粟上門。適趙國好劍鬥之風，趙王以之為樂，太子以厚幣徵請莊周往諫。莊周為述天子、諸侯、庶人三劍，趙王乃悟，欲請其主政，莊拒之。蟠桃會上，長桑公子讚莊周道心至誠，可得正果，西王母遂命之往度。適莊子自趙歸，長桑設骷髏以開導，莊周與之辯，於生死之處生疑，乃生訪道之心，至衡山從長桑公子修習，得傳丹訣。莊周歸家途中，遇婦人扇亡夫墳墓，以圖速嫁。回家后，對妻歎人心不古，韓氏力詆扇墳之婦，並表明自己守貞之態度。莊周遂假死以探其心，化成周姓美少年借弔孝守廬引動其妻情思。韓氏因莊周之死對修道有疑，又見美少年而心旌搖蕩，便令忘鷗傳語以通雙好。少年要求換孝服、撤靈位、焚靈柩，韓氏一一依從。不料莊周於此時坐起歎息，韓氏羞愧難當，從此閉門修道。初，莊周遇監河侯，示之以點丹化金之術，監河侯求利，為白扁、胡撞所騙，遷怒於莊，遂作書與已拜為魏國宰相的惠施，稱莊周欲奪其位，惠施令人國中搜捕。莊周卻主動請謁，勸其修道，惠施辭以報魏王知遇之恩，然亦有從道之心。莊周為監河侯追索家財，展示神仙道術，監河侯愧悔之餘，發修道之念。韓氏苦修有年，徹悟大道，莊周授丹，引其與忘鷗、馴鹿拔宅飛昇。

【版本流傳】《蝴蝶夢》傳奇現存明崇禎間拄笏齋刻本，《古本戲曲叢刊三集》據之影印，本書即以此為底本。

【演出情況】明萬曆間茅元儀有《觀大將軍謝簡之家伎演所自述〈蝴蝶夢〉樂府》詩，可知謝國亦備有家樂，此劇在明清時常被搬演場上。戲曲選本《綴白裘》收錄其崑曲常演折子戲《歎骷》、《扇墳》、《毀扇》、《病幻》、《弔孝》、《說親》、《回話》、《做親》、《劈棺》等齣。近世京劇、漢劇、桂劇、越劇、評劇等劇种的《大劈棺》，梆子的《莊周扇墳》，即是此劇的改編本。湘劇、弋阳腔、徽劇、秦腔等雖名《蝴蝶夢》，然並不是該劇原本照搬，而是做了許多改動。無論是《大劈棺》，還是《蝴蝶夢》，都為廣大觀眾喜愛。今人徐棻的《田姐與莊周》亦接受了該劇的影響。

（朱崇志）

蝴蝶夢敘

周公瑾精於音樂，三爵之後，有缺必顧，其時鑾卷金革，自少至壯，手口苳瘏，安所乘暇而沉湎自適？余謂夫簡髮而櫛、數米而炊、弊弊焉以身勞天下而惟恐不給者，皆不足以弘濟天下者也。成天下之事者必有餘于天下，成天下之大事者必大有餘於天下。夫既大有餘於天下矣，嬉笑游衍，安適而非其餘所及哉？余友謝大將軍寤雲，大魁天下，敭歷南北，多所建竪，以韜鈐之餘灑詞翰，以詞翰之餘度為梨園法曲，親教習而試之，令人鼓舞感慨，冷熱心而熱冷心，如所行《蝴蝶夢》，其一也。大將軍澎湖之役，余舅氏曰生先生方在幕中，為余言火攻曲折，目思與當時赤壁燒操，大小雖殊，然紅毛銃既奇絕，舟舶百丈，舷堞如城，外塗打馬油，激水周灌，灌所不及，方拌貯水密排布之。所隙惟罘罳數尺，為書契以來所未有。而寤雲用利錐橛頭夜釘其舷，木桶盛火藥，縛布引之，計火發而墜，正入罘罳，其罩思妙用，視以一炬焚首尾相接者則徑庭矣。然功不見錄，而角巾南山將毋亦莊生所言，能不龜手之藥一也。或以封，或不免於洴澼絖乎？余觀近人士著傳奇，如緯真《曇花》、義仍《二夢》，咸以汗馬之烈歸計出世，或謂英雄、神仙原無二道，或謂抒其感憤。寤雲此記，吾烏知其志所云？第以道心觀之，用世戲，出世亦戲，無所等差。今世固未能却走馬以糞也，君亦安得遂觀魚化蝶之事，尚憑軾而觀君之戲哉？

友弟陸夢龍君啟題

凡　　例

　　一、髑髏改為骷髏，諧俗也。

　　一、《古今小說》載：莊子妻田氏，竟齎愧以歿。今易田為韓，醜之也，然登伽尚證聲聞，田即淫，猶登伽等耳，何遽絕其愧悔自新之路，恐玄律亦不若是之板。是編易以因愧得修，因修得證，非特收場了局，不至索然，即質之柱下，亦應首肯。

　　一、編中多用《南華》事實，則說白不得不引用《南華》語。然《南華》文辭玄奧，觀者尚未了然於目，聽者安能了然於耳？屢欲以家常淺近語而不能，抑且不敢，稍為芟繁就簡，使聽者即不盡解，或不甚厭而已。

　　一、牌名之高下疾徐、頓挫馳驟，各有義趣，犯太多則腔不純。雖作俑本於元人，而濫觴極於今日。夫描寫之工在曲，繞梁之妙在音，與牌名何涉？徒多此伎倆奚為？是編所用牌名，一遵舊譜，間有一二犯者，皆慣用既久，聊存此一體也。

　　一、曲之有像，售者之巧也。是編第以遣閑，原非規利，為索觀者多，借剞劂以代筆劄耳。特不用像，聊以免俗。

　　一、是編評點原有數家，不敢不摘錄以借文蕪拙，亦不敢盡錄以燖涸鑒觀。至於圈釋之當，讎較之精，幾無一字一音訛漏，則借力於訂閱諸友為多，生平不能藏人之善，並為拈出。

鏡湖釣碣簡之甫漫識

第一齣　標　目

【西江月】(末上)不住年光似箭,從來世事如棋,朝元有路最便宜,只在當身認取。　　更向真中認假,須知信處從疑。凡情汰盡逗玄機,穩踏朵雲龍轡。

【沁園春】莊子名周,曁妻韓氏,慕道耽幽,感地司保奏。天仙接引,半生蝶夢,喚醒骷髏。雲水尋師,等閒悟道,乞與金丹返故丘。思廣度,攜妻及友,同赴瀛洲。　　佳人銳意雙修,為恐塵情不耐勾。更駈神出舍,移名作姓,故相挑拘。重締鴛儔,半晌迷真,這回破幻,苦練勤參不掉頭。功圓後,全家輕舉,駿鶴玉宸遊。

　　　　代相生嗔惠子授,因貪落賺監河侯。
　　　　癡情直了韓氏女,玄功立證莊子休。

第二齣　蝶　夢

【破齊陣引】(生上)微尚久遺纓組,攜家改卜衡茅。人住煙霞,遊同鹿豕,鬧處抽身較早。鯤鵬未解圖南笑,蜩鷃何妨控地嘲,有圃喚逍遙。

【鷓鴣天】鴻濛未剖道為尊,儒墨悠悠且莫論。一自關門迎紫氣,不煩川岳閟靈文。　　苞元化,鑄乾坤,唱破宗分混沌分。悵望流沙西去後,銀題瓊笈恨空聞。小生姓莊名周,字子休,本貫蒙縣人也。幼讀八索、九丘之書,長負內聖外王之學,直窺道奧,久傳柱下之薪;獨領玄宗,時借尼山之錯。只因世道交喪,堅白異鳴,子已亡而弗求,寐既魘而未覺。是以糠秕堯舜,戲劇聖賢,不辭立論之高奇,欲振普天之聾瞶。自幼與惠子授同窗相好,監河侯總角之知,臭味雖殊,頗稱莫逆。前蒙宋王署俺為漆園令,爭奈俺於功名富貴淡若浮雲,方將託跡而逃,豈肯褰裳而就?近同娘子韓氏結茅抱犢山中,甘做隱淪,不求聞達。今日天氣晴和,欲期娘子入山尋芳采藥,言猶未已,娘子來也。

【菊花新】(旦上)薜蘿衣勝綺羅嬌,毛女時逢話寂寥,風日秀枝條,看環堵白雲長抱。

(見介)官人萬福。

(生)娘子少禮。俺與你移住山中,甚覺清閒自在。如今春光明媚,草暖花香,欲同你入山尋春采藥,兼摘些山蔬野蕨以供午餐,你意下何如?

(旦)如此最好。(向內叫介)馴鹿、忘鷗,你二人提了筐籃出來。

(丑上)小子叫馴鹿,鋤雲種黃菊。

(小旦上)婢子喚忘鷗,炊霞煮碧流。

(丑、小旦)官人、娘子,有何使令?

(生)你二人隨我與娘子到山中采些藥物蔬品之類。

(丑)曉得。

【集賢賓】(生)茅庵一笠圍碧條,愛他叢桂相招。拄杖穿雲恣幽討,剪春蔬玉長新苗。尋芝摘草,與麋鹿分糧覓飽。(合)風日好,正浮蕊浪花爭笑。

(丑)忘鷗姐,這是甚麼東西?

(小旦)難道靈芝也不曉得?

(丑)來煞。

(小旦)這甚麼草這等香?

(丑)這是蕙草。

(小旦)我們多採些回去。

(內作百舌鳴介)

【前腔】(旦)啼殘百舌山更悄,也沒個拾翠相邀。羅襪沖雲蹴春曉,洗青螺翠滴岩椒,鬟堆鬢繞,總巧手畫圖不到。(合前)

【黃鶯兒】(生)遲日變林皋,醉花枝饜欲消,嚶鳴相引探幽渺。娘子你看,蕨肥可挑,筍稺在苞,黃粱爛煮隨緣飽。(合)樹蔭搖,倘徉徙倚,任造化以生勞。天氣困人,俺在此樹蔭之下,少坐片時。娘子,你與他二人往前採些筍蕨蔬品,一同回去。(生坐地介)

(旦、丑、小旦行介)

【前腔】(旦)紫蕨梃柔苗,更進深泥漏筍梢,一簪碧玉和根拗。

桂為炊盡饒,泉可汲未遥,看蘼蕪軟襯來時道。呀,原來官人睡着了。(生醒介)(合前)

(生)娘子,俺方纔合眼,夢此身化為蝴蝶,上下翩翻,甚是快活,不知周夢為蝴蝶,還是蝴蝶夢為莊周。

【貓兒墜】(生)栩栩一夢,化蝶趁青郊。為蝶為周渾未曉,休將幻相認堅牢。(合)肖翹,莫大吾身而小伊曹。

【前腔】(旦)我與你為承幽興,雲嶺幾重迢,也似他戲蝶雙飛不憚遥,粉衣翠鬣掛花梢。(合前)

(旦)日色將午,我們回去罷。

【尾聲】(衆)提筐一路輕蔭繞,旋煮山蔬可當肴,夢裏從教辨鹿蕉。

【集唐】
　　(生)西岩一徑不通樵,(旦)此地誰能訪寂寥。
　　(生)聞有三山未知處,(旦)青雲北望紫微遥。

第三齣　觀　　魚

【鵲橋仙】(小生扮惠施上)蠹簡埋頭,鶯花瞥眼,攜朋需趁新晴,春風何處濯吾纓,且試汲濠梁淪茗。吞將學海浩文波,落唾文成五色梭。見說河源凡九曲,較餘寸舌若為多。小生惠施是也,茹涵今古,貫串天人,奇文抒經濟之胸,雄辯展縱橫之舌。屢辭征辟,暫樂林泉,自幼與莊子休、監河侯為莫逆之交,臭比芝蘭,投同針芥,連日春光淡蕩,景物撩人,早間吩咐安排酒肴,邀二兄往濠梁遊賞,如何還未見到?家僮哪裏?

(末)節去風花三月暮,春來童冠幾人遊。相公有何吩咐?

(小生)莊相公、監河侯老爺到了即便通報。

【前腔】(淨扮監河侯上)舌底波濤,胸中芒角,華鯨未叩先鳴。(生、丑上)(生)故人折簡聽春鶯,好共向煙波進艇。呀,這一向久違了。

(淨)連日少會。

(末進報相見介)

（生、淨）荷承寵招，如何當得？

（小生）今日晴爽得好，小弟聊備酒肴數品，請二兄往濠梁一遊，只不當如此草草。

（生、淨）過承了。

（生顧淨介）俺們就此慢慢踏青前去。

【八聲甘州歌】（生）攜笻拉友，正芳圻春染，繡陌花繁。乾坤雙眼，只應許爾偏青。（小生、淨）從箭鋒應挂商玄詣，豈錦席留連逗世情。（合）呼春住，驕不鷹，故飛紅雨趕嚴程。憐春去，頹不興，且傾碧釀戰談兵。

（末）已到濠梁了，酒席設在何處？

（生）我們就此憑欄而坐，眼界寬些。

（小生）看酒過來。（把酒介）

【梁州序】（小生）微波皺縠，澄潭開鏡，濠濮古來風景。杜蘅芳芷，香風暗遞遙汀。只應幽人邁軸、騷客停棹，付與煙波領。芳尊輪在手，便須傾看、幾點花飛錦浪生。（丑作捉魚介）你看這魚跳起多高，險些吃我拿住。（合）魚躍也天機靜，等閒會取滄州興，心共水鬥鮮澄。

（生）二兄看，羣魚出游，何其樂也。

（小生）你不是魚，安知魚之樂？

（生）你不是我，安知我不知魚之樂？

【前腔】聆音出聽，避鈎匿影，人物幾曾分性。天和自鼓，悠然翔躍清泠。我與兄濠上之遊樂乎？（小生）可謂樂矣。（生）這般說，魚游濠下，何獨不樂？（丑）是，這魚果然樂。（淨）你如何曉得？（丑）怎麼曉不得？比如小人心裏快樂，（作踢打介）便手之舞之、足之蹈之起來，方纔那魚跳起這樣高，這不是他快樂？（淨）這平頭所言亦有理會，正是有其主方有其僕。（丑譚介）正是有其僕方有其主。（生）須知濠分上下，類別人魚，同把韶光領。玄譚微中，澆背泠然陡一驚。（合前）

（淨）二兄平日議論，各擅所長，今日惠兄屈於子休矣。

【前腔】喜承他三益逢迎，俺也愛單詞居勝，肯異同堅白、樹壘

爭衡。縱有掞天辯口、繪地奇譚,名理無歧徑。洪鐘才一、扣瓦無聲,莊兄,更百尺竿頭進一層。(合前)

【前腔】(丑、末)相公每今擅才名,濠梁呵古稱佳勝,想地靈有待,豈天意無憑,更羨詞源注射、道味推敲,另是遊行徑。看這水呵,湯湯流不盡,最關情,閱盡遊人是此聲。(合前)

(淨)俺們泛舟一樂何如?

(小生)正欲如此。

(末)艄水撐過船來。

(作上船介)

(飲酒介)

【節節高】(衆)扁舟興可乘,御風行,浴鷗飛鷺呼相應。波如鏡,釣艇橫,遊人影與游魚共,在澄潭映。忘機,與物真無競。(合)畫船不繫一篙輕,湖光蘸翠煙初暝。

(生)天色將晚,告辭了。

(小生)我們一面踏青,一面飲酒,慢慢回去。

(淨)也不消得了。(作上岸介)

【前腔】(衆)杯杓已不勝,馨罍餅,個中未覺談鋒競。珠俱進,舌偏靈,呼能醒,眼前敵手誰稱勁,得魚更到忘筌境。(合)大家沉醉詠而歸,勝遊有燭何妨秉。

【尾聲】(衆)春光不為遊人等,且落得片時參證,何日重尋此地盟?

【集唐】

(生)數年湖上謝浮名,(淨)泥水冰開好濯纓。

(生)跨馬出郊時極目,(合)殘花落盡見流鶯。

第四齣　會　真

【臨江仙】(外扮長桑公子、老旦扮玄洲真人上)秋煙剛九點,無明焰子熏天,問誰能着沉寥鞭。大家沉醉,火宅盡高鼾。

(外)小仙長桑公子是也。

（老旦）小仙玄洲真人是也。

（外）你我初登仙籍，今聞十洲三島仙靈，並三天真官衆聖，皆赴西池王母蟠桃之會，兼奉上帝敕命，較集羣真，凡間有修道弟子，功行精猛的，得以互相推舉，俺們不免駕起祥雲走一遭去。

（老旦）就此同行。

【步步嬌】（外、老旦）浮天海色琅玗茜，風軟霞成片。千重弱水旋，中有神都，別開宮殿，瓊闕紫房連，西華真氣生靈變。

（外）已到瑶池會上了。你看仙仗排空，想是王母前來主席也。

【前腔】（旦扮王母上）蟠桃結子誰經眼，偏我尋常見。回頭歲六千，纔一度花開、一番實薦，累累幾顆懸，他會閱盡滄桑變。

（外、老旦見介）娘娘稽首。

（旦）仙子少禮。小聖西池王母是也，今日蟠桃大會，就奉玉帝之命，較集仙靈，你看祥雲瑞靄，彌漫繽紛，羽旗霓旌，翱翔上下，衆仙真齊來赴會也。

【北二犯江兒水】（貼扮無上元君、小旦扮太乙元君、末扮東王公、小生扮太極真人儀從上）瑶池嘉宴，恰又是瑶池嘉宴，羣靈駕紫煙，踏着飆輪，控着飛駿，看蓬萊水清淺。朱華若木寨，丹椹扶桑剪。登了蕭丘，遊了芝田，霎時間鷥雲程不覺遠。彩鳳隨軒，翩翩的彩鳳隨軒；斑龍進輦，夭矯的斑龍進輦。早則是近龜臺玄圃邊。

（貼）小聖無上元君是也。

（小旦）小聖太乙元君是也。

（末）小聖東王公是也。

（小生）小仙太極真人是也。此間已是瑶池會上。

（旦出迎介）

（末）娘娘已先到了。

（相見介）

（貼）吾等奉上帝之命，較集天下仙真，功行精進者照玄品升遷，怠惰退轉者照所犯謫罰。凡間修道弟子，根地明悟、真實修持者，照地司所奏勘明接引。衆仙真如有所見，就此詳陳。

（末、旦）仙流功過，已匯成一册在此，專候娘娘法旨，裁定轉奏。

（外）小仙啟上娘娘，今有凡間奉道弟子莊周，道行清高，性地開朗，堪以接引。

（貼）既莊周根器不凡，即當轉奏。就着本仙接引指授。道成之日，另有銓除。

（外）領法旨。

（旦）蟠桃正熟，請娘娘與衆仙真赴宴。

（旦進酒介）

【前腔】（衆）仙家法膳，別是那仙家法膳，天廚出自然。紫茶玄芝，月液雲漿，紛擎來青玉案。（雜進桃介）丹實薦瓊筵，栽來不計年。仙樂低懸，靈曲微傳。不安排，没慇懃，無酬勸。玄都洞天，纔離了玄都洞天；神霄宮殿，早回去神霄宮殿。控雲軿，竟長天圍一轉。

（貼）宴會已畢，傳侍衞的駕起雲輿，就此回宮去也。

【清江引】（衆）你看世人日夜把無常趲，新舊層層換，骨肉化泥塵，大地都填遍，看那個猢猻兒會跳出圈。

【集唐】

　　帝城春榜謫靈仙，羣動消聲舉世眠。
　　雲路何人見高志，共期丹訣一延年。

第五齣　貸　　粟

【西地錦】（生上）心與山，爭靜寂，神將竹門清癯。冰廚煙冷意何如？擬向侯家索米。自家習靜山中，甚覺逍遥自在，近因陰雨連旬，廚下薪米俱盡，已着馴鹿往山中拾取枯枝供爨，只米糧一時無處。（想介）相知山中只有監河侯禄入頗厚，前去問他借貸，諒不推辭。（行介）門上有人麼？

（雜上）有金投暮夜，無客打秋風。原來是莊相公，老爺有請。

【海棠春】（淨上）午睡小酣餘，戶外停賓履。原來是莊兄。（相見介）莊兄，你遊心方外，遁跡山中，今日惠臨，必有所諭。

（生）連旬風雨，薪米俱無，特造吾兄，願貸升斗。俺山中呵，

【懶畫眉】簷茅芳菌不勝鋤，橡栗時分木客餘。奈連旬風雨妒桑樞。總蟠杖拄腹饑何濟，升斗寧辭一起予。

（淨）原來如此。

【前腔】你空山玄對一床書，久不曾文酒過從慰索居，翛然杖履到吾廬。（背介）莊子休平日倡狂玩世、眼底無人，今日如何貸粟於我？我有道理。莊兄，小弟待罪，監河侯不久將得俸錢，那時貸兄三百金可乎？奈無餘粟今難繼，幸俸有多金後可須。

（生笑介）兄不見車轍中有鮒魚乎？得升斗之水可活耳，必欲遠激西江之水，曾不如索於枯魚之肆，今兄所許三百金，亦欲索弟於枯魚之肆耳！

【桂枝香】待濡涸鮒，不過斗升之慕，你既視米如珠，難道揮金似土？忍波臣自枯，忍波臣自枯，那些個請庾益釜？（背介）虛脾全露，這劣支吾，笑你蝸涎不吐空糧壁，豸穢難分枉負塗。

（淨笑介）莊兄，

【前腔】友朋之義，有無須繼，沒來由辭少推多，翻猜做朝三暮四。豈深藏若虛？豈深藏若虛？把款言推故，許而不與？（背介）謾揶揄，黃金留贈寒盟後，白社空思締好初。

（生笑介）兄既以無粟辭，小弟就此告別。

（淨）既然到此，少坐何妨？

（生）請了。

【集唐】

（生）秋風明月獨離居，（淨）愧似相如為大夫。

（生）莫見青雲舊相識，（淨）故人今有絕交書。

第六齣　試　劍

（末扮黃門上）殿壓金鼇紫閣重，如林劍戟氣成虹。寒鋒灑血飛輕雨，一為君王展笑容。自家趙王駕下黃門官是也。俺大王撫強晉之故封，藉先主之餘烈，開基代北，拓地雲中，義輯殊鄰，列國

奉衣裳之會；威覃絶域，東胡靖氈毳之塵。頻年以來，四封無事，聲靈遠被，志欲逞於窮兵；好尚潛移，愛遂鍾於擊劍。蓬頭突鬢，短後垂冠，聞束帛以俱來，企翹車而畢赴。夾居禁御，換將珠履三千；林立殿前，撤却金釵十二。術精短蔗，驚看盤礡之容；氣奮長楡，妙成渾脫之舞。鋒交刃接，技乏百全，達腋洞胸，命爭一髒，見創殘之滿目，始悦豫以開顏。苦諫別懸，何事此心獨昧？殘生分定，都緣宿業所招。你看宮門外簫鼓連天，想是俺大王升殿也。

【霜天曉角】（淨扮趙王儀從上）代北雄邊，半壁撐長劍，諸侯伺釁虜鳴弦，豈可把干戈輕偃？雄圖千里踞山東，胡服終成拓地功。涼德忍教先業墜，且將劍術授猿公。寡人趙王是也，先王胡服騎射，盡有中山、東胡之地，寡人嗣承先業，四境粗安，但列國尚爾鴟張，暴秦公然虎視，豈可忘安攘之實備，懷鴆毒之宴安？已曾招得四方奇才劍客三千餘人，朝夕在殿廷試演，既屬投超之勇，兼克角觝之娛。只是鋒刃所及，微有傷殘，羣臣昧於大計，往往犯顏苦諫，死於俺刀鋸之下者不下數十餘人，就是俺太子也常來聒絮。好惱！好惱！今日無事，不免叫諸劍客上殿比試一番。內侍們，傳劍客伺候。

（雜四人扮劍客上）昆吾有寶劍，匣上鳴聲起。素色淬胡泉，寒鋒揩越砥。願大王千歲、千千歲。

（淨）今日無事，你們用心比對，勝者有賞。

（鬥介）

【六么令】激光流電，提一條秋水空懸，猿公教飛騰迴旋。（合）誰敢禦，命兒邅，管青鋒略染桃花茜。

（一敗下介）鬥得好、鬥得好！

（又鬥介）

【前腔】渾身花串，不屬他磅礡龍泉，一團霜色裹身圓。（合前）

（一敗下介）

（淨笑介）快取賞來。

（四人齊鬥介）

【前腔】掣虹拋練，笑誰家渾脫空傳，雙鉤飛動劇梭穿。（合前）

（兩人敗下介）

（淨笑介）此劍天下無敵矣，每人賞白金一錠。（賞介）

【霜天曉角】（末扮趙太子上）承祧省膳，冠珮趨前殿。呀，淒淒霜氣逼人寒，想又是吾王擊劍。

（見介）願父王千歲、千歲、千千歲。臣啟父王：這擊劍有何好處，父王忘寢食而好之？

（淨）咄，小子無知，屢來聒噪。俺國外濱胡虜，內逼強鄰，不可一日無備，故俺不吝金帛爵賞，招致四方奇才劍客演試殿上，不過要賓服四夷、削平諸國，異日把一個完全國家傳你，難道不是好意？

（末）父王但知其一，不知其二。父王廣招武勇，原欲強我以弱鄰，親試殿前，使我國有備而無患。但武不可黷，釁不易開，歲月既多，傷殘不少，恐死非其罪，致生內怨之心；或藉以為名，反藉強鄰之口。

（淨）便是俺把來消遣日子，亦有何礙？

（末）昔齊以倡優侏儒為戲，孔子趨而進曰：匹夫熒惑諸侯者斬。況此輩招自四方，倘有專諸、要離之流，悔之何及？

【啄木兒】臣無任，瀆尊嚴，他匹夫恣睢萬乘前，只圖我一展眉頭，忍教他頸脰都捐？為臣進諫誠非願，為君何事難從諫，乞鑒愚忠亟改弦。

（淨）可惱！可惱！

【前腔】兒曹輩，見識偏，強作人前解事言。甚來繇賣直沽名，都不思養志承顏。須知有國難忘戰，欲揚我武還須練，怎浪向血海屍原說羽干？可惡！可惡！（下）

（末）咳，我父王惑溺已深，非口舌可爭，如今內難將作，外侮必來，如何是好？（想介）這世間抱犢山有隱士莊周，屢辭徵聘，名重諸侯，不免差人以重帛聘他，他若肯來，必能諫止。正是：

【集唐】

君王遊樂萬機輕，未及酬恩隔闊生。

欲遣孤鴻向何處，尋山莫計白雲程。

第七齣　趙　　聘

【繞地遊】（小生）東皋雨霽，碧隴波搖翠，有故人睡白雲深處。小生惠施便是，昨聞莊子休貸粟於監河侯，俺與他朋友之義，豈容恝然，不免備些米糧，送與他去。叫家童，將米糧挑了，隨我到抱犢山去。

（雜挑擔上）來了。

（行介）

【駐馬聽】（小生）為訪幽棲，山路洄沿入亂溪。莊兄在家麼？（生上）（相見介）原來是子授。（揖介）何幸得兄惠臨？（小生）小弟見連旬風雨，子休山中寂寞，特來相造。（生）小弟正在寂寞裏討受用。（小生）想着你蓬蒿滿徑、薜荔侵階、苔蘚生衣，恐深泥遙隔北山薇，幽人僵臥寒雲裏。

（雜）米穀四挑已到門外。

（小生）聊贈些幸瓶饁麥粟，共君分取。

（生）太多了，小弟如何當得？

【前腔】一雨旬餘，盡日炊煙竹外稀。為難耕白水、欲斫青山、又隔清溪，饑鳥嗷嗷向人啼，休糧辟穀幾斷炊，感爾隆施，愧虛心實腹，個中還未。

（雜上）高士山中臥，行人代北來。自家奉太子之命，來聘莊先生，此間便是，不免徑入。

（生）足下何來？

（雜）小官奉趙太子之命，奉請先生，有書在此。

（小生）山中有客，小弟告辭。

（生）容日登門奉謝。

（別介）

（生接書介）

【一封書】太子悝奉書，抱犢山中夫子居。聞高義甚都，忍看戰國君民陷溺餘,寅誠略借緘籛達,戔帛聊當擁篲馳。望鑒其愚怒如饑,凝想煙霄片影飛。原來如此,但小生不求聞達,遁跡煙霞,有辜太子雅意了。

(雜)俺太子呵,

【駐雲飛】欲造高閭,奈朝夕承歡心事違,只因國中民怨政弛,諸侯窺伺,病入沉迷際,癖在膏肓內,噫,國手怎生醫,針砭無計。願借金鎞,一撥開昏瞖,舉國全保萬姓蘇。

【前腔】(生)山澤清癯,豈是翩翩廊廟姿?雲裏冥鴻去,海外仙麋逝。噫,羅罻怎能羈,高飛遠舉,遊戲芝田,肯向人間嗜,欲訪丹梯叩息機。

(雜)俺太子亦知先生累辭徵聘,但國中有一為難之事要與先生商量,事完之日,即聽先生還山,不敢久屈。

(生背介)所貴乎丈夫者,為人排難解紛耳。

(對雜介)既然如此,明日便與足下同行。

(雜)聘禮千金,乞煩收下。

(生)聘金決不敢受。

(雜)千里微芹,先生拒而不納,難為小官了。

(生)見太子面講就是。

【集唐】

(雜)猿鳥無聲晝掩扉,(生)辟書翻遣脫荷衣。

(雜)白雲多處應頻到,(生)始憶離巢已倦飛。

第八齣 誘　度

(外上)珠藏衣裏何須乞,火在燈中未解炊。混沌不知何處覓,當頭霹靂一聲時。自家長桑公子,奉上帝之命,接引莊周,須索走一遭去。咳,茫茫世界,大地不為不寬;攘攘羣生,物類不為不多。曩日蟠桃會上,較集仙真,並敕訪凡間修道弟子,據地祇保舉,只有一個莊周。這些世人,流浪四生渾渾濁濁,好苦惱也呵!

【錦纏道】歎人生虛颼颼似風中海漚,浪湧拍天浮,霎時間消散，甚處撈求？何不覓熱腸人，提心到清靜界，激流中眨眼回頭，赤緊的芥針投。把熱機鋒、將亞□挑逗，玄珠泥底收。博換得黃芽養就，撲騰騰驂鶴向瀛洲。俺想莊周夙有慧因，穎悟絕世，只是從語言文字參入，傲然自是，坦然無疑，一味以辨說勝人，反墜語言文字之障，不知他病根正在此處。此人不比凡夫俗子要覷面誘引，只消觸景生情，略加點撥，輕輕逗起他一點疑根，他自然會來尋俺。（看介）有了。前面一具骷髏，此人在生倒也伶牙俐齒，不免喚起他陰魂，就把接引一事交付在他身上。（叫介）骷髏，你陰魂何在？

（雜帕蒙頭上）真人有何法旨？

（外）俺奉上帝之命，接引莊周。他從趙國說劍而回，必然在此經過。你可將睡魔推在他身上，夢中將生死一事伏他一個疑根。俺自有理會，不可有誤。

（雜）領法旨。

【東甌令】（外）吾弟子曰莊周，他踏破虛空氣正遒，若還覷爾相僝僽。種個疑根就，待從疑處解推求，金鯉要尋鉤。

【前腔】（雜）他若過，把睡相留。憑寸舌玲瓏癢處勾，子皮膚撓破成瘡痏，他自尋針灸洪爐，片雪等閒投，冰泮水悠悠。

【集唐】

（外）昔人已乘白雲去，夜夜孤魂月下愁。

（雜）不惜片陽談妙理，更憑飛夢到瀛洲。

第九齣　如　趙

【生查子】（末）有意格君心，無計回天聽。遇巷想高人，目斷孤鴻影。自家趙太子是也，昨差人奉聘莊先生，如何尚未回話？

（生、雜同上）

【粉蝶兒】（生）水遞山程，埋不盡人間名姓。

（雜進見介）蒙差小官去聘莊先生，聘金絕不肯受，莊先生已到門外。

（末）快請相會。

（生見介）殿下何以教周、賜周千金？

（末）聞先生明聖，謹奉千金以犒賢者，先生不受，悝又何敢言？

（生）聞殿下欲用不才，使進諫于大王，不知是否？

（末）正是，先生，我父王呵，

【鎖南枝】國褊小，喜弄兵，招徠劍客日鬥爭，把凶器逞歡情、肌膚敵鋒刃。儻內變起、外侮乘，願先生匡諫正。

（生）原來如此，羣臣為何不諫？

（末）父王酷好在此，廷臣諫而死者數十人矣。

【前腔】（生）王好劍，志乃盈，諫無其術故不膺。以奇策劫其情，危詞中其病。他茫無主，俺機可乘，又何難使傾聽。

（末）先生如此，是敝邑無國而有國也。但父王所見唯劍士，先生為之乎？

（生）周善為劍。

（末）父王所見劍士，皆蓬頭突鬢之徒，先生儒服見之，必逆其意。

（生）請易劍服見之。

（末）悝明日導引先生同見便是。

【集唐】

（末）三十年來天下名，古今應只有先生。

（生）昔時霸業何蕭索，慚愧煙霞得送迎。

第十齣　說　劍

【夜遊朝】（淨隨劍客儀從上）一展雄圖連雁塞，關河曉燧偃烽埋，蠻觸燕齊，蚍蜉韓魏，憑代馬千羣一躡。

（衆見介）願大王千歲、千千歲。

（淨）寡人前因太子諫俺擊劍，心下懊惱，他連日見俺不喜。昨來薦一劍客，名曰莊周，說此人之劍天下無敵。俺已曾揀選劍士，得最精者五六人，莊周劍藝稍疏，必喪他人之手。朝門已啟，宣太子、劍客上殿。

【卜算子】（生上）故意摘頷珠，偏警驪龍寐。（末）不知何術挽天回，個裏疑猶在。

（見介）願父王千歲、千千歲。

（生見介）願大王千歲、千千歲。

（淨）這就是莊先生，先生之劍何如？

（生）臣之劍十步一人，千里不留行。

（淨）果如所言，天下無敵了，能與寡人諸劍客比試麼？

（生）臣以劍見大王，願得少試。

（淨）先生所用劍長短何如？

（生）長短皆可，然有三劍，唯大王所用，請先言而後試。

（淨）何謂三劍？

（生）有天子劍，有諸侯劍，有庶人劍。

（淨）天子之劍何如？

（生）天子之劍，以齊岱為鍔、晉魏為脊、周宋為鐔、韓燕為鋏，包以四夷、裹以四時、制以五行、論以刑德、開以陰陽，此劍直之無前、舉之無上、案之無下、運之無旁。上決浮雲，下決地紀。此劍一用，匡諸侯，天下服矣。

【玉芙蓉】風雷運作鎚，元氣吹為韝，磨礪就，把陰陽刑德都該。乍辭鮫服星芒動，一試戎衣彗影埋。奇光溢，看霆轟日藹；指麾間，倒戈崩角盡歸來。這就是天子之劍。

（淨驚介）諸侯之劍何如？

（生）諸侯之劍，以知勇士為鋒、清廉士為鍔、賢良士為脊、忠孝士為鐔，此劍直之亦無前、舉之亦無上、案之亦無下、運之亦無旁。上法圓天、下法方地。此劍一用，如雷霆之震，四封之內，無不賓服聽從。

【前腔】鉗鎚倩妙材，磨礪須名輩，萃精靈，肯教寶氣空埋。斂英豪為鍔誰能侮，淬勇知成鋒鱟不開。奇光溢，看星輝電駭；指麾間，四郊無壘燧無灰。這是諸侯之劍。

（淨）庶人之劍何如？

（生）庶人之劍，蓬頭突鬢，曼胡之纓，短後之衣，嗔目而語難。

相擊於前,上斬頸領,下決肝肺,無異鬥雞,一旦命已絕矣。
【前腔】麤雄邁等儕,揮擊聊慷慨。窺形便,須臾決脰捐骸。血流五步名為俠,勇入千軍技是魁。奇光溢,看魂飛魄駭;拼柔肌,銛刃爭一霎眼兒乖。這是庶人之劍。今大王有天子之位而好庶人之劍,臣竊為大王羞之。
(淨牽生上介)先生何在,何相見之晚也!寡人願掃境內以事先生。
(生易服介)臣山野之人偶然至此,大王既過聽臣言,即當告退。
(淨)説那裏話?近侍,將酒過來。
(末把盞介)
【解三酲】(淨)悔從前嗜痂成瘵,不提防釀蘗為災。似挈偶場影戲爭無賴,跟措大鬧坊街,喜靈香繾卻離魂返,金磬敲將劣夢回。(合)針投芥,針投芥,羨當下機鋒捷轉,似龍蟄驚雷。
【前腔】(生)論涓流何裨大海,羨泰山不讓纖埃,似響傳谷受無些礙,酣睡裏只輕推。(淨)先生為何就要舍寡人而去?(末)啟父王,莊先生世之高士,屢辭徵聘,隱跡山中,昨孩兒以千金聘他,分毫不受,原説見父王之後,即聽還山。(淨)世上有此高人,實為可敬,但懷寶迷邦,古人所戒,先生何必如此?(生)慚非白璧難登廟,恥為黃金更上臺。(合前)
(淨)既然如此,孩兒好生送先生回去。
(生)多謝大王。
【尾聲】(淨)幾年酬不盡瘡痍債,乞得醫王一匕回。把桿机危亡,須臾轉泰階。
【集唐】
　　　　(淨)杖下方從碧殿回,(末)留連不畏夕陽催。
　　　　(生)淺薄將何稱獻納,(衆)衆傳君是佐王才。

第十一齣 夢　　疑

【一江風】（生、丑上）曉雲涼,旭日遮青嶂,策蹇荒原上。為酬知,虎口躬嘗。痛定翻思創,功成不受償,功成不受償,蕭然物外裝,見萋萋蔓草穿幽壙。

（生）今日行了這半晌,身子困倦,且向前面樹蔭之下歇息片時。

（丑）官人,這樹如何這等大?

（生）此名樗樹,乃不材之木,無所用處,故得終其天年。

（丑）官人,又不是這等說。昨日店主人有兩隻雁,一隻能鳴,一隻不能鳴,小廝問宰哪一隻,主人說宰那不能鳴者。今道旁之木以不材生,主人之雁以不材死,官人將何以處此?

（生笑介）吾將處於材、不材之間。這木呵,

【前腔】材不良,枝干空尋長,誰肯回眸向?這雁呵,嗃修吭,暗者遭烹,鳴者翻無恙。木材遭斧斨,木材遭斧斨,禽材出鑊湯,教為禽與木也難憑仗。呀,前面白晃晃的是什麼東西?

（丑怕介）是一具骷髏,好怕人。

（生）咳,想你當初生在世間,有多少知覺運動,有多少妄想營求,今日卻做這般面孔。

【紅衲襖】你莫不是覓蠅頭做蛾兒撲焰釭?莫不是戀蝸名餂蜜在刀頭上?莫不是從征的賈勇沙場葬?莫不是狗忠的投荒道路長?你這副皮囊兒在何處藏?你這點靈心兒在誰行傍?空撒下朽不盡頭顱誰覓也,只好借淒雨寒泉當淚幾行。

（丑背介）好笑俺官人,一個骷髏,只管絮叨怎的,難道他聽得你的話?

（生）世人將這把骨頭,都要埋在土裏,偏你拋在野外,莫非生前也是個達生之士?咦,還怕是臨終遭甚不幸,以致如此。

【前腔】你莫不是抱沉疴向無常見藥方?莫不是困饑寒立槁的墻間樣?莫不是遭強梁還了還不盡冤業帳?莫不是遇豺狼填了

填不滿血肉腸？你是聰明的心若波濤死怎降，你是懵懂的形如土埂神先喪，都一樣衰草寒煙零落，也只好倩謝豹啼鵑替你哭一場。

（丑背笑介）你看官人一肚子閒話憋悶得慌，對着個骷髏講個不住，聽得俺瞌睡上來，且睡他一覺好走。

（睡介）

（生）我想世人賢愚不等、貴賤相懸，到頭來都一樣，一堆白骨有何差別？

【前腔】你莫不是遊俠的輕一諾許了肝腸？莫不是縱橫的憑單詞取了卿相？莫不是為墨的跂離道德成悵怳？莫不是為儒的窾鑿虛無破混茫？你是個貧賤的怎少了這一抔土裏藏？你是個富貴的怎難保三尺墳無恙？雖孝子慈孫，這面孔渾難認也；總義烈奸回，這朽骨誰分臭與香？説了這一回，身子疲倦，不免枕此骷髏，少睡片時。（睡介）

（末罩頭上）自家骷髏陰靈是也，聞莊先生所言，頗有譏諷之意，不免與他辯論一番。莊先生請了。

（生起介）足下何人？

（末）僕即君所枕者，適聞先生所言，皆生人之累，如僕則無此患矣。

（生）呀！足下正是這骷髏了，正要動問，小生已知貴不如賤、富不如貧，只不曉生不如死耳，願足下教之。

（末）夫死者，無君於上，無臣於下，無四時之患，雖南面王之樂，不能過也。

【宜春令】生能幾死較長，有誰逃無常這樁？醃臢臭腐把幻身抛却還真相，討不來苦惱憂傷，管不着侯王君長。任徜徉，生盼出這血團胞脹。

（生）足下但知其一、不知其二，人生在世呵，

【前腔】生堪惜，死最傷，萬千劫剛搬演這場，電光石火，誰甘一瞑沉黃壤，總這回再得人身，渾不是舊日靈光，且徜徉，肯任他死生流浪。吾將上告司命，令子再生，子欲之否？

（末笑介）吾豈舍南面王不為而為人乎？

【玉抱肚】幾年勞攘,甫能勢跳出褲襠,没肌膚豈患傷殘,無骨肉那怕参商?(啐生介)(生復睡介)肯還鑽入臭皮囊,還我逍遙南面王。滿眼貪生怖死兒,死中有樂盡人疑。世間貿貿誰能解,除是長桑公子知。(下)

(生欠伸醒介)異哉! 異哉! 適纔睡去,分明這骷髏與俺辯論半晌。

(丑醒介)是那個和官人説話?

(生)就是這骷髏。

(丑)阿也,這等作怪成精,官人,你的舌頭也忒靈,把一塊枯骨都説醒了,他與官人講些什麼?

(生)他説:

【前腔】人身憂患,有生初鑽來肺腸,若不向釜底抽薪,空指望止沸揚湯,人生有患向身藏,我若無身患自亡。雖然如此,反逗起俺胸中許多疑來,天色將晚,且趲行去吧。

【集唐】

　　(生)停車坐愛霜林晚,(丑)滿墅蓬生古戰場。
　　(生)無限別魂招不得,(丑)可憐神采弔斜陽。

第十二齣　聘　　惠

【燕歸梁】(小生上)一菴小隱枕清漪,有翠鎖煙圍。黄粱新熟白魚肥,與溪叟共忘機。小生與莊子休相别數月,微詞奧義無可抒寫,胸中浩氣如雷。今日晴煖,不免往溪旁柳陰之下閒望一回。

(雜上)廊廟只今虚相席,衡茅何意賁徵車。動問惠先生家在何處?

(小生)足下何來?

(雜)俺奉梁王之命,奉請惠先生的。

(小生)請到舍下。

(雜)原來就是先生,寡君敬虚相位以待,有書帋在此。

(小生接書介)

【泣顏回】（雜）我大王呵，為國勢漸傾危，更連年戰北兵疲，喪亡可恥，幾年盱食宵衣，願抒才吐奇，手提四境把安危繫。先生肯憑軾遙臨，寡君將擁篲先駈。

（小生）原來如此。

（背介）梁王先聘孟子輿而不能用如何又來聘我？

【前腔】（小生）真憨虛譽怎匡時，憐枋榆弱羽，控地卑飛，騫騰無具，敢思飲啄天池？有低枝可棲，肯等閒羈向虞羅裡，也還愁九萬難期，又思量一籥難辭。

（雜）小官臨行時，寡君多多拜上，說先曾聘孟先生到梁，有人說他迂濶，故決定掃境內以待先生，先生不須推讓。

（小生）既然如此，足下先行，小生隨後就到。

【集唐】

（雜）賢王馴馬退朝初，願得相逢一問師。

（小生）雲路何人見高志，成名空羨里中兒。

第十三齣　辭　家

【一剪梅】（旦上）水風山影蘸茅荊，幽鳥初驚，幽夢初醒。（小旦上）曉來溪畔拾幽蘋，新雨初晴，新草初生。（旦）忘鷗，你官人應趙太子之聘，去經數月，怎的不見回來？他素好雲遊訪道，多是又在別處去了。（小旦）趙國去此不遠，想只在目下便回，不須縈掛。

【綿搭絮】（旦）空山寂靜，孤影暗魂驚。茅屋無隣，映水幽篁遶舍生，憶連宵雨滴簷聲，偏向芭蕉傳響、遞入疏櫺。教我翠袖閒憑，倚遍琅玕萬個青。

【前腔】（小旦）清溪自汲，流水杳無情，萬折千紆不蹔停，問幽人勘破浮名，何事為他徵聘、沐雨衝星？多應難按雄心，虎穴龍潭掉臂行。

【步步嬌】（生、丑上）儵然一覺華胥境，猛被人提醒，疑團一股撐，胸裏填柴、咽中着鯁，何處討分明？腰鐮誰借開迷徑？我莊周冥心學道，際地窮天，自謂此中頗有入路。只生死一事，雖能勘破，尚未了然。昨夢中聞骷髏之說，反逗起一肚子疑來。我想從來千聖萬真，只為生死事大、苦證慰脩，這骷髏又於死中點出一個樂境，不知是道是魔，心中茫無定主。他又說除是長桑公子知，我素聞長桑公子是得道真仙，城市山林渺無定跡，却那裏尋他？（想介）我想此事不得名師指授，此中終不了了，如今到家別了娘子，大踏步只管尋向前去，定有相遇之處。呀，一路心口自商，不覺已到山中了。

（丑作扣門介）

【不是路】（生）山鳥來迎，無數閒雲鎖舊扃。（旦）呀，官人回來了！（生）俺不是回家，是來別你，須臾頃，欲攜混沌去扣惺惺。（旦）官人此話從何而起？喜還驚，歸鴻剛墜天邊影，又趁秋風入窅冥。（生）中情耿，拚芒鞵踏破煙霞境，要尋參訂、要尋參訂。

（旦）官人，你纔入門來，如何就講出去的話？

（生）正是未得入門不得不出去。想我學道半生，雖然粗有解悟，但未遇明師點化，終是瞎煉盲修，虛擲光陰，豈不可惜？如今別了你，去尋個善知識，參證一番，討個了落結果，完此一段公案。俺意已決，不要攔我興頭。

（旦）雖然如此，但四海茫茫，仙真難遇，未知果得成仙了道否？教我如何放心得下？

【五供養】搏風捕影，更無邊水遞山程，煙霞成獨往，何路問蓬瀛，似飄萍，總要寄衣糧，誰倩山眠雲作幕、野飯水為羹？（悲介）別淚空懸，歸期難訂。

（生）娘子不必絮叨了。

（旦）既官人去意已堅，我也不好苦勸。忘鷗，收拾衣裝，着馴鹿挑了，跟官人去。

（生笑介）學道之人，豈要人為伴？

（丑）官人途中怎少得人服侍？還該帶了小人去纔是。（悲介）

【玉交枝】（丑、小旦）淚珠偷迸，怎沒個人兒使令？團瓢斗笠誰承應？最難禁雨枕風鈴，聽耳邊殘漏遞殘更，看天邊孤雁憐孤影。這波查還誰慣經？這淒涼叫誰忍聽？

（生）俺既動身訪道，正要勞其筋骨，豈要人服侍？你們不須絮耺。(自背行李介)我此行不久便回,娘子你閒居無事,將我平日所授之訣,調伏溫養,不可蹉過光陰。無勞遠送,俺就此相別也。

【川撥棹】須深省,我此身如一葉輕,待討個結果圓成,待討個結果圓成,降服那疑心、信心,這根苗須要尋,怎留連兒女情?正是:不求生富貴,却下死功夫。(下)

(旦悲介)官人竟自飄然而去了。

【尾聲】你尋師遠向天涯趁,教我向誰行相印?且把清淨無為當一本沒字經。馴鹿,你官人此去歸期全無定準,你年紀長成,在此不便,且回你家去,等官人回家,再來不妨。

(丑)小人如何捨得就去了?官人既不帶我出去,娘子又不留我在家,閃的我有家難奔了,只得勉從娘子之命,蹔且回去。

【集唐】

　　(旦)白雲無路水無情,(丑)念爾初緣道未成。
　　(小旦)自要乘風隨羽客,(丑)寒雲孤木伴經行。

第十四齣　相　魏

【似娘兒】(末扮魏王上)三晉舊諸侯,恨霸圖去也難留,伊人才辯寰中秀,薪膽驚心,山河雪恨,先教一試英籌。力屈強鄰恨未收,沙場夜夜髑髏愁。擬求定霸圖王手,一洗從前□者羞。寡人魏王是也,嗣服以來,邦家多故,師徒撓敗,空腐心齊虜之讐;疆土淪亡,常切齒秦人之憤。勢漸衰而不振,力欲報而未能。前者博訪僉謀,羣臣皆薦宋人莊周、惠施,才堪王佐,不想莊周近被趙國聘去了,已曾差官去聘惠施,未知來否,教我好生放心不下。

【金瓏璁】(小生、雜上)切玉鋒磨就,瓊函試拔吳鈎,光迸處冷颼颼。

(雜)已到官門外了,待小官先去報知。(報介)啟大王,惠先生已請到官門外了。

(末)快請。

(小生見介)願大王千歲、千千歲!

（末）久聞先生才名冠世，雄辯絕倫，不遠千里而來，何以教我？

（小生）臣聞治國之道，內安而後外攘，大梁表裏河山，本用武之國，因邇年兵連禍結，西敗於秦，東破於齊，慼國喪師，勢窮力屈。今日之計，惟儲選將材，訓練卒伍，愛養民力，廣裕儲糈，厚結與國之歡，漸孤強隣之勢。觀釁而動，以律行師，則不特雪耻除凶，兼可取威定霸。惟大王裁之。

（末）奇才！奇才！可謂名下無虛士矣。寡人敬奉社稷以從。近侍，取相印過來，就拜惠先生為相。

（小生換冠服介）

（謝介）微臣一介草茅，叨蒙國士之遇，自愧疎庸，不勝感激。

（末）整迎風宴過來。（把盞介）

【錦堂月】（末）玉斝香浮，金爐煙裊，殿角彩霞如繡，風虎雲龍，從來聲氣相求，肯戀他水韻山情，枉枕卻王馳帝驟。（合）鈞天奏，都倩做喜起賡歌、君臣相侑。

（小生進酒介）

【前腔】迂謬，放浪林丘，茅屋無鄰，惟有白雲相就。拋卻煙緡，何期魚水旋投？愧身猶羈旅之中，懋位在臣僚之右。（合前）

【前腔】（衆）緣湊，夢卜堪儔，明良相遘，天壤共垂不朽。霸業王圖，明堂北面諸侯。喜風雲際會方新，羨表裏山河如舊。（合前）

【醉翁子】（小生）天授，這際遇從來難又，漫舌底生濤，已肘間如斗。非謬，看唾手青齊，席捲秦關二百州。（合）杯頻覆，喜吁咻，都俞一堂輻輳。

【僥僥令】（末）笑談成廟算，尊俎盡王猷，圖胸中一洗憑陵耻，眉上且分開桎梏憂。

【尾聲】從今始覺衡門陋，肯耽卻功名落後，任他松菊淒涼猿鶴愁。

【集唐】

　　（小生）欲將刀筆潤王猷，（末）兼秩恩歸第一流。

　　（衆）到日卻陪丞相宴，（合）十年空被碧雲留。

第十五齣　試　凡

【浪淘沙】（外上）山水遍挨排，那討根荄？還來撞府與穿街。只要你功夫尋到也，有個人來。俺向日着骷髏勾引莊周，他果然一聞夢中之言，陡生疑惑，辭家徑來尋俺，自春及夏，名山靈洞，無不訪尋，心如鐵石，似此根器，亦豈易求？他昨日訪得衡山，料後日必在城裏經過，今日又是端陽，楚俗競渡為樂，士民傾城出遊，不知個中亦有慧根的否？俺不免假裝醉酒，把服五星守洞房之訣在人稠處高歌，倘遇識者，便接引他，有何不可？前面一起書生來了。（裝醉介）

【縷縷金】（生、小生、淨、丑上）邀朋輩，鎖書齋，大堤紛女伴，鬥金釵。況是端陽假，先生不在。（內吹鼓介）（合）聽龍舟鼓角沸如雷，心癢脚難蹻。呀，這道士醉了。（外歌介）巾金巾，入天門，呼長精，吸玄泉，鳴天鼓，養丹田。（生）老道，你是哪里來的？（外笑坐地介）（小生）你念的是什麼？（丑）什麼巾巾？打斷你脊梁筋。你這道士不守清規，醉酒撒潑，發問你全然不睬。（作打外手疼介）這等可惡，我纔揚起拳來，倒先搗我這一下。（生）他何曾動手，不要賴他。（丑）想是我自己閃了一下。（小生、淨扯丑介）誤了我們耍子，去罷。聽龍舟鼓角沸如雷，心癢脚難蹻。（下）

【前腔】（旦、老旦、小旦、副淨上）拈鍼罷，把繡筐推，共搖明月珮，到江涯，五絲剛繫臂，鬢鴉添艾。（合前）

（淨）呀，這道士吃得這等爛醉！
（外歌介）
（旦）老道，你這是抄化的話麼？
（老旦）想是什麼經典麼？
（外笑介）
（淨）你這道士好不知理。我們出來玩耍，你不知真醉假醉，攔住我們，莫非故意調戲奴家麼？（拾土打外介，手掩目叫疼介）哎喲，我拾塊土兒和他耍耍，他倒一磚頭把我眼都打腫了。

（旦）休要賴他，他並不曾動手。

（老旦）是土塊迸回來，倒把自己眼打了一下。

（淨作扯外介）和你到官司去。

（旦）醉人睬他作甚？

（小旦）我們自要去，不等你了。

（淨）便宜了他，待我啐他幾口。（啐介）（合前）

【前腔】（淨、末、丑扮醉道士上）殘狗汁，拌清齋，燒刀餵得醉，串花街，聞道河堤外、珠填翠溢。（合前）

（丑）只道只我吃酒，你倒比我還醉。

（外歌介）

（淨）呸，你看信口胡謅，只好哄施主們罷了，對俺們真人面前也說假話。

（末）他各人口頭熟話，睬他怎的？

（丑）不是這等說，我們在衡陽城住了數十年，還瞞着人吃酒，背地裏養婆娘，恁樣志誠脩行，這一方人纔敬重咱們。你是個遊方野道，就來當街醉酒，壞俺們體面，待俺打這廝。（作踢外介，脚不動介）這野道你扯住俺腿。

（末）他不曾扯你。

（丑）敢是他身上有鰾膠，把俺腿粘住了？

（淨）這廝到有些小法術兒，怎敢得俺手，等俺替你解。

（作念咒介）天靈地靈，一切邪法，化作灰塵，吾奉太上老君急急如律令敕！（手不動介）哎喲，連我的手也動不得了。

（末）不好了，緣來是有手段的。（內喝道介）那壁廂官府來了，我且走他娘罷。（合前）（下）

（內又喝道介）

（外向丑、淨吹氣，俱跌倒走下介）

【前腔】（小生儀從上）三間廟，水之沮，□絲沉黍塞，滿城來江流，添淚發□爭解。（合）共憐香骨此中埋，忠魂耿□在。

（雜）稟老爺，前面醉道士攔路。

（小生）昨日分付要祭三間廟，巡捕官也不肅靜街道，被這醉人混擾。

（雜叫巡捕官介）

（丑上）

（小生）怎麼縱容醉道士攔我馬頭！

（丑）小官不住的巡綽兩日了，這是剛纔來的。

（外歌介）

（丑）呸！老爺正查你為何攔路，你倒歌將起來，看你這嘴臉，莫說歌，就唱一齣崑調，也不稀罕你的。

（外笑介）

（小生）這道士醉了，歌又不像醉的，也罷，從他身旁過去吧。（合前）（下）

（丑吊場）你這個野道，險些照顧老爺一頓板子，大老爺饒得你過，我巡捕老爺饒你不過。叫皂吏扯下□□。

（外笑介）

（雜）你笑、你笑，打得你怔叫。（打介）

（丑叫疼介）怎麼我的腿倒疼？

（又打介）

（丑）哎喲，疼得古怪。

（雜丟板叫疼介）老爺，打不成，連我的腿也生疼起來。

（丑）是了，他有寄杖法的，如今把他吊起來。

（淨上）前面大老爺叫巡捕官擺祭，快去、快去！（俱下）

（外）俺在此遊戲旬餘，楚國地方數千里，就沒一個知音者，只有一個屈平，數年前沉江而死了，今日倒和這些人混了一日，不免先到前途，待莊周尋來，好與他相會。

【浪淘沙】裝個玉山頹，潦倒長街，游鱗不餌掉頭廻。俺想除是莊周方曉此訣，問這啞謎誰解得？那個人來。

【集唐】
　　　　眼前人事只堪哀，欲下郞城首重廻。
　　　　惆悵仙翁何處覓，落花流水認天臺。

第十六齣 遇 師

（生上）踏破千峯萬嶺雲，楚天湘水弔靈芬。何時覓向青羊肆，乞與龍泥素券文。俺辭家數月，遍歷名山，訪求長桑公子，杳無下落。前日到衡山訪了一回，入城去詢問信息，城中人説兩日前有一道者，披髮行歌於市，唱道：巾金巾，入天門，呼長精，吸玄泉，鳴天鼓，養丹田。我想此乃服五星守洞房之要訣，非有道之士，必不辦此，或者就是長桑公子亦未可知，不免趲行趕上，討個下落。咳，俺莊周學道半生，自謂升堂入室，誰想悟根未徹，萬里尋師，受這般苦楚。

【新水令】似醯雞歌舞甕兒中，到頭來一場虛弄。片萍量大海，個葉嶂秋□，糊弄的頭腦冬烘，這混沌裏鑽不動。（下）

（外上）呀！雲頭上望見莊周一路詢問來了。

【步步嬌】他為千年誰辨麒麟塚，抱得個殘顱慟，似蟲蟻哭秋風。略借靈通，撥開清夢，他心田一片恁虛空，俺從虛空裏硬把疑根種。（坐地介）

【折桂令】（生上）猛回頭要覓根宗，向信處尋疑、疑裏尋通。因此上踏盡雲峰、臥遍風松、聽徹霜鐘，那討來關門令尹？沒尋處河上仙翁。躡跡求蹤，那骷髏明明説有個長桑公子，便做道鬼舌無憑，當真的仙面難逢。（見介）老師父，小道稽首了。

（外）道者何來？

（生）小道是尋師訪道的，動問老師父，可曉得長桑公子麼？

（外）這是俺方外道友，如何不曉得，你問他怎麼？

（生）小道特為尋他，離家數月，茫茫雲水，蹤跡杳然。願求老師父指引。

（外）他乃得道真仙，天上人間，雲蹤不定，你哪裏尋他，却不虛費你這番跋涉了？

【江兒水】他赴會過青海，朝真向碧空，或嬉遊天外把虬龍控，行歌市裏將兒童哄，談經座上把王侯動，或一衲頹然乞供，遊戲人天,何處邀他雲從?

（生）咳,老師父,我小道尋得他好不苦。

【雁兒落帶得勝令】俺歷千山長衝他虎豹叢,俺涉萬水慣穿他蛟龍縫,把幻恩情在腦後拋,把至誠心在胸前捧,因問訊險吒喉嚨,為跋涉險成臃腫,鎮日齋不曾牙動,連夜睡不到朦朧,驂龍眼,巴巴怎去捉雲間鞚。風也麼風,怎吹俺上青霄去訪逸蹤?

（外）你要見他也不難,他與我兩月之後,約在青城山相會,你既尋得他恁苦,俺當指引你與他一會。

【僥僥令】青城仙窟宅,雲外矗蓮峯,俺待與他破衲岩前擁,你去□□城聽舌攻。

（生）這等說師父就是長桑公子了?（拜介）

【收江南】呀,早知道師尊覿面逢,直恁的不玲瓏,險做了萍分波浪中,各西東。便索要開盲啟聾,怎把這鈍根苗試切玉鋒。

【園林好】（外）鈍根苗微霜瘁松,捷機鋒輕颭轉蓬,一任你當場搬弄,持寸莛撞洪鐘,持寸莛撞洪鐘。

（生）師父,為弟子□□遇一骷髏,弟子問他:吾已知貴不如賤,富不如貧,只不知生不如死。那骷髏回道:死者之樂,雖南面王之樂亦不能過。這還是道是魔?

（外）凡成仙了道之人,無生無死,亦無無生無無死。恬淡無為,一返自然。今子於死中妄求境界,是不恬也;以南面王為樂,是不淡也。這是子於世間幻生幻死中妄尋着落,故有此魔耳。

（生）弟子一承指示,心境豁然,但死者之樂,果如骷髏所言否?

（外）世間諸樂,皆是幻境。我有我之樂,爾有爾之樂,骷髏有骷髏之樂,仙真有仙真之樂,南面王有南面王之樂,各不相貸。以骷髏之樂與爾,爾未必樂;以南面王之樂與我,我未必樂。因汝欣厭未除,故認幻為樂,一真既湛,諸幻皆空。

（生）多謝師父指教了

【沽美酒帶太平令】謝師尊為發蒙,剛一撥轉雙瞳。笑冰炭誰將掛在胸,把形相簌虛空,配姹女為婆做公,認嬰兒為子稱翁,一星火要飛煙吐紅,一粒沙要揀金汰銅。我呵,迷離溟濛,被霹靂當中,呀,驚破了一床蝶夢。

【尾聲】筌蹄繙盡□□用,只在醍醐一滴中,且去聽峨眉萬壑松。

【集唐】
　　(外)許着黃冠向雪峯,(生)回看雲壑幾重重。
　　(外)冥心已悟虛無理,(生)坐指浮生一夢中。

第十七齣　秋　　懷

【憶秦娥】(旦上)心兒陡,起來羅袂風吹透,風吹透,又縈思緒,又驚時候。(小旦上)銀瓶曉汲霜侵甃,寒衣剪却憑誰授,憑誰授,不知何處,恁般拖逗。

【望江東】(旦)雲中一線茫茫路,極目送春鴻度,無窮煙水知何處?有夢也難尋遇。　　(小旦)織成錦字愁無數,算沒個人傳去,總憑雁去尋儔侶,又怕是秋將暮。

(旦)忘鷗,你官人別去半載,杳無音耗,不覺又是重陽了,對景傷情,轉添淒楚,我與你到溪旁閒步一回,消遣則個。

(小旦)使得。

【山坡羊】(旦)頓氤氳白雲出寶,碧模糊翠嵐生岫,記別時紅英乍稀,不歸來又是黃花候。仙路悠,知他遇也不,恐名兒未必丹臺有,叩水參雲,怕難生受。圓丘重重弱水流,孤舟茫茫何處求。

【前腔】(小旦)碧澄澄波潭生皺,紫葳蕤輕霞如繡,影熹微天高露清,景蕭條木落山容瘦。雁影流,泠泠一陣秋,懷人況是鴻歸後,雲水崎嶇知他健否?風颭他鄉布衲愁,心憂,誰家齋飯留?

(旦)忘鷗,去年今日與你官人在山崗上登高採藥,逸志盈襟,幽香滿把,清閒自在,不減神仙。不意今日這般冷落,却不反被求仙悮了。

(小旦)娘子休要煩惱,我們還到山上耍耍,也當登高一度。

【皂羅袍】(旦)恰又辰逢重九,奈題糕渾懶、把菊還羞,茰囊總珮不禳愁,桂尊欲把誰相侑,霜花又老,光馳景流,風萍沒定,山長路悠,怕片雲逐、吹難歸岫。

【好姐姐】（小旦）撒□□□一丘，空自有松關菊守，黃花拗得不簪頭，渾如瘦，他芒鞵踏盡天邊岫，咱錦字空傳夢裏郵。

【香柳娘】（旦）歎真成漫遊，歎真成漫遊，怕因緣未偶，金仙有宅無因扣，儘山採水搜，儘山採水搜，他素手怎回頭，我將心自問口。（合）這離情怎休？（小旦）把離懷且丟，知在何方、夢魂難就。

【前腔】（小旦）看今秋似去秋，看今秋似去秋，遊人非舊，懨懨怯似經秋柳，更煙歘雨揉，更煙歘雨揉，搖落翠鬟羞，腰肢不成瘦。（合前）

（小旦）天色向晚，我們回去罷。

【尾聲】啼痕秋重湮羅袖，更難消這夜長清漏，教我立盡斜陽小徑幽。

【集唐】

　　（小旦）美人南國翠娥愁，（旦）芳草淒淒客倦遊。
　　（小旦）錦字織成添別恨，（旦）知君兩地結離憂。

第十八齣　旁　參

【掛真兒】（生上）明珠歇脚圓還欠，在工夫不斷之間，空黛生衣，寒雲滿眼，身在峨眉天半。自家隨師父□□往來青城、峨眉之間，頗覺逍遥自在，數日前師父同玄州真人□遊羅浮，留俺在此，吩咐俺每日掃地焚香，供花換水，想莊周平素頗有根底，怎生教俺做這等的事？雖然如此，俺師父玄機特妙，莫非此中有可參悟處也未見得。今日早起，且把這地試掃一回。（作想介）俺想這掃地中間決有個緣故。（作掃介）

【二郎神】端詳□□□，陰陰覆古壇，這淨地團圓無些子醮，被離離疎影無端遮過闌干，把一片虛空生占滿，空盼殺曉風吹散個中難。怎掃開殘暈、拂去輕斑？咳，這一段工夫也好難哩。掃地已畢，正好焚香了。（作洗手焚香介）這焚香中間，也有可理會處。

【啼鶯兒】怕獸爐爐落篆煙殘，那些個薪盡無傳？須透這一點晶熒，長裊那絲兒不斷。這香是甚香？咳，問他怎的，任旃檀腦麝多般,與屎溺瓦渣一觀,影盤盤,死滅活火,個裏有機關。這些裏面,俺也頗有頭路了。焚香已完,出門外去拗一支花來,插在淨瓶內。(作摘花介)俺想這供花是什麼主意?

【黃鶯花】花向樹頭看,活根科,拗下淺,一支清供聊經眼,這香色可餐、這生機已闌,似人生榮謝朝朝換,莫辭難,些兒生意、撞破鬼門關。咳,俺莊周學道半生,難道這裏面也看不透?師父太多心了,且添上一瓶淨水。(作換水介)

【簇御林】含靈液,濾化源,注鮮新,把□濁斸,怕華池內水些些淺,更堪□□□無明焰,露華漙清冷到底,不遺一塵粘。這個俺也自有商量,但住此多時,並未聞一妙義,想是俺莊周根器尚淺,至道難聞,如何是好?且到石室中靜坐一回,再做區處。

【集唐】

　　碧城十二曲闌干,寂寞煙霞古竈殘。
　　問我別來何所得,時聞鸞鶴下仙壇。

第十九齣　悟　　道

【點絳唇】(生持燈上,坐地介)仙榜爭名,玄功鬬勝,進步處錦驛程程,盼不見驊騮影。早間蒙師父吩咐俺靜坐凝神,自尋本來面目,俺整整坐了一□,□是三更時分了,尋悟不到,如何是好?(作想介)這面目從哪裏討?

(外上)從誰問取真消息,只在靈光自照中。子休開門。

(生起開門介)原來是師父。

(外笑介)俺一尋你,便見頭目,你尋他一日一夜倒没尋處。(吹滅燭下介)

(生大叫介)師父、師父,弟子尋着了。

(外上)你在哪里尋着?

(生)原來只在這裏。

(外笑介)道在當身,現前即是。你一向在高□處尋求,當面□□,我與你相從數月,正要替你認取本來面目耳。

（生）驚出我一身冷汗，原來不過如此。敢問到甚地位方得淩虛躡景？

（外）淩虛躡景必藉金丹，你曾曉金丹之訣否？

（生）弟子一向把做旁門外道，不曾究心。

（外）說那裏話？自古上帝高真莫不由金丹得道，假饒你勤修苦煉，得伏食煉氣之法，不過可以延年，一旦為鬼屍所擊，司命亦不能救，豈如還丹一服，變化飛騰、立躋仙域乎？

（生）弟子愚昧，願師父指教。

【混江龍】（外）須知千靈萬聖，都從個裏討前程。少不得要升熬金液、印證玄經，身子裏分陰陽主用，壺兒中列四象樞形。這□□意，臍中鼎、腎中爐，是自然的法器；那神從令、氣從竅、精從召，是本分的調烹。白是金精，升從臍上鉛情露；黑為木液，產自心中汞性清。要忘裏採、採裏忘、忘裏升。從進火退符中看他候足；須定裏起、意裏升、忘裏用，生門死戶裏待的功成。升午位在泥丸上面，列平橋于卯酉邊庭。玉蕊初生，母胞藏而含蘊；金英漸結，子胎脫而成嬰。右虎繞，左龍盤，審抽添的分□。□用文，首尾武，酌火候的匀停。纔博換得黃芽初長、白雪潛生。卵藏雞腹，珠養龍膺，紫從黃變，精與神並。青腰使者相和合，素練郎君聽使令。甫能縠圓□□玄珠轉化、光爍爍金液靈明，六十四卦象爻中，周天彌歷；八萬四千毫竅裏，霧雨薰蒸。說甚五炁三花，盜氣規中成變化；果然九還七返，圓胎入聖會飛騰。紫房內籍通玉札，玄圃裏表注金名。真功甫就，玄級旋升。上出虛無，下洞幽冥，圖個擁玉節、建金幢，靮鳳驂龍去朝帝闕；贏得戴星冠、披鶴氅，乘雲禦氣去訪仙瀛。這便是金仙絕頂，果然丹訣通靈。

（生）伏蒙指示，使弟子於心胸豁然。聞丹有內外，不知何為內丹、何為外丹？

（外）煉金便是外丹，食氣便是內丹。得內丹者可以延年，得外丹者可以升天，合而修之，仙道畢矣。

【南風入松慢】（生）半生虛哄了無成，這搭兒未曾究竟，只眼前合下不應承，枉自去天邊摸影。（揖外介）承指破瓊臺秘局，黑漆地引華燈。敢問師父,食氣之法,弟子稍知一二,更乞指示要妙之處。

【北滴滴金】(外)這食氣藏精,須上固雲門,下固靈根,玄微處三一要分明,則索尋紫衣童子,更有個衣赤真人,還認取衣黃孩嬰,常綿綿廝守閉重扃。

【南風入松】(生)俺則說還丹金液渺難憑,誰知響傳谷應,這一軀血肉怎能靈,恁法使魂歸魄淨?只黍米在三田發萌,剛一粒化為嬰。

(外)子休,丹訣既傳,玄功將滿,合得沖舉,位列仙班。但你塵緣未了,且從來成道之人,須接引後生,廣積功行,然後歸真。我今授你北育火丹幾粒,餌之能分形變化、驅役鬼神,你且暫返山中,候行滿功成,後三年午日,在抱犢山相會。

【北水仙子】(外)俺與您絳雪還丹只一星,則霎時靈光幻出紫金形,笑你衣中有寶無從證,却捨自己覓他人。且歸去安排爐鼎,尋氣穴、認黃庭、提火候、液金精。你此去呵,且還扮舊時行徑。

(生)適蒙師父吩咐接引後人,有弟子山妻韓氏,安貧樂道,能攝身心;窗友惠施學富五車,妙才博學。不知二人合有玄分否?

【南風入松】甘貧樂賤一釵荊,也略曉求心覓性,更有個掞天繡虎真豪俊,多應是墮在名坑。問玄分還誰有成,煩指示與分明。

(外)惠施學無根底,華而不實,他近日沉酣世味,急未回頭;汝妻韓氏,素植惠因,合證仙果,但金沙未汰、塵念尚存,恐他日半途退轉,須下一番死工夫,淘洗磨煉,方得成就,也好難哩。

【北殿前歡】且休評,少實多華那友朋,商量這粘皮帶骨您家荊,他情根未死,春到怕還生,將萌蘖處磨滅淨,要斬釘截鐵、莫掩耳偷鈴。

(生)弟子就此告辭了。(拜介)

【南風入松】俺則道星橋路隔萬山青,却緣來立竿見影;七星在水怎無形,也只要待他風定。空費却幾聲謝承,只故我沒些增。

(外)子休,你前途需要保重。

【北雁兒落】你認那浪交遊是真行徑,須曉得假配人是幻恩情,莫把這懷中寶逢人贈,却不道且蓄水待渠成。

【清江引】（合）黃粱夢裏誰先醒，盡戀繁華境，不道語投機，捷似形隨影，似這等直了的玄脩真僥倖。

【集唐】

（外）縮地周遊不計程，（生）無如此處學長生。

（外）山中舊宅無人住，（生）藜杖開門引客行。

第二十齣　扇　　墓

【懶畫眉】（貼持扇上）東君初試一支紅，冰泮橫塘翠浪重，舞鷟孤影蕙帷空，没個人兒共，夢裏行雲散曉風。奴家楊氏妙香是也，雅負工容，頗饒風韻，不幸丈夫亡故，獨守空幃，臨終遺命，待墳土乾了教奴嫁人，因此忙劫劫把他安葬。已經兩月，頻來看視，土尚未乾，連日苦遭風雪，不得出來，今日晴煖，不免看一遭去。呀，春煖雪消，墳土一發濕了，如何是好？雪呵，你就是我楊妙香的對頭了。（想介）我想雪猶自可，如今春天的雨，是長要下的，空眼巴巴的望這塊土怎生得乾，不免將手中扇子，滿挤扇他幾日，扇乾了嫁人去，後邊下雨下雪管他怎的？（坐地扇介）

【前腔】新阡馬鬣未乾封，煖入酥花雪正融，不辭搖曳喚春風，待便覓絲羅共，奈臨決丁寧語未終。

【前腔】（生上）雙丸如箭轉頭空，殘臘初歸春又逢，呀！佳人何事引酸風，冷骨應先痛，想積雪侵墳、怕土脈融。這位小娘子，怎麽拿扇子在墳上扇？呀，想是墳上殘雪没人打掃，自己在此扇他，這樣婦人也就難得，不免上前問他一聲。

（見介）

（生）小娘子，這是一所墳，你扇他怎的？

（貼）不瞞客官說，這是我丈夫的墳，因臨終遺命，教我墳土乾了嫁人，等了兩個多月不見乾，故不辭勞倦，只得在此扇他。

（生）目下春氣發生、雨露特降，靠你一個人扇他也不得乾，等到南薰風起，長夏烈日之中，不過三兩日自然乾了。

（貼）客官有所不知，奴家等不得了。

【前腔】春來春去一場空，這沒主花枝幾日紅，怎待他烈日與炎風？窣地把韶光送，却不道無價春宵一刻中。

（生）原來如此，借過扇來，俺替你扇，眼下就乾了。

（貼）怎好動勞客官？

（生代扇介）

【玉抱肚】素紈輕擁，鼓元陽春泥漸融。那些個近淚難乾，況兼他烈火相攻。還將氣籥借天公，人願由來天所從。恭喜墳已乾了。

（貼）呀，果然客官一扇便乾了。

【玉交枝】情傾意聳，有心人無心便逢，這一抔乍掩潮痕重，忽然間坼破雲蹤，從今重整舊房櫳，不須仍戀閑丘壠。（拜介）謝伊家神工鬼工，感深恩情中意中。多謝客官助力，倉卒中無可奉酬，就把這扇子奉送罷。

（生）多謝了。

【賞宮花】佳人知重，出冰紈翠袖中，吹倒鴛鴦塚，聊憑一剪風。從今以後呵，不索空尋巫峽夢，任為雲飛入楚王宮。

【皂羅袍】（貼）只為遺言曾奉，怕土疏蟻入、雨漬苔封，忍骨頭未冷各西東，奈情根逗起無欄縱。塗朱拖黛、依然玉容，鋪金累綺、依然繡櫳。肯守着一堆黃土把青年送。墳土既乾，奴家心願已遂，就此告別回去也。正是：懶向孤燈熬夜雨，且描雙黛領春風。（下）

（生笑介）世間有這樣婦人，夫死兩月就變了這副肚腸，墳土等不得乾，嫁去也憑你，却在此扇，又可笑、又可恨。咳！

【前腔】畢竟情腸易動，恨雲根未燥、雨態先濃，世間恩愛總如儂，幻緣配合都成夢。百年締好，衾同穴同；一朝訣別，恩空愛空，怎能彀向多情窟裏覓個無情種。這扇子丟棄了纔好，但也是一椿奇異公案，且帶了回去。

【集唐】

　　一片年光攬鏡慵，羅裙蟬鬢倚迎風。
　　藍絲重勒金條脫，萬古魂消向此中。

第二十一齣　彈　鳥

【水底魚兒】（丑上）職掌雖微，山林禁有時；皮冠召伐，曾赴帝王期。自家掌管這彫林的虞人便是，彫林原是監河侯老爺的莊園，俺這一向有事入城，不曾得來看望。這幾日雪晴風煖，園裏鳥獸出林覓食，恐獵戶們偷打了去。（望介）呀，連樹木都偷砍了許多，忒不像樣，聞老爺不日要來遊賞，若看見時怎了？今日無事，不免在這左近山林各處巡看一回，有來偷盜的拿他一個頂缸。（下）

【步步嬌】（生上）個中會取真滋味，扣的玄關啟，星橋路不迷，也當文場一番及第。春色透柔枝，呀嚶鳥弄林深處。

（鳥上撲生面介）

（生）呀，這是什麼鳥？在俺身上撞這一下。（看介）原來樹枝上螳螂在葉陰之下，有一野雀在那邊要嗛他，這大鳥又要去搏那野雀，反撞在人懷裏。咳，螳螂得陰而忘其身，野雀見得而忘其形，異鳥見利而忘其真，豈不可歎！俺不免將這粒金丹化成一彈，驚去鳥雀，保全二命，却不是好？（打鳥介）

（丑上）咦！你是何等人，敢在這裏彈鳥？扭住拿去見俺老爺。

（生）山林鳥雀與足下何干？

（丑）我是掌管彫林一帶的虞人，我不管教那個管？

（生）原來是虞人，你家老爺是那個？

（丑）這一帶都是監河侯老爺的莊園，你道見那個？

（生）不消嚷，同你見去就是。

（丑）呀，前面一簇人馬，恰好俺家老爺來了。

【前腔】（淨隨女樂上）青郊試探春何許，柳瘦黃全未，清尊舞袖，攜淡綠新條，翠煙如縷。林椏玉驄嘶，東風點勘春遊始。

（見生介）

（生）與兄久別了。

（淨）子休兄緣何到此？

（丑做慌介）

（生）小弟雲遊回來，偶然在此經過，見異鳥將搏野雀，以彈丸驚之，不想誤犯虞人之禁。

（淨）咦！連莊相公也不認得，還不快走。

（丑下）

（淨）子休兄來的恰好，小弟見此新春天氣，風日宜人，攜酒肴到小莊一遊。不想幸會，借重少敘片時。

（生）小弟離家一年，山居咫尺，不得奉陪了。

（淨）久別乍逢，何妨少敘，這是子休當面怪人了。

（生）既然如此，領三杯就行。

（淨把盞介）

【榴花泣】（淨）幽蘋漸長，水皺碧生漪。風日鬧最高枝，閒駐小隊畫橋西。遇同人歸自天涯，紅遮翠圍，些兒春釀就撩人意。且留連舞雪歌塵，暫偃依道味文腴。

【前腔】（生）雛鶯恰恰，柳外試新啼。逢石友倒瓊卮。（淨）子休兄一向在那裏？（生）為尋五嶽百靈樓，恨無緣不遇空歸。三山路疑，這癡條未解全無謂。誰承望竹笠芒鞵，更追陪玉凳金鞿。

（淨）子休兄，向來小弟所許俸錢，原是實意，因兄一時見怪，後邊領了俸錢，不好送來。

（生）小弟此時也用不着了。

（淨）子休不要說勉強的話，兄出去許久，家中用度或者也缺乏了。

（生）小弟雖然大道無成，頗遇海外方術之士，傳得幾個燒煉丹訣，要金銀也不難。

（淨笑介）兄恁樣聰明，也聽人騙。丹訣都是假的，這話再哄不過小弟。

（生）怎見得丹訣都是假的？

（淨）丹訣果是真的，他自家煉起來，無窮的富貴，怎肯替別人燒煉？

（生）丹訣是仙家濟人之術，不是自己受用的。兄既不信，不論銅鐵瓦石取一塊來，為兄試點。

（淨）有這等事？

（雜取石介）

（生取丹點石介）

（淨）呀，果然點成一塊生銀，子休兄，此訣可傳得人麼？

（生）但有志心向道、以濟人利物為心的，要傳得也不難。

（淨）容日奉求，女樂們進酒。

（旦、小旦進酒介）

【黃龍滾犯】好花時如彈指，好花時如彈指，作戲逢場莫皺眉。世事東流水，世事東流水，更軟風晴日、粉倚香歊，不飲旁人笑你。

【前腔】酒籌飛、歌鐘起，酒籌飛、歌鐘起，就蓬閬仙人便怎的？爭似花前醉，爭似花前醉，且差排鶯燕、管領芳菲，簡點春光能幾？

【滾遍】（淨）朱顏不駐，白日如馳，無計叫春長住。且拼沉醉倚花枝，且拼沉醉倚花枝，莫遣香魂一夜萎。（合）趁芳園晴嬌羅綺，趁芳園晴嬌羅綺。

【前腔】（生）恰攜春去，又逐春歸，轉眼芳春又暮。春來春去幾多時，春來春去幾多時，箭筈流光疾若飛。（合前）

【前腔】（衆）珠裙輕綴，玉管頻吹，人倦也被鶯呼起。半陰纔暖正芳時，半陰纔暖正芳時，花底留人度曲遲。（合前）

（生）天色將晚，告辭了。

（淨）莫說敗興的話。左右，天色靠晚，攜了酒盒大家踏月而回。（行介）

【上小樓犯】（衆）淡淡山嵐橫翠，垂垂日影沉西，也不管浮殘綠蟻、也不管浮殘綠蟻，嘶斷青驄，啼殺黃鸝，且索向林下尋芳、且索向林下尋芳、溪旁弄影、花間癡睡。莫待東君收拾去，做了錦浪香泥。

【尾聲】擬踏長堤，一路瓊瑤碎。恨不得倩羯鼓催開花滿枝，且占斷東風、先拼醉似泥。

【集唐】

  （生）東遊久與故人違，（淨）忽憶山中獨未歸。

  （生）同學少年多不賤，（淨）頓令心地欲皈依。

第二十二齣　宋　聘

【滿江紅】(旦上)渺渺游蹤雲水罅,離情怎寫更驚心。春又重來,訝道別離如昨。碧澗初澄心乍洗,綠條漸長愁翻惹。(小旦)朝來花信又催風,松濤瀉。

(旦)忘鷗,你官人去年春初別去,整整又是一年杳無信息,不知路上安否何如。睹物傷情,好生縈掛。

(小旦)官人志心求道,神明護持,料不落後。娘子不須愀憂。

【哭相思】(生上)喚醒從前大夢,歸來前度山家。

(旦、小旦)呀,官人回來了。

(旦)官人出去經年,會過異人指授否?

(生)也曾遇來,神仙也便只是這等。我當初不知頭路,枉費了我十載玄功。

【降黃龍】流浪煙霞,叩盡行家,沒些柄把。自身擔却,教走遍天涯。還嗟,窈鑿混淪於圓體,自添疤納,却原來身中本有、性外無加。

【前腔】(旦)嗟呀,君去天涯,寂寞空山,一番代謝。記得去年相別之時呵,柳眉深皺,今來恰長金芽。巴巴望眼曾穿,止不住淚珠盈把。相見了,把離情撇却,問仙道成麼?

【前腔】(小旦)驚詫,似星漢回槎。萬種思量,一時拋却。浮蹤浪跡,怎禁一個年華?非假,離恨如天,饒歸了教人還怕,且消受這曉山空翠,暮嶺輕霞。

(末上)名山稱抱犢,高士擅屠龍。何事甘枯槁,浮生醉夢中。裏面有人麼?

(生)足下何來?

(末)俺奉宋王之命,奉聘先生,有書在此。

(旦下)

(生接書介)

【出隊子】(生)宋王駕下,差到山中處士家。強齊無故下兵車,宗國安危爭一髮,伏望先生一臂相遮。

（生）原來如此,但俺才非經濟,性復疏狂,已作方外之人。未能謀身,焉能謀國？絕難從命！

【前腔】虛名自詫,勘破浮生只類蝸,有何伎倆？角雙微能為萬乘圖王霸？荒徑迢迢,遠勞使車。

（末）寡君因強齊不道,屢欲加兵。聞先生抱經世之才,竭誠敦請。此先生父母之邦也,豈宜固辭？

（生）子不見夫犧牛乎？衣以文繡,食以芻豆,及牽而入於太廟,雖欲為孤犢,其可得乎？幸足下善為我辭。

（末）這等說,先生是堅意不出的了。小子告退。正是：夜靜水寒魚不餌,滿船空載月明歸。（下）

（生）有慢了。咳,我莊周少年時為才氣所累,謬得虛名,雖然遁跡深山,尚有這些混擾。俺如今要煉金丹,須尋一片淨地,用一向靜功便是。俺娘子也不可使他曉得,似這等吵鬧怎生區處？（想介）俺娘子慧性通明,面上已有三分道氣,怎麼師父說他情根未死,要一番苦功磨練方可入道？如今把就裏且莫說破,不免做些意思,探他道念堅否,再作理會。

【集唐】
　　上清歸客思無涯,應是壺中別有家。
　　暫放塵心遊物外,不勞更喻幾塵沙。

第二十三齣　探　　內

【唐多令】（旦上）人從天外至,霞色滿衣裾,梅香撲鼻人先知,不用春光自語。為甚的做喬癡？好笑我官人雲遊回來,氣象比前不同,分明是得道的樣子。屢次問他,不吞不吐。往常在家時,把這些事情朝夕諄諄開示,豈今日成真了道,便裝起腔來不成？

【尾犯序】仙榜掛名歸,假意懵騰,逢場遊戲,一團道氣,從前圭角渾非。勘疑,縱做作行家啞謎,時逗漏玄門隱語。喬作勢,貧兒得寶,賣弄有家私。

【風馬兒】（生持扇上）就裏難知，且休泄十分消息。

（見旦笑介）我途間遇一婦人，送我這把扇子，付你收着，或者亦有用處。

（旦）呀，他與你有甚往來，把扇子送你？

（生）俺在路上經過，他拿這扇子在那裏扇墳。俺問他為何扇這土堆，那婦人說這是我丈夫臨終吩咐，待墳上乾了嫁人，等不得乾。故在此扇。俺替他扇乾了，故把這扇子謝我。

（旦丟扇介）啐，這樣人提他怎的？你前日回家時說，途中曾遇異人指授，前邊路頭都走差了。我再三問你，你又含糊不說，想我不是道器麼？

（生）說那裏話？這點靈光，不論男女，人皆有之。你性情閒淡，世味未染，怎麼不是道器？但學道一事，非同小可，連我也要從頭做起，未知成否何如？你骨力未堅，恐受不得這些磨障。

【尾犯序】為清夢不勝疑，吃盡波查，略沾滋味，未成一簣，從教另築根基。須知，要轟烈烈磨腸剔髓，怎軟怯怯鑽頭露尾？娘子，這成真功夫也好難哩。非兒戲，如行深淖，沾不得一些泥。

（旦）神仙也是人做，若慮不成而不為，則神仙種子絕矣。玄門參訂，便是萍水相逢也要請教，我與你伉儷數十年，難道還未看透底裏？費你這些躊躇。

【前腔】直恁費躊躇，前路雖遙，半途怎廢？一行入道，豈容更問成虧？我不合生為女身呵，還悲，要剗盡脂痕粉淬，全仗你撩牙鬥嘴，些兒意，玄牝有竅，吾欲守其雌。

（生）娘子，你要學道是好事，我豈不願？只因俺當初不知苦辣，孟浪做去，把路頭走差，如今進退兩難，還要十年工程、許多磨練方得成就。我如今把就裏工夫都分明說破，你要自家酌量，萬一受不得磨障，半途退轉，這半截人却做不得。

【金絡索掛梧桐】回頭路已非，改轍程初起，十載為期，遁跡無人處。頻從罔象裏，探玄珠，一息綿綿氣鑰提。還有許多仙真神鬼之類要來魔害你，任諸魔變現渾無懼，這通體虛靈炯自如。還全未，要十年辟穀，方許試刀圭，使不得帶水拖泥、撒媚裝癡，眨眼的前功棄。

【前腔】（旦）閒情與道宜，真訣承師指，御氣調心、略解些兒事。粉糊粘糰裹不沾些，肯失足當場笑破頤。官人，你還勞形跋涉逢人叩，我覷面從容得爾師。難相棄，為仙為俗、做個影兒隨。一任他玄分難期、仙路崎嶇，信步行將去。

（生）若得娘子如此甚好。

【尾聲】這玄門供結今朝遘，羨你鐵作肝腸玉作軀，羞殺世上多少鬚眉怎似伊。

【集唐】
　　　　（生）鸞鶴天書濕紫泥，玉皇催促列仙歸。
　　　　（旦）修行未盡身將盡，夢裏光陰疾若飛。

第二十四齣　丹　給

【秋夜月】（丑上）賺他行，要布彌天網，思量沒計鳴孤掌，怎生得個人兒仗？（做望介）空打旋這廂，還打旋那廂。小子生來好道，手段其實高妙，不須挖壁穿牆，略曉偷爐竊竈。浪說錫能縮軟，也道鉛會出皂；紅銅去血不難，白銅除鐵最效；藥物一般配合，修煉別傳訣竅；丹頭長舍些須，本利縱難量較；撞着主人伶俐，虧折沒處訴告；但願逢他懵懂，香餌必然上釣；假饒嫌少貪多，是我時來運到；約略暗換明撈，最狠裝圈弄套；不論千兩百兩，落手不道聒噪；倘若用意緊防，便是災星拱照；只推一個走爐，燒得你七零八落。（笑介）小子白扁的便是，平生專靠燒煉哄人，近聞得監河侯各處招延丹客，我想此人貪得無厭，倒好騙他一注大錢，只是少個幫手，却那裏討？前面一個漢子來了，且閃在一旁，聽他說什麼。

【前腔】（末上）伴兒郎只在街頭晃，幫嫖扛賭皆停當，燒丹煉藥都依傍，憑着你這樁，就和你那樁。

（丑扭末介）你為何攔我生意？

（末）呀，我攔你什麼生意了？

（丑）你說燒丹煉藥都依傍，這是我的買賣，吃你攔了我的。

（末）我原本依傍些兒，還要靠你攜帶？

（丑放手介）

（末）原來是白扁哥。

（丑）是胡撞兄弟麼？這般說是我的徒弟了。

（末）什麼師徒，大家胡盧提罷。

（丑）閒談休扯，如今監河侯差人延訪丹客，我要賺他一注大錢，煩你幫襯些兒。

（末）官府人家，人多眼多，怕提他確不來。

（丑）休管他，狗弟子孩兒纔做提確的勾當，只要你依我而行，得了東西和你八刀就是。轉彎抹角，此處是他府門，有人麼？

（雜上）應門吾已倦，投刺爾何多。二位那裏來的？

（丑）我二人海上丹客，聞你老爺好道，特來相造。（揖介）敢煩引進，自當奉酬。

（雜）俺老爺正吩咐我訪尋，二位來得恰好，老爺有請。

【粉蝶兒】（淨上）夜醉紅妝，有客侵晨相訪。

（雜）稟老爺，有兩個丹客在外面候見。

（淨）快請。

（見介）

（淨）二位道者何來？

（丑、末）小子雲遊海上，頗識丹方，聞老先生折節訪求，特來奉謁。

（淨）高姓貴表？

（丑）小子姓白名扁。

（末）小子姓胡名撞。

（淨）請問丹方得何師授？

【馬蹄花】（丑、末）秘得縹囊，中有神仙世外方。只要審其火候，謹着提防，守住中央，丹成造化向身藏，須臾瓦礫成金相。（合）更配他九轉雌雄，又何難一霎飛翔。

【前腔】（淨）鶴馭飄颻，萬里蓬瀛道路長。愧我空懷玄契，浪逐紅塵，幸接清光。要成黃白有仙方，吾曾目遇知非誑。（合前）

（淨）二位在方上雲遊，可認得莊子休麼？

（丑）認得麼，與小子極相好的。

（淨）他去年出去雲遊，傳的丹訣，下官親見他點過。

（丑）他與小子同一個師父傳授的，一般無二。

（淨）子休與下官同窗好友。

（丑）這等說小子都叨在通家了。

（淨）請問二位用何藥物？要什麼器皿？好吩咐小廝們置備。

（丑）大凡燒煉的，故要難得之藥，或借用丹本，這都是騙法，小子一些也不用。只要一處僻靜閒房，雞犬婦人不到之所，志心修煉，直待丹成之日，修一壇清醮，拜告天地，開爐取藥就是。

（淨）這樣省事？

（丑）煉丹要煉金銀來用，若反費事，不如不煉了。

（淨笑介）畢竟二位傳真訣的，與那騙人的不同。

（丑）只是這事非同小可，全要大福分人臨爐彈壓，每日早晚煩老先生親自來看視。

（淨）我不曉火候，看也沒用。

（丑笑介）若用不著老先生，我們自家煉去了，只因福薄，消受不起，必須倚靠一厚福貴人方纔做得。

（淨）既如此，一一從命。

【集唐】

（丑）豈殊螢影對清光，（淨）塵夢那知鶴夢長。

（末）真訣自從茅氏得，（合）福庭回首莫相忘。

第二十五齣　託　疾

【金瓏璁】（生上）金砂何處轉，須從鬧裏偷閒，支一榻萬松間。俺連日再三探試娘子道念，毫無退怯，一意擔承。似這等真正念頭，實不易得。雖然如此，也只是眼前光景，向後心腸，焉能盡必。扇墳之女就是樣子了。俺如今不免假裝病症，另現一個幻身，磨煉他一番，却又從鬧裏抽身，尋個去處，煉成還丹，豈不兩得其便。

（向內指介）忘鷗汲水來了，不免假意倒在溪邊。（作倒地介）

（小旦上）廚下無糧炊白石，磵邊有乳瀉青雲。呀！官人為何跌倒在地？官人！官人！呀，不好了，不免快去報與娘子知道，娘子快來。

（旦上）忘鷗甚事大驚小怪？

（小旦）忘鷗適往溪邊汲水，見官人暈倒在地，叫了數聲並不答應，把我腿都驚軟了。

（旦）平白地怎有此事？（慌行介）

【不是路】（旦）猛聽伊傳，陡地魂消步不前，癱成軟。呀！緣何暈倒在這溪邊？官人！官人！咳，不好了，口兒偏，喉間細聽微聞喘，耳畔頻呼悄沒言，忘鷗，快扶回家去。（扶生行介）渾身顫，快扶回去把陽神繾，淚花如霰，淚花如霰。官人蘇醒些，驚殺我也！忘鷗，快取薑湯來。

（小旦）薑湯在此。

（灌介）

（生）哎喲。

（旦）好了，謝天謝地，官人掙扎些個。

（生擡頭介）這是哪裏？

（旦）官人，這是家裏，你為何倒在溪邊？

【集賢賓】（生）俺見枝頭春去時光換，舉頭欲問青天。忽黑暈生花剛一轉，冷森沙撲個風旋。魂離魄遣，鎮半晌沉迷不辨。哎喲，如夢魘，尚兀自倦支雙眼。

【前腔】（旦）你千山萬水經行遍，多少雨宿霜眠。隔一線疏離風浪顯，又沒甚凶煞冲前，威光恁淺，敢被這魔神活現。神天鑒，怎魔道兩般不辨？

（生）咳，俺這一跌，傷動了裏邊臟腑，心神恍惚，多是不濟事了。

（旦）呀！官人休說這話，你學道半生，哪裏平地一跌就會傷了性命？

（生）你不知道，學道雖在人為，修短亦由天定。

【囀林鶯】生如泡影脆可憐,想不由人促人延。奈宗塗奧渺無由采,愧此生蓬閫慳緣。無端一閃,恰似有神差鬼遣。氣慊慊,這四梢無主,一息難綿。

(旦哭介)怎生是好,啊,我曉得了。

【前腔】你平生口業招過愆,多嘲侮往聖先賢。只圖筆鋒舌杪波濤變,想多應往咎難湔。這也是文人常態,便做道你求仙學道呵,工夫未圓,怎把幻軀拋閃。問蒼天,怎神丹不就,鬼病先纏。

(生)我此病越覺沉重,多是不濟,但平生學道一場,不得成就,想是根器淺薄,聞古人有修數劫方得成道者。我此生不就,來生也要完這功果。生死當如夢幻,你們不須啼哭。

(旦、小旦哭介)

(旦)悶殺我了。

(生)還有一言分付,須要依我,學道之人視幻身甚輕,死後不可殯殮埋葬。

(旦)呀,不殯殮埋葬豈不為烏鳶所食?

(生)在地上為烏鳶食,在地下為螻蟻食,奪彼與此,何其偏也!

【啄木兒】我天為槨,地是棺,肯學人間泉下眠?試想與螻蟻何親,還思與烏鵲何冤?人身最是這皮囊賤,精魂何苦與骷髏戀?聖人言:死須速朽,吾與化俱遷。

【前腔】(旦、小旦)聞伊說,倍黯然,百感攻心兩淚懸。只管說遺蛻休藏,不思量暴骨何安。但知化後形骸幻,生教聽者肝腸斷。咳,官人,你只替自己打算,竟不管我兩人了。更心酸,生人無主,誰替死周旋。

(旦哭介)苦呵!官人如果不幸,我也隨你去了。

(生)咳,娘子差矣,學道人視生死如旦暮,一聽自然。你若隨我而去,是為情死。雖世俗之所甚難,實大道之所不取。你只堅心向道,或有相會之日也未可知。

【玉鶯兒】不必恁淹煎,把世情剗、道念堅,忘鷗年紀尚幼,恐誤了他,我死後打發他去罷。(小旦)官人說那裏話,倘官人不幸,妾生死隨着娘子罷了。(生)只怕你情竅如絲,恐不耐春風似剪。

這宅舍要遷,恁恩情要捐,活冤家到底難長戀。謾潸然,丈夫撒手、兒女怎留連。哎喲,俺氣息也不接了。

（旦、小旦）咳,怎的了,怎的了！

【憶鶯兒】心可殢,生可捐,十丈柔腸沒一寸連,兩對愁眉做一處攢。魂已離怎旋,氣如絲怎延。咳,官人是求仙弟子,怎麼神仙也不來救護了？萬千聲叫不出神仙現,恨如天,此生已矣,相會在重泉。忘鷗,你扶着官人,且不要啼哭,略叫他靜一靜,我向天地前禱告一番去。（下）

【尾聲】（生）我為死生曾走天涯遍,今日裏解去天彀返自然。（小旦哭介）（生）你們不要啼哭,亂我神思,莫遣啼聲到耳邊。（下）

第二十六齣　誓　殉

（旦、小旦哭上）

【山坡羊】（旦）撲楞騰分開比翼,生扢擦拗折連理,哭號啕叫天不應,死淋侵搶地渾無計。魄在斯,魂今何所之？官人、官人,喚聲未出、未出心先碎。（旦作不語介,小旦）娘子蘇醒呵。（旦）滿膈如鏤,一絲欲閉。（合）魂飛,招他怎得歸;心癡,呼他總不知。

【前腔】（小旦）滴淋漓淚珠飛墜,攪辛酸痛腸揉碎,歎微軀生小不離,到今朝閃賺成拋棄。欲殉伊,娘行無所依。一死一生教我從誰是。兩下空思,分身無計。（合）魂飛,招他歸不歸;心癡,呼他知不知。

【前腔】（旦）恨天邊文星沉翳,恨人間玉樓槌碎,怨尋師金針未逢,怨求仙黑海翻淪墜。這搭兒令人輾轉悲。怎仙凡徑路、徑路同條去,萬喚難回邯鄲夢裏。（哭介）官人,你怎麼捨得丟下我們去了？（合）相攜,重泉道路迷;相隨,孤魂形影疑。

【前腔】（小旦）論胸襟十分高致,論情懷一腔和易,與娘行琴調瑟宜,待吾曹自不輕呵氣。把痛眼窺,容顏儼舊時,風神態度、沒帶些兒去。故攪千愁,教添雙淚。官人學道一生,化去定有好處,算來不如隨你去了倒好。（合）須知,定是丹臺仙侶歸;相攜,做個青衣玉女隨。

（旦）忘鷗，你官人精心求道，到頭不免一死，我一女人縱然修到官人地位，這就是樣子。決意尋個自盡，隨官人去了。（做撞地介）

（小旦）咳，娘子也索耐煩些。

（旦）夫者婦之天，官人既死，我何顏偷生在世，你勸我怎的。

【孝順歌】（旦）心如絞，魂暗摧，幾寸酸腸載萬種悲。你學道嗜如飴，遺榮脫如屣，直叩玄微。無常限到留難住，巍巍道韻東流水，始覺求仙無謂。豈惜屠軀，一暝萬年不視。

（小旦）便是忘鷗也巴不得隨官人去，但官人後事沒人料理，且官人臨終吩咐娘子，不可殉情輕死、貽笑玄門。娘子還須以遺命為重纔是。

【前腔】生和死，義所維，並命重泉徒爾為。你玄詣已投機，殉情恐遭議。遺言可依，勉圖記取臨終語，便他年會面應無愧。直把幽貞自矢，奉勸娘行，成就亡人之志。

（旦）兀的不痛殺我也，這後事怎生區處？

（小旦）這也不難，官人門弟子甚多，且待他們到來商議。

【集唐】
　　　　（旦）仙駕飄搖不可期，（小旦）白楊今日幾人悲。
　　　　（旦）魂隨逝水歸何處，（小旦）淚滴寒塘蕙草時。

第二十七齣　幻　　身

（生上）人生畢竟丘中土，世事還如空裏花。俺昨日裝做跌倒溪邊，一個筋斗離了宅舍，把軀殼丟下，憑他們去舞弄這一團血肉。一向在傀儡場中，提掇得他也苦了，且教他靜辦一晌。如今將元神化一美貌少年，混在俺們弟子數內，一同進去，覷個關竅，把韓氏磨煉一番，堅其道念，有何不可？（作急下介）

（小生急上介）這副面目却換得妙。（笑介）連我也不認得我了，何況山妻！遠遠望見幾個門弟子走來，想是往俺家看望的，就混在數内進去,却不是好。

【出隊子】(淨、末、丑上)蒼天何意,梁木其摧哲士萎。糠秕塵世竟何之,江漢秋陽繫所思。不約而同,白馬素車。(小生)列位請了。(淨)素昧平生,足下上姓?(小生)小弟姓周。(淨)何往?(小生)到莊先師宅上作吊。(淨)又來了,莊先生門弟數千,我都認得些,只是不曾見兄。(丑)這樣好標緻弟子,先生不知藏在哪裏,教你看見不成?(小生)休得取笑,小生是先生雲遊出去,路上相從的。(末)原來都是同門兄弟,我們也是去吊莊先生的,攜帶你同去何如?(小生)最好。(合)不約而同,白馬素車。(下)

第二十八齣　澆　奠

【秋蕊香】(旦上)不分鵂鶹夜叫,這場災禍難消。(小旦上)強排羹飯一回,澆閃殺驚魂誰弔。

(旦)忘鷗,你官人不幸,這是三日了。昨日虧了幾個門弟子,殯殮成禮。今日怕有弔客到來,你換了燭,添些香,伺候則個。

(小旦)曉得。

【前腔】(淨、末、丑、小生上)翠嶺四圍重護,素幡一首輕飄。請壇人靜樹蕭蕭,誰振寰中木鐸。

(衆)來此已是莊先生門首,我們擺班兒進去。

(淨)請周兄拈香。

(小生)小弟年幼,還是兄。

(淨)兄是新客。

(小生)一樣的弟子,何分新舊?

(淨)僭了。(拈香介)

【香羅帶】(衆)幽蘭藉蕙肴,諸天路遙。便掌夢巫陽甚處招,多應紫皇特下修文召也。乘灝氣,御輕飆,夫子猶龍去沕漻。這聾聵憑誰覺也,哭向靈車奠白茅。

(旦拜介)有勞列位了。

(衆)怎敢,這是當得的。

（丑）師母怎不叫幾個和尚誦些經典，超度先生？
（淨）你做夢了，和尚再過二三百年纔許他出世哩。
（旦）你先生在生時安貧學道，不曾造下罪業，無可超度。
（小生）師母之言有理。
（丑）不是麼，錦上添花何妨，請問幾時出殯？
（旦）過了一七便出去，你先生遺言，不許殯殮埋葬，正要與列位商議。
（淨、丑）豈有此理，這是先生亂命了。
（小生）葬地尋了不曾。
（旦）你先生一向愛在溪邊松林之下靜坐，只離此一望之地，到也近便，意欲在林下做個龕兒，權時安厝，另日卜葬罷。
（衆）如此甚好。
（小生）弟子感先生教育之恩，無門可報，就在殯所蓋個草舍，廬墓三年。
（丑）妙得緊，小弟也要常來奉陪。
（淨）廬墓就要整住三年，怎麼説常來奉陪。
（丑）本意兩得其便，要領周兄大教，這等説再做商議。
（旦）都不勞費心了。
（衆）豈敢。
（淨）羹飯擺在這裏，想是師母要在靈前上飯，我們告退。
（旦）家下無人奉陪，不便款待，怎生是好。
（衆）多謝多謝，正是：悠悠泉路何時曉，渺渺人間空復春。（下）
（旦）忘鷗，你擺過湯飯，我與你澆奠一番。
（小旦）擺停當了，請娘子拈香。
（旦拈香做哭介）咳，閃得我好苦也呵！
（小旦）待我取些紙錢來，燒與官人冥路上使用。
（旦）這却不消得，官人平生萬鍾千鎰不掛眼梢，死後要錢何用？（拜介）

【前腔】含酸但一號，愁腸寸焦。紙剪銅錢也謾燒，肯從冥路裏賄兒曹也。只應供淨水、注香醪,添與啼痕向地澆。哭得我沉迷也,把淚眼生花當魂影飄。

【前腔】(小旦)羹湯試一澆,金爐再挑,怨氣香煙相和飄。強揩淚眼將燭兒剪也,兩不禁淚爭拋。魂斷東風不自招,幾番瘆得人兒也,長命燈微焰影搖。

(旦)且將湯飯收了。教我怎生是了?好苦呵。

(小旦)娘子,事已至此,也要省些煩惱。

(旦)唉,怎生省得去。

【集唐】

(旦)晨光不借泉門曉,(小旦)哭向青山永夜心。

(旦)欲問皇天天更遠,(小旦)十洲先路彩雲深。

第二十九齣　賺　貪

(末上)養砂潛換毋,提礶暗開爐。(丑上)不是心腸軟,教留片瓦無。(末)哥,我們在此舞弄七七四十九日了,明日開爐,必然露出馬脚,提了礶溜他娘罷。

(丑)兄弟,休說這敗興的話,我連日見這老癡酒席間賣弄金銀器皿甚多,如今請他出來,只說明日開爐,今日預先祭告天地,不用家常瓷器,凡杯盤之類,一色都要金銀,我自有計調遠他僕從人等,候他伏地宣疏之時,覷個機會,把這包灰塞在吹筒之內,堵住他咽喉,捆綁在地,將桌上器皿撈他幾百兩,走去開交。

(末)怕他叫將起來,吃他拿住。

(丑將灰塞末口介)看你怎生叫?

(末吐介)咳,怎填我這一口灰?噯,不是好人。

(丑)還算在好這一邊兒,他若不知趣,有些決撒,少不得頂門上奉承他一錘,一把火燒個精光纔去。

(末)忒狠了,不要不要,多少得他些便丟手。

(丑)你把兩個搭包收拾停當,衣鞋扎縛謹慎,出門好跑。

(末)曉得,主人翁來了。

（淨上）金精若粉丹應轉，木液成塵汞不飛。二位先生可喜，七七之期已屆，眼見丹成了。

（丑）這都是老先生福分所招，小子何須掛齒？但只一件，明日開爐，仙丹成就，便要積金齊斗，亦不為難。這事非同小可，須備一齊整齋筵醮謝天地。一應盤盞器皿，使不得家常瓷器，衒用金銀方好。

（淨）那討這許多？

（丑）家中不够用，便借用些也不妨，丹成了，這物事如糞土一般，要堆幾房也不打緊。還有一件，要老先生親自拈香主醮。

（淨）這個自然，沒有什麼禁忌麼？

（丑）別無禁忌，只雞犬、婦人須在百步之外，其餘閒雜人等也要在五十步之外，儻或窺視觸犯，爐走汞敗，反受其殃。

（淨）這個都不打緊。

（丑）此事關係倒重大，不可鹵莽。

（淨）我有道理，小廝們那裏？

（雜上）老爺有何使令？

（淨）快備一副齋筵，要十分齊整，器皿全用金銀的。（附耳介）家中不够，借些湊用。

（雜）曉得。（下）

【玉交枝】（丑、末）鼎中丹就，成和毀、梟盧並投。（末附淨耳介）怕他汞敗爐兒走，況從來魔道相仇，全憑肫蟄答神庥，還防觸忤成災咎，這齋筵霎時要酬，這關防萬分用周。（淨）這個不煩叮囑，一一領教。（雜上）禀老爺，齋筵俱整備停當了。（丑）可擺設得齊整？（雜）十分齊整。（末）怎見得？（雜）金甕銀瓶刻鳳，晶盤玉碗蟠螭，玻璃壺瀉碧瑶卮，偏稱犀樽象箸。（丑）醮筵可精潔否？（雜）糅用丹椒紫蕙，珍羅肥蔘腴肌，芳菰精粹拌香粢，縹酒春清更旨。

（丑）停當、停當，我們借觀一觀。（行介）呀，果然豐潔整齊，管家，勞你費心，丹成了，拳頭大奉送一塊。

（雜）要許多何用？

（丑附雜耳介）這樣不抛本的賤丹，多送些不妨。目下初更將盡,正該設醮了,老先生先把大門叫管家封鎖起。

（淨）小廝,把大門、二門重重封鎖得好。

（雜應封門介）都關閉封鎖了。

（丑）此事重大,干係不輕,我二人同老先生親往後邊各門上看驗封鎖,方纔放心。

（淨）煩二位同來最好。

（丑推雜下介）你也請進戲房坐坐好,停當的緊,有大福分人,調度自然不同。（回介）請老先生拈香。

【前腔】（衆）明香虔叩,注瓊漿珍羅百饈。正功圓火熟丹成候,工夫到百尺竿頭。一壇清醮向碧空求,願無邊法力在丹爐守。（丑）老先生萬千之喜,你看鼎爐中祥光馥鬱、瑞氣繽紛,丹已成就,待我作法鎮住神丹,就好開爐了。（念介）天靈地靈,金丹已成,衆善護持,羣魔退聽,太上老君急急如律敕。胡兄,你拿過吹筒來,煩大福分人向爐中吹氣一口,鎮住金丹。（丑吹灰入淨口介,綁淨介,末收器皿介）（丑）老癡老癡,你這般富貴,尚且貪心不足,還要煉丹。（淨作吐灰介）（丑）哇！你忍耐着些,略動一動,我一錘結果了你,放把火燒個罄淨。只是你一家老小都封鎖在屋裏,放火不打緊,一窩都是死,壞了我一生道念。多承擺這好筵席,如今連器皿都領你的罷,左右是倚勢抓來的東西。**還狠似咱為劫做偷,且權與俺解勞當酬。**（同末下）

（淨做吐介,喚小廝介）

（內老旦）外邊什麼人叫喊？

（內雜）倒像醉漢吐街的聲響,管他則甚,睡他娘。

（淨又吐介）

（內老旦）恰像似前面丹房裏有人嚷鬧,咱們瞧一瞧去。

（內雜）老爺怕咱們瞧,門都封鎖了,管他哩。

（淨又叫介）

（內老旦）好怪,像老爺的聲音,莫吃那兩個鳥道士算了,咱們快看去。

（內雜）插翅也飛不出去,萬一不是,又說沖了他丹爐,到惹鳥氣。

（淨又叫介）

（內老旦）分明是老爺叫咱們了，快打開門。（出介）呀，不好了，把老爺捆綁在此，兩個道士溜了。

（淨做手勢要水介）

（老旦）咳，老爺口裏什麽東西？快取水來。

（雜持水上）

（淨漱口吐介）噯，一口什麽藥，幾乎把我噎死。

（老旦）呀，桌上金銀器皿盡數拿去了，我們快趕。

（淨）去遠了，黑漆地那裏尋他，適纔要我封鎖你們，我心中也有些疑惑，因大門先已封鎖，我又親在這邊主醮，只説這般兩個小小人兒禁不得我兩拳就放倒了，誰想被他塞了一口藥，動彈不得，睜着眼看他拿去。我想這都是莊周一路人，必是他懷舊恨在心，教這兩個光棍騙我，想他與惠子授極厚，這回必定去會他，打聽他去時，先寫書與老惠。只説莊周要奪他相位，勸老惠除了他，方雪此恨。正是：大都最是人心毒，小可無如賊計多。（下）

第三十齣　掃　　墓

【海棠春】（小生上）欲取竅中情，更換重來面。自家出了元神，幻成假相，以廬墓為名，落得一片淨地，好煉金丹。連日見俺那山妻道念漸微、塵根漸起，也只是看這幻生幻死不破，雖然，這個關頭豈容他裙釵女流輕易過得？目下節屆清明，家家祭掃，哀聲動地，紙焰熏天，好不淒慘。不知俺道眼觀之，只如飄風過耳。

【金井水紅花】懸劍藏舟地，清明寒食天，絮酒哭玄泉。破淒煙紙錢摽遍，恰似無情喧哄，正攪夢兒酣，誰透得這針關也囉。俺想山妻今日必來澆奠，不免做些光景挑起他那情根，徹底磨煉過一番。咳，從來婦人成道者少，也只是氣質本柔，肝腸欠硬，一時勇猛進步，不免半路退回。他塵緣暫遣，情蒂猶粘，鏟草留根，依舊萌芽還見。你扁舟劈浪、經過罡風幾掀，怕你生駒撒手，未耐臨崖一鞭，回頭略轉，笑破旁人面。（下）

【天下樂】(旦上)玄爐纔托萬松間,又是清明煙雨天。(小旦)感物驚時無限思,又攜紅淚灑寒原。

(旦)忘鷗,你官人虧這些門弟子周旋,殯在松林之下,目下又是清明了,你可將羹飯整辦停當,同去祭奠一回。

(小旦)都收拾齊備了。

【金井水紅花】(旦)宿霧埋幽徑,寒蘿護短垣。枯柳立巉屼,問啼鵑幾多春怨。和俺斷魂孤影、同哭杏花天,較誰更血痕殷也囉。忘鷗,前日門弟子中有一年少的,諸事都是他上前,不知那生姓甚?(小旦)便是不曾問得他。(旦)聞得那生要廬墓三年,那草庵兒蓋起不曾?(小旦)蓋完了,他住在裏面哩。(旦)咳,世界裏也有這等好人。深林之中,虧他獨自一個,怎生禁受?他不辭勞倦、着意周旋,生死情懸,誰復在三關念?虧你朝朝暮暮、長護煙中一龕;憐你形形影影、自弔風前半簷。青年靦腆,送却穠華賤。

(小旦)到殯所了。(作擺飯介)

(旦)咳,你看靈位前貯水添香,收拾得恁般乾淨,想就是那生了。(作拈香哭介)

【賞秋月】拜龕前,素節悲風轉,怎不透出些靈光現?夢魂中也恁難相見。苦呵,任呼號沒一言。忘鷗,把酒澆奠了。連朝風雨,恐磚縫疏漏,你周遭都看一看。(看介)

【前腔】(小生上)鼎爐前,靜裏丹初轉;透寒林,夜夜精光現。只咱們法眼尋常見,相印處本忘言。呀,原來師母在此。

(旦)多承先生看顧,正要踵門相謝。

(小生)此弟子分所當為,何勞言謝?請師母尊重。

(小旦)請問先生貴姓?

(小生)小生姓周。

(小旦對旦介)原來是周先生。

(小生)修短皆有定數,師母也要保重些。這邊晨昏灑掃,弟子自然看管,不勞掛心。

(旦)如此甚好,只是心下不安。

(小生)今日是清明的祭掃麼?

（旦）便是。

【桂枝香】為一抔未掩、重泉不旦，痛煞苦雨酸風，怕做了頹垣斷塹，更深林悄然、更深林悄然。幸伊行看管，與精魂相戀。咳，他師弟之情，廬墓在此；我夫婦之義，安坐在家，又何面目見他？自羞慚，當初悔不將身殉，此日應難覿面看。

（小生）咳，當初弟子呵，

【前腔】為探幽遠，茫無畔岸，幸先生道籥頻噓，俾小子迷關頓轉。盼吹噓上天、盼吹噓上天，有懷未展，做了窮泉難見。這茅庵，要從營魄相依處，剖破虛空不住緣。

（旦）先生師弟之情迥出時流，九原有知，亦感高義。

（小生）不敢，生我者父母，成我者先師，此亦不足報萬分之一。

（旦）忘鷗，收拾回去吧。

（小生）弟子相送。

（旦）這也不勞了。（作別介）難得這生如此用情，正是：不愁泉路無知己，始信墦間有故人。（下）

（小生）看我山妻今日悲哀，比前較不同了。只因我教他存神煉氣之術，雖近中年，穠華未謝，豔冶猶存，咳，今日反為這韶顏所誤了。

【集唐】

　　　　　暫息勞生樹色間，欲求真訣駐衰顏。
　　　　　新墳日落松聲小，對此空令灑淚看。

第三十一齣　迷　幻

【憶秦娥】（旦上）心兒上撩人悲怨，閑來往、閑來往，兩淚難收，春愁又釀。芳心寒浸玉壺冰，陡被流鶯喚一聲。自是眼前無稔色，誰能竅裏制春情。昨日往靈前拜奠，得遇周生。一向淚眼愁眉，不曾看得明白，原來稚齒韶顏、不數瑤林玉樹。世間哪有這美色的少年，豈不是神仙中人？看他年紀不上二十，料從俺官人未久，為何肯來廬墓，輾轉思之，不得其故。哎，

【忒忒令】蔭深松香函偶藏,帶長林淒煙宿莽。虧殺他行,孤眠相傍。俺低回慚共穴,他依倚儼同堂,怎弟子情較妻兒在上。看他舉止動盪,絶像俺官人一般,真不負做俺官人門弟也。

【尹令】更羡他沁人意況,和一弄動人揖讓。與俺舊人比量,生榻那人真相。醞藉風流,玄鬢偏宜二十強。此生尚不知娶妻未曾,怎肯來這深山中,把韶光等閒拋却?咳,好疑惑人也。

【么令】他青春相傍,那些個還逗空床,怎依三尺墓,來爇九幽香?虧他站定脚跟,一任韶光流浪。此處費端詳,少年人誰無肺腸。昨日在林下會他,幽韻沖襟,伶牙俐齒,好不令人可憐。

【品令】亭亭玉立,眉宇宛清揚。更蘭襟春藹、聲欬自生香。道供水添燈,弟子堪憑仗。大都俊爽,難兼恁志誠情況。他臨行相送之時呵,鄭重娘行,單説個師恩未易償。想俺官人門弟子數千,在仕籍者不可勝數,服心喪來廬墓者僅有這生。

【豆葉黃】及門何限,函丈盡成行,也都是、也都是一樣兒郎。問若個情鍾吾黨,非干外獎,不為評量,只磕着牙、只磕着牙兒閑想,忒恁情長,怎撇却衷腸那廂?我有道理,不免備一餐蔬飯,請他到此,一來酬謝,二來問他一個端的,却不是好。忘鷗哪裏?

(小旦上)泉下人難返,山中客不來。娘子有何分付?

(旦)官人喪事甚虧周先生看管,明日備個小酌,請他來敘一敘。

(小旦)這是該的。

(旦)你聽我道。

【玉交枝】旋沽村釀,單請個誰家俊龐。他松楸寂寂成孤往,長伴却夜壑幽房。青精堪煮紫芹香,片時清坐聊相枉。要問他些兒審詳,莫教他又成虛讓。

(小旦)曉得了,明日早去,只是山中沒甚肴饌,如何是好?

【尾聲】(旦)左右和他情上圖來往,那些個炮鳳烹龍把錦席張?(背介)少不得掘草尋根、和他清話長。

【集唐】

(旦)飛花寂寂燕雙雙,(小旦)不是愁人亦斷腸。

（旦）一自簫聲飛去後，（小旦）春風拂地日空長。

第三十二齣　寄　慨

　　（小生上）參透星橋第一關，求仙容易死心難。憑誰提出無明想，擲向滄溟萬里寒。咳，向日俺師父說山妻凡心未了，俺還在疑信之間，前者雲遊回來，把些意思探他，斬釘截鐵，道念甚堅，即上根男子未能遠過。誰想他生死關頭，不曾討得分曉。見俺幻化之後，以為求仙學道、難免無常，道念潛消，凡情頓起。昨日松林之下，把些兒意思動他，他顧盼含情，公然落在這魔障裏去，比前日扇墳女子也爭不多。總是他向來凡情也只勉強制伏，不曾徹底消融；道心亦只憑意氣直前，不曾見得真、把得定，其進銳者其退速，事理之常，無足怪者。

　　【香遍滿】情根一點，磨洗千回略不粘。等閒逗起只纖纖，無邊業浪掀，無明宿火炎，怕難施針與砭，墮在重重塹。咳，豈但婦人，便是世間以丈夫自命者，遭時邁會，不過一個莽擔當。把掀天揭地事業都盡做去，就中豈皆真正念頭？何況區區婦女之流乎？

　　【二犯梧桐樹】家將經濟拈，人把功名瞰。一往無前，意氣成勇敢。鼎鐘自信真無忝，獨臥孤行，衾影誰能了不慚。也有好名的，故覷濃華淡，揀苦推甜，枉費他神明兜攬。還有一種假氣節之流，平時博帶峨冠，高視闊步，遇利害得失，僅如絲髮，真情畢露，面目堪羞。

　　【浣溪紗】做矜嚴，稱果敢，假裝喬鼓頰掀髯。虎皮自許身堪假，魚目公然混不嫌。心難慊，肺肝怎掩得旁人見，都不管面目難堪。俺前日幻化彌留之際，山妻悲慟慷慨，誓以身從，若不是俺遺命諄諄及忘鷗勤救，倒被他烈轟轟做個節婦去了。誰想今日做出這般行徑，咳，就是世間忠臣、孝子、節婦同是一死，心跡亦自不同。其認得真、拿得定、死於名義者固多，激於一時意氣、同溝壑之自經者正亦不少。

　　【劉潑帽】棄殘生一樣向黃壚掩，中間也自有勉強安恬。誰從地窟裏把情縣勘,倏幸間,麟經絶筆無褒貶。咳,這等看來,畢竟俺這仙果難成、玄功難進,還要去淨中尋淨、空裏求空,夾帶不得一些渣滓。

【秋月夜】論求仙總在凡情減,丹蛇驅淨無些染,玄珠轉就無些欠。只似水中着鹽,不許些兒略粘。呀,遠遠望見忘鷗來了,俺迎了他去,看他有甚話説。

(小旦上)擬烹春茗邀幽客,先踏雲林趁遠峰。呀,周先生來得恰好,俺娘子屈先生到舍下少坐。

【東甌令】邀鶴駕過茅庵,為領幽人片刻談。山中桂醑三杯釅,筍菜春盤贍。無人為寫白雲緘,遣妾代瓊函。

(小生)原來如此,就與你同行。

【金蓮子】整衣衫,松關倩得雲來掩。(小旦)便與妾同行莫待謙。(小生)為甚事請我?(小旦)無別念,為先生昏朝長護着這香龕。

【尾聲】(小生)這無端的酬請真叨忝,為鎖玄扃下翠嵐。(背介)笑你這樣鬼胎兒也枉耽。

【集唐】

　　(小生)千花成塔禮寒山,不放香醪似蜜甜。
　　(小旦)肯藉荒亭春草色,盤中只有水晶鹽。

第三十三齣　詢　　幻

【金焦葉】(旦上)似去如來,縈不盡情絲怎解,待敘他半刻幽懷,怕惹動三生業債。早間着忘鷗去請周先生一敘,如何尚未見到?

【前腔】(小生上)松下清齋,誰待赴醉鄉嘉會?情築就迷城怎開,怕淘不出無邊業海。(小旦)周先生請到了。

(相見介)

(旦)一向勞動先生,哀痛之中,未曾酬謝,今日備一杯淡酒,屈先生少敘片時。

（小生）此皆弟子分所當為，何勞師母致謝。

（旦）忘鷗，看酒過來。

（把盞介）

【本序】暫遣愁懷，春蔬旋摘，春酒新醅，長眠人虧殺孤眠陪在。難捱苦雨空林，漆燈長夜把人禁壞。感伊行情重難酬，為亡人骨冷難埋。請問先生何處相從俺官人來？

【前腔】（小生）休猜，雲水曾陪，沒離形影，訪遍天涯。感師恩，生死豈容相背？還哀道岸初登、玄關未徹，把人撇在，要通他幽渺心靈，且依他灰槁形骸。

（旦）原來正是雲遊處相從的，正要請問先生，

【惜奴嬌】重撥根荄，真諦曾逢，怎色身仍壞？（小生）從來說仙果難成，也要合有玄分，未必個個都得成仙。（旦）水中月映，空思火裏蓮開。疑猜，半生償不盡盲修債，似精衛思填海。（合）到頭來逃不過一絲氣剪、三尺墳埋。

【前腔】（小生）從來玄證難諧，知怎生出得十月懷胎？從古學道人根器淺薄的，有經累劫，幾番易髓更骸。還猜，玄圖未注金名在，空夢想神都會。（合前）

（旦）這等看來，求仙一事，亦甚渺茫，先生不該學他了。

（小生）雖然如此，但既已入道，理無退轉。

【鬥寶蟾】（旦）心灰，累累幾堆，既改頭換面，總勞他奪捨投胎。請問先生仙鄉何處，娶親不曾？（小生）就在漆縣居住，尚未娶妻。（旦）怎孤帳青燈向墓田黃薤？堪哀，流光迅若催，芳春去不回，到頭來空想要無常轉限、地府消牌。

【前腔】（小生）虛誣，月級雨階，一肩籘笈，枉費却幾輛芒鞋。況良緣未偶，韶光不再，空熬三春花事乖、三秋蛩語哀。（合前）

（旦）久勞先生在靈前看守，心甚不安，且先生只影孤形，炊爨不便，舍下去殯所不遠，意欲一宅分為兩院，請先生到此暫住，意下何如？

（小生）本意到此廬墓報答師恩，怎好反來打攪？

【鵝鴨滿渡船】（旦）人鬼路分開，精魄難依賴。恁形空弔影空

猜,茶飯誰看待?(背介)料想少年人,春去也應無奈。莫嫌權寄茅簷窄,為君剪燭聆清欸。

(小生)多謝師母厚意,領教已久,就此告辭。

(旦)多慢先生。

【尾聲】(小生)娘行情重難禁載。(旦)怕近墓東風日夜哀,生把年少幽人憔悴殺。

【集唐】

(小生)眉月連娟恨不開,(旦)眼前人事只堪哀。

(小生)無由並寫春風恨,(旦)且作行雲如夢來。

第三十四齣 思　幻

【胡搗練】(旦上)魂惻惻,意怦怦,春衫半綻牙兒憑。幽懷欲訴羞還忍,曉來孤夢鳥呼醒。好笑我韓氏學道半生,把少年時豔態柔情剗除已盡,不知何故,自見周生之後,牽腸掛肚,不能定情,恰似神差鬼使一般降伏不住。咳,好悶人也!

【普天樂】性兒耽真虛靜,眼不掛閑風景。單只為小小書生,便惹動懨懨春病。百年日月無多剩,三春花鳥無多領,空展盡幾葉金經,枉望斷九還丹鼎,耽擱了半世幽盟。雖然如此,俺學道之人,如何便動邪淫之念?此事斷然不可。

【雁過聲】還驚,心苗自靈,怎又把迷根叩醒?清虛陡變穠華境,三焦火,一點情,兩行淚,總不分明。掃盡從前興,無邊功行做搏空影,忍向絕頂層臺落陷坑。(歎介)哎,恰纔排遣些子,如何陡的又上心來?啐,好教我沒法消遣也。

【傾杯序】懵騰,這情津嚥又生,這鬼病遮還映。為他豐神俊逸、舉止風流、心性聰明,兜入肯綮,調犯了傷春症。這幽懷怎傾?這幽期怎訂?謾惺惺,憑誰寄語與多情?咳,這也說不得了,昨日席間原說請他到此權住。不免叫忘鷗去請他來家,再做理會,忘鷗快來。

(小旦上)娘子有何使令?

（旦）忘鷗,有一事與你商量,我如今看學道一事亦甚杳茫。你官人用盡苦功,不免一死,這便是樣子了。我與你又無人指教,怎盼得到成真了道的日子,咳！（做不語介）

（小旦）娘子怎麼話到口頭,又不說了？

（旦）此話說不出口,如今也瞞不得你了。我一向耽虛守寂,凡心盡遣,不知怎的,見了周生便不能定情。況他玄詣已深,欲邀他到家同住,朝夕仗他指引,你意下如何？

（小旦）昨日席上話頭,我也猜着幾分了。但官人與娘子生前恩義甚深,死後骨尚未冷,儻一旦犯邪淫之戒,將終身貽垢辱之名,官人地下未必無知,娘子日後焉能不悔？此事還須酌量。

（旦作歎介）

【玉芙蓉】（小旦）亡人倘有靈,玄路還相等,怎做得別抱琵琶行徑？（旦）你且去取杯茶來我吃。（小旦下）（旦）咳,忘鷗之言亦甚有理,只是我神魂飄蕩,自己收煞不來,怎好？（想介）哎,事已到此,沒奈何了。仙凡岔路今番定,空把一罅靈光戰海樣情。（小旦）茶在此。（旦惱介）噯,當初官人臨終之時,我幾番要死,你却苦苦來勸,今日閃得我不伶不俐,教我怎禁受這半生悽楚？兀的不悶殺我也！（小旦）呀,忘鷗只恐娘子日後追悔,故勸從長斟酌。既此意已決,忘鷗就去請他便了,忙相請,任娘行使令,把一座謊桃源移向小柴扃。（下）

（旦）雖然如此,但免不得出乖露醜,怎生是好？

【山桃犯】重打疊煙花性,更栽排風月情,教人羞把羅衣整,怎禁無明焰向心頭迸。渺難明,幾年價魂魄冷,兜的可一星兒業火飛騰。

【上輕圓煞】敢夙世裏有姻盟,鴛鴦譜曾和他廝訂,怎似攝却咱魂靈付那生？

【集唐】

　　　　　流年堪惜又堪驚,絕頂茅庵老此生。
　　　　　曉露風燈易零落,誰同種玉驗仙經。

第三十五齣　破　幻

（小旦上）哎，好笑俺娘子，平生聰明伶俐，也是個戴冠兒的丈夫。自從官人故後，見了周生，情思懨懨，把捉不定。今日教我請他來家同住，我好言勸阻，反懊惱起來。如今只得隨順着他。咳，這般一個女娘，怎便做出這等行徑？公然做了兩截的人，豈不可惜，況俺官人呵，

【月雲高】淺土纔撇，仙骨還應熱。剛卸却並頭花，早另綰同心結，瞪的成呆顛倒羞生怯。昨日請酒之時呵，俺冷眼暗中揸，他覷面明相折，咳，便做道泉下人兒後會睞，怎禁得眼底人，奴把訕臉遮。此處已是周先生廬墓之處了，周先生有請。

【前腔】（小生上）繩床墜葉，肘畔丹經挾。十月火候全，九轉金砂燁。誰款柴門，喚聲兒呼不迭。呀，原來是忘鷗姐，到此何幹？（小旦）俺娘子說，先生在此冷落，請到舍下權住幾時。（小生）原來如此，就此同行。早離却夜臺霜，去傍那秋閨月。正翠重寒山松徑睞，更雲護幽扉竹院遮。

【繞紅樓】（旦上）打疊起愁腸千萬折，沒來由把風情閑惹。飄起蓬飛水流花謝，不是輕拋捨。

（小旦）周先生到了。

（見介）

（小生）昨日厚擾。

（旦）有慢先生。

（小生）承師母招小生到此同住甚好，只是在此叨擾，恐屬不便。

（旦）左右與先生通家往來，怎說叨擾二字？忘鷗，你去備家常茶飯伺候。

（小旦）曉得。（下）

（小生）師母見招，却是為何？

【太師引】（旦）只為山空林黑魂孤怯，兩下裏絲腸暗絕。（小

生）正是師母在此，也寂寞得緊，怎生消遣了？（旦羞介）總因這幽恨偷煎，顧不得香心輕泄。（小生）師母美意，小生盡知，但小生門牆下士，名分卑微，莫不辱没了師母麼？（旦）俺也索高就低列，則圖美恩情斷頭重接，這衷腸難提怎揭？這因緣定有三生根業。

【瑣窗寒】（小生）為曾向師門立雪，誰承望嬬閨陪待月。想天成靈匹、先路非賒，況胸有真詮，玄功怎歇？莫看做尋常兒女撮合。休怯，便道門楣名分有差迭，也是玄分中緣投機恰。既蒙俯就姻盟，幸出望外，但娘子孝服在身，不當穩便，還要換了纔好。

（旦）咳，這事却怎麼好？且待服滿之後換也未遲。

（小生）從來吉凶異禮，況小祥已近，換也不妨。

（旦做想介）既然如此，只索從命了。（換衣介）

【大聖樂】（旦）非是將舊恩抛捨，總為這新愛聯接，不覺紅潮暈上些兒靨。論凶吉禮當別，教我眼前啼笑渾無主。試問心上悲歡不自決，魂搖意熱，為難免兩下索拽，只得把一邊決絕。

（小生）從來婦人把貞節做第一件美事，我玄門中這貞節也用不着，娘子已遊方之外，何必拘拘世間兒女之見乎？

【紅衫兒】從來天緣先眷前生結，非關苟合，有分締靈姻，相攜赴瑤闕，且安排繡被生春，怎還着麻衣似雪？盡千般愁緒都撇，把一縷情絲再接。還有一件，這桌上先生牌位在此，不當穩便，且收了吧。

（旦）這牌位在此何妨？

（小生）雖然沒甚妨礙，既蒙娘子俯就良緣，也要討個吉兆。

（旦作想介）這事怎生是好？沒奈何，只得收在一邊吧。（撤牌位介）

【三段子】靈筵暫撤，這壁廂香筵要設；明香暫滅，那壁廂心香要熱。人從新舊生枝節，事當回避難周折，只索硬做心腸、推寒就熱。

（小生）既承娘子恁般俯就，趁此良時，拜告了天地。

（拜介）

【鬥雙雞】（小生）新盟乍設，端不為情好相悅。想夙世裏定有些曲折,雲邀雨遮,把恩情打整,去謀良夜。錦前程無福難消,玉天仙有緣待結。

【前腔】(旦)花移樹接,比初嫁時龐兒更怯,恁心坎裏覺如抓似捻,愁輸悶寫,把不到頭恩愛當輪迴劫,怎熬他半世孤幃,已棄却霎時雙頰。

(小生)還有一說,先生在日交遊甚廣,今靈柩尚在淺土,恐有弔客往來講說是非,不如焚化了吧。

(旦)這却使不得,莫說我夫婦之情有所不忍,便是你師弟之義恐亦未安。

(小生)娘子之言固亦有理,但聖人云死欲速朽。從來得道之人,這皮囊都要換過,焚了也不差。

(旦悲介)這事不可造次,先生太多心了。

(小生)既然娘子不肯焚化,便埋了亦可。

(旦)這個使得,但也要略從容些。

(小生)趁未成親之前埋了極便,如待成親之後,恐夫靈在殯就嫁了人,吃人談論。

(旦)如此,但憑先生罷了。

(小生)就請娘子同行。

(行介)

【解三酲】(小生)若要他靈安魂貼,須索與開隧安穴。任松楸一覺酣長夜,人冤道了無涉,安排他獨眠夜壑塵函穩,準備咱共聽春宵霜漏徹。心頭搖,向煙霞寂寂,占風月些些。已到殯所了,俺與娘子拜告一番。

【前腔】(旦)這些時晨昏啼血,非干是生死渝節,怎禁一歌黃鵠腸堪絕?甘做了人半截。(小生)娘子,還有一件極要緊事,幾乎忘了。從來成仙了道的,多有外示幻化、屍解而去者。先生學道最久,恐或是屍解怎了?須開棺看一看。(旦)屍解是怎麽?(小生)屍解而去,這棺裏是空的,恐飛形躡景只空函在,怕奪捨投胎把遺蛻撇。須開閱,倘靈骸無恙,只幻影空滅。

(旦)這等只得憑你罷了。(作撫棺介)

（小生）這棺裏不像空的，還是燒了乾淨。
（旦）寧可開來看一看。（做開棺介）
（小生）你自揭開來看。
（生咳介）
（小生急下。生急上介）
（旦）呀，不好了！（驚倒在地介）

（生笑介）咳，娘子忒狠了些，我當初雲遊回來，曾再三與你倒斷。你一心向道，誓無退轉，誰知俺幻化之後，便另換一副肚腸，做出這般嘴臉，連墳也等不得扇了。

【前腔】俺當初幾番諄切，你那時一謎決烈。幻境中變現成沾惹，色界裏費磨涅。你只知花辭青葉枝長謝，却不道魂返黃泉路未賒。真薄劣，把舊恩輕擲，新黛重遮。

【前腔】（小旦上）最苦是為人婢妾，少不得賴主提挈。沒來由隨房又向他家趕，鴛鴦被怕重疊。（見生介）呀，白日見鬼了。（坐地介）周先生、娘子快來救我！（生）忘鷗，你不必大驚小怪，周先生就是俺化的幻身，來試你主母的。（小旦起介）這般說，官人不曾死。（生）俺已了道成真，怎麼會死？你娘子倒羞死在那裏，快去看他。（小旦叫旦不應介）咳，怎的好？娘子蘇醒！喜胸前似杵心猶撞，奈口裏如絲氣不接。遭磨折，這些時雲撩雨撥，都做了灰死煙滅。官人快來救一救。

（生）你不須慌，他日自然蘇醒。只是他無顏見我，你且扶他在這丹室中暫住，我過幾日却來看他。

（小旦扶旦下）

【尾聲】最是他女娘們易把柔腸扯，將沒攔縱的春心放不迭，且在這業海情坑將他放一跌。

【集唐】
迢迢此恨杳無涯，今古悠悠空浪花。
雲雨不知何處去，仍令歸去待瓊華。

第三十六齣 懺　　悔

【一落索】(旦上)夢魘乍驚推,欲說還麟齗。(小旦上)人當迷處醒翻猜,喜得是人都活在。

(旦)忘鷗,我如今不但羞見官人,連你也羞見了。

(小旦)咳,怎說這話,不過是官人要堅娘子道念,故磨煉娘子一番,從今死心塌地,一心學道就是。

(旦)原來人落在魔障裏面,不怕你伶俐聰明,就如醉夢一般,把平日決不肯為之事只管做去。如今我也無顏回家,你把這門兒替我關鎖。若不成道,誓不出此門了。

(小旦)如此最好,忘鷗也就同娘子在此,一則服侍茶水之類,一則也要娘子攜帶焚修,不知娘子見容否?

(旦)這是好事,有何不可?

(小旦鎖門介)

【六犯玲瓏】(旦)黃泉路上回,兀自懶頭擡,一天羞厚地難禁載,都向臉兒堆。地窟鑽難入,泉肩叩不開,總洗胃刳腸難悔。倒不如昨朝長暝、長暝不歸來,便棄今日土中埋,羞看舊日人兒在。驚魂乍返,火炎上腮,玄詮重訂,冰揣在懷,不緣幻愛三生夢,爭得春心一寸灰。離業海、局荊柴,也當輪回轉劫這場災,精猛赴龜臺。

(生上)山中醉臥無千日,鼎裏丹成是九還。俺娘子愧悔之餘,憤悱必力,稍加指引,大道可成,不免看他一遭去。娘子開門。

(旦)忘鷗,你去對官人說,我無顏相會,適間已有誓在先,此門斷然不開了。

(小旦)官人,娘子無顏相會,早間發了誓願,若不成道,不出此門,故不得與官人相會了。

(生)相會何妨?但你不經這番磨煉,情心不死、道果難成,從此勇猛發心、一刀兩截,十洲三島只在眼前。

(旦)弟子這回心死了。

(生)可喜,可喜! 從來求仙易,死心難。若能死心,別無求仙之法，但末路難持，更須努力。

（旦）適間忘鷗要隨弟子修行，但婦女骨力未堅，還求仙師指示。

（生）忘鷗濁水青蓮，的是道器，但能發心真實，何患指引無人？俺已着人去叫馴鹿，一切用度之類都吩咐他看管。我金丹雖就，功行未圓，還須濟度世人，積功累德，方得飛升，如今雲遊出去，多或數年，少亦旬月，相見有日，你們不須掛心。

【九回腸】盡撇下從前業債，重栽起舊日靈荄，把情根勘破真無賴。粉骷髏一霎成堆，蓮心未淨紅衣在，柳性猶拈翠黛。排差難再，將凡情淨盡無些蔕，儘教如劫底沉灰，欲期仙骨銀芽就，還待靈文玉簡開。纔得閉玄宮、朝絳府、修金室，攜手會丹臺。（旦、小旦）伏承指示，謹銘肺腑，但不知仙師如今雲遊何處？（生）俺如今出無入有，哪討定蹤。但要你們志心向道，就如我常在面前一般，請了。山神何在？（山神上）大仙有何使令？（生）丹室中兩個女娘在此修道，你須晝夜護持，不許閒人野鬼囉唣。（山神）謹領法旨。（丑上）辭棧馬兒終戀主，梧梁燕子自依人。呀，官人回來了，這一向在那裏？（生）非汝所知。如今娘子與忘鷗在此閉關修道，要你在家中看守，一切用度，須要看管，俺還要出外雲遊，歸期未定，不可誤了。（丑）官人在家同娘子修道倒不好，又去雲遊怎的？（生）常聞一人得道，合宅同昇，汝雖人奴下流，倒也謹願可取。若能在此小心伏侍，日後亦有好處。（丑）官人跨鶴驂龍，也要小人執鞭墜鐙，千萬攜帶些。（生）暫留海外三山駕，且作人間五嶽遊。（下）

（旦）忘鷗，官人又飄然而去了。他方纔說金丹已就，要去濟度世人，豈有不度你我之理？俺們只死心修煉就是。

（小旦）正是。

（丑）娘子，小人回來了，官人吩咐我在家看守，娘子要甚物件，只管問小人討。

（旦）不過薪水之類，隔幾日送一次罷了。

（丑）曉得。

【尾聲】（旦）這羞顏總湘江掬盡還仍在，從今後把心字香成一點灰。（小旦）正要向醉夢謎中，提將心印回。

【集唐】
（旦）短褐身披漬野苔，（小旦）落花流水認天臺。
（旦）丹梯欲逐真人上，（小旦）舊宅園林閉不開。

第三十七齣　讒　妒

【傳言玉女】（小生上）朝退從容，一路玉驄垂鞚。憑隻手山河獨捧，致君事業、還畢竟文章有用。戰爭海裏，邊烽不動。下官惠施是也，蒙梁王擢居相位，兩年以來，且喜刑政肅清，封疆寧謐，經綸略展，期許稍酬。今日朝罷歸來，衙門無事，只是自別莊子休之後，妙義無可印證，高談無從發舒。去年聞他雲遊出去，杳無信音，前日又有人傳他下世的消息，不知是真是假？使我傷感累日，也曾差人到他家訪問，尚未回來，好生放心不下。

（老旦上）題就花緘千里命，削來竹簡一封書。門上有人麼？

（雜）那裏來的？

（老旦）監河侯差人下書。

（雜稟介）稟老爺，監河侯差人下書。

（小生）叫他進來。

（見介）

（老旦）差官叩頭，家主有書拜上。

（小生）取上書來，差官耳房內待飯。

（小生讀書介）

【泣顏回】久別乏過從，聞子休邇日途窮，名心洶湧，要潛來梁國求容。疑情詭蹤，似垂涎相位把兄掇送。弟聞之殊不能平，特仰干尊怊不恭。

（怒介）呀！原來如此。我待莊周不薄，他要官做，來與俺商量，自有安頓他處，怎就要來奪俺相位？

【前腔】壘塊頓生胸，把交情做一籜隨風。你平日呵，才馳辯湧，持一介不易三公，今日做這般伎倆，深山寄蹤，弄虛脾撮哄侯王動。論浮名讓爾何妨，用深機使我難容。向日梁王原有聘他的意思,朝見時屢問他下落,若潛來營幹,這相位輕輕的送與他了。他既不仁,俺亦不義,不免傳令國中大索三日,拿住時看他有何面目見俺,叫堂候官。

（雜應介）

（小生）傳下令去,有宋人莊周潛來俺國偵探國情,陰為間諜。拿獻者有賞,窩藏者同罪,逐門挨戶嚴加搜索,勿得有違。

【撲燈蛾犯】你疾忙忙搜查遍國中,休鬧喧喧只哄街坊動,挨排得水泄不能通,四下裏遮邏沒逢。但擒拿解獻賞其功,容縱者知情罪重。放惺忪,則教他插翅難飛,難道是有影無蹤？

（雜）領鈞旨,請老爺分付,莊周是怎生模樣？小官好傳與巡捕的認拿,免被漏網。

（小生想介）正是,待我回衙畫出圖像,晚堂候領。還有一件,聞他近日外出雲遊,或者改了道裝亦未可知,你們須仔細盤詰。

【尾聲】休將風聲預泄做了開門送,先把要路提防莫放空。待拿住他時,看他怎生見我？則贏得面甲先教被萬重。

【集唐】

（衆）請為同社笑相容,（小生）太向交遊萬事慵。
（衆）白首相知猶按劍,（小生）偏承霄漢渥恩濃。

第三十八齣　雙　　修

【掛真兒】（旦上）空山咀盡虛無味,却緣來證處從迷。（小旦上）夜漏宵鐘、春花秋月,一謎不關憔悴。

（旦）我與你在此苦證勤修,頗覺身心清靜。伏食煉氣之法稍得師傳,但未能臻其奧渺,如何是好？

（小旦）從來花熟蒂落,水到渠成,且自精修,不須縈掛。

（旦）前官人曾說但能發心真實,不患指引無人。這遭官人回來,必有一番指點,料不到盲修瞎煉地位也。

（小旦）娘子所見極明。忘鷗還有句話要請問,向日官人真身怎得出來,幻形如何會滅？

(旦)這事提他怎的,他説學道人多有屍解的,須要開柩一看,不想幻形與真身合為一體,官人蹶然而起,我就驚倒在地了。

【二犯傍妝臺】不索話重提,如今方解身外有身。疑認重泉為斷滅,把四大當真實,悔煙花障裏千場戲,向空色關頭一謎癡。半庵獨掩,兩心盡灰,阿誰言下借金鎞。

【前腔】(小旦)門掩不曾窺,鉛華洗淨,轉覺幻緣非。篆煙中經一卷,燈地下影雙依。不緣蘿附千章木,爭得蓮抽十丈泥,松濤浣耳,苔痕上眉,土花欲繡舊羅衣。

【集唐】

(旦)仙鶴飄搖不可期,(小旦)滿庭黃葉閉門時。
(旦)霓旌翠蓋終難遇,(小旦)自是仙才自不知。

第三十九齣　遭　邏

【大齊郎犯】(衆上)遍詰盤,捉細奸,畫影圖形最的端。過限違期遭笞鞭。又不圖帛錢,肯因他累連,若還撞着怎休干。

(淨)哥,俺們奉丞相爺鈞令,捉拿奸細莊周,城裏城外索了三日三夜,並没蹤影。如今分付俺們在往來要路上四面兜拿,大家都要用心。

(丑)人生面不熟,打個對照也不認得,哪裏去拿?

(淨)有圖形在此,但與圖形廝像的拿住,管他哩。

(丑)你且拿出來,俺們大家認他一認。

(淨出畫介)

(丑)不像!不像!你看三綹鬚,八字眉,高聳鼻,一表人材,有這樣齊整的奸細?

(淨)丞相爺親畫的,怕不像?

(丑)如今對着臉畫的還不像,難道想着畫的倒像?

(淨)你不曉得,如今紗帽底下的詩是好詩,紗帽底下的畫定是好畫。閒話休提,俺們如今分了路,逢人盤詰,有圖形廝像的,打個暗照,會齊了下手。(下)

【醉羅歌】（生上）山水，山水經行遍；朋友，朋友是非邊。則待要憑將舊好換新緣，生拔出迷魂塹。他鐘鳴鼎食，刀頭蜜甜，珠歌翠舞，枕中夢酣，只等得膏殘燼落燈無焰，功名好，恩愛纏，誰報個黃粱熟也警高眠。俺只為要度惠子授，一路雲遊至此，已是大梁相近了。師父曾說他學無根底、華而不實，但朋友之義豈能恝然。只是他功名到手，世味熏心，不知便肯回頭否？咳，富貴能得幾時，歲月何曾相待？積金堆玉，都是枉然，喉嚨裏一絲遊氣不來，便半文錢也拿不起，總拿得起、帶得去，也無用處。

（淨、丑暗上窺介）

【前腔】歲月、歲月如飛箭，他富貴、富貴欲熏天，似蛆蟲向糞溷裏覓香甜，一味把醃臢戀。誰能騎鶴、腰間又纏，那堪馳馬臨崖，更鞭總催。將簡帖把無常喚、與黃金別、把黑業牽，誰知閻羅關節不通錢。

（淨、丑、雜上）相公高姓？

（生）俺雲水間人，你問我怎的？

（淨）相公莫不姓……

（丑）姓什麼？

（淨）莊。

（丑扯淨介）哥，休要孟浪，你拿出圖形來，咱們比對比對，錯拿了人不是耍。

（看畫介）你看三綹鬚，八字眉，一些不差。

（生仰視揮袖介）呀，原來有這個緣故，俺好意來接引他，他倒在這裏拿我，我有道理。

（舉手擦面去鬚介）

（丑）哎呀，古怪蹊蹺，剛纔看的與圖形一般，怎的轉個身全然不像了？

（淨）適間分明三綹長鬚，如今只剩這幾根兒。

（丑）怕藏在袖子裏，待俺搜一搜。

（生）不須囉唕，你們想是惠丞相差拿莊周的麼？

（淨）便是，你倒會猜。

（生）俺是你丞相好友，又曉得莊周下落，你與我同去見丞相，要拿他不難。

（丑）我的爺，失敬失敬，大家見丞相去。

（扶生下）

第四十齣　謁　惠

【點絳唇】（小生上）義忿填臆，交情紾臂癉心地。引手輕推，爭似初相識。下官因莊子休潛來謀代相位，不勝一時之忿，差人遍國中搜了三日三夜，杳無蹤影，又差人在往來要路上巡查，他若果然在此，料插翅也飛不去。叫堂候官、巡捕員役回話，不時傳稟。

（應介）

（生、淨、丑、雜上）

（淨）這時候丞相爺將次掩門了，相公趕行些。

（生）咳，這世態人情好險也呵！

【混江龍】朝夷暮蹠，把本來面目等閒易。都則為爭利爭名、患得患失，似蛆向圊中鑽剩穢，蛤從籃裏閉殘汁，也不管枝頭上花謝赤、江聲裏水流碧，光景去日曛黑、年壽來髮皓白，那回頭的趁猿鶴山中桂未凋，那失足的怕驪龍淵底珠難摘，怎向羶場逐臭、把蘭畹成棘。

（淨）相公在這耳房裏略候一候，待稟過老爺相請。（進稟介）巡捕的稟老爺，盤住一個報信的，曉得莊周下落，又説是老爺好友，見在衙門外伺候。

（小生）怎生模樣？

（淨）一表人材。

（小生）請他進來。

（生掩面帶鬚介）

（淨）呀，白日見鬼，這個人嘴臉又換過了，與圖形一般。古怪！古怪！

（生見介）

（小生）呀，莊子休，你平日襟懷何等高曠，議論何等高奇，為何潛來大梁謀奪相位，今日有何面孔見我？
（生笑介）此話從何而來？
【油葫蘆】（小生）則説你情中栽就煙霞癖，赤緊把名腸滌。只為一朝失路雲泥隔，擦生生轉眼便把金蘭拆，扢錚錚唾手要把金章摘。就做是我乘車、你戴笠，又不曾你割坐、我分席，羞殺你草鞋踏破無些得，倒容易把平生擲。
（生）此話從何而來？子不知南海有鳳鳥乎？非梧桐不棲，非練實不食，非醴泉不飲。鴟得腐鼠，見鳳鳥過之，仰而視之曰：嚇，今子欲以梁國嚇我耶？
【天下樂】您休憑區區腐鼠將咱嚇，俺怎肯倚着冰山，住着火宅？撞入愁城，撇却清涼國，刀尖上爭青紫，鑊湯前辯皂白。等閒間，禍機踏泛也歎狼藉。
（小生）這是監河侯兄有書來，説你學道無成，途窮日暮，潛來大梁營謀，代俺相位。
（生）原來如此。他自燒煉被騙，為何遷怒於我？
（小生）聞他近好煉丹，家業都消費了，因何遷怒及你？
（生）小弟雲遊回來，途遇此兄，坐間曾説神仙丹藥之事不可不信，只要引他回頭向道。誰想錯了念頭，廣招丹客燒煉，致遭騙局。
（小生）這與兄無干，為何怪兄？小弟一時誤信，得罪了。（揖介）
（生）請問兄，因何應了梁王之聘？
【那吒令】（小生）第一來，痛紛爭要拯焚溺；第二來，逢知遇要樹勳績；第三來，抱經綸恐負疇昔。蒙那梁王呵，片言間載後車，鎮日價勞前席，因此上應了明王徵辟。
（生）致君澤民，建功立業，都是吾黨分內事。但黃虞不作，世事日非，説縱説橫、講爭講戰，此時要圖王定霸也好難哩。
【鵲踏枝】功名路終逼窄，是非場有險嚇。圖霎時肘後金黃，怕一跌眼前族赤。恐攖了頷下鱗逆，這君恩怎長保雨水相得。
（小生）功名難得到頭，兄言固是。但世運循環，無治而不亂，亂而不治之理。倘人皆明哲保身，更誰去持危載難？身家之念太重,君臣之義盡亡,却不成鬼魅世界了?

【寄生草】既破萬卷,須萃百貴,肯任他乾坤昏翳無人辟,肯任他兵戈吞噬無人釋,肯任他民生憔悴無人惜?羞殺他納肝抉眼是何人,怎都做遁跡全身霞外客。

(生)撥亂反治,須有天縱之聖、驅駕命世之才,比如兄相梁二年,梗概已見。據俺看來,尚非戰國諸子之所能辦,王業非一士之力,大廈非一木之支,況近來世上悠悠之徒呵,

【么篇】都莽擔當不量力,有一種道學的拄腹成柴柵,有一種縱橫的鼓舌藏矛戟,有一種□鈴的聚骨量川澤。笑煞你區區螳臂怎能支?便做道尼山鳳德也曾削跡。

(小生)承兄不靳金鎞,開我茅塞。但士為知己者死,小弟蒙梁王特達之知,必須稍效驅馳。少酬知遇,然後乞身未為晚也。

(生)光景無多,抽身宜早,聰明人不須叮囑,小弟就此告辭。

(小生)正圖請益,忍遽言歸,如今到那邊去?

(生)小弟要會監河侯兄去。

(小生)此公正爾怪兄,或者不好相會。

(生)此公只為未免貪嗔,故遭折罰。然丹藥二字實小弟作俑,少不得替他明白這樁公案。

(小生)子休兄不忘故交,不念舊惡,可謂兼之矣。

【賺煞尾】(生)玄黃苦戰爭,龍虎相啖食,把帝軌王途荊棘,想那羲皇虞夏怎生得?遍世界烽煙蔽黑,滿乾坤戰燐飛碧,更難尋何處華胥國,也則索度德還須要量力。則怕那五車書空崢嶸,脹破些兒臆。請了。(下)

(小生)叫巡捕的。

(雜應介)

(小生)莊相公在哪裏遇着的?

(雜)在關外不遠。見他時分明與圖形一般無二,小的們正待拿他,就把形容變了。及至府門之內,依然又是原相。

(小生)曉得了,外邊候賞。

(雜應下)

（小生）子休既能幻形，想已成道了。我因一時為人言所誤，變了面皮，子休亦改換形容，故相調搭，一片誘引熱腸，令人愧悔無及。但目下尚為功名羈絆，急切擺脫不來，不免覷個機會，辭官訪他便了。

【集唐】
　　故人相見未從容，看取人間萬事空。
　　早晚却還丞相印，放教歸去臥羣峰。

第四十一齣　降　　真

【番卜算】（旦上）面壁兩年餘，剛破無生謎。（小旦上）個中一隙未容窺，虛白生衣袂。

【減字木蘭花】（旦）神都歷歷，鵬雲萬疊無由覓。（小旦）蓬島悠悠，鯨浪千重何處求？（旦）渠成水滿，不須瓊笈經千卷。（小旦）梅綻香催，原借金莖露一杯。

（旦）我與你閉關以來，忽經兩載，且喜靜中認取，漸近自然。但未知通神變化之妙，只候官人回來，稍加指點，大道可成。

（小旦）娘子煉氣葆形，精誠純一。真積既久，隱德升聞，成功只在旦暮了。

（旦）俺們且淨坐一回，自觀靜中境界。

（小旦）正是。

（坐地介）

（山神上）自家抱犢山神是也。適奉雲華夫人法旨，令俺多設魔難，試韓氏道念堅否。如果靈光不動，便當親降雲軿，不免走一遭去。（下）

（虎上介）

（小旦）呀，門外吼聲震地，一隻猛虎來也。

【耍孩兒】（旦、小旦）腥風窣地生簷際，吼聲兒驚雷迸起，騰身一剪破雙扉，笑讒涎未噬先垂。獸心何苦甘人食，仙骨何妨碎汝頤。這四大元拼棄，投崖可誘食，弱食何辭？

（虎下）

（妖鬼上介）

（小旦）呀，又有許多妖魔鬼怪，猙獰跳舞，若將攫噬之狀。

【五煞】臉堆藍，髮抹朱，齒森森，角鬐鬐，空從形相爭殊異。笑你傀儡般提絲線何濟，似俺土木樣形容久若遺，不信你能為魅，見聞都泯，伎倆空施。

（鬼下）

（雷上介）

（小旦）呀，妖鬼方去，忽然一陣霹靂，把茅庵打碎了。

【四煞】震霆轟，激響馳，砰訇勢若摧，竹椽茅瓦飄成絮。身如過客廬頻閱，修到成仙宅共飛，石室何須避。豐隆休劣，逆旅終辭。

（雷下）

（電母上介）

（旦）呀，你看電火四面沿燒，焚我衣袂。

【三煞】一星星電火微，忽騰騰烈焰飛，玄煙赤霧生衣袂。皮囊畢竟燼中化，天地終成劫後灰。爭一霎遲和疾，任燎原何懼，笑薪盡無依。

（電下）

（羣鬼持匣上介）

（小旦）呀，你看空中羣鬼，擡一塊大石，正在俺們頭上壓下來了。

【二煞】精靈弄詭奇，神鞭何處驅，小嵯峨飛向天邊墜。此心匪石難為轉，總骨如泥亦不辭。纔煉得虛空碎，笑補天無用，壓卵奚為？呀，這石匣在空中時，看有十數丈方圓，及墜下來却是個小小匣兒，中有秘書兩卷。呀，你看霎時間天氣清明，空中雲霞五色，鶴駕翩躚，無數仙人下降也。

（旦同小旦跪拜介）

（貼旦扮雲華夫人，隨從上，踩桌上介）

【一煞】依然霽景鮮，紛焉靈從馳。天人奄霱來雲際，珂輿迥出珠幡亞，金母遙臨玉女隨。愧斗室邀仙馭，投誠五體，乞指羣迷。

（貼）吾乃雲華夫人是也。韓氏擡起頭來，太上憐汝精勤，命吾接引，汝有疑義，吾當指陳。

（旦）請問仙道。

（貼）夫仙由心造，心誠則仙成；道貴內求，內密則道來。能以虛為身，以無為心，無身之身，無心之心，無為而自然致。靜以合真，積虛以通神，則去仙之不遠矣。

（旦）敢問何為金丹？

（貼）凡修道之人，煉身於九丹，解結於五神，引氣於本生，滅根於三關。九煉十變，百節開明，胞結斷滅，乃得成真。藥物鼎爐，惟傳口訣。汝良人已授於長桑公子矣，不煩縷示。其他伏食煉氣之妙，具載所降石匣秘籙之中，循序漸修，清都咫尺。

（旦）弟子糞土穢形、蟻蠓微質，伏蒙娘娘俯臨指引，百千萬劫，永佩玄恩。

（貼）亦汝之玄分致然，非吾有私於汝。相會不遠，汝其勉之。二景神光秘，三光寶籙微。分明指丹訣，使汝珮環飛。（下）

（旦）忘鷗，我與你僥倖也。修得雲華娘娘親自下凡指點，也不枉了這兩年修證苦功。

（小旦）方纔房門被虎抓破，房子被雷打碎了，如今都是好好的。

（旦）一切俱是幻境，都是試我們道念的。一真不動，百幻自消。

（小旦）這石匣兒却又現在桌上。

（旦）此乃娘娘所授秘籙，非同小可。明晨焚香叩謝，方可開看。

（小旦）正是。

【煞尾】（旦）親蒙口訣傳，虔將寶籙持。向玄門撞透真消息，則打並這精猛心，鎮晨昏常如是。

【集唐】
（旦）曉間天籟發清機，（小旦）幢節飄空紫鳳飛。
（旦）一自仙娥歸碧落，（小旦）滿山猶帶舊光輝。

第四十二齣　剖　　疑

　　【生查子】(淨上)懸魚事已非,羅雀門初靜。不道念頭差,此日成深省。我監河侯只為誤信丹藥,落光棍騙局中。只指望淘出本來,誰想越淘越深,把家業弄得罄淨。房子被走爐燒了,小廝們乘機拐騙走了,剩得一身狼狽,生事飄零,如何是好?

　　(生上)江靜無鱗水自潺,釣竿拋却只空還。金丹有訣無人會,手綻寒衣入舊山。俺本意出來雲遊,要廣修功行、普渡世人。誰想兩年以來走遍大地,並無根器朗徹、可入道度世之人。只有兩個朋友,一個為利,一個為名,指望負笈來從,却反操戈相向。回頭無岸,覿面不逢,豈不可惜?雖然如此,監河侯因俺幾句話入了燒丹魔障,固是他處富而貪,冥數合遭折罰,但這個糊突迷,也要替他明白,以盡朋友之情。呀,門庭不似舊時了。

　　(見介)請了。

　　(淨怒介)莊子休,俺與你交情不薄,為何使光棍來騙我?

　　(生笑介)我說金丹有訣,不過欲兄回頭入道耳。你自錯認題目,落人騙局中,與我何干?

　　(淨)都是你一路丹友,他來騙我,你豈不知?

　　(生)此亦無難,叫他來當面對證,就明白了。

　　(淨)可知道,你好撮法兒,俺懸了重賞,緝訪年餘沒個蹤影,却那得人來對證。

　　(生)小弟要拿他到不打緊,只不知這兩人叫甚名字?

　　(淨)一名白扁,一名胡撞。

　　(生向鬼門叫)值日功曹何在?

　　(功曹上介)

　　(淨作驚介)

　　(生)有兩個光棍,一名白扁,一名胡撞,假借俺的名色,在此騙人,速拘正身來見。

　　(功曹應介)領法旨。(下)

（淨）你和那個說話？
（生）值日功曹。
（淨）子休，這等看起來，你會驅神遣將了。
（生）也非難事，小弟方上雲遊，這樣小法術兒，頗學得幾個。
（功曹同丑、末上介）
（丑、末）饒命！饒命！
（淨打介）俺吃你兩個臭死！
（生）且不要打。你二人擡起頭來，可認得我麼？
（丑、末）素昧平生，既然萍水相逢，討個面情兒也是陰騭。
（生）既不認得我，為何假俺名色，在此騙人？
（淨）這就是莊子休相公，你說與他同門師弟，怎不認得了？
（丑）是老爺說起，我順口綽個風兒，也來當真。
（生）你騙去東西可都在麼？
（丑）實不相瞞，咱們這樣人，錢財得來容易，費去也不難，其實花費多半了。
（生）功曹押他兩個把見存贓物盡數送還，自有處治。
（應下介）
（淨揖介）子休，小弟一向錯怪了兄，惶愧無地，望乞恕罪。
（生）你寫書與惠兄，說俺要奪他相位，教他害俺，却也忒狠了。
（淨）惶恐，惶恐，這些事都不要提了。小弟因在彤林見兄親點金丹，遂生妄想，致有今日。
【刮鼓令】丹砂洞有靈，變黃金，只一星。因夢想飛身大樂，致令兒曹詭計行。移憾愧吾兄。如今幸逢當場折證，這胸中壘塊頓教平，只是眼前踧踖不勝情。
【前腔】（生）丹苗心上生，結將來，黍米形。也都有自然藥物，玉蕊金英配合成，認取不分明。死汞烹砂，都為贋鼎，你不將真訣叩惺惺，却貪他外寶喪吾精。
（功曹押丑、末上介）
（丑）金銀的都花費了，只這些玉石古董沒處打發，盡數奉還，望乞笑納。

（淨）狗弟子孩兒，我被你活活害死！不瞞子休説，這些物事有一半是借來的，值一兩賠十兩尚自嫌少，把家私田土准折得乾乾淨淨。

（生）如今還他原物，贖回田土，尚可度日。你二人本該送官治罪，但俺乃方外之人，姑且饒恕。（與銀介）每人與銀一錠，營運治生，不許再蹈前非了。

（丑、末）多謝多謝，若再騙人，口上生個大疔瘡。（俱下）

（淨）小弟不才，家事蕩費。蒙兄追還原物，所值不啻千金，盡可支吾老景，皆吾兄之賜也。

（生）光景無多，兄此後亦宜清心寡欲，消釋前愆。大限將臨，悔之何及！

（淨）小弟把妻兒老小安頓停當，也要尋兄於雲水之間，不審函丈之前肯相容否？

（生）説那裏話，道在當身，豈辭指引，就此告別，請了。

【集唐】

（生）生涯擾擾竟何成，（淨）一望淒然感廢興。
（生）惆悵舊遊同草露，（淨）却思恩顧一沾膺。

第四十三齣　歸　圓

【一江風】（丑上）問聲頻，没個天涯信，何處廝尋趁？怪前林靜室如焚，赤焰飛成陣。連忙跑一巡，連忙跑一巡，依然不動塵，只見滿山宿鳥驚飛盡。好笑俺官人雲遊出去，屈指三個年頭，娘子與忘鷗靜室焚修，留我在家看守，逐日供茶送水，不敢怠慢。前夜五更時分，遥望靜室中火焰連天，滿山鳥雀驚飛，唬我一跳。連忙去看，房子却好好的，茅草也不曾動一根，這等古怪，想是真果圓成，神光透露了。這也不在話下，官人一向無信，今日不免下山探望一遭去。

【前腔】（生上）記三春彈指俄成瞬，天路行行近。到家林一抹仙雲,靈靄遙生暈。梅香鼻底聞,梅香鼻底聞,披枝已到根,粉骷髏面目今番認。

（丑）呀,官人回來了,整整兩年出頭了。

（生）娘子可好?

（丑）一向都好,只怕前晚也老大吃個驚兒。

（生）為甚吃驚?

（丑）前晚五更時分,靜室中火焰連天,小人連忙去救,原來不是火。

（生）你那裏曉得?想是仙真下凡接度。如今快去報娘子,說俺雲遊回了,娘子道果已成,開門相會。

（丑向內介）官人雲遊歸來,說娘子道果已成,教開門相會。

【前腔】（旦、小旦上）肩寒雲,不覺時光迅。躡履無從問,感高真飛下雲軿,數語傳玄印。單提一個心,單提一個心,虛空不住塵,只還丹口訣、待行家訊。原來仙師回了,敢問一向雲遊何處,接度幾人?

【番山虎】（生）詩向會家吟,大地悠悠沒個人。指破迷津,過眼渾難認。阿誰拚勇猛,若個是寧馨?只有兩個朋友,一個錢神刮目,一個卿相動心。投分蘭生畹,依氈棘滿林。漸與本心遠,轉於外物親。（合）唾手歸真、唾手歸真,畢竟三生有因。你二人閉關兩載,見些什麼來?

【前腔】（旦）纔離業海,磨洗從新。斬盡閑藤蔓,都來煉魄魂。何期下靈馭,要眇得重陳。也只從身取,綿綿用不勤。風飄影,水皺痕,混沌如綿軟,虛空粉作塵。（合前）

【前腔】（小旦）也則為生同芝菌,況從來身傍蘭熏。莽修雞犬入雲因,倘徹蛤蜊生天分。更手啟真文,耳授靈音,一晌鉛華盡。（合）願普玄恩、願普玄恩,蓮長污泥濁根。

【前腔】（丑）非平頭不知分寸,論平日頗效辛勤。只這塵途裏鞭鐙相親,也索向雲路中幡幢廁引。（指小旦介）玉女隨身,（自指介）青童侍君,便賤如鴉也鸞鳳隨羣,總穢似鼠也肝腸換盡,難道不是玄都神仙眷屬人?（合前）

（生）俺們道果成就，不日拔宅同昇，你二人合當隨侍，不必多言。三日內當有仙真下降宣賜玉册金文，汝等以今日為始，每日焚香沐浴，靜心祈禱。

（旦）前蒙雲華娘娘降臨，說金丹之訣還須仙師口授，望乞指示。

（生）還丹須要一向淨功，俺有師父所授北育火丹，分與汝等，亦能分形變化、御影參雲，上昇之後再做這段工夫未遲。

【尾聲】（衆）則為平地中一蹶倒趁仙程近，一粒丹生足下雲，只待笙鶴來迎，遙聽空外音。

【集唐】

（旦）三車引路本無塵，（生）再到天臺訪玉真。

（小旦）兩地並修天上事，（丑）屬車龍鶴夜成羣。

第四十四齣　赴　　召

【逍遙樂】（外上）玉版虛皇召，朝來有語傳青鳥。氣與天，馬吏兵調，紫宮窈窕，玄津浩渺，叱馭逍遙。自家長桑公子是也，莊子休功候行滿，合得拔宅飛昇。昨已奏過太上，敕賜玉册金文，遣官宣召。俺與他三年前有約，一來也要候旨，不免走一遭。（擺儀從行介）

【排歌】三素瓊樓，九玄玉霄，奔雷迅駕相招。鵁雛獅子共銜鏢，鮫女龍妃合獻綃，胎仙舞，龍吟調，琴瑟和鳴萬靈邀，青童宴，阿母到，鬱藍天上聽玉音。

【少年遊】（生、旦、小旦、雜同上）尾角香飄，□□□□□□。

（生）呀，聖師降臨，快上口前迎接。（同拜）□□□□□□子，得遇聖師接度，福及妻孥，慶延□□□□□□，非陋辭所陳。

（外）子休慕道積久，功行俱圓□□□光，心結紫絡，合得沖舉，位列仙官。韓氏一番磨洗，三載精勤，妙悟既超，玄功已就，並忘鷗、馴鹿俱得隨侍上昇，太上敕命將臨，汝等起來伺候。

（衆）多謝聖師。

【排歌】(生、旦)靈骨初成,枯骸再膏,醍醐點活心苗。立教朝菌變松喬,共踏春雲遡沆瀣。(合)疑城破,業海焦,波平浪靜水痕消。金文錫,玉節朝,蕊珠宮殿□□□□。

(旦)呀,空中瑞靄繽紛,又有高真下降也。

(仙官捧敕上)玉音已到,跪聽宣讀。

(衆跪介)

(仙官)玉帝敕長桑公子所度弟子莊周,奇文炳鬱,鳳睿靈根,雅志空虛,終窺妙道。絢春花於赤社,垂秋實於玄門。懋此勤修,宜加顯擢,可授太極闈編郎。韓氏初稱閨秀,金得煉而欲堅,嗣秉玄修,木從繩而更直,可授太極闈編郎夫人。各給羽幢扈從、玉冊金文,□□□□□人同昇。長桑公子振□□□□□□□□□□一級,其益務闡宗風,毋忝寵命。故敕。

(衆)聖壽無疆。

(相見介)

(生換冠帶、旦換袍服介)

【前腔】(外)天樂低懸,靈音自調,珠幢翠蓋飄搖。罡風初送玉宸朝,彈指東華路不遙。(合)紅絲瑟,白管簫,鸞書鶴使下虹霄。通員嶠,度沃焦,芝童桂女引星旄。

【前腔】(生、旦)草露熹微,山林遁逃,生涯拚老漁樵。(向外介)提開幽夢向星橋,指與朝元路一條。□□□□□業抛,懸崖撒手是英豪。鞭元氣,蕩玉鏢,從空□□□兒曹。

(仙官)侍從仙靈,擺開寶蓋幡幢;香花音樂,準備鸞輿法馭,就此拔宅飛昇。(行介)

【錦衣香】(衆)響雲璈,仙音嫋。踏雲濤,天風浩。衆人漸高,乾坤漸小,耳邊陣陣吼沖飆。辭他塵坱,陡上層霄,凡纓組輕拋,穩換取紫宮真誥,較討便宜早,靈□□□霞衣乍着,天香縹緲。

【漿水令】啞謎中撥開疑竅,睡魔裏解却癡條,金鱗撥動湧洪濤。摶空九萬,直上扶搖。紫煙飄,青霞繞,靈禽瑞獸分行導。撲騰騰、撲騰騰黃粱夢覺,顫巍巍、顫巍巍紫府崇高。

【尾聲】望天閽層雲杪,電鑰齊開不待招,也則是精猛功成、憑將天榜標。
　　【集唐】
　　　　天門閶闔降鸞鏣,清吹泠泠雜鳳簫。
　　　　莫道暫辭華表柱,身隨陽雁極煙霄。

白 羅 衫

(傳奇)

明·佚名

【作者簡介】作者佚名（據載明人劉方撰有《白羅衫》一劇，但不知本劇是否與劉方所撰為同一劇，故仍題作佚名）。

【劇情概要】該劇本事見唐人《原化記》所載崔尉子事、《乾䐷子》所撰陳義郎事等。《青瑣高議後集》卷四《從弟害起謀其妻》所叙卜起事，亦頗相似。元張國賓《相國寺公孫合汗衫》雜劇即以本事為題材。明馮夢龍《警世通言》卷十一《蘇知縣羅衫再合》則用小説的形式敷衍其事。劇敘涿州人蘇雲，字作霖，登進士第而授蘭溪縣令，攜妻赴任。舟至洋子江，船户徐能行劫，縛蘇雲，投於江心，掠其妻鄭氏還家，欲娶為妻，使老婢朱婆守之。徐能弟徐用，尚義任俠，設計私釋鄭氏從後門逃出，朱婆願與同去。後朱婆舊病復發，不能前行，投井而死。鄭氏於途中産一子，以所穿白羅衫扯一衫幅裏之，棄於道。後鄭氏轉投兵部尚書王國甫家為乳母，撫其女文鸞。徐能追鄭氏不及，途中得其子，撫為己子，名曰徐繼祖。繼祖及長，年十八即赴會試，途經涿州，偶逢一老婦，見繼祖而淚下。老婦自言為張氏，告知長子蘇雲赴任身亡，次子蘇雨往探，又歿於蘭溪。今見繼祖面貌與蘇雲無二，故而感傷。張氏因取白羅男衫，贈繼祖。繼祖登進士，為御史，巡視南京。赴前尚書王國甫酒宴，遊賞花園，鄭氏偶見之，驚其面貌似蘇雲，即投狀訴冤。初，蘇雲被投江心，為綠林劉權所救，羈留山寨，不得脱身。後徐能拜訪劉權，偶見蘇雲，乃説軍師張勝，謀刺之。然張勝誤殺劉權。蘇雲遂散山寨，遣衆人下山，己亦往南京尋訪妻子消息。偶遇同年高誼，知徐繼祖正巡按南京，遂前往投狀。繼祖因思涿州老婦之言，心疑其事，私問奶公，始知情由。因設計，遣奶公賺徐能等至南京，擒之問罪。於是出二領羅衫為證，認蘇雲與鄭氏為父母，上疏復姓名蘇繼祖。王尚書以女文鸞妻繼祖，繼祖葬蘇雨，且迎張氏侍養。《白羅衫》全劇主腦鮮明，情節鋪排層層推進而不乏出人意外之設，整體上具有緊張激奮之感，如《攬載》、《被劫》、《錯刺》、《看狀》、《雪冤》等。劇中人物無論主賓，皆具符合身份的個性特色。曲詞典雅而不晦澀艱深，賓白通俗而不淺陋庸俗，些許蘇白的運用而使插科打諢更顯詼諧幽默，極適合舞臺演出。

【版本流传】《白羅衫》，又名《羅衫合》、《羅衫記》，《曲海總目提要》卷十六收錄有《白羅衫》，稱"係明時人作，未知誰手"。現存三種版本：一、舊鈔本，《古本戲曲叢刊三集》據之影印；二、清內府鈔本（中國藝術研究院圖書館藏）；三、懷寧曹氏舊藏清中葉鈔本（中國藝術研究院圖書館藏）。均未署撰者。現存三個版本內容基本一致，關目稍有異同。清內府鈔本兩冊凡三十一齣，第三十一齣缺後半，齣目為：《開宗》、《擇吉》、《催糧》、《做衫》、《攬載》、《赴任》、《相勸》、《被劫》、《上山》、《強逼》、《釋放》、《得子》、《上任》、《遣子》、《問情》、《尋兄》、《憤亡》、《聞訃》、《打圍》、《拜娘》、《賀喜》、《請巫》、《井遇》、《設計》、《錯刺》、《入園》、《遊園》、《看狀》、《賺盜》、《雪冤》、《團圓》。懷寧曹氏舊藏清中葉鈔本，兩卷，三十一齣，首缺第一、二齣與第三齣前半，第四齣無齣目，所存齣目為：《攬載》、《勸兄》、《打劫》、《說降》、《逼奸》、《放逃》、《拾子》、《到任》、《別母》、《盤問》、《訪兄》、《病亡》、《報信》、《打獵》、《捉鬼》、《錢行》、《拜母》、《井遇》、《報中》、《行刺》、《請酒》、《叫喊》、《贈銀》、《看狀》、《請罪》、《明冤》、《團圓》。此本與清內府鈔本相較，將清內府鈔本中的《攬載》與《赴任》合為《攬載》一齣；《拜娘》與《請巫》兩齣的內容文本位置互換，題齣目為《拜母》和《捉鬼》；增《贈銀》與《請罪》兩齣，少《賺盜》一齣。《古本戲曲叢刊三集》影印舊鈔本，兩卷二十八折，皆無折目。與前二本相較，亦是將清內府鈔本的《攬載》與《赴任》合為《攬載》一齣，缺《請巫》、《請罪》、《賺盜》、《雪冤》、《團圓》五齣，多《相逢》（敘蘇雲與同年高誼相逢）一齣。合現存三本觀之，該劇全本當為兩卷三十三齣。此次校點本以《古本戲曲叢刊三集》本為底本，齣目多依清內府鈔本增補，清內府鈔本所無者，則依懷寧曹氏舊藏清中葉鈔本。三個版本文字稍有出入，故整理時，將明顯有誤或缺漏的文字加以校改。

【演出情況】由於該劇關目、語言皆吻合大眾的審美要求，故而盛演不衰。至清代道咸年間，許多昆劇班社仍可演出全本。民國二十二年（1933），由傳字輩組班的"仙霓社"在上海演出節本戲，計有《攬載》、《設計》、《殺舟》、《撈救》、《賀喜》、《井遇》、《遊園》、《看狀》、《祥夢》、《報冤》、《殺盜》等。近世京劇、漢劇、晉劇、滇劇、徽劇、河北梆子、絲弦等，均有《白羅衫》；評劇有《夜審姚達》，川劇有《審陶大》、《紅羅衫》，秦腔有《汲水》等。

（郭英德　李志遠）

第一折　開　　場

（末上）涿鹿蘇雲，蘭溪之任。別母攜妻，豈江心遭盜。雲身幾殞，山寨羈縻；妻仗義人釋放，逃難荒郊忽產兒，急忙裏把羅衫包裹，帶血棄荒堤。天公有網不疏，暗遣強徒抱子歸。長成時得第。尚書招宴，母子相疑。更喜劉權天敗，雲得脫離，遇子在南畿。當此際羅衫再合，三代沐光輝。來者蘇雲。

第二折　擇　　吉

【瑞鶴仙】（生上）釋褐紆青組，歎銅駝荊棘。干戈傍午，含悲在風木。奈萱堂隻影，年華衰暮，有懷莫訴。空羨慈烏反哺，把彩衣試舞。絕世圖形標姓，雲龍風虎。落落抱懷自負奇，每思仗劍吐虹霓。庭承孟母三遷教，腹有張華萬卷書。撫時序，惜居諸，分符百里錦衣歸。北堂幸有慈親在，忍為功名遠別離。下官姓蘇名雲，字作霖，本貫涿州人也。家徒四壁，學足三冬。少失椿庭，悲既深於陟岵；長依萱室，慚莫慰其倚閭。所喜荊妻鄭氏，井臼躬操，可寄蘋蘩之託。兄弟蘇雨，詩書勤習，堪誇棠棣之榮。這也不在話下。下官初成進士，蒙聖恩除授蘭溪縣尹。爭奈母親年老，不敢遠離，意欲上表辭官，以圖終養。只是憑限已迫，昨又承母命，促我登程，如之奈何！咳！正是君恩未報心常耿，親母難離念益深。蘇勝那裏？

（外上）來了。忽聞呼喚，隨即趨承。老爺有何吩付？

（生）你與我快排家宴伺候。（外應下。兩皂、院子引末上）

【引】荷衣乍着志初舒，告假榮歸返故廬。下官高誼，別號雲天，襄陽人也。忝中今科進士。因殿試居後，選期尚杳，為此告假暫歸。路經涿州，蘇作霖與下官同門，便道去拜訪一回。

（眾）稟爺，此間已是蘇爺門首了。

（末）把帖兒投進去。

（丑）嘎，門上那個在？
（外）是那個？
（丑）通報，説同門高老爺拜帖兒在此。
（外）曉得，少待。老爺有請。
（生上）怎麼説？
（外）稟爺，同門高爺拜。
（生）我正在此想他，待我出去。呀！年兄請。
（末）年兄請。（生）豈敢，年兄久違了。
（末）年兄，都門一別，不覺又是月餘了。小弟想念甚切！
（生）外日厚擾，今又失迎，多多有罪了。
（末）不敢。（生）年兄請坐。
（末）有坐。
（生）請問年兄，為何也出京了？
（末）嘎！小弟為選期尚遲，告假暫歸。請問年兄幾時榮行？
（生）嘎，年兄，小弟一言難盡！
（末）願聞。
（生）小弟呵，

【賽觀音】只為限期迫，難違悮。（末）自然，年兄還該速速上任。（生）奈萱堂西山日晡。（末）年伯母高壽了，宅上還有何人？（生）只幼弟不諳時務。（末）既有了令弟在家，年伯母就不妨了。（生）嘎，年兄，進退遲疑，使我淚欷歔！

（末）嘎，年兄，

【人月圓】你藍袍換，聖寵居臣譜，總有斑衣消停舞。（生）年兄，孝道有虧，予心何忍！（末）咳！年兄，況遲延憑限非輕恕，奉勸吾兄莫自苦。（生）家母甘旨有缺，小弟此心何安？（末）這蘋蘩事，且暫時令弟侍奉慈娛。

（衆上。生）多承年兄指教，小弟只得從命。
（末）説話良久，小弟就此告辭。
（生）小弟有便酌在此，欲請年兄少坐，盤桓竟日。
（末）小弟歸心如箭，令堂年伯母俱不敢面叩了。多多致意！

（生）豈敢，少間小弟還要來奉送。
（末）多謝盛情。正是：相逢纔滾滾，
（生）話別又匆匆。請了。
（末）請了。（衆下）
（生）蘇勝，傳話後堂，請太夫人奶奶上堂。（外傳。老上）
【引】（老）茹蘗餐冰遍苦愁，眉蹙鎮日嗟吁。（旦上）盥漱雞鳴，勉成婦道，追隨稱慶庭除。
（生）母親拜揖。
（旦）婆婆萬福。
（老）孩兒、媳婦少禮。
（生）夫人。
（旦）相公。
（外、貼）蘇勝夫婦叩頭。
（老）起來。老身張氏，幼適蘇門，不幸中道分鸞，家業漸替。今大孩兒初成進士，任在蘭溪。兒嚘，憑限甚急，你須快擇日起程，莫違欽限！
（生跪）告母親知道，孩兒自蒙訓誨成人，本欲上表陳情，以盡孝養。一為朝限緊急，二因母親年老，孩兒進退兩難！
（老）我兒，我已着你兄弟擇日去了，待他回來，便知分曉。（小生上）
【引】何事改門閭，酹得燈窗苦。母親拜揖。
（老）罷了。
（小生）哥、嫂。
（生、旦）兄弟。叔叔。兄弟擇吉，定於何日？
（小生）選帖在此，已擇定後日了。
（生）咳，再遲兩日，便好收拾行李，如今怎麼好？
（小生）哥哥，方纔陰陽家說，除了後日，直要一月後纔有好日子。
（生）如此怎麼好？
（老）不難，媳婦與蘇勝娘子，快去收拾行李，準於後日起程便了。

（旦）曉得。暫辭堂上親，

（貼）同去整行李。（二旦下）

（生）告母親知道，孩兒備得蔬酒一杯，與母親、兄弟話別。

（老）如此生受你。

（生）蘇勝看酒。（外應）

【催拍】（合）薦盤飧深慚野蔬。（老）我兒自己家宴，何須如此之費。（眾）進杯斝實缺醍醐，效斑爛舞衣，舞衣。（老）兒嘎，路上凡事小心。（眾）惟願慈親暫展歡娛！（老）兒嘎，教娘怎麼了？（生）母親，你莫皺雙眉，惜別嗟吁。（老）我兒，你此去須頻寄音書，當念我倚門閭。

（生）母親不必憂慮，孩兒一到任所，即遣人歸報知母親。只是孩兒不能三牲五鼎報母親劬勞，如何是好？

（老）嘎，兒嘎，說那裏話來！

【前腔】歎衰年雖孤鸞獨棲。（生）孩兒出門之後，母親無人侍奉，放心不下。（老）不妨，幸膝下還有千里神駒。（小生）愧孩兒無甘旨之奉，怎麼好？（老）又何須肢腹，不枉熊丸甘載勤劬。（小生）母親，只是慚愧孩兒，未脫寒儒。（老）你若用功，定有好日。（生）兄弟，但願你待價求沽，切莫要擲居諸。

（小生）是。

【尾】明朝打叠登程去。（生）何忍分離母弟。（小生）哥哥，只願你名遂功成及早歸。

（老）柏舟矢節已多年，

（生）定省方中有別筵。

（小生）明朝離別知何限，

（合）母子天涯各自憐。（老、小生下）

（生）蘇勝，你快去分付打轎，我要拜高爺。明日僱一小船伺候。

（外）曉得。

第三折　做　衫

【霜天曉角】(旦上)鵲聲驚夢,心上愁千種。總做齊眉梁孟,孀姑誰與相從。

奴家鄭氏,自適蘇門。喜得相公甲第,也不枉我窈窕繫蘿。只是憑限甚急,即欲赴任。我仔細想將起來,若論唱隨之義,當佐君子以成名;欲展孝養之意,宜侍孀姑而卒歲。況我身又懷孕,將次分娩,倘若路途勞頓,反為不便。嗄!且待婆婆出來,將此情哀稟便了。言之未已,婆婆出來也。(老上)

【引】兒才梁棟,且喜承新寵。

(旦)婆婆萬福。

(老)罷了。媳婦那赴任吉期,已定明日了,行李可曾收拾完備麼?

(旦)將次完備了。

(老)嗄!媳婦,你此去須要保重身子。倘得生下孫兒,以繼蘇門之後,便謝天不盡了。

(旦跪介)婆婆在上,容媳婦一言告稟。

(老)起來說。

(旦)迢遙千里,遠涉既難。只是遲暮姑嫜,頓撇何忍!況且媳婦身將分娩,情願在家侍奉婆婆,待官人自去赴任,不知婆婆意下如何?

(老)嗄!媳婦,你說那裏話來。你丈夫官邸蕭條,長途冷落,必須伉儷相隨,庶可慰我遠懷。家中自有你叔叔看承,你放心前去。

(旦)既如此,勉遵婆婆嚴命。

(老)媳婦,你夫妻二人此去,做婆婆的一無所贈,止有雲羅二疋,元是你公公所遺,我如今將來做男女衫各一件,贈你夫妻二人穿去。嗄!媳婦嗄!你若見此衫,如見我面了!

(旦)婆婆,兒媳是自家骨肉,婆婆何必費心。

（老）你也休得固辭。衫子呢，已前兩日做就，只欠上領。趁此夜色清朗，我與你做完穿去便了。

（旦）多謝婆婆！

【金落索】（老）雙縑色質同。（旦）兩件花樣，多是一樣的。（老）並製身材中。（旦）謝婆婆親自裁針。（老）自家骨肉，何謝之有。（旦）這恩德如山重。（老）你的完了，收好了。（旦）謝婆婆！（老）媳婦，願你兒夫呵，清風滿袖中，媳婦你佐禔躬。（旦）這件男衫，待媳婦做完了罷，省得婆婆費心。（老）不妨，但願他不負慈親和淚縫。（旦）婆婆，為何掉下淚來？（老）媳婦，我只怕今宵燈下衣粗就。（旦）反費婆婆心了。（老）他日風前燭易終。（旦）婆婆，你須珍重，莫教簇損兩眉峰。（老）媳婦兒嘎，我但得他賜璽花封，我便存沒皆榮。（合）那時節歡聲動。

（旦）婆婆，燈已昏暗了，明日做完罷。

（老）不妨，把燈煤剔去就亮了。

（剔介。旦）呀，婆婆，這件男衫，被燈煤燒壞衣領，可惜！

（老）待我看來，阿呀！

【劉潑帽】無端衫領燒成孔，好教娘心下冲冲。（旦）婆婆不妨，這銀燈偶剔煤兒迸。（老）咳，恐非吉兆！（旦）你莫為些兒便爾疑心動。

（老）嘎！媳婦，說便這等說。只是男衫燒壞，恐非吉兆，且留在家中，這女衫你自穿去便了。

（旦）多謝婆婆！

（老）分袂明朝逐遠途，

（旦）天涯有夢遶江湖。

（合）要將萊綵娛親意，除是名成返故都。

（旦持燈）婆婆這裏來，看仔細。

（老）咳！怎麼就燒壞了！（下）

第四折　催　糧

【賀聖朝】（小生、占、外、末、嘍囉、净上）寨地奇才不售,當途贓吏為仇。雄心哨聚虎狼儔,海畔稱王消受。

（衆頭目們叩頭。净）起過一邊。

（衆）嗄!

（净）少小曾經學《六韜》,塵埃誰肯拔英豪。男兒不屑居人下,萬里長空駕六鰲。自家劉權是也。生成異相,出自將門。鉄馬金戈,勇氣直冲牛斗;龍韜豹畧,雄心欲定乾坤。我只因朝廷用人,每拘資格。況且當道舉薦,必用苞苴。俺受不得文官的惡氣,因此聚集嘍囉,入海為寇。屢敗官兵,勢甚猖獗。入則據島稱王,錦衣玉食;出則乘舟劫掠,放火殺人。江淮河漢,各有巡船;財帛金銀,無不供獻。哈!哈!哈!我雖算不得蓋世英雄,也只落得半生快樂。那些做私商的船户,聞俺威名,各自私投帳下,進奉月糧,以為常例。他萬一事露,把俺這裏做個退步安身。所以這裏兵勢日增,錢糧頗廣。只是一件,帳下武士雖多,文人絶少。我意欲遣人到江南江北,聘取一兩人來,又恐未必中用。頭目,請張軍師議事!

（衆）張軍師有請。（丑上）

【引】頭上朱纓貫斗,腰間紫電橫秋。

大王,張勝參見。

（净）軍師,俺這裏兵勢日盛,錢糧可也不少。須徵聘一個文墨之士,登記簿籍,掌管開除,這也是要緊的。不知軍師意下若何?

（丑）大王所見極是。只恐遣人徵聘,多有不便。依張勝愚見,不如吩付各路巡船,凡遇行船過客,内有秀士,不可擅自殺害,解到大王麾下發落,那時但憑大王留用。豈不美哉!

（净）軍師言之有理。

（衆）啟上大王,各哨呈上糧草册籍。

（净）取上來!

（衆應。净看介）軍師,怎麼徐能這幾時没有糧草解上來?

（丑）想必也就解來。

（净）也該差人去催他纔是。

（丑）待張勝連夜差人催他便了。

（净）衆頭目，聽我號令：你們下山去，須要鎧甲鮮明，戈戟銳利，弓矢長勁，火器堅好。凡遇行船過客，須要擒上山來，聽我發落。四哨巡囉，謹防奸細，違令者梟首示衆，就此下島去者！

（衆）得令。

【玉芙蓉】軍聲洶可誇，威武神驚訝。逞雄圖海宇縱橫無那，旌旗耀日張威霸，戈戟連雲實可嘉。聲名大，遍江天海崖，看潮來善誘賽王家。（下）

第五折　攬　載

【普賢歌】（付上。响嗽）從來强盜我為魁，入水如鷗過嶺飛。劫人賽赤眉，殺人勝李逵，嘎！嘎！只少妖嬈一個美。自家叫做徐能，專靠劫掠為生。常在江湖行事，不少玩寶奇珍。牛羊犬馬無數，雞猪鵝鴨成羣。千倉萬箱受用，眼前只少一人。你道少的是那個？就是小兒的家母，又道區區的院君。哈！哈！哈！我徐能為何道此言語？只因靠着劉大王福庇，慣在江湖劫財，因此田園廣有，甚是豪富。只是一件，那些近邊人，都曉得我是個歹人，不肯把女兒許我。我今年將四十，尚未有妻。家中只有兄弟徐用，雖是同胞，甚是不肖。他見我在水面上做些生意，與他什麼相干？每每的到來苦勸，執拗我，可惡！嘎！嘎！嘎！且住，我連日泊船在此，一些生意也沒有。嘎，難道這樣一個大州縣，再沒有個該死的人，撞在我手裏來麼？我今早打聽得蘇進士新選蘭溪知縣，他必要船隻到任。我一路問來，説此處是了。嘎！你看人烟寂寂，不像個官府人家，待我叫一聲看。喒，裏面大叔有麼？

（外上）來了。忽聞門外喚，未審是何人。你是那個？

（付）大叔，我是坐船上船户，聞得你家老爺上任，特來攬載。

（外）嘎！你來遲了。我家船昨日已唤下，不要了。

（付）嘎，大叔，你每叫的什麼船？
（外）我家老爺清素，沒有什麼行李，將十兩銀子，昨日僱了一隻小船，今日就要起程了。
（付）哦！咳！元來大叔不曉得的！
（外）嘎！怎麼我不曉得？
（付）大叔，大凡官府上任的船，都是有舊規矩的。
（外）有什麼規矩呢？
（付）自己不出船錢，我每反有常例的。
（外）嘎！這又奇了！怎麼我每不出船錢，你每反有常例呢？請你講一講。
（付）大叔，大凡官船裏邊，多有客貨求帶。我的船錢，都是客人還的，連你每老爺的常例，就是大叔們也有常例的。
（外）嘎！我們也有的？
（付）有的。
（外）嘎！有這等事！只是你來遲了，怎麼好？
（付）嘎！大叔，不妨，你們再叫得的。
（外）只是船上，先與他五兩銀子去了。
（付）這個也不難。你如今去，只說我家老爺，嫌你的船小，另要換大船，還我銀子來。他自然吐出。
（外）萬一不肯呢？
（付）如若不肯，也罷，這項銀子，一發小子認了如何？
（外）好，難得你這樣好人。你且少待，待我請老爺出來，禀明纔好。
（付）阿呀！來來來來！大叔來，若說成了，你舊規矩加厚些。
（外）嘎，多謝！老爺有請！
（付）嘎！老天老天，若是這庄事做成了，買大大的三牲來拜獻。（生上）
【引】名利苦相催，全孝真無計。什麼事？
（外）禀老爺知道，外面有個船戶，特來攬載。
（生）嘎，你昨日已僱下了。

（外）老爺，那坐船的船戶説，不要船錢，反有常例送與老爺，小人特來禀知。
（生）豈有此理！怎麽不要船錢，反有常例，這是怎麽説呢？
（外）他説官府坐船，多有客貨求帶，所以船錢、常例，都是客商還的，老爺竟不消出的。
（生）嗄！只是你昨已僱下船了，怎好回他？
（外）嗄，老爺，這個不難。待小人去取了定錢，竟發行李到坐船上去是了。
（生）這也使得。
（外）那船戶在外邊，要見老爺。
（生）吪，既如此，着他進來。
（外）嗄，船戶，着你進去。
（付）有勞。老爺在上，船戶叩頭。
（生）起來，船戶你的船寬大麽？
（付）老爺，小人的坐船是極大，慣載各位老爺榮任的。
（生）嗄，既如此，蘇勝，你一面去取銀子，回了昨日那個船；一面發行李，竟到他坐船上去便了。
（外）曉得。
（生）船戶且去。
（外）噲！禀得何如？
（付）絕妙！先到肆中吃一杯去。走！走！走！
（外）酒是罷了，舊規要緊。
（付）自然，請！（付、外下）
（生）蘇勝婆子。
（占內）怎麽？
（生）請老夫人上堂。
（占）曉得。（老上）

【引】行色匆匆動別離，向人前謾揮珠淚。（旦上）且止悲啼，怕傷親意。（小生上）那堪魂夢無依。

（二生）母親拜揖。

（旦）婆婆萬福。
（老）罷了。
（小生）哥嫂。
（生）兄弟。
（旦）叔叔。
（老）大孩兒過來，你今起程，做娘的還有幾句說話囑咐你。
（生）望母親訓誨，孩兒謹聽。
（老大哭）阿呀兒嘎！我做娘的，歷二十載孤燈長夜，受多少楚雨凄風！嘎，方得你長大成名。你此去須學孔奮之貞潔，當效陳球之清高。勿令長醉，有違傅氏之譜；毋得貽鮓，致為陶母之憂。必期獲上，乃能治民，須先教化而後刑罰。嘎，兒嘎，勿忘我言！
（生）孩兒謹佩慈訓，不敢遺忘。
（老）如此起身去罷！
（生）母親。
（旦）婆婆請上，待孩兒、媳婦，拜辭前去。
（老）不消。
【憶多嬌】（生、旦）違愛日心耿悒，符分百里輕去膝，回首白雲勞屺陟。（合）路歧南北，南北。阿呀，無限離情脉脉。（老）媳婦兒嘎，路上須要小心。
（旦）婆婆在家保重。
（小生）哥哥。
【鬭黑麻】你暫卸班衣，去臨劇邑。只是任所迢遥，我何由侍側！（生）兄弟，你修子道，循內則。兄弟，母親呵你寒勸加裳，（呼）飢頻進食。（衆合）阿呀，征舻已集，拜辭休淚滴。只為雞肋微名，微名，把北堂杳隔。
（外）行李已完，請老爺、夫人下船。（生、旦揖福）
【哭相思】辭親遠別赴蘭溪。（老）兒嘎，好把音書（呼）慰倚閭！（老）小孩兒，送哥嫂一程。（生、旦、小生）今宵雁影難成字，（合）阿呀，骨肉東西各慘悽！
（外）打扶手。

（小生各送。丑）開船！

（付）開船！

（付）阿喲，好個標緻女子！

第六折　相　勸

【賞花時】（末上）莫説黃連欺啞，今朝我也無差。哥行心性總難拿，還防又發萌芽。不如意事常八九，可與人言無二三。我徐用為何道此兩句，只因我哥哥徐能，素性不良，慣在江湖劫掠，殺人如兒戲。我每每苦勸，他只做耳邊風一般。今又攬了蘇知縣的載。阿呀！我想此行，必竟有凶無吉，所以我緊緊隨着他到此。方纔我見他，竟會了李不直上岸去了。我且上前去，聽他説些什麽來。正是：要知心腹事，嘎！嘎！但聽口中言。（下）

（付上）哈哈！阿呀！老天嘎！自古道人有所願，天必從之。我徐能一向没生意，直至前日，攬得蘇知縣的載。他的資粧雖少，嘎！嘎！可喜他的夫人，生得如花似玉，使我一見消魂！嘎！此處僻靜，無人往來的所在，不免喚李不直商議下手。噲，不直兄弟。

（丑應。付）快來！

（丑上）來了。自家叫做李不直，世襲强盜兼撇白，父祖拐驢作生涯，弟兄掠販又摸黑，只是小子沒本事，跳跳船頭做做賊。

（付）咳！咻，説出本相來哉！

（丑）阿哥不是區區太驕人。哥哥跟前，不得不道其本色。

（付）啐！

（丑笑）兄弟，我有一事，與你商量。

（末暗上聽。丑）哥哥有什麽事？

（付）兄弟，我與你連日沒有生意。

（丑）沒得噲。

（付）如今喜得個蘇知縣在我船上，一路來不好下手，怎麽處？

（丑）嘎！兄弟正在此想，此處江邊僻靜，況且又近你家，今夜正該下手。

（付）便是，我也再耐不得哉！兄弟，還有一件：我每常間做買賣，將一半獻與劉大王，三分是我，將兩分衆兄弟乱分，今日我只要一個活寶，連個三分才分拉你丢何如？

（丑）哥哥，什麼活寶？

（付）咳！吥，還不曉得？來了活寶者，蘇夫人也！

（丑）嗄！就是蘇夫人嗄！這個何難，哥哥，且待晚間待我動手，見一個殺一個，只留蘇夫人與哥哥受用可好？

（付）妙！

（末）咳！李不直，又來做歹事了？

（丑）呀！二舍請諾。

（付）兄弟，你又來亂嚷。個是我個主意，與渠奢相干？

（末）咳！哥哥，你許多年紀，也該學做好人，怎麼只管做這樣勾當？

（丑）除了個樣生意，你到叫我做耍個好？

（付）住子！你要做好人，何勿拉屋里燒香念佛，隨我來做耍？

（丑）正是哉！

（末）嗄！哥哥，我豈為劫掠而來？只因你招集這些忘命在船，決不好為，我所以緊緊隨你到此。咳！你怎麼只管行此歹事？

（丑）咳！勿在行是無法個。

（付）兄弟，個叫做靠山吃山，靠水吃水。我阿哥蓋星年紀，還没家小來。自古道不孝有三，無後為大，借渠來用用何妨？

（丑）正是，借渠來用用，極行得通個哉。

（末）咳！哥哥，這句你講差了。做一個人，不少吃，不少穿，就勾了，何苦使這樣心機？過來，自古道舉頭三尺有神明，難道你不怕神鬼知道的麼？

（付）阿呀！兄弟，個庄事体，只有他知，你知，我知，餘外何人曉得？

（丑）我里個樣人叫做鬼見愁，到怕起鬼來？

（末）咳！哥哥，好差矣！豈不聞暗室虧心，神目如電，我與你一言一動，暗中自有神明鑒察。哥哥你不可如此！

（丑）就有也即好勿作准。
（付）且住子,兄弟那間神道拉囉裏,何勿請渠相見相見?等渠説徐能,嘎!嘎!嘎!你不可如此。我就罷哉奢。
（丑）極使得個哉。
（末）咳!你怎麽這等講,那善惡到頭總有報應的。
（付）咳!且等渠報應,我也落得受用過哉,阿是?
（丑）好嘎!
（末）哥哥,且住了,兄弟還有一言奉勸。李不直過來!
（丑）那介?
（末）你也聽着。
（付）請教。
（丑）願聞。
（付）洗耳。
（丑）恭聽。
（末）但凡是貪官污吏,任滿還家,他的資裝,都是民脂民膏,就分他些也不妨嘎。那蘇知縣是個初上任的官,船中之物,不過是書籍等類,有甚重資,你生此不良之念何用?況他夫人,千里隨夫,指望百年偕老喲!你又何忍把他輕拆?
（付）咳!我只好勿裏吭嘎!
（丑）二哥,今日此時目下,勿消講道學哉!據小弟愚意,倒有個處分拉裏。
（末）你有什麽處分?你説!
（丑）呋,今夜頭我裏乞個蘇其姓者説,借個夫人,不拉大阿哥用用,渠若肯子,萬事全休。
（末）倘他不肯呢?
（丑）若勿肯,人便殺子,物事一點也勿要動渠個,阿通?
（末）放屁!
（丑）阿喲!弟二個好氣質。
（付）兄弟,個是我個朋友,奢氣質?況且是我個主意。
（丑）正是,阿哥個好朋友呢!

（末）咳！

【大迓古】嗟呀！你起念差。（付）我差,替你無相干。（丑）阿哥有奢差？（末）關天人命,豈等泥沙,好綰心猿幷意馬。（付）心猿意馬,極難綰了。（丑）阿哥,叫做見物不取,失之千里。（末）唗,你今兀自嘴喳喳。（丑）我為令兄未為不可。（末）咳！你休逞唇槍,早收劍牙。

（丑）二舍個主臭硬忒厭哉！阿哥個朋友,大肆其發作焉。豈有此理而矣！

（付）兄弟。

【前腔】你空譁苦勸咱。（末）一定要聽我的。（付）那蘇夫人呵,路當險處,自然肯抱琵琶。（末）只怕你逆風點火自燒身。（丑）二哥,你好把言詞緊控把。（末）嘎！難道我不該講的？（丑）你們是同胞兄弟耶。莫因此事苦爭差,從此為人,請諾要各顧自家。

（末打丑介）唗！放屁！什麼各顧自家,打這廝。

（丑）打殺裏哉？

（付）兄弟住子,還不放手嘎。

（介）放肆,勿看我阿哥拉眼裏哈,罷哉！罷哉！

（末）罷！正是酒逢知己千杯少。哥哥,一定要聽我的嘘！

（付）我極勿里吘丟來。

（末）呀！呀！呸！話不投機半句多。

（下。丑）阿呀勿好哉,腰子踢壞拉裏哉！

（付）兄弟,你看我面上,耐子點罷。

（丑）阿呀！天嘎！打殺子也看吘面上！

（付）兄弟,吘勿起來,我唱諾哉！

（丑）阿哥,打是罷哉,方纔說個三分頭,勿要忘記子。

（付）自然。

（丑）阿哨賊介個好天,到落起雪來哉！那哼動手？

（付）若勿動手,三分頭那得到手？

（丑）罷嘘,看銅錢銀子面上,只得去。阿哥,個叫做一分錢鈔一分貨,

（付）有錢使得鬼推磨。
（丑）你若説謊騙了我,
（付）烏龜王霸賊吓做。
（丑）賊吓做。
（付）賊吓做。
（丑）住子,吓要蘇夫人,那到是我做?
（付）嘎!罷嘘,就是我做。
（丑）勿要説哉,下船去罷。
（付）下船去,走!走!走!（下）

第七折　被　　劫

【一剪梅】（生上）一片閒愁鬢可皤。江上漁歌,船上離歌。（旦上）日來為甚髻兒矬,時見羅衫,怕見羅衫。
（生）夫人,我與你自離家鄉,將近兩月,不知母親在家安否?兄弟學業如何?教我放心不下。
（旦）便是!怎麼好?
（生）夫人,你兩日身子越覺重了,怕分娩在即,只是船上不便,但願到得任所便好。
（旦）嘎!相公,且不必憂慮,你看江天積雪,渾如疋練,好一派清景也!
（生）妙!果然好景!
（外、占捧酒壺携盤上）就船買得魚偏美,踏雪沽來酒更佳。老爺,夫人,熱酒在此,請用一杯。
（生）這也使得。斟酒!（占應）
【梁州序】（生）冰花呈瑞,玉塵舒素,四野彤雲密佈。江天煙樹,霎時變作瓊鋪。暗想慈親白髮,（旦）咳,便是婆婆年老,我與你不能侍奉怎麼好?（生）幼弟青燈,此際情偏苦。（内三四對）吃得好快活嘎!（生、旦）聽誰家歡笑也醉上氍毹。且整澆愁酒一壺,聊携手煨爐坐。鄉關回首知何所,當此景是窮途。

（付）動手！

（净、丑）殺！獻寶！

（生、旦）阿呀！大王饒命嘎！

（付、丑）獻寶來！

（生、旦）大王爺嘎。

【節節高】我是蕭然夫與婦,但詩書,囊無半點財和貨,聽哀訴,乞恕吾。（丑、付）若不獻寶,就要殺了！（生、旦）休發怒,望饒一命殘生度,家中况有垂白母。（衆）你若要夫妻得似初,除非夢裏來相晤。

（付）看刀。

（生、旦）可憐嘎！

（末）哥哥住手！

（付）咳！兄弟放子手！

（丑）要緊頭上奉緊子,累殺哉！

【前腔】（末）堪憐一大儒,莫加誅,望兄寬縱容他去。（付）咳！你休攔住,且放予當饒恕！（末）哥哥,你須擲却刀和鋸,莫傷同氣兄和弟！（付）啐！你亂動手。（净、丑）嘎。（末）哎！誰敢動手？（净、丑）吷！就勿動手。（生、旦）大恩人嘎。若得生全返故廬,合家頂戴重生父。

（末）哥哥,看兄弟分上,饒了他們罷！

（付）兄弟,你只顧別人,竟不顧我。今日勿是渠就是我哉！

（末）哥哥,他是朝廷命官,少年科第,何忍定要害他？

（生、旦求,哭）還看兄弟薄面。

（跪介。付）起來！既是介,看兄弟面上,全他尸首,與我將他推在江中去！

（丑）放綁。真正放生哉！

（生）阿呀！夫人嘎！

（旦）嘎呀！相公嘎！

（末）哎！還不走！

（净、丑下。末同下。付攔住）囉裏去？

（旦）阿呀！相公嘎！

（付）我徐能風月襟懷，勝似你丈夫百倍。

【尾聲】娘行何必多憂慮，和你重整鴛儔鳳侶。（旦）啐！強盜！（付）嘎！罵我要殺個噱。（旦）你不要想差了念頭，我拼得微軀萬刃剮。（下）

（付）阿呀，那是拉裏哉！（下）

（末上）唬死我也！唬死我也！且住，我哥哥不聽忠言相勸，竟將蘇知縣擲在江心，他又要逼蘇夫人成親。我想那夫人，一定不從，必然也是個死，我不免再勸他一番。咳！哥哥，你可知：善惡到頭終有報，只爭來早與來遲。（下）

第八折　上　　山

【傳言玉女】（占、老、小生、外引淨上）旋轉乾坤，一笑山河皆震。你看指日裏天關倒懸。（丑上）堂堂軍旅，看神武威分八陣。大王，張勝參見。

（淨）軍師少禮。軍師，這幾日各處都沒有粮餉解上山來，這怎麼處？

（丑）大王，想是天寒地凍，路無商賈，為此遲延了。大王放心。

（淨）這也說得是。

（外上）有事不敢不報，無事不敢亂傳。啟大王，小的每駕船巡哨，行至江口，撈救得一個漢子，像個秀士，特來報知。

（淨）那漢子可是活的？

（外）是活的。

（淨）與他換了乾衣，領來見我。

（外）小的先與他換過了。

（淨）着他進來！

（丑）大王想個文人，文人就到，可見應天順人。

（外）啲！漢子走動。（生上）

【引】無奈運迍邅，冤仇何處伸。

（見介）怎麼到這個所在來？

（淨）咦！你這漢子，是什麼樣人，見我公然不跪？

（丑）嗄！大王請息怒，這漢子像是水中凍殭了，所以跪不下。

（淨）這也罷了，為何墮水？你且說上來。

【桂枝香】（生）蒙君垂問。（淨）你作何生理？（生）我是蘭溪縣尹。（淨）元來是位官長，失瞻了。（丑）是位大尹，失敬，請轉作揖。（淨）請坐。請問尊姓大名？（丑）住居何處？（生）住涿州名喚蘇雲。（丑）元來是蘇大人。（淨）元來是蘇先生，久仰。為何到此？（生）為至任殘生幾殞。（淨）這却為何？（生）是中途被劫！被劫！一身拼殉，（淨）可憐受驚了。（生）三閭將近。（丑）水中得活，也是天數了。（生）仗天恩，（丑）今日之會，山寨之幸也。（生）忽逐波濤遇夜巡。

【前腔】（淨）聽君言，使我不勝憐憫。（丑）其實可憫。（淨）蘇先生你既飄流在此，也是千里有緣。我意欲留你在此，不知尊意如何？（丑）與在下同事。（生）多承二位美情，下官家有老母，無人奉養。以此實難從命。（淨）不是這等講。自古道受恩深便可為家，何必念水源木本？（生）豈有此理！（淨）願尊為上賓，上賓，你也應首肯。（生）此事决難從命！（淨）也難言不順！（生）咳！下官受朝廷大恩，尚無尺寸之報，豈肯反正從邪？（淨）呸！（衆喝。丑）嗄！蘇大人，這一句話一發講差了。我大王雖未能一統，眼見得大事垂成。自今大王與你呵，依舊是君臣。你權且委曲依山麓，也強似飄流葬水濱。

（淨）好，講得有理，你就該從了。

（生）咳！

【前腔】你空排牙陣。（丑）這多是為公之言。（生）忙收舌刃，我受皇家浩蕩洪恩。（丑）如今水中得活，足見浩蕩了。（生）更堂上蕭疎雪鬢。（淨）有令堂在家也不妨。（生）决難從順。（丑）你還該從順。（淨）我這裡防禦嚴密，便插翅也難飛去哩。（生）阿呀！果然是有家難奔。（淨）分付頭目把守要緊！（衆應。生）嗄！我蘇雲就死於此地，嗄！嗄！嗄！有誰人扶襯。（丑）大人何出此言？

（生）告將軍，（淨）有何話說？（生）我胸無韜畧慚謀士。（淨）久慕大才，太謙了。（生）術謝孫吳愧幕賓。

（淨、丑）蘇先生，

【其二】你不須過遜，徒勞口吻。（生）親娘嘎！（淨、丑）總然要夏清冬溫，我自當遣人賙賑。（生）皇天嘎！如今進退兩難，如何是好？（淨、丑）你徒然淚零，你徒然淚零。你是天生奇俊。（生）拘我在此，何益於事？（淨、丑）朝夕里聆君明訓。（生）嘎！你每要我從順。罷！請君佩劍，吾當以頸血濺之！（淨）吘！（衆喝。丑）且慢，大王還有話講。（淨）嘎！蘇先生，你莫生嗔，正是有緣千里來相會，（生）這也未必。（淨）難道相逢是陌路人。

（生）憑你會講，此心難易。

（淨）蘇先生，勸君家不須煩惱，

（丑）料從今還家夢杳。

（生）烏鴉共喜鵲同巢，吉凶事全然未保。

（丑）請到那裏去，好生看待蘇爺。

（生）咳！（下）

（淨）好個忠義的人！叫頭目。

（衆應）與我傳令水陸各哨頭目人等，須要用心隄防，不可放了蘇爺去。違令者斬！

（衆應）咳！蘇先生，蘇先生——我今已佈漫天網，總然插翅也難飛。

（丑）大王請。可為得人嘎！（下）

第九折　強　　逼

【引】（旦上）死生難料，阿！阿！好事多顛倒。阿！阿！夫婿驀遭強暴，屍骸葬在波濤。奴家鄭氏，隨夫至任，指望任滿還家，侍奉婆婆晚景。嘎！不料被強盜劫掠，又欲殺我丈夫，虧一義士力救，得保全屍，將相公推入江中，又將我強擄在此。阿呀！奴家豈不欲即死，隨丈夫於地下！（咽咽）只因婆婆年老，奴家又懷孕在身，又慮絕了蘇門後嗣，因此未敢就死。嘎！他若再來強逼，阿呀！罷！我也顧不得了，只索自盡，免得玷辱此身！正是啞子試嘗黃栢味，阿！阿！難將苦口告人言。

（付上）哈！哈！哈！人逢喜事精神爽，月到中秋分外明。阿呀！夫人拜揖。

（旦）哇！你這殺人的強盜，到此怎麼？

（付）阿呀！個是我屋裏耶，那到勿容我來嗆，我勸嘸勿要破口！嘎！嘎！那間嘸是我個娘子哉！你若替我成子親，一生一世受用勿盡得來，阿拉？

（旦）哇！胡說！（付笑介）

【風入松】（旦）我一身拼得試剛刀，（付）即要成親，勿要勞叨。（旦）哇！（付）嘸！嘸！嘸！（旦）阿！阿！豈甘為盜賊輕挑！（付）奢說話言重？（旦）我兒夫骼骼江魚飽，（付）渠個水星照命，關我奢事介。（旦）阿！阿！恨不得將仇速報。（付）你竟替我做子親，着人去各處打撈屍首，埋葬子渠就罷哉！耍難！（旦）伊休得搖唇絮叨。（付）我是極老實個，再勿瞎說。（旦）阿呀，強盜嘎！（付笑）你是鳩怎與鵲同巢？阿呀，天嘎！

【前腔】（付）娘行何必語相嘲？（旦）啐！你這樣強盜，誰來嘲笑你？（付）我與你今日呵，也是五百年應結鸞交。（旦）你這強盜，想是做夢。（付）過來，隨伊罵罟言顛倒，料想你也難逃我的圈套，況區區是一方富豪。（旦）就是富豪也是打劫來的。（付）來，就是同衾枕，何必恁粧喬。

【前腔】（旦）阿呀！無端連理忽辭条，忍偷生暮暮朝朝。（付）暮雨朝雲，不可不樂。（旦）你忙開羅網收牙爪。（付）我怕你不肯了。（旦）放我去別尋頭腦。（付）住子，既要尋頭腦，何勿原尋子學生，嘸！嘸！哈！哈！（旦）哇！胡說！禪關內吾能自逃，（付）即怕難逃。（旦）江浪濶更逍遙。

（付）悄聲，逍遙逍遙，即求介一遭。

（旦）強盜放手！還不放開！（下）

（付）求速些。

（净上）轉過東廊，來到西宅。大員外，拉丟落裏？
（付）呔！你是奢人直闖子裏向來？
（净）小人是二員外差來個，請大員外赴席。
（付）住子！今日為奢個備酒？
（净）二員外説，一來昨日得罪子蘇氣；二來大員外納子掌家院君，賀喜。客人才齊拉丟哉，單等大員外去坐席。
（付）吓先去，我就來耶。
（净）二員外叫我立等子大員外去。
（付）哎！説子就來，就來哉！有個多哈！
（净）呋！毟！請渠吃酒，好像牽牛下井了，噴！噴！（下）
（付）好勿達時務！且住，我去吃酒，倘然渠尋起死路來，個没那處。吓！吓！吓！有里哉。朱婆拉囉裏？
（丑上）來哉。（吼吼）朱婆朱婆，又駞又呼，主人呼喚，想是伐柯。呀呀，員外，吓叫我出來做奢了？
（付）走來！
（丑）那？
（付）我新娶一位娘子拉裏，渠是怕面光個，勿肯替我成親，只管啼啼哭哭，我叫你出來呢，不過勸勸渠。
（丑）個個我在行，還你妥貼没哉！
（付）來，我那間要拉二員外丟去吃酒，直到夜頭歸來。你若勸得渠回心轉意，我重重賞你便了。
（丑）阿呀，多謝員外！
（付）勿要謝。
（丑）那了。
（付）倘有奢差遲子，我要剝吓個皮虱嘘！（下）
（丑）阿呀！伏嘎！那説皮才要剝起來介。咳！説勿得，且去勸勸看嘘。個個娘子拉囉裏虱？
（旦上）阿呀，相公嘎！
（丑）咦吸！咦吸！阿呀！好嘎！好位標緻娘子！怪勿得我裏員外歡喜，吓！哈哈！

（旦）媽媽，何來？
　　（丑）娘子，我裏大員外，是家有千倉萬廩，囊餘白璧黃金，有穿不盡的錦繡，吃不盡的珍饈，個有奢勿好了，吼則管哭？
　　（旦）媽媽，你不曉得！
　　（丑）那介？
【前腔】（旦）我兒夫原是一官僚。（丑）既是做官個，為奢了賣子該苔來？（旦）阿呀！没相干，被强徒夜半揮刀，（丑）你乩家主公介？（旦）堪憐一命歸泉了。（丑）死哉？咳！苦惱！苦惱！（旦）攎我至逼婚求好。（丑）那間從子渠也好。（旦）他空想雙吹鳳簫，我心鐡石意堅牢。
　　（丑）住子，你乩住拉囉裏？家中還有何人？
　　（旦）我家住涿州，只有個年老婆婆。
　　（丑）嘎！
　　（旦）我本欲就死。
　　（丑）介勒為奢了勿死？
【前腔】（旦）只為高堂垂白鬢雙凋。（丑）咳！苦惱嘎！（旦）他一心念取兒兒曹。（丑）正是要思量個。（旦）誰知形影空相弔，怎禁得兒還被勦！阿呀！媽媽嘎！（丑）吥！吥！吥！（跪介。旦）望伊家將奴命超，管壽算比松喬。
　　（丑）阿呀！夫人請起，折殺子我耶！
　　（旦）望媽媽救我一救！
　　（丑）咳！介個殺千刀個，做個樣傷天理個事務，真正要天誅地滅個嘘！阿呀夫人！我那間要救吼，只是無奢計策，個没那處！
　　（旦）阿呀！一定要求媽媽周全便好。
　　（丑）嘎！有裏哉。我裏二員外，是極肯做好事個。
　　（旦）嘎！
　　（丑）等我悄悄裏走拉席上去，替渠話子嚁，自然救吼個，阿好？
　　（旦）阿呀！若得如此，媽媽，你就是我大恩人了！
　　（丑）奢説話？
　　（旦）媽媽，我生離死别不堪聞！

（丑）夫人，你月悔年災命蹇迍。
（旦）惟有感恩并積恨，
（丑）萬年千載不生塵。
（旦）媽媽，煩你快快去！
（丑）是哉，吪進去罷，我如飛就來個。
（旦）是。
（丑）咳！苦惱！苦惱！（下）
（旦）阿呀，相公嘎！（下）

第十折　釋　放

（末上）平生不作皺眉事，世上應無切齒人。好笑我哥哥，不做好事，狠毒異常，昨夜謀害了蘇知縣，如今又要逼他夫人成親。我想那夫人，自然是個貞烈之婦，豈肯相從！我哥哥見他堅執不依，必然又要送他性命。我為此心生一計，備下筵席，只說與哥哥賀喜，齊集衆友，與他大酌。方纔朱婆悄地求救於我，我如今趁哥哥酒酣之際，只推出恭，特來放蘇夫人一條生路。不免就去走遭。從空伸出拿雲手，提起天羅地網人。（下）

（旦、丑上）阿呀，皇天嘎！（哭。丑內嗷吼吪）

【步步嬌】（旦）終日覉囚誰與語？（丑）夫人你無罪遭囹圄。（旦）嘎！媽媽，我思姑更憶夫。（丑）方纔我替二員外說子，渠就來救吪耶，勿要哭哉！（旦）悽慘切膚，如何區處？（丑）蘇夫人，你有淚漬衣裾。（旦）阿呀！媽媽，我只怕無計逃罾苦！

（末上）天上人間，方便第一。此間是了，開門！開門！
（旦急喊）阿呀！是他來了，怎麼好？
（丑）阿呀！個歇叫我也替吪勿得嘘。
（末）你們不要慌，我是來救你的，快些開門！
（旦）阿呀！是那個呢？
（丑）夫人，像是二員外個聲氣，等我去開門。（開門介）咦，我說是二員外！

（末）蘇夫人拜揖。
（旦）阿呀，你是救我丈夫的大恩人嘎！望恩人始終救我！
（跪末。丑）夫人起來。
（末）夫人請起。你的心事，我都曉得。
（丑）二員外才曉得個哉！
（末）趁我哥哥酒酣之際，我如今救你便了。
（旦）嘎！若得如此，我婆婆在家，必能相會。我丈夫死在九泉之下，亦得瞑目矣！
（丑）快點走罷。
（末）住了！我還有白銀十兩，贈你為路費。
（旦）多謝恩人。
（丑）阿呀！阿呀！
（末）快些打從後門走罷。
（旦）是！
（丑）住子！去勿得個！
（旦）阿呀！為什麼？
（末）為何？
（丑）二員外賊吼吼便好心放子夫人去，儻大員外歸來勿見子人。阿呀！我到要死個哉！吥！吥！吥！
（哭。末）嘎！阿呀！便是怎麼好？
（旦急念）阿呀！媽媽，你方纔說救我的嘘。
（丑）個歇顧子吼，勿顧得我哉耶！
（旦哭。末）嘎！有了。朱婆過來！
（丑）那說？
（末）蘇夫人孤身逃奔，路上難行，況你在此，又無好處。
（丑）無奢好處處！
（末）不如跟隨夫人前去，以作伴侶。大員外回來，知你一同逃走，又不疑我。此計如何？
（丑）好嘎！個沒極是個哉！蘇夫人快點走罷！
（旦）嘎！如此大恩人請上，受奴一拜。

（末）不必如此。

【江兒水】（旦）我拜別離狼虎，恩仇絕世無。（搜。丑）快星走罷！這裏來。（末）我開籠已縱飛鸚鵡。（浪。旦）阿呀！還問個明白，恩人請轉！（搜。丑）問奢個介？（末）嗄！你臨行何事多回顧？（旦）恐他年報答成虛悞，請問恩人平素，姓甚名誰，或者是今生相遇。

（丑）介嘮叨個，快星走！

（末）你記着！

（旦）是。

（末）我叫徐用。

（旦）嗄！徐用。

（末）此時恐哥哥回來，你快些去罷。

（旦、丑下）多謝恩人！

（末）走！走！走！（熱鬧下）

（末）好了，你看他每已是去遠。阿呀！且住，我哥哥回來，必然追趕。咳！也索由他。我哥哥如此作為，還要隨他怎麼。罷！不如出了家，雲遊在外，以免後患。我徐用今生作事行方便，來世相逢似有緣。（下）

（旦內）媽媽走嗄。

（丑）蘇夫人走嗄。（同上）

【玉抱肚】（旦）孤身無措，謝伊家相將疾趨。（丑）勿要說閒話，快星走！（旦）若非恩人救我嗄，幾難保粉剩香殘，霎時間玉玷珠污。

（丑）咳！勿好哉！勿好哉！

（旦）既然到此怎趑趄？急速前行免后虞。（丑噇三吼）

（旦）阿呀！媽媽，為什麼？為什麼？

（丑）夫人，我從小有氣喘病個，走急子嚏，就要發個哉！（吼）

（旦）阿呀！媽媽怎麼處？

（丑）勿耆道，革里有個井欄拉裏，等我來坐一坐再走。

（旦）阿呀！阿呀！媽媽，這個使勿得。倘或他追上來，怎麼樣處?

（丑）阿呀！阿呀！你先走，我住拉里無事。

（旦）阿呀！媽媽，我去了，倘他追來，見你不見我，阿呀！可不連累你了。

（丑推介）咳！勿番道，吥自去。

（旦）阿呀！罷！總是一死。阿呀！不如死在一處罷。（哭）

（丑）蘇夫人賊吥介個好人。（哭）

（旦同哭。丑）阿呀！且住，為人須為徹，渠、渠為子我嘩連渠也走勿脫哉！（平哭，看井作指）咳，我也死得勻個哉！夫人賊吥看強盜追得來哉！

（旦）在那裏？

（丑投井下。旦哭）阿呀，不見嘎！（急嚷）阿呀！媽媽投井死了！阿呀！媽媽！媽媽嘎！

【玉山供】不合你輕生不顧，分明是將身代奴。阿呀！媽媽！阿呀！媽媽！阿呀！阿呀！如今要撈取尸骸，又無人到此幫扶。阿呀！娘嘎！他年報母，須記取井中之墓。（咽咽咽）阿！阿！阿！罷！（合）我趁此人烟盡，強前趨，阿！阿！天嘎！無奈筋疲力軟腹兒殂。唉！唉！唉！阿唷！阿唷！阿唷！阿呀！阿呀！阿呀！一霎時腹中疼痛起來。阿！阿！像是要分娩了。阿呀！天嘎！如今怎麼好？（咽咽咽）

【川撥棹】我孤身苦，霎時間腹痛楚。阿唷！阿唷！阿唷！看蒼蒼曠野荒途，看蒼蒼曠野荒途，阿唷！阿唷！阿唷！阿呀！一望中人烟絕無。阿唷！阿唷！阿唷！阿呀！有誰來救我軀，有誰來救我軀！

阿呀！阿呀！哼！（長搜頭兒叫細聲）阿呀！苦嘎！（又叫）阿呀！阿呀！阿呀！不道這般苦楚！（又叫）且喜是個小厮。嘎！兒嘎！你前世作何寃孽，今受這般苦楚？我若領你到人家去，見你帶血娃娃，誰肯相留？你我兩人都是死。阿！阿！罷！只得棄你路傍，保全做娘的性命罷！阿呀！且住，只是三光之下，不好將血兒污穢。也罷！不免將婆婆所贈羅衫，扯一幅來包裹他罷！（又叫扯介。咽咽)嘎！親兒嘎！不是做娘的心腸狠毒，只因我有天大寃仇在身，母子不能兩全。(又叫)阿呀！兒嘎！願你下次投胎，不要投到這樣人家來！(哭。作雞鳴)阿呀！天色漸明，只得割捨了罷！(哭介)阿呀！

【前腔】我的寃仇海易枯，阿呀！我的酸痛天怎呼！(又叫)呀！乍別時又聽呱呱，阿呀！痛痛殺我孩兒，終難與俱。罷！留得寡且遺孤，留得寡且遺孤。

阿呀！苦嘎！(坐地)

(淨上)收生為活計，摸蚌作生涯。方纔拉王尚書丢，收子一位小姐歸來。勿道雞啼哉。

(旦)好苦嘎！

(淨)呔！呔！你是人嘎？是鬼？

(旦)我是人。

(淨)嘎！元來是位娘子。

【尾聲】你夜來何事成驚怖？試把真情傾吐。(旦)媽媽，我方纔產下孩兒，所以如此。(淨)介勒兒子介？(旦)已撇在前途，望媽媽救我一命。(淨)咳，苦惱！好到是吓個造化到哉！王尚書去正要央我催一個乳娘，你今夜且拉我裏住子，明朝領吓去便罷！(旦)多謝媽媽！(淨)好說，正是救人一命，勝造七級浮屠。

(旦)阿呀！苦嘎！(淨)看仔細！(下)

第十一折　得　　子

(付上)請嘎！哈！哈！哈！

【縷縷金】我情飄蕩，體蘇麻，賺得蘇家婦，嘎！嘎！寔堪誇。似水如魚處，明珠無價，從今不起獨眠嗟。拼得日作夜，拼得日作夜。哈！哈！我徐能今夜正要做親，恨勿得早點歸來。被拉國興衆兄弟丑，你一杯，我一盞，直吃到天亮勒居來。我個新人，等得不耐煩丢哉！來此已是自家門首，不免進去，與他温存一番！阿拉，娘子？娘子？囉裏去哉？嘎！想是怕羞，躱拉丑裏向。嘎！娘子？

娘子？啐！啐！夫妻間怕奢羞介，走出來！阿呀，勿見嘎！且問朱婆。朱婆？朱婆？阿呀，勿好哉！連朱婆也不見。且到後門去看看。嘎！後門開在此，想是一同迯走了。待我趕上前去。

【六么令】心頭火熱，俊多嬌可能輕捨。（兒哭）咦！忽聽何處啼聲徹？奇怪，看四下里人踪滅。個是小兒啼哭嘎！且上前看取呱呱者，且上前看取呱呱者。

阿呀！哈！哈！哈！果然是個活寶，妙嘎！

【皂羅袍】看取誰家冤孽，却元何血裏，將他拋棄荒野？生得好。看他雙眸炯炯電光燁，妙嘎！聽洪鐘聲响鳴長夜，嗚嗚悲咽，鬼耶？怪耶？痴！痴！咦！哈！哈！哈！他嘻嘻微笑，男耶？女耶？待我摸一摸看。咦！是個男。且住！我徐能中年無子，不如領他回去，催一乳娘，撫養長大，以繼徐門宗嗣，豈不是好？咳！老天！老天！我徐能一生做好人，幹好事，今日有好報嘎！想是天仙送子來相謝。

罷！我失了個佳人，得了個螟蛉。列位嘎！果然善有善報，為人切莫欺心。阿呀！我個兒子嘎！亦丟笑哉！亦丟笑哉！（下）

第十二折　上　　任

（生、吏、占、正、小軍、淨、丑、皂引末上）

【引】一片丹心徹底清，忝為民牧愧無能。書生幸得啣新命，不讓河陽有令名。

官袍乍着君恩重，御筆親除，方顯男兒用；高懸皂盖佩銀章，百里分符，敢效古循良。下官高誼，本貫襄陽人也。忝中進士，除授蘭溪縣尹。我想蘭溪原是同年蘇作霖之缺，不知為何竟不到任？今又除授下官頂補。且喜已到蘭溪交界，本府已將印信送來。嘎！且到衙門，便知端的。分付打導！（衆應）

【朝元歌】江城楚城，路遠長流亘；山程水程，風急征帆見。石壁巉巖，蒼林掩映，落日長天勝景。野渡舟橫，兩兩漁翁晒網晴。江漢遠疎星，瀟湘隔短亭。浪恬波靜，又早見晚霞相映，又早見晚

霞相映。（下）

第十三折　遣　子

【引】（老上）桑榆悲暮景，那堪朝夕心驚。（小生上）家庭誰定省，盼得眼角偏疼。母親拜揖。

（老）罷了。兒嘎！我終日盼望你哥嫂音信，並無一些影响，怎麽好？

（小生）母親請自寬懷，哥嫂少不得有回來的日子。

（老）是便是，只是我桑榆景迫，難保百年。倘然你哥嫂再不回來，我便憂愁成病，終是一死。那時你哥嫂回來，要見你做娘的面就難了！

（小生）母親這等想念哥嫂，又不得音信回來，我這裏又沒人去，怎麽好？

（老）我兒，行李我已收拾在此，須是你親去纔好。

（小生）母親說那裏話來！哥嫂去了，還有孩兒在此侍奉，倘孩兒去了，叫母親舉目無親，如何是好？

（老）我兒，你的孝念，我豈不知？家中我自支持，你且放心前去。

（小生）是！孩兒雖不忍離膝下，若不去恐違母命。罷！孩兒只得勉强前去。

（老）嘎！兒嘎！

【尾犯序】泣別欷伶仃，（小生）母親請免愁煩。（老）寂寞難堪，又添孤另。（小生）母親，孩兒見了哥嫂，怎麽說？（老）若得兄嫂相逢，說我老景康寧。叮嚀，（小生）母親又有什麽吩付？（老）他見你必然別哽，（小生）他思想母親，必然如此。（老）切勿露年來貧病。（小生）知道了。（老）須傳與，叫他留心民瘼，好自佐朝廷。

（小生）曉得。

【前腔】母親，那柴扉早自扃。（老）你出去了，我自當如此的，也不消叮囑。（小生）免得娘親倚遍門庭。（老）我兒只願你早去早回。(小生)我若到蘭溪,便星夜兼行。(老)好！這便纔是。(小生)何曾,(老)路上要小心！(小生)經歷那高山峻嶺。(老)事到如此,有累你了。(小生)又誰曾孤身隻影。(老)兒嗄！(合)從今後天南地北,一樣淚盈盈。

(小生)母親請上,待孩兒拜辭前去。

(老)嗄！兒嗄！

【哭相思】骨肉看看散似星,(小生)堂前別母淚交零。(老)天涯只在須臾頃,(小生)膝下無兒誰奉承。(老)我兒轉來！(小生)母親怎麼說?(老)你須早去早回,不要似你哥嫂,一去不回。(小生)母親何出此言?請自保重！(哭下。老)兒去也冷清清,空餘寒月伴殘燈。今宵好夢應難到,和淚和愁到五更。(關門,下)

第十四折　問　情

【引】(外上)腹飽韜鈐蒙上寵,專征伐兼贊王躬。糾糾熊威,桓桓虎略,昔日曾叨戎重。少小豪雄扈六飛,今朝解組住名畿。慚無雅譽留邦國,丹桂蕭然每愴悽。下官王國輔,官拜兵部尚書。爭奈國步艱難,因此退歸田里。咳！正所謂知機不辱。只是下官晚年無子,夫人已逝,遺下一女,年方三歲。向年曾僱一乳娘,聞他宦家之婦。我一向碌碌,不曾問得,今日閒暇,不免喚他出來問他端的。院子,傳話喚小姐的乳娘出來！

(院傳。內)乳娘,老爺喚你。

(旦上)來了。

【引】眉黛含顰鬢蓬鬆,隔斷鄉關夢怎通。(見介。外)乳娘,我看你,儀容舉止性非常,你姓甚名誰住那方?(旦)嗄！我說起教人腸欲斷,人前怎訴短和長?

(外)慢慢的說我聽。

【啄木兒】(旦)承垂問,敢訴將。(外)敢是遭了飢荒麼?(旦)念我非遭飢與荒。(外)你住居那裏?(旦)住涿州蘇氏夫家。(外)如今你丈夫在何所?(旦)為之任拆散鸞凰。(外)這却為何?(旦)

他一官未效把殘生喪。(外)你丈夫死了,所以如此光景?(旦)我孤身流落無依傍。(外)咳!可憐!(旦)因此投託高門做乳娘。

(外)且住!你丈夫姓甚名誰?是何官職?

(旦)嗄!大人,我丈夫姓蘇名雲,進士出身,除授蘭溪知縣。

(外)元來是一位夫人。老夫一向不知,有罪了!

(揖介。旦)豈敢!

(外)院子看坐!蘇夫人請坐了講。

(旦)告坐了。

(外)不敢!請問蘇夫人,蘇先生可曾到任否?

(旦)大人嗄!此事一言難盡。

(外)願聞。

【前腔】(旦)在中途裏天降殃,忽遇強人將夫婦綁。(外)遇了強盜,他便怎麼?(旦)逼勒取白鏹黃金。(外)可有得與他?(旦)奈家貧絕少資囊。(外)沒有東西與他,他便怎樣?(旦)其時他怒髮三千丈。(外)你們便怎麼?(旦)我夫婦呵哀哀苦告不輕放。(外)後來怎麼樣了?(旦)大人嗄!他將我夫主生生撇大江。

(外)元來如此,你家裏還有何人?

(旦)嗄!大人說也可憐,家中只有婆婆。

【三段子】孀居俛仰,他盼兒歸魂長夢長,這苦怎當!望音書心慌意慌,(外)可憐!他誰知兒已魚腹葬,門閭倚遍空相望。(旦)大人嗄!這是天大冤仇,無端羅網。

(外)蘇夫人且止悲傷。本該送你回去,只是一則路途遙遠,你孤身不便;二來小女年幼,乳哺難捨。你不如權在我府中,待小女長成,全仗蘇夫人早晚教誨,就是你親生的一般了,你意下如何?

(旦)多謝大人!只是我婆婆在家懸念,怎麼好?

(外)不妨,待我差人去報與他知道便了。

(旦)大人請上,受奴家拜謝!

(外)不消。請起!(旦拜)

【歸朝歡】蒙收錄,蒙收錄,此恩怎忘,這恩德人間無兩。(外)蘇夫人,從今後,從今後,暫解愁腸。(旦)大人嗄!只是我高堂,免不得終身悒怏。(外)你莫愁日後無親傍,你且安心等待人來往,那時節,付紙家書遠寄將。

(旦)多謝大人!

(外)江南江北信難聞,

(旦)暮暮朝朝泣白雲。蝴蝶夢中家萬里,

(外)杜鵑枝上月三更。請便!

(旦)嗄!婆婆嗄!你那知媳婦到在此處嗄!(下)

(外)院子,今後合府但稱蘇夫人,不可有慢!

(院)曉得。

第十五折　尋　兄

(丑)伙計乑請哪。學生叫做皂隸,但是有人撞拉我手裏,就是悔氣。淡白酒當裏參湯,猪頭肉算我個野味。見子會廊書辦,叫聲裏相公阿叔;見子門子轎夫,叫聲裏大個排字。常時說道我裏個主人怕六個,好事無端。嘴裏勿住個毡吘花娘,放吘個冷屁。夏天光跟子官府,奔得滿身臭汗;冬天色立在瀑水底下,凍出子七八寸長個灌鼻涕。春三二月,桃紅柳綠,勒也要菜花溝裏灌灌黃湯;秋九八月,雜七雜八,吃歇勿住個參個星冷痢。有時節僥倖賞張狀子,有時節造化差個肉臂。起着子刑杖籤,打犯人何等施威。有時節輪着子值衙門,叫各役受盡子寡氣。若要問區區個腳色,勿敢欺:我是蘭溪縣真正四班上,吹木樨替身一名皂隸。且住,今日輪着我值私宅門。方纔酒店上跟子我裏正身,吃得五足六足個拉裏哉。勿好,要困一忽乑!天下之快活也嗄!(困介。小生上)

【縷縷金】忙束走,浙東來,筋力皆疲倦,骨如柴。欲識風霜苦,須教出外。今朝且把笑顏開,兄名好憐愛,兄名好憐愛!我蘇雨奉母命訪兄。今幸已到蘭溪,來此已是縣裏。呀!為何人烟寂靜?嗄!想是哥哥退堂;或者出外去了,也未可知。左右自家骨肉,我竟到私衙門首去罷!且住,那邊有一個皂隸打睡在此。我雖是至戚,也要還他規矩,不免叫皂隸去報一聲。皂隸!皂隸!

(丑)呀!老爺要什麼?小的在這裏叩頭。

(小生)嗄!我不是老爺,起來!起來!

(丑)呀!啐!我即道是個老爺了,要我磕一個頭。你是奢人?

(小生)嗄!我麼?是你老爺的家眷,快去通報!

(丑)嗄!且住,難道老爺個家眷,自家背行李個?等我盤渠一盤介:請問府上,是老爺奢個親?

(小生)嗄!我是二爺,與你老爺是同胞兄弟。

(丑)呀!小人不知二爺到此,小人再磕頭。

(小生)起來!起來!

(丑)嗄,嗄。

(傳板。內)什麼事?

(丑)大叔,二爺在此,請開子宅門。

(內)那個二爺?

(丑)是老爺的同胞兄弟。

(內)胡說!我每老爺,沒有同胞兄弟的。快快查來!

(丑)嗄!嗆!吤是奢人?叫我亂報高二爺。老爺叫我查吤奢脚色?

(小生)嗄!嗄!什麼高二爺?你家老爺,姓蘇也不姓蘇?

(丑)呸!放你娘個狗臭屁!我老爺姓高,耍個蘇勒蘇。走吤亂娘個路!

(小生)過來,這裏可是蘭溪縣麼?

(丑)怕道不是了,你倒改改奢。

(小生)嗄!既是蘭溪縣,你這狗才,怎麼這等放肆?

(丑)放肆!放肆!請你一頓板子。走你個路!

(小生)阿呀!皂隸殺人嗄!

(末上)開了公衙門!

(丑、皂、小軍)老爺出來了。

(丑)老爺出來哉!

【引】(末上)訟堂清不改,階下花一派。

皂隸！

（眾應傳。丑）稟爺，有一個漢子，口稱二爺，向私宅門裏亂闖，小的說了，倒打小的。

（末）你這狗才，想又醉了生事麼？

（丑）簇醒介拉裏。老爺聞我個嘴看。

（末）胡說！拿過來。

（丑）嘎！呔！老爺拉尫叫你。

（小生）哥哥在那裏？

（末）唔！你是何等樣人？為何到此？

（丑）跪子！

（末）快快說上來！

（小生）爺爺聽稟，

【園林好】念蘇雨是涿州秀才。（末）既是涿州秀才，到此何幹？（小生）奉母命探兄遠來。（末）你哥哥是什麼樣人？（小生）曾任蘭溪邑宰。（末）叫什麼名字？（小生）叫蘇雲。（末）離家幾年了？（小生）別來後已三載，因此上叩衙齋。

（末）如此說是蘇二兄了。分付掩門！

（眾）掩門！

（丑）快活！快活！酒也醒哉！（眾下）

（末）請起！

（小生）不敢！

（末）下官與令兄是同年，又是同門，與兄是年家兄弟了。請轉奉揖！

（小生）從命了。

（末）請坐！吩付備飯！

（外應下。末）請問二兄，令兄為何竟不之任，又選了小弟來？

（小生）嘎！老先生，家兄三年前曾攜家小之任，至今杳無音信回來，家母所以命晚生來探望。不道哥哥竟不在此，又冲犯了老先生，有罪了。

（末）豈敢！只是令兄竟不之任，又不到家，其中必有緣故。

（小生）嗄！老先生，

【江兒水】料想吾兄嫂必受災。（末）這個也未知，還該細訪。（小生）好教人有口難分解。阿呀！哥嫂嗄！（末）請免愁煩。（小生）多應是風波盜賊把殘生害。（末）咳！這也奇怪。（小生）萍踪浪跡知何在？阿呀！哥嫂呀！如今怎麼好？（末）嗄！二兄，你莫作楚囚之態，我如今遍方搜求，你且寬心寧耐。

（外）禀爺，飯完了。

（末）二兄，小弟聊具水酒一杯，一來與兄洗塵，二來與兄解悶。

（小生）多感老先生的至情！只是家兄既無消息，老母又在家懸望，晚生食不下咽，只得連夜回去，再作道理罷！

（末）二兄，不是這等講。兄既奉年伯母之命而來，若不得個實信，怎好回覆年伯母麼？二兄莫若權住在此，待小弟着人各處尋訪，有了消息，纔好回去。

（小生）若得如此，生死啣結！

（末）咳！年誼自然如此。

（小生）老先生，

【尾】我謝君家恩德大。（末）豈敢！（小生）只是兄嫂呵！多應死別向泉臺。（末）二兄，你切莫要忡忡擔鬼胎。

（小生）感得君家骨肉看，

（末）勸君切莫淚潸潸。

（小生）何時得見親兄面，

（末）棠棣春風展笑顏。後堂小飯，請！

（小生）多感厚情。請！（下）

第十六折　憤　亡

【梨花兒】（净上）咳！我堪歎年來命運低，破冠破履破法衣。酒不美來雞不肥，嗏！官府清廉我悔氣。自古官清民吏瘦，神靈廟祝肥。自家蘭溪縣城隍廟中一個廟祝便是。咳！自從本縣高太爺到任以來，一應祝獻的都不容，所以一些生意也沒有。這也不在於此,只是做人希奇古怪。自他到任,一應親戚鄉里,一個也不許入境,容留者一併治罪。不想有個姓蘇的少年,又不是他的親,又不是他的眷,一送送到廟中住下,偏加這許多情意。日逐送供給來,又時常親自來看問。誰想那個人没福,自從到了我廟中,勿知為何日夜啼啼哭哭,染成一病,連日一發沉重得緊。方纔老爺又差人送太醫來看過,又說自己要來。此時想必就來也嘎!我不免扶他出來坐坐。噲!二爺,待我扶你出來坐坐嘎!

（小生）嘎!有勞你嘎!

（净）好說。看仔細。咳!這樣瘦了!（小生上）

【引】阿呀!頻揮涕,極目家鄉知何處,知何處。望斷佳音,一朝聞訃。

（净）二爺請坐了,待我去取藥來你吃。（下）

（小生）嘎!有勞你。咳!我蘇雨奉母命,冷風宿水,來到此間,指望得見兄嫂,討一個實信回覆母親。嘎!誰想兄嫂竟無音耗,我日夜思想,染成一病,日來越覺沉重,多應不濟事了。嘎!母親嘎!指望我歸家,兄嫂便有消息,不道如今連我也不能相見了。阿呀!我那娘嘎!（哭介）你有兩個孩兒,一個也不得見面。（掇哭云）可不痛殺我也!（哭作暈介）

（净上）二爺葯在此。怎麼這等光景!二爺?二爺?

（小生醒,輕哭介）阿呀!娘嘎!

（净）二爺請吃一口药。

（小生）那裏吃得下!

（净）勉強吃一口。

（小生）咳!不要吃。

（净應,放碗介。小生）廟官,今日高老爺說來看我,不知他可來?

（净）他說要來,自然來的。

（小生）我還有許多要緊說話對他說。

（净）想必就來。

（小生）這便纔好!

（內喝介。净）外邊喝導,想是高老爺來了。等我去迎接。（衆

引末上)

【引】(末)粗完公務日將西,且向客窗慰慘悽。

(净)道士接爺。

(衆)起去。

(末)蘇二爺病勢如何了?

(净)十分沉重。

(末)咳,嘎,二兄請了。

(小生)阿呀,大人得罪了。

(末)豈敢。

(净)列位,才到小房來坐坐。

(衆應下。末)二兄你朝來病體好些麽?

(小生)咳,越加沉重,多應不濟事了。

(末)何出此言?請保重。

(小生)嘎,大人,只是蘇雨受大人許多厚恩,料今生不能相報了!

(末)說那裏話,兄請放心,有小弟在此,一應事體,兄也不須憂慮。

(小生)雖蒙大人天高地厚之恩,

【下山虎】只是我萱堂凝睇。(哭介。末)兄免愁煩。(小生)指望兄歸。(末)小弟差人去打聽消息,早晚就有回音了。放心!(小生)誰想兄和弟都成死灰。(末)咳!可憐!(小生)說甚麽戲彩斑衣,倒做了老親送兒。(末)如今怎麽好?(小生)如今隔斷天涯娘怎知?嘎!大人,我死之後,棺木決不能還鄉。(末)不到這個地位。(小生)若遣人到涿州去,報與我老娘知道,我死瞑目矣!(末)二兄,吉人自有天相,何必如此過傷?(小生)嘎!大人,還有一件:若有人到涿州去,叫他千萬向我靈前,叫我一聲蘇雨、蘇雨,你回去罷,引我的魂靈歸家。大人嘎!我死在九泉之下,感戴你不盡了。(末)何出此言?(小生)大人嘎!我還有一說。(末)又是怎麽?(小生)若差人去,千萬不要說我不見兄嫂,也不要說我死了。(末)怎麽說呢?(小生)只說我有事羈身,不久就歸的。(末)這却是為何?(小生)大人嘎!若說我詳和細,怕我的娘親肝腑碎。(末)咳!

可憐！（小生）阿呀！我那哥嫂嗄！你若死了,我少頃泉下能相會；你若不死,我也終無見期。（末）咳！説這樣傷心的話！（净上）列位有慢。（衆上）打擾。（小生作起亦坐）來扶我一扶。（净）二爺要囉去？（小生）我要拜謝高老爺。（净）阿呀！看仔細！（末）二兄,你是病虛之人,不要行此禮。（小生）自然要的。（末）如此扶好了。（净）介没看仔細。（扶起生特坐）阿呀！扶好了。（净）是哉！（小生）大人嗄！我今生不能勾報你了。（末）言重。（小生）除是再,（净）看仔細！（小生）再世啣環圖報伊。（暈介）

（净）二爺叫不醒了！（末）二兄呀！

【蠻牌令】看他漸覺冷肢體,頃刻氣微微。快快扶了進去！（净應扶下。末）左右,快去請太醫！説我在此立等。（衆應。净上）老爺不好了,蘇二爺扶進去就氣絕了。（末）嗄！氣絕了？阿呀！二兄嗄！你訪兄涉萬里,誰道一身危。知母氏望眼空垂,好教我難禁欷歔。該吏過來,你與我分付禮房,速備上好棺木來盛殮,一面庫上去取我俸銀二十兩。（净應。末）是那個該差？（丑）是小的。（末）我少頃寫書,差你到涿州蘇老夫人處去,説大爺尚無消息,二爺就了風霜,一病不起。説我多多拜上老夫人,不必過哀。一應薪水之費,已後我不時差人送來。（丑應。末）你明朝去,須早回。我專望回音,切莫稽遲。

（丑）曉得。

（末）道士過來,你與我好生看守,我就差人來盛殮。你後日領賞。

（净）多謝老爺！

（末）二兄嗄！

【尾】你為兄一命輕敝屣,今生相見是個期。打導！教人腸斷魂飛。（下）

第十七折　聞　訃

（老上）

【引】雙鬢已星星,倚門終日望眼睁睁。（小生魂上。老見

魂下）

我兒回來了,我兒回來了！阿呀！明明是小孩兒回來,怎麼霎時不見？敢是我眼昏了。咳！自從蘇雨去後又是半年,怎麼也不見回來？連宵夢寐不祥,好悶人也！（丑上）

【不是路】星夜兼行,來到蘇門報事情。我奉高老爺之命,到蘇老夫人處報信。一路問來,說這家就是。咳！可憐！你看荒三徑,數椽茅屋破窗櫺。有人麼？（老）是何人？我這孤窮門第誰相問？敢是我兒已轉程。（丑）老夫人,小人叩頭。（老）原來是位公差,到此何幹？（丑）老夫人,容相稟,蘭溪有話教傳聽。（老）有什麼說話？（丑）一言難盡。

（老）怎麼樣說？

（丑）啟上老夫人,小人是奉高老爺之命而來。

（老）那個什麼高老爺？

（丑）是蘭溪知縣。

（老）住了！蘭溪知縣,是我大孩兒蘇雲,怎麼是高老爺？

（丑）有個緣故,你家老爺不曾到任。

（老）怎麼說不曾到任？

（丑）不知為什麼竟不到任,及至你家二爺,來到蘭溪,因不見大爺,日夜思想染成一病,死了。

（老）嗄！怎、怎、怎麼說？

（丑）你家二爺竟死了。

（老）嗄！死了！可不痛殺我也！

（丑）老夫人蘇醒蘇醒。

（老）阿呀！我那兒嗄！

（丑）好了。咳！幾乎又是一個！

【山坡羊】（老）唬得我肝腸都迸。（丑）老夫人,小人不便攙扶,自己掙起來罷。（老）撇得我孤形隻影。阿呀！兒嗄！（丑）老夫人,死者不能復生,哭他怎麼,且免愁煩。（老）我指望怡怡弟兄,到如今,各陷深深穽。（丑）老夫人,二爺雖死,大爺還未知下落,何必這般愁煩？（老）說那裏話來？他一去三年,杳無音信,況且又不在蘭溪,自然死了。(丑)便是。咳!可憐!(老)阿呀!蘇雲、蘇雨的親兒嗄!(丑)咳!兩個兒子,一個也不見面,連我也掉下淚來!(老)母子情,今生見未能,除非夢裏來溫清。阿呀!我那媳婦的兒嗄。(丑)怎麼又哭起小夫人來?(老)你當初原不肯去的,我早知如此,留你在家中也罷!今日呵!若要姑媳相逢須入冥。(丑)咳!傷心!(老)不道你少年人命已傾。(丑)傷情!(老)教我老年人誰奉承?阿呀!兒嗄!

(丑)老夫人,高老爺多多拜上。説老夫人不必過傷,今後一應薪水之費,時常差人送來。如今送俸銀二十兩,並書一封在此,老夫人請收了。

(老)小哥,我家與你們老爺,素無相識,因何如此周急?

(丑)嗄!有個緣故:高老爺與你家蘇爺,原是同年,又是同門。所以二爺一到,就到城隍廟裡安歇,日逐送供給去;二爺有恙,請太醫調治;死了又是老爺殯殮的。

(老)咳!我家生死蒙恩,何時得報?

(丑)我家老爺多多拜上。老夫人,

【川撥棹】休悲哽,論人生似水上萍,想榮枯修短是天成,想榮枯修短是天成。須珍重高年暮齡。省愁煩,寬淚零。莫過傷,添鬢星。

【尾】(老)從今添上心窩病,閉着柴門守二靈。(丑)老夫人,莫使悲傷損暮齡。

(老)小哥,我亡兒靈柩,停在何處?

(丑)停在城隍廟裏,老爺着廟祝看守在那裏。

(老)我那兒嗄!你千里停喪路未通,望來望去一場空。

(丑)老夫人,正是屋漏更遭連夜雨,船遲又被打頭風。

(老)小哥請到裏邊用晚膳。

(丑)不消。小人到寓所去了,明日來領回書罷。

(老)如此有慢!

(丑)好説。咳!可憐!(下)

(老關門拿書銀看介)蘇雲、蘇雨嗄!兒嗄!(哭下)

第十八折　打　圍

（生上）一身雖得借鷦枝，母信妻音空繫思。何處征吾愁恨叠，請君看取鬢邊絲。我蘇雲被劉權羈留在此，不知母親兄弟在家安否如何？妻子懷孕，被盜擄去，不知生死。教我曉夜縈牽，愁腸割肚，總付之長歎而已。今劉權雖百般厚待我，到底不設一謀。幾次要逃回故鄉，爭奈他分付各處把守，不能得脫。今早見劉權將欲出獵，我只得假裝有病，所以他不來相請。我如今乘其無備，不免收拾行李，悄地逃歸，有何不可？嘎！皇天！皇天！我這回脫得去，死裏又重生。（下。三旦、付、小軍、小生、外、家丁、淨上）

【粉蝶兒引】（淨）哨聚山林，虎寨雄威糾糾，看金光燦爛兜鍪。（丑上）跨雕鞍，馳駿馬，錦袍鋪繡。（外、小生）擺圍場獵着林禽岩獸。

（丑）大王，張勝叩見。

（淨）軍師少禮。

（小生、外）總領官叩頭。

（淨）起來。

（衆）衆頭目叩頭。

（淨）起來，站過一旁！秋入郊原景物饒，錦旌繡帳獵西郊。

（丑）君臣遠播迨方久，誰敢將咱側眼瞧。

（淨）孤家自得蘇雲到此，指望他參贊軍機，託以重任。我每每請教，他只推不諳戎務。今早請他同往打圍，他又說有病。如之奈何？

（丑）大王，他既有病，何必強他。臣今保駕，願王無慮。

（淨）妙嘎！軍師保駕，寡人何足慮哉！軍士們！

（衆）有！

（淨）與我傳令！你們下山去，須要張鑼吶喊，擂鼓搖旌，放鷹的放鷹，逐犬的逐犬，捉獲禽獸多者重賞。就此打圍前去！

（衆）得令！

【泣顏回】萬里擁貔貅,遠望旌旗拖繡。張羅列網,三軍吶喊聲吼。英豪跨馬耀金鞭,都向深岩藪。挽鵲樺箭射飛鴻,早不覺雙雕貫首。(下)

(生上)

【前腔】無端拘禁似羈囚,我有家難奔,有國難投。想萱堂年邁,思之淚沾羅袖。我蘇雲昔為朝廷命官,今作冦中逃虜。呀吥!可不羞殺人也!嘎!嘎!言之可羞,到如今枉有經綸手。(內喊介)呀!見一簇駕犬豪雄,向草叢中藏身急走。(下)

(衆上)

【千秋歲】戰袍摳,捻着團花繡,一個個容貌雄糾。楓樹林中,林中,只見那伴挽絲韁齊驟。馬電掣,鷹即溜,箭將發,弓開彀,轂轉秋輪紐。把豺狼束靷,雉兔排牙。

(衆)虎來了!

(淨)與我擺開圍場者!

【前腔】(衆)任雄彪和那南山獸,誰怕你千樣狂吼。猿臂初張,初張,管教你頃刻之間膜透。看躍沙飛,迷山岫,嘯風停,先聲透,透處穿彪首。羨大王勇猛,一箭功收。

(淨)些隻之獸,何足道哉!軍師,天色已晚,且回山寨。捉獲禽獸多者領賞!

(衆)得令!

(淨)衆頭目就此回軍!(衆應)

【越恁好】(衆)獵完歸去,獵完歸去,鬧喧喧笑語稠。度深林涉磴,看日影漸西流。氣昂昂,勇迺迺,見白生生小兔兒拿回籠囚。血淋淋雉雞,花斑斑大蟲兒,挑在後頭。一年內較獵時好算秋重九,趁原上草枯,林間葉瘦。

(衆)啟大王,草叢中有一漢子。

(淨)抓過來!

(衆應)元來蘇大人!

(淨)先生,你說有病,為何在此?嘎!想是要背我而去麼?

(生)大王差矣!人各有志,豈可相強?況家有老母倚閭,你何苦拘禁我在此,使我為不忠不孝之人?

(净)咳!蘇先生,你要回去,想差了念頭。孤家要汝軍中運籌,豈可輕去!頭目,帶馬來,與蘇爺騎了,同上寨去!

(生)阿呀!親娘嗄!若如此說,我永無還鄉之日了!

(净)傳令回軍!

(眾)得令!

【紅繡鞋】忙將錦轡都兜,都兜。馬前簇擁龍虬,龍虬。歸去也路尤修,忙馳驟,轉山頭,軍語沸,鼓聲稠。

【尾】男兒到此空垂首,何事蒼天不佑,且收拾愁懷唱凱謳。

第十九折　拜　　娘

【引】(旦)身遭摧挫,鎮日難捱過。(占上)纔罷新粧,暫拋閨課,看池塘秋水平蕪。

(各見。旦)咳!

(占)蘇家娘,你在我家,雖不能珠攢翠簇,亦可以食足衣豐,你終日眉頭不展,面帶憂容,却是為何?

(旦)小姐,我承老爺深恩,又蒙小姐厚德,寧不知感。

(占)說那裏話。

(旦)只是我有天大冤仇未報,教我如何存坐!

(占)嗄!我正要問你始末根由,今日閒暇,你且說與我知道。

(旦)小姐不嫌絮煩,待我細說與你聽。

(占)願聞。

【二郎神】(旦)冤殺我痛完巢被強徒蹂破。(占)在何處遇強人的呢?(旦)記船到江心遭慘禍。(占)在江中遇的,你丈夫叫什麼?(旦)我丈夫叫蘇雲。(占)他是何等樣人?(旦)他任蘭溪縣尹。(占)原來一位夫人,請坐轉了!(旦)豈敢。(占)失敬夫人。已後呢?(旦)又誰知遇盜中途。(占)不曾受辱麼?(旦)他把我丈夫呵!推入波中,不知屍何所,閃殺人災來怎躲?(占)死者不能復生,何苦如此憂悶?(旦)怪得那愁蛾。(占)如今愁也沒用,不如消遣消遣罷！（旦）撲粉痕教人淚漬衫羅。（占）你家中還有何人？（旦）止有婆婆。（占）多大年紀了？（旦）他年高情苦，將何結果？他教子成名，反把他相誤。（占）婆婆料已平安，不必憂慮。（旦）縱然暫遣，多應奴鬢皤皤。（占）衰年白髮，事之常也，憂他怎麼？（旦）婆婆嗄！你只道我與你孩兒，都做鬼了，那知我日夜哀哀懷舊窩。（占）咳！可憐！（旦）你指望教子成名，改換門閭，到今日呵！誰料你擔飢受餓。阿呀！婆婆嗄！（占）嗄！蘇家娘，你莫愁他，有日苦盡甘來，再睹嬬姑。

（旦）若有此日，謝天不盡了！

（占）嗄！蘇家娘，你當時曾有所出，必竟如何了？

（旦）嗄！小姐，若提起這話，教人一發傷心了！

（占）却是為何？

（旦）我當初隨夫之任，那時已是十月滿足。因逃難之時，途中生下孩兒，其時料不能母子兩全，只得棄在途中了。

（占）呀！

【金衣公子】我聽說苦情多，頓教人珠淚墮。你身罹慘禍，使我心驚怖。（旦）不道今日人亡家破！（占）蘇家娘，我看你這般苦楚，我又蒙你撫養教訓，意欲拜你為母。（旦）這個怎敢？（占）自今以後呵！伊兒有我，我今有母。這一天好事真堪賀。（旦）小姐說那里話，你是貴姣娥，我煢煢嫠婦，怎當得這稱呼？（占）母親，你當初原是沐恩過，況膝前誰撫摩，何妨將我兒相顧？（旦背）咳！我辭他不可，受他不妥。罷！只得強相從，結為姊妹同興臥。（占）母親請上，受孩兒一拜。（旦）不敢。（合）兩諧和，相親相傍，從此把笑顏舒。

（旦）銘心鏤骨感深恩，
（占）今朝難言陌路人。
（旦）爭奈寃情依舊在，
（占）一番愁緒又重新。
（旦）小姐請。
（占）母親請。（下）

第二十折 賀 喜

　　（淨上）再説得勿差個：若要長，看後養；報應明，定不爽。自家馬騰，別號子交，向年搭徐能拉江湖上，做點没本錢生意，到是好個。我裏徐大哥十八年前，曾經擺佈殺子一個蘇知縣，搶子蘇夫人居來，逼裏做親。其夜衆人請裏吃酒，纔轉得背，落道個蘇夫人繩绷。吪阿曉得落裏去哉？竟逃走子！徐大居來，勿見子蘇夫人耶，竟賊介踢塌之聲一追，蘇夫人便追勿着，到只見一個帶血小厮。一抱抱得居來，取名徐繼祖，養到六七歲，讀起書來，聰明無比。今年十八歲哉！舊年入子個學，不道連科就中子舉人。那間亦要上京會奢試。個樣事体呢，我道中有興，為此我搭子李不直，拉齊子個分子，替渠送行。噲！個歇也該應來哉。

　　（丑内）阿黑！
　　（淨）吪看渠倏得來哉！我且躲拉一邊，聽渠説奢。
　　（丑上）區區是好漢，誰敢將咱慢。大阿哥封君，侄兒是鄉宦。
　　（淨打，丑驚）阿喲！元來馬子交，我只道是捕人了，到吃我一唬。
　　（淨）李二，奢個封君鄉宦？
　　（丑）那了，大阿哥個兒子，中子舉人，大阿哥是封君，侄兒是鄉宦哉那。
　　（淨）勿差。昨日説個那亐哉？
　　（丑）阿是分子嘎？
　　（淨）正是。算個星人頭拉我聽聽。
　　（丑）才齊亐哉。
　　（淨）快嘎！
　　（丑）我算拉吪聽：地鞭蛇，喧尾巴雌狗，過街黄雌狼，泥裡鰍。馬大，吪個那亐哉？
　　（淨）我麽？獨脚龍，三脚虎，鐵線上老蟲，瓦楞裏瘟虎。
　　（丑）好！才是世面上朋友。

（净）世面上個。

（丑）噲！老騰有兩個分到身勿到，禮呢？

（净）及是個哉，那。

（丑）噲！我搭吼落裏兩分，買點奢吃吃，也是好個？

（净）呔！入娘賊，那間太阿哥個兒子，中子舉人，正要拿渠個勢頭行起來，那就開起天窗來。

（丑）落勿得個了？

（净）動也動勿得。

（丑）個沒去罷。

（净）走哉那。

（丑）阿舍來。哈！哈！哈！

（净）做奢？

（丑）走路哉那。

（净）走路哉那。

（净）走路沒好好裏個走，阿是拽縴了。阿舍來，哈！哈！哈！

（丑）個是各人個走相。

（净）對吼說。

（丑）那？

（净）我搭吼那間是要居移氣養移體。

（丑）嘎！奢個？那間我搭吼，要烏龜一起，羊媽媽一起。

（净）嘎！（啞笑介）

（丑）奢？獺團吃子刺毛奢？

（净介）個笨賊！

（丑）吼方纔說個。

（净）嘎！我說到子個荅，要推上下手個，叫做居移氣養移體。

（丑）噲！個上下手阿吃得個？

（净）奢個？上下手纔勿曉得個？

（丑）那亨個？

（净）哪個兩隻手，有一隻上，一隻下。

（丑）請教囉裡個隻上？囉裡個隻下？

（净）自然有隻上個耶。
（丑）個隻？
（净）勿是。
（丑）介没個隻？
（净）住丑。一頓纏,連我才忘記哉。
（丑）自家嘎忘記子,到來教别人。
（净）唔阿曉得,我聽見外頭人説,有一隻上手個。
（丑）元來聽見外頭人説嘎。
（净）我記得有隻上手個。
（丑）到底囉里個隻介？
（净）嘎！拉里哉！結衣帶個隻就是上手。
（丑）啐！曉得個哉！去罷！
（净）住丑！還有哆哈事務裏來。
（丑）奢事務？
（净）到子個搭,還要通文禮貌。
（丑）吭！通文是我一肚皮個拉裏。
（净）嘎！唔會通文？
（丑）會個耶。
（净）介嘮大家薦定子：通文在你,禮貌在我？
（丑）噲！但是個個禮貌,我一點嘎勿曉得没那。
（净）奢個？禮貌難得勢丢嘘。
（丑）個瞎唔要不一個暗號拉我丑？
（净）奢暗號介？
（丑）個倒要緊個。
（净）有里哉！我拿個隻臂掙子動勒動,唔就跟我來嘮哉。
（丑）倘然勿動介？
（净）唔！勿要來哉那。
（丑）是哉！介嘮搭唔演演看。
（净）吭！介没看定子。我對唔説,禮貌一點嘎差勿得。
（丑）正是！差子没討别人掬卜哉。

（净）請那！
（丑）請嘎！
（净）嘎！
（丑）嘎！
（各笑。丑）阿唷！好禮貌！好禮貌！馬大去罷？
（净）呔！那説馬大？
（丑）勿叫馬大，到叫奢個？
（净）那間大阿哥兒子中子舉人，吽該叫我馬大爺哉奢？
（丑）請問，吽叫子馬大爺，我没叫奢個？
（净）咳！待汝枯！待汝枯！吽叫子我馬大爺，我少勿得叫吽李二爺個耶。
（丑）是嘎！介嚜馬大爺請。
（净）勿敢，李二爺請。
（丑）馬大爺！
（各唻介。净）這個李二爺，我對吽説：到子個荅澗澗套套，大模大樣，個主偷雞剪綹個身段，一點放勿得出來個。
（丑）個是自然。放子出來，一個銅錢糖嘎，勿直哉。
（净）到子個荅，必須要，
（丑）奢個？
（净）通文。
（丑）那大門口就要通文個了？
（净）啐！一直個通進去丟嘑。
（丑）是哉！阿！阿！有六個丟。
（净）做奢？
（丑）通文哉那？
（净）通文没嚮嚮朗朗個來，阿是偷雞賊了？我來。
（丑）則看吽哉！
（净）阿有六個丟？
（末上）來了。當值輪該我，叫門却是誰。是那個？
（丑）好丟焉！到底是吽。

（净）個没叫做通文。
（丑）看阿是六個出來。
（丑）阿呀！老太爺。
（末）嘎！嘎！嘎！
（净）做奢？為奢叫渠老太爺？
（丑）一嘴白髭鬚丢哉。
（净）冒入鬼，個個説我兩個拉裏。
（末）少待。
（丑）住丢，竟説李馬拉裏没哉。
（净）亦要叉唇插嘴哉。
（末）員外有請。（付上）

【引】嶙嶒頭角堪兒貴，堪誇閥閲門楣。馬李二人在外。
（付）道有請！
（丑）六個個聲氣。
（净）徐大哉那。
（丑）阿唷！聲氣才變哉！
（付）二位賢弟！
（丑、净）徐大哥！
（付）二位兄弟請！
（净、丑）徐大哥請！
（付）請坐，看茶！
（丑）阿唷！一個舌頭。
（净）慢點，還打恭來。
（丑）做奢？我説吥攪勿上櫈頭個。
（净）吥好丢！我説慢點，還要打恭來。吥先拿個鍾茶吃哉！我拉塊木頭上絆跌個。
（丑）人家個校椅，是個攏個耶！
（净）阿曉得做淺子点了！
（丑）做奢？
（净）穩當点。

（丑）直頭坐丟飯團眼上哉！
（付）請問二位賢弟，到此何幹？
（净）通文！
（丑）個、個、個。
（净）奢捕雞蛋能個能個？
（丑）個是通文個冒子頭。
（净）通文才有奢帽子頭？
（丑）那無得！
（净）到勿差。
（丑）吼虱個兒子大相公，一跌一子夜叉小。我里兩個，做子戎顆顧，特來是介天災人。
（净）奢個一跌一，夜叉小，戎顆顧，天災人？
（丑）那一跌一沒中，夜叉小沒鬼，戎顆顧沒頭，天災人沒賀哉那。
（净）通文耶？那説打起歇後語來！
（丑）奢用勿着個了。
（净）啐！我替吼來。
（丑）我讓你來。
（净）這個、這個，老封君，吼個兒子，再勿道盖一出。
（丑）阿呀！那説盖一出？
（净）中哉那。
（丑）中沒竟説中，那説盖一出？
（净）嘎！差哉！我每、我每。
（丑）阿像燒欠子筋了。
（净）弟兄兩個，拉兩個分子，本欲請你每兩個，到我府上去，只是間把屋，蛙居得深深世世了，特特到吼丟舍上來了。
（丑）啐！亦勿拉裏净衣裳，奢個舍浪？
（净）吼！你勿會通文，替子吼，吼到剪刀能個句句剪斷我個。
（丑）我拉裏通文搶我個。
（净）毡穿吼個花娘，我就一板斧沒好！

（丑）我就一槅子哉！舍？

（付）二位賢弟，才是一條跳板上個人，勿要是介。請大相公出來！（末應。小生上）

【引】恭承嚴命赴京畿，喜今朝欣欣喜喜。

（丑）大阿哥個毪養個，好像坐艙老大能勻，囉里伏辯裏。

（淨）大阿哥是渠櫓人頭，能個瓦哈奢個？

（小生）爹爹！

（付）罷了，見子二位叔叔。

（小生）是！二位叔叔。

（淨、丑）豈敢！大舍，請轉！請轉！

（小生）請問二位，到此何幹？

（丑）勿瞞大舍說，我裏兩個麼，自幼與令尊在江河上。

（付）奈勢。

（淨）恭喜大舍相公，高中子。我里學生小弟，特來奉賀。

（小生）多謝！

（淨、丑）正當！正當！

（付）看酒！

（淨）大舍相公，賊吀吃子個鐘酒，上京去中個蠻蠻大個大童生。

（丑）奢個大勒小！

（付）坐子罷！坐好子！

【駐馬聽】（淨、丑）深藉餘輝，只為賢郎中大魁。（淨）那間我里出去。到處人多避，閭巷門多閉，喜軟弱再休提。（丑）阿哥，外頭欺瞞我裏沒那處。（淨）李二勿難個，我就兜頭一記。（付）那打起來，莫說人兒，狗也難吠。擺擺搖搖真噪皮。

（小生）爹爹，孩兒身子不快，不得奉陪。

（付）正是，進去罷！

（小生）好笑爹爹與這樣人來往，可笑！（下）

（淨、丑）阿唷唷！到是進去子罷，捉手縛脚子半日哉！

（付）大鍾來！

（丑）奢個大鍾，竟拿大碗吃兩碗，走吼娘個路哉！
（淨）到是大碗。
（付）大碗來！
（豁拳介。付、末應）我裏來行令。
（丑）容易點個吉，竟行續麻令。
（付）如何？
（淨）大阿哥先來。
（付）干！狀元及第，順！
（丑）干！地覆天翻，順！
（淨）干！翻江攪海，順！
（付）海浪滔天。
（丑）天誅地滅。
（淨）滅門絕户。
（付）吼奢説話？
（淨）好酒！

【前腔】美酒偏宜。（丑）況且明朝又別離。（付）吼，小兒明日起身，是吉日，那説別離。罰里三大碗！（淨）李二，替吼一大碗！（丑）勿客氣。（淨）喲！好酒留人住。（丑）好量何須替，嗦！真正爛如泥。（淨）徐大，你瓦個賊種，那哼中個！（付）小兒麽，豈同容易。拼取今朝，酩酊須沉醉，月轉花稍玉漏遲。

（淨、丑）別過哉！
（付）深謝你殷勤，
（淨）打攪又勞神。
（付）今朝真勝會，
（丑）該謝蘇夫人。
（付）吼！勿中擡舉個，趕裏出去！（付下）
（末）走出去！
（推下。丑）勿好！跌哉！馬大攪攪我。
（淨）拉丢囉裏？
（丑）拉里几裏。

（净）吙！

（丑）阿呀！個是個脚嗄！

（净）介勒手介。

（丑）手拉裏。

（净）起來。

（攙丑翻跌介，嘔。净）阿唷！好大雨！李二攙子我起來。

（丑）起來嘘。徐大阿是吪丟個兒子中子了，嘿我奢，强盗，吙！

（净）渠進去哉！

（丑）有介明朝搭裏説話。

（净）本來吪勿好。

（丑）奢勿好？

（净）吃子徐大個酒，到謝起蘇夫人來。

（丑）那了勿虧蘇夫人，若無蘇夫人，那裏來個樣好兒子。裏若再强，强我就一板斧，撤殺子個毬養個没好！

（净）居去罷！

（丑）馬大，趁此酒興，做一夥哉？

（净）啐！街上嘘，測測能？

（丑）奢？那間還怕六個來了？（下）

第二十一折　請　　巫

【引】（小旦上）姣体愁無那，問何事眉兒常鎖。

（白）娟娟月入眉，片片雲歸鬂。日晚弄粧遲，簾外寒猶緊。奴家王尚書之女，小字文鴛。生長閨門，何異洞天福地。尊承家訓，謾誇習禮詩書。只是萱室摧殘，椿庭逢暮，因此黄昏白晝，难禁短歎長吁。奴家幼時雇一乳母，聞得爹爹説是好人家女子，因落難到此。我幼承扶育，長賴訓誨。只是他終日悲啼，染成一病，日來不知可好些，待我問他一声：蘇家娘？

（内白，旦）怎么説？

（小旦）今日病体如何？

（旦）身子还不好。

（小旦）可曾吃早膳？

（旦）那裏吃得下！

（小旦）你且耐心保重。

（旦）多谢小姐！

（小旦）你看春光明媚,光影紛紜,好困人天氣也。（唱）

【九盆兒】臨風对景凝眸,驀地聽鶯呼。釵懶下绣慵,敷恐日來顏瘦,損減小腰肢。又還愁,畫樓西雕闌外花鋪。（白）我仔細想將起來,富貴难保百歲,貧賤就在眼前。即如蘇家娘,當初也曾富貴,今日落难,何等孤苦！（唱）論人生穷通事,須臾未可知。蘇家娘呵,想着你許多榮富。今日遇良宵與夜月,多虛过,只見你短歎共長吁。

（丑仝付上）這裏來。

（付）哉來一生都是命,半点不由人。姐姐,你家有几位夫人？

（丑）我家夫人没有了,只是有一位小姐。一個乳娘有病,請你去算命。

（付）吓！元來如此。

（丑）小姐,女先生來了。

（付）小姐。

（小旦）先生免禮,看坐來！

（付）小姐在此,怎敢坐。

（小旦）那有不坐之禮。

（付）告坐了。

（小旦）先生,你曉得算命么？

（付）小姐,我不但算命,会看香頭、收驚、捉鬼、解禳,都是曉得的。

（丑）鬼也會捉？小姐,叫他捉個鬼玩玩。

（小旦）咦！胡説！先生,我這裏只要算命。

（付）小姐,依我看起來,还該捉鬼。

（小旦）我這裏清净門庭,有甚麽鬼？

（付）小姐，你不曉得，（指內介）那裏有鬼，纏着個半老女客再不肯放，过几日就不好了。

（小旦）這怎么好？女先生，這鬼可捉得么？

（付）捉是捉得，只是不比別樣鬼。

（小旦）怎么呢？

（付）就是令堂老夫人。

（小旦）吓！就是我母亲！阿呀！母親吓！孩兒蒙他扶養，又蒙教訓，如何反难為他？望母亲釋放了他罢！

（付）在那裏搖頭。

（小旦）怎么？

（付）想是不肯的意思。

（小旦）如此怎么好？

（付）小姐你不要謊，待我問神道有救無救。

（小旦）這個使得。

（付）姐姐。

（丑）怎么说？

（付）勞你去裝起香來，有劍取一把來用用。

（丑）這個有。

（付）小姐对天祝告起來，等我念起呪來：天皇天皇，助我剛強；昨宵有鬼，走入臥房；拿了八個，走了四雙。吾奉太上老君急急如令敕。（小旦唱）

【榴花泣】对天祷告，望鑒我微忱，祈神道指迷途。那人呵，他是涿州人氏姓為蘇，被家慈作祟，旦夕不能蘇。（白）女先生我已祷告了。（唱）煩伊細吐。（付）這個自然。（小旦唱）但得他暗裏能饒恕，我豈吝釵釧金珠重酧伊，决不相負。（付登高介）來了。（小旦）甚麼來了？（付）我乃当坊土地是也。（丑）是土地，小姐跪了求。（小旦跪介）土地公公，望救我的乳娘。（付）是你母亲怪他。（小旦）母亲他待我甚好，怎麼又反怪他？（付）前日你母亲正要坐了，他推開了你母亲，竟自坐了，所以触犯了他。（小旦）這是他失於不知，望土地公公救他一救。（付）你快備三牲、酒禮、香烛、紙錢到廟中祈祷，就仝了女先生。拜献女先生，不可輕慢了他，最少二兩銀子要的。依土地一一说，就好了。若是不依，性命就难保了。（小旦）這個自然。（外上）乘閒來繡閣，課女步深閨。

（白）哎！這是甚麼人？

（丑）老爺來了。

（小旦急下。外）你是甚麼人？

（付）吾乃当坊土地是也。

（外）好，正要打那当坊土地，取板子來！

（付跪介）阿呀！老爺！老爺！

（外）好女孩兒，不習女工，做這樣勾当。我曉得都是你這小賤人，活活敲死你。

（丑）阿呀！這是小姐叫我分付門上叫進來的。

（外）哎！胡説！

（付）老爺，土地说饒了我罢！

（外）你若不説真情，取板子來，活活打死你這老賤人。

（付）老爺不要發怒，容我説來：小婦人只因行業落在其中。

（外）难道再没有生理，做這樣勾当？

（付）小婦人又不会紡紗織布，又不会洒線女工；我每男子好吃懶做，做生意無本錢，做強盗怕人捉住，熬不得痛苦；況且当今時勢，各宅女眷听信邪巫。所以老了老面皮，一摟而已哉！

（外）你如今不是当坊土地了？

（付）苦恼！啥当坊土地，不过騙兩個銅錢活命之説。

（外）我門上告条，一应三姑六婆不許擅入，都是你這賤人引他進來，快赶出去！

（丑）吓！快走！快走！

（外）堪歎兒曹年紀小，却來閨閣听邪巫。有這等事，可恼！可恼！（下）

（丑）老花婆几乎害我了不得！

（付）不要罵。

（丑）罵了你，怕你割了我的舌頭？

（付）舌頭是不割，我對你老爺説了，打也打杀你了。
（丑）為什麽打？
（付）我那裏曉得老夫人没了，屋裏有病人。
（丑）啐！這是無心中的話。
（付）你便無心，我却有意。
（丑）不要嚼蛆，走出去！
（付）不要推，你對小姐説：土地公公的話不要忘記了。
（丑）啐！老花婆，還要説鬼話。（下）

第二十二折　井　　遇

（小生内）奶公走嗄！
（末）相公請！
（小生上）别却嚴親就遠途，蕭蕭行李一身孤。遥瞻客路三千里，願逐長風達九衢。小生徐繼祖，年方弱冠，志在青雲。今科忝中鄉魁，上京應試。奶公，這是什麽地方了？
（末）前面是涿州地方了。
（小生）如此趲行前去。

【新水令】辭親挾策赴皇州，逐風塵無宵晝。遥瞻雲黯黯，慢策馬悠悠，不是遨遊，都只為利和名争馳驟。

（末）吔，馬來！（下）
（老旦上）苦嗄！

【步步嬌】破壁頹垣風吹透，這苦難禁受。老身張氏，自從兩個孩兒亡後，家道消乏。雖蒙高大人十分週濟，不意連年荒歉，生計蕭條。家中操作，都是老身親做。今日厨下乏水，不免到前村井邊，去汲些水回來應用。咳！我想親操井臼，雖是婦人常事嗄！但我年紀高大，還不免辛勤。天嗄！我抱甕淚先流，頻往街頭，出乖露醜。誰人知道我窮愁，影蕭蕭只覺如疚。

我那兒嗄！（下。小生接板上）

【折桂令】路迢迢景值深秋，兩岸疎林，一派寒流。見雲迷古道荒圩,似咱蕭條行李,笑語無由。想昨宵宿旅舘淒涼似疚,怎能勾到皇都卸却征裘。真個萬縷千愁,總上心頭。怎禁那滾滾塵沙,只教人殢却雙眸。

（末）馬來！（下。老上）

【江兒水】取次來村右,難遮滿面羞,伶仃孤苦誰搭救,衰年遭難多僝僽。天還知道和天瘦,贏得淚掩衫袖。這段情由,對着誰人分剖。（汲水介。小生上）

【雁兒落帶得勝令】俺則待步雲霄氣正遒,却做了冒風霜眉先皺。望長安去路修,渴咽喉無由嗽。奶公。（末）相公怎麽説？（小生）我口中甚渴,那邊有個婆子在井邊汲水,你且帶住了馬,（末應）待我與他借些水來解渴。媽媽借些水來解渴。（老）官人要水吃麼？（小生）正是！（老放地）請用！（小生吃。老看。小生）多謝媽媽！（老）呀！那官人的面龐,好似我大孩兒模樣。阿呀！天那！（小生）嗄！好奇怪！那媽媽見了我,為何哭將起來？（末）正是,這也奇得緊！（小生）呀！好教人驀地費追求。（老）為何他的面龐,與我大孩兒是一樣的？（小生）嗄！我曉得,莫不是有冤仇,俺不免將他叩。媽媽,淚珠兒且暫收,恁有甚來由,須要一一從頭剖。（老）咳！説也没用。（小生）恁莫愁,説明白可分憂。

（老）官人若不棄嫌,寒家就住在那邊,請到舍下少坐片時,待老身細訴。

（小生）既如此,媽媽先請！你帶着馬來。

（末）嗄！

（老）從命了！

【僥僥令】這情踪真未有,冤債幾時休。舍下了,請！（小生）媽媽請！（末）待我繫住了馬。（老）官人萬福。（小生）媽媽拜揖。（老）請坐！（小生）請問媽媽上姓？可有兒子麼？（老）嗄！官人,老身有兩個孩兒,大孩兒叫蘇雲,二孩兒叫蘇雨。（小生）作何生理？（老）大孩兒初登進士,赴任蘭溪。（小生）元來是前輩老先生的太夫人,失敬了！（老）豈敢！（小生）請問老夫人,令郎老先生,如今在那裏？（老）官人,言之可憐。（小生）為何呢？（老）他赴任三年,杳無音信,老身只得又着小孩兒蘇雨,到蘭溪訪問消息,不道連他也不回來,及至信來,說蘇雨不見兄嫂,悲痛而亡。(小生)死了?可憐!請問大令郎可有信息,此事有幾年了?(老)至今一十八年。再問消息,都說在江中被盜,不知下落。(小生)如今老夫人倚靠何人?(老)因此老身守着數椽茅屋,每日裡呵!但與亡靈相廝守。(小生)元來這個緣故。咳!可憐!(老)阿呀!兒嘎!撇得我影熒熒作楚囚。

【收江南】(小生)呀!元來是這般樣落難呵!我剛腸霎時柔。(老)我那兒嘎!(小生)老夫人不須煩惱,小生此去,若得僥倖,我便接你到我家養你終身。若不得意,也索與你尋覓令郎消息,着人報你便了。(老)多謝官人盛情。只是榮華富貴,那時那裏還念及孤寡?(小生)咳!說那里話來。看你這般苦楚,假饒是鐵石人見了也心憂。你且寬心忍耐免淚流,俺須把你周。免淚流,俺須把你周。今日裏一重翻做兩重愁。

(老)多感官人厚情,老身當初有雲羅二疋。孩兒起身的時節,做男女衫各一件,女衫媳婦穿去,男衫衣領,被燈煤燒壞,怕有不吉,留在家中。如今老身欲將此衫,交付與官人。倘有人認得此衫者,就好問我孩兒、媳婦的消息了。

(小生)這個使得,你快拿出來。

(老)是。

(拏衫。小生)奶公,你看這媽媽好生命苦。

(末)便是,可憐!

(老)官人,羅衫在此,請收了!

(小生)奶公收好了。

(末)嘎!待我包好了。

(老)官人請上,待老身拜謝!

(小生)豈敢!

【園林好】(老)感君家情投意投,驀忽地伊愁我愁,為甚的衣衫濕透,豈司馬在江洲,豈司馬在江洲。

【沽美酒】(小生)偶相逢,意甚憂,不覺的話兜兜。俺只為恤老憐貧腸欲抽。這籌兒須到頭。俺若是赴春闈,赴春闈把信音,管教您逍遥眉壽。(老)不知幾時有信息來?(小生)大約在明春時候。(末)天晚了,相公去罷!(小生)我呵,一霎時承款留,早忘却路頭。呀!忙別去程途疾走。

(老)官人此去,旅店尚遠,若不棄嫌,就在舍下草榻一宵,明日早行如何?

(小生)如此甚好!只是打攪不當。

(老)說那裏話來。

【尾】蓬茅幸勿嫌卑陋。(小生)老夫人,下榻深情希邁。(老)官人,只是雞黍全無禮不週。

(小生)好說。

(老)偶爾相逢途路中,

(小生)一番清話豈成空。今宵勝把銀釭照,猶恐相逢是夢中。

(老)官人,請到裏邊去!(下)

(小生)老夫人請!奶公把馬喂料。

(末)曉得。

(小生下。末)嘎!元來這裏就是蘇……

(小生)奶公?

(末)來了。咳!此冤怎能得雪!

第二十三折　設　　計

【水底魚】(付上)肥馬堪乘,輕裘遍體温。只因兒貴,我也沐皇恩,我也沐皇恩!自家徐能,向在劉大王麾下,蒙他另眼看待。向因有事不曾上山,今喜孩兒徐繼祖,中了進士,不免報與他知道。此間已是帳前了。那位值營在此?

(外上)柳營春繫馬,虎帳夜談兵。是那個?

(付)是我在此。

(外)呀!元來是徐大哥,久違了。

(付)便是。煩通報一聲。

（外）少待。大王有請。（二旦引淨上）
【引】威武名揚四海聞，居海上自稱尊。
（外）啟大王，徐能要見。
（淨）着他進來。
（外）傳。
（付）有勞。大王在上，徐能叩頭。
（淨）徐能，你這幾時怎麼不來孝順我？
（付）徐能自知有罪，只是沒有生意，出於無奈。
（淨）你今日到此怎麼？
（付）徐能的兒子中了進士，特來報知。
（淨）嘎！我曉得，你一向不來，怕我罪你，故把此大話來唐塞我，可是？
（付）這個怎敢。現有同年序齒錄在此，大王請觀。
（淨）拿上來。嘎！果然中了！哈！哈！你且起來。
（付）不敢。
（淨）不是。你兒子中了，你就是封翁了。請起作揖。
（付）多謝大王擡舉。
（淨）衆頭目，今後都稱徐爺！
（衆）嘎。
（淨）表弟，你兒子既中了，就該領來見我。日後我成大事，也好另眼看他。
（付）這個自然。只是他如今還在京中，所以不得就來參見。
（淨）嘎！這也罷了。頭目，領徐爺去換了巾服。
（付）多謝大王。（下）
（淨）分付取一百兩金子，再取彩緞十端來。分付排宴與徐爺慶賀。請蘇爺、張軍師。（外傳。生、丑上）
【引】（生）羈身何日報君親，（丑）且圖終日醺醺。
（生、丑）大王拜揖。
（淨）先生、軍師免禮。蘇先生，孤家有一舍親，他令郎中了進士，今日與他稱賀，奉屈一陪。

（生）我正要問京中消息，請來相見。
（淨）請徐爺相見！
（付上）請了。
（生）請了。
（付）張大哥，此位可是人？
（丑）怎麼不是？
（付）好奇怪！
（生）呀！好奇怪！這人可疑。
（衆）酒完了。
（淨）看酒過來。（定席介。雜上酒）

【黃鶯兒】（合）對客酒頻傾。信山中，別有春，羊羔美醞何須論，羅列八珍，安排五辛，高歌暢飲林皋震。（合）氣氤氳，香來撲鼻，蘭麝座中焚。

（淨）表弟，令郎孤家還不相認。必竟是大才了，回去領來一會，孤家還有厚贈。
（付）多謝大王！
（淨）又稱大王了，如今是表兄了。
（付）表兄，表兄。

【貓兒墜】（生背）端詳容貌，儼似綠林人，今日相逢眼倍睜。我沉冤似海幾時伸！（淨）請蘇爺上席！（衆合）殷勤，且痛飲香醪，笑傲乾坤。

（生）寨主，可有同年序齒錄？（淨）有在此。頭目取來，送與蘇爺看。（衆應。生看。付）

【前腔】我江中當日，曾害一蘇雲，座上分明是那人。咦，莫非眼底見冤魂！（合前）

【尾】堦前辭去忙百頓。（淨）取禮過來。還有些須薄贈。（付）盛宴叨陪何當再惠存。
（生）明月下瑤琴，
（淨）難禁惜別心。
（付）貴人擡眼看，

（合）便是福星臨。
（淨）令郎回日，領來見我。請了！
（付）這個自然，請了！
（淨）請了！蘇先生隨我來，還有事請教。
（生隨下。付）張大哥。
（丑）怎麼說？
（付）我且問你，方纔席上這位，姓甚名誰？是什麼樣人？
（丑）不要說起。十八年前，不知那裏來一個尖來僧，叫做蘇雲。
（付）住了！可是蘇知縣麼？
（丑）正是，大王十分敬重他。他只是不偢不保，況且自從他來之後，我受他許多怠慢，許多做作。此恨何時得洩！
（付）既如此，何不殺他？
（丑）嚛聲！我幾番要殺他，仔細想將起來，他是大王極敬重的人，倘然殺了他，大王必然根究，所以不敢下手。
（付）你殺了他，何不下山來？
（丑）大哥，你這一句講差了。我每這樣人，又不識字，又没本錢。若下山去，免不得餓死，所以隱忍。
（付）咳！大哥，這個何難，我如今在家，朝朝寒食，夜夜元宵。你若殺了他，竟到我家來就是了。
（丑）嘎！多感大哥的厚德，我今夜就殺他便了。
（付）妙！我在山下，等你同去，不可失信。
（丑）豈敢！
（付）計就月中擒玉兔，
（丑）謀成日裏捉金烏。
（付）小弟在山下專候便了。
（丑）請了！（下）

第二十四折　錯　刺

（三旦、外巡更上）

【添字紅繡鞋】（外）咱們山寨豪傑，咱們山寨豪傑。殺人放火猖獗，殺人放火猖獗。官軍畏俺似蛇蝎。（合）夜巡哨，日行劫，提鈴喝號要心切，提鈴喝號要心切。違悮了定誅滅，違悮了定誅滅。

（外）列位哥，大王傳令，今夜巡更，都要小心防守，恐有奸細。你我都是要一更交一更巡去。

（衆）説得有理，我每巡上去。

（合前。下。初更牌。生上）

【鎖南枝】思親念，腸寸裂，鄉關何處燈半滅。我蘇雲反正從邪，今日到與賊人為伍。罷！事到其間，也没奈何了！不由人不咨嗟，甚時歸故穴。咳！思量起，意欲呆，何日得還鄉，焚香對天謝。方纔袖得序齒録在此，不免在燈下細看一番，有何不可！（净）掌燈！

【前腔】（净）方欲睡，似有芒刺凸，緣何有此奇怪耶？我雖是草頭王，却也是英烈。（雜）蘇爺？（生）什麼人？（雜）大王在此。（生）呀！果然是大王，請坐！（净）先生請！（生）請問大王，深夜而來，却有何事？（净）有庄奇事！（生）有何事？（净）方纔孤家正欲安寢，那席上猶如芒刺一般，即將燈照時，又没有什麼東西。孤家再睡下去，又照前一般。我衣欲卸，夢正賒，待眼朦朧似有人相扯。

（生）那有這等事？

（净）蘇先生，你不信也罷，我與你換了睡如何？

（生）這個何妨！待我到大王房中去睡就是了。

（净）嗄！蘇先生，你若睡不着，依舊换轉來就是了。

（生）豈有此理！

（净）請便！

（生）請了！不信有此奇事。（下）

（净）蘇先生已去，我不免飽睡一覺，多少是好！正是：一覺放開心地穩，夢魂依舊是他鄉。

（睡介。丑上）自古人無害虎心，虎有傷人意。可恨蘇雲這厮，每每不看我在眼内，我一向要擺佈他，奈無机会。今幸徐大哥授我一計，叫我殺了他，竟到他家去安身，豈不為美！咻！

　　【前腔】心中恨，腸欲裂，幾番行刺才遂也。殺却那仇人，方顯英雄傑。你聽已打四更了，正好下手。來此已是他的卧房，且喜門兒虛掩在此。咳！蘇雲，蘇雲，不是我要殺你。今生事，前世孽，管教伊一命絕。

　　（殺介）且喜蘇雲已死，我悄悄下山去罷！正是：鰲魚脱却金鈎去，擺尾摇頭再不來。（下）

　　（衆上）誰人來劫寨，那個敢偷營。列位哥，裏面什麽响？

　　（外）阿呀！什麽東西？嗄！這是大王！滿身鮮血，想是被人刺死了。只是一說，為何倒在蘇爺房里？其中必有元故。且請蘇爺出來問他。蘇爺快來！

　　（生上）你們為何大驚小怪？

　　（衆）大王被人殺了。

　　（生）有這等事？

　　（衆）若不信，同去看來。這不是大王？

　　（生）果然被人刺死了，且把尸首擡過一邊。

　　（衆）是了，想是你殺的？

　　（生）怎麽是我殺的？

　　（衆）既不是你殺的，大王為何在你房裏？

　　（生）大王夜來睡不着，與我换的。

　　（衆）我們不管，且請張軍師出來，憑他發落便了。

　　（生）這是那裏説起？

　　（衆）張軍師有請！張軍師有請！嗄！連他也不見了。

　　（生）嗄！是了！是了！列位，張勝原要害我，不想天使其然，反殺了大王。

　　（衆）這也有之。

　　（生）嗄！劉權，劉權，你行劫多年，殺戮無辜，不可勝數。今假手於張勝，可不是天敗了。

（衆）蘇爺，山中不可一日無主，大王既死，小的每願立蘇爺為寨主。

（生）説那裏話來！我一向被他羈囚，恨無雙翅，今幸天敗，你我還鄉有日了。你每何必如此？

（衆）如今怎麼樣？

（生）衆人聽我分付，你們原是良民，一時被他威逼至此。如今島中金銀粮草盡多，你們各人分散，大家下山去，做些生理。有父母的去見父母，有妻子的去見妻子，骨肉完聚，反邪歸正。你們意下如何？

（衆）多謝蘇爺指教！我們大家去分些東西散罷！正是：樹倒猴猻散，山焚鳥獸逃。（衆下）

（生）呀！你看那些衆人，一個個多去分贓了。如今天色漸明，我不免下山，先到南京，尋訪夫人消息，隨即歸家省親便了。

【六么令】我心忙力竭，亂山拗何處去者。望天相佑離狼穴，行轉急，路猶賖。百忙路滑遭跌蹶，百忙路滑遭跌蹶。（下）

第二十五折　相　逢

（净、丑、小軍、小生、吏引末上）

【出隊子】恭辭丹陛，來到南都景物非。荒涼宮殿自巍巍，野草閒雲滿目飛。（合）利鎖名繮，何日脱離。下官高誼，向任蘭溪知縣，累陞副使之職，今到南京公幹。左右！打執事，到新御史徐爺處去。（衆應，合前，下。生上）

【前腔】一身狼狽，幸脱樊籠往帝畿，怕別來不識我鬚眉。總道相逢誰故知，急歸省萱親，再覓山妻。

（末、衆合前。生上）呀！那來的好似我仝門高年兄模樣，不知可是？

（末）好奇怪，那人好似蘇年兄模樣。過來！你去問前面的可是蘇爺？

（小生）請問可是蘇爺？

（生）正是。

（小生）稟爺，正是蘇爺。

（末）請過來相見！

（生末各見。末）果然是蘇年兄，請了！

（生）我說是高年兄，久違了！

（末）相別已久，正要奉問，步行了去罷！左右！打執事回衙門。

（衆）嘎！（合前）到了。

（末）左右回避！（衆下）

（末）年兄，一向在那裏？為何今日一身到此？

（生）嘎！年兄，小弟一言難盡！

（末）願聞。

【宜春令】（生）纔提起淚漬衣。（末）年兄為何不到蘭溪之任呢？（生）為蘭溪幾乎命危。（末）卻是為何？（生）驀遇綠林之輩。（末）嘎！遇了盜。年兄，你該分付船上小心些便好。（生）阿呀！年兄，你道強盜是誰？（末）是什麼人？（生）就是小弟的船上人，行至江中，將小弟推入江心。嘎！年兄嘎！連小弟賤內，不知生死存亡。（末）嘎！又遇此奇禍。年兄，只是你推入江中，如何得生？既然得生，何故又流落這許多時？這個小弟也不解。（生）嘎！年兄，有個緣故。（末）請教。（生）小弟推入江中，被劉權巡哨的船撈救，將小弟扶至山寨，拘禁不容下山，幾欲尋死。又因君親之恩未報，只得聽其拘繫。近因劉權被人殺了，小弟方纔脫得虎口。（末）劉權死了？哈！哈！哈！這也是一庄美事！（生）年兄，劉權被殺更奇。有一人名喚張勝，是劉權的心腹，他日夜要謀害小弟。那一日他正要下手，不想劉權是晚，睡臥不寧，與小弟易榻而寢。那張勝到小弟床上行刺，只道殺了小弟，不想到殺了劉權，所以小弟得脫。（末）有這等事！年兄，這便是吉人天相，死裏逃生了！咳！未知年嫂尚在何處？（生）年兄，山妻呵！相逢狹路難回避，料應他必定捐軀。（末）這也未必。（生）算將來決無生理。（末）年兄如今要怎麼樣？（生）我只得撇却糟糠，且圖菽水。

（末）咳！

【前腔】我聽兄語，泪欲垂。（生）年兄，我只願家母無恙足矣！（末）鐵石人應須痛悲，你全家忠義，也知為國捐身矣。（生）年兄，小弟遭難，也出於無奈，怎説得個忠義？（末）説那裏話！年兄為國受禍，也就是個忠；令弟為兄捐軀，也就是個義了。（生）年兄，舍弟在家，侍奉母親，怎麼説捐軀兩字？（末）嗄！令弟呵！他為年兄日夜悲啼。（生）嗄！莫非家母不濟事了？（末）論尊慈吾常周濟。（生）家母又承年兄周濟，此德何時得報？（末）年兄，我聞伯母朝昏，與二靈相倚。

（生）住了！年兄，那二靈相倚？家母只道孩兒、媳婦都死了？
（末）咳！不是。
（生）却是為何？望年兄説與小弟知道。
（末）罷！年兄總是要曉得的，待小弟實説了罷！
（生）正是，請明言了。
（末）令弟見兄沒有消息，他奉母命來到蘭溪，其時小弟在彼作縣。他因不見年兄，又受了路途風霜，一病而亡了！
（生）嗄！我兄弟死了。
（末）是死了數年有餘了。
（生）兀的不痛殺我也。
（末）年兄蘇醒，蘇醒。
（生）我那賢弟嗄！

【泣顏回】（生）聞説魄魂飛。（末）年兄免愁煩。（生）頓教人珠淚拋垂，怡怡兄弟。（末）咳！可憐！（生）誰不羨同氣連枝。（末）死者不能復生，哭也沒用。（生）而今永離，豈料是你反歸泉世。（末）這也是命該如此。（生）阿呀！强盜嗄！我當初骨肉團圓，今日呵，弄得來死別生離。

【前腔】（末）吾兄不必恁傷悲，須信是運命難濟。那池塘春草，到如今有夢還迷。（生）如今進退無門，怎麼好？（末）年兄，你即速便歸，論人生第一是供甘旨，況高堂霜鬢星星，更那堪隻影淒淒。

（生）年兄，小弟豈不欲即歸，以圖終養。只是山妻與賢弟，俱為強徒而死，我此仇志在必報。

（末）嗄！年兄差矣！江中強盜儘多，況且年遠，知他是何處人？你若要報仇，終無歸日矣！

（生）年兄，那強盜一路下來，直至儀徵地方，方纔下手，必定相去不遠。況此強盜，前日曾到劉權山寨，說他兒子中了進士。

（末）也是劉權一黨？且住！年兄，強盜的兒子，那有中的理？

（生）小弟也不信，前日送同年錄來，說兒子是徐繼祖，所以小弟認真了。

（末）嗄！年兄，徐繼祖，他在此處巡按。此公少年科第，極有丰裁的，難道就是他！

（生）嗄！他在此做按臺？

（末）現任在此。

（生）若如此說，那徐繼祖總不是他的兒子，小弟就好揑查了。

（末）年兄，如今不必到別衙門去告理，竟到徐按君處告他，要他追究，看他怎麼樣處分就是了。

（生）多謝年兄指教！小弟就此告辭。

（末）且住！年兄貴寓在那裏？

（生）小弟還沒有尋寓所。

（末）既沒有尋寓，年兄且在此暫住幾日，再作道理。

（生）多謝年兄！

【尾】（末）今朝相見悲還喜。（生）痛殺嬌妻弱弟。（末）年兄，你不報寃時心怎灰！

（生）老天嗄，不道人亡家破。

（末）年兄，我勸君且莫淚紛紛，

（生）深感年兄意氣勤。

（末）從來寃抑知多少？

（生）如此情踪不忍聞。

（末）年兄請！

（生）請！（下）

第二十六折　請　酒

（院子、外上）

【引】園林爛熳花如繡，開宴華堂，驄馬須留。下官王國輔是也，今日設宴在園中，請徐按臺。院子，再將名帖去邀徐爺上席。

（淨）已曾邀過兩次。

（外）再邀。（院子應）來！筵席須要齊整，賞盤都要豐盛，分付園丁打掃潔凈，來時通報。（生、中軍、占、門子、皂、劊子、牢子引小生上）

【引】（小生）代天巡狩乘驄騵，荷君恩有志須酬。

（末、院子上）那位在？邀請大老爺。

（中軍上介）啟大老爺，王老爺差人邀請大老爺。

（小生）邀過幾次了？

（中軍）三次了。

（小生）多多致意，說我就來。

（中軍傳末應。小生）分付打導。

（門子傳，中軍行介。中軍傳）到門。

（院子）老爺有請！

（外上）怎麼說？

（院子）徐老爺到。

（外接）憲公祖請！

（小生）老先生請！

（坐介。外）憲公祖按臨敝地，治生尚未請教，有罪。

（小生）豈敢！老先生望重斗山，特來請教。

（外）不敢！（恭介）恭喜憲公祖，豸冠鐵柱，功名不減於延年；簡繡衣，睿諤無分於刁曜。聖天子眷注方新，老夫輩欣沾雨露。

（小生）老先生親總六師，清白無慚於張奮；得專糾伐，袞冕荷忝於陳騫。朝野具瞻，華夷仰望。

（外）不敢！

（院子）酒完了。

（外）看酒！起樂！（定席介）中軍各役領賞！

（衆謝下。院子）上酒！

【玉芙蓉】霜威凛似秋，劍氣冲牛斗，羡丰神金莖玉露難儔。埋輪攬轡功勳茂，浴日補天事業優。驅車後，為觀風遍陬，願恭承善誘，庶得免愆尤。

（小生）量不勝杯，告辭了。

（外）豈敢！憲公祖，小園雖則荒蕪，名花頗覺爛熳，還求老公祖少駐，以增泉石之光。

（小生）久慕名園，實切企仰，只是慚無好句，窃恐花神笑其不韵耳！

（外）豈敢！憲公祖請！

（小生）請！深感主人多繾綣，

（外）還從曲徑玩芳菲。

第二十七折　遊　　園

【引】（旦上）啾啾唧唧，割肚牽腸，怎生了得！（占上）終日裏重門静掩，還怕堂前悲泣。

（旦）小姐，我託身府中，不覺又是十八年了。雖蒙小姐另眼看覷，情同母女，未知我婆婆安否？如何？叔叔奉養如何？我幾次要寄書回去，又無便人。為此終日放心不下，如何是好？

（占）母親，見你悶悶不樂，已曾分付園公開了園門。且到亭子上散步一回，消遣悶懷如何？

（旦）既如此，小姐請！

（占）母親請！

【月雲高】（旦）看花陰鶴唳。（占）幾日不到園中來，花卉一發茂盛了。（旦）間庭綴蓓蕾。（占）母親，看香靄飛芳徑，空翠涵春水。這裏來。（旦）我怕向深林。（占）就在欄干上望一望罷。（旦）悶把欄干倚，我生枉羈人世。（占）何出此言？（旦）死也為怨鬼。（占）母親，且遣情懷莫皺眉。（旦）小姐嗄！我念到家園意似痴！

（院子上）小姐在那裏？小姐在那裏？

（旦、占）為何如此着忙？

（末）老爺同按院老爺園中來了，那裏去躲一躲纔好？

（旦、占）如此怎麼處？

（末）且到清暉閣上去躲一躲罷！

（旦）有理。

（末）這裏走。

（旦）欲遣悶懷芳徑步，

（占）不期花裡有人來。（下）

（皂、院子、門子、小生、外用扇上。外）憲公祖請！

（小生）老先生請！妙！昔人有言：目極無留賞，心閒不避喧。今日對此名園，不覺形神俱化！

（外）老公祖忒過譽了。

（小生）豈敢！

（外）請！

（小生）請！這是那裏？

（外）嗄，名曰江天樓，其上可以望江，請憲公祖一觀！

（小生）使得，欲窮千里目，更上一層樓。（下）

（旦、占上。旦）阿呀！好苦嗄！

（占）母親為何啼哭起來？

（旦）小姐，方纔那位官長呵，

【孝順歌】聽聲氣，看態姿。（占）怎麼樣？（旦）依稀夫主是一樣的。我追憶子拋離。（占）如今有幾年了？（旦）于今有十八紀。（占）如此與這位官長年紀差不多了。（旦）小姐嗄！我的寃苦，一向要到官府告理。只是我是個女流，至今未曾伸訴。今日見此御史，若不告理，終無雪寃之日矣！（占）這個使不得，今日我爹爹請他飲酒，如何便好去唐突他！（旦）小姐，這也顧不得了。（占）母親總然要告理，那里就得明白，不如隱忍了罷！（旦）小姐，你說那裏話來！既受朝廷爵位，況且行道替天，料也能除奸宄。倘然殲得渠魁，何惜微軀碎！（占）母親，這個使不得！（旦）小姐嗄！你何須

畏,拼履危,今日一明言,勝似鬼為厲。(下)

(占)母親請轉!這便怎麼處?(下)

(衆、外、小生上)憲公祖請!

(小生)老先生請!好!又是一洞天了。

(外)請!

(小生)請!(喋一轉,對正下擺門,指又下角)這又是那裏?

(外)這是聚香亭,那是清暉閣。

(小生)清雅得緊!

(旦冲上)爺爺救命嘎!

(小生)帶到亭子上來!

(外亂打院子下。衆)婦人當面!

(旦)爺爺嘎!有天大冤仇,望爺爺昭雪!

(小生)你這婦人有何冤枉?從實説上來。

(旦)爺爺聽禀。

【前腔】我是儒門裔,宦室妻。(小生)你丈夫呢?(旦)夫君當日遭禍奇。(小生)你丈夫叫什麼名字?(旦)我丈夫叫蘇雲,進士出身,初任蘭溪知縣。(小生)嘎!如此説,是一位夫人了。請起!遭什麼奇禍?(旦)只為赴任到蘭溪,江心遇強隊。(小生)遇盜便怎麼?(旦)把我丈夫呵!登時立斃,又逼我成婚,虧殺他賢弟。(小生)住了!什麼賢弟?(旦)其時正在危急之際,虧了徐用用計,哄出強徒,將奴放出後門,纔得脱離。(小生)嘎!此事有幾年了呢?(旦)阿呀!爺爺嘎!有十八載沉冤,怨氣瀰天地。祈天使明鏡持,若得獲凶人,我命甘捐棄。

(小生)蘇夫人請進去,待下官回衙,細查此事便了。

(占)請起!

(旦)多謝爺爺!幸遇清廉使,阿呀!必雪覆盆冤。(下)

(小生)請王老爺!

(衆應,請外急上。外)憲公祖,治生這裏有罪了。

(小生)老先生,那蘇夫人為何在此?

(外)嘎!有個緣故。治生當日生一小女,要僱乳娘,有人領他來的。以後治生曉得他好人家兒女，就不叫他乳娘，合家都稱蘇夫人，所以在此。

（小生）嘎！下官未任時，就聞得此事。那蘇老先生遭此慘禍，實為可傷！

（外）便是！今日治生薄設，聊以表情，不道有此一端，治生多多有罪。

（小生）說那裏話！下官蒙聖恩重委，專為伸冤理枉。這樣事正該與他昭雪，老先生何言有罪！

（外）足見公祖風裁，可敬！可敬！

（院子）請老爺上席。

（外）請公祖上席！

（小生）告辭。

（外）還有小酌。

（小生）不消。

（外）再請少坐。

（小生）請！

（外）請！（各下換衣，中軍上）各役伺候。

（衆應各上。外）多多簡慢。

（小生）好說，請！

（衆喝下。院子、門子各言）多多致意老爺、大老爺。

（小生下。外）好狗才！今日請徐老爺飲酒，怎麼容蘇夫人出來叫喊，是何道理？

（院子）老爺，不與小人相干。這是園公之故。

（外）唔！多是你每這些狗才沒用，每人記打二十。（各下）喚園公！

（衆應，傳淨上）來了。聽得叫園公，必定賞花紅。太老爺，園公磕頭。

（外踢打）老狗才，怎麼容蘇夫人叫喊？取板子來，打你這老狗才。

（淨）太老爺，是他每叫我開的。

（末）是我叫你開的？
（淨）不是你叫我開的？
（末）是我叫你開的？
（外）唔！總是你每這些狗才沒用，每人記打二十。（氣下）
（衆）吖！老爺面前，七張八嘴。
（淨）嘎！不是叫我開的？
（末）是我叫你開的？
（淨）不是你叫我開的？
（末）開呢。是我叫你開的，難道蘇夫人，也是我叫你放進來的？
（淨）這個？那個？
（末）什麽這個？
（淨）不要説了！不要説了！方纔徐老爺賞我每的封兒，拿出來打夥兒分。
（末、生）徐老爺賞我每的封兒，管園的没分。
（淨）什麽我没分？
（末、生）吖！没分。
（淨）一家大大小小，多是有分的，我管園的怎麽到没分？
（末、生）没分。
（淨）拿出來的好！
（末）没分的。
（淨）快些拿出來！
（各爭。外暗上，聽）吖！（各跪）我倒罷了，你每到爭論起來。
（淨）小的有個下情，禀上太老爺。
（外）講！
（淨）方纔徐老爺賞我每的封兒，他兩個歹了。
（外）有什麽封兒？那個拿着？
（淨）是他拿着。
（外）拿來！
（生拿出於外。淨）他也是有的。

（外）快拿來！

（净）拿出來！

（末應拿出。外）你們都是有分的。

（净）都是有分的。

（外）我明日還要奉璧。（下）

（末、生）啐！又是你這老狗入的。封兒如今拿去，敨開大家沒有。

（净）什麽銀子錢，那個没有見過。

（生）你瞎什麽擺？

（净）我瞎擺？

（末）不是你瞎擺？

（净）哥哥，我瞎擺的時候，你每不知在那裏。當初太老爺江西做撫院的時候，是我騎個頂馬，拿鞭子要、要、要打得兩邊人都不敢則聲，這纔算得個瞎擺。

（末、生）我們没有看見。

（净）什麽？你每没有看見？

（生）没有看見。

（净）你也没有看見？

（末）也没有。

（净）怪道，我瞎擺的時候，你從小在京裏做這個。

（末、生）什麽？

（净）兔子。

（末）老狗入的。（譚下）

第二十八折　贈　銀

（末上）絲絲白髮鬢邊殘，滚滚紅塵沸面看。荆棘林中下脚易，月明簾外轉身難。我徐用，只因我哥哥恣行凶惡。自害了那蘇知縣之後，咱言傷手足之情。每説與善惡之報，奈他只作耳邊風，不思易轍。當時追趕蘇夫人之際，路傍拾取一兒，名唤繼祖。不思此兒長大，今又聯捷。這回我哥哥，猶如猛虎添翼。倘日後事發，皇天報應分明，何忍見他身首異處。所以立志出家，一心念佛。俺此行妻孥也不別，行李也不帶，止有十兩銀子在此。我想出家人要這銀子何用。曾記得釋放蘇夫人之後，他說有年老婆婆在家，未知他姑媳可曾相會否。我如今且作雲遊到彼，將此銀贈與他。完我這點念頭，不免就此走遭。

【醉扶歸】我心中慘慘多縈絆，只為江心底事每相關。因此披緇到長安，雲遊那管行來晚。爭如我脫然世外樂餘閒，只落得清風明月無羈伴。（下）

（老上）

【前腔】柴門靜掩空長歎，只見斜陽亂草景衰殘。剪剪輕風送初寒，何時不把兒曹念！沉沉冤海向誰言，最淒涼食缺衣還綻。老身張氏。自從孩兒亡後，多虧高大人不時資送銀米，得以苟延殘喘。這幾時怎不見差人到來，想是他陞任去了。只是我這個光景，到不如速死為幸！我那兒嚛！

（末上）慈悲勝念千聲佛，作惡空燒萬炷香。一路問來，說這裏已是蘇家，不免扣門則個。裏面有人麼？

（老開門）是那個？

（末）老施主稽首。

（老）元來是位師父，到此何幹？

（末）老施主，我雲遊到此，望慈悲助我一頓齋。

（老）師父，本該齋你，只是不便在此，請過一家罷！

（末）既是不便，也罷！只是老施主愁眉不展，必有緣故？

（老）師父，一言難盡！

（末）卻是為何？

【皂羅袍】（老）我提起愁懷千萬，不由人腸斷，兩淚潸潸。（末）施主可有令郎麼？（老）有兒之任竟不還！（末）難道家裏再沒有個親戚了？（老）一家骨肉都星散。（末）如此將何度日？（老）家無擔石，形隻影單。朝無朝膳，夜無夜飱。空餘涕淚連宵旦。

【前腔】（末）聽彼冤情無限。我本要在此抄化他，只是一件，久披緇削髮,已隔了塵凡。貧僧偶有白銀十兩,相贈老施主,請收了。(老)老師父,我一飯深慚漂母,你遺金豈是韓王!這是斷然不敢受。(末)老施主說那裏話。這白金相贈本非韓,你聊支旦夕休嫌慢。(老)我有兩個孩兒,一個也不能奉養,怎麽倒領師父的銀子?(末)老施主不須煩惱,倘天須憐念,兒終得還。(老)但不知師父常住何處?或者有日兒歸,好來相謝。(末)朝行越水,暮宿楚山。(老)你此去決有實向?(末)我們出家人有何實向。老施主請收了銀子,貧僧就此去也。烟霞水憑吾泛。(下)

(老)這個斷不敢受。

(末擲銀下。老拾)師父轉來!轉來!怎麽好?他擲下銀子,竟自去了。咳!老天!我感得遺金情義重,不知何日再相逢?不道有這樣出家人,難得!難得!

第二十九折　看　狀

(小生上)

【引】為官承乏愧樗才,按步江南柏府開。有事掛心懷,只為羅衫介。下官徐繼祖。向日涿州道上,遇一媽媽,見我不勝感傷。及問時,說我像他兒子蘇雲,又訴我始末根由。那時我曾許他訪問兒子媳婦消息。臨別時又將羅衫付我,說有人認得此衫者,便有下落。向日公務碌碌,未完此庄心事,正在躊躇之際。昨日到王老先生處赴席,在園中遊玩,忽有一婦人向我訴冤,却就是蘇公之夫人。方知蘇雲已被强盜所害。我想起來:强盜雖未曾緝獲,那羅衫之事,已有下落了。

【解三酲】記當日在井邊相會,那老孤嫠訴苦哀哀。見他千愁萬恨思兒態,曾許彼遍相挨。我只因有事羈身,未得挨查。做不得巨卿果到元伯宅。曾許他中了,迎他奉養。到今日裏呵!也難道婁護當年養呂來,教我愁無奈。何日得除奸報母,苦盡甘來!且住!昨日蘇夫人苦訴其情,使我不勝傷感!

【前腔】看將來人生興敗,多應是命裏安排。若論人家丈夫,中了進士,少什麼五花官誥來天外!如今蘇夫人呵!依然是舊荊釵。我與他非親非戚非宗派,也只是哀老憐貧牽我懷。可惜蘇先生,生難再!只除是誅凶斬暴,慰你泉臺。

(末暗上)何人傳梆?

(占)請老爺出堂!門子叩頭,請老爺更衣!

(更衣介。眾役分班行堂事介,雜扮巡捕報門進)巡捕官叩頭。啟爺,巡風無事。

(占)轅門伺候!

(外、末上。報門。巡捕)府縣進。

(眾應,各執手本跪,占接介。府縣跪。占)請起!

(揖又跪。占)免!(起揖介。又兩邊打恭。占、小生將手本開與生看)府縣在此,本院奉旨巡視江南,有善必旌,有惡必懲。願該府縣,曲体本院之意,毋姑期望。

(外、末)老大人面諭,自當仰体。

(小生)請回衙理事!(各參照前。小生下)分付擡放告牌出去!

(占傳皂)嗄!放告擡出。(生上)

【引】瀰天冤抑向誰論,只恐哀猿不忍聞。

此間已是衙門,不免跪門則個。

(小生)跪門的是什麼人?

(眾傳問,生)是告狀的。

(眾回傳,小生)取狀詞!

(占傳眾應)狀詞有了。

(占)狀詞呈上!

(小生雙手托狀看)原任蘭溪知縣蘇雲。(想介)嗄!(又看狀,即放)分付三日後聽審。

(眾傳。生)好了!眼望旌捷旗,耳听好消息。(下)

(占)繳牌!

(巡捕)啟爺,堂事畢。

(皂擡進)嗄!繳牌!

(小生)掩門!(巡捕各役下。小生)嗄!他被人謀死,如何又來告狀？唔！

【太師引】看將來此事真奇怪,這籌兒叫我心中怎猜？既道是江心遭害,怎能向烏府伸哀？嗄！待我再看狀詞：原任蘭溪知縣蘇雲,告為羣盜劫殺事。切雲路由洋子江中,遇盜一夥,將雲推入江心。伏遭巨寇劉權撈救拘禁。茲幸天敗,得脫羈囚。嗄！元來蘇雲不曾死。被拘禁綠林山寨,因此上餘生猶在。這冤山仇海,反添我悶懷。須知是察奸審枉是烏臺！

（看介）吓！他說一門家眷,盡被強盜徐能殺却。阿呀！且住！徐能是我爹爹的名字。難道我爹……（住口介）吓！

【前腔】難道我嚴親成無賴,覷狀詞教我如痴似呆。既道是劫掠將人害,他若幹不良之事呵！少不得生子不才。下官今日呵,荷皇朝寵賚君恩大,咻！早難道繼祖非嫡派？我想世上同名同姓的也多。只為名和姓相同漫猜。其間必有元故。須知道外人誰曉與同儕。

（末捧茶介）老爺請用茶。

（小生）強盜徐能。

（末看背介）吓！這是江中的事發了。咳！有天理！有天理！（下）

（小生走介）吓！方纔奶公連說什麼有天理。吓！莫非此事,他倒知道一二麼？（想介）我且喚他來問便了。吓！奶公那裏？

（末）吓！吓！來了。堂上一呼,堦下百喏。老爺有何分付？

（小生）我有話問你。

（末）是。

（小生）你是從幼伏侍太老爺的呢,還是長大了來的？

（末）小人是從幼伏侍太老爺的。

（小生）嗨！自幼來的。這太老爺姓什麼？

（末）太老爺姓徐吓！

（小生）我老爺呢？

（末笑介）老爺又來了！太老爺姓徐沒,老爺自然也姓徐了吓！

（小生）吓！哈！哈！好好一個也姓徐！

（点頭介。末）是。
（小生）我老爺可是太老爺親生的麼？
（末）老爺說那裏話來？自然是太老爺親生的。
（小生）是親生的？
（點頭介。末）是。
（小生）吓！奶公，太夫人姓什麼？
（末）沒有太夫人的。
（小生）吓！胡說！沒有太夫人，你老爺身從何來呢？
（末）吓！這個，只知有太老爺，不知有太夫人的。
（小生）嗨！你方纔說從幼伏侍太老爺，怎麼不曉得？
（末）小的其實只知有太老爺，不知有太夫人。
（小生）唉！你若不說明，我有尚方寶劍，斬你的頭顱下來！
（末）阿呀！老爺吓！待小人細細說與老爺知道。
（小生）嗨，起來！
（末）是。
（小生）從頭說來，太老爺平日，作何生理？
（末）太老爺平日麼，在江湖上做些沒本的經紀。
（小生）吓！什麼叫做沒本的經紀？
（末）那在江湖上，見那客商貨物多者，都要白白的搬運他些回來，這就叫做沒本錢的經紀了吓。
（小生）好好一個沒本錢的經紀！太老爺平日，可曾幹什麼不公的事來？
（末）太老爺幹的事也多得緊，叫小人那裏記得起這許多吓！便是那十八年前害這個蘇知縣一事，略略的還記得。
（小生指狀介）可就是此事麼？
（末）是，正正是此事。
（小生）吓！正正是此事麼？快快講來！
（末）十八年前，有一個姓蘇名雲，新選了蘭溪知縣，起身赴任，太老爺就去攪了他的載。
（小生）住了！太老爺是船户出身麼？

（末）是，是船户出身。裝載以完，家眷從人下船之後，一行上到儀鎮揚子江中，便把蘇知縣一捆，推入江中去了。
　　（小生）吓！是推入江去了！那蘇夫人呢？
　　（末）隨後就逼那個夫人成親。
　　（小生）吓！那蘇夫人從也不從？
　　（末）好一位蘇夫人吓！立志堅貞，抵死不從！
　　（小生）這也難得！後來呢？
　　（末）後來虧了二員外。
　　（小生）那個二員外？
　　（末）就是太老爺的兄弟，叫做徐用。
　　（小生）如今在那裏？
　　（末）他見太老爺做事不好，出家遊方去了。
　　（小生）嗨！怎麼樣虧他？
　　（末）只說賀喜，即把太老爺灌得沉沉大醉，便把蘇夫人從後門放走了。
　　（小生）吓！蘇夫人是他放走的。難道放走了蘇夫人，就罷了不成？
　　（末）太老爺回來，不見了蘇夫人，連忙就趕吓追吓。
　　（小生）可曾追着？
　　（末）一追追到那邊，蘇夫人不見，倒抱……
　　（小生）抱什麼？
　　（末）講完了。
　　（小生）你方纔說：趕到那邊，蘇夫人不見，倒抱……
　　（末）吓！趕到那邊，蘇夫人不見，他就跑了回來，就跑了回來。
　　（小生）嗨！蘇夫人不見，倒抱……抱什麼？
　　（末）小人不曾說什麼抱字。
　　（小生）嗨！你若不說明，取大毛板來，敲死你這老狗才。
　　（末）阿呀！老爺吓！小人若說了，太老爺知道，小人就是死個了嘘！
　　（小生）吓！太老爺知道，你就是個死了。嗨！嗨！吓！奶公起來,太老爺若知道,不妨!有我老爺在此。
　　(末)是。
　　(小生)説。
　　(末)吓?
　　(小生)講。
　　(末)嘎。(想介)阿吓!老爺吓!太老爺回來,不見了蘇夫人,連忙就趕,一趕趕到那邊。蘇夫人不見,他倒抱了老爺回來了。
　　(小生)吓!抱了我回來?可有什麽為證?
　　(末)有包裹老爺的羅衫為證。
　　(小生)如今在那裏?
　　(末)在小人妻子處。
　　(小生)快去取來!
　　(末)是。
　　(小生)奶公轉來!
　　(末)老爺怎麽説?
　　(小生)阿呀!奶公吓!此事若不是你説明,我那裏知道!若得與蘇家雪冤報仇,我把你恩人相待!
　　(跪介。末)折殺小人了!
　　(小生)快去!
　　(末)吓!
　　(小生)奶公轉來!
　　(末)老爺?
　　(小生)你可連夜回去,取那幅羅衫到來。就接那班强盜到任相會。
　　(末)曉得。
　　(小生)奶公吓!這庄事都在你身上,你若走漏消息,教你身家不保。
　　(末跪介)小人怎敢?
　　(小生)去罷!
　　(末)吓!阿呀!嚇殺我也!(下)

（小生）吓！十八年來，枉叫強賊為父。可恨！可惱！奶公此去，取羅衫到來，與井邊婆子羅衫相對，若花樣顏色不同，還有一可疑；若花樣顏色一般，不消說蘇公是我父親，蘇夫人是我母親，那井邊婆子就是我婆婆了。咳！堪恨強徒認我兒，這場冤事少人知。善惡到頭終有報，強盜吓強盜！教你只爭來早與來遲。（下）

第三十折　請　罪

（外上）

【引】為昨宵費盡心一片，未知此事果然得辦。老夫昨日，宴請徐御史，不道蘇夫人，驀地叫喊，使我不勝悚愧。那蘇夫人雖出於至情，徐公只道我有意。我如今到彼，說明此事。只是我平生，無片紙隻字於瀆官長。若不說明，則夫人一番冤枉，終不能明白。如今也沒奈何，且待女孩兒到來，與他商議便了！

（占）蘇家娘，這裏來。

（旦上）來了。

【引】悶懷展轉，只愁公相埋怨。（占）且向堂前方便。

（旦）正是，小姐先請！

（占見介）爹爹，昨日蘇家娘迫於至情，一時唐突，竊恐爹爹見怪，如今在此請罪。

（外）既如此，請進來！

（占）吓！蘇家娘，爹爹請你進去！

（旦）曉得了。大人萬福！

（外）蘇夫人拜揖！

（旦）昨日多多有罪，望公相恕奴迫切苦情，垂恩宥怒。

（外）說那裏話來。坐了講。蘇夫人，昨日還是曉得御史到園中，夫人先藏在裏邊的，還是御史在園裏，夫人然後進來的？

（旦）大人聽稟。

（外）願聞。

（旦）昨日與小姐呵，

【集賢賓】偶然撥悶閒自遣。(外)吓！仝了小女，先在裏邊的。(旦)政依依林下池邊，不想公相與御史到園裏。呵！驀地相逢，心似剪。(外)却是為何？(旦)只因御史面龐，與我相公廝類。不覺睹物感傷。(外)吓！面龐是一樣的。奇怪！(旦)因此上冒干風憲。(外)連老夫也吃一驚！(旦)將寃情訴展。(外)只是夫人，那一番寃驟了些！(旦)大人吓！也顧不得人前腼腆。(外)幸喜是實情，不然了不得！(旦)我甘受譴，望公相恕罪，矜原！

(外)咳，夫人，

【其二】一腔哀苦人世鮮，怎教伊不捫地呼天！(占)便是，望爹爹與他做主便好！(旦)只是有失公相体面，心切不安！(外)咳！我豈為私情將公道貶。(占)還求爹爹，與按君再講一講便好。(外)只是一節，怎能個仇人速見。蘇夫人，你且寬心暫遣。(旦)阿呀！天那！此寃不知何日得雪？(占)免愁煩，爹爹自然與你用情的。(旦)大人，我不得雪此寃，奴家誓不苟生人世。(外)夫人，你若要獲那凶人呵，除是把天涯尋遍。(旦)呀！大人，若如此說，年甚遠。(外)不妨！我如今去與御史說明，叫他免究此事。(占)為何呢？(外)只說是不敢相煩。

(旦)天那！此事倒做畫虎不成了！(占)爹爹！

【貓兒墜】你官居極品，忍見覆盆寃？(外)只為此事難處。(占)這情踪誰不憐，你何須推調反埋怨？(外)叫我也沒奈何！我也未必推調。(占跪介。外)起來！(占)望週全，須向官銜張膽明言。

(外)我兒！

【其二】你不須憂慮，我即到使星前。只是月缺多時難再圓。(旦)大人，倘能昭雪這奇寃，(合)是前緣，二十載分離再睹青天。

【尾】(旦)孤嫠久已蒙青盼，又荷先容情不淺。狀紙在此，請大人收了。(外、占)難得你歷盡艱辛老益堅！

(旦)得君提掇把恩施，

(外)免使教伊在污泥。

(合)雪隱鷺鷥飛始見，柳藏鸚鵡語方知。

(占)爹爹，你就去便好！

（外）我就打轎去。
（旦）多謝大人不盡！
（外）好説。請便！分付打轎，到察院裏去。（下）
（占）母親，如今好了！
（旦）多謝小姐！（仝下）

第三十一折　賺　　盜

（付上）
【引】幸喜孩兒行孝，受榮華快活逍遥。（丑）体掛輕衣，頭除小帽，不是舊時容貌。
（付白）聞得我孩兒到任，也該着人來迎接我了。
（丑白）正是。
（末上）從前作過事，没興一齊來。
（見介。付）你回來了麽？
（末）是小人回來了。
（付）你老爺可有什麽分付，你回來？
（末）老爺着小人回來，接取太爺同張爺到任所，共享榮華。
（丑白）我也去？
（付）自然。奶公聽我分付：太爺是愛顯耀的，要兩乘大顯轎！
（末應。付）且住，我的大紅員領未曾做得完，怎麽處？
（丑）到了船上慢慢做罷！
（付）好！正是：一子受皇恩，全家食天禄！明日早些起身。（下）

第三十二折　雪　　冤

（小生上）
【引】情緒無聊，尚待羅衫來到。（白）下官徐継祖，前日得遇蘇夫人叫喊一事，他説丈夫被盜所害。我正慮盜無名姓，難以緝獲,事在難處之間,不想蘇公又來告狀,告的是強盜徐能。下官一時驚駭。我心生一計,喚出奶公,將言嚇他,他一一吐出真情。咳!不料我一十八年,枉叫賊人為父,可不羞殺人也!我已曾差奶公去取羅衫,待他到時,若羅衫的花樣與井上那媽媽所贈的一般,這不消說了:那媽媽就是我婆婆,那蘇公就是我父親,蘇夫人就是我母親了!若是花樣不同,又費我心思意想了。

（末上）奉着老爺命,去賺那強人。老爺在上,小人叩頭。

（小生）你來了麼?

（末）小人回來了。

（小生）羅衫呢?

（末白）已取到了。

（小生）你到後面取了前日那媽媽所贈的羅衫出來。

（末取出介）羅衫在此。

（小生）呀!果然花樣是一般的。

（末）稟老爺,太老爺到了。

（小生）哎!什麼太老爺?少間那班強盜來時,只說我有事公出,叫他們在私衙裏等候。（末應下。小生）正是畫虎畫皮難畫骨,知人知面不知心。可恨!可恨!（下。付、丑上）

【引】體掛輕衣,頭除小帽,不似舊時容貌!

（白）有人麼?

（末上）太老爺到了!

（付）你老爺為什麼不出來迎接我?

（末）老爺有事公出,請太老爺先到私衙裏去。

（付白）如此賢弟請!

（丑）大哥,太爺先請進去,我等在外邊候令郎老爺鈞旨,纔敢進去!

（付）總是自家,何必客氣!

（丑）從命了。阿呀!大門吓!請!

（付）請!（下）

（末）老爺有請!

（小生上）怎麼說？

（末）強盜都到了。

（小生）強盜都到了！可見天網恢恢，疏而不漏！分付開門！

（末傳下。衆上開門介。淨）中軍叩頭！

（小生）帶蘇知縣一起聽審！

（淨叫介。生上）

【引】受盡苦煎熬，冤仇何日消？（旦上）怨恨倘難消，拼將一命拋！

（生白）呀！那來的好似我夫人。

（旦）來的好似我相公模樣。

（生）果然是我夫人！

（旦）果然是我相公！

【哭相思】（合唱）一自江中分散，那堪日夜哀嚎。（雜報）蘇雲夫婦進！（淨接報介。生、旦白）老大人在上，蘇雲夫婦叩頭。（小生）本院有羅衫在此，請公認。（生）這羅衫我却不解其意。（旦）呀！這一幅羅衫是我包裹孩兒的，移棄在路傍，怎麼在此？（小生）分付掩門。呀！爹爹、母親，孩兒在此。（生）老大人，我是沒有孩兒的。（旦）吓！你就是我路傍產的孩兒了。（小生）孩兒正是。（旦）呀！果然是我孩兒。天吓！不道有這一日，纔見天理昭然！

（小生）爹媽請上，受孩兒一拜。

【一封書】（小生唱）兒不孝怎迯，望嚴慈姑恕饒。從今後免焦，着班衣，把簪笏拋。（生、旦）我兒，只道今生魂夢杳，完卵誰知在覆巢。（合）賊潛迯，首未梟，肅法伸冤賴爾曹。

（小生）爹媽不必憂慮，強盜俱已拿在此了！

（生）有這等事？

（小生）請爹媽後堂更衣。

（生、旦下。小生）傳點開門。

（衆上開門介。小生）叫中軍傳刀斧手，將強盜一個個都綁上來！

（淨綁付、丑上。付白）継祖我兒！

（小生）咦！誰是你兒？你這強盜，幹得好事，誰知也有今日！
（付白）阿呀！父親都不認了，豈有此理？
（小生）胡說！快請太爺。
（淨請介。生上。小生白）強盜都在這裏了。
（生白）徐能，我與你何仇，害我一家性命？
（付）咳！我覺得沒趣了。
（生）張勝。
（丑）不敢。
（生）你何苦要害我？你當初只道殺了我，不想天差，你殺了劉權。扯下去各打四十！（打介）押去監候！
（衆押下。小生白）帶徐能轉來！徐能你兄弟那裏去了？
（付）半年前出家雲遊去了。
（生）咳！可惜我未能報他的大恩。
（付）這也不難。你如今放了我，我去尋了他來，做個三教歸一如何？
（生）什麼三教？
（付）你父子讀書做官是儒教，我兄弟出家是釋教，區區豈非盜教乎？
（小生白）咦！胡說！帶去收監。
（付）咳！你兒子殺父親，豈不是亂道？（下）
（末）啟老爺，王尚書老爺拜。
（小生）道有請！（外上）

【引】聞道相逢是巧，特來探問根苗。
（小生接介）老先生請！
（外白）老公祖，治生聞得骨肉重逢，特來拜賀！
（小生）老先生，家母向蒙大恩，晚生無由啣結，正欲造府，反辱先施。
（外）濟困扶危理所當然，何勞言謝！
（小生）請太老爺！
（末請介。生上）王老先生，寒荊荷蒙收錄，此恩何日得報！

（外）恭喜老先生骨肉重逢，沉冤得雪，治生特來拜賀。二則斗膽，有一言奉告。

（生）有何臺諭？

（外）老夫晚年無子，只生一女，尚未許配。聞得令郎老公祖亦未乘龍，意欲將小女侍奉箕箒，不知尊意如何？

（生）過蒙厚愛。只是蒹葭倚玉，何以克當！

（末）啟上老爺，太夫人要出來拜謝王老爺。

（外）不敢！你去多多拜上太夫人。說在舍有慢，再說我小姐亦多多拜上太夫人。

（末）是。

（生）承蒙所允小兒親事，待差人去接家母到來，然後成親便了。

（外）老先生，此去涿州，路途遙遠，莫若先成就了親事。就是太老夫人到來，見了孫媳，自然是歡喜的。

（生）從命！（外）告辭了。幾年骨肉再相逢，

（生）深感君家得俯從。

（外）管取門闌多喜氣，

（合）却教女婿近乘龍。

（外）即送小女過府畢姻。

（生）多承老先生盛意！

（外）不敢！請！（下）

第三十三折　團　　圓

（末咲、掌禮、付應上，末隨上）

【引】逃生死裏，真個化愁為喜。（旦）收將淚眼，再慶齊眉。（生）只是我孝思難遂。（小生）莫將骨肉咲西東，天意從來不要空。（生）只是思親數行淚，（旦）不知何日脫眉峰。

（小生）爹爹不須煩惱，孩兒已差人去迎接婆婆，想必就到也。

（生）我兒，今日王老先生送小姐過門，又聞得高年伯將我家事

情一一奏聞天聽，想朱母、徐用，定有襃旨。只是叔叔柩在蘭溪，此我仝胞，其如傷心至切，未識何時得到。

（小生）孩兒已經差官去扶柩，不必掛念。

（末）禀爺，王府中送小姐到了。

（生）快喚掌禮人伺候。

（末）喚下了。

（生）喚過來！

（末）掌禮人，老爺喚。

（付上）掌禮人叩頭。

（生）時辰已至，快請新人。

（付）吓！（净、外扮樂人迎占上）

【引】釵鳳低垂，隱隱絳紗星綴。

（付喝拜堂介。末）禀爺，太老夫人到了。

（生）我兒仝去迎接。

（末）請太夫人下轎！（老上）

【引】事到催危，不道泰來消否。媳婦兒在那裏？

（生、旦見，抱哭介）一十八年分散，誰知又得相依。

（生、旦）孩兒、媳婦過來，見了婆婆。

（老）這兩個是那個？

（生）這就是孩兒生下的孫兒。

（旦）這就是孫媳。

（老）孫兒也做了官，又有孫媳，可喜！可喜！

（生）告母親知道：孫兒畢姻，元要待母親到來，請命而行。不意王親家再四催促，擇定吉日，竟自送女過門。今日正拜堂日子，望母親恕罪。臺坐了，待孫兒孫媳拜見。

（老）生受你！（付喝拜介。老）你們都坐了。你把別後事情，細細說與做娘的知道。

（生）母親聽禀，

【粉孩兒】辭親去，欷歔離心未已。（老）却是為何？（生）只想道鳴歌百里，坐河陽花裏。（老）為何竟不之任？（生）不防驀地遭盜賊。(老)在那裡遇着的?(生)在江中害我夫妻。(老)怎麼樣害你?(生)其時强盜將孩兒推入江心,又將媳婦擄去。(老)吓!我兒,推你江心,怎麼又得生了?(生)幸天憐兒命無辜。(老)怎麼樣得生的?(生)飄流去,又得撈取。

(老)元來如此。你那時如何?

【福馬郎】(旦)恨殺强徒狠到底!(老)怎麼樣狠呢?(旦)待污我急忙難逃避。(老)這怎麼樣了?(旦)其時正在危急,幸他弟救取。(老)怎麼樣救了你?(旦)忽縱雕籠鸚鵡,路途上迷。(老)受了累了!(旦)其時節產孩兒。

(老)產在那裏?

(旦)婆婆,說也可憐,產在曠野的。

(老)既產在曠野,虧你如何處置,又領在一處?

(旦)吓!婆婆,媳婦那時,自己身子也顧不得,那裡還顧得孩兒。只得硬心,就棄荒堤!

(老)咳!可歎!我兒你得生了,回來便好。

【紅芍藥】(生)兒豈敢頃刻忘歸。(老)既不忘歸,為何不回?(生)被羈囚切望空悲。(老)是那個囚着你?(生)也是那江中綠林輩,禁得人牢牢無計。(老)既如此,幾時得脫的?(生)孩兒近日始得離,似鼇魚脫鉤方去。

(老)怎麼樣得見孩兒?

(生)孩兒在此,略訪妻子消息,即便回來,奉侍母親。又誰想遺棄孩兒在此處划地相會!

(老)媳婦一向那裏安身的?

(旦)婆婆!

【耍孩兒】我說起教人越憔悴。(老)却為何?(旦)那日迷途上得一個婆子扶回。(老)扶你回去怎麼?(旦)到明朝、驀忽地携我到尚書地!(老)吓!領到尚書府中怎麼?(旦)那個尚書,就是王親家,只因生下一位小姐,要僱一乳母。我一時無奈,只得隨了婆子去。那時親家見我,十分苦楚,問起根由,我從實說了,不把我做乳母看待,合府中都稱是蘇夫人。以後小姐長成,曉得世事,見我舉目無親,就拜我為母。**免教人流落遭狼狽,深賴彼施恩義。**

（老）吓！我兒以後那裏母子相會的？

（生）母親！媳婦當時,棄了孩兒逃難。不想那強盜來追趕媳婦不著,倒抱了孩兒回去。不道孩兒長大,一舉成名,現做江南口口口道自己孩兒,只道是察院。叫喊起來,其時孩兒也到南口口察院告理。追究起來,那個察院就是我孩兒,所以得會。又蒙王親家口口孩兒未有親事,送小姐成親。

（老）吓！這一發奇了！孫兒,我想在那裏回見口？

（小生）呀！婆婆忘記了麼？向日呵,

【會河陽】井上相逢,記得淚垂,羅衫一幅也曾遺。（老）我當日井邊相敘,原非是伊？（小生）就是孫兒。（老）不想道今朝會？（生、旦）便是奇得緊！（老）小姐,我是落魄之人,何當尊親家厚意。（占）說那裏話來,但愁不得名門配。（老）好說,又何福消受得,如天庇。

【縷縷金】（老）誰想道長愁眉,恐今宵還是夢,覺來非。（合）命運遭冤苦,今日完敘。賴蒼天得會母和兒,分離再休題,分離再休題。

（老）我兒,你自去後,那高年丈呵,

【越趁好】他誼雖年侄,誼雖年侄,儼若是我兒,這恩怎比！團圓了,須當報他知。（生）母親,高年兄也在此做官,如今把孩兒事情由奏去了,想即日就到了。（老）有這等事？我那蘇雨的兒吓！一家會合在這回,獨難見你。（旦）是伊兄連累你為冤鬼。（生哭介）我那兄弟吓,願來生依舊做兄弟。

（內聖旨下。雜）禀爺,高爺捧聖旨到了！

（生）快備香案迎接！

（末上）聖旨已到,跪聽宣讀。詔曰：朕聞慈孝節義,人倫之大端；彰善癉惡,朝廷之公典；風化所係,朕實重焉。茲爾賦詩高誼所奏,原任蘭溪知縣蘇雲,為國幾至捐軀,守身不屈初志。母張氏,教子成名,無愧熊丸劃荻；妻鄭氏,為夫守節,俱封恭人。御史徐繼祖,准伏蘇姓,特陞太僕寺少卿。妻王氏,封恭人。蘇雨,追贈承侍郎。徐用，仗義知機，敕封靜慈禪師。朱氏，救難捐生，着府縣建祠旌表。徐能等，即便令官處決。蘇雲、蘇繼祖，仍應破格優擢。欽哉謝恩！

（衆）萬歲！萬萬歲！

（末）請過圣旨！年伯母請上，年侄拜見。

（老）大恩人請上，待老身一家拜見。始終加惠，生死沾恩，此恩此德，何日可報！

（末）豈敢！恭喜老伯母晚景安寧，骨肉無差，皆天相吉人。自愧菲薄，無能少展，有罪！有罪！

（生）年兄，請上坐！

（末）小弟告辭了，明日再來奉賀！

（生）多感年兄大恩，又費年兄神力，何以克當！

（末）不敢！

（老）有勞，另行叩謝！

（末下。生衆合）如此大家拜謝天地！（衆拜介）

【紅繡鞋】（合唱）瓊林宴罷獨占鰲頭，獨占鰲頭；蟾宮齊雙紅，蟾宮齊雙紅，苔露濕映鞋弓。梅梢裏，事朦朧，歡娛更漏收。終喜如今報善惡，分明在夢中。

【尾】蘭房暫罷笙歌舞，分付玉漏，漫催鐘動。真個是四德三從，團圓今日中。

荔鏡記

（潮州戲）

明·佚　名

【作者簡介】作者佚名。

【劇情概要】陳三五娘的傳說,在閩南、粵東及臺灣地區廣泛流傳。潮州民歌云:"東畔出有苦孟姜,西畔出有蘇六娘,北畔出有英臺共山伯,南畔出有陳三共五娘。"關於這個題材,有戲劇、說唱、歌謠、小說、傳說等多種形式的文藝作品。戲曲劇目廣泛出現於潮劇、梨園戲、高甲戲、莆仙戲、歌仔戲、布袋戲、紙影戲等多個劇種;文言小說則有明代的《奇逢全集》、《荔鏡傳》,清代的《繡巾緣》;閩臺的歌仔冊、錦歌、南音、南管白字、竹馬、車鼓和潮州的歌冊、歌謠等說唱形式中也有相應的曲目。該劇敘寫福建泉州人陳三(陳伯卿)送兄嫂赴廣南任所,路經廣東潮州,在元宵燈市與富家女子黃五娘邂逅相遇,互相愛慕。富豪林大,亦於燈市驚五娘之美,即託媒送聘。黃父貪財愛勢,將五娘許配林大。下聘之日,五娘踏壞聘禮,趕走媒人。陳三送哥嫂到任所後,以歸家侍奉爹娘為由,重返潮州尋找五娘。五娘被婚事所迫,日日愁悶,欲跳井自盡,被丫環益春勸回。六月初夏一日,陳三路過五娘樓下,五娘以帕包荔枝投下訂情。陳三會意,喬裝匠人混入黃府磨鏡,故意打破寶鏡,賣身黃家為奴。後林大催親,陳三、五娘得益春相助而成連理,並私奔回泉州。林大登門逼婚被黃父拒絕,於是告官。知州差人將陳三捉回,發配崖州。發配路上幸遇已升任都堂御史的兄長。陳兄重審陳三一案,有情人終得相聚,並衣錦回鄉。

【版本流傳】現存的劇本有:一、潮劇明代刻本《班曲荔鏡戲文》,該本藏於英國牛津大學圖書館;二、嘉靖丙寅(1566)刻本《重刊五色潮泉插科增入詩詞北曲勾欄荔鏡記戲文全集》,與英國牛津大學所藏《班曲荔鏡戲文》為同一刻本,藏於日本天理大學图书馆;三、明萬曆辛巳(1581)《新刻增補全像鄉談荔枝記大全》,該本藏於奧地利國家圖書館;四、清順治辛卯(1651)刊本《新刊時興泉潮雅調陳伯卿荔枝記大全》;五、梨園戲版本的有清道光辛卯(1831)《荔鏡記》;六、光緒甲申(1884)《繡像荔枝記真本——陳伯卿新調》;七、1950年代,據艺人口述記錄本梨園戲《陳三》。本書編入的《荔鏡記》所據底本為《明本潮州戲文五種》影印的牛津大學所藏明嘉靖本。

【演出情況】明清兩代，以"陳三五娘"為題材的戲曲於粵東、閩南一帶盛演不衰，"婦女觀者如堵，遂多越禮私逃之案"。因劇情被官府認為傷風敗俗，所以屢遭禁演。民間也隨之衍生出《審陳三》等戲目，對主人公違反禮教予以批判。1952年潮劇《陳三五娘》的折子戲在中南區戲曲觀摩會演上演出，梨園戲《陳三五娘》在1954年華東戲曲會演中演出，各自獲得獎項。1957年和1961年，福建省閩南戲實驗劇團演出的梨園戲《陳三五娘》和廣東潮劇院一團演出的潮劇《荔鏡記》，分別被攝製成電影。

（徐　冰）

第一齣　家門大意

【西江月】(末上)世事短如春夢，人情薄似秋雲。不須計較苦勞心，萬事自然由命。　　公子伯卿，佳人黃氏，窈窕真娘，因嚴親許配呆郎，自登綵樓選東床。却遇陳三遊馬過，荔枝拋下綠衣郎。陳三會合無計，學為磨鏡到中堂。益春遞簡，得交鸞鳳。潛逃私奔，被告發遣，逢伊兄運使，把知州革除，夫婦再成雙。襟懷慷慨陳公子，體態清奇黃五娘。荔枝為記成夫婦，一世風流萬古揚。

第二齣　辭親赴任

【粉蝶兒】(外、生)寶馬金鞍，諸親迎送，今旦即顯讀書人。(生)受敕奉宣，一家富貴不胡忙。舉步高堂，進見椿萱。

(外)身做運使離帝京，寵受君恩當刻銘。五湖四海民安樂，蒼生鼓舞樂堯天。

(生)聖學功夫惜寸陰，且將安逸戒荒淫。從今獻策龍門去，不信無謀魏闕深。

(外)下官姓陳名伯延，厝住泉州蓬山嶺後，雙親在堂。幸得一舉成名，除受廣南運使，敕賜劍印隨身。干礙爹媽在堂，不得前去赴任，做俌得好？

(生)哥哥不見古人説：“孝於事親，忠於事君。盡忠不能盡孝，盡孝不能盡忠。”爹媽在堂，小弟須當伏侍，哥哥不必掛念。

(丑)好説大人得知，行李打疊便了。

(外)既是便了，請爹媽出來相辭，因勢起身。

(淨)心忙來路緊，喜得到泉州。這裡正是陳老爹門首。

(丑)敢問賢友，貴處哪裡？

(淨)小人正是廣南道承差，差來接運使老爹赴任。

(丑)尊兄立定，待我稟過老爹。

(丑介)好説大人得知，外頭有一承差，説是廣南道差來接老爹赴任。

（外）放他進來。

（淨見介）承差接老爺。

（外）有文書沒有？

（淨）有文書。

（外）接上來。

（外）這文書上還有十二名皂隸、兩名吏，都在哪裡？

（淨）兩名吏同十二名皂隸打水路來。小的恐怕老爺起馬緊，先打旱路來接老爺。

（外）既是這等，左右！送他館驛裡安下，明日一定起身。

（末、淨下。外）請將爹媽出來相辭，因勢起身。

（生）爹媽，請請。

【菊花新】（末、丑）今旦仔兒卜起里，未知何日返鄉里？夫妻二人老年紀，仔兒卜去，恁我心悲。（貼）都是前世因緣湊合着伊，隨夫赴任廣南，真個榮華無比。

（末相見介）光陰似箭歲難留，日月如梭春復秋。

（丑）但願吾兒老萊子，身着斑衣五色裘。

（末）來，伯延，纔自是乜人在只外？

（外介）纔自是廣南道承差，接仔赴任。

（末）既是接你赴任，媳婦收拾行李，就時起身。伯卿，你送恁哥嫂到廣南任所，因勢轉來厝讀書。

（生）謹領尊命。

（末）仔你去做官，莫得貪酷百姓，所望榮歸故里。古人説："袞袞諸公着錦袍，不知民瘦半分毫。頻斟美酒千人血，細切肥羊百姓膏。"須記得這四句是大丈夫之志，立身揚名，以顯父母。

（丑）新婦，你去勸我仔，做官善事多為，惡事莫作。

（貼）媽媽，遵命，仔兒都記在心內。

【一封書】（末、丑）我分付二仔兒，只去路上着細膩。去做官，管百姓，莫得貪酷不順理。做官須着憑忠義，留卜名聲乞人上史記。（合唱）今旦相辭去，值日得相見？三年任滿返鄉里。

【大河蟹】（外、生、貼唱）拜辭爹媽便起程，叮嚀拙話仔須聽。三年任滿，轉鄉里，合家團圓，合家團圓。許時返來即相慶。（末、丑）仔兒分開我心痛。只去隔斷在千山萬嶺。（外、生、貼）勸爹勸媽，莫得發業費心情。（合）三年任滿，三年任滿，許時返來即相慶。

【尾聲】就拜辭媽共爹，安排轎馬便行程，值日得到廣南城？值日得到廣南城？（末）因勢收拾起身。（並下）

拜辭爹媽便起身，山高路遠雁魚沉。
萬兩黃金未為貴，一家安樂值千金。

第三齣　花　園　遊　賞

【粉蝶兒】（旦）巧韻鶯聲，驚醒枕邊春夢。起來晏，日上紗窗。（貼）見窗外尾蝶，雙飛相趕。日頭長，春花發得通看。

（貼白）啞娘萬福。

（旦）幾陣鶯聲微微輕，雙雙紫燕叫黃鶯。困人天氣未成熱，就將寒衣脫幾重。

（貼）三十六春日晴明，諸般鳥雀弄巧聲。宅院深沉人寂靜，懶倚繡床無心情。

（旦）念阮是黃九郎諸娘仔，名叫五娘。挑花刺繡，琴棋書畫，諸般都曉。爹爹並無男嗣，單養阮一身。來啞益春，今旦正是新春節氣，不免相共行到花園內賞花。

（貼）好花不去賞，也可惜除！

【錦田道】（旦）入花園，簡相隨。滿園花開蕊，紅白綠間翠。雙飛燕，尾蝶成雙成對。對這景，忎人心憔悴。（貼）娘身是牡丹花正開，生長在深閨。好時節，空虛費。怨殺窗外啼子規，枝上鶯聲沸。一點春心，今來交付乞誰？

【撲燈蛾】（旦）整日坐繡房，閒行出紗窗。牡丹花正開，尾蝶同飛來相弄。上下翩翩，阮春心著伊惹動。（貼）折一枝，挽一枝，插入金瓶。（旦）畏引惹黃蜂尾蝶，尋香入繡房。

【餘文】牡丹花開玉欄干，管乜尾蝶共黃蜂，須待鳳凰來穿花叢。

滿園花開綠間紅，花開花謝不胡忙。
一年那有春天好，不去得眺總是空。

第四齣　運使登途

（末）有福樣人人伏侍，無福樣人伏侍人。小人不是別人，便是陳大人手下。大人今旦前去廣南赴任，說都未了，大人來到。

【八聲甘州】（外、生、貼上）東風微微，正是新春景致。憶着在厝，好酒慶賀新年。雙親堂上老年紀，功名牽絆覓除伊。（合）心悲，值日得返鄉里？

【又】富貴是無比，五花頭踏馬前噪人耳。白馬金鞍，等接官員都佃。金印銀簇帶金牌，算來讀書強別事。（合）金榜掛名，天下人都知。

【尾聲】看日落在天邊，打緊驛內去安置。憶着家鄉在千里，憶着家鄉在千里。

走馬上任路八千，光景無邊景物鮮。
遇飲酒處須飲酒，得高歌處且樂然。

第五齣　邀朋賞燈

【賞宮花】（淨）今冥，今冥元宵，滿街人吵鬧。門前火照火，結綵樓。人人成雙都成對，虧我無么共誰愁。潮州林郎有名聲，廣東福建敢出名。不欠錢銀不欠食，那欠一么不十成。小子么永豐倉林大爹便是。阮母無分曉，生我一鼻障大。許識物個盡稱呼做大官，許不識物的個呼我做大鼻。莫說我田園廣闊，錢銀無賽，那是婚頭遲，未有么通伴眠，乞人說笑，叫做無尾牛。今冥正是元宵，我心內愛上街睇燈，無人伴行。我不免唱一無么歌，解悶消遣，行來去尋老卓。

【四邊靜】拙年無么守孤單，清清冷冷無人相伴。日來獨自食,冥來獨自宿。行盡腌臢路,踏盡狗屎乾。盤盡人後牆,屎肚都蹞破。乞人力一着,鬃仔去一半。丈夫人無么,親像衣裳討無帶。諸娘人無婿,恰是船無舵。拙束又拙西,拙了無依倚。人説么強十被,十被甲也寒。只正是老卓門兜,不免叫一聲:誰人在許内?共恁啞爹咀:説是西街林大爹在這,請伊得眺。(内應)

【賞宮花】(末上)誰叫一聲?因勢出外廳。不知是乜人,原來是林大兄。(淨)我今請你無別事,那因無么費心情。

(末)林兄,錢到么便。

(淨)誰人么,卜租人?

(末)和尚么,卜租人。

(笑介)(末白)林兄請坐。

(淨)免坐。

(末)未知林兄貴幹?

(淨)卜請你幹事。

(末)幹乜事?

(淨)今冥正是元宵,直來招兄你看燈,因便睇羣姐得眺。

(末)小弟今無心看燈,林兄你愛惹事。

(淨)老卓,你不見俗人説?

(末)俗人可做俺説?

(淨)世上若無花共酒,任你千歲待如何?(笑介)小弟今不惹事,相共來去無妨。

(末)待小弟叫簡仔討檳榔食。

(淨)向説,多承。

(末)值簡仔在許内,討檳榔食。

(貼上)有乜好客在外廳,手捧檳榔出外行。

(見介)(淨白)老卓,你值時討一個媳婦?拙爽利。

(末)林兄如魯,只是我飼個。

(貼介)(末白)啟林大爹一啟。

(淨)名叫乜?後來好相叫。

(末)名叫春來。

（貼）請檳榔。

（淨食介）（貼白介）林大爹，食檳榔便食，捻人手痛痛，乜事？

（淨）這一查么仔不識物，我捻手看大啞小，卜打手指乞你。

（貼）林大爹，多謝。

（淨）這來這來都未有灰。

（淨介）（淨力。末白）林兄小神。

（淨）大身翁乜小神！

（末）林兄相共來去。

【賞宮花】今冥是元宵景致，誰厝娘仔不上街來遊嬉。我儕只街頭巷尾看平宜，林兄，那畏了病成相思。（淨）拙年孤單獨自，有么緣分那就今冥。（末）好元宵強過別冥，鼓樂吹唱，會處都佃。滿街鑼鼓鬧喧天，不禁夜人人歡喜。得眺人須趁後生，有沒緣分那就今冥。

【滴溜子】（淨）今冥元宵月半，恁一齊相共去看。（末）好鰲山！鰲山上結綵好看，張門人物盡都會活。（淨）卓兄，鰲山上都是傀儡仔，不免去託一個來去得眺。（末）不通，林兄小人。（內噭）（淨走）是誰？都是潘兄。（內應末介）請那！（淨）纏自是乜人喝趕？（末）是官府出來看燈。（淨）今冥官民同樂人人愛，風調雨順，國泰民安。

　　拙年無么守空房，今日好人來相逢。

　　不畏無人通中我，只怕小子不中人。

第六齣　五娘賞燈

【縷縷金】（旦、貼）元宵景，好天時，人物好打扮，金釵十二。滿城王孫士女，都來遊嬉。今冥燈光月團圓，琴弦笙簫，鬧滿街市。

（旦、貼）元宵好景巧安排，鑼鼓鬧咳咳。千金一刻元宵景，雖那吝財也不吝財。

（貼）元宵好景家家樂，簫鼓喧天處處聞。

（丑上三合）樓臺上下火照火，車馬來去人看人。

（見介）啞娘萬福。

（旦）李婆來貴幹？

（丑）婆仔無事不上下門。

（貼）正是高門。

（丑）今人行下門可多。好説啞娘得知，今冥是元宵景致，滿街滿巷，點放花燈，高結鰲山。婆仔直來招啞娘上街看燈，不知啞娘心中興不？

（旦）婦人之德，不出閨門。阮厝也有幾盞花燈，那留你這處賞可好？

（丑）天日亞恁厝雖有花燈，怎及許街上滿街花，許多寶貝。那不去看，也可惜除！

（貼）啞娘，今冥是元宵大鬧，街上都是公子、王孫上街答歌，來去看也不畏。

（旦）既是障説，益春你入內去點一燈來去。

（丑）啞娘，滿街滿巷無乜光燈，點燈要乜用？

（旦）婦人夜行以燭，無燭則止。

（丑）啞娘説是。

（貼下上介）

【大迓鼓】（旦唱）正月十五冥，厝厝人點燈，是實可瞵。三街六巷好燈棚，又兼月光風又靜，來去得眺到五更。（丑貼）元宵景，有十成，賞燈人都齊整。办出鰲山景致，抽出王祥臥冰、丁蘭刻母，盡都會活。張珙鶯鶯，圍棋宛然。真正障般景致，實是惡棄。恁今相隨，再來去看，再來去看。

（內划船唱歌介）（丑白）唆阿唆，唆阿唆，唆恁婆。（三合介貼）

【皂羅袍】（旦）幸得三陽開泰。（內唱）（貼）李婆，許處正是乜事？（丑）許正是人打鞦韆。（旦）打鞦韆盡都結綵。（內介）（旦）李婆，許處人鼓陳，正是乜事？（丑）許是許一夥後生，在許燈下打獅。（貼）正是人弄獅。（旦）滿街鑼鼓鬧咳咳。各處人聽知盡都來。（貼）簡今隨娘到只蓬萊。（旦）看許百樣花燈盡巧安排。遊賞好元宵，人人心愛。（貼）娘仔相隨到這，（旦介）鞋緊履短步難移。（丑）

益春,恁啞娘木屐擺了,快共伊移正。(內打鑼介)(旦)許處正是乜事?(丑)啞娘莫驚,許是落後生仔食了飽,割山香打鑼。(貼)許一人頭毛放如,許處那跳乜事?(丑)許是跳翁個。(貼)許跳翁仔,恁莫得去沖着伊。(丑)許跳翁個見恁諸娘人,伊莽跳恁身上來。(貼)李婆莫如嘴!(旦)輕輕閃覓只街邊。(貼)前頭人來惡逃避。(旦)緊緊來去又畏人疑。尋香愛月,不是孜娘體例。

　　(內唱介)清明冷丁時節雨紛紛,冷丁冷打丁,打個冷愛個冷打丁。路上行人欲斷魂,冷丁冷打丁,打個冷愛個冷打丁。借問酒家何處有,冷丁冷打丁,打個冷愛個冷打丁。牧童遥指杏花村,冷丁冷打丁,打個冷愛個冷打丁。

　　(丑)冷打丁冷打丁,是也好聽。(笑介)

　　(旦)許正是乜事?

　　(丑)許正是雞仔啄鐵銚鳴,叮叮噹噹,是實好聽。

　　(貼)許是人操琴。

　　(丑)那卜是人操琴,都不見斧頭陳。

　　(旦)正是人彈琴。

　　(丑)啞娘,今冥月光風靜,再去得眺即!

　　【水車歌】(旦)今冥是好天時,上元景致,正是在這。(丑)啞娘,這鰲山上人吹唱,是好聽。(旦)見鰲山上吹唱都佃。(貼)打鑼鼓、動樂、抽影戲。(貼)啞娘,實是好燈。(旦)花燈萬盞,萬盞燈光月圓。(丑)啞娘,這一盞正是乜燈?(旦)這一盞正是唐明皇遊月宮。(丑)唐明皇是丈夫人?孜娘人?(旦)唐明皇正是丈夫人。(丑)那莫(卜)是丈夫人,都有月經?(旦)只正是月內個宮殿。(丑)向生,待我估叫是丈夫人有月經?(貼)呵娘,這一盞正是乜燈?(旦)只正是昭君出塞。(丑)阿娘,昭君便是丈夫人?諸娘人?(旦)昭君正是諸娘人。(丑)向生,待我一咕叫,一諸娘向惡,都會出婿。(旦)昭君出塞,唐明皇遊嬉,願待更鼓,且慢催更。障般好景,過了倆得到新年。

　　(末、淨上,鬧介。旦、貼、丑下)

　　【一封書】(末、淨)好諸娘,是親淺。(淨)句未親淺,句有一處破相。（末）乜破相？（淨）身下破相,那仔即有拙長。（末）許正是三寸弓鞋。（末）脚縛三寸乜細二。

（淨）李兄,你都不知,今即一位娘仔二目真真那看我。（末）無許事。（淨）你不信,我跪遮天前咒誓：天亞,那不看我,就死除我！（淨）目看我笑微微,俙得共伊宿一冥。同床同枕同坐起,同入銷金帳內,共伊囉連哩。天,天可憐見,乞我緣分對着伊,一冥夫妻甘心死。

【一封書】（潮腔）東家女,西家女,出來素淡梳妝。（淨）卓兄,好一樣。（末）俙見得好一樣？（淨）肌膚温潤有十全。弓鞋三寸,蟬鬢又光。（末）動得咱睇都不知返。（末）林兄卜值去？（淨）雜種,許不是人啞！（末）不是乜？（淨）許是天妃媽變相來。（末）俙見是天妃媽？（淨）那卜是人,都會迷人。（末）正是花色迷人。（淨）是只年？我估叫是天妃媽。（笑介）那卜是人,再趕來去看。（末）伊來去,咱來去得睉。得睉滿街巷,郎君士女都來看人。（淨）老卓呵。睇伊人共我親像。（末）俙見得親像你？（淨）我今無么,伊定無翁。想伊心內,共我一般苦痛。（末）你無么,牽連伊無翁做乜？（淨）我今無么,伊個無翁。伊今值時共我成對,我今值時共伊成雙。（末）伊做乜肯共你成雙？（淨）愛伊成雙,我着堅心央託媒人。

（末）林兄,你句愛看不？

（淨）我句愛看燈。

（末）伊今倒去了,俙得伊着？

（淨）小弟有思量,伊打東街去,恁按西街去攔,二邊閘上。

【賞宮花】暫且分開做二位,若煩鬧一着,莫得拆開。投告天地共神祇,保庇我共伊,成雙成對。（並下）

　　　　元宵好景值千金,一陣阿妹賽觀音。
　　　　若肯共我成一對,一冥死去也甘心。

第七齣　燈下搭歌

【大迓鼓】（旦、貼、丑上）自細不出門,上元景致,今旦冥昏。

娘仔恁且返,行來到這,不知值方。(合)原來正是廣濟橋門。

(丑)呵娘亞,今冥滿街滿巷花燈,都不值這廣濟門花燈可瞵。

(旦)李嫂,是也可瞵。

【長生道引】(旦、貼)花燈可瞵,花燈可瞵,看許鰲山上神仙景致。天斷雲霓,月光風靜,幾陣歌童舞妓。(內唱)情人彈出《雉朝飛》,有意佳人去復歸。夜夢相思睡難曉,只怕光陰似箭催。(旦唱)笙簫和起入人耳,真個稱人心意。恨織女牛郎,伊都不得相見。(介)官民同樂是太平年,無貴賤,無驕無侮,見許賞燈人盡都歡喜。看許賞燈人盡都歡喜,真難得有障般天時。元宵一刻值千金,那煩惱鼓轉五更,又驚畏雞報五更。

(旦貼同丑上介)(淨末攔介)這正是乜燈?

(末)這正是琴棋書畫。

(淨)這是乜燈?

(末)這是相如彈琴。

(淨)這是乜物燈?

(末)這是蘇秦讀書。

(淨)許是乜燈?

(末)許正是鴛鴦水鴨相踏燈。

(貼)燈古燈。

(淨)中你目真真。

(淨)卓兄,只老妳你識伊?

(末)這是西門外李哥嫂。

(淨)正是趕豬羔個李哥嫂。

(末)正是。

(淨)李嫂來答歌。

(丑)我去共阮啞娘說。

(旦)乜事?

(丑)西街林大爹卜共恁答歌。

(旦)向般人,共伊答一乜歌?

(丑)咱這潮州人風俗,看燈答歌,一年去無病。

（淨）李嫂共我答。今夜正是元宵，都卜燈字為題；那無燈字，斷定着乞人戲。

（丑）我今老了，句不食戲，戲着愛尿流。

（淨）你起。

（丑）你先起。

【答歌】（唱）恁今向片阮障片，恁今唱歌阮着還。恁今還頭阮還尾，恰是絲線纏竹片。（丑貼唱）阮今障邊恁向邊，阮今唱歌恁着還。阮今還頭恁還尾，恰是絲線纏竹鼓。（淨、末唱）阮唱雙歌乞恁知，待恁聽知我也知。待恁坐落沒走起，待你走起我便來。（丑貼唱）阮唱山歌乞恁聽，待恁坐聽立亦聽。待恁坐落沒走起，待恁起來又沒行。（淨、末）月朗朗，照見月底梭掏紅。斧頭破你你不開，斧柄擇你着一空。（貼、旦唱）月圓圓，照恁未是好人兒。（淨）正是西街林大爹。（貼）想恁那是作田簡，大厝人仔向大鼻。（淨）月炮炮，照見恁是人丫頭。看恁大厝飼的個簡，十個九個討本頭。

【好姐姐】看恁好無道理。（丑）無道理？值情擇槌仔擠恁後門。（旦）恁行開去，莫得來相纏。閑言野語你莫聽伊，俗子村夫識乜體例！

（旦、貼、丑下）（淨、末下介）

　　　　花燈萬盞巧安排，障般好景是蓬萊。
　　　　一陣娘仔相隨過，疑是觀音降下來。

第八齣　士　女　同　遊

【大迓鼓】（旦、貼、丑上）正月十五冥，厝厝人點燈，是實可瞬，三街六巷好燈棚，又兼月光風又靜，來去得眺到五更。（生）潮州好街市，又兼逢着上元冥，來去看景致。一位娘仔乜親淺，恰是仙女下瑤池。恰是仙女下瑤池。

（生下）（旦笑）（丑臨）（貼介）（貼）只一人都不是恁潮州人。

（丑）只一人我入伊。

（貼）正是乜人？

（丑）是興化人。

（貼）興化人來這處幹乜事？

（丑）來縛籠甑。

（貼）縛籠甑都拙哄。

（丑）卜畏天上差來個人。

（貼）天上差來卜乜事？

（丑）天上差落來，專共許一夥簡仔打獅尾。

（貼）李婆莫茹嘴！

【滴溜子】（旦）好天時，好月色，實是清氣。好人物，好打扮，宮娥無二。鰲山上神仙景致，香車寶馬來往都佃。王孫士女都同遊嬉，可惜今冥燈光月圓人未團圓。（合）琉璃燈，牡丹燈，諸般可瞵，金爐內寶鴨香煙微微。（淨唱）得眺障更深，殘月更催風露冷。作笑動我心，一位娘仔賽觀音。真個悶殺人心，刈吊人心。不得伊着俩甘心。（旦）歌聲和起，動人心意。障般樣光景實是惡弃。返頭不覺見，月斜斗星移。恁今得桃更深，合該回避。（生、淨上，旦、貼、丑下）（生）香車寶馬鬧滿處，琵琶龍笛，琴絃聲和，蓬萊景致，正是這處。見許一陣娘仔，一陣娘仔相挨相操，在這燈下行過。（淨）滿頭戴珠翠，真個雲鬢金髻。（生）畜生，我曉得了。安童，你只潮州熟，可曉得這一陣娘仔正是值街巷上人？（淨）安童纔自見許街邊人説，這一位娘仔正是後溝黃九郎個諸娘仔。（生）潮州生得障般親淺孜娘，又逢着月光風靜，不得眺也可惜除！（淨）官人，許前頭一陣娘仔生得句可親淺伊。（生）十個九個，不抵五娘仔一倍。玉筍纖纖，真個滿面花月。没得近伊兜，力拙恩愛從頭共伊細説。

【尾聲】星稀燈疏更漏短，轉去傷心共誰説。

（生下）（淨笑）阮官人着諸娘刈如了，叫伊返去傷心卜共誰説。安童試學看親像。

　　　　星稀燈疏更漏短，轉去傷心共誰説。（並下）

第九齣　林郎託媒

　　【縷縷金】(淨上)元宵景,十五冥,燈今看了人寂靜。移步還去厝,鼓打四更。(起叫介。唱)更,更,懶咱今得眺盡今冥,再卜相見着來年。花色迷人如醉,吟風嘯月而歸。看伊人物爽利,賽過廟裡天妃。(笑介)雜種烏龜倚一夥,姿娘帶腰刀刈人,我今不免這處坐。等待李哥嫂這處過,問伊是誰厝諸娘仔,央伊去現,得來豈不妙哉!

　　【賞宮花】(丑上)彩樓好景致,滿街是貴氣。殘月更鼓催,雞聲啼。天光但得返去厝,俺卜得眺是來年。

　　(淨介丑介)(丑)天日啞,是誰人?
　　(淨)是林大爺。
　　(丑)林大官,你三更半冥做鬼驚人。
　　(淨)李婆,問你,今即在值處恁一觀音來看燈?
　　(丑)不是佛,是大厝人姿娘仔。
　　(淨)大家娘仔向細?
　　(丑)伊是小娘仔。
　　(淨)小娘子向大?
　　(丑)林大官,你顛狂咶話。
　　(淨)正是值家人姿娘仔?
　　(丑)許正是後溝黃九郎孜娘仔,名叫五娘。
　　(淨)伊可見我不?
　　(丑)伊見你。
　　(淨)叫我刈伊。
　　(丑)叫你刈伊一冥,返去厝没睏得,睏到日午即起,天句叫你刈伊,一頓食除三五碗,着你刈一粒也沒添得。
　　(淨)賊烏龜,即知林大爺刈人,我今卜央你去求親。
　　(丑)我句沒做媒人。
　　(淨)你俺年沒做媒人?

（丑）我句没白賊。

（淨）永豐倉林大爺,誰人不識,使你騙人。

（丑）既是障說,我乞一生月來乞你撿。

（淨）你去乞一生月來乞我檢,伊定準。

【四邊靜】（淨唱）我今央你去求親,我拙年無么受艱辛。姻緣都是天注定,媒姨捍斗秤。（合）再三央你求卜伊肯。若得姻緣就,大雙金釵答謝恁。（丑）林郎聽我說來因,你今央我去求親。五娘伊是天仙女,不是頭對不相陣。

（合前）緊去緊來,我甲人買一豬脚,輋得爛爛成屎,乞你食。

（丑）許是你受用個。

　　　　　五娘生得是仙才,姻緣不願心不諧。
　　　　　十二巫山雲霧暗,楚王枉屈夢陽臺。

第十齣　驛丞伺接

（末）正是在家富貴,出路艱難。今旦大人到廣南城赴任。說都未了,大人來到。（唱介）

【窣地錦襠】（外唱）今旦出路逢春天,花紅柳綠真可瞵。猿啼鳥叫炁人心悲,去到廣南即歡喜。（生上）跋涉崎嶇來到只,一路那是人迎接。見說廣南遠如天,一里過了又一里。（丑扮驛丞）

【卒地當】我做驛官甚艱難,點鬧夫馬掃驛房。緊緊來去接大人,走得我辛苦氣都喘,氣都喘。

（見介）驛丞接老爹。

（外）你是那一驛?

（丑）小驛丞是塗山驛。

（外）塗山驛到這裡有幾多路?

（丑）到這裡有二十里路。

（外）怎麼近接我?

（丑）小的年老了,趕路不上,望老爹赦罪。

（外）既是老了,怎麼不回去,好大膽!

（丑）不敢。

（外）饒你罷。快討大馬，我明日清晨就要起身。
　　　　遠看山頭日漸傾，趕馬起步到遙亭。
　　　　金杯美酒消愁悶，管取明朝到廣城。

第十一齣　李婆求親

【菊花新】（外唱）光陰相催緊如箭，一年一度也易見。添得我老人白鬢邊，並無男嗣卜怙誰人奉侍？金井梧桐葉落枝，返頭不覺又一年。幸遇新春好時節，玉樓人醉杏花天。老夫姓黃名忠志，謝天安樂，只是可惜無男嗣，單養一孜娘仔，名叫五娘。性格溫柔，未曾對親。多少郎君卜求，我只心中都不願，那愛一仔婿有志氣，合我個心意。（丑上）當初十七八歲，頭上縛二個鬢袋。多少人問我乞生月，我揀選卜着處。今老來無理會，人見我一面親像西瓜皮。

（三合笑介）這處正是九郎門前。

（相見介）九郎公萬福。

（外）李嫂來貴幹？

（丑）婆仔無事不上高門，那因西街林大爹託婆仔來乞五娘仔親情，不知九郎公你可准呵不？

（外）那是西街林大官厝，這人也是有名個人，未知是值枝頭？

（丑）那卜問枝頭，婆仔都不曉得。那是許富……富富個。

（外）古人說得好：當田買地是一時，現么嫁婿是一世。也着合婚算命，那好便乞伊。

（丑）整事！算命合婚，死么改婿。相叫相焄，到老齊眉。許看命都白賊。我許後生時節，人來乞生月，阮母叫卜看命合婚，我叫不使，好佳是我命，隨我去。今阮二人今年食五六十歲，阮公夭句可疼我。古人說：一斤金不如四兩鉛。九郎，許看命都白賊。

（外）李婆，你聽說：

【賞宮花】（外）男婚女嫁，古人有這例。也卜門戶相當，郎君有心氣。月老也憑結紅絲,算來注定無差移。(丑)九郎聽說起:我做媒人有拙時。說合幾個郎君共子弟,不識花嘴共花舌,二邊相停合體例。

(外)來,李嫂,憑你障說,生月乞伊去看,看那好揀一好日子,乞伊來捧定。

(丑)正是乞伊去看。

　　　自古嫁娶着媒人,男婚女嫁卜一同。
　　　有緣千里終見面,無緣對面不相逢。

第十二齣　辭兄歸省

【望吾鄉】(生)花酒迷人不知醒,夢斷巫山雲路迷。韓壽偷香有情意,君瑞相見在琴邊。看古人,有先例,姻緣願乞早團圓。冥日厭厭醉如痴,恰是風前掛酒旗。但得相隨返去厝,未知姻緣是偶年?伯卿因送哥嫂到潮州,元宵燈下遇見黃五娘。看伊生得如花似錦,冥日着伊刈吊。今不免辭除哥嫂,返去潮州,看亡路會得入頭相見。哥哥嫂嫂請上。

【掛真兒】(外)廣南實是好景致,看得來稱人心意。(貼上)莫是三叔思鄉里,眉頭相結,正是因亡?(相見介)

(外)來,伯卿。你今旦請阮二人出來,有亡話說?

(生)好說哥嫂得知,小弟自送哥嫂到任所,拙久無時不憶着家鄉。今爱卜辭哥嫂返去伏侍爹媽,未知哥嫂心中是如何?

(外)好啞,小弟,你卜返去伏侍爹媽,準是我親去一般。

(貼)三叔再得眺巳時即去。

(外)夫人,你不曉得,我今嘴食朝廷俸祿,身聽朝廷差使。古人說:盡忠不去盡孝,盡孝不去盡忠。見三叔有一點孝心,卜返去奉事爹媽,我再不敢留伊。

(生介,外白)來,伯卿。你卜去,我也無物通共你送路,我另有白金十兩、錦襖一領、白馬一隻,送你返去。(生拜介)

【催拍】(生)就拜辭哥嫂,因勢起理,未得知值日相見?爹媽年老,後頭望你冥昏早起。(貼)你因乜拙時心頭無意?(外)心悲卜返去鄉里,路頭長,須着細膩。

【川撥棹】(外)我小弟,我小弟,你聽我說起理:爹媽老,爹媽老,怙你相奉侍。(貼)路上去,路上去,須着辦細二。(生)就拜辭,因勢便起里。(合)今旦分開去,兄弟乜心悲,目滓滴。未得知,值日再相見。

(淨)夫馬便了,請三爹因勢起身。

兄弟分開拆二邊,魚在深淵月在天。
爹媽後頭老年紀,思量起來心越悲。

第十三齣　李婆送聘

(淨)小七小七,做人骨直。不愛上山討柴,那愛走馬下直。頭毛平坦去梳,鼻流不知去拭。人又叫我無神,唔話人便着急。今旦好日好子,林厝卜來下定。呵公甲我掃廳。媒姨因乜來障晏,不免行只門前去看。前頭一陣人來,親像送喪一般。(小七掃廳)

【風入松】(潮腔)安排桌,掃併廳。停待阮啞公出來行。(淨介)歡喜阮啞娘收人聘定,對着林厝,又是富家人仔。是乜整齊!金釵成對,白銀成錠。表裡盡成雙,都是親戚來相慶。都值處鼓鳴,是搬戲,也是做功德?鑼鼓聲響,都親像值處人吹乜非非年。哨角又鳴。障好姻緣,都是前世注定。

(淨介)雜種,許遠處一陣人來,親像人送喪年。
(淨介)(貼上)

【駐雲飛】(潮腔)清晨早起,大人分付安排桌共椅。今旦好日子,亦是好事志。嗏!阮娘仔領人茶,我心即歡喜。(淨)恨我一身在別人厝做奴婢。(貼)苦桃共澀李,終有好食時。

(淨)益春,你是病仔,卜食苦桃共澀李。
(貼)青冥頭!人許處譬論,你共我乞人飼,亦親像許苦桃澀李一般,看值日會甜。
(淨)是這樣,雜種烏龜,阮父許時乞里長騙甲,我來賣乞人飼。

（淨啼，貼白）青冥頭，今旦是好事志，不通啼，啞公知了打你。

（淨）不通啼。

（貼）你緊掃，掃辛苦，我霎久討物乞你點心。

【光光乍】（丑）我做媒人，歡喜心頭雙。有緣千里來相見，無緣對面不相逢。

（丑三合介貼白）媒姨，因乜來障晏？

（丑）盤擔多，自然生受。

（貼）媒姨，生月乞去，曾撿不曾？下定障緊！

（丑）都不動破紙，那是做暗婚。

（淨）人説做暗婚，生仔無口唇。

（丑）人説做暗婚，生仔成大羣。

（淨）益春，恁趁媒人便，也來合婚對一對。

（貼）青冥頭！合你心肝！

（丑）啞姊，你入去共恁啞公唸，媒姨來了。

（貼）媒姨，阮啞娘卜罵你。

（丑）做媒人是好事，罵我乜事。

（貼）霎久你便知。

（貼下淨白）媒姨，你向爻做媒人，共我做一個。

（丑）你有益春了。

（淨）益春，啞公占去攬脚尾了。

【掛真兒】（外上）今旦好日子，且喜林厝送禮結親誼。仔兒落當，我心内歡喜。

（外見介外白）起動媒姨。

（丑）啞公且喜。

（外）起動林厝親姆，送只禮可多。

（丑）啞公，伊一場一仔愛卜好看。

（外）小七，力佛前香燭點起。

（小七介）

【風入松】（外）燒香點燭神龕前，林厝今旦送定禮，上告堂上高曾祖考。（外拜介。丑唱）降來姻緣，湊合五百年前，都是月老相催排。(小七討酒來把盞介)(起動啞公)(外)斟起盞酒把媒人,幾轉謔你來行動,殷勤禮數好行放。(丑唱)表裡十對,金釵十雙,綵鳳書紙金筒。(外白)親姆仔細,禮數障多。(外介)小七,甲啞媽討一對金花來,乞媒姨做綵。

(外介)金花一對插你紅。

(丑)九郎公,感謝。

(外)媒人莫得嫌少,親情完了,句卜大謝你。

(丑)啞公說一乜話。多承可多,向說,請啞媽出來食一嘴檳榔。

(外)小七,請啞媽出來食檳榔。

(內應)啞媽不得工,卜安排物回檻。

(外)既然無工也罷。

(丑)也着請啞娘出來食一嘴檳榔。

(外)啞娘伊是後生人,只廳上不便,捧入後廳去食。

(丑)啞公說是。

(外)小七,你共媒姨入後廳,去請恁啞娘食檳榔。

(淨)雜種烏龜,仔細,阮只後廳狗愛咬人脚後跟。

　　　　男婚女嫁着媒人,銀臺蠟燭滿廳紅。
　　　　有緣千里終相見,無緣對面不相逢。

第十四齣　責　媒　退　聘

(丑)手捧檳榔入後廳,聽見啞娘歎氣聲。閑言野語相怪及,那卜有情也無情。請啞娘食檳榔。

(旦上介,丑)啞娘,萬福。

(旦)無人通提椅乞你坐。阮昨暮日使益春來共你說,你即故意力禮聘送來,是乜道理?

(丑)前日使益春來共婆仔說,婆仔沒記得除,今事志都成了,請啞娘食一嘴檳榔。

(旦切介,丑白)請啞娘食檳榔,向切乜事?

【得勝令】（旦）障般虔婆，可見無道理。（丑）婆仔共啞娘做媒人，也是好事，罵婆仔乜事？（旦）罵乞你去共林大官。（丑）林大官伊也是有錢個人。（旦）任伊有錢，我不願嫁乞伊。（丑）啞娘，嫁不嫁覓一邊，力只番羅收起。（旦）番羅緊緊送去度伊。（丑）啞娘，既不收伊人番羅，只樣好金釵收一雙戴。（旦）值人收只金釵，發狂病。（旦介）（丑）我苦，天日，障般好釵甲人去屯除！（丑）林厝官人生得乜親淺。（旦）你目青冥。（丑）我目真真。我今勸你嫁乞伊。（旦）你向愛，力恁孜娘仔嫁乞伊。（丑）啞娘，伊句嫌阮村人。（旦）村人不通做人，都不通賣乞伊做奴。（丑）閑言野語莫來相欺。（旦）你做只親情，罪告平天。（丑）伊人富貴，誰人踏伊？（旦）富貴由天。（丑）富貴由天，姻緣由天。（旦）姻緣由己。（丑）姻緣都是五百年前注定。（旦）句敢來我面前說三四。（丑）我今勸你莫罵卜平宜。（旦）那罵你歡喜，打你只敢也。（丑）許也未成，冥旦共林大爹許銷金帳內，即憶着婆仔。（旦打介。丑白）我父！口血打流了。誰人知你障徇詐，障好親情不中你，了無人敢現。（旦）待我無人敢現，整使你討飯飼我？（丑）那畏你了。老人說孜娘仔十八客，不嫁放石壓。（旦）叵耐只虔婆，可見無道理。（丑）婆仔共啞娘做媒人，無乜無道理。（旦）急得我心頭火發起。（丑）火發起莫得燒着婆仔。（旦）你障般怯嘴，鋈久定討死。

（丑）啞娘，我今旦也是好意，准不准何故打罵婆仔？

（旦）只說也是。李婆，今即是我罵你幾句，不着也准是阮後生人吃飯句未，莫得着切我和你。

（丑笑介）颱風過了，今即回南。

（旦）將只聘禮就送轉去。

（丑）許啞娘許處坐，待婆仔就送轉去。

（旦）你送去，我惜惜你。

（丑介）小七啞！

（旦）你叫小七乜事？我甲你送林厝去。

（丑）乜啞，甲婆仔送林厝去，許婆仔不敢送去，婆仔食伊人若物了，做乜好送轉去！

（旦）你那送轉去，我畏無物通乞你食？
（丑）許食物都是無打緊，又收伊一雙赤赤金釵了。
（旦）你力只禮聘送轉去還伊人，我打一雙金釵句可重伊人個乞你。
（丑）啞娘，人叫禮聘不通送來送去，頭上仔愛不飼得。
（旦打介。丑介，白）我死人，那不送去，非打人送轉去。
（丑）人那不嫁乞伊，非硬甲人嫁乞伊。

【四邊靜】（丑）勸你莫得障拗性，忤逆父母無孝義。（旦）（打介）死虔婆！你怯口毒舌，霎久定討死。（丑）金珠成大斗，都無媒人也没走。（旦）任你口説蓮花，我也不聽些兒。我心那不願，話説你卜記。（丑）你厝爹媽收了人聘定。（旦）聘定值時？不在只處。（丑）任你千推萬託也着成。（旦）死虔婆！你嘴説卜贏，每日早早阮厝來行。（丑）三日即行一返。（旦）三日即行一返？動得我厝犬吠無聲。金釵不送轉，打死你是定。小七啞！

（丑）啞公啞！
（旦）你叫啞公乜事？
（丑）你叫小七打我，我叫啞公來同我。
（旦）乞你叫啞公同你。
（丑）未成打死人。
（旦）小七啞，死虔婆無理，共我打一頓。
（淨上）啞娘，伊共啞娘做媒人，也是好事，打伊做乜？
（旦打丑介）打一頓乞伊。
（淨）呵，甲伊共我做媒人，伊卜做一個九十三歲的個度我。
（丑）青冥頭，你試打我看。
（旦）打你，你告我不孝。
（旦介）（淨白）啞娘，力倒還我打。
（旦丑打介）（外喝旦下）（丑）啞公，喝甲我打。
（外）啞，小七禽獸仔無理。
（淨下）（外）媒姨請起。
（丑）（哭介）

【漿水令】五娘仔力我打得障損,將這禮聘甲我送轉。力我頭髻採落就土下頓。採得我老人頭都眩睯。有乜事都是九郎。(外)媒姨,你聽我再三相勸,只是我仔所見未長。(外)媒姨,且力頭髻收理待光。(丑)將只禮聘送轉還伊。(外)只禮聘收卜落當。(丑)只檳榔都還去送伊。(外)只檳榔再通送返。(丑)乞五娘打,我不切,乞許小七青冥頭打一頓。(外)打你罪過都是我當。不肖仔,不肖仔,將無可瞻。(丑)伊人有仔現畏無媳婦。只金釵送去還伊也罷。(外)小七過來。(淨上捧介)(外唱)將只金釵收入去藏。

(丑白)青冥頭。

(淨捧介)啞娘,許內大塊柴對睏一獨都出火,啞公喝乞伊入去。

(外)誰在許處?

(淨)誰在許處?(介)我射入去想,既送來不通送轉。

(丑)害婆仔乞伊打一頓,那障煞除,也着叫出來教導一頓和婆仔。

(外)我自然叫出來教導伊。媒姨,請入內食些兒茶飯。

(丑)婆仔乞人打了,乜面通入去食飯。婆仔那障去。男女婚姻愛落場,惡言惡語來相傷。關門莫管窗外月,分付梅花自主張。

(外)媒姨,返去親姆面前,怯話千萬莫得說。

(丑)啞公不須叮囑,婆仔曉得。(下)

(外)益春,力小七疋耳仔錢出來。

(貼)小七,啞公叫。

(淨)哀哀,啞公啞公,說叫我屎肚痛。

(貼)青冥頭,啞公叫乞屎肚痛?

(淨)啞公叫,屎肚越即卜痛。(笑介)雜種烏龜,我知了,啞娘今即甲我打媒姨,叫去是卜打我定了。

(貼)好定是甲我疋耳仔錢出去。

(淨)雜種,你錢我痛,我卜共啞娘說打你。

(貼)你乞我輕輕錢做樣;不,啞公了打我。

(淨)乖乖。

（貼）錢！
（淨介）雜種，你錢我痛，我赦你。
（貼）你赦我乜事？
（淨）叫人竈口困來拖人。
（貼）青冥頭，也咭。（下）
（外白）小七桌畸起。
（淨白）畸桌是卜點心。
（外）益春，竹杯捧過來。
（貼介）（外白）小七跪這處。
（淨）呵，啞公莫急，愛易老。
（外）小七，畜生跪許處！
（淨）那立。
（外吼淨跪）畜生！今旦林厝送聘是好日子，你力媒姨打是乜道理？
（淨）啞公，小七不曾打伊，那是啞娘甲我力頭毛落，踢伊幾下，無打。
（外）畜生，踢伊倒許處，夭句無打！
（淨）啞公，莫打，打人痛痛。
（外）禽獸，你後句敢不？
（淨）我後夭敢。
（外打）畜生，起去！打恁打柴頭一般。
（淨下）（外白）叫啞媽出來。
（丑唱）忤逆仔兒添煩惱，急得我心頭火着。（白）來啞，老個。今旦日好事好志，你只外頭打簡打兒。
（外）你生得好仔，今旦林厝來下定，你仔使小七力媒姨打一頓，也不存着大人面皮，是乜道理？後去做儡共人說話？
（丑）老個，好怯都是你做個，共我說乜事？
（外）都是你這死虔婆承除仔兒，即會逞性。
（丑）你做人父教訓仔兒，干我乜事？
（外）死虔婆，你夭咭。（唱）論仔兒須識禮義，治家法各愛尊卑。為人母合當教示，無家法都是老虔。（丑）五娘切必有蹺蹊，嫌仔婿生得怯視。（外）伊門不出、户不入，做乜識伊？（丑）因看燈，親目看見，你做事不中仔意。

（外）我做其事俺都不中仔意？隨恁母仔去做。

（丑）老個，我共你食七老八大，只有一仔。古人説得好："嫁女必勝吾家，娶婦必弱吾家。"也着仔婿出人前。

（外）伊厝世代富家，有錢。

（丑）你向愛錢，甲恁查么仔去賣乞人。我那卜仔婿聰俊讀書，不愛不肖。有錢不肖個賭錢浪蕩，富貴豈可常保？仔是我生的，卜嫁著隨我。

（外）今親情已自成了。

（丑）老個，親情是你做個，隨你去討一查么仔還人。

（外）恁母子父，隨你去做。

（外下）為人不知禮義，譬如牛馬襟裾。

（丑）譬老倒擡，仔婿不中我意，林大枉屈尋思。

（叫介）益春，叫恁啞娘出來。

【紅衲襖】（旦上）卜梳妝又無意，卜帶花粉畏八死，因着媒人搬挑説三四。（丑）乜向八死，有話只外來説。（旦）無狀林大，枉你費心機。（丑）賊婢仔，你不見古人説"男大當婚，女大當嫁"？（旦）媽媽寬心性，親情覓一邊，是仔命怯通説乜？（丑）林厝伊人門户共恁相當，有乜不好處？賊婢仔命怯，伊人赤個是金，白個是銀，大堝白，小堝赤，那畏了無福氣。（旦）**女嫁男婚，莫論高低**。媽媽都不見《小學》上説？（丑）《小學》上做俺説？（旦）婿苟賢矣，今雖貧賤，安知異日不富貴乎？苟為不肖，今雖富貴，安知異日不貧賤乎？況兼流薄之子，俺通力仔嫁乞伊，枉害除仔身。（丑）只斯文莫共我講，你去共你父講。（旦）媽媽不見俗人説"擇婿嫁女，擇師教子"？（丑）伊人乜樣家緣世界？（旦）向般形狀，説乜家緣共世界？值見貧君餓殺么么，值見富君造錢龍。（丑）賊脾仔，造錢龍干難個，餓你頭着眩。你門不出，户不入，做乜曉得伊人怯？（旦）因看燈，着伊人相攔截。（丑）生得可做怎樣？（旦）禾通説？（丑）説不畏。

（旦）許人生不親像龜，也不親像鱉。（丑）卜親像乜？（旦）**恰親像猴猻一般體**。（丑）乜啞，親像猴？許不那親像，障返牽來弄個年？（旦）正是向生。（丑）天向親像？賊婢仔，我不信。（旦）伊即不信，親像都無二。（丑）只是你父貪人富，收人聘禮，好怯是你命討着。（旦）仔今棄死句可易。（丑）你卜死，我卜打乞你死。（打介）（旦）枉屈刈吊我心橫提。媽你那愛金釵，仔句有一思量。（丑）你有乜思量？説！（旦）媽你莫怪仔，仔便説。（丑）你共恁母平輩，你卜説，你母天卜怪？（旦）不如力仔去買金釵句可多。

（丑打介）（旦）非……非年亂打乜事？

（丑）好也！力一棰奪去除。

（丑咬介）（旦白）乞你打死。

【大迓鼓】賊婢仔你障性硬，忤逆父母，合該凌遲。不識人體例，男無重婚，女無再嫁。任你嘴説出蓮花，也着嫁乞伊。

【前腔】（旦）窮富是仔命，任伊富貴，仔心不歡。郎君句無乜，何卜力仔嫁乞林大？媽媽果卜力仔嫁乞伊。情願出掃院觀。（丑）掃院觀磨人，不如嫁可好。（旦）剃落頭髮，去做尼姑甘受磨，我落得一身清淨好名。（丑）烈女無你分。你這賊婢，我飼你拙大，生共死便都由我。（旦）林大，賊冤家！若愛我共你做么婿，等待海水會乾，石碴爛。

（丑）定着嫁乞伊。

（旦）叫未情。

（丑）甲人扛去。

（旦）我天信。

（丑）你不信，就卜甲你嫁乞伊。小七亞，去甲林厝人放轎來扛去除。

（旦）媽卜迫要成親死不從，

（丑）定教桃李向春風。

（旦）若要奴身配林大，情願將身投井中。

（丑）啞，這賊婢，起無好直。益春，你着關防伊。古人説：乘仔不孝，乘豬乘狗上竈。（並下）

第十五齣　五娘投井

（旦）暗靜開門輕聲啼，苦在心頭誰知機。五娘若還嫁林大，死去陰司再出世。阮爹媽無所見，力阮刈林大親，爹媽生死不准阮，今不如將身投落古井中去死除，也得一身清氣。不知門樓上，鼓打幾更了？

【四朝元】三更起來，憶着那好啼。（介）見許井水悠悠，恁我心悲，無奈何來到這。（介）阮下落井去死，介誰人得知？今不免將只弓鞋脫覓井邊，乞阮爹媽、益春見鞋，即知落井去死了。（介）脫落弓鞋下覓井邊，也準為記。懊恨阮爹媽不從人意，姑得即來投井死。天啞！對天重發願，黃氏五娘若嫁林厝，死去再出世。無狀林大，枉屈費心機。苦苦痛痛，但得棄去可平宜。

【玉交枝】（貼上）聽勸，聽勸，無奈何。驚得我神魂都散。叵耐丁古賊林大，枉屈打破你心肝。娘仔你心頭且放寬，天地報應賊林大。（旦）枉我，枉我出世，逆父逆母是乜道理？但得投水身死，不願共林大結親誼。是我命怯通說乜？去到黃泉地下可平宜。

（旦投介，貼抱，旦）益春放手。

（貼）啞娘死了，甲簡卜看誰得是？

（旦）我死了，自有啞公啞媽在。

【五更子】我爹媽無所見，李婆搬挑說三四。我自拙日頭舉不起，做偶改得冤家身離。我看伊，我看伊一形狀，恰是猴精。說着起來，恁我心悲。成就這姻緣，着再出世。（貼）啞娘不願林大個親，豈畏無計，肯送了千金身己。（旦）益春你有乜計？（貼）簡自有一個道理，古人也有這體例。（旦）古人有乜體例？（貼）盧少春錦桃李情，力青梅做表記。恁今不免來學伊。

（旦）伊是古人，恁偶學得伊？

（貼）古今雖不同，世事都一般。

（旦）六月值處討青梅？

（貼）六月無青梅，都無荔枝？不也是一般道理？

（旦）益春只話説是。古時有陳平、韩信，這二人棄楚歸漢，後來位至丞相。人盡稱説賢臣擇主而事，正是只年。

（貼）啞娘，今冥正是十五冥，月光風靜。待益春討一香案出來，啞娘當天拜告月内嫦娥，早乞燈下郎君來相見。想月老注定，推排定會成就。

（旦）向説，益春你去討香案來。

（貼）（焚香介）

【望吾鄉】（旦）開向花陰，深拜祝太陰，盡將心事含哀告禀：乞賜好人來結姻親。免得冤家來相陣。燈下郎君，早來見面。愛結姻親，必須投告恁。卜脱林大姻親，必須著投告恁。暗靜花前祝太陰，更深寂靜夜沉沉。

（貼）心事不須重祝訴，嫦娥與我是知心。

【水車歌】（旦）只姻緣都是天時註定，阮爹媽矇昧做只親情。（貼）勸娘仔把定心情，不信月老推排無定。但願天地推遷靈聖，乞許林大促命，姻緣不成。（旦）自燈下見有情，惹我思想腸肝寸痛。伊去在值不見形影，枉刘吊費我心情。

【尾聲】簡勸娘仔心把定。終久對着好人情，同床同枕即相慶。

（貼）啞娘，事志做未成，不通乞啞公、啞媽知。

爹媽惜仔如惜金，那因不從仔兒心。
緣分終久有日到，莫得見短送金身。

第十六齣　伯卿遊馬

【□□□】（生）（淨、外）雞啼頭聲便起程，雞啼頭聲便起程。（淨）馬來！猿啼鳥叫得人驚，猿啼鳥叫得人驚。做緊打馬過前程，相隨伴，莫拆散，到驛遞心即安。

【又】溪水流過只西橋，溪水流過只西橋。杜鵑鳥枝頭連聲叫，杜鵑鳥枝頭連聲叫，早風送我過山腰。杏花店，賣酒漿，前頭去，也着各相量。

（生白）這處正是値處？

（淨、外白）這處正是潮州城。

（生）且喜得到潮州城，且喜得到潮州城。城内軍馬得人驚，城内軍馬得人驚，彈瑟吹簫實好聽。馬牽起放脚行，別處好不如潮州城，別處好不如潮州城。

（生、淨、外下。又生）

【望吾鄉】恁今三人轉來潮城，因勢收拾便起程。只去過山共過嶺，三人心腹卜相痛。但願只去託天靈聖，保庇三人來到潮州城。

【金錢花】日落西山是冥昏，前村犬吠人關門。幾番思量心去遠，路頭長。行來脚手軟，挨倚行，行來到冥昏。（並下）

第十七齣　登樓拋荔

【駿甲馬】（旦貼上樓）高樓托起碧紗窗，風送蓮花雲外香。牽開樓門倚窗望，不見燈下賞燈人。

【大河蟹】高樓上，南冷微微。不用撥紗扇，手倚琅玕無熱氣，風送百花，自有清香味。到晚來，新月上，掛在許天邊。真個趁人心，恁人心歡喜。（貼）簡勸娘仔莫心悲，且來消遣食荔枝。對景傷情卜做乜？夫唱婦隨將有時。荔枝清香甜如蜜，荔枝清香甜如蜜，娘仔輕輕拆一枝，壓一枝。真個恁人心歡喜。（內唱）嗹柳唥，唥柳嗹，嗹啞柳嗹唥，柳嗹啞柳唥嗹。（貼）啞娘，益春記得，古時千金小姐同梅香在綵縷上，力繡球揆着呂蒙正，後去夫妻成雙。啞娘，今不免將手帕包荔枝，祝告天地，待許燈下郎君只處過，揆落乞伊拾去。後去姻緣決會成就。（旦）益春，你這話説，正合我意，恐畏揆着別人。（貼）有緣千里來相見，無緣對面不相逢。（旦）記得元宵時，燈下郎君乜標緻。古人一話真通記。我邀伊若卜有緣，若卜有緣。（貼）不問千里將相見。（旦）阮邀伊若卜無緣，（貼）無緣對面拆二邊。（內唱）嗹柳唥，唥柳嗹，嗹啞柳嗹唥，柳嗹啞柳，柳唥嗹（貼）前頭官人乜貴氣，身騎寶馬綠羅衣，少年郎君少年時。

（生、外、淨上唱）（潮腔）今旦日出遊街，人物十分多。馬來！好馬又含衰，正是風流世界。高樓上似觀音人物，都在珠簾底。也有珠冠鳳髻連金釵，年當正十七八。（下）

（旦貼）日照紗窗花影移，見一官人遊過這樓邊。身騎寶馬穿羅衣，堂堂相貌，眉分八字。許人物生得甚伶俐，來來去去遊賞街市，恁乜路即來對着伊？

（生、淨、外上）馬來！這處正是後溝鄉里，高樓起在路邊。二個娘仔閃在樓邊，生得十分爽利，撩我心內暗歡喜。

（淨介）馬來！馬牽來去，人看都佃。許人生得甚伶俐，來來去去，遊賞花枝。且趁風流，莫負少年時。（生下）

（旦唱）幸逢六月時光，荔枝樹尾正紅，荔枝樹尾正紅。可惜親淺手內捧，願你做月下人，莫負只姻緣。（生、外、淨馬上唱）

【金錢花】高樓起在大路墘，二個娘仔避覓窗邊。生得親淺十分爽利，目看我笑微微。畫觀音，不搭伊，請官人，遊街市。（又唱）且喜來到潮州城，且喜來到潮州城，人物打扮乜齊整。樓上娘仔舉目看，馬牽帶，慢脚行，實是好錦妝成。

（旦）恰即得眺憶着伊，忽然樓上看見，忽然樓上看見，春心惹動先有意。益春啞，馬上一位官人停馬看恁，不免將荔枝掞落乞伊。（旦掞介下。生）安童，看許樓上娘仔掞乜落來？（淨）都無乜。（生）禽獸，拾起來我看。（淨介。生）原來是一條手帕包一個荔枝。安童，看樓上娘仔落去未？（淨）落去了。樓上娘仔有真意，樓上娘仔有真意。（淨唱）見阮官人生得中，見阮官人生得中，心內發興掞荔枝。（生）未知伊人是偶年，將這荔枝收做表記，恁且來去設一計智。（又唱）今旦騎馬過只樓西，伊力荔枝便掞落來。不是鳥啄枝折，風打落來。伊今關門落樓去，惹得我悶如江海，恨不生翼飛入伊房內結托恩愛。許時節，即趁我心懷。

【耍孩兒】嫦娥伊在廣寒宮，心思想、步難進。着伊刣吊，悶悶心憂心悄悄，袂説得天催冤家來相陣，無媒人袂得見伊面。共伊結託，海誓山盟。安童，這潮州有恁□□人這處無？

（淨）安童記得句有一李公在這潮州磨鏡。

（生）向説,不免來去借問伊端的。
今旦騎馬過樓西,不料佳人古記來。
但願荔枝成配合,早結鸞鳳下瑶臺。

第十八齣　陳三學磨鏡

【風入松】（生）來到潮州看景致,樓上娘仔掞荔枝。撼我心内暗歡喜,願姻緣共伊相見。投告天地相保庇,願姻緣早早團圓。着伊刈吊暗沉吟,樂器未得逢知音。恰是人破燈心草,力伊有心做無心。

【北上小樓】（唱）私情事記掛人心,眠邊夢内思想。記得當初張珙共鶯鶯有情,張珙没得入頭時,假意借書房西廂下讀書。假意西廂下讀書,伊冥日費盡心神。記得少春没得錦眺娘仔着,假意賣果子入頭,力玉盞打破除,姻緣即得成雙。看伊萬般計較,力玉盞打破賣身。伯卿着伊刈吊,若卜學這二人個所行,也無乜下賤。若得共伊姻緣就,阮情願甘心學恁。恐畏伊一時作笑,忽然掞落荔枝,枉我只處冥日刈吊。那卜是作笑,也無手帕掞落來。坐來思量暗沉吟,也恐畏一時作笑,一時作笑有乜憑？今不免請得李老公出來,共伊思量。

（淨）入門莫問心頭事,看人顔容便得知。（見介）

（生白）李公,我昨暮日去到西門外,西邊有一大樓,正是乜人厝個？

（淨）許正是後溝黄九郎個。

（生）伊厝有乜人？

（淨）伊厝有一孜娘仔,名叫五娘,生得十分姿色。

（生）曾對親未？

（淨）老個見説定永豐倉林長者厝。

（生）可曾娶過門未？

（生）來,李公。爾是我鄉里,我不敢瞞你。我昨暮日騎馬在伊樓下過,伊力手帕包荔枝掞落來,乞我拾來。

（淨）恐是錯手。

（生）手帕上句繡有四個大字："宿世姻緣"，只也不是錯手。

【望吾鄉】李公聽我説起理，那因騎馬遊街市，樓上娘仔掞落荔枝。思量無路，得見伊行徑是真意，全望公公乜計智。（淨）官人聽我説因依，伊人是長者人仔兒。親情對在林厝了，有銀也不得共伊爭。須着學古人例，到尾了終會團圓。（貼上）

【駿甲馬】寶鏡拙時上塵埃，阮娘仔畏去傍妝臺。迢遞專意使我來請，請卜李公到厝來，請卜李公到厝來。（見介）李公，阮啞娘叫寶鏡拙時上塵埃，因何不見李公來？

（淨）你不知我拙時腰痛，都没出來，明日甲我師仔來磨。

（貼）向説，明旦甲恁師仔放早來磨。

（淨）要請你食檳榔，有客在內不便。

（貼）寶鏡拙時暗不光，照人顏色面青黃。諸般藥料都齊到，撥開雲霧貌十全。（貼下）

（生白）李公，今即是誰厝簡仔來？

（淨）只正是後溝黃九郎公五娘仔飼個簡，名叫益春。伊娘有一個照身寶鏡，一月磨一遭。我今有一月不去了，啞娘使益春來請我明旦伊厝去磨。

（生）李公，古人説：踏破草鞋無處討，算來全不費工夫。既是五娘使益春請你磨鏡，李公教小人，待小人去伊厝磨，娘仔一定出來相見。

（淨）磨鏡是賤藝，三爹你做乜肯學伊？

（生）古人説：好者不痛。你那教得我會，我將這錦襖共白馬盡送謝你。

（淨）許也不敢收，等待姻緣成就，送三爹回去。

（生）多謝李公好意。

（淨）這處也不好教，三爹必須着這內去。

（生）李公説是。

　　　　　　磨鏡須要心專，勸你寬心耐煩。
　　　　　　人説道路各別，果然養家一般。

第十九齣　打　破　寶　鏡

【駿甲馬】(生上)脫落衣裳挑鏡擔,肩頭不識掛擔也着挑。我是官員有蔭仔。嗏！磨鏡乞人叫陳三。這處正是黃厝。來到黃厝日斜西。磨鏡,磨鏡！不知內頭知不知？我是泉州磨鏡客,娘仔那卜磨鏡請出來。(貼上介,唱)聽見外頭鐵板聲,娘仔使簡出來聽。(生)磨鏡,磨鏡！(貼走介唱)因乜有一位磨鏡客,生得人物乜齊整。

(生)小妹拜揖。

(貼)人客,恁會磨鏡？

(生)小客見說恁府上有一鏡卜磨,望小姐擡舉。

(貼)阮厝是有一鏡卜磨,那是阮鏡有主客。

(生)主客正是誰？

(貼)正是泉州李公。

(生)李公正是阮師父。

(貼)乜啞,李公是恁師父？(介)好忝一師仔。(笑介)

(生白)小姐笑小人做乜？

(貼)我見你親像一人。

(生)親像乜人？

(貼)不知便罷,向問乜事？

(生)小姐,你問看恁娘仔卜磨鏡不？

(貼介)啞娘,一臍仔只外卜磨鏡。

(旦)是生分人,熟事人？

(貼)是生分人。

(旦)待我來。

【皂羅袍】早起日上花弄影,卜做針線無心情。聽見乜人叫磨鏡。(生)磨鏡,磨鏡。(旦)聲聲叫得是好聽。(生見旦介)娘仔拜揖。(旦)好一風流人物,生得各樣齊整。益春,恁前日樓前見許馬上一位官人,好親像這人。(貼)簡也見面熟。(旦)疑是許馬上官人,想伊不來磨鏡。(貼)那卜是,通認伊。(旦)不是。人有相似,恐畏認拱。

(旦下)益春,只人生分,未知手段偌樣,甲伊去,無乞伊磨。

(貼)人客,叫你障生分,未知手段偌樣,甲恁去,無乞你磨。

(生)小妹,你去共恁娘仔說,熟人也是生人做。阮工夫那不好,也不敢恁府上來。

(貼)啞娘,這一人客即是會呾話。

(旦)做俫説?

(貼)叫熟人也是生人做,叫伊工夫那不好,也不敢你府上來。

(旦)只說也是,問看伊厝住值處?

(貼)人客,叫恁厝住在值處?

(生)小姐聽說:

【好姐姐】小姐聽我說起,我也是好人仔兒。厝住泉州,陳三是小人名字。學磨鏡,泉州磨落潮州城。幸然小妹相顧請。

(旦內)益春,抱乞伊磨。

(貼介)手捧寶鏡出外廳。小心磨卜待分明。啞娘,看伊未是磨鏡客,工錢共伊斷卜定。

(旦)只說也是,問看伊,這一鏡卜若工錢?

(貼)叫恁磨這一鏡,卜若工錢?

(生)小妹,你去共恁娘仔說,叫工夫那中恁娘仔,想恁娘仔二三分銀也不論。

(貼)那卜不中阮娘仔是年?

(生)那卜不中恁娘仔,小客一厘銀也不敢收。

(貼)啞娘,許一人即是會呾話,叫伊工夫那中娘仔,想娘仔二三分銀也不論。

(旦)向說,抱乞伊磨。

(貼)鏡乞恁磨。

(生)討水來。

(貼)(討水上介)人客,恁師父磨鏡,都會唱歌。恁會唱歌沒年?

（生）歌阮也會唱。
（貼）既那會唱，起動恁唱。
（生）（唱介）磨鏡工夫未是低，後生人愛學這工藝。
（貼）這歌莫唱。
（生）做乜莫唱？
（貼）許個阮識。
（生）夭恁都識？
（貼）許個你師父常唱。
（生）這是阮師父親傳乞阮個。
（貼）今看有乜新歌，唱一段來聽聽。
（生）新歌阮也會唱。
（貼）見那會唱，唱一段來聽。
（生）壯節丈夫誰得知，願學溫嶠下玉鏡臺。
（貼介生介）啞娘，一儕仔即會唱歌，出來去聽。
（旦內白）不得做聲，待伊罔唱。
（貼）人客，恁歌唱便唱，又宿除做乜？
（生）都無人來聽。
（貼）你罔唱，阮有人來聽。
（生）壯節丈夫誰得知，願學溫嶠下玉鏡臺。
（貼介，旦聽介，生唱）劉晨、阮肇誤入天臺，神女嫦娥照見在目前。
（生看介，旦閃介。生）誰料今旦到這蓬萊，楚襄王朝雲暮雨，夢到陽臺。
（旦下。貼白）人客，拙好聽，不未各唱一段？
（生）小妹既那愛聽，小人各唱。隱諱埋名，假作張生。
（貼介，旦下）輕身下賤，拜託紅娘。即會合崔府鶯鶯，有緣千里終結姻親。
（生看，旦走下。貼白）一人教怯目神。
（生）月老紅絲，也要冰人。天邊有路，也卜同枕共眠。
（貼）人客，恁那辛苦，歇困慢慢磨。（貼下）

（生白）伯卿今旦落盡面皮，幸然得見娘仔。今只鏡卜抱還伊去，想日後無路得入頭。我今得當初盧少春打破玉盞，後來夫妻成就，不免將這鏡來打破。
（貼）人客，茶請你。
（生）這茶是乜人使你捧來？
（貼）一人客教好笑，恁見有茶囥食，向問乜事？
（生）人情有所歸。
（貼）是我啞娘使阮討來請你。
（生）再三感謝。
（貼）食啞，莫延場，人叫恁會唱歌，即請恁，不恁愛食不？
（生）不宜來都無物通壓鍾。
（貼）恁泉州人那口咀便是。
（貼下生白）不免力這鏡來打破。

【剔銀燈】心迷亂、憂憂着驚，只事志思量都未情。將錯力鏡來打破，細思量獨自着驚。投告天地有靈聖，保庇我姻緣早早圓成。（生介鏡破）

（貼）人客，鏡磨光未？
（生）這鏡磨光了，請你啞娘出來接鏡。
（貼）一人客教好笑，想見阮啞娘肯出來共恁接鏡。
（生）了不好算工錢還小人。
（貼）好井肯賒你個？
（生）既是障說，交付小妹。
（貼）度阮。
（生）今年先生共我看命，說我造化十分下，你莫打破來賴我。
（貼惱介，白）不使你向閑煩惱，度我。
（貼度介。生白）你乜鏡接過打破除？
（貼）鏡未曾過我手，故意放落也打破除，帶累我做乜事？
（生）鏡是小妹你打破。
（貼）斬頭，你卜死緊！

【剔銀燈】你力寶鏡那做戲耍,故意力鏡打破。想你不是磨鏡腳手是定,專打嘴鼓弄牙説通聽。(生執貼。貼唱)鏡未分明,你且立定。不帶着你好頭好面,打死你是定。(生唱)打死我是恁罪過,馬有四腳也會着跋。二邊也都准落蝕,一人着蝕一半。陳三工夫錢不討,也准在娘仔恁空磨。

(貼介)啞娘,泉州臍仔力你鏡打破除。

(旦上介)我苦了!一鏡障好去打破除,做俤説?

(生)鏡是你簡仔打破。

(旦)斬頭,你卜死緊!益春,你許内叫啞公出來。(旦下)

(生)不免收拾來去。

(貼)你卜値去?雯久衫仔了也剝你個。

(外上)障吵鬧正是為乜,磨一鏡値一乜錢?三錢二錢算還伊,何卜討小輩人平宜。

(貼)泉州臍仔力恁鏡打破除。

(外)做俤説?力恁鏡打破除,今在値?

(貼)在許廳前。

(外見生介。外白)來也,漢子,你因乜力我鏡打破除,是乜道理?

(生)好説九郎得知,這鏡是小人磨光了,交過恁簡仔手,是恁簡仔打破,共小人無干。

(外)那卜是阮簡仔打破,共你無干?

(生)正是。

(外)益春,磨鏡人説叫這鏡都是你打破,共伊無干。

(外)賊畜生,好生無理!打破了做俤得辯?益春,你是孜娘簡仔,無奈伊何,叫得小七出來。

(淨上介。外白)小七,泉州臍仔磨鏡力恁啞娘鏡打破除。

(淨)泉州臍仔力恁啞娘鏡打破,叫烏龜雜種打破除好。許鏡會做怪,早起小七行許處過公,然許内有一人親像小七。

(外)畜生,許正是鏡光照見人形影。

(淨)今泉州臍仔値處去了?

（外）在許廳邊。

（淨）烏龜，你俙年卜打破阮鏡？

（生）這鏡我磨光了，交付恁益春失手打破除，共我無干。

（淨）我想也那是只查么仔打破。

（外）那卜是益春打破，叫益春出來。

（淨）益春，你只查么仔，那是你打破，你便認去，不得誣人；存你明旦生仔，莫藏許尿蟹內飼。

（貼）青冥頭，鏡是伊打破。

（淨）啞公，叫不是伊打破，叫是泉州人打破。

【歌蛾】（外）看你乜大膽，敢力我鏡打破。我鏡惜未識飽，算來乜般樣造化。小七，搜伊籠內，看伊乜通賠我。算起莫得做寬，看你一場乜合適。（淨）烏龜雜種夭相箭，二目恰是相拿電。這籠內空無一乜，一個布袋帕有二三升米。椅仔四腳，十籠四耳值乜錢？有乜通賠得咱鏡起？（淨）啞公，泉州臍仔十九伊有銀不賠恁，着打一頓乞伊。（外）你去打一頓乞伊。（淨）大槌打，打到伊着死。泉州臍仔八步介我，畏打死了，啞公着還命。（外）前年教你個步，你都記不得？（淨）是啞，我都沒記得。上路教師句教我一步訣，地方打死了，啞公着還命。大槌打，打你着死。（生、外介。淨白）泉州臍仔八步是活腳，啞公你是死腳，打不知走。（生）九郎且寬心，無物通賠恁。是我一時誤，到今旦話說無盡，舉目又無親，無計較，情願着賣身。到這處但得着認，將身賠你去使用。來，小七兄，我有一錢銀，這處乞你買物食。你去共啞公說，叫我今無銀通賠恁，情願將身寫賠恁啞公。

（淨）你卜共阮啞公食，阮啞公愛打人獅。（介）啞公，泉州臍仔說，伊艱難無路，即學磨鏡。一時失操，將你鏡打破除。今無物通賠恁，托小七共啞公咭，卜共啞公食。

（外）飼伊卜做乜用？

（淨）啞公，你老了，通替啞公你做種也好。

（外）畜生，莫如咭！來啞，漢子，你三年除食外，趁有若銀？

（生）小人一年除食使用外，趁有五兩銀。

（外）我這鏡本當值三十兩銀，今着你打破，一人蝕一半，你賠我十五兩，三年三五十五兩，你立三年工僱文字。日子滿了，便乞你返去。

（生）從啞公算。

（淨）啞公啞媽，許內不准叫許泉州人兆旱，明旦放一厝泉州仔還恁。

（外）莫如唂，我看粗重工程你沒去，那權且共我掃厝看花。

（外）小七，你引陳三這書院內去寫文字。

　　　　打破寶鏡受虧傷，等看尾梢做俪樣。
　　　　一柄掃帚交付與，厝那不淨你身上。

第二十齣　祝告嫦娥

【七娘子】（旦）六月天時困迍，春卜返去，越自心悶。（貼）好花因着風雨滾，月光風靜，天色無雲。（旦）豆蔻梢頭春意闌，風滿前山，雨滿前山。杜鵑啼血五更殘。花不禁寒，人不禁寒。（貼）離合悲歡事幾般，離有悲歡，合有悲歡。別時容易見時難，怕唱陽關，莫唱陽關。

【傍妝臺】（旦）思量起，恨阮命薄通說乜。又恨月老不公平，好姻緣值去不來相見，怯緣分來相纏。阮甘孤單守獨自。（貼）啞娘，拙久顏色青空，抹些兒粉，搽些胭脂。（旦）我畏去抹粉襯胭脂，紅顏薄命只正是。（貼）娘仔且聽簡勸諭，恨無好話說幾句。張珙鶯鶯曾相遇，姻緣都是天注定。想姻緣定不相負，枉刈吊萬金身軀。無狀林大，莫枉尋思，好緣分須着待久。

（旦）益春，你句記得正月十五冥沒？

（貼）簡句略記得。

【望吾鄉】（旦）記得正月十五日冥，燈光月團圓。（貼）簡記得燈下有一位官人，生得十分親淺。娘仔若卜對着許一位官人，天生一對夫妻。（旦）燈下郎君早來相見，好姻緣願百年。（介）我眠夢內憶着伊。冤家，冤家，心神着你障牽纏。

（貼）啞娘，既然憶着許燈下官人，今冥月光風靜，待簡共啞娘對月娘拜告，催遷早來相見。

（旦）益春啞，知得伊人會來相見啞不？

（貼）娘仔噯，姻緣都是天注定，月老定會推排。

【漿水令】（旦）告嫦娥乞聽說起，恨阮命運行來不是。對怯緣分心頭悲，算來都是前生前世。（合）但願得，但願得林大早脫身離，許時節蓮花再生。（貼）元宵燈下，見一位郎君標緻。又來樓前，扻落手帕荔枝。（合）但願得，但願得早來相見，許時節，許時節拜謝月妣。

【尾聲】二人專心又專意，但願月娘相保庇，枯樹逢春再發枝。
　　　相共得眺更深，返去無通可眠。
　　　心事不須祝訴，嫦娥與我知心。

第二十一齣　陳三掃廳

（生）深潭若卜無金鯉，誰肯這處下釣鈎。伯卿當初錦襖換鏡擔，誰知今旦鏡擔換掃帚。這是自作自當通說乜。

【一封書】秋風起，雁南飛。手舉掃帚珠淚垂。到今旦乜受虧，致惹一身乜受累。我是官員有蔭仔，今到這處卜看誰？娘仔你在繡房內，我在這廳邊身無歸。死到陰司共恁相隨。

【駐雲飛】（潮腔）繡廳清趣，四邊粉白無塵埃。好畫掛二畔，花香杰人愛。（嗏）珠簾五色彩，錦屏在繡廳前，阮厝門風更強恁所在。我那不實說，娘仔總不知。（又唱）費盡心機，恨我一身做奴婢。受盡人輕棄，不得近伊邊。（嗏）看見娘仔在繡廳邊，伊許處抹粉扻胭脂。不記得樓前時，今旦反而力阮做障棄。（唱）伊今做呆，是乜心意？許處傍妝臺。我只處心悶如江海，未知娘仔你知不知？（嗏）你今目高不瞅睬，誤我做這事。我厝威儀，我兄做運使。今旦不說，娘仔總不知。

【誤佳期】（旦）賊奴你閑做聲，攪得我無心對菱花鏡。叵耐賊陳三，敢來我這繡房口閑行！（生）小人初來，做乜得知娘仔這繡房口無乞人行？（旦）你目看値去？（生）小人目那看地下去。（旦）你做緊行開，誰人親像你大膽？（生）小人在厝也是富貴人仔，那是今旦暫時落薄。（旦）説你富貴，因乜卜來磨鏡？（生）娘仔可曾見小人磨鏡也不？（旦）你現磨鏡，夭句相箭。我曉得了，原磨鏡，今升上掃厝，是升高了。（生）好一位娘仔，可惜無慧眼。看小人障行來，親像磨鏡人也不？都不記得許掞荔枝時？（旦）你都現磨鏡，夭句相箭。你做障行來，夭説你是官蔭人仔。（嗏）你那是泉州白賊仔。（生）娘仔，好人乞怯人帶利。（旦）你句敢我面前説哄乞我聽。陳三你再後掃厝，不許掃我這繡房口來。益春啞，陳三掃厝，掃我這繡房口來。你去罵一頓乞伊，甲伊行開去。（貼）叵耐腌臢三哥，人前背後，説盡零落。厝夭不掃，腌臢滿處。又牽連乜荔枝，説盡零落。將身賠阮，有乜財寶？白賊唝哄兄有官做。益春見你模樣，曉得有共無。（生）小妹我説乞你聽，我也是官蔭人仔。那因恁娘仔掞落荔枝，打破我鏡，即來恁厝來行。煩動小妹，可憐我人情。（貼）小妹這話，儞敢説乞伊聽。阮娘仔伊是乜？（生）伊是人。（貼）伊不是人。（生）是乜？（貼）阮娘仔伊是月内桂花樹，任那風擺伊不斜。那從今旦分付定，再後不許後廳行。（貼下）

【縷縷金】（生唱）我為你受盡氣，黃五娘你可無行止。没記得，没記得高樓上，是你親手掞落荔枝。今旦反而不提起，我死到陰司，冤魂卜共你相纏。（並下）

我本是官家子弟，因為風流做奴婢。
今日虧心不認我，當初何必抛荔枝。

第二十二齣　梳粧意懶

【黃鶯兒】（潮腔）（貼唱）早起落床，盡日那在内頭轉，安排掃厝點茶湯。終日聽候不敢去遠，聽見叫簡心都眠。忙捧奩妝，安排待便，請阮娘仔梳妝。菱花鏡抱來，乞娘照面眉。世間人怨配，一鏡備都知。請娘梳妝。

　　（旦）樓前人去隔仙洲，鳳去臺空涙自流。雲鬟欹斜無心整，一日不見如三秋。

【傍妝臺】(旦)鏡在臺中,頭鬈欹斜懶梳妝。照見我雙目瞚,照見我顏色瘦青黃。憶着馬上郎,未知伊今值一方?我只處,長目瞚,拙時為伊刈吊,菱花鏡無心去瞚。(貼)奋妝待簡愁卜正,娘仔強企捍身命。看起來,有十成,句少一人共娘仔你畫眉額。簡勸娘心把定,緣分終久有日成。請啞娘梳妝。

【望吾鄉】(旦)困迍無意點胭脂,仔細思量那好啼。(貼)爹媽生恁如花似錦,苦切乜事?(旦)恨爹媽力阮主對林大鼻。(貼)林官人伊人句有錢。(旦)任伊錢糧平半天。(貼)林大官伊人句有田地。(旦)卜許田地卜做乜?你明知我心悶,即來說話弄我。(貼)啞娘,人那卜生得怯世,卜許田也無用。比簡看起來,林官人也不值恁厝飼個。(旦)鬼仔,恁厝飼個,值個句爽利?(貼)林大卜比陳三,林大不值一文錢。

(旦)賊婢,都不見書上說。

(貼)書上可做怎說?

(旦)鸚鵡能言爭似鳳,蜘蛛雖巧不如蠶。力奋妝收去,去捧水來乞我洗面。

(貼下,生白)盆圓則水圓,盆方則水方。

(生)小妹,你捧水卜做乜?

(貼)只水捧卜乞阮啞娘洗面。

(生)待阮替小妹你捧去。

(生接水下貼白)你向愛伏侍人,爾卜捧去,不畏阮啞娘仔罵你?(貼下)(生介)

【縷縷金】(生)捧盆水,上繡廳。心內半歡喜,一半著驚。辛苦在心內,都不敢喏。人情有千般,伊都不念半聲,伊都不念半聲。(旦叫貼介。貼上)

(貼)是陳三。

(旦)你只鬼仔,我叫你捧湯來度我洗面,你度陳三捧來乜事?

(貼)啞娘使簡去捧湯,遇著啞媽使簡除。

(旦)啞媽使你乜事?

（貼）使簡去看茶。簡畏啞娘卜水緊,是簡使陳三捧來。
（旦）你只鬼仔卜死緊！將湯接過來還我洗面。
（生）那待阮捧。
（貼）阮愛笑人。
（生）着乞你笑。
（貼）好衰。
（生）乜通衰？
（旦洗面介。生看）益春,我只處洗面,陳三許處立乜事？
（貼）阮啞娘卜洗面,叫你行開去。
（生）恁啞娘卜洗面,都是獨自,簡兒只處聽候。
（旦）賊奴,人卜洗面,誰卜你聽候？走！
（生下介,又上看介。旦白）益春,我只處洗面,誰許處看？
（貼）是陳三。
（旦）賊奴,我只處洗面,伊敢許處看。益春,將只水假意不知對面潑乞伊走。
（貼）啞娘,只盆水拙滿,潑伊人都不畏了冷伊人。
（旦）隨你去禮約。
（貼）簡不敢潑,伊了罵簡。
（旦）賊婢,不彼減到二個。
（貼）啞娘拙痛伊,莫得潑伊。
（旦貼同潑）（生）是誰是誰,力我一身潑得障濕？
（貼）誰人知你在許處坐？
（生）小妹好無分曉。
（貼）誰人教你許處看人？

【紅衲襖】（生）仔細思量只一事,陳三曉得了。都是恁二人做出來。（貼）水彼是阮錯手潑着,恁帶利阮啞娘乜事？啞娘卜知,剃你鬢水。（生）恁啞娘未是待詔。（貼）你夭句咕。（生）心頭暗切有誰知,誰料陳三做奴乞人使。（貼）使你也是輕工課,未是重工課。（生）雖是輕工課,小妹你肯乞人使？（貼）做簡都着乞人使。（生）受盡人磨柸,好怯我也知。（貼）既然知阮心意,阮卜入去。（生）小妹呀,阮共你話説都没人理,便卜入去?(貼)阮只心内意,怎都知了,阮卜入去。(生)潑今潑了,我也不敢怪你。(貼)你那怪阮便是呆。(生)雖然水潑我身,陳三終會出人前。

(旦内叫介)益春哑,我只内卜使你,你在許外乜事?

(貼)是簡一盆水錯手潑著陳三,陳三只外力簡乜都罵除。

(旦)我想陳三也未敢罵你。

(貼)夭敢連哑娘乜都罵除。

(旦)夭都連我乜都罵?待我來。陳三,水便是益春錯手潑着你,罵阮乜事?

(生)小人做乜敢罵娘仔?

【紅衲襖】(旦)死賊奴乜大膽,我只處洗面夭敢看。(介)看伊模樣,在我心内不敢唔。(生)小人這模樣),做乜不敢唔。(旦)陳三,我只處唔話,共你乜干?走!(生介。貼白)簡見陳三都親像有一人年。(旦)親像馬上官人都一般。(介)卜認又不敢。(貼)既然障説,怎便來去認伊。(旦)認來又畏差。(生)經過娘仔細認,小人也不差。(旦介)(貼白)阮娘仔乞你説得無意思。夭不走許處立!(生)怎哑娘都不唔,你罔來共阮做對頭乜事?(貼)陳三,你青青狂狂,誰人卜認你?(旦)陳三你夭句勞營,莫怪益春捧水潑。(生)恨益春捧水潑三哥。(貼)哑娘,陳三自稱伊叫三哥。(旦)伊是老鼠上天秤。(貼)簡有一包繡被没記收,待簡去收即來。(旦介)(生唱)衣裳潑濕添煩惱。(旦)衣裳潑濕會乾,煩惱乜事?(生)水潑人不痛,那是意思不好。(旦)賊奴,你啥意思?(生)一身為娘,辛苦不敢説。(旦)你向辛苦便轉去,誰人卜留你?(生)只一娘仔即是無人情。(生)我來你厝不成,去倒水珠滿身落,思量俩得好?(生坐介。旦罵介)哑,陳三,我共你無乜搭帶,敢來共我這處坐。(生)四邊無人,正好入頭。牽娘裙。(旦)唔乜?(生)小人不曾唔乜。(旦)再後那唔,剃你鬢毛。(生)娘仔,你未是待詔師父。(旦)再唔便知。(生)牽娘裙來拭面,想也未有大罪過。(旦唱)死賊奴,無道理。(生)娘仔你莫罵人罵人愛無意思。(旦)激得我心頭火起。(生)火起莫得燒着小人。(旦)見我是誰,敢來無尊卑。(生)小人做乜敢共娘仔無尊卑。(旦)賊奴,爾識一乜尊卑?(生)賊奴是官人,馬上官人我正是。

(小七上白)天光白日畫,老鼠偷食豆。

(旦)小七,你卜值去?

(淨)啞公叫我叫小八去拾柴。

(旦)青冥頭,尋小八來我只繡房口尋乜事?(生下)

(淨白)我今即聽見小八做聲。

(旦)死狗善小七,尋度我,尋那無,你着死了。

(淨)再年樣死?

(旦)咬舌死。

(淨)咬舌死痛。

(旦介淨走)來,小七,我卜使你。

(淨)卜屎待我去放。

(旦)我一錢三分銀在只處,一錢共我買絹線,三分乞你買物食了。

(淨)卜買乜色?

(旦)買紅綠。

(淨)那是泥堅。

(旦)青冥頭,紅綠是絹線顏色,乜泥堅,做再說?

(淨)買紅綠絹線,待我叫是泥堅了。(淨行)

(旦白)行卜值去?

(淨)打按後門去。

(旦)那按前門去。

(淨)今人專愛打後門。(淨下)

(生白)娘仔因乜向無意許處立?

(旦)走。

(生)夭走乜事?

(旦)我叫你走若遠了,夭句許處立,人知了去。

(生)值人知了?

(旦)小七知了。

（生）小七伊顛顛狂狂,目青冥,曉得一乜?
（淨）烏龜雜種,那你曉事。
（旦）緊走!（生走）
（旦）買來未曾?
（淨）人嫌銀不好。
（旦）做佣說銀不好?
（淨）伊叫是朴稍,我叫是三罄,共伊箭。
（旦）我銀是朴稍?
（淨）伊叫朴稍禾吞除。
（旦）乜吞了,都不共伊討。
（淨）我共伊討,叫待伊放屎還恁去。
（旦）斬頭,快去共伊討,討來乞你去罷了。（淨下）
（生白）娘仔向驚惶,乜事了?
（旦）賊奴,緊走!
（生）既然你罵我賊奴。
（旦）我不叫爾奴,甲阮叫你做官人?
（生）爾既不叫小人做官人,前日因乜有一物在小人邊?
（旦）我有乜物在恁邊?你知了,莫畏是掃笞好定。
（生）既然不信,小人提出來乞娘仔你看。你力荔枝挨我做乜?
（貼）啞娘,啞媽叫。
（旦）啞媽叫,爾都笑。
（貼）是啞媽叫,簡敢騙啞娘!
（旦）待我入去。（旦下）
（生白）小妹,你好無行止,恁娘仔只處我共伊說話都未了,你力伊叫入去除!
（貼）啞娘便是阮啞媽叫伊,非是阮叫伊入去。
（淨）雜種烏龜小八,共益春二個這處相弄,幹乜事?我拖來去見啞媽。
（生拖介下）小七放手,來去,我買粉乞你食。（淨下）
（貼白）斬頭,你只外罵阮乜事?

（淨）我罵陳三。
（貼）你罵陳三，牽連阮乜事？
（淨）陳三伊不作息，共你只處乜事？
（貼）伊作伊息，你作你息，共你無干預。
（淨）不，便共你乜干預？你共小八只外相惜，亦共我相惜一下，莫得大小心。
（貼）斬頭，你卜、卜乞不死除，卜乜用？
（淨）我罵你賊。
（貼）你敢罵！
（淨）賊賤婢，你……
（貼）青冥頭，賊賤婢是啞公、啞媽罵個，不是你罵個，我去共啞媽說打你。
（淨）你共啞媽說打我，我共啞公說，幹你痛痛。
（貼唱）小七丁古無道理，人前背後胡說話刺。我是啞娘身邊簡兒，你是啞公粗使奴婢。衣裳又破碎，腳跛目青冥。你卜現現么，將無人遲。
（淨）我那無么，無人卜現你。
（貼）斬頭，你向愛不？
（淨唱）益春死鬼，你莫相欺。阮厝祖公做皇帝。
（貼）恁厝祖公做皇帝，你都乞人飼。
（淨唱）天地變亂，尋我不見。益春，你叫皇帝是乜生個？
（貼）皇帝也是人生個，是乜生個？
（淨）句是卵孵個。
（貼）莫白賊，皇帝有卵，我不信。
（淨）你向不信，元初咱啞公去巡田，却一個卵到來，啞媽叫去煮請人客，我許內頭聽見，故頭嗑一空射出來，啞公說我定是好物，就討乳母飼我。（唱）即乞啞公雀却來飼，飼做親生仔兒。
（貼）青冥頭，一只白賊。
（淨唱）你是啞娘粗使奴婢。你莫相笑，恁今平平乞人飼。
（貼）也句可強你青冥頭，千嘴也不共你鬥得贏。我那去力飯碇捧藏了，都無飯通食。

（淨）益春啞妑，快莫，我早起都未食，我回你。（淨拖打介）（丑上）

【剔銀燈】叵耐恁做可不是，敢障做不合人較議。辱薄我門風乜體例，都是恁一夥奴婢。（合）從今改了心性，再後若卜障做，定是討死。（貼）告啞婆聽簡說起，小七做人未貴氣。（淨）烏賊莫得笑猴染，你也仔細乞人飼。

（合前）（入）
　　一夥奴婢無思量，着打着罵受虧傷。
　　關門莫管窗前月，分付梅花再主張。（並下）

第二十三齣　求計達情

【風入松】（生）一段姻緣不到頭，有話莫說共誰愁。俛得紅葉到御溝，無媒人不得入頭。千般萬樣計較，不知到底乜尾梢？悶如長江水，江水不斷流。一點相思怨，長掛在心頭。伯卿今旦落盡頭面，望卜見五娘。誰知到只其段，不得入頭，今卜做俛得好？（生）算見只一場乜蹺蹊，因貪邪色嬌媚，分明真個是陷人坑。（貼）阮娘仔使阮來到這，說只繡廳掃不伶俐。不肯沃花，看你真故意。（貼介）阮娘仔使阮來，叫你不沃花、不掃厝。（生）厝是我掃，花是我整治。恁娘仔可見無行止，當初因乜起這意，到今旦辜恩負義。

（貼）你俛見得阮娘仔無行止？
（生）我將實話說乞你知。

【蠻牌令】我為伊，來到只，受盡人苦氣。誰知恁娘仔，障無行止。暗苦切，腸肝如刀剃。煩小妹，你去說就裡。（貼）阮娘仔心性硬，你有話使我不敢說此兒。（生）我看恁娘仔也是賢惠個人，因乜今旦辜恩負義？（貼）阮娘仔賢可過。（生）我來恁厝年久月深，俛得好？（貼）既為人情，莫論年月，姻緣事結託在尾。（生）煩小妹早晚為阮勸回。（貼）勸阮娘仔共恁成就了，那畏後去沒記得小妹。

（生）伯卿俛通學人虧心行短。小妹有乜計，得共恁娘仔成就？

（貼）尊兄，今冥月光風靜，待阮引阮娘仔去花園內看花。恁寫一封書掞過牆去，乞伊拾去看，惹動伊心情，定是成就。

（生）你這計賽過孫吳，許時有乜記號？

（貼）阮有磚頭掞過牆來為記。

（入白）

無計通情意，憑你説因依。

惹得伊心動，是你運通時。

第二十四齣　園　內　花　開

【夜行船】（旦）行出屏前，四邊香花味。聽許鳥叫哀怨，恁人心悲，針線無心整理。（貼唱）日頭長，抆人無意，不免輕步慢慢移。

（旦）宅院清幽日頭長，恁人平坦倚繡床。

（貼）聽見柳上鶯聲叫，又見鴛鴦在池中。

（旦）益春，我拙日心頭悶寞，針線停歇幾時，實是傷情畏見。

（貼）亞娘，既然無心，同去後花園內賞花解悶一番。

（旦）既是障説，相共你去。

【駐雲飛】悶寞心情，恨我命乖運未行。畏看雙飛燕，畏看孤鶯影。嗏！鳥鵲相叫聲，悶來無意聽。（貼）鸚鵡雖乖，俺曉得阮娘仔心情？（旦）手倚欄杆，獨自無意聽。倚偏欄杆，獨自無意行。海棠花開滿樹兜，紅杏綠柳總堪眸。

（貼）諸禽無計留春住，恨殺東風寫樣頭。

（旦）看許花開，是實巧瞵。

（貼）是亦巧瞵。

【梁州序】（潮腔）春天景早，花開成朵，園內富貴實是好。（貼）哑公創這的景是好。（旦）障般景致惡討。益春，看許一枝花向好，折來與我看。（貼）哑娘，請坐，待簡去折來。攀折一枝好花，乞阮娘呵嗳，將花比娘面一般好。（旦）鬼仔，花做乜通比人面？（貼）這一枝花障香，卜掞除可惜，待簡共哑娘你插。插放覓只鬢邊香如瑙。（旦）鶯啼鳥叫，恁我心憔悴。（貼）移步抽身咱且到。

（貼）哑娘，月上了。（旦）舉目看，舉目看，不覺見月上如梭。

（旦）我昨暮叫你去叫陳三來沃花，可曾去？因乜花都不沃，乞伊謝落障多？

（貼）許一簡仔平坦，都乜年，卜來共恁沃花？

（旦）你去提二個水來沃。（貼介）

（生上）春色惱人眠不得，月移花影上欄杆。

（生介）原來是娘仔共益春在園內賞花，不免將心腹話説乞伊曉得。

【望吾鄉】（生）園内花開香蘭麝，想我在這牆外，礙手惡去折。一陣風送一陣香，着許花香來刈吊（割吊）人。不見花形影，我強企起來，在這月下行。待許賞花人聽見，即知阮貪花人有心情。冤家，好悶殺人！（貼）這牆外都親像乜人做聲，哑娘來去聽。（旦貼行介）益春，是都親像人做聲。（貼）月皎星稀，正是杜鵑叫月。（旦）叫月杜鵑啼苦切，聲聲叫是春歸時節。鳥雀悲春，共恁人心一齊。（貼）哑娘，今有乜計力只春來留帶？（旦）愛卜共伊人留春，想都無計。（貼）許春卜返去了。（旦）春今卜轉。（貼）看這花開花謝，真個恴人易老。（旦）花謝障多，一年不見人賞春，那見人為春啼切。（旦介）（生白）娘仔你耳偶年障重，人聲都無認，鳥聲都無認。人聲鳥叫因乜聽無定。我曉得了。伊都是假意叫做鳥聲。陳三因何只處行？陳三總是為人情，無因不來這月下行。將我心腹話，暗呾幾聲。我只話卜不説，娘仔因乜得知？我叔西川做太守，廣南運使是我親兄，今來恁厝差使着行。天若可憐陳三，借請一陣好風，吹送乞哑娘聽。（旦）益春，我初頭叫是鳥聲，今聽都是人聲。（貼）待簡耳去聽。（貼行）（旦介）簡今聽分明是人聲。（旦）咱今在只園内賞花，伊在許牆外賞月。（旦介）不知是值家人？（旦）值處人得眺障更深？（貼）伊許處牽連着咱。（旦）伊人共恁一般愛月心，伊許對月思雲鬢。（貼）哑娘，你只處賞花，可曾憶着許馬上官人哑不？（旦）我這處賞花，憶着伊人面。（貼）都是關情有意，可惜綫無針引。（貼）哑娘，人説姻緣都是月老注定，近前去祝告月娘，豈不可憐哑娘你！（旦）正是心事不須重祝訴，嫦娥與我是知心。

【餘文】更深月落靜沉沉，燈殘燭盡爐香冷。風送聽見人聲音，窗外恐畏人說恁。

（生）我寫有一封書，卜丟過牆去，未知娘仔意中如何？我今不免跳過牆去。正是：惜花愛卜花香味，好色移步近花邊。（生跳）千仞之山，尚不足畏；數仞之牆，何足道哉！

（旦介）益春，看是乜人？

（貼）哑娘莫驚，待簡去看。

（生）是誰人？

（貼）是阮。

（生）是小妹，待我叫是人偷折花。

（貼）是誰？力來去。

（生）恁娘仔在值？

（貼）我共阮娘仔這園內賞花，你青青狂狂，跳過來乜事？乞我驚一頓！

（旦）是誰？

（貼）是陳三。

（旦）陳三，我只園內賞花，你青青狂狂跳過來乜事？乞我驚一頓。

（生）小人聞見鶯聲，忽覺月光成鏡，又兼杜鵑叫月，引動心情。小人不甘去睏，近前巡視花廳。聽見這牆內都有人做聲，陳三疑是外人偷折娘仔恁花，以此小人即跳過牆來看，故不知是娘仔，恕罪。

（旦）陳三，你倒爻咭話，你來正好，我正卜問你。

（生）問小人做乜？

（旦）我昨暮日使益春來叫你沃花，你因乜花都不沃，乞伊謝落地障多？

（生）許花便有開有謝，俱得時常帶枝？娘仔愛花時常帶枝，比如惜人不甘放離。

（旦）陳三，我咭花，你咭值去？走！

【駐雲飛】是乜道理？不來渥花是故意。花謝滿地是，枉你做奴婢。（生）嗏，娘仔是乜意，說着那好啼。當初那是為娘，即來恁厝做奴婢。誰料今旦，暗切那好啼。

（貼）啞娘，你看，陳三大詒漢許處啼。

（旦）益春，爾將許謝個花，折一枝來我看。（介）

（貼）啞娘，只一枝花障好，可惜謝除。

（旦）這花雖謝了，還亦句好。

（生）許謝個花有乜好處？

（旦）陳三你到薄倖。你没記得花嬌姿潤色之時；今旦那謝了，便提覓除。你厝後那卜有么仔，枉屈許處看你。

（生）伯卿今年即十八歲，家後那有么仔，天譴責伯卿促命。

（旦）誰人力叫恁咒誓？好衰。

（生）娘仔，你叫小人家後有么仔？

（貼）伊許尾句咒一重重誓。

（旦）伊泉州人那怙咒誓討食。

（生）許花嬌姿潤色之時都不惜，等到謝了即來惜。只是空有愛花之名，而無愛花之實。

（旦）陳三，都值處却二句書來唸？

（生）小人在厝專讀書。

（旦）叫伊在厝專讀書。

（貼）伊讀書，今是讀成書癲了，即來乞恁做奴。

（旦）好是定。

（生）譬如娘仔共人相愛，許人來時全不管睬，到伊去了，娘仔你即念伊。

（旦）陳三，阮唸花，你唸值去？

（生）小人見四邊無人，共娘仔譬論。

（旦）譬你狗頭論，走！（生下）

（旦）陳三今即乞我詛一頓，都無意思。

（貼）啞娘，你專卜詛乞伊，無意思。

（旦）恁再來去看花。（介）益春，看許一枝花向好，折來我看。（貼折花介）

（旦）益春，我一陣口乾，你入去捧一鍾茶來我食。（貼下）

（旦）纔自陳三慌忙走，失落一塊紙。（介）我看一看，原來是一封書。

【醉扶歸】（旦讀）人說，人說有緣千里終相見，設計，設計即來到這，誰料僥倖無行止。我自怨一場無依倚，冥日怨切頭舉不起。（介）冤家，冤家，因乜障苦？死到陰司，冤魂卜來共你相纏。

（貼）一碗建溪茶，解了娘仔悶。
（旦）賊婢，你茶都冷了，收入去，不食。
（貼）簡茶捧來燒燒，那是只處聽啞娘讀書即冷除。
（旦）鬼仔，我讀乜？
（貼）簡捧茶來，聽見乜陰司冤魂卜共誰相纏？
（旦）是都聽見了，聽你并不知？
（貼）簡那是不知。
（旦）陳三慌忙走，失落一封書，乞我拾來。
（貼）書寫度誰？
（旦）卜還阿公。
（貼）伊寫書還阿公乜事？
（旦）叫伊來恁曆年久月深了，伊卜返去。
（貼）簡句聽見一句，叫乜冤魂卜共誰相纏？
（旦）鬼仔，是聽見，你整不知。許陳三是好笑，說伊來恁曆年久月深，長冥夢見伊家後親人冤魂都共伊相纏，叫阿公乞伊返去。
（貼）許是簡聽錯了。更深了，返來去。
（旦）筆盡精神細膩，看來端的意味。
（貼）橋上望東京，地隔有千里。
（生內叫介）益春小妹。
（旦）是誰叫？
（貼）正是許冤魂個。
（旦）鬼仔，你去共伊說，叫伊為奴才：日則侍奉箕帚，夜則安身寢席。奴不亂主，律有明條。阮安靜在這花園賞花，伊不合拔戶跳牆，不安為奴本分。那卜共阮爹媽說，叫伊著死，叫我共伊無乜人情，叫伊轉去。

（生）小妹,恁娘仔書拾去,有乜話説無?
（貼）阮娘仔書拾去,連阮都瞞除,不乞我知。
（生）恁娘仔做佴瞞你?
（貼）叫你書卜度啞公。
（生）那卜障説,説也有些仔意思。
（貼）阮啞娘句有話説得怯。
（生）做佴説?
（貼）（云前介白）（生）恁娘仔好識律。
（貼）叫伊共恁無乜干預,叫恁返去。
（生）恁啞娘即是無人情。

【剔銀燈】（生）陳伯卿專心拜託,望小妹做一月下老。（貼）做媒人着老人,小妹做乜都會做媒人?（生）蛇那無頭值處會梭。勸恁娘仔共我匹配不錯。我到這不成去到,思想起來,惹得相思病倒。

【雙鸂鶒】（貼）告尊兄聽阮説起,阮娘仔共恁全無半點情意。（生）我只望卜共恁娘仔結做夫妻。（貼）説伊是千金身己,佴肯匹配恁奴婢?（生）恁娘仔都没記得樓上掞荔枝時?（貼）高樓上掞荔枝是錯手,有乜情意?（生）好大錯手,都不掞着別人?（貼）伊許心內句疑你,恐畏不是。（生）我是官員人仔兒,恁娘仔那卜無荔枝掞乞我,我肯來恁厝做障般勾當?（貼）阮啞娘正不信你這話。（生）伊做乜不信?（貼）説你富貴讀書詩,不去求官,來伊家做乜?（生）愛求官,都容易,一心貪共恁娘仔結連理。（貼）伊正説是,富貴人求親,肯做人厝奴婢?（生）我前日托爾言語,可曾共恁娘仔説未?（貼）阮共阮娘仔説了。（生）恁娘仔可做佴説?（貼）伊罵阮閑言語揔不聽,説伊有一點主意。（生）伊有乜主意?（貼）説伊爹媽收了人聘錢。（生）恁娘仔向愛共林厝做夫妻。（貼）大人言語惡推辭,伊每日暗切費盡心機,一飽無許三靴個道理。我勸你,我勸你早抽身,枉屈你只處共伊相纏。（生）伊掞落荔枝,全怙恁娘仔卜學許當初《青梅記》,即學磨鏡做奴婢。我是官蔭人仔兒,捧盆掃厝望結連理。誰知障般無行止,我不謀伊親醒,肯受障般惡氣?

（貼）尊兄莫得着急,好事在後來。請出,乞小妹關宅門。
（白）金鶯出谷上喬林,獨自飛來獨自吟。
空守枕席床機冷,反側不眠淚滿衾。

第二十五齣　陳三得病

【掛真兒】（生）冥日思量上天臺,得見神仙空返來。昨暮去到花園內,致惹一病有誰知?為伊刈吊成相思,一病慨慨藥難醫。茶飯也沒食一嘴,風流債滿等值時?昨冥去到花園內,着娘仔弃返來,惹得一病上身,做俺得好?

【剗鍬兒】着伊刈吊相思病損,頭令又眩做俺當。夢內共伊同枕床,歡喜醒來是夢中。刈得我腸肝做寸斷,想我性命無久長。

（貼上）西風冷微微,引惹人心悲。拙晏三哥因乜都不開門?不免叫一聲。（貼叫）

（生白）是誰?

（貼）是小妹。

（生）我病,沒起未來共你開。

（貼）共我開,小妹共你說一句好話,爾病卜好那。

（生）小妹,門掩上在許處,你卜入來便搡開入來。

（貼見）三哥因乜得病,卜做俺得好?

（生）全望小妹解圍。

（貼）甲小妹做俺解圍?

【皂羅袍】暗切心頭萬千般,致惹一病誰人顧看?（貼）小妹那是不知,卜知亦來。（生）恁娘仔好無行止。力我一身做障磨,辛苦誰人得知我?（貼）阮啞媽叫阮來叫你掃厝。（生）厝無心掃,着伊暗割。（貼）正是着誰暗刈?（生）着恁娘仔刈。（貼）尊兄這話再莫說,乞阮啞媽知了不好。莫得着急,你起來,待小妹討些兒茶飯來乞你食。（生）飯今沒食,澀過吞沙。恁娘仔障無行止。（貼）是乜無行止?（生）伊騙得我來恁厝,即來辜負我。你做乜不勸恁娘仔?（貼）說起煞人心痛,全不信你來學磨鏡,盡叫玉石無真正。誰知正是崑山玉,含糊不説害你性命。得病沉重做俺改拆,保你姻緣有日成。

【水車歌】(生)你障説,解得我病輕。煩小妹,你説拙來因。勸恁娘仔記念前情,到這處話説無盡。(貼)勸你寬心莫得性緊,莫枉屈刘吊你這相思病深。(生)煩你只去話説卜盡,姻緣成就,結草銜環卜報答恁。

【尾聲】(貼)我見你也傷情,俺恁成就這姻親,即會解得你病輕?

(生)你做也不勸恁娘仔?

【醉扶歸】(貼)三哥,三哥你聽我説,誰敢力頭毛去試火。(生)我前日拜託你言語,你做也不共恁娘仔説?(貼)你這話使我都不敢去説?(生)説畏做也?(貼)伊了反面,阮惡收退。(生)今卜做俺思量?(貼)尊兄你可會畫没?(生)琴棋書畫我都會。(貼)那會是年。不如你親手巧畫,放覓伊花樣册底。待伊刺繡,看見必有話。

(生)既是障説,待我畫一個鶯柳,煩小妹共我送去。

(介)都無紙筆。

(貼)既是無紙筆,待小妹去討來。(下)

(生介。貼上)紙筆在這。

【望吾鄉】(生)抛心畫柳共題詩,又畫鶯柳比論伊。鶯你飛來宿柳枝,恨東風吹擺無定期。畫鶯比阮,畫柳比伊。(貼)只一個鶯,因何不宿這柳枝上?(生)小妹,也親像我没得共恁娘仔成就一樣。(貼)值時會得鶯織柳絲?不免來題一首詩。(生介)鶯柳飛來無所依,盡日思春獨自啼。可惜章臺柳色好,何時借得一枝棲。(貼)畫了,借小妹看一看。(生介)(貼白)只鶯柳畫得是好,尊兄,那畏花採入手,不識花枝。

(生)我亦不是辜恩負義個人。小妹,我一悚嘴乾,你入内去討一鍾茶我食。

(貼)徑路被雲收拾去,只憑流水認仙花。(貼下)

【鎖南枝】(丑)來到黃厝尋三爹,虧伊捨身為人情。因也不見人出來？（生）是乜人做聲？（丑）開門，開門。（生）是誰？（丑）阮是泉州人，卜來探鄉里。（生）都親像安童聲説。（生見丑）那從分開去，恁簡心肝痛。恁厝富貴得人驚，思量好啼不敢做聲。（生介）我見你，乜心悲，做緊起來莫得啼。恐畏内頭人，得知心帶疑。（丑）虧得官人。（生）是我甘心，恨誰得是。你今言語莫提起。安童，你值處來？

（丑）簡在廣南來。

（生）大人做官，拙時俚樣？

（丑）大人做官清正，使簡轉去泉州，問安太老爹、太夫人。

（生）大人有書無？

（丑）有書在這處。

（生）提來我看，恐有乜牽連我處。

（生看書介）安童，我寫一封書同封轉去探太老爹。

（丑）三爹，只處姻緣可成就未？

（生）那看只早晚成就。

（丑）三爹啞，既是未成就，何必苦求？不免共安童返去厝。（貼上聽介）

（生白）爾没曉得，我姻緣成就，早晚就返去。

（丑）三爹返來去，恁厝乜樣富貴，豈無千金閨女共你匹配？求伊乜用？

（生）你返去，説我在任上讀書，莫説我在這潮州，急惱老大人。

（丑）既是三爹未返去，安童帶有銀三十兩在這，放這處，度三爹你使。

（生）我這處正卜銀使。

（丑）安童就起身去。

（生）我這處也不好留你。

（丑）一封書信報平安，未知值日得相逢。

（生）莫説我身在這處，恐畏急惱老大人。

（貼）三哥請茶。

（生）起動小妹。

（貼）三哥，纔自遮外都是恁乜鄉親？
（生）正是鄉里。
（貼）莫白賊，那卜是恁鄉里，你送伊出去，天都目滓流。
（生）纔自是送人客出去，風吹目滓流。
（貼）那卜不是你親，伊都跪你，又叫你做三爹，也有銀度你，我都看見。
（生）小妹，你既都看見，沒瞞得你，許正是我家人來探我。
（貼）伊值來？
（生）我兄見任廣南運使，伊在任上來。
（貼）向說，你兄都夭做運使。
（生）正是。
（貼）尊兄，你都是好人仔兒，那是為阮啞娘，即會受阮啞娘障般苦痛。
（生）纔自我家人提有銀還我，只一塊可小，乞小妹買針線。
（貼）小妹做乜通收尊兄你銀？
（生）收去，勿却我意。
（貼）向說，待小妹為尊兄你收，卜使來提。
（生）今這書託小妹共阮送還啞娘。
（貼）待小妹將實情共阮啞娘說，叫恁也是好人仔兒，不畏姻緣不就。
（生）小妹，正是障生，共恁啞娘說，叫阮也是好人。

【駐雲飛】（貼）人物風流，不使思量便下手。筆下又清秀，真個有思量。嗏。（生）煩你力書收，怙你相將就。（貼）那畏功德完了，和尚無人管睬。（生）有意栽花，等閒去插柳。（貼）三哥，你說這話，這書小妹不送去。（生）是阮一時言語，小妹莫怪。（貼）願乞姻緣，早早得成就。

　　　　　　未知娘仔意，那憑一首詩。
　　　　　　得伊心意動，是你命行時。

第二十六齣　五娘刺繡

（貼上）捧卜繡篋出繡房，金刀金剪盡成雙。畫花粉筆盡都有，五色絨線綠間紅。

【銷金帳】安排繡床閨房東，掛起羅帳腦麝香。針線箱、繡篋，益春常捧。內有五色絨線綠間紅，銅箱交剪對金針。伊人琴棋書畫盡都曉通。那是阮娘仔無心去弄。盡日憪憪，不知憶着乜人？別人私情，益春俙伊人苦痛。勞堪逢着一好清秀郎君，共伊人合歡，恰親像十五冥月光光降。陳三有一紙字，叫阮共伊送。今卜下這繡篋內，阮娘仔來看見，那歡喜便好；一卜着急，俙得好？便做着急乜事。不免下只繡篋內，請啞娘刺繡。（貼下）（旦上）

【長生道引】（旦）早起梳妝正了時，抹粉畫眉點胭脂。行出珠簾看寶鏡，怨殺孤單空過冥。獨坐繡房日漸昏，停針無語欲銷魂。山風故意度庭竹，欹耳頻疑人扣門。拙時針線停歇，不免繡一光景解悶。

【望吾鄉】（潮腔）（旦）盡日無事整針線，逍遙閑悶心無掛。針穿五色絨共線，繡出鱗毛千萬般。線共針穿，步步相禾。引動人心情，切我守孤單。

（內調）一更鼓打北風颶，裏打燈另打燈打丁，娘仔思君心不安，裏打燈另打丁，裏打丁打丁。值時共君成伙伴，裏打丁另打丁，裏打丁打丁，即便得被燒枕不單。裏打丁另打丁，裏打丁打丁，裏打丁打丁。

【望吾鄉】（旦）繡成孤鶯戲牡丹，又繡鸚鵡枝上宿。孤鶯共鸚鵡不是伴，親像我對着許丁古林大無好頭對，實無奈何。（內調）（旦）不免再繡一叢綠竹。再繡一叢綠竹，須等鳳凰來宿。（內唱）哴嗹哴柳嗹，嗹呵柳嗹哴嗹，柳嗹柳嗹哴嗹，柳嗹柳嗹哴嗹，柳嗹柳嗹。（旦）繡成犀牛望月圓，又繡烏雲間月垗。雲遮月暗，犀牛無意，也親像我，對着丁古林大鼻。雲會消散，月會團圓。不免再繡一輪光月。再繡一輪光月，須待唐明皇來遊戲。（旦）想起人情，切我魂魄散。心頭憔悴如刀刈。想許三哥,伊百般苦痛,都是為我。着伊刈吊,冥日心不安。莫是無緣,便做無緣隔遠,死去冤魂相耗。我想來想去,無一人親像伊。障好清秀郎君,叫人心頭倆年肯灰。(又唱)且力針線放一邊,心頭怨切愁無意。若會隔斷林大鼻,一座清醮答謝天。但願逢着好兒婿,恰像蓮花開遍滿地。花紅共柳綠,且趁我青春少年時。再尋二個豔色繡絨來繡一般光景。(介)因何我只繡篋內有一紙字在這內?(介)原來句是一封書,不免開看。原來畫有一鶯柳,只尾有一首詩。(詩曰)鶯柳飛來無所依,盡日思春獨自啼。可惜章臺柳色好,何時借得一枝棲?

（旦介）這鶯柳畫得是好,這必想是陳三畫個,叫益春送來。鬼仔即是成精,不免叫出來罵一頓乞伊。

（旦叫）益春,過來。（貼上）

（旦）爾值去?

（貼）簡在這處。

【剔銀燈】（旦）死賊婢,你走去値?（貼）簡在只聽候啞娘。（旦）早使你力繡篋整理。（貼）簡都整理便了。（旦）我這處有乜人來到這?（貼）這繡房內也無人敢來,那是簡來去。（旦）飼你拙大,因乜不同人心意?（貼）簡自細是啞娘飼,因乜不同心意?（旦）你知。（貼）簡都不知。（旦）只繡篋內因乜有一紙字?（貼）簡都不知。（旦）你不實說,定着討死。（旦怒,貼跪）（貼）告啞娘,聽簡說起,許陳三一身受氣。（旦）你說不知,又知陳三一身受氣。（貼）再三分付,叫簡共娘仔說出卽情意。（旦）鬼仔,起來,陳三有乜話說無?（貼）說娘仔沒記得當元初時。（旦）我當元初有乜事?（貼）啞娘非都無事?（旦）我都無乜事。（貼）高樓上食荔枝,掞乞伊,引惹伊人做乜?（旦）掞著伊不?（貼）啞娘現掞著伊。（旦）不愛人白賊。（貼）深懊恨,無所見,叫恁姿娘人,話說無定期。（旦）無定期整騙伊乜?（貼）現騙伊人。空騙伊人張盡計,費盡機。做恁厝奴婢。（旦）只便是伊甘心情願,整誰人力伊來?（貼）罵娘仔!（旦）想陳三未敢罵我。（貼）現罵啞娘。（旦）罵我乜?（貼）許簡不敢咯。（旦）罵便是陳三罵我,整是你罵我？罔説。（貼）罵娘仔怯心肝,懊行止,全無半點可憐伊。（旦）這賊奴,乜大膽都敢罵我。（貼）伊人句乜樣着急。（旦）做俺急？（貼）説伊讀書,有好文章無志氣。（旦）鬼仔你即呆,乞伊人罵你,因乜不應伊：你好文章不去求官應舉,卜來阮厝為奴？（貼）簡也障去問伊。（旦）伊做俺應你？（貼）叫伊那卜肯求官,官那在荷包內。（旦）我禾信？（貼）説伊卜求官都容易,那貪共娘仔愛結成連理。（旦）好空思想伊。（貼）伊即甘心捧盆水,掃廳邊。忍除志氣,受恁一口苦氣。（旦）我想起來,即是怨陳三。（貼）勸娘仔你莫怨伊。伊怨恁辜負伊人青春年紀。（旦）鬼仔,你罔唝,我不聽。（貼）也耽擱恁獨自。

　　（旦）我袂曉得飼你即大,不同我心,專共俺別人送書。手伸來,我捶除。

　　（貼）啞娘,莫捶,簡手留卜捧湯乞啞娘你洗面。

　　（旦）不用你捧,伸來,我捶除。

　　（貼）今是不用簡,今有人了,既是卜捶簡手,待簡去叫陳三來,一齊乞啞娘捶。

　　（旦）我捶陳三手乜事？

　　（貼）送書人手都着捶,寫書人手句不着捶?!

　　（旦）你只賊婢成精了,讓你也罷。

　　（貼）簡今即知陳三是好人。

　　（旦）你因乜知？

　　（貼）昨暮日有一家人來恁尋伊。

　　（旦）伊家人值來？

　　（貼）説跟伊兄廣南做運使來。

　　（旦）見伊便做俺樣？

　　（貼）見伊乜樣啼切,再三勸叫伊返去,説伊厝乜樣富貴,豈無玉顏之女共伊匹配,何卜做障般勾當？

　　（旦）陳三乜話應伊？

　　（貼）陳三都無話應,那目滓流。

　　（旦）我句未信。

（貼）噁娘不信，夭跪伊，夭叫伊三爹，夭討銀乞伊使。

（旦）我夭信乜。

（貼）不信，夭句一塊即大乞簡，在這。

（旦）你共伊人送書，亦值一塊銀喝大。（介）我明知陳三是好人仔兒，今有乜思量？

（貼）噁娘都無思量，叫簡卜乜思量？

（旦）鬼仔，起爐發火都是你。

（貼）簡聽見許老人講古，說崔氏鶯鶯共張珙在西廂下相見，後來姻緣成就，噁娘學伊畏偶年？

（旦）我愛學伊，那畏不親像伊。

（貼唱）噁娘，那卜學伊，都不可強伊，只姻緣學卜崔氏鶯鶯共張珙西廂記。

（旦唱）你障說也是理，我共你在只心頭，且莫露機。

（貼）簡偶敢說？

（旦唱）是我當初親看見，我一心恐畏這人不是。

（貼）正是這人。

（旦唱）恐畏世上人相親像，又畏人乘機來假意。

（貼）今卜做偶思量？

（旦唱）不免再叫來問伊，試探伊人話剌。

（貼）那卜是年？

（旦唱）成就只姻緣也未遲。陳三今在值？

（貼）陳三在後花軒內，只拙久頭不梳、飯不食，是乜恁人可憐？

（旦）去叫來，我罵一頓乞伊。

（貼）今聽簡勸莫罵伊。

（旦）亦罷，聽你勸，去叫來我問伊。

（貼）簡去叫伊過來。陳三，噁娘叫你。

【縷縷金】（生）聽見叫，心帶疑，未知五娘仔有乜事志？手舉芒掃帚，近前問伊，使我也知伊心意。水潑落地，難收得起。娘仔有乜鈞旨？

（旦）陳三，你好弄膽！

（生）小人做乜敢弄膽？
（旦）你畫鶯柳使益春提來戲弄我，可是哑不？
（生）是。

【醉扶歸】（旦）陳三，陳三你不是所行。寫詩，寫詩戲弄我，乜大膽。（生）小人那畫一鶯柳，便是戲弄娘仔，娘仔你做其事可記得？（旦）我都無乜事。（生）娘仔你想看年！（旦）阮袂想，我亦袂曉得。將只鶯柳提來去度阮爹媽，你便是奴敗主，該乜罪？（生）啼（旦）不愛人假切。我曉得了，你驚畏我去報阮爹媽，你着驚啼。（生）小人不是着驚啼。（旦）不，做乜事？（生）那切今旦因乜只處乞人聲聲叫賊奴。（旦）叫賊奴句切，句是大敬你，即叫你。（生）小人受娘仔指教乜多了。（旦）你常説富貴人厝仔，因乜卜學只所行？不去勤讀書詩，不去應舉求名。（生）小人卜應舉求官有乜惡？（旦）不愛人大話。（生）小人不大話。（旦）你厝住泉州，因乜來阮潮州城？

【皂羅袍】（生）娘仔你且聽説起，因送我哥嫂廣南城市。（旦）送你哥嫂廣南去做乜？（生）送哥嫂廣南做官。（旦）做乜官？（生）做運使。（旦）你兄那卜做運使，向説你便是叔爹了。（生）我便是三爹。（旦）惡見一個三爹共人磨鏡。你許白賊話共人説，倒無人信。（生）送我兄來到娘仔貴城，幸遇元宵，小人出街看燈。無端燈下見娘仔。（旦）你夭出街看燈，好樂然，你見我不年？（生）小人親見娘仔。（旦）不愛人白賊。（生）小人見娘仔花容玉貌，一見失了精神。（旦）好井話。（生）送我哥嫂到任，冤家冥日着你刈吊，就返來，便是六月。（旦）你許白賊話輕聲説，人了聽見。（生）一日騎馬上街市。（旦）你夭騎馬？（生）娘仔你都不見。（旦）你那卜有馬通騎，也是租來個。（生）娘仔，你可記得樓上食荔枝時？（旦）我六月常在樓上食荔枝。（生）娘仔你做出一件事，可記得没？（旦）阮記都無乜事。（生）夭共益春。（旦）阮連益春都没記得除。（生）既是没記得，待小人共你説。（旦）你記得便説。（生）你揀落荔枝，乞阮為記。（旦）揀着你不？（生）現揀着小人，夭箭！（旦）不愛人白賊。（生）我估你有真心，即來做恁厝奴婢。（旦）陳三，你創景，生入人告罪。(生)阮都不創景入別人。你既然那卜虧心荔枝,我現收在這。這荔枝是娘仔你個不?(旦)這荔枝果必會相見。六月,六月值處人無荔枝?(生)娘仔你無行止説話。(拾介)不是,還小人。(旦)秋哑,愛搶,搶去不好?未知這物是不是?(生)(拾介)娘仔聲聲句句説不是,看伊做乜?(拾)(旦)荔枝便借人看,向希罕,搶去乜事?(生)既不是,看伊乜事?(旦)今是了,各借阮看一下。(生)在只手袖内,愛看伸手來提去看。(旦)我苦,未是藥。(生)未是藥便莫看。(旦)前日有一人騎馬遊街市。(生)娘仔可認得没?(旦)我没認得。(生)娘仔好目頭高。(旦)是我錯手掞荔枝。(生)好大錯手,有采掞着小人,卜掞着阮簡仔,也剥食了。(旦)不是錯手,并故意掞你?(生)天,這荔枝不是娘仔親手掞度阮,天就見責阮。(旦)值人逆你?向苦咒誓!(生)娘仔你欺人。(旦)過去事志,誰人卜記?(生)娘仔你不記,小人惓惓記在心頭。(旦)既然那卜是你,馬今值在?(生)是我,是我有馬没做得主。(旦)因乜有馬没做得主?(生)送乞,送乞磨鏡師父。(旦)馬不騎,送乞磨鏡師父乜事?(生)學伊手藝來見你。(旦)你向苦見卜阮做乜?(生)只望卜共娘仔你結成夫婦。(旦)結你骨頭夫婦。(生)着你辱罵,不敢應一半句。(旦拖介)(白)拔着小人,都未見好。(旦)拔你骨頭不碎。(生拖旦介)拔着我,你着死。(生)叫未成。(旦)食大丈夫漢,厝不掃,假虔啼。(生)今天甲我掃厝?(旦)不井讓你,只時無閑飯通乞人食。(生)娘仔既有尊命,敢不掃。(旦)緊掃,不愛人延。(生)就掃。(旦)一掃帚按向舉那咕應嘴。(生)井掃厝也有師父?(旦接掃介)無師父,我掃你看,句可好看你。(生)向説,我掃乞你看。(旦)今免你掃。(生)娘仔又無乞我掃。(旦)掃了辛苦成病,無人通伏事你。(生)感謝娘仔痛疼。你念着荔枝再莫猶豫。(旦)陳三你莫弄膽,踏着我脚你着死。(生)我那死,你也着死。(旦)乞伊人障説,乜話通應伊?(生)今問娘仔乞一開處。(旦)泉州人識禮,亂亂唱喏。(生牽介)(旦)陳三膽大,放手!(生)今夭甘放?(旦)不放我叫。(旦)叫陳……(生)娘仔你叫,小人就跪。(生跪)(旦)恁起來,阮不叫。你丈夫人膝下有黄金,向跪阮姿娘人乜事?

（生）禮下於人，必有所求。（旦）放手。（生）今着叫一聲三哥即放。（旦）放，阮叫。（生）你騙我。（旦）三哥，今放。（生）今着叫小人一聲官人即放。（旦）你只一人上心，不是叫你三哥，大且喜了，又卜叫人叫你做官人。（生）緊叫官人。（旦）嗨，陳三，人來。（生走）（生）娘仔都那是騙小人。姻緣斷約卜值時，今問娘仔乞一古記。（旦）三哥你也莫得見淺。（生）君子之求，聽人所願。（旦）我看你都那卜打硬。（生）小人做乜敢打硬？（介）問娘仔乞一金言。（旦）我只處心驚脚手痺。（生）娘仔向虛驚做乜？（旦）啞媽得知，我俪得死。（生）娘仔那死，小人就同娘仔你死。（旦）阮便是怨切身命死，恁死正為乜？（生）我千鄉萬里來到這，望共娘仔結成夫妻，娘仔你那死，卜我命做乜？不如共娘仔同死。（旦）俪當得障般好嘴。（生）三哥，阮出來久長了，恐阮啞媽焦我不見，阮卜入去。（生）娘仔共小人斷約一聲，乞你入去。（旦）待阮去即來。（生）既障說，乞你過去。（旦）不愛人假忠厚。（生）娘仔共小人斷約一聲。（旦）恁乞阮過去，阮啟你一深啟。（生）娘仔，你那一處，小人唱你一喏。（生攔）乜物向生，急死人！（生）障變面，即是沒得過去。（旦）阮不變面，恁行開，乞阮過，阮惜惜你。（生）娘仔你帶只處，我句惜惜你。（旦）值人卜你惜，一人倒不聽人嘴。（生）你都不聽阮唔。（旦）聽伊人障般言語，教我俪當得起？三哥，阮一卜力親情放乞恁是年。那畏恁家後有親，到許時誤阮身無依倚。

　　（生）娘仔，你疑小人家後有親，就共娘仔咒誓。

　　（旦）只誓惡咒。

　　（生）就詛。

　　（旦）爾詛。

　　（生）天，伯卿家後若有親，

　　（旦）且慢，父也是親，母也是親，你咒誓着咒乞伊明白。

　　（生）伯卿家後若有妻小，日後耽誤娘仔，天，你譴責伯卿早死。

　　（旦）三哥請起，一人倒愛咒誓。

　　（生）小人受盡娘仔你氣。

　　【水車歌】（旦）你障說我這心肝都痛，阮俪甘負恁人情。你俪曉得我心頭思想。（生白）娘仔你今想到了。（旦）為君發業，心悶惆悵。（生）娘仔共阮斷約一聲。（旦）唸不出嘴，八死不少。（生）人情意好，畏乜八死？（旦）人情初相識，終無怨恨心。咱今相惜在這心内，何用卜斷約？（生）既不共小人斷約，入去罷。（旦）你莫掛意，阮有真心，力恁丈夫人心腹句沒着。（生）我堅心為你失了千志，你想我是一辜恩負義？（旦）君你言語句句卜記。共君斷約。（生）斷約值時？（旦）須等待今冥三更時。（生）值人留門？（旦）恁留門。（生）娘仔不來是年？（旦）三哥，再不負約。若還不來，頭上是天。（生）若負小人年？（旦）我亦咒誓你聽。若還負君，促命早先死。（生）感謝娘仔真有人情。（旦）阮明知恁假意學磨鏡來阮厝行。（生）娘仔卜知，夭罵阮做乜？（旦）我罵你是瞞阮媽共爹。君你今障説，我只心肝越痛。（生）林厝親情今侢樣？（旦）懊恨丁古林大，早死無命。（生）娘仔侢捨得罵伊？（旦）每日催親，我幾轉為伊險送性命。

【餘文】我勸你心把定，一世不負君人情，心神把定莫着驚。

（生）娘仔，既你真心，討一件物見阮做表記。

（旦）三哥既愛表記，阮一時無物，權力只御羅手帕乞恁為記。

（生）娘仔，只個可輕。

（旦）三哥你真個好笑，你不見古人説：物輕人意重。恁既愛重物，這桌哥來不好？

（生）既障説，當人不當物，小人就收去。娘仔，今冥大志不通相耽誤。

（旦）三哥不必致疑。

（白）早力荔枝為定期，今將御羅為表記。
在天願為比翼鳥，在地願成連理枝。

第二十七齣　益春退約

【掛真兒】（旦）伊斷約是冥昏，躡脚行來心驚惶。（貼）常説等人易久長。莫猶豫，恐畏天光。

（旦）燕雀為巢鳩占居，無狀林大柱尋思。
（貼）前世姻緣今世結，管乜狂風飛柳絮。
（旦）益春，爾入內去看啞媽啞公睏未？（貼下）
（旦白）今冥斷約卜共三哥相見，一卜去，又畏後去丈夫人不敬重恁；一卜不去，又是恁失信。不免使益春去辭伊，叫今冥阮啞媽不若好，伏事啞媽，看伊心中如何？
（貼）關上堂門出外廳，轉過屏風輕步行。啞娘，啞媽啞公都睏了，放早來去。（旦云前白）
【孝順歌】我心神被情牽絆，進退不得，有千般艱難。算見伊，為阮萬樣苦痛。又畏伊後去負心，莫到許時乞人傳說阮。
【鎖南枝】（貼）今到只，莫推辭，人情既許莫負伊。看恁這姻緣，通比《青梅記》。青春少女逢着風流子弟，且去人情做些兒。
（旦）益春，你緊去緊來。
（貼）共伊斷約為荔枝，桑中濮上不負伊。
（旦）只怕伊心常反側，明夜到處不負期。

第二十八齣　再約佳期

【醉扶歸】（潮腔）（生）相思病怨切身命，只苦痛不敢做聲。聽見城樓上鼓角慘，三四更聲。紗窗外，月光都成鏡。卜睏又不成。強企起來閑行。看見牆外花弄影，莫是乜人在這月下行。輕輕仔細去聽。望面見，心着驚，共是為人情。我共伊斷約，更深受盡驚惶。恐畏伊人負心了不來，話咋無定。誤我今冥，只處有意討無情。娘仔因乜不來？正是有約不來過夜半，閒敲棋子落燈花。且力只門掩上。

（貼上）閒來閒去，為伊二人通消息。別人私情，累阮生受。管取今旦會成就，正是窈窕淑女，君子好逑。三哥，門都關！

（生）幾番思量卜起，聽見門鳴又畏不是。一冥聽候不敢去睏，又畏伊來相耽置。

（貼）開門，開門！

（生）聽見人叫門，我心帶疑。是誰？
（貼）是益春小妹。
（生）待來。
（生見）是小妹，請入內。
（貼）到這處着入去。
（生）門開見是你，偷心歡喜，即知小妹有阮心意。恁啞娘在值？
（貼）阮啞娘來在許外。
（生）你去請來。
（貼）那你去請。
（生）小妹同我去請。
（貼）你井是請鬼，阮那是騙你，啞娘不來。
（生）伊共我斷約，佃通不來？
（貼）礙阮啞媽身上不若好，卜聽候啞媽，不得來。
（生）好見無緣，可有乜話寄你來說？
（貼）有話卜説。
（生）共阮呾。
（貼）言語寄探你，十分惡推辭。礙恁人情，知你是假意來阮厝行。
（生）伊那知也好。
（貼）見你受苦，伊心頭痛。
（生）伊卜痛我，做乜不來？
（貼）愛來見你，又畏伊媽爹。使阮答你，不甘斷情。
（生）啞娘歡喜，愛來也不？
（貼）伊偷心愛來共恁結做夫妻，合歡是定。
（生）幾刈小妹你有心。感謝小妹相照顧，今旦無恩通相補。
（貼）值人卜共你討恩？
（生）幾返譴你上落脚酸，同阮只床上坐。
（貼）小妹一身襤襤褸褸，做乜好共尊兄許處坐？
（生）你莫嫌阮枕席粗，勞堪我小妹，好緣相鬥湊。

（貼）阮又識一乜好緣！
（生）你拙大都不識好緣？看許鸞求鳳友鴛鴦配偶。
（貼）鴛鴦便成雙，値處有三個？
（生）三個未是多。正是惜花人起早先沾雨露。
（貼）三哥莫起這心意。
（生）只也是愛小妹你。
（貼）恁向愛？既讀詩書，不識禮義。阮是啞娘身邊簡兒。
（生）那叫你在啞娘身邊即惜你。
（貼）誰卜你惜？況又未諳風流事志。
（生）小妹你不識，阮敎你。
（貼）誰卜你敎？願恁雙雙二好，許時愛阮容易。益春雖是野花嫩草，俺肯隨風倒地？
（生）幾番累你成相譴，今旦相譴成相惜。
（貼）三哥是乜形？
（生）三人二好，一人着譴。幾番爲阮，功勞不少。
（貼）只一句話咭得是，你那知有功勞，是金是銀，提來謝阮，莫得做一形狀驚人。
（生）千金不足補報，那憑眞心共你相惜。
（貼）陳三色膽大如天。
（生）只一簡仔都通叫我名！
（貼）不是你無正經。
（生）障靑面。
（貼）罵你也敢。瓜田李下也畏人疑。
（生）只處誰人疑？
（貼）値見隔牆花，强攀做連理？
（生）隔牆花攀來即巧。
（貼）那畏恁無許命。
（生）阮俺年不好命？
（貼）那畏你命怯，福無雙至。阮啞娘那卜知，你這樣所行不正，伊嫌你貪花亂酒，許時反悔不遲。阮娘仔伊是千金閨女，都不強過阮奴婢。

（生）近水樓臺先得月,小妹你共我這處得眺一下。

（貼）你障執執力力,我那共阮啞娘唁,你一場功德做許草內去。

（生）人那是共伊滾,伊估叫是真實。

（貼）説滾,頭向動,你是都來。

（生）是阮一時不着,小妹莫急。

（貼）行開,乞阮過去。

（生）拙變面,你着笑,即乞你過去。

（貼）阮今笑了,乜形向生?

（生）大下即笑。

（貼）許一□□□是攔了。

（貼走）小妹八死人。

（生）共恁娘仔説,叫伊放早來。

（生）看恁一點有真心。

（貼）想你膝下無黃金。

（生）一心為娘千般苦。

（貼）獨自歸去獨自眠。

第二十九齣　鸞鳳和同

【掛真兒】（生）天色漸昏月又光,娘仔斷約是冥昏。有緣今冥來相見,無緣那就今冥斷。伯卿今冥共娘仔斷約相見,更深了,因何不見來?乜見苦!正是等人易老。想娘仔那卜有心也不畏,不免力這門來掩上。

（生介）

【大河蟹】（旦）暗靜開門躡脚行,姮娥知阮為人情。心神迷亂都不定,思量低頭獨自驚。爹媽得知都無命,未知緣分成不成?今冥共三哥斷約相見,阮今來到這處,因何都關門?不免試躂一下。原來都掩上在這處,不免揉入來去。原來三哥力火點光光這處眠。

你每時發業斷約,今冥相見,刈捨得只處眠,想見前世共伊無緣,也罷,返來去。(介)阮一卜返去,伊醒都不說伊睏不知,那叫阮姿娘人話説無憑。不免力只頭上金釵拔一隻放下伊身邊,待伊醒來見釵,也叫阮孜娘人有信。你因乜障貪眠?你因乜障貪眠?

(旦避在)(貼上唱)

【勝葫蘆】更深後,因乜人做聲?輕步敲耳聽。不是隔牆花弄影,莫畏是蟋蟀鬧秋聲。

(旦見貼介)啞娘,三更半夜來這處做乜?(旦)我見月光風靜,來這處賞月。(貼)都不叫益春伴啞娘賞月。(旦)畏你聽候啞媽,不得來。(貼)你因乜不肯説分明,簡知啞娘你是為人情。(旦)益春我今力拙話説乞你聽,看伊真個無人情。誤我一身,險送性命。説起前日心都痛,益春,邀你輕步躡腳行。三哥睏不知醒,阮頭上拔一枝金釵下伊身邊,待伊醒起來,見釵定叫人不失信。

(貼)娘仔,你都不畏了壞伊人性命?

(旦)做乜會壞伊人性命?

(貼)啞娘都不見古人説:當初郭華共花嬌女約定許冥相見,花嬌女來時,郭華貪酒,睏不知醒。花嬌女見伊睏不知,將弓鞋脱覓伊身邊為記。郭華醒來,不見花嬌女,將弓鞋吞而死。啞娘,你都不畏許時了那成故殺,啞娘你著去賠伊人性命。

(旦)既然障説,你入去將許釵提出來。

(貼)簡入去可生分。

(旦)鬼仔,你入去無事。

(貼)啞娘入去可熟,簡共啞娘同入去提。

(旦)你先行。

(貼)啞娘先行。(貼介)(旦避貼下)

(生)我看都是娘仔共益春聲説,醒來因乜不見?我曉得:娘仔來,見我睏,着急返去除。罷罷,是我不合睏去,不知醒除,既然娘仔着急去除,我當初為你受盡苦痛,即來到這,伊都不念着我,我不免辭除九郎公返去,免得只處刈吊。

(貼)三哥且帶着阮勸。

（生）恁娘仔來在值處，叫伊來。
（貼唱）三哥因乜障貪眠，姮娥偷出廣寒宮，今冥贊恁成就這姻親。（貼下）
（旦、生介）娘仔卜入來便入來，咭這前後驚人乜事？
（旦）乞恁睏，即莫得叫恁，攪恁眠。
（生、旦唱內介）

【八聲甘州】鸞鳳和同，幸然魚水相逢。千般計較，枕上恩愛不甘放。虧我門外千萬等，辜負這處守空房。今恰是玉邀金，一般相襯。

【皂羅袍】（貼上）門樓鼓返五更，心內半驚半歡喜，又畏阮娘仔睏不知醒。這二人是大膽，門樓鼓返五更，雞聲報曉，睏拙晏不見起來，不免驚一頓。（貼上叫門）是誰？是益春。（旦）入來便入來，乞阮驚一頭冷汗都滴。（貼）許是啞娘風流汗未乾，簡卜驚陳三，敢驚阮娘？（旦）今莫叫伊做陳三，叫伊做官人。（貼）娘仔說話好笑，許陳三共簡一樣人，甲簡叫伊做官人？（旦）今阮都叫伊做官人了。（貼）既是障說，人情做乞啞娘，今請官人出來相見。（旦）三哥出來，是益春。（生）聽見門鳴驚半死。你卜入來便入來，咭前咭後，不成出不成入，驚人。（貼）官人、娘仔請坐。慶賀娘郎，青春年紀。（生）感謝恩深無比。（生介）（旦白）官人沒做人，共簡仔乜禮？（生）那論功勞，不論貴賤。（旦）你常日在我面前執執力力，我不見面句俺樣？（貼）官人是不做人。（旦）乜事？（貼）昨暮啞娘使簡去，官人執執力力簡。（旦）啞媽醒未？（貼）啞媽未醒，天卜光了，返來去。（生）小妹，今卜共阮斷約值時？（貼）這事著問阮啞娘，問阮做乜事？（生）恁啞娘說無定，小妹你說可實。（貼）既然障說，阮為你去問啞娘，你今共官人句卜斷約值時？（旦）今你共伊斷約，阮不曉得。（貼）這便是啞娘個事。甲益春斷約乜事？（旦）鬼仔，起也是你，煞尾也是你，今共伊斷約十五冥。（貼）俺共恁斷約明旦三更時。

（生）小妹你卜去。
（貼）來□人情做歸一乞恁，天色句未光，恁雙人再去說話，阮

去聽候啞媽。（貼下）

（旦問）益春去了，阮也卜去，畏啞媽醒了尋阮，阮這心內驚驚。

（生）娘仔今不畏，驚過了，天色句未光，再共娘仔說話。

【皂羅袍】（生）見說洛陽花似錦，果然娘仔有這真心。（旦）江水雖深，無恁人情深。（合）雙人做卜如花似錦，思想起來，悶刈人心。（旦）爹媽若卜得知了，為君喪身。勸君千萬莫得忘情，阮今生死那卜為恁。（生）娘仔你莫得心悶，阮不比王魁負心。天地責罰，定都如神。（旦）君你有意，阮今惜恁如金。穿泉入石，也卜共恁一樣心。

【尾聲】有緣千里相見面，那憑荔枝結姻親，記得今冥恩愛深。

野外看花滿地開，林中連理共枝栽。
百年夫婦今宵會，一段姻緣天上來。（並下）

第三十齣　林大催親

【賞宮花】（淨）林郎風騷，打扮不輕可。近日卜毛么，好得眺。滿廳諸親來慶賀，我只仔婿無處討。小子姓林，叫做大鼻。貪花亂酒無時離，有金有銀有田地，那是可惜婚頭遲。阮媽共阮說，擇這九月重陽卜娶么度我，叫我先去共媒人說，叫阮丈人九郎公辦嫁妝。今不免來去共李婆說一聲，行長街過短巷，這處便是媒姨門兜，不免叫一聲。（叫介）

（丑內應介）是誰？

（淨）是林大爹。

（丑）請坐，待來。姻緣該哉，都是命推排。那畏五娘仔皺雙眉。林厝官人外頭請，定是卜討姻緣事。

（丑見淨唱）

【縷縷金】仗媒姨，我說乞你聽，約定這九月卜毛娘仔，免得我冥日費心情。（丑）九月可緊，恐畏嫁妝未便，再擇別月啞。（淨）別月不是毛么月，煩你只去說卜分明。（丑）做媒人，有主張，姻緣好事志莫比如常。安排好禮聘,在人手上。金花表裡共豬羊,好仔婿打扮也卜風流。(淨)我這仔婿誰會可強?安排好大轎七八人扛。(丑)轎那是四人扛,林大爹好茹魯,七八人扛是偌年?(淨)你真村人,阮公許時送喪三十二人扛。(丑)這乇是吉事,許便是凶事。(淨)今那用四人扛。安排好大轎三四人扛。大銅鑼響鼓排都成行,展起青春仔婿郎。(丑)你卜乜謝我?

(淨)謝你金花表裡,插卜銀瓶花捲。

擇定九月卜娶親,煩你只去説來因。

這去若能説得佳,銷金帳內囉哩嗹。

第三十一齣 李婆催親

【菊花新】(外)着仔刈吊心焦躁,算得來做偌得好?仔兒不願嫁林厝,那畏姻緣不朝羅。金井梧桐葉落枝,返頭不覺又一年。一年一歲人易老,更無二度再後生。那因仔兒不願嫁林厝,冥日苦切,做偌得好?這事且覓一邊。不免叫陳三收拾租數,共我上庄討租。叫得陳三過來。

(生)落在屋簷下,曾敢不低頭?九郎叫做乜事?

(外)你力西軒內租簿收拾,共我去赤水庄討租。

(生)陳三就去。(生下)

(丑上)着意栽花花不發,等閑插柳柳成陰。

(丑見)九郎萬福。

(外)媒姨請坐,媒姨來貴幹?

(丑)婆仔無事不登三寶殿。因林官人擇這九月卜娶千金親情,婆仔直來説知,乞九郎放早辦嫁妝。

(外)男大當婚,女大當嫁。那是我仔心中不願,做偌得好?

【四邊靜】(外)親情既許不推辭,仔兒無所見。不願嫁林厝,冥日苦切啼。不肖仔兒無所見,姻緣天注定,算來無差移。(丑)婆仔上覆黃九郎,須着辦嫁妝。姻緣好事志,莫得説短長。男婚女嫁,年紀相當。古禮迎書燭,擇日卜來上門。

擇卜九月來娶親,迎書送禮着冰人。

五百年前天注定,百年偕老枕上眠。(並下)

第三十二齣　赤水收租

【步步嬌】(外)出這郊外天漸光,蕭蕭西風返。赤水路頭長,馬轎相倚去上莊。田租收卜全,明旦因勢返。這處正是赤水庄。(生)好說九郎公得知,面前有一陣人來,想是佃客來,九郎請坐。(丑、淨上、唱)我是赤水庄田甲頭,等得日都晝,九郎今即到。頭牲有幾個,白米三五斗,醬瓜共春筍,聽候接使頭。

　　(生、外見介)九郎來了,都不知等接。

　　(外)來,值個是甲首?

　　(淨)老個是甲頭。

　　(丑)翁仔是柴頭。

　　(外)為何是甲頭?為何是柴頭?

　　(淨)老個甲頭,趕谷上倉。

　　(丑)翁仔柴頭,趕柴入竈。

　　(外)正是障生。來啞,甲頭,我先有批來,叫恁來扛轎,做乜都不來?

　　(丑、淨白介)人都無工,上厝大個去鋤草,下厝第二個去落田,上山福仔不在厝,下厝糞父去撈水溝。

　　(外)來,眾佃戶人,舊租都赦除,新租限三日都卜完。

　　(淨、丑白介)九郎公啞,今年無收新租,舊租都赦除。翁仔那收三斗穀,食去二十八升,另剩二升卜做種。

　　(生)今年大收,做佣說無收?甲頭,你去共眾佃戶人說,今年新租都卜完上倉,我自有裁處。

　　(淨)這後生,九郎帶你出入乜用?都不去趕穀,那使嘴使老人。

　　(生)老禽獸莫無理,走!

　　(淨)這後生好青真,阮新婦也未敢罵我老禽獸。

（丑看淨，白）親家你罵不着人了，你知？

（淨）許後生是誰？

（丑）你去看看是誰？

（淨看介，白）親家，佚了，佚了，人諂泉州三爹。

（淨）正是泉州三機宜，伊來這處卜做乜？

（丑）我曉得了，親家伊來無別事，定是卜共九郎公買田，共伊來認佃。

（淨）親家，我有思量，哄九郎公去看倉厝，恁便來問三爹。

（丑）親家説是。

（淨）好説九郎公得知，拙年雨多，倉厝盡熳爛，没底得谷，請九郎公去看，合該從理。

（外）這話説得是，我去看一看。

（淨）治仔，討門鈎來開倉門。（外下）

（丑、淨白介）三爹拜參。佃户大膽，恕罪，三爹只來正是卜共九郎公買田，來只處看田？

（生）衆佃户，都請起，九郎公正是我義爹。

（外上看介）陳三，你入内去記簿數。（生下）

（外白）恁衆佃户人做乜識伊？

（丑、淨白介）九郎公你好不識人，只是泉州朋山嶺後陳運使親小弟。伊兄現任廣南運使，伊叔四川知州。伊也有一大庄田在赤水。

（外）伊有若田在只處，可有若田客？

（淨）伊有五百田客，九郎公那有五十名田客，那教伊做没借也好。

（丑）阮只處值人不作伊田？值人不住伊厝？值人不食伊飯？值人不牽伊牛？值人不看伊羊？

（外上白）陳三也句是好人仔，返去必須周旋伊内頭，叫得陳三出來分付伊。

（外叫生介）陳三你是好人仔，來我厝，因何不説乞我知？

（生）好説九郎得知，陳三厝住泉州，也是好人仔兒，因為官府逃離出來,暫時落泊。

（外）你去提簿出來,叫眾佃戶都報新名,納有若穀?

（生報淨白）老個小名叫尾仔,表字叫常說。

（丑）翁仔小名叫糞掃,表記叫門後。

（生）都記名完了。

（外）眾佃戶,聽我分付。

【梨花兒】（外）今年雨水滿洋落,十分有收也叫無。遞年納穀五百名,㗁,有收無收問你討。（生）佃戶近前聽我說,便叫田客來省會。每年納穀五百石,㗁,有收無收你着賠。

（丑、淨）三爹說話,佃戶一一着聽,便叫佃客來報名。遞年納穀五百石,㗁,破襦破被緊緊着扶行。

（生）好說九郎得知,陳三早起得一病,躲敢都不躲得,愛卜返去調治。若略好,便來莊上尋九郎。

（外）我正卜用你記數,你又病,返去調治。待我叫幾個田客扛你去。好,來尋我。（生下）

（淨白）今旦飯卜送來莊上食,那卜就佃戶厝食?

（外）那就你厝食也好,免得擔來生受。

（淨分走介）治仔,快去叫恁母討飯,向便叫使頭卜來食,起動使頭到翁仔厝。（入）

赤水收田在溪邊,雨水平落感謝天。

五穀豐登人樂業,新年願卜強舊年。

第三十三齣　計議歸寧

【西地錦】（生）更深寂靜斷人行,心悶慘慘為着人情。（旦）那為二邊好恩愛,果然色膽不驚。恁今相惜如惜金。（生）恩愛做卜海樣深。（旦）今冥還恁鴛鴦債。（生）風流做鬼也甘心。

（旦）三哥,你共阮爹赤水收租,因乜先返來?

（生）娘仔聽說,我去赤水莊上,五百田客等接,當你爹面盡叫我做三爹。我見不好立起,即假病辭你爹返來。

（旦）三哥，人説：河狹水緊，人急計生。

（生）娘仔因何説這二句？

（旦）林厝擇這九月卜娶親，卜做偲好？今有乜思量？

（生）既然障説，我有思量。趁你爹在莊上未返，你共阮走去泉州。待林厝卜娶親，惹起告狀，你爹定賠伊聘禮。待許時事志完了，即返來。娘仔你心中是偲樣？

（旦）古人説：話説卜斷，路行卜遠。你這處都這樣，到恁厝三言二語，到許時即見苦。

（生）娘仔啞，想陳三也不是三心二意個人。

（旦）既然障説，待阮叫益春出來商量。

（旦叫貼上）聽見娘仔叫，輕步躡脚行。啞娘叫簡乜事？

（旦）來，益春，因林厝擇九月卜娶親，做偲得好！三哥叫我共伊走去泉州，我心中愛得共你相伴去，你心中偲樣？

（貼）啞娘，你都不見古人説：共君睏破九領席，知君心腹乜落著？共人好不通好到盡，伊泉州怯。啞娘，你乞伊騙值處去賣除即好。

（旦）想三哥不是許一等樣人。益春，你莫疑可過，你共阮到泉州，天大事也莫煩惱，自有人擔帶。

（貼）你那卜去，做偲捨得啞公啞媽？

（旦）阮起去哪刈捨得，到這其段是無奈何。

（貼）既然障説，待簡共啞娘去。

（旦）你共我入繡房内去收拾行李、盤纏，因時起身。

（貼、旦上唱）

【西地錦】三哥你聽我説起，只姻緣不是咱今世。（生）只是恁前世夫妻結託，今即來到這。（旦）自恨我生在別鄉里，天差你共阮相見。（生）今願學青梅崔氏。（旦）看古人，有這例。（旦）翻來覆去，未有定期。阮今一身，全怙我君主意。（生）我今共你走返圓。（旦）路上去，也畏人相盤問。（生）去路上我自有主意。（旦）恐畏林大告官來力。（生）任伊林大富貴有錢，伊敢共我打乜官司？叫益春收拾行李，就今冥走離只鄉里。（旦）君你百般那為阮，受盡辛苦受盡磨。生死不甘刈捨,共君出外乞人做罵名,阮無奈何。但願當天燒香下咒,路上去畏乜林大。(貼)七月十四三更時,三人同走出這鄉里。(旦)君恁有心阮也有意。月光風靜,是好天時。(貼)打併錢銀卜簡身邊,路上去做盤纏。(生)捻起這衣裳,打扮卜齊整。咱今三人因勢卜行程。(生)娘仔你頭上釵插卜端正。十四冥月光,照見咱三人形影,恁今三人惡刈捨。(貼)有心到泉州,畏乜山共嶺?打緊走來去,又畏人趕力。

第三十四齣　走到花園

【四邊靜】走到花園心都碎。(生)娘仔着急做乜?(旦)也曾共君園內相隨,共君相惜,心夭未飽醉。(生)娘仔強企行上幾步。(旦)隨趁君走,心頭即開。三哥,我譬論你聽。(生)譬論乜人?(旦)當初好烈女,棄死身為誰?捨身到這處,准做恁厝鬼。若還不中恁厝爹媽乜解圍?許時節,各選別頭對。舉目無親,甲阮看誰?(生)娘仔莫想東共西,去到泉州好恁即知。(旦)放覓爹媽共君走,情重如山,恩深似海。上高落下。(生)娘仔捍定。(旦)路細險隘,值處鼓鳴?(生)正是城樓上鼓發擂。(旦)又聽見城樓上,喝噉返更牌,驚得我腳酸,步行不進前。(生)益春,共恁啞娘,力脚帛解除行。(貼)伊當初為你辛苦萬千般,咱今旦為伊脚痛也着行。(旦)為君你辛苦不敢哧,目滓流落不敢做聲。憶着我厝爹媽心頭痛,寸步惡起受盡驚惶。(合)值時得到泉州城?(貼)益春説乞官人聽,阮厝娘仔不曾八出來行。行來脚又痛,山嶺崎如壁。(生)感謝你好意,扶持恁娘仔,逃得身走離,我心即歡喜。(旦)為君辛苦無奈何,目滓愛流就腹內花。(生)感謝娘仔,一路為阮人情。(合)返頭聽見雞啼犬吠聲,打緊來去,畏人來力。(並下)

第三十五齣　閨房尋女

【大迓鼓】(丑)日上東廊照西廊,不見五娘起梳妝。不見陳三起掃厝，不見益春點茶湯。早起樹鳥叫，悉人心酸。陳三昨暮日在莊頭返來，説伊身得病。早起拙晏，睏都不見起來，也不見五娘起梳妝，也不見益春煎茶湯。早起樹鳥頭上吼，必定有蹺蹊，厝內叫得小七出來。

（淨）七早八早，叫人乜事？

（丑）你去看陳三好啞未？叫伊起來掃厝。

（淨）陳三都不見在許房內睏。

（丑）不，值去？

（淨）莫畏是上東厕掉落廁內？

（丑）你去尋益春，叫伊叫啞娘起來梳頭。

（淨）益春也都不見。

（丑）莫畏起來在啞娘繡房內去了？你去啞娘繡房內去尋伊來。

（淨）連啞娘都不在繡房內。

（丑）死狗，待我去尋。（介）害了，天日啞，陳三、五娘、益春都不見，必想這三人相悉走了，卜乜煞！小七，你去莊頭報乞啞公知，莫説五娘、陳三、益春走了，恐畏衆佃户知了。那叫是這厝人尋伊，叫伊放緊緊到來。

（淨）我當原初共啞公説，叫許泉州人怯，不是物。啞公貪伊生得清水，卜打伊獅。

（丑）青冥頭，莫茹咭，緊去緊來。

（淨）我脚痛，句没得向行緊。

（丑）許後馬房牽驢母放騎去。

　　　（丑）不見仔兒皺雙眉，（淨）思量那是這奴才。
　　　（丑）樹鳥客鳥同枝宿，　好怯全然未得知。

第三十六齣　途遇小七

【地錦出】（外上）我今收租都完備，因時收拾轉鄉里。正是回馬不用鞭，一里過了又一里。

（淨）心忙行來緊，脚痛手又酸。

（外）小七，你慌忙趕來有乜事？

（淨）咱厝有凶事。

（外）禽獸，凶事做俑説？

（淨）昨冥小八力啞娘、益春都炁走除。

（外）小八力啞娘、益春都炁走除？

（淨）正是。

（外）是虛啞是實？

（淨）是實實。

（外）天日啞，做俑好？是我一時都不疑，莊上假病託故返院。今旦惹出這事志，思量反悔也可遲。（淨）叵耐小八可無理，力啞娘益春炁走不見。思量起，乜心悲，憶着益春那好啼。

（外）今到咱厝了。小七，叫啞媽出來。（淨叫）

（丑上）關門厝內坐，禍從天上來。（見介）

（丑白）老個返來了，不肖子昨冥共人走除。

（外）你只老虔婆，飼仔繡房內，無半目去巡視，卜你乜用？

（丑）莫説你簪頭插紙，引鬼入宅。當初親情是你做個，嫌女婿醜貌不中仔意，即會障生。

（外）你幹乜事！

【繡停針】惜仔如惜金，誰知伊心去同別人心？叵耐陳三可僥倖，力仔炁走不見蹤，死賊奴你虧人志甚。（外）是我當初無所見，全不覺悟通説乜。假學磨鏡都不疑。罷罷，都是我錯了，一來不合收陳三只厝內，弄出醜事。

（丑）今緊緊叫人去拿。

（外）陳三也是官蔭人仔，我共伊去莊上，田客個個叫伊做三爹，説伊兄現任廣南運使，伊叔任四川知州，家後乜樣富貴。赤水莊有恁十倍田，共恁仔是前世姻緣，乞伊走得到厝也好。

（丑）林厝卜討新婦，叫阮共伊去？

（外）林厝任伊去告，那是賠伊財禮便罷。

父母惜仔如惜金，誰知仔兒□□□。

是我當初無所見,弄出一禍這樣深。

第三十七齣　登門逼婚

【風檢才】(淨)我是潮州林大爹,打扮是消勞。頭上戴帽,脚下穿靴,今旦來見么爹。這處正是阮親家厝,因乜都無人在這廳上? 不免叫一聲。

(外)無事關門厝内坐,悶在心中誰得知?
(淨)親家唱喏。
(外)賢郎莫怪。
(淨)我不是家神,沒怪人。
(外)失禮。小七,討椅來坐。
(淨)親家拙久都好?
(外)暫時過日。
(淨)親家高姓?
(外)老拙姓黄。
(淨)大肚黄,也是三畫王?
(外)正是大肚黄。未知賢郎來只貴幹?
(淨)今日卜來見我娘仔。
(外)那卜見娘仔,也着媒人來。
(淨)阮媽見人說娘仔、益春乞陳三氽走了,阮媽叫我來看是不是。叫娘仔出來,乞我見一下。
(外)這禽獸好無狀,這話是誰説? 那卜無乞你見是?
(淨)無乞我見,定要告你。
(外)告我乜事?
(淨)告你討么。
(外)誰欠你么?
(淨)你欠我么。
(外)你一形狀,不親像猴,不親像鬼,誰人卜嫁乞你?
(淨)你無么還我,定告你官司。

（外）我看你一形,向生,識乜官司？

【四邊靜】（淨）我告你收我聘禮。（外）誰人收你聘禮？（淨）騙我金銀去可多。（外）誰人收你金銀？（淨）縱容奴婢共五娘走,看你幹一乜藝？告到官司,乜話通改。許時不存你老大,打你加川,末了也着還。（外）看你本事我未見,那會中飯屎肚滿。是我仔共你無緣,怨你呆痴。（淨）這樣仔婿不中你,世界討無。若還討無麼還我,定要告你。（外）看你不識道理,識乜官司。任你去告,便卜倆年。那是賠你禮聘,不驚些兒,定卜贏你林大鼻。小七,棒槌仔來,力林大鼻打一頓乞伊去。

（淨）黃中志,你叫小七打我,我不走不是丈夫仔。（淨下）

（外白）畜生這樣無狀,罷罷,是我不着。伊今必定去告我,我不免去當官去共伊明白。重賠聘禮,別無大事。

（入白）正是人無遠慮,果然必有近憂。

第三十八齣　詞告知州

（丑）一字入公門,九牛拖不出。小人是本州堂上牌頭。說都未了,老爹來到。唱畏畏。

【西地錦】（末上）做官清正有名,恰是光月照東京。民人樂業,天下自然見太平。國正天心順,官清民自安。下官姓趙,名得一,任知州,百姓人盡都歡喜。今旦是告狀日期,左右,掛起放告牌。乞人告狀,不許阻當。（丑分付介）

（淨上）告狀老爹。

（末）告甚麼狀？

（淨）告討老婆事。

（末）討老婆是奸情的事。

（淨）不是,老爹,是拐老婆。

（末）左右,接上來看。

（丑接讀介）告狀人林大鼻,年三十四歲,係在坊民籍。狀告縱奴奸家長女事。先年憑媒李大嫂用銀二百兩,送到坊民黃中志家,收准為聘禮,對伊女黃五娘為婚,未完娶。不期中志養得泉州客人陳三在家為奴,縱容伊女與陳三通奸情厚。本月十五夜,叫同使女益春,跟同陳三私奔走去泉州。至次早,大鼻聞知,前去娶婦,致被中志怪恨辱伊門風,欺凌良善,歹行不認前,強將大鼻亂打。無奈走回,備情乞告提獲黃中志到臺鞫審。庶免用財娶婦,被其拐走無歸;庶免風俗有乖,受虧冤屈。具告。

（末）有這等情無?

（淨）有啞,老爹。

（末）是實情不是?

（淨）果有這情,小的不敢誣告。

（末）叫刑房吏過來。

（末）將此一張狀替我上案,就出牌差捕,叫皁隸星火去拿。林大原告,召保明候。

　　（入白）叵耐陳三無思量,敢來拐走黃五娘。
　　此去若還力得着,一場官府受虧傷。（下）

第三十九齣　渡過溪洲

【金錢花】（淨、丑扮艄公）新做渡船走如風,紙船須用鐵艄公,紙船須用鐵艄公。兄弟過船不放空,莫說我,這船是浪蕩,一日有千萬人。（生、旦、貼上）三人走到赤水溪邊,三人走到赤水溪邊,未知過溪着若錢?未知過溪着若錢?一隻小船在岸邊,來載阮,不論錢。過了這溪即歡喜。（淨、丑唱）船仔駛在溪中遊,船仔駛在溪中遊,問你三人去值州?問你三人去值州?有乜話共阮說,乜利市,乞阮收,載你三人過溪州。（生、旦、貼唱）待阮等到日都晝,待阮等到日都晝。坐人不知立人苦痛,坐人不知立人苦痛。金釵乞恁准花紅,千萬莫説阮三人,莫得牽山那觸動。（淨、丑唱）聽恁障説阮便知,聽恁障説阮便知,有乜金釵便提來,有乜金釵便提來。娘仔寬心莫煩惱,阮嘴密成米篩。有人問我叫不知。（生、旦、貼）待阮説乞恁聽,阮三人都是親情。伊是小妹,阮是兄,這是簡,相共行,卜去泉州探親情。

（入白）渡船拋泊在溪州，一任江山□任遊。

水鴨鴛鴦拍櫓動，飛入蘆花不知收。（並下）

第四十齣　公人過渡

【卒地當】（丑、外）批文緊急力私情，連冥透暗也着行。走到這處脚又痛，陳三、五娘不見影。兄弟啞，這是赤水溪，溪水緊，惡得過。

（外）都有一隻渡船仔在許上過來。

（丑、外叫介）船載阮過赤水。

（末白介）兄弟莫了踏破阮船。

（丑）快快載我過去。

（淨）兄弟啞，搭船須用錢，有錢也無？

（丑）阮有錢。早起有丈夫共一孜娘，又有一孜娘簡仔過去啞無？

（末）有，三人過去了，伊分付叫阮莫得說。

（丑）去有若久？

（末）恁問伊卜做乜？

（丑）伊三人是相焦走，阮是官司差卜去力伊。

（末）向說，即在這前頭去。

（介）這船載恁過溪邊，阮也不收恁船錢。

（外）恁乜事不收錢？

（末）恁是公差人，收恁錢討自吊。

（外）阮今憑你說下落，若卜不見，你着纏。

（並下）

第四十一齣　旅館敘情

【秋夜月】做緊，做緊，且趁日頭未，那恨襪小弓鞋短。為着人情到這處,又畏爹媽趕來尋。定是惹出一場禍,彩雲易散琉璃脆。

（旦白）官人啞,阮脚痛,都沒行了。

（生）娘仔做緊行上幾步,前去便是客店。

（旦）我今寸步難行。

【拈地風】脚酸手軟行不起,依倚步步啼。腹內又驚又飢,卜力着做俉得變？恁今强企行一里,前去店內歇一冥。益春,叫店主出來。（貼叫）

（淨上）行船坐舖,不離寸步。（見介）恁卜歇店,請入內來。

（生、旦、貼介）店婆,阮行來辛苦,恁有好酒啞無？

（淨）婆仔十分有好酒。

（生）既是有好酒,打一壺來。

（淨）釀成春夏秋冬酒,醉倒東西南北人。酒在此。（淨下）

【江兒水】（生）一更鼓打月朦朧,照見恁三人。勸食一杯酒,且解心頭霜,人情相惜不甘心。（旦）二更鼓打月在天邊,勸君食些兒。半醉又半醒,半驚半歡喜。憶着恩情畏雞啼。（貼）三更鼓打月正光,三人說起乜心酸。覓除爹媽在後頭,思量起來目滓流。（旦）四更鼓打月斜西,共君說盡今宵事。你莫學負心蔡伯喈,王魁賊乞丐,誤了桂英不瞅睬。（貼）五更鼓打天漸光,雞啼聲鬧亂。娘仔起梳妝,菱花鏡抱來瞻,照見啞娘面青黃。

（生白）天色句未光,未有人行路,不免辭除店主早行幾步。

（生、旦、貼走介）

【四邊靜】（生）見說洛陽花似錦,果然娘仔有這真心。江海雖深,無恁人情深。雙人做卜如花似錦。（貼）五更月落花園頭,五娘牽君目滓流。為着君人情,刈捨共君走。又畏天光,那畏人來力,人情似水,刀劍破不開。穿泉入石,也卜共君相隨。

（旦）共君斷約柳樹兜,風吹柳葉絆郎頭。泉州路遠,泉州路遠,甲阮值時行得到,那礙爹媽在後頭。值曾八出路,受只艱辛？今旦為君,識這路程。玉露濕透胭粉面,輕風吹送柳搖金。英臺山伯冤魂結深,是阮前世湊合恁。今旦為君,論乜山嶺萬重？（生）綠水青山是畫圖,星光水現,正好行路。一輪光月照見柳搖金,輕風吹送蓮花舞。感謝娘仔，煩動我小妹，今旦為恁碧雲煙。三人行到藍橋路。神仙景行入帝王都。但願此去平安，心内即不見憂苦。

（入白）憶着爹媽淚哀哀，娘仔寬心莫皺眉。

樹鳥客鳥同枝宿，好怯全然未得知。（並下）

第四十二齣　靈山說誓

【粉蝶兒】（末判、淨鬼）親領娘娘敕旨，不敢違遲。神通變化無比，威風顯聖無偏，金爐内香煙不離。小神不是別神，便是靈山廟娘娘殿前着法判官便是。娘娘出去赴會未返，恐畏遠近弟子來廟燒香下咒，須著速扮威儀。

（淨）正是：展起神通光一點，免得迷人暗處行。

（生、旦、貼上）

【縷縷金】行來到靈山廟口，判官小鬼把在門兜。廟前生草，無人行到。君恁先行阮隨後，三人入廟内，燒香告投，燒香告投。

（生）請娘仔燒香。

（旦）官人燒香便是。

（生）弟子是泉州人氏，在此潮州經過。恐畏前去路途不平，善願投娘娘保庇。

（生旦貼拜）

【蠻牌令】一齊告神祇，燒香獻紙錢。保庇阮三人走卜身離。乞靈聖暗相扶持，到泉州心即歡喜。許時來謝神祇，娘娘爾聖廟，阮來全新各起。（生）燒香了，做緊起身。（旦）官人，姻緣說卜盡，恁丈夫人口說無憑，莫待去到你厝虧心。益春，到那處誰人是親。（貼）官人，阮娘仔來到那處，即憶著厝。（生）娘仔到那其段即猶豫，娘仔既不信，待小人就娘娘面前咒誓。（旦）你咒。（生）有神明在阮做證明，到我厝若虧心，娘娘，你報應譴責伯卿。

【尾聲】（旦）君恁有心阮有情，到其段說無盡，三人一齊行做緊。全望娘娘相推排，夫妻一對早和諧。（下）

（末判、淨鬼）好生叵耐，三人空嘴白舌來下咒，這一丈夫便是泉州人氏,這諸娘是潮州人,二人是前世夫妻。今走來咱這廟內下咒,後去句有一大難,即會夫妻團圓。恁今迷乞伊走不離,乞人力著。

（下白）差遣陰兵去迷伊,乞人力去到官司。

路遇伊兄都堂返,判斷雙人得團圓。

第四十三齣　途　中　遇　捉

【金錢花】（生、旦、貼上）乜人喝噉聲起？乜人喝噉聲起？脚酸手軟提不起。（淨、末上力）恁只三人走去值？（合）告將軍,可憐見,卜錢銀無半釐。饒阮性命返鄉里。

（淨末）阮不是賊,阮是知州差來力恁三人。

（生）官差跪伊做乜！（起白）刀劍雖利,不斬無罪之人。你是乜人卜力阮？

（淨）只一後生句可惡。阮公差,林大告你拐走伊么,現有牌面在這,你看一看。

（生）誰卜看你牌面？干礙我乜事！

（淨）你夭箭,你是陳三。

（生）誰是陳三？

（淨）你是五娘。

（旦）誰是五娘？

（淨）你是益春。

（貼）誰是益春？

（淨）都箭去。

（末）第二個伊是謔你。

（淨）來,後生個,我今年四十歲,當有四五十年皁隸了,莫謔我。

（生）障說,便是積年。

（淨）閑話人說,誤力無誤放,力來去,乞你會不是,我着回你。

（旦）官人卜做俑得好？

【皂羅袍】（生）首領哥哥，聽阮告説。無奈何，千萬乞一面皮。犯奸八十有乜大罪。做一些仔人情，免阮受災禍。（淨）你都不聽見人説：快活霎時久，煩惱一厝間。來去，我没管得。（生、旦）送銀十兩為阮回去。（淨）天光間衆了一百兩，亦不敢放恁去，賣放罪，無人坐。（生、旦）由伊卜監卜禁，由伊卜斬卜砍，乞阮三人做一處。（淨）你這人舊性不改，那因三人做一處，即會惹禍，又卜三人做一處。（旦）今到這處，乜見受苦。犯奸八十有乜大故。俚得冤家離別路。（生）首領尊兄，將阮娘仔這頭上金首飾都乞你，并銀十兩，千萬做些兒方便，放乞阮走。（淨、末）不准。不合貪心圖謀，林大告你偷恁么。現有牌票不差誤，有金不惡開走路。好好，共我來去，免得我縛你。

（入白）歡喜未來煩惱到，一場恩愛水中流。

力只三人押返去，句有好事在後頭。（並下）

第四十四齣　知州判詞

【菊花新】（末上）叵耐陳三可貪心，拐誘五娘情意真。牌差捕甲去趕力，當臺審問實共虛。懼法朝朝樂，欺公日日憂。前日牌差、捕甲曾經前去提獲陳三一起奸情，因乜不見回報？不免叫承行吏寫票，力原差多少是好。（丑上）人心似鐵，果然官法如爐。（見官）稟老爹，陳三一起奸情到了。（末）放過來。（生、旦、貼上）離除龍，沖着虎，心中受辛苦，匍匐俯廳告訴。

（末）陳三，過來，你是人養的奴婢，奸拐家長子女，不安為奴本分，甚麼道理？

（生）告稟老爹，容小的分訴。小的因送大哥嫂廣南赴任，返來潮州經過，黃中志招小的進贅。後來輕遠就近，悔了這親，將五娘許與林大。是小的怪恨，要同五娘回家，不曾稟知。而今被林大誣告，望老爹詳情察理，斧斷冤屈，筆下超生。

（末）黃中志是糧長之家，肯招你奴才進贅，這話胡説。（介）黃五娘上來，問你，你是良家子女，這等不才，怎麼和奴才走？這情從實說來，免我刑罰你。

（旦）告禀老爹，容奴婢分訴：因父親先招陳三進贅，後來父親輕遠就近，悔了這親。是奴婢要同陳三回去拜望爹媽，不曾禀明，望老爹察情。

（末）一派胡説！押在一邊伺候。（介）益春你是人家養的丫頭。你娘仔和陳三走，你應當與家長知，怎麼也同他一起走？想起來，只因由都是你這丫頭做出這樣勾當。你好好説來。

（貼）告禀老爹，益春做人奴婢，從小跟着娘仔，怎麼敢私情？因陳三同娘仔要往泉州望親，別甚麼事，奴婢不曉得實。

（末）這丫頭也不肯招認。左右來，上來挾起！

【漿水令】（貼）告相公乞聽説起，因林大不中阮娘仔意，即共陳三結相知。荔枝為媒，益春證見。（末）賊婢仔胡説亂説七三八四。左右，敲起來。添上刑罰，收禁凌遲。（旦唱）打死益春，五娘替死。莫力三哥，胡相帶累。阮三人，阮三人是鳥着網、虎落阱，不得身離。（貼）小奴婢受不得刑罰，望老爹赦小的放生。（末）你從實説來，我一下不打；你不肯認定，要敲死你這丫頭。（貼）老爹，是年六月時節，娘仔和奴婢在樓上食荔枝。陳三騎馬樓下過，是我娘仔不合將荔枝、手帕包丢陳三。後來陳三不知何因，來五娘家磨鏡，將鏡打破，寫身為奴。後來是陳三同娘仔、小奴婢，要往泉州望親，別無甚事，奴婢不知因。（末）這是實情了。左右，放了益春，供明無罪放回。（貼下）（旦白）益春，你那府口聽候等我。（末）陳三，你好好俱認，免我刑罰你。（生）告相公乞聽説起，念陳三官蔭仔兒。我兄廣南做運使，西川知州阮叔便是。（末）貪心賊奴不知死，有乜官蔭你厝出世。你兄廣南却馬屎，你叔西川洗廁池。可無理，可無理。發去崖州安置。（生唱）受虧苦，俙得雲開見月時。

（末）來，陳三，你是奴奸家長女，依律供來。

（生）小的打破他鏡，將身為當他邊，怎麼作奴奸家長女？供狀虧了小的，老爹。

（末）既是不供認，刑罰來！

（旦）三哥你供去，免受刑罰。

（生）罷罷，我供去。看只尾梢做俩樣！

（供介）供狀人陳三，年二十歲，係泉州府晉江縣朋山嶺後官籍。因送哥嫂廣南運使，伯延是我親兄。歇在潮州驛內，因去賞燈閑行，遇見黃厝五娘，兩邊相看有情。一日騎馬樓下過，五娘挨落荔枝為定。思量無路得見，設計伊厝磨鏡，故意力鏡打破，賣身伊厝掃廳。後因言來語去，兩邊相愛有情，思見終不落當，相共走去泉城。林大得知來告，差人力到公廳。萬望老爹明鏡，依律斷問分明。並無捏詞情意，伯卿是我正名。情願所供是實，畫號簽名。

（末）左右，既是認了，與他畫招。

（丑）犯人畫招。

（末）畫招了，叫里老就簽長解發去遞運所，起解崖州為民。且收監。

（生下）（末白）林大過來。你要老婆，要銀子？

（淨）小的不要銀，只要老婆。

（末）你去寫領來，把婦人領去。

（淨）小人就寫領來領去。

（旦）老爹聽告，因對林大親，奴婢不願，才會弄出這事，急惱老爹。今把奴婢判還林大，奴情願老爹臺下死。望老爹替小的方便，筆下超生，萬代陰德老爹。

（末）林大告你背夫逃走，理合從夫嫁賣。

（旦）還未娶過門。

（末）還未過門？這個也是，替你開交也罷。拿黃中志過來！（外上）

（末白）黃中志，我本當要問你治家不正罪名，可憐你年已老，七十以上，罪不加刑。當初林大送有幾多財禮上你門來？

（外）送銀五十兩。

（淨）老爹，送有一百兩。

（末）黃中志，我依律問，女家悔了親，財禮加倍還他。你討一百兩銀子，賠林大去自娶一個好好小的老婆。這女子，中志你寫領子來領去，隨你嫁與別人去。

（外）小的依老爹判斷，就去討銀子還他。
（淨）娘仔共我來去，我不曉得，我不管伊乜事！（淨拖介）
（旦白）死丁古，你向好命！
（末）這蠻子好打！既賠你財禮，你又扯他，皂隸，帶出去！（丑帶下）

（末白）拐誘發配去崖城，一宗文卷甚分明。
說着勢頭來押我，恐怕路上死你身。（並下）

第四十五齣　收監送飯

【水底魚兒】（淨）我是都牢頭，做人愛歐留。有人落牢門，定是落我圈。騙得錢銀，諸般都齊到。返去還我都牢娘，叫我實是爻，叫我實是爻。我做都牢有名聲，因人見我盡着驚。面前叫我都牢叔，背後叫我充軍兄。小人不是別人，便是潮州府司獄司內一都牢便是。莫說我牢內艱計冥日，無時得閑，那卜失誤走失一名，便着實賣放的罪。昨暮日有起人新收，說是奸拐事情，卜發配崖城。我不免喚出來，騙伊零錢薄鈔，多少是好。

（淨叫）禁子，叫新收陳三出來！
（生上）犯法身無主，生死由別人。
（淨）恁是值處？
（生）小人是泉州。
（淨）跪落參見一下。（生介哭跪）
（淨）雜種！到這處，腳骨句硬。你識讀書不？入公門，鞠躬如也。待我看這枷上硃語做俑說。枷號：奴奸家長子女犯人一名陳三。不小可事。陳三，你可曉得我牢內這法度不？
（生）小人曉得。
（淨）既是曉得，親收錢提來乞我。
（生）都未有便，待明旦家人來，就送都牢你惡。
（淨）好驚人，我一時都沒等得，等明旦？古人見善化不得，新化有餘。未有入門棍度你，你句不畏。人叫着打騙，打着即有錢。

（生）都牢叔，且諒小人，靠久有人到。

（淨）烏龜雜種，且將就你，帶著你好漢，且入許轎內去坐，唱曲得眺。

（生）乞阮那只外坐。

（淨）莫莫，帶着你，許内乞你坐，不帶你，力去北監内，虎落山合你。

（生唱）（淨坐）

【銷金帳】（生）一更鼓，恁人心悶損；二更鼓，催恁人心越酸；三更鼓又盡，無人通借問；四更過了，脚手冷成霜；五更人發擂，聽見人刑罰，實惡當。未知娘仔，伊今在值方？（旦、貼）

【金錢花】叵耐林大無道理，叵耐林大無道理，力阮三哥送官司，力阮三哥送官司。姻緣事志實受氣。（貼）送碗飯去乞伊，送碗飯去乞伊，未知尾梢是俩年？（旦）清早沿路來到這，清早沿路來到這，憶着三哥那好啼，憶着三哥那好啼。虧得伊身受凌遲。（貼）鴛鴦伴，拆兩邊，拆兩邊，未知尾梢是俩年？未知尾梢是俩年？

（旦）人說相惜成相譴。

（貼）果然恩深怨也深。啞娘且在這處立，等待簡進去叫門。

（貼叫）開門！開門！

（淨介）七早八晏，是乜人只外叫門？不免打出來去看。

（淨看）是誰人？

（貼）阮是後溝黃九郎舍，卜送飯乞阮官人食。

（淨）行開去，莫只處鬧動。老爹卜升堂了，看見力去打你家去。

（貼）都牢叔，無奈何共阮開門。

（淨）都是姿娘簡仔聲說，我不免只門縫裡看一看，好要利，啞姊仔。

（貼）共阮開。

（淨）啞姊，你卜送飯度誰人食？

（貼）阮送卜乞陳三官人食。

（淨）那卜送度陳三食，我共你開，你肯叫我一聲翁不？

（貼）好氣人,共阮開,不愛人白席。
（淨）你不叫我翁,我句不共你開。
（貼）死丁古,好惱殺人！一卜不叫伊,伊不共阮開；無奈何叫伊一聲司命翁。
（貼）司命翁,共阮開門。
（淨）只啞姊,你普請司命翁,愛刈敲啞不起上。
（貼）都牢吏,千萬共阮開。
（淨開,笑介）姊子,這即久都不來探恁大姊一下。
（貼）恁大姊值時死？都失探。
（淨）恁大姊在近即死。姨仔你可曉得俗人說？
（貼）俗人說乜？阮不識。
（淨）人說桃枝接李枝,姊夫接小姨。你大姊今死了,姨仔你來嫁乞我罷。
（貼）不愛人茹啖。
（貼叫）啞娘,入只內來。（旦介）
（淨）這一位正是誰人？
（貼）是阮啞娘。
（淨）正是恁啞娘,來卜探誰人？
（貼）正卜探阮陳三官人。
（淨）伊監在北監内,沒得見伊。
（旦）都牢,無奈乇阮去見伊。
（淨）娘仔可曉得不？人說管山食山,管海食海。管東厕食屎。你都那卜乾乾雷,俰會使得？
（貼）啞娘,都牢伊愛恁銀。
（旦）這一包三錢銀提乞伊。
（貼）都牢,阮送三錢銀乞你買酒食,千萬乇阮去見阮官人。
（淨）這個卜度我買酒食,阮都牢娘討乜食,不着乇去寄和尚？
（貼）那有即個,收去各處趁補。
（淨笑）三返補成破襦,將就共你收,帶着恁姊。
（貼）你都認親,見着銀都提。

（淨）君子篤於親。恁丈那卜打不趁錢，叫恁姊食風放屁！
（貼）人說千般好語不如錢，今乜阮來去見伊。
（淨）不通許内去。
（旦）做乜不通去？是偆年？
（淨）恁姿娘人不通入去，獄官看見愛力去幹人。
（旦）望都牢做主。
（淨）我有思量。
（旦）卜做在偆思量？
（淨）你且只處立聽候，待我入去叫出來。
（淨）陳三，人卜探你，出來討油火錢度我。
（生上。生、旦、貼相看啼）
（旦）官人啞，你一身着阮帶累，受這勞冷。
（生）娘仔啞，只是我身做身擔當，做乜是你累我？
（淨）莫得啼哭，畏老爹知。
（旦）都牢，恁且行開去，乞我說話。
（淨）有話快說，畏老爹卜召你起解。天上人間，方便第一。（下）

【玉交枝】（旦）值處切起，所望共你結托卜一世。誰知今旦那只年，鴛鴦拆散分離。（合）咱今恰似船到江中補漏遲。一擔挑雞二頭啼。（生）你莫啼切，我這官司將會伶俐。那恨伊耐林大鼻，力我共你拆分離。（合前）

（旦）官人，你乞我障累。
（生）只是自做自當，做乜通恨你！
（淨上）話說卜了未？簡切唱一二句。
（旦）都牢，贈阮官人開一手扣，乞阮飼些兒飯。
（淨）老爹有封頭，我做乜敢開。
（旦）無奈何偆共阮開。
（生）既不開，罷。
（旦）有水一盆乞阮。
（淨）水有。

（旦）三哥，你只處坐。（唱介）

【香羅帶】我君受這虧，着阮障累。頭毛又茹擘不開，削骨落肉得人畏。苦！那虧我君身無所歸。思量這處行看，恰是惡食黃連，叫我做俛開口？今卜離分開，雙人相看啼喃嗒。益春，討茶洗嘴。

（貼）茶在這。

（旦）飯捧來。

（貼）飯在這。

【香柳娘】（旦）勸我君食嘴飯，勸我君食嘴飯。莫苦心酸。寒冷腸飢做俛當。（生）娘仔，我不食。（旦）我便朝送一碗飯乞你食，你卜不食，甲我卜做俛過心！你那卜不食，你那卜不食，越刉我心腸。目滓流千行，官人一去一遠，官人一去一遠。虧我無可瞞，想我性命無久長。

（生）娘仔莫苦啼切。

（丑）禁仔，吊陳三一起起解。

（淨）陳三，長解召你起解。

（生）娘仔啞，你返去，我卜起身。

（旦）官人啞，俛刉捨得分離？

（生）娘仔，無奈何。

（旦）我送官人行上幾里。

（丑）查么莫得相纏，人卜起身。

（旦）都牢，且寬一下。

（丑）快行。

（下）

第四十六齣　敘別發配

【駐雲飛】（生）今旦起程，值時得到崖州城？（丑）快行，免得發業。（旦）首領，我說乞恁聽，帶着阮人情。嗒。（丑）須着趕路程。（生）乞阮說幾聲。（丑）你有好錢好銀，便提來送我。你有錢銀先提來乞我。放緊行。（旦）拜覆首領，待伊慢慢行。（丑）緊行。

【玉交枝】（旦）都牢聽說起，恁也曾做過後生，誰無私情事志？人情通做些兒，面皮莫放變。金釵一雙，送你做茶錢。（丑）這是金，也是銅？（旦）是阮頭上帶的，做乜是銅？（生）是多是少，收去莫向見。（旦）帶着我共恁同鄉里。（淨）向說，放緊說話，我店內去點心就來。（淨下）

【生地獄】（旦）阮人情深都如海，膠漆不如阮堅佃。今旦障受苦，你今為阮受磨怠。我今千嘴說不來，我今千嘴說不來。（生唱）分開去，淚哀哀，未得知值日得返來？（旦）風颶天做寒，君你衣裳薄成紙，脫落衣裳共君幔。（生白）衣裳娘仔你穿，寒除娘仔。（旦）我那為君凍死，也卜乞人傳說我。（又唱）想起來好啼好哭，解落手帕共君包。崖州路遠卜值時到？我只處苦痛值處投？雙人相看目滓流，雙人相看目滓流。

【一江風】（旦）曾記得當初高樓上，荔枝揆你時。共你情深我歡喜，曾記得共你銷金帳內恩義，不料你共我拆散分離。（旦指介）冤家那怨林大鼻。（生）想起來我心頭悲，誤了你青春年紀。（旦）虧得我這處孤單獨自。咱今那拜天，咱今那拜天。恁夫妻值時會團圓？恁夫妻值時會團圓？

【余文】娘仔你憶着我言語，千萬記得莫放除。

（旦）夫妻今旦分開去，心頭俪會不尋思。

（生、旦哭介）官人此去，千萬路上保惜身已。

（生）那是一路在天邊，落遞去受苦，做俪得好？那恨貪贓知州，虧人至甚。若見我兄，定不甘休。

（白）今旦二人且分開，未知值日得相隨？
　　但願只去見兄面，夫妻依舊成一對。

（丑）快去，快去。（生、丑下）

（旦啼）（貼上）官人去遠了，啞娘且捏定。

【虞美人】（旦）我心頭苦切值時滿，恨狂風力我鴛鴦拆散。想三哥有乜快活，一身隔斷千鄉萬里外。一無親二無伙伴，伊怙誰早晚相侍候，刈吊我頭眩目暗，憂憂悶悶，心如刀刈，一腹恨氣值時會花？

(貼)啞娘莫切,官人説伊兄在廣南做官,此去定是會返。待簡去安排一杯酒,共啞娘解悶。(旦)便做羊羔美酒,偌解得我?(貼白)不,待簡去討個飯,乞啞娘你食。(旦)龍肝鳳髓,食没肥天。(貼)啞娘,便做官人去,那不返來了,畏無一人親像伊年?(旦)鬼仔説話,即來急我。金馬玉堂,人心都不掛。(貼)是簡説一句話,可急惱啞娘。卜待簡抱奩妝來,乞啞娘梳頭。(旦)妝臺無心去看。(貼)卜待簡去收拾繡房,啞娘去眮一眮。(旦)金枕玉床,我無心去倚。值時見得三哥一面,即解得我心頭恨花?(貼)恁相惜如花似錦,常説恩深怨也深。啞娘,强企起來莫沉吟,整花冠梳起雲鬢。伊人有恁,恁即有心,姻緣到底會結親。莫苦切面青目腫,乜罪過收來未盡。(旦唱)眠床未透,枕頭生塵。三哥,值見有叫討無應?(貼)啞娘莫急,官人終會返來團圓。(旦)忽然滿面團圓,解我心頭即輕。

(旦)狂風打散鳳共鸞,趙璧安知不復還?
(貼)勸娘解除心頭悶,免得霜雪擁藍關。

第四十七齣　敕陞都堂

【掛真兒】(外)一任廣南有名聲,忠心正直清如鏡。且喜今旦三年滿,百姓盡説太平。下官陳伯延便是。蒙朝廷恩寵,除授廣南運使,一任清廉,百姓歡喜。今旦且喜任滿了,不免收拾行李起身。

(淨)有事不敢説無,無事不敢説有。朝廷使命送詔書來了。

(外)左右,扛龍亭接詔。

(末)一封天子詔,四海盡知聞。詔書到,跪聽宣讀:切見建官推賢,古之道也。今廣南運使陳伯延,治事清廉,文武兼備,六藝精通。朕實嘉勉。轉陞都御史,敕賜廣南,便宜行事。但文武官三品以下,貪贓枉法,聽從拿問,免待奏請。聖旨了也。

(外)感謝聖恩。
(末揖)恭喜,恭喜。
(外)有勞遠來,請下館驛待飲。

（末）正是相逢不下馬，
（外）果然各自歷行程。左右，請得夫人出來。
【慢】（貼上）見說朝廷使命到，未知乜事問來因。（見介）
（外白）夫人啞，今朝廷陞都堂御史，委我查勘諸州貪贓枉法，聽從拿問，免待奏請。
（貼）只是相公福分，今須着使管義先去報乞爹媽、三叔得知。
（外）夫人說是。左右。
（淨）覆相公，有何鈞旨？
（外）來啞，管義，你先返去報與太老爹得知，說我隨後起身。
（淨）管義就去。
正是：一心忙似箭，兩腳走如飛。
【鬥黑麻】（外）收拾行李返去本州，賜我都堂御史，查勘諸州。是恁福分障成就，貪贓官吏見我心憂。夫馬驛轎等接不住，一州過了又一州。
記得來時牡丹紅，今日返去桂花香。
彩旗轎馬來迎接，認得新官是舊人。（並下）

第四十八齣　憶情自歎

【齊雲陣】（旦）恩愛果然生煩惱，好物從來不條勞。人去崖州值日到，恰是風箏斷除索。悶來憶着心焦躁，急得我相思病倒。空房寂靜恨夜長，花向窗前豔色妝。不是妒嫌花粉少，那因憶着有情郎。自三哥分開去後，夜日掛懷，不知伊路上倲樣？書信不通，攃人乜計心悶。

【四朝元】憶着情郎，相思病損。幾番思量，腸肝寸斷。空房障青荒，秋月分外光。又逢障般光景，怨殺冥昏。鴛鴦枕上，目淚千行，長冥不得到天光。起來細尋思，君配崖州，路頭又長。聽見孤雁聲憔悴，引惹人心酸。坐來越心悲，拙時瘦怯，平坦梳妝。（內唱）嗹柳哴，哴柳嗹，嗹啞柳嗹哴柳嗹啞柳，柳哴嗹。

【傷春令】（旦）春天萬紫千紅，粧成富貴新氣。看許開個、含個、畢目個、謝個，都是東君擺布生意。黃鶯飛來在這綠柳嫩枝，調舌弄出好聲音，黃蜂尾蝶，雙雙對對。飛來在這花前，採花遊戲。記得去年共君行遍這滿園，收拾盡春光景致。手摘海棠花一枝，輕輕倒插君鬢邊。君伊半醉又半醒，相扶相挨，去到太湖石邊。見許牡丹花含笑，見許牡丹花含笑，羅列在這前前後後，親像我共君相擠不相離。今旦雖有障般光景，空落得我賞春人獨自。恨東君可見薄情，伊知我傷情，故意做出障般天時。又使得杜鵑、燕仔，一個聲聲許處啼。怨一時雙雙飛入真珠簾，惹起春心春愁，一時盡都撓起。又兼長冥思過。聽見鼓角聲悲悲慘慘，鐵馬聲聲，玎玎噹噹，越噪人耳。對這情景，擦我傷心那好啼。（內唱）

【生地獄】城樓鼓打初更，自君出去，眠房清冷。是我前世欠君債，今旦收來孤過冥。殘燈挑盡，且力羅帳放下，障般煩惱，切人成病。二更三點鐘鳴，繡出牡丹，無心去整。且力針線收拾去宿，看見孤床枕不端正。仔細思量，腸肝寸痛。更深寂靜，月暗西斜。三更月，暗西廂，後花園內露滴芭蕉，分明聽見我君叫。心頭恍惚，好親像，開窗看不見。正是風吹葉搖擺柳梢，淒慘心焦。拔破紅羅帳，聽見四更鼓陳，夢見我君入到眠房，牽着君手不甘放。翻身一轉，力君來攬。鴛鴦枕上，一般情重。驚慌醒來，是我狂夢。五更靈雞又啼，七夕欹斜，珠星又起。西風一陣擦人疑。孤單帳內，那我獨自，仔細思量那好啼。君你莫做虧心行止，莫乞外人交議。

（內唱）（旦介）嗹柳哴，哴柳嗹，嗹啞柳嗹哴柳嗹啞柳，柳哴嗹。
（旦）

【越獲引】紗窗外，月正光。我今思君心越酸。記得當原初時，共伊同枕同床。到今旦分開去障遠。伊是鐵打心腸。料想伊未學王魁負除桂英，一去不返。待我這處目瞪成穿。長冥清冷，無人通借問。咱身起倒，冥日枵飢失頓，無意起梳粧。為君刈吊，顏色瘦青黃。（又唱）三更鼓，翻身一返。鴛鴦枕上，目滓流千行。誰思疑到這其段。一枝燭火暗又光，更深寂靜，冥頭又長。聽見孤雁長冥飛，不見我君寄書返。記得當原初時，恩義停當。共伊人相惜,如蜜調糖。恨著丁古林大,力阮情人阻隔在別方。值人放得三哥返,千兩黃金答謝伊不算。投告天地,保庇乞阮兒婿返來,共伊同入賞花園。

【尾聲】舊債鴛鴦必須還,鐵球落井終到底,有緣分相見願即還。今旦無計會,俾得阮心開。不免叫益春出來,共伊思量,寫一封書,討些兒衣裳,叫小七送去路上尋伊,也表得阮姿娘人有一點真心。(旦叫貼上)

【勝葫蘆】(貼)娘仔拙時都無意,坐繡房畏八死,且喜官人無事志。聽見叫,因勢行到廳邊。(見介)

(旦)來啞,益春,我這處正悶,你說官人無事志,故意來謔我。

(貼)簡做乜敢謔啞娘?官人此去必見伊兄,返來共娘仔依原相見。

(旦)賊婢,是誰障說?我今卜共你思量,使小七送些兒銀共衣裳,趕去路上還伊,通去不?

(貼)啞娘,這話說是。

(旦)你去共我叫得小七收拾,便帶筆硯來,我卜寫書寄去。

(貼下旦介)

【一封書】(旦)薄緣妾黃五娘,一封書信專拜上。自別後,減顏容,朝思暮想倍淒涼。恩情總在不言中,海枯石爛情意無窮,生不相從死亦從。益春,書寫了,共我叫小七出來,我分付伊。

(貼)小七,啞娘叫你。

(淨上。旦白)小七,你收拾完了,因勢起身。明旦倒來,我卜叫阿公現一么乞你。我這內銀五兩,衣裳一套,書一封,你連冥趕去。官人伊是落遞其人,你為我透計趕去定見,須着見官人面,暗靜還伊。長解知了騙伊個。

(淨)小七因勢起身。

【四邊靜】拜辭啞娘便起里,一路恰是風送箭。(旦)得見恁官人,共伊說就里。(合)崖州一路,遠如天邊。願得早返來,燒香投告天。(旦)你去路上着細膩,用心尋卜伊見。上覆恁官人,千萬惜身己。

（合前）書信衣裳親手封，薄倖佳人致意濃。
情到不堪回首處，一齊分付與東風。

第四十九齣　途遇佳音

（生、丑上）

【四朝元】（潮腔）（生）脚酸没行，首領莫做聲。為着私情，拆散千里斷形影。伊許處被雲遮，我只處隔山嶺，我只處隔山嶺，樹林烏暗毛人驚。猿啼共鳥叫，哀怨做野聲。越添我心頭痛。嗏，那為五娘仔乞人屈斷，配送崖州城。腹飢飯又没食，無處通可歇，怨切身命，怨切身命，目滓流落，無時休歇。

【皂羅袍】（生）自恨一身遭貶，家鄉隔斷路八千。到這其段，誰解倒懸，紅粉佳人總無緣。（丑）只一嶺正是秦嶺，四時雪擁藍關地，方信文公馬不前。（生）原來秦嶺正是此處。當初韓文公遭貶到此處，被霜雪凍。後來得伊孫湘子，力雪掃過此嶺去。雲橫秦嶺，惡遇韓仙。脚痛没行，心危倒顛，正是雪擁藍關馬不前。

【望吾鄉】（丑）你莫閑聲共閑氣，我一身着你障累，過盡千山共萬水，么仔後頭受腹飢。（生白）望首領，莫急氣，帶着阮你相俱隨。

（丑）兄弟，我實辛苦，有酒買一瓶食。
（生）首領兄，你且歇睏，待阮買一瓶酒共你食。
（丑）好，恁大家都歇一下。我也是好人，莫怪我。
（生）你是官差，做乜怪你？
（淨上）

【望吾鄉】收拾因時便起理，天塘舖近在赤麻山邊。鳳嶺先登，桃山里過了便是白塘舖司，靈山驛，潮陽市，緊行上趕過去，龍井溪店歇下冥。走得好辛苦，一舖又一舖。做緊走來去，恐畏日無晡。

（淨看介）前頭一位官人，好親像官人，不免趕過認一認。
（淨見）正是阮官人。

（生）小七，你慌慌忙忙趕來，乜事？
（淨）直來報消息。
（生）報乜事？你啞娘可好不？
（淨）通說無，啞娘那從共官人分開，乞阮啞公冥日罵切，去吊死除！
（生）天啞，虧娘仔為我送除性命。
（淨笑）句未死。
（生）小七，你做乜通騙我！
（淨）我試看官人，你痛阮啞娘不？
（生）我做乜不痛伊？
（淨）阮啞娘為你頭不梳、面不洗，苦切成一乜樣。
（生）啞娘可會食没？
（淨）没苦，食一頓食二碗，添一碗。啞娘直使小七送一封書、一套衣裳來，卜還官人替换。
（淨背生白）阮啞娘句有二十兩銀，卜還官人這路上使用，叫你莫乞長解知，許烏龜了騙你個。
（生）感謝恁啞娘。
（淨介）（生讀前一封書）小七，我今寫一封書，還你帶返去探恁啞娘。

【一封書】陳伯卿，書拜禀，上覆五娘有情妻。一路來受艱辛，遇着我簡兒，報說我兄陞都堂御史，查勘軍民。想我只去定相認。如書到日，以代親陳，返來琴絃須再整。小七，書寫便了。

（末上）

【望吾鄉】跟隨大人廣南市，不覺又三年。今旦使我返去報喜，心忙走如箭。一里過了又一里，人說回馬不用鞭。許一人好親像阮三爹，那卜是，因乜障般行來？好可疑，不免近前看一看。原來都是三爹。

（末跪，生臨白）管義，你值來？
（末）簡在廣南返來。
（生）起來。

（末）三爹因乜做障行來？
（生）我在潮州為奸情，知州力阮發配崖城。
（末）乜人管解？
（生）有長解在這。
（末）這正是長解賊種，好打！
（生）伊是官差，莫打伊。
（丑）無你勸，都乾乞伊打。
（末）只一位是乜人？
（生）是五娘仔簡仔，送衣裳來度我。
（末）阿兄，煩動你來。
（淨）莫動手。官人，這一人正是誰？
（生）這正是跟阮大人做官個。
（淨）我見即驚人。
（生）大人做官，拙時都好？
（末）恁大人官陞都御史，敕賜劍印隨身，欽差各府查勘官吏。比三品以下官員，不公不法者，聽從拿問，不待奏請。今先使我先返去，報乞老大人得知。大人隨後起馬，諒也卜到。
（生）且喜共我哥相見有日。（介）你先返，報乞大人得知。
（末）哑！
（生）小七，這一封書送返去度恁哑娘，叫伊莫煩惱，我兄又陞都堂了。
（淨）許阮哑娘又好得眺。
（生）小七，即零碎銀乞你路上去買物食。
（淨）哑娘有銀乞小七，不使。
（生）既有也罷。

　　（入白）封書寄與黃五娘，虧伊許處受虧傷。
　　　　只去定是見伊面，便得一身早落場。（並下）

第五十齣　小七遞簡

【臨江仙】（旦）憶着情人俐奈何，鴛鴦拆散討無伴。（貼上）障般苦，冥日刈，橫在心頭在俐得花。

（旦）憶着情人隔值方？四壁蟲蛙畏聽聞。小七只去未見返，枉屈冥日刈心腸。

（貼）啞娘莫苦發業。官人常説，廣南運使是伊親兄，四川知州是伊叔，想去也無事。簡在街上去，人盡説乜運使陞上都堂御史，官府盡差人等接，必定畏是。

（旦）益春，許那卜是，豈不歡喜！

（貼）啞娘，那卜是，許是啞娘有慧眼。

（旦）雖是障説，目前句揉人煩。

【雙鳳飛】（旦）忽然聽見小七叫聲，卜是我君有書信返，連忙趕去看。有一孤雁飛過一影。伊是無伴，即叫慘聲。憶着伊人，腸肝寸痛。早知相見障惡，不如共伊去行程。（淨、末）盤山過嶺，路途阻涉實惡行。今旦且喜官人只去遇伊兄。封書寄返，再三上覆阮娘仔。小七返來，雙脚變做四脚行，雙脚變做四脚行。

【尾聲】一路恰是風送箭，正是回馬不用鞭，二人趕到那霎時。

（小七白）啞兄，只是阮舍了，你只外等待，我入去共阮啞娘説了，即請你入去。（入見介）（旦介白）小七，你返來了，曾見官人啞不？

（淨）通説，那撞見長解，説官人一路受苦没當得。又着一白賊仔騙伊説，呵娘乞啞公駡，去吊死除，伊切去咬舌死除。

（旦）天啞，卜做俐得好？

（淨）啞娘未死，我那是騙你。

（旦）斬頭，我怙你如怙天，你做乜通騙我？

（淨）小七試看啞娘句痛官人不？

（貼）青冥頭，啞娘使你，你做乜通騙啞娘？

（淨）我看你句痛我也不？

（貼）我痛没得你死！

（旦）閒話且莫說，官人俤樣了？

（淨）今官人且喜，伊兄家人在任來撞着恁官人，說伊兄陞都堂了，即共小七一齊來，也帶有書來探啞娘。

（旦）今伊家人在值處？請伊入來。

（淨）啞兄，啞娘卜請你入去。（末入拜）

（旦白）免拜，起來，路上辛苦。你路上撞着你三爹，可有乜話說無？

（末）阮三爹再三分付，叫娘仔莫煩惱。伊今此去見阮老爹，不使七八日便返來，句有一封書在此處探娘仔。

（旦）小七，去討湯洗脚，討飯食，伴伊得眠。

（末白）管義下去泉州報喜，緊緊，恐畏大人隨後就到，不敢遲慢。

（旦）既然障說，明旦早乞你去。（末下）

（旦讀前一封書）謝天謝地，且喜共伊相見。

（貼）啞娘，今且喜。

（旦）益春，當初說伊兄做官，恁句不信，今旦果然是。

（貼）簡見啞娘你結交個也無怯人。

（旦）鬼仔整話？

　　　（白）夢裡憶着有情郎，接着封書心不酸。
　　　　　返來琴弦須再整，鴛鴦雙雙同一床。

第五十一齣　驛遞遇兄

【風儉才】（淨）十品驛官是驚人，遞官接使不胡忙。錢銀無通乞我趁，誰人知我障艱難。小官便是北山驛丞，今旦馬上牌來報，泉州陳運使今陞廣南都堂。今旦只處經過，必須備辦夫馬聽候。

（丑、淨、生上）三爹，此處正是北山驛，必須着進去交遞。

（丑）稟老爺，潮州府一起犯人交遞。

（淨）叫過來見。

（生）立在屋簷下，怎敢不低頭。（生跪）

（淨問）有大批，接上來看。

（丑）有大批在此。

（淨）接上來。（淨讀）

（末報）稟老爺，陳都堂起馬來得甚緊。

（淨）犯人且收在遞運使。（生、丑下）

（末上白）有福樣人人伏侍，無福樣人伏侍人。小人不是別人，便是陳大人手下，今旦大人卜返去。説都未了，大人來到。

【縷縷金】（外）今旦身富貴，衣錦返鄉里。欽委諸州縣查勘官吏，豪霸刁民不饒伊。人盡説，我是太白金星。此處是值驛正，都無一人等接？

（末）只正是北山驛。

（淨上，跪介）驛丞接爺爺。

（見介三合）你是北山驛驛丞？

（淨）是，老爹。

（外）起動你遠接。

（淨）不敢。

（外）你這鄉村驛所，不比州城所在。今旦我趕路來辛苦，夜間不許人打攪我。

（淨）喏，聽爺爺法度。

（外眠。生唱）

【銷金帳】一更鼓轉，惹人心悶損；二更鼓打，思量心頭酸；三更鼓催，腸肝做寸斷；四更鼓盡，無人通借問；五更卜發擂，刑罰實惡當，未知娘仔在值方？

（外介白）左右開了門，叫驛丞進來。（末叫。淨上）

（外）這老狗好打！

（淨叩頭）驛丞不敢。

（外）我昨晚分付，叫你不要與閑人打攪我，我睡到三更時節，是甚麼人則管哀哀哭哭,一夜到光?

(淨叩頭介)無有,爺爺。

(外)采下打這老狗。(末打介)

(外)我曉得你這驛丞都有歇媿,但有上驛解有犯人到驛,你要騙他銀子,不肯起解。將他百般鎖打,整夜哀哭。

(淨)告稟爺爺,昨晚有一起犯人,是不曾起解,敢在遞運使裡。

(外)哀哭定有冤屈。叫來,我問伊。(淨叫)(生上)

(外)左右把大門關上。

(生)哥哥,救伯卿。

(外)伯卿,你為乜事,做這樣行來?

(生)小弟那自送哥嫂到任,返來到潮州,因共黃五娘奸情,被林大誣告。知州貪贓,不聽人分訴,力小弟問發去崖州。今望哥哥救小弟。

【剔銀燈】(外)急得我心頭火起,不長進做障行儀。我做官,爹媽恁你奉侍,誰知你交三惹四。全不顧家後事志,看你一身卜做俺得辯?(生唱)告哥哥聽說起理,那因去到潮州市。因五娘惹出事志,恨知州全不帶着些兒。望哥哥,救小弟殘生。(外)不長進畜生,隨你去,我再不理你。(生)哥哥,救伯卿性命。(外)左右,請夫人出來起身。(貼上)見相公着急是因乜?小心近前,來問因依。(生叫介)嫂嫂救伯卿。(貼)是誰?原來是三叔。因乜做障行來?(生云前白)(貼白)三叔,你哥哥心性如火。三叔且退,待我勸伊,伊定回心轉意。(貼見外,白)相公莫得性緊,想奸情也是小可事。(外)夫人,只樣不長進小叔,你莫管伊,隨伊去擔當。(貼)告相公,聽妾說起,須念同胞兄弟。便做奸情,小可事志。叵耐知州,不帶着你些面兒。相公既是讀書,都不識楚昭王渡江故事?(外)我不識。(貼)當初楚昭王,棄妻子,憐兄弟。(外)許是古時人,我不學得伊。(貼)王祥、王覽相爭替死,打虎須着親兄弟。俺伊解圍,莫乞外人議論恁兄弟不是?(外)夫人啞,比我也是障問,朝廷法度,誰敢挪移?我不認伊。(貼)相公,今卜返去厝見恁爹媽,說三叔送怎到任所,今值去了?卜做俺應爹媽?相公聽阮勸,認伊也罷。(外)夫人請坐,我自有主意。叫得伯卿過來。(貼)三叔,近前來見你哥。(生見)(外白)伯卿,你許時都不提起我名字。(生)小弟也說,知州受財,全然不睬。(外)叵耐知州好無道理,都不存我面皮些兒。到許時,做俺得辯?

(貼)相公,今有乜主意?

(外)夫人,這知州無禮,我着人就去提來拷問發落伊。

(入白)紅旗照日氣蒼蒼,那見鑼鼓鬧玎璫。

此去罷了知州職,顯得陳三兄有功。(並下)

第五十二齣　問革知州

【掛真兒】(外)身受朝廷大褒恩,職位務要着清勤。查勘各府州縣官吏,名聲傳說滿乾坤。都堂御史有名聲,懲除奸惡鬼神驚。斷決刑名無私意,今旦巡撫到潮城。左右,恐有乜官進院參見,不許阻擋,須着通報。

(知州上)(丑稟)知州進院。

(知州跪介,白)潮州知州趙德參拜老爹。

(外)你是知州趙德?

(末)是。

(外)趙德上來。

(末)啞。

(外)陳三犯奸拐事情,不行審詳,擅自問他發配崖州,是何道理?

(末)容小的說:陳三是黃中志家雇工人,不合奸拐家長子女,被林大告發,是知州從重問擬。

(外)陳三是官家子弟,憑那裡問他為奴?我曉得了,你受林大買囑,故入人罪。

(末)沒有這情。

(外)左右,去了知州冠帶。帶林大!

（末）實沒這情。（林大被帶上）
（外）林大上來，我問你，多少銀子送與知州？從實供來。
（淨）老爹，一些沒有。
（外）左右，把林大挾起來。
（丑）哑。
（外）不從實供來，活打死你。有哑沒有？
（淨）有，有。
（外）多少送他？
（淨）不多，百兩。
（外）放了挾煞。
（丑）哑。
（外）趙德，你不合受財，故入人罪。官吏貪贓，罷問革為民，贓銀入官，發落府監候，奏請定奪。
（末）老爹開生路，與小的走。

【剔銀燈】（外）亘耐你做可不是，力奸做為盜問擬。貪贓官吏卜做乜？你性命合該凌遲。（合）得世人名字，卜貪贓今旦便見。（末）是知州做可不是，全不知三爹是機宜。今旦有嘴通説乜？望大人乞救殘生。（合前）（淨）恨我命乖通説乜？送錢禮現么不識么味。今旦落泊受凌遲，望相公乞救殘生。（合前）
（外）左右，把知州發本府監候。（末下）
（外白）林大上來，你不合用銀打點衙門，又不合誣告人，死罪律反罪，坐罪減等，發去邊遠充軍。
（淨）望老爹赦小的。
（外）采下打四十板，就發本府起解。
（淨哭下介）吾愛人説為之生，我今為之死，為之充軍，為之罰米。
（末扮使臣）一封天子詔，四海盡知聞。詔書到，跪聽宣讀：切見都堂御史陳伯延，申奏親弟陳伯卿，桑林花下，不告而娶，該杖八十。離異發回寧家。幸蒙龍顏大喜，見得伯延先治其國，後治其家，赦免伯卿前罪，夫婦團圓完娶。另賜冠帶榮身。

知州趙德貪贓，合問為民。林大用銀打點，發去充軍。聖旨了也。

（外）謝聖恩。

（末）正是相逢不落馬，

（外）各自辦行程。（末下）

（外白）叫得巡捕過來。（丑上跪）

（外）你替辦羊酒、表裡、花紅，送去九郎家。對他講，明日要與三爹完親。

（丑）啞，小的就辦，不敢違誤。

（外白）知州貪贓問為民，林大打點誤了身。（並下）

第五十三齣　再續姻親

【慢】（丑上）仔兒今旦得成雙，銀臺蠟燭滿廳紅。有緣千里終相見，無緣對面不相逢。昨暮日海陽知縣送聘禮來，說今旦伯姆同仔婿卜來恁我仔共伊返去。不免分付益春，安排筵席等接。（貼）水濁未知鱔共鯉，水清方見二般魚。（丑）益春，筵席安排便未？（貼）安排便了。（貼上）今旦再續這姻親，畫錦堂開孔雀屏。（丑）姆姆請入。（貼）這正是親姆。（生）正是。（見介）（丑）勞煩遠來，有失迎接。（貼）親姆失禮。（丑）益春，請恁啞娘。（旦）得見我君心歡喜，樂昌鏡破再團圓。

（見介）（丑）小七，討酒來把盞。

【撲燈蛾】（旦）殷勤致意拜姆姆，准做親仔成遲。念阮出世荊布寒微。（貼）這姻親都是前世。（丑）感恩德重如天。（貼）結草銜環，報恁恩義。（合）花謝再開，月缺再圓。（生）天生咱一對夫妻，願卜百年。（丑）寒親卑微，淡泊荊布裙衣，閑言語萬勿提起。

【餘文】恁今一門都親誼，錦被那遮勿輕棄。（生）富貴雙全真無比。（貼）一家轉去再團圓。

（入白）錦堂銀燭豔色鮮，洞房春意自無邊。
今日花開昔日蕊，新姻緣是舊姻緣。

第五十四齣　衣錦回鄉

（末）富貴必從勤苦得，男兒須讀五車書。今旦大人合家返來厝。說都未了，大人到。

【步步嬌】（末、生、旦、貼）恁今返去本州城，乞人傳名共說聲。恰是光業鏡，十分光彩十分明。轎馬相趕力，遠處官員等接迎。

【江兒水】享福不勞彰。嘴食俸祿，雙馬符驗返家鄉。合家富貴不如常，腰頭金帶綠公裳。今旦相共轉家鄉，拜見爹媽，歡喜一場。

【五供養】五鋪一驛，水路站船馬共車，官員軍民遠接迎。祖宗積德好名聲，乞人傳說滿州城。恁今同姒卜相痛，賽過姒妹弟共兄。

【尾聲】富貴若不返故里，恰是衣錦冥時行。大家慶賀太平，大家慶賀太平。

（入白）等接軍民沿路排，百官迎送滿城知。
今旦返去宣恩德，明日遊馬賽蓬萊。

第五十五齣　合家團圓

【菊花新】（末）今旦仔兒返鄉里，夫妻二人心歡喜。一家富貴是無比，算來都是前生前世。銀臺蠟燭滿廳中，今旦仔兒返家門。府縣差官去等接，恁舍富貴是十全。

（末）老個，昨暮日本縣差官來報，說恁仔又陞都堂了。又說乞恩伯卿，冠帶榮身，早晚定是到。

【四句慢】（外、生、旦）今旦返來心歡喜，得共爹媽相見。夫妻相隨返鄉里，恰是光月再團圓。（見拜介，白）謝天謝地，一家骨肉團圓。

（丑）這一位新婦，值處尒來個？好親淺，乞我斟一下。

（外）正是仔在潮州黃長者厝，共伯卿娶來個。

（丑）好仔，今旦一家團圓。

【排歌】祖宗富貴實無比，一家都團圓。算來都是天注定，一分無由人排比。（合）花再開，月再圓，滿廳彩色乜標緻。相慶賀，笑微微，一家安樂拜謝天。

（末、丑）

【撲燈蛾】筵席安排起，大家醉微微。酒淋衫袖濕，花插帽簪欹。合家團圓修陰騭，留傳後世。一家大小都在這，兄弟和順值萬錢。

【尾聲】悲歡離合有四字，頭着分開尾團圓。乞人編做一場戲，合家安樂拜謝天。（末）一家富貴感上天。（丑）衣錦回鄉再團圓。（外）林大發配崖州去。（貼）知州貪贓罷職還。（生）寶鏡重圓今日會。（旦）荔枝為記兩意傳。（淨）潮陽隔別千山外。（合）閩泉會合舊姻緣。

增補北曲重刊五色潮泉插科增入詩詞北曲荔鏡記戲文

重刊《荔鏡記》戲文，計有一百五葉。因前本《荔枝記》字多差訛，曲文減少，今將潮、泉二部，增入《顏臣》勾欄詩詞北曲，校正重刊，以便騷人墨客閑中一覽，名曰《荔鏡記》。買者須認本堂余氏新安云耳。

嘉靖丙寅年。

新編目連救母勸善戲文

（傳奇）

明·鄭之珍

【作者簡介】鄭之珍(1518—1595)，字汝席，號高石，邑庠生。安徽祁門縣渚口鄉清溪人。他知識淵博，工於詞調。因曾兼習吳歈，使他後來編寫戲曲劇本成了可能；而事親至孝、終身孺慕的摯情，又使他選取了目連戲為加工編寫的素材。他雖然始終未能登科及第，但在當地是很有名氣的文人。他寫作《目連救母勸善戲文》的目的，一是留名於後世，"予不獲立功於國，獨不能立德立言以垂訓天下後世乎"？二是面對"世變江河日不逮於古"的現實，希望通過所編的戲劇，改變社會頹風。這兩個方面的動機，鄭之珍本人在自序中說得很明白："余不敏，幼學夫子而志《春秋》，惜以文不趨時，而志不獲遂，於是萎念於翰場，而遊心於方外。時寓秋浦剡溪，乃取目連救母之事，編為《勸善記》三冊。敷之聲歌，使有耳者所共聞；著之象形，使有目者之共睹。至於離合悲歡、抑揚勸懲，不惟中人之能知，雖愚夫愚婦，靡不悚惻涕洟、感悟通曉矣，不將為勸善之一助乎？"該劇至遲於1579年完成。

【劇情概要】目連救母故事源於西晉竺法護譯的《佛說盂蘭盆經》。由此經在六朝時生發出為救度已亡故之父母的中元節，此節的重要内容是舉辦盂蘭盆會。隨着盂蘭盆會的盛行，目連救母的故事便廣泛地在民間流傳。唐代的變文與變相常以目連救母的故事為題材。敦煌石窟中遺存下來的目連救母變文就有十六篇，為《大目乾連冥間救母變文》、《大目犍連變文》、《目連緣起》等等。戲曲形成之初，宋雜劇的藝人就將目連救母的故事搬上舞臺，孟元老在《東京夢華錄·中元節》中說："構肆樂人，自過七夕，便搬《目連救母》雜劇，直至十五日止，觀者增倍。"之後該劇目盛演不衰。鄭之珍的家鄉皖南，目連戲的演出活動極為繁盛，每個村莊或三五年甚至每年都會邀班演出目連戲，有許多班社以只演目連戲為業。在這樣的環境中，鄭之珍一定能夠經常看到目連戲的演出，而且能尋覓到許多不同的本子以供自己改編時參考。《新編目連救母勸善戲文》共有三卷，故事略云：目連出身於一個富有的家庭之中，父親傅相虔誠奉佛，博施濟貧，因而感動上蒼，得善報而生天界。母親劉氏却不信佛教，殺生開葷，毀僧罵道，因而激怒鬼神，得惡報而下地獄。目連(未出家時的俗名叫傅蘿卜)為將母親從餓鬼地獄中拯救出來,西行見佛,後在佛的幫助下超度母親昇天。該劇由於是據民間戲劇改編的,因而保留了許多与主題一致的民間小戲,如《啞背瘋》、《雷打十惡》、《罵雞》、《僧尼下山》、《趙甲打父》等等。

【版本流傳】《新編目連救母勸善戲文》的版本,目前能見到的共有四種:一、高石山房本。三卷六冊。每卷首行題"新編目連救母勸善戲文",次行均題"新安高石山人鄭之珍編"、"館甥葉宗春校"。卷首有五篇序。二、明萬曆金陵唐氏富春堂刊本。全名為"新刻出像音注勸善目連救母行孝戲文",八卷六冊。總目在卷首扉頁之後,共一百零四折,有插圖四十二幅。三、清咸豐經國堂翻刻富春堂本。三卷六冊。內容均與富春堂本同,然富本誤者,沿襲不改,且誤處又較富本為多。繪畫亦比較粗糙。四、清友于堂本。亦為富春堂的翻刻本。《新編目連救母勸善戲文》問世之後,為許多地方所採用,皖、蘇等地的戲班基本上原本照搬,而川、湘、閩、浙等地的戲班是將原先的民間目連戲與鄭本兩者結合了起來。高石山房本,今日易見的是1954年鄭振鐸編的《古本戲曲叢刊初集》本。

【演出情況】目連戲自宋代產生之後,常演不輟。許多地方將目連戲看作是"平安大戲",有驅邪納吉的功能。故而,一些地區演出目連戲成了一種風俗,演出有固定的時間和固定的儀式。演出的規模則視財力與時間等因素來定,有演三日三夜的,也有從前一天晚上演至第二天早上的,所謂"兩頭紅"。全國大多數劇種都有目連戲的劇目,當然許多僅演其中的一些折子。

(朱萬曙)

目連救母勸善戲文自序

昔夫子志三代之英，不得位以行其政教，於是假魯史作《春秋》，以褒善以貶惡。夫善者褒之，人旣樂於為；惡者貶之，人將憚而不為矣。故曰："孔子成《春秋》而亂臣賊子懼。"是非懼之以勢也，以斯民之心之道也。子不云乎："斯民也，三代之所以直道而行也。"使道非斯民之同具，此顧懼之，彼顧違之，聖人之心，吾見其窮矣。然道能懼者猶為中人之資。若夫中人以下，愚夫愚婦懵焉，而莫之懼者尤衆也。況世變江河，日不逮於古者乎。余不敏，初學夫子而志《春秋》，惜以文不趨時而志不獲遂，於是萎念於翰場，而遊心於方外。時寓秋浦之剡溪，乃取目蓮救母之事編為《勸善記》三冊，敷之聲歌，使有耳者之共聞；著之象形，使有目者之共睹。至於離合悲歡，抑揚勸懲，不惟中人之能知，雖愚夫愚婦靡不悚惻涕洟、感悟通曉矣，不將為勸善之一助乎？有客過我，歎余詞而病其號。余應之曰：夫夫是也。盤庚遷殷，民不適有居，於是懼之以神道，盤庚之弗獲已也。余學夫子不見用於世，於是懼之以鬼道，亦余之弗獲已也。蓋懼則悟矣，悟則改矣，改則善矣，余學夫子之心亦少慰矣。客曰：然則子敢自方於夫子乎？曰：夫子何敢當也。乃所顧則學夫子也。以獲麟之筆而擅天子之權，道隆則從而隆也；以臂鷹之手而送佛前之錢，道污則從而污也。而欲人之從善，則一也。客笑曰：唯唯。因書之。

時萬曆壬午孟秋月高石山人鄭之珍書。

叙勸善記

夫鉛槧不割,畫龍不雨,文匪關此。文哉！文哉！六經之為要也。蓋闡揚墨孔,秘怪神思深哉,為世道慮也。如是而異家者,每每以詭譎之譚,飾妄誕之旨,大而無當,虛而不經,此何以稱焉,而秦火不烈也。鶴墩子曰：以吾讀其書,蓋各有説者,存聖賢經傳,要於人倫無贅矣。彼如列、莊之曠達,管、申之覈實,屈、宋之慷慨,楊、馬之博洽,豈盡軌於聖人而咀之！令人感奮思慕,駸駸起者,意精光在天地,要有不可磨滅者歟？夫天蒼蒼者,其正色邪,俄而怪雲、飄風、迅雷、淫雨,變態萬狀,惟有益於物生,斯不詭於天道,譬則舟車詣京,各取便途；牛鼠飲河,任隨滿腹。猶之聖道君臨,而百氏大至府部,細及里胥,各分一職,以司萬民,曷可少諸？蓋自釋老出,而聖道三分,吾無取焉耳。及其清浄無為,絶塵緣而度苦海,吾有取焉耳。彼目犍連者,釋而翹也。夫釋氏無我相人相衆生壽者相？而連也,急急於父母之恩,死生之際相甚矣,何釋之道也。高石鄭子世儒哉,乃取而傳之,神以輪回,幻以鬼魅,鼓以聲律,舞以侏儒,誠不啻傳注之訓聖經,然是遵何儒哉？鄭子曰：吾竊有取焉。夫人情饜藜菽,則思甘脆；足麻枲,則慕綺縠,何者？喜新也。是故聽古樂則思眊,而聽鄭衛之音則終日而不厭,大都然矣。昔衛鞅之説孝公,説之以帝王道則不懌,説之以伯強則喜,土梗之喻海大魚之説,皆能轉移主心,雖二世之愚,且可以漆城勳者。澂哉其術也,吾豈儒而互釋哉？吾以此勸善也！夫人之惡生於忍,忍生於吝,而吝生於無所感。夫戲,聖人所以象感也。設有人於此,左規矩而右準繩,佩年甫而坐通衢,執聖人之經,鳴鼓而集衆,聽其不望,望而去者有幾？終不肯發一笑,終不肯輸一錢。此傳行,則優未臺,而邑中之履滿矣。遠者裹糧,而近者效後矣；富者捐財,而病者起臥矣。此其小也。感傅相之登假,則勸於施布矣；感四真之幽囚,則勸於悲慈矣；感益利之報主，則勸於忠勤矣；感曹娥之潔身，則勸於烈節矣；感羅卜之終慕，則勸於孝思矣，此其小也。人之所崇者釋，而釋亦急親矣。釋之亂儒者無親，而急親則儒矣。由是而夷不亂華，墨可歸儒矣，其是余之心也。夫鶴墩子輾爾而笑曰：謵有是哉！夫士君子抱志當時，違則行之，窮則言之。偉偉鄭子，不得一官以行，而此傳在以教天下後世無艾矣，真六籍之怪雲，豈文匠之畫龍哉。由前之説，吾取其術；由後之説，吾取其心。乃為序。

時萬曆己卯歲首春之吉，賜進士第中憲大夫雲南按察司副使前左都郎中知金華府事眷侍生鶴墩葉宗春拜書。

勸善記叙

蓋余讀《勸善記》,而知鄭子之心之可悲矣。夫丈夫之生也,誦法孔孟,習先王禮樂名物之教,豈不欲身律聲度,以效用於當季,以表儀於天下後世!顧乃時不我與,龍蛇斯蟄,幽憂沈思,吐詞發鬱。蓋楚平逐,而著《離騷》;左丘明退,而述《國語》;韓非擯韓,《説難》乃成;馬遷蠶室,《史記》斯就。此其人皆意有所抑鬱,不能通其道,故託之往事,著之文彩以自見也。鄭子幼為諸生時,負高世之雄才,擅凌雲之逸響,而屢困於藝場。於是退而深惟曰:吾身不用矣,何可以名没世而不稱也?乃今眩惑人耳目而滌盪人心志,以蠱害吾先王禮樂之教者,莫甚於俳優之習。至於今風靡波頽、淪心浹髓、跳踉狂瞽而胥溺者,奚翅十九,吾何以易之哉?傳不云乎,善者因之,其次整齊之,其次教誨之,最下者與之爭矣。吾聞之先王之教人也,莫深於孝。故即目犍連救母事而編次之,而陰以寓夫勸懲之微旨焉。婉麗其辭情,而興其聽視之真;朱玄其鬼狀,而悚其敬畏之念。使夫觀之者不曰此戲劇也,而曰吾何以置吾父母於天堂而不滅度之,吾何以懺悔吾罪戾而毋鬼獄吾也。此豈不有潛移默奪之者耶?嗟呼!今世侣之所嚴事而尊信之者,無佛氏踰矣。今欲勸人以善,因其所嚴事者而象教之,譬之,順風而呼,不亦易乎?其為聲邪,説者以其事誕無可徵信,蓋亦拘儒曲學内典同聞,並昧玄旨,乃《南華》三十三篇,重言十七,寓言十九,豈其一言一事盡可覈實者否耶?然而至實者該矣。況乎目犍連在釋迦牟尼時,居然一大阿羅漢,稱摩訶薩,是為耆艾,是重言也。至於救母事略,褒善罪惡諸節目,雖未盡然,所謂藉外論之者也。以法眼觀,何幻不真?奚必盡規陳迹,泥往實,而後為能教於世也?若鄭子者,其亦良工苦心者矣,其自謂:"誰料平生臂鷹手,挑燈自送佛前錢。"則千古英雄扼腕不平之氣也。故曰:余讀《勸善記》,而知鄭子之心之可悲矣。雖然,藉令鄭子得一官,效一職,其設施不朽之業,吾不知其得失於此何如也。刻成屬序於余,余故為之解嘲如此。鄭子者,高石子也。

萬曆壬午暮春之吉,天遊人陳昭祥少明甫書於石升山房。

上　卷

開　場

（末上）

【畫堂春】宇宙茫茫俊傑多，苦因名利奔波。光陰轉眼去如梭，綠鬢成皤。魏國山河安在？漢家事業如何？逢場作戲且歡歌，休恁蹉跎。

借問後房子弟，裝扮已齊備否？

（內云）裝扮俱齊備了。

（末）且問今宵搬演誰家故事？

（內）搬演目連行孝救母勸善戲文上中下三冊。今宵先演上冊。

（末）既然如此，我已知道。且說上本提綱與列位君子。聽著：

　　　　傅長者好善齋僧佈施，感上帝寶幡接引登天。
　　　　劉安人開葷遣兒出去，傅羅卜歸家諫母團圓。

那先來者傅羅卜是也。

（末揖生上）請了。大家齊肅靜，另作眼兒觀。（下）

元旦上壽

生—羅卜　末—益利　外—傅相　夫—劉氏　丑—金奴

【新水令】（生）少年養正事修行，論修行善為根本。至心皈萬法，竭力奉雙親。菽水晨昏，身外事吾何論。

【鷓鴣天】天經地義孝為先，力孝須當自少年。玉食豈如藜藿美，藍袍爭似彩衣鮮。　　心上地，性中天，光明瑩潔即神仙。浮雲富貴成何事，浪得虛名在世傳。小生姓傅名羅卜，年將弱冠，學本家傳。居有七架之堂，不過容膝；食有千鍾之粟，僅取充腸。愧博施濟衆之未能,徒捨己從人之在念。爹爹傅相,恩賜義官,母親劉氏,恩贈安人。幸喜康寧無恙,又逢歲月更新。三百六十日,須知此日為元;一萬六千春,願祝長春不老。已曾分付益利,安排淡酒,上壽賀正。益利何在?

(末)盛世際新春,笙歌樂太平。黃金未為貴,安樂值千金。(叙介)

【前腔】(外)平生學詣貫天人,愧庸才無由入聖。雲山俱是樂,寵辱不須驚。為善齋僧,盡當為承天命。

【前腔】(夫)半生勤苦佐夫君,白忙忙星霜兩鬢。善功昭泰宇,富貴等浮雲。清白家聲,又喜是逢佳景。(見介)

(衆)爆竹聲中一歲除,春風送暖入屠蘇。千門萬戶曈曈日,總把新桃換舊符。

(生)告禀爹媽得知,今逢元旦良辰,最是一年首景,敬請爹媽,一行賀正之禮,二表上壽之儀,少盡子情,聊酧佳節。

(外)家無二上,子雖以父母為尊;禮有五經,人當報帝天之大。安排香案,先拜天地君親,再行賀正之禮。

(生)益利,捧香盆過來。

【清江引】(衆)沈檀滿爇金猊裏,靄靄雲煙起。乾坤覆載恩,神聖匡扶力。憑此香拜謝天和地。

【前腔】黎民於變干戈息,普賴君王治。山河壯帝居,日月光天德。願君王萬歲萬歲萬萬歲。

(末)請回面拜謝祖宗。

【前腔】(衆)綿綿宗祖遺瓜瓞,佑我兒孫輩。如聞歡息聲,謹奉蒸嘗祭。願新年萬事皆迪吉。

(生)請爹媽尊坐,容孩兒賀正。

【降黃龍】新年佳景,讓今朝為首,此時獨勝;律回大簇,正天開黃道,氣轉洪鈞。一觴表敬這椒柏酒,奉椿萱不老長春。(合)願從今,年年春酒,慶賀元辰。

【前腔】(外)光陰,百年如瞬,歎浮生碌碌,華鬢星星。我存心積善,積書遺子孫,未必能讀;積金遺子孫,未必能守。總不如陰功

廣積在冥冥，便是兒孫，久長根本。（夫）歡欣，春到門庭。山川如舊，一家安樂，勝似千金。（合前）

（末、丑）奴婢獻酒，以祝眉壽。

【皁角兒】捧春樽，屠蘇滿斝。論春光，元辰難並。一年三百六十日，此日為君。一飲須傾三百杯，此杯獨盛。喜春晴，遲遲春日，普照春人。

（外）古人以此春日比之為黃綿襖，故詩有云：范叔綈袍暖一身，大裘只蓋洛陽人。九州四海黃綿襖，爭喜天公賜得均。

這黃綿襖烘烘暖，謝天公賜得均勻。（合）看桃符換新，斗柄指寅，願一年康泰，百福駢臻。

【前腔】（生、外）春風引，草木芽萌；春氣動，土膏滋潤。春日釋春冰，破却春陰。春雪放春梅，來傳春信。上春亭春遊漸頻，飲春醪春睡還醒。（合前）

【尾聲】（外）向春天敢把春來問。（夫）春到欣欣物向榮。（生）願爹媽長為春光作主人。

殘臘昨宵去，新春今日回。

陽和佈德澤，萬物生光輝。

齋僧齋道

末—益利　淨—僧人　小—道人　外—傅相

（末）人之為善事，事事義當為。金石猶能動，鬼神豈可欺？蒙東人嚴命，在會緣橋頭整頓齋僧舍宇，竪起佈施旗幡。安排已了，只得伺候。（行介）果好舍宇！所一所光明淨潔，間一間洞達清虛。四壁皆先師之格言，滿座盡列聖之遺像。寶爐內仙香不斷，玉盞裏佛火常明。奇花瑤草四時春，木鐸金鈴千古韻。這又是東人書房。正是：道院迎仙客，畫堂隱相儒。道尤未了，遠遠望見僧道來也！

【寄生草】（淨）頭戴着僧伽帽，身穿着皂方袍。金鈴搖徹碧雲高，木魚敲動天花落，蒲團入定蟾光照。不貪不妒不心焦，無拘無束無煩惱。

【西江月】佛教昭如日月,釋流沛若江河。談經白晝雨天花,頑石點頭知化。　　衣鉢相傳有自,色空了悟無差。有時跨鶴出雲阿,遊遍十州三島。(立介)

(小)我本是三清道,身穿着百衲衣。麻縧草履隨雲水,松聲月影皆朋類。雲筒竹簡為生計,拂帚兒掃盡了冗繁塵,葫蘆兒注的是乾坤氣。

【西江月】道教於今為烈,老君自古爭誇。茫茫宇宙我行窩,日月長明燈火。　　有法堪訓白虎,無煙可煉丹砂。定知仙骨變黃芽,漫把青牛穩跨。(見介)

(淨)小僧禪定是也。

(小)小道全真是也。

(合)遊遍江湖,為惡者多,為善者少。今聞王舍城中傅相長者好善,盍歸乎?來此其時也!探問一番,多少是好!(行介)苦海風帆一轉頭,不離當處即瀛州。堪嗟塵世昏迷者,空為兒孫作馬牛。(見末叙事介)

(末)我東人存心樂善,絕無半點塵埃;遇事慈悲,却有十大佈施。

(淨、小)何為"十大佈施"?

(末)一佈施,人家丟棄兒女,雇請奶娘替他撫養。

(淨、小)二佈施?

(末)二佈施,無倚貧人,寒冬冷月給與衣糧。(以下問答同)

(末)三佈施,有效湯藥,救人疾病。四佈施,無依死漢,給與棺材。五佈施,賣身子女,替他贖身。六佈施,害命生靈,替他買命。七佈施,荒年饑歲,米價如常。八佈施,道觀僧房,香燈不絕。九佈施,佛像朽壞,彩盈金妝。十佈施,橋梁崩頹,修完補砌。此其大略,餘事尚多。二位到此,正是"有朋自遠方來,不亦樂乎"。請入齋房,容當通報。(報介)

【粉蝶兒】(外上)景物熙熙,喜得良朋來至。(見介)

(淨、小)久仰高明,泰山北斗。小僧貧道,驚動起居。

（外）老夫素心樂善，正要廣結良緣。有失迎迓，望乞恕罪。請入後堂談論一番。（行介）

（外）這是觀音堂。

（淨、小）阿彌陀佛！（行介）

（外）這是三官堂。

（淨、小）阿彌陀佛！

（外）這是樂善堂。

（小）呵，樂善堂，寫得高！

（淨）願聞樂善之要。

（外）嘗聞德主天下之善，善原天下之一。反身而誠，樂莫大焉！世人不知善根於性，多喪於業緣之擾擾；不知樂生於善，多墮於苦海之茫茫。惟東平公云：為善最樂，是真知樂生於善，善係於為。故天子為善，則有保天下之樂；諸侯為善，則有保其國之樂；大夫為善，則樂保其家；士庶人為善，則樂保其身。老夫以此扁堂，顧名思義，心之所存，無往而非為善之時，則身之所處，無往而非可樂之地也。（笑介）

（小）承教，承教！

【紅衲襖】（外）天生下物與人，氣成形理亦存。繼之者善成之性，感動之時善惡分。人性中善既盡，我心中樂自生，那東平深解其中意，故曰為善最樂，凡為人者，遵此終當入聖神。

（淨）承教，承教！

（外）敢問禪師衣鉢何自而傳？

【前腔】（淨）這鉢盂食所資，這偏衫衣所自。衣期天下同遮體，食願黎民共免饑。推此心便是能足食，推此心便是能授衣。但期有利於人也，雖摩頂放踵我樂為。

（外）承教，承教！摩頂放踵，利天下為之，非樂善者不能也！敢問羽師，鼓簡何為而作？

【前腔】（小）這雲鼓象太虛，這竹簡分兩儀。五音六律由茲起，宣化平情自此推。集大成金聲玉振之，韶九成盡善還盡美。這便是大樂與天地同和也，都在太音聲正希。

（外）承教，承教！大樂與天地同和，是樂善之至也！

（小）承獎，承獎！

（外）敢問釋氏明心見性當看何書？

【閱金經】（淨）釋家大要在《華嚴》一經，大抵教人明此心。心，明時見性靈。（小）心和性，釋同儒混成。

（淨）然也。坐令魯叟為瞿曇，豈非儒釋混成之意乎！

（外）敢問老氏修心煉性當看何書？

【前腔】（小）老君大要在《道德》一經，大抵教人修此心。心，修時煉性真。（淨）心和性，道同儒混成。

（小）然也。孔子問禮於老聃，又非儒道混成之意乎！

（淨、小）敢問齋公，儒家存心養性當看何書？

【前腔】（外）聖人遺下四書五經，大抵教人存此心。心，存時在性明。（淨、小）儒釋道，須知通混成。

（外）聖人以神道設教，豈非三教混成之意乎？蓋儒也、釋也、道也，名雖不同，而皆所以成乎已，猶之日也、月也、星也，明雖不一，而皆所以麗乎天！

【孝順歌】（外）儒釋道，本一流，名並三光誠不偶。天不賴三光，長夜冥冥，何以生萬物？世不賴三教，羣生憒憒，何以生萬民？今日二位遠來，三教大集。樂意喜相投，善緣期共守。守此清修，修到功成彌漫宇宙。正是進簣為山，要見個山成時候。

【前腔】（淨）承高誼，賜款留，三教一家古未有。二位在上，我有般若臺可遊，般若航可渡，且共優優，善果圓成，大無劫數。正是掘井求泉，要見個泉來時候。

【前腔】（小）三清道，常講求，閉外慎中無滲漏。二位，我欲火裏見龍浮，水中藏虎伏，那時節同跨青牛，笑看仙葩，飽餐雪藕，正是鐵杵磨針，要見個針成時候。

【尾】（合）昭昭三教皆天授，善事天時在自修，修善工夫只在性內求。

（外）天向一中分造化，（淨）人從心上起經綸。

（淨）天人焉有兩般義？（合）道不虛行只在人。

劉氏齋尼

夫—劉氏　丑—金奴　二旦—尼姑

【高陽臺引】（夫）淑氣沖融，晴光盪漾，芳草漸回春意。兩鬢星星，羞照鏡中憔悴。（丑）老安人，施財佈惠是良圖，這陰德把兩間充塞。須知僧道與優尼，一般周濟。

【鷓鴣天】（夫）天地陽回萬物春，韶光滿目可娛人。融融淑氣催黃鳥，淡淡晴光轉綠蘋。　（丑）花吐錦，柳搖金，碧琉璃滑浸春雲。（夫）眼前總是生生意，感動吾家佈施心。金奴，老員外齋房佈施，聞知僧道來者甚多，尚有尼姑道姑，雖為禪類，原是女流，或其意不樂雜於僧道之中，則其行必將至於簾帷之下，好生伺候。若有到者，引他入來。

【一江風】（二旦上唱）小尼姑，早踏空門路，久矣把禪機悟。見真吾，五蘊皆清，六根皆杜，一鉢把餘生度。如逢好善徒，（疊）期把慈航渡，與衆生結就來生福。

蕩蕩乾坤似掌平，一塵不到自然清。靈臺悟得無中理，月在寒潭靜處明。聞知傅相長者在會緣橋上招集僧道，尼姑是女流之輩，不免到安人妝次探問一番。（見丑介）（通報介）（入見介）

【鷓鴣天】（尼）佈施芳名遠近知，特來簾下謁慈悲。（夫）金刀落盡人間髮，玉體全披上界衣。　（丑）王母伴，太真儀，天風吹送下瑤池。（尼）人人有個成仙路，只在人人樂自為。

（夫）尼姑家住何鄉何郡？

【前腔】（尼）出家人，到處皆鄉郡。（夫）既無鄉郡，姓甚名誰？（尼）法名號華真靜。（夫）怎麼出家之人都把烏雲堆鬢剃了？（尼）剃烏雲，是把煩惱斷除，露出堂堂頂。（夫）常言婦人兩截穿衣，怎麼又穿此長茶衣？（尼）衣長取蔽身。（疊）（夫）怎麼不穿弓鞋，却穿僧鞋？（尼）進步與禪師並。（夫）怎麼如男子作揖？（尼）把婦女儀容泯。

（夫）這小尼每日所幹何事？

【前腔】（尼）自清晨，焚起爐香噴，憑此攄誠敬，念真經。（夫）念他何用？（尼）懺悔業冤，把罪瘴都消盡，木魚敲幾聲。（叠）六合裏風塵淨。

（夫）呵，只怕禮佛難成佛，看經枉用心。

（尼）老安人，豈不聞佛語云："阿彌陀佛，只在此心。"心悟者頭頭遇佛，心專者步步生蓮。休疑休疑。

（夫）既然如此，試念佛來。（尼揖佛介）（敲木魚介）

【佛賺】（尼）佛在靈山塔上頭，時人都向外邊求。（合）南無。人人有個靈山塔，好向靈山塔上修。（合）南無阿彌陀佛。

（夫）我看世人，修行者少。

【前腔】（尼）勸你修時不肯修，光陰虛度去難留。（合前）有朝去到陰司裏，悔殺當初結業尤。（合前）（以下合俱同前）

（夫）只是貧者難以修行。

【前腔】（尼）奉勸貧人正好修，莫將富貴亂心頭。心心修到功成處，富貴榮華事事優。

（夫）既然如此，富貴之人不修也罷。

【前腔】（尼）富貴之人正好修，金裝佛像起高樓。陰功成就天應眷，福壽康寧得自由。

（夫）既然如此，無男女之人不修也罷。

【前腔】（尼）無男無女正好修，念佛看經捨燈油。命內孤星推轉了，多男多女紹箕裘。

（夫）既然如此，童男童女不修也罷。

【前腔】（尼）童男童女正好修，春時下種在田丘。若還不下春時種，空守荒田望有收？

（夫）既然如此，多男多女之人不修也罷。

【前腔】（尼）多男多女正好修，前生積下善根由。今生再把陰功續，世世生生福自悠。

（夫）既然如此，有病之人不修也罷。

【前腔】（尼）有病之人正好修，一身危似浪中舟。修時浪靜舟平穩，疾不期瘳也自瘳。

（夫）既然如此，無病之人不修也罷。

【前腔】（尼）無病之人正好修，精神貫日氣吞牛。古人有語君須記，積善滾滾生公侯。

（夫）既然如此，出家之人不圖男女，不求富貴，不修也罷。

【前腔】（尼）出家之人最要修，把爹娘撇得冷颼颼。也須修得陰功滿，超度爹娘往樂土遊。

（夫）既然如此，員外修行，老身不修也罷。

【前腔】（尼）夫也修來妻也修，夫妻同得上瀛洲。若還妻不從夫命，夫沒憂時妻有憂。

（夫）既然如此，待老身思省，緩緩修行。

【前腔】（尼）勸你修時急急修，莫將玩愒度春秋。今生作者來生受，休到來生悔不周。

（夫）呵，潘尼勸我急急修行，但不知何以用工？

【江頭金桂】（尼）若論修行根本，在吾身立個誠。（夫）纔道修行要往靈山，如今又在立誠？（尼）雖知佛在靈山，即是此心誠敬，休向外邊尋問。老安人，且自念佛看經，五蘊求清，六根求淨。到那參透玄門，自能脫俗離塵、超凡入聖。（夫）只怕凡胎庸骨，一時難到。（尼）豈不聞天命之謂性，率性之謂道！論世人，同天同性。（重）只在自加警省，好似鐵杵磨針，心堅杵有成針日，莫惜區區歲月深。

（夫）金奴，尼姑之言何如？（丑）亦自有理。（夫）是也。

【四邊靜】（夫）尼姑說法有來歷，使人聞之心自契。善念勃然生，修行自今起。（合）阿彌陀佛，懺悔業罪，願同念佛人，盡生安樂國。

【前腔】（尼）十方三界佛第一，度人沒窮際。有能大皈依，盡令成智慧。（合前）

【前腔】（丑）尼姑是個迷魂鬼，靠着一張好油嘴。打動老安人，墮他圈套裏。（夫）你道甚的？（丑）（合前）

（夫）意欲建一庵堂，扳留居住，意下何如？
（尼）固所願也。
　　（尼）感得相留意喜欣。從今奉勸共修行。
　　（夫）尼離母處歸全少，我近師邊悟漸深。

博施濟衆

外—傅相　末—益利　丑、淨—棍子、貧子
旦—孝婦　占—瘋婦

【步蟾宮】（外）纔離膳道齋僧館，會緣橋又濟貧難。疲癃殘疾與孤寒，都願他一般飽暖。

淑氣轉洪鈞，熙熙萬象春。風光行處好，雲物望中新。益利，若有告謁者，引他入來。

（末）理會得。

【吳小四】（丑、淨上）腹中餒，身上寒，面垢骨巉岩。耳磬鳴，眼花繚亂。呵，會緣橋上掛長幡。（問介）原來是傅長者，賑濟貧窮漢。

（丑）咱二人何有名、何有聲是也。只因好酒貪花，以致傾家蕩產，到此會緣橋上，幸遇長者濟貧，不免拜謁，求濟飢寒。

（淨）好沒志氣！自古道，門風雖破，骨格還存。豈有公為尚書，孫為貧子？斷不可去！

（丑）豈不聞孔子絕糧，顏回屢空，韓信乞食於漂母，齊人挪祭於墦間！一日不知羞，三餐吃飽飯。我決進去，你莫管咱。（入見敘事介）

（外）何先生之孫，一貧如此！益利，可取衣冠與他更換，白銀五兩送他前去。（淨瞧介）（忙進介）

（淨）徐行後長者謂之弟，疾行先長者謂之不弟。卑人在外見風，兄弟不等一等，是何道理？（賞同前）

（外）二位祖產甚厚，因何一貧至此？

【半天飛】（丑、淨）祖手家財，只為吾曹會賣乖。花市人人愛，酒肆昏昏債。嗏！搖擺好詼諧，自不成才。祖手田園，父手金銀，蕩盡今何在？感得明公周濟，枯木逢春花再開。（疊）

（外）聽我叮嚀，在世為人要老成。勤儉持家本，酒色迷魂陣。嗏！此去好經營，戰戰兢兢，忠厚存心，本分營生。改却前非，天自相憐憫，莫負區區一片心。（疊）

（丑、淨）承教，承教。今日得君提掇起，免教身在污泥中。（下）

（外）近地但有死人無棺材者，來報。

（內叫云）地方死了推命先生，望捨棺材。

（末）怎見是推命先生？

（內云）喉內雖無三寸氣，腰間還有《百中經》。（末報介）

（外）捨個棺材與他。

（內又叫云）地方報，死了牙人。

（末）怎見是牙人？

（內云）一條棍子腰間插，兩個鉈兒袖裏藏。（報同前）

（內又叫云）死了養漢的婦人。（末問同前）

（內云）面皮雖好看，爛腿不堪觀。

（末）既是爛腿婦人，我不與他報。老員外有棺材也不捨與他。

（內云）不與棺材，怕狗吃了。

（末）爛腿婦人正該狗吃了。

【味淡歌】（旦上）只為我親姑，（疊）命喪黃泉路。衣衾棺槨皆無措，（疊）天！教我如何擺佈？（疊）聞知會緣橋上，傅相長者濟貧孤，（疊）只得前去哀求，哀求他濟度。又則見人頭簇簇。天耶！教我何顏進步？（疊）不免回去便了，嚦，向前奴家沒有嘴臉，回去婆婆沒有棺材，怎生是好？正是路逢險處難回避，（疊）事到頭來不自由。只得忍恥含羞，且自向前控訴。（疊）（見介）

（外）你是誰家宅眷？

【一封書】（旦）陳家女，李氏妻。（外）良人安在？（旦）良人不幸早拆離。（外）良人早喪，家道何如？（旦）家貧窘。（外）家有甚人?(旦)婆老衰。(外)家貧親老,何以贍養?(旦)奴紡績供婆食與衣。(外)虧了你。(旦)豈知遇此饑荒歲,不幸婆婆一夢歸。(外)令姑又喪,可哀可哀!(旦)告慈悲,發慈悲,周濟提撕急難時。(拜介)(外)孝婦請起。你告慈悲,我發慈悲,周賑提撕你急難時。

益利,可將棺材一副、白米一擔、白銀二兩、白布二疋,着一丫鬟送此孝婦前去。

(旦)如此多謝!

【前腔】(旦出私唱)承周濟,自歎嗟。常言道:養兒代老。今日婆婆死了,棺材也備不得時呵,婆耶!你有子猶如那無子的!奴身不死,只為婆婆在堂。今日你既死了呵,婆!你前去,我後隨,一路同行見你兒。(入介)(外)孝婦為何轉來?(旦)感翁恩德天來大。奴家今生今世不能報答了。願得你福壽綿綿山嶽齊。(外)令姑既死在家,你急回歸,便回歸。(旦)我急回歸,便回歸,(合)只恐猿聞也淚垂。(下)(占扮男子馱婦人上)(一人扮二人)

【孝順歌】(占)丈夫啞,奴又瘋,無男無女家罄空。提起淚交流,説來自心痛。馱出門時,幾多惶恐。聞知傅相長者濟貧窮,(叠)只得前去哀求,求濟我饑寒餒凍。(叠)(見介)

(末)這漢子年老,婦人年幼,二人是甚麽樣親?

(占)丈夫白首生來啞,妻子紅顏自幼瘋。口食身衣難擺佈,念詞唱曲度貧窮。

(末)你且念個詞唱個曲來。

(占念詞云)

我勸人家子女聽,子女須是孝雙親。十月懷耽在娘肚裏,三年乳哺在母身跟。男教詩書娶媳婦,女教針指嫁豪門。養得男大和女長,吃盡萬苦與千辛。

(唱)兒和女,聽也麽聽,那慈烏也識報娘恩。(又念)

我勸人家兄弟聽,連枝同氣共胞生。弟敬兄如敬父母,兄愛弟如愛子孫。兄弟相和家自旺,莫因些小便相爭。

(唱)兄和弟,聽也麽聽,那鴻雁尚有弟兄情。(又念)

我勸人家夫婦聽,夫妻匹配事非輕。七世修來纔共枕,百年和順莫相嗔。妻敬夫時夫愛婦,一夜夫妻百夜恩。

（唱）夫和婦,聽也麽聽,那鴛鴦到老不離分。

（末）果然說得是！不孝父母之人,真個不如那慈烏！不愛兄弟之人,真個不如那鴻雁！不重夫婦之人,真個不如那鴛鴦！這婦人說得是！

（外）可取銀子二兩、白布二疋,送這婦人去。

（占）多謝多謝！

（末）好個婦人,可惜瘋了！

（占）瘋了也好。

（末）怎麽瘋了也好？

（占）我看世上有等婦人,不守家教,終日東走西行,搬唇鬭舌,不如瘋了。（下）

（末）說得有理,聽者各當思省。（丑扮瘋子向天四脚撑上）

【金錢花】（丑）瘋腰匝地難行,難行。雙手雙脚不停,不停。聞知長者濟孤貧,（合）求賑濟,度餘生,得一口,勝千金。

（淨扮脚害癩瘡跳上）

【前腔】會緣橋上喧騰,喧騰。孤貧求濟紛紛,紛紛。擺腰軟脚命難存,（合前）（見）（外）乾稱父,坤稱母,普天之下總是一家。緣何富貴貧苦,懸絕如此？

（丑）財主天之生。人雖同,人之存心不一,是以有上品、中品、下品之不同了。

（外）據爾所見,何為上品？

【駐雲飛】（丑）那將相公侯,衣紫腰金第一流。腹內珠璣吐,筆下龍蛇走。修,名著鳳凰樓。（合）這是他前世修行,故得今生受。也是同天共日頭。

（外）何為中品？

（淨）無慮無憂,說甚高封萬户侯？食有千鍾粟,居有黃金屋。修,肥馬衣輕裘。（合前）

（外）何為下品？

（丑、淨）多慮多憂,終日街頭喊叫求。凍餒難禁受,苦楚憑誰

訴？羞，兩眼淚交流。這是我前世不修，故得今生受，也是同天共日頭。（賞介）（淨得米馱下）（丑作船裝下）

（末）天色將晚，請東人回去，明日又來。

（末）今日橋頭佈施，幾多貧苦堪嗟。

（外）須知為善最樂，勿以善小不為。（并下）

（丑、淨又上）（淨奪丑米作一袋）（丑抓淨脚奪米裝下）（淨跌倒哭唱）

【前腔】咳嗟！抓得我鮮血流漣，傷骨傷筋痛怎言。我要將他騙，他反乘咱現。嗏！我今自埋怨，好心偏！我與他一般殘疾，一樣顛連，一路同來，一齊共轉。如何我見他財便肆貪心，把個初心變。昔日螳螂去捕蟬，豈知黃雀在身邊。黃雀又被金彈打，打彈人被虎來纏。老虎跑在山頭過，一交跌死石岩前。奉勸世間君子聽，有無貧富總由天。若是起心不良善，欺得人時欺不得天！（叠）

三官奏事

小——馬帥　丑——趙帥　外——真武　淨——天師　末——天官
生——玉皇　二旦——玉女

（小舞）神相生來自異常，昭昭三眼並三光。白蛇旋遶黃龍座，靜聽烏鴉報吉祥。自家馬將軍是也，職居天闕，把守天門。今當玉皇升殿，只得伺候。

（丑舞）鐵鞭鐵鎖手中提，黑虎聞風步步隨。如意一心扶日月，玄壇千古顯靈威。自家趙將軍是也。（餘同）

（互白）冉冉金輪升艮，班班珠斗回寅。仙人掌上露華新，滴破九天寒暈。今當早朝，開了天門則個。

（外）花迎劍佩星初落，柳拂旌旗露未乾。金闕曉鐘開萬戶，玉階仙仗擁千官。自家李洪是也，備員天闕，敬事玉皇。今當早朝，只得伺候。

（淨）日色纔臨仙掌動，香煙欲傍袞龍浮。九天閶闔開金殿，萬

國衣冠拜冕旒。自家張道靈是也。（餘同前）

（末）五夜漏聲催曉箭，九重春色醉仙桃。旌旗日暖龍蛇動，宮殿風微燕雀高。自家天官是也。兄弟三人，曾蒙玉皇敕旨：區區為天官，職掌天曹，上元賜福；二弟為地官，職掌地曹，中元赦罪；三弟為水官，職掌水曹，下元解厄。向見王舍城中傅相好善名滿乾坤，幸得天門已開，不免入去奏上玉皇。

【點絳唇】（生）（二旦侍上）斗轉雲稍，銀河清淺天將曉。御爐煙渺，五彩祥雲罩。文武臣僚，縉笏垂紳到。願只願風調雨順，萬姓樂陶陶。

淡月疎星曉建章，天風吹下御爐香。侍臣鵠立通明殿，一朵紅雲捧玉皇。寡人，位正中天，四海萬靈咸仰賴；職臨下土，十方三寶盡皈依。更兼動植飛潛，統賴包含；遍覆雨露降霜雪，施無非教也。四時行，百物生，復何言哉！此際五鼓更催，六時功就，鷄唱喚回塵世夢，鐘鳴喝散滿天星。寡人玉駕已臨朝，羣臣衮衣齊上殿。（旦叫班）

【神仗兒】（眾）揚塵舞蹈，（又）遙瞻天表，閶闔開黃道。閃閃龍鱗照耀，遙拜着九重霄。（又）

（生）朕以涼德統理三才，皆賴羣臣輔佐之功。今加封天官為南極長生大帝，加封地官為清虛大帝，加封水官為賜谷真君，加封馬將軍為上清正一靈官馬元帥，加封趙將軍為上清正一執法趙元帥，加封李洪為北極鎮天真武玄天上帝，加封張道靈為上清正一執法天師。其餘文武，進職有差，各敦舊職，以效新功。謝恩！

（眾）聖壽！聖壽！

（旦）有事者奏，無事者退班。

【桂枝香】（末）天光垂照，微臣進告。南耶王舍城中，傅相真忱樂道。況齋僧佈施，（又）廣修功果，望天庭高擢，上青霄，錫彼逍遙樂，享長生永不老。

（生）天官啓奏，批下閻羅查考。果如所言，即行送入天宮。

【滴溜子】（生）這劄付、這劄付金書一道，發下與、發下與閻羅查考。傅相的善功非小，着該司便當申報，送入天宮，榮登快樂。

（末）今日裏（又）微臣進表，感吾皇（又）重瞳高照。賜施行善類旌褒，使微臣多增榮耀，雨露無私，天恩浩浩。

【尾】長生殿上風光好，濟濟臣僚佐聖朝，伏侍君王直到老。

閻羅接旨

小——判官　丑——小鬼　淨——閻羅　末——天官

（小、丑上舞）（互白）堪歎世人奸巧，人前禮義偏多。初然相見口頭和，轉面訐人之過。自己不能修德，笑人空念彌陀。看他到此卻如何，遇我判官難躲。

（丑）遇我小鬼難躲。吾乃閻羅殿下都老判官小鬼是也。吾王登殿，在此伺候。

【出隊子】（淨上）陰司獨掌，賞罰分明無縱枉。天神人鬼盡皈降，地府臣僚皆敬仰。浩浩乾坤，威風顯揚。（叠）

陰司獨掌令非輕，善惡昭昭報應明。善者早登天府樂，惡者難逃地獄刑。自家閻羅是也。上承玉皇敕旨，下掌地獄刑名。事無大小，皆知黑臉不容情；名著幽明，惟仗丹心能貫日。感蒙玉帝發下金書，想必來也。鬼判伺候！

（末上）一封丹鳳詔，飛下紫雲端。玉旨已到。玉帝詔曰：惟皇降表，有善無惡；惟人存心，有清無濁。惡者當受輪回，善者宜登快樂。今因天官奏啓，傅相為善，佈滿乾坤，特發酆都閻君查考。如或將終，竟送天庭，無淹地獄。謝恩！

（淨）善哉！善哉！

（末）安奉玉旨。

（淨）有勞天官下降，未及迎迓，伏乞恕罪。

（末）何故言此！但當急令判官查勘，何如？

（淨作看介）感蒙天使大人，正來得好。傅相陽壽將終，即差金童玉女迎接升天，一如敕旨。

（淨）傅相在陽間，修福還修道。

（外）玉旨賜超昇，善人有善報。

城隍掛號

生—手下　末—城隍　淨—魁星　旦—聖母　小、占—玉女

（生）古廟依城立，靈神萬古傳。苔香封石砌，松影護長檜。自家城隍老爹手下的便是。我王升殿，只得伺候。

【齊天樂】（末）王公設險衛斯民，護持總賴神靈。四海九州，羣方萬國，有城何處無神。咱威靈顯應合幽明，貴賤罔不欽承。安民護國，風調雨順，世際昇平。

天有險，地有險，王公設險功非淺；築斯城，鑿斯池，統理城池顯我威。四方人鬼皆欽仰，國泰民安萬物熙。自家王舍城城隍之神是也，曾蒙玉皇敕旨，加封福德大王。為善為惡，人之存心不同；作福作災，神之所報亦異。賞一人以為千萬人勸，惟願天多生善人；罰一人以為千萬人懼，惟願人多行善事。昭明有感，報應無差。手下，但有投文掛號，引他入來。

（淨上舞介）太平文運自天開，五百英雄獨占魁。仙桂於人原有約，只從心地自栽培。吾乃梓童帝君門下科目文星的便是。今有，今有某某秀才學問優優，功名淹滯，數年以來，侍奉梓童文昌帝君，竈司奏上玉皇，敕令文星主照，敬往城隍臺前掛號，到他香火堂中安住。此間便是，不免入去。

（末）武曲文星為何下降？

【風入松】（淨）為只為秀才學問有淵源，奈因他時乖運蹇。年來為善膺天眷，天遣我文星照光生几檐，朱衣此去頭頻點。（合）使他居一品，中三元。

（末）緣來為此。可喜可喜！

【前腔】讀書的都要上青天，徒守着青燈黃卷。又誰知都只在存心積善。讀書之人存心積善，年少者嫦娥自愛，年高者龍頭有成。少者不可以自矜，老者不可以自餒。心地好前程自遠。秀才，

秀才,才與德須索是兩全。就與掛號前去!(合前)

(淨)莫道天梯容易上,全憑陰騭兩相扶。(下)

(旦抱小兒上)人有善願天必隨,來今往古事無疑。孔子什氏親抱送,並是天上麒麟兒。自家九天聖母神君是也。今有某某賢夫賢婦平生好善,奈因命犯孤魔,數年以來持齋佈施,祈求子嗣。竈公啓奏玉皇,敕令聖母賜與麒麟之子,抱送前去。城隍臺前掛號,分付他三代祖宗一同擁護。此間便是,不免入去。

(末)女官何來?

【前腔】(旦)嗣星照耀九重天,天門下祥光閃閃。只為某某賢夫賢婦,祈求子嗣看經典,廣佈施多結善緣。竈公啓奏天昭鑒,應賜與這麒麟奔出黃金殿。(合)使他身有託福無邊。

(末)緣來如此,可嘉可嘉!

【前腔】誰人不愛子孫賢?幾個有高明遠見?今此善男善女,他夫夫婦婦兢兢戰,善根苗加培自勉。宜他瓜瓞茂,綿綿永傳。就與掛號前去。(合前)

(旦)麒麟頭角昂昂聳,廊廟公侯衮衮生。(下)

(小、占上)玉女金童對對,珠幡寶蓋飄飄。降臨凡世迓仙曹,永享長生不老。玉皇差遣迎接傅相升天,先見城隍掛號。此間便是,不免入去。

(末)金童玉女何來?

【前腔】(占)只為傅相,他平生奉佛意忱虔,樂道更參禪。齋僧佈施陰功遍,那三官啓奏上玉皇殿前,感皇恩,敕仙曹來迎仙眷。(合)使他長不老壽千千。

(末)緣來如此。可羨可羨!

【前腔】世人誰不慕神仙,空自把金丹燒煉。這傅相他能脫去凡塵念,散資財保性命,凌霄漢在宇宙外旋,紅塵裏豈能久淹?就與掛號。(合前)

(小、占)人到成仙天下少,神能降福世間多。(下)

【餘文】(末)華封三祝人人願。(生)稟老爹,何為三祝?(末)一曰多富,二曰多壽,三曰多男子。今日魁星掛號,連中三元,可謂多富；女官送子，可謂多男；傅相登仙，可謂多壽。這根源都在人心自勉。（生）呵，緣來如此！我今奉勸世人，讀書自勉，中個狀元；求嗣自勉，生個麒麟；為人自勉，做個神仙。真道是好！（末）説那裏話！有所為而為善，雖善必粗。是以君子明其道，不計其功。都只在存心聽上天。（合又）

（末）天意無他只自然，（生）自然之外更無天。
（末）人能修德天應眷，（生）莫把名言作浪言。

觀音生日

小—善才　旦—龍女　占—觀音　丑—王母　淨—夜叉

【步步嬌】（小上）慈主生辰當佳景，五色祥光映。萬法盡來庭，跨鶴騰空，乘鸞出定。佛冠古今靈，會擅天人勝。

天和樹色藹蒼蒼，塵夢那知鶴夢長。人在翠微閒竹舍，鶴翻松露濕衣裳。自家善才是也。蒙慈悲教主度化此身，置之左右。朝來教主生辰，諸仙慶賀，只得在此伺候。

【前腔】（旦上）優鉢羅花開無際，香滿乾坤内。色映殿庭輝，又見鳥弄笙簧，花浮羅綺。天際鳳來儀，海島龍呈瑞。

度化香山寄此身，喜逢教主值生辰。迢迢綠水江天曉，靉靉紅雲海日分。自家龍女是也。（餘白同前）（舞拜介）

【前腔】（占上）長空萬里浮雲淨，月弄婆娑影。慈悲萬劫身，潭水澄清，朝陽掩映。慢倚普陀岩，總是菩提境。（見介）

脚踏層蓮萬化身，慈悲廣度衆生人。九流三教名雖異，稽首皈依共此忱。自家觀音是也。身居南海，跡顯香山。世人有喜怒哀樂之音，我能知喜怒哀樂之意。是以玉皇敕旨，封為南無大慈大悲救苦救難靈感觀世音菩薩。今當二月十九，是我誕辰，只見月魄方中，天明似晝，庭花弄玉，林竹篩金。善才龍女，此時夜氣清明，正好孜孜為善。忘渠色相，以知變化之方；外彼風幡，以建慈悲之本。正是爾等當為，須索自加勉勵。

（小）固所願也，不敢請爾。願娘娘少施變化之方，以為弟子矜式。

（占）我能千變萬化，一一難窮。且變飛禽走獸、武將文人、長身矮體、魚籃千手舞。你看着！

（小）既然如此，乞娘娘先變飛禽。

【憶多嬌】（占）觀世音，變化身，百千萬億無窮盡。金鈴一響乾坤震，變一個白鶴翩躚，顯現我神通廣盛。（叠）（下）（淨扮鶴上舞介）（下）

（占上）（小）感娘娘已變飛禽。伏乞再變走獸。

（占唱同前）變一個猛虎咆哮。（餘同前）（占下）（丑扮虎上舞介）（下）（占上）（小）承娘娘已變走獸，伏乞再變武將。

（占唱同前）變一個武將英雄。（餘同前）（占下）（外扮武將上舞介）（下）（占上）

（小）感娘娘已變武將，伏乞再變文人。

（占唱同前）變一個道士逍遥。（餘同前）（占下）（末扮道士上舞介）（下）（占上）

（小）感娘娘已變道人，乞再變一長身。（才女拜介）

【浪淘沙】（占）童子拜觀音，求變長身。我把金鈴一振動風雲，變一個長身出見，顯我神靈。（下）（淨、生接長人上，舞槍介）（下）

（才女云）感娘娘已變長身，伏乞再變矮體。

【前腔】（占）童子拜觀音，求變矮身。我把金鈴一振動風雲，變一個矮身僧出見，顯我神靈。（下）（外扮矮僧打鉢上走介）（下）

（才女云）感娘娘已變長身矮體，乞再變魚籃。

【清江引】（占）神通法力風雷迅，變化須臾頃。變來有形聲，化去無蹤影。我變一個魚籃觀世音。（占提魚籃執柳枝舞介）

（小）感娘娘已變魚籃，伏乞再變千手。

（占唱同前）我變一個千手觀世音。（先用白被拆縫，占坐被下，內用二三人伸手自縫中出，各執器械，作多手舞介）

【鵝浪兒】（占）觀音變化成千手，南無。霎時顯出無中有，阿彌陀佛。天下邪魔我盡收,南無。世間苦難吾皆救,阿彌陀佛。善才慢叩頭,龍女休稽首,見十方諸佛來祝壽。

遠遠觀見雲中王母、海上夜叉俱將至矣。且自還我本來面目,接見諸仙。正是:萬化無邊皈佛法,十方有約祝長生。

【步步嬌】(丑上)離却瑤池來南海,敬赴香山會,蟠桃我自持。聽得海上雞鳴,雲中犬吠,香吐篆煙微,風湧冰濤起。

雲中仙女下瑤臺,特赴香山會上來。自家王母是也。因慈悲教主今日生辰,敬捧蟠桃,特來慶賀。此間便是,不免入去。(見介)

【前腔】(淨上)龍王敕令賫奇寶,敬往香山島,齊祝壽山高。永仗慈悲,毫光主照。龍馬步雲程,不覺須臾到。

為仰南無觀世音,特賫寶貝慶長生。自家龍王手下夜叉使者便是。(餘白同前)(見介)

(占)感得諸仙降格來。

(丑)都因教主壽筵開。

(淨)慇懃致祝無他意,且進長生不老杯。

【錦堂月】(丑)佛日光華,靈胎脱化,壽筵佳麗堪誇。香噴金猊,煌煌燭燃鳳臘。梵刹上老鶴談經,蓮池外神龍聽法。(合)斟玉斝,看取海屋添籌,醉歸蓬島。

【前腔】(淨)吾曹遠涉波濤,只因華誕,特來敬捧香醪。願娘娘名註長生,使萬姓長瞻佛表。鸚哥語與鸞鳳和鳴,楊柳枝似松筠不老。(合前)

(丑)輕造名山,敬借遊玩片時。

【三春錦】(占)我覷天地,似一輪空磨,把世人終日挨摩。那後來的添上一番,先進的盡皆没了。歎世人個個心高,都為着薄利虛名,受盡了勞碌奔波。(丑)惟有張子房見出塵囂,從着赤松子一心學道。笑韓侯倚着十大功勞,到走狗烹時悔何不早。(占)尚有那昏迷的鬭勇爭強戀酒貪花,豈知道力盡身衰,先做了溝渠中餓殍。聽着聽着:那鬭勇爭強戀酒貪花的不可。(丑)見則見世上人百年快樂,只當得我仙曹片時兒歡笑。(占)閒來時把祖機參着,心經念了。(合)波羅波羅,只聽得雲端細樂,金磬齊敲。又聽得鸚哥演摩訶,山鳥和波羅。坦哆摩訶,唎囉嗲唎,娑婆娑婆。(占)我自離了王宮,歷盡勤勞,方成佛果。楊柳枝灑甘露,濟衆生除熱惱。信吾之樂土逍遥,不信的業冤難躲。豈不聞到頭終有報,好一似蜂兒釀蜜,蠶兒作繭,蛾兒撲火。勸世人早早回頭,好念幾句彌陀,百年後好見閻羅。

【醉翁子】(攙陣合唱)看着:菩提樹花開滿稍,四季長春,萬年不老。日照朵朵燦霞光,陣陣香風來渺渺。(合)齊祝禱,齊祝禱,願得壽算千千,福海滔滔。

【前腔】喜到:這香山猶如蓬島。飽看仙花,遍聞佛號。多少善信念彌陀,結就良因超物表。(合前)

【尾聲】香山會上春光好,齊祝千千壽算高,長與乾坤主太和。

(丑)慈悲聖壽樂陶陶,(淨)五色祥雲捧碧霄。

(占)感得羣仙來慶賀,(合)酒闌歸去月兒高。 (丑、淨下)

(占)觀見善人傳相,三月三日昇天。分付大小仙僚,須要一齊伺候。

(內應云)知道了。

　　　　大抵乾坤都一照,免教人在暗中行。

化強從善

小—兵師　淨、末—強人　外—傅相
夫—劉氏　占—尼　丑—馬

(小)豹變鵬搏鯉化龍,誰將物色定英雄。當時管仲遭羣盜,薦拔三人受上功。但自家苦竹林中高勸善者是也。生長豪門,博通今古。幼而學,壯而行,固所願也。有其志,無其時,其如命何! 因此上抛棄詩書,飄泊江湖之上;偶逢羣盜,迎居山寨之中。我思天地之大德,不以蛇蝎而嗇其生息之功;聖人之至仁,不以愚頑而吝其教誨之意。是以含污納垢,化暴從良,此則我之心也,彼惡知之!

【點絳唇】(小)少事毛錐,遭時不利因拋棄。飄泊天涯,豈遇着無羈羈。

【混江龍】他見我高强武藝,請居山寨作兵師。我只得埋名滅姓,藏春待時。統領着門下三千珠履客,包藏着胸中十萬甲兵奇。則是個驪鎖晴雲,蛟藏秋水。他燕雀安知鴻鵠志?常只是狐狸欲假虎狼威。

【油葫蘆】俺順勢迎機默轉移,殺伐中每施着仁義。把豪强搏擊,將孝義扶持。名雖同盜跖,心不效桓魋。薰陶漸漬,使他們人人向化,事事遵依。今日裏苦竹林中為逆旅,指日向菩提樹下念阿彌。

兄弟何在?

(淨、末)人不無良身不貴,火不燒山地不肥。告兵師,這幾日閒居無事,況春郊景物鮮妍,下山遊玩一番,便道打擄一會,多少是好!

(小)旣如此,轡馬過來。(介)

【普天樂】(淨)山寨上陣雲高,山寨下春光好。過山凹,呀!聽山禽聲聲弄巧,更山花朵朵,色色爭嬌。(合)笑王孫芳草,(叠)歸不歸都是自尋煩惱。又爭如信馬遊韁,及時行樂。

【前腔】(末)響琴琴畫鼓敲,光閃閃旌旗耀。雁翎刀團花戰袍。呀!休喝道,(叠)且按轡徐行,從吾所好。(合前)

【前腔】(小)念蒼天生我曹,須赤手扶公道。把善人襃,使惡人感悟,凶暴也潛消。(淨)只怕一時消不得。(小)兄弟,人孰無過,改之為貴。但過能速改,便是英豪。(合前)

(淨)做了強盜,也只是遺臭萬年,不能留芳百世矣!

【餘文】(小)論臭遺爭似留芳好。(淨)前面一所庵堂。且向庵門走一遭。(小)休得張威將他驚赫了。(弔)

(占)閉門屋裏坐,禍從天上來。強盜忽到庵中,說討茶吃。師父堂前打話,徒弟廚下烹茶,料他必往傳家。自古道:食人之食,則當憂人之憂。只得偷身報於齋公,多少是好。(走介)

【清江引】(占)強人忽入庵門裏,說討香茶吃。料他強盜心,

必往傅家去。只得疾忙行,報齋公使他回避者。(叫介)

(外、夫上)忽聞堂上喚,未審何因。

(占)有事忙來報,安人莫着驚。忽然強盜一夥,到我庵中,說討茶吃。想到宅上,可急回避。

(外)既然如此,分付益利、金奴,急將香花燈燭擺列三官臺前,再取白銀三百兩,金花表裏,獻在案上。大家都往後山,且逃難去。

(夫)老員外,我家濟貧,人人感戴,何不點起鄉兵,與他廝殺一番?

(外)安人,千金之子,不死於盜賊。虜輩利吾財爾,豈可因財而傷鄉人之命!快取東西過來!

(夫)益利、金奴都往會緣橋去了,老身自點香燈,銀子、緞疋獻在桌上。員外同走。呵,馬在門前,無人收得。

(外)傷人乎不問馬了。急走急走!但將冷眼觀螃蟹,看你橫行到幾時!(弔)

(小、淨、末)要取明珠須巨海,如求良玉必名山。久聞傅家發積,不免打擄一番。(介)呵,三官堂上擺列香燈,又將銀子、金花表裏獻在桌上。此乃聞我威名,望風奔竄。罕哉罕哉!

(小)常言禮義生於富足,盜賊起於貧窮。我等貧窮為盜,豈無禮義之心?可將銀子收去,不可驚了為善之人。

(淨)兵師言之有理,就此回去。幸有白馬背此裯裩,甚便,甚便。得放手時須放手,得饒人處且饒人。

【金錢花】(衆)傅家擄掠金銀,金銀;白馬載送前行,前行。加鞭急急趨回程,今日事趁吾心,方顯我大威名。

(末)怎麼來至此間馬不進也?

(淨)馬行無力皆因瘦,只是打!

(小)昔王武子有馬,臨河不渡,武子曰:此必惜錦障泥爾,解去即渡。今馬不行也,解了絡首看着。(介)

(末)還不去!

(淨)打!喏。

(馬)馬不行,馬不行!

（末）馬説話！（衆驚聽介）
（馬）馬不行！
【馬不行】（淨）蹺怪堪憎，老畜緣何説道馬不行？這的是邪魔魍魎，鬼怪妖精，亂説胡行。好揮一劍斬其身，投諸烈火成灰燼。（馬）你殺一馬，人皆四馬。（小）兄弟，四馬是罵。且自從容。（淨）大哥，不可慈心，不可慈心，定教老畜難逃命。
（小）馬説不行，我和你還須駐馬聽。莫不是三官顯應，羣盜堪嗔，使這老馬言情？正當仔細問原因，何須驚駭生嗔忿！（問介）（馬）只為前生騙了你草鞋一雙，今送二十里路，債還過了，所以不行。（淨）畜生！既有分曉，何故做馬？（馬）我為前生騙了傅家百兩銀子，所以今生做馬還債。（小）喏，報應分明。（叠）大家恐懼加修省。
（淨）老畜不當説話。
（小）老畜雖不當説話，奈世人凶頑，不肯聽人説話。是以天使老畜説話。與其諄諄而不聽，孰若一語而驚人？
（淨）大哥，作何處置？
（小）憑我説，此銀此馬皆當送還。
（淨）馬無夜草不肥，還之可也；人無橫財不富，尚須留之。
（小）兄弟，自古道：衆口鑠金，衆毀銷骨。我等為強，人人唾罵，有甚好處？正當悔過。將山寨焚了，使他各人散去，本分營生。我等願為出家之人，將金銀送至傅家，助他濟貧，共結良緣，以回天意，方纔是好。
（末）大哥言之有理。馬即放去，銀子恐防失脱，帶到山中一齊送來。
（小）正是如此。
（淨）馬能説話駭人心，（末）感得兵師誨悟深。
（小）歸去火焚山寨了，　　各人本分去營生。（下）
（外、夫）萬兩黃金未為寶，一家安樂值錢多。強人去也，且自回家。呵！銀子收去了，馬也帶去了。且喜不曾滅了香燈。
（夫）員外，有福傷財，且喜今日財去人安。（馬上）

（外）馬又來了！

（夫）喜得馬已回了，望菩薩打供。銀子也送來還了我家呵！

【出隊子】（小、淨、末）中心慚愧。（叠）苦竹林中事已非。昨聞白馬説因依，今送青蚨來懺悔。肉袒牽羊，負荊請罪。

顔回不二當時過，伯玉深知往事非。此乃傅家，不免入去。（見介）

（外）不知列位到此爲何？

【二犯陶金令】（小）爲只爲當時命窘，棲身在苦竹林。（驚介）昨日裏驚擾高門，只見擺列香燈，又以白金爲贈，馬負急回程。去得三十里路，馬説不行。（外）馬果説話？（小）豈敢弔謊！（外）天地之間惟人食，因之馬能解人語。今此馬能言，莫非容易？（小）因此上大家儆省，把山寨一時焚，各人歸務本。小人負荊請罪，望提拔出風塵，免終身落陷阱。況而今上司榜文，有能招服强人者，賞以千金，封以千户。（合）千户可榮身，千金可濟貧。長者之心雖不求富貴，願得你受賞加封播令名。

【前腔】（外）聽説罷心中自忖，越教人意喜欣。昨日裏忽聞寇至，舉族憂驚，急獻金銀買静寧。謝得神垂顯應，馬感人心，致伊家化散凶頑一齊效順，焚寨自歸金，丟棄干戈肯負荊。幸遇上司赦了你們罪名，從此共看經，從今結善因。老夫亦承擔舉。（合前）

【尾】（小）感二天周庇生何幸！（外）喜遇伊曹發善心。（衆）總賴長者，勸善高風遠近聞。

（小）自悔當年錯，從今結善緣。

（外）仲由喜聞過，令名無窮焉。

花　園　燒　香

外—傅相　生—羅卜　末—益利　旦、占—金童、玉女

【青玉案】（外）烏兔忙忙催趲，一年春色將闌。（生）紅稀緑暗事如聞，又喜見一鈎月上。

（外）聲聲杜宇月光寒，流水滔滔去不還。老夫百年過半百，感時三月又初三。兒，我碌碌無能，愧莫補乎世教；孜孜為善，庶可契乎天心。適見金烏西墜，玉兔東昇，已曾分付益利，安排香案，花園之內禱告天地神明，上祈君壽萬年，下保民安國泰。益利那有？

（末）桃花亂落如紅雨，新月初生似玉鉤。香案齊備已了，請東人啓行。（行介）

（生）春事九分九，佳期三月三。

（末）百花開已遍，

（外）又恐見花殘。（到介）

【甘州歌】（外）月鉤初上，寶爐內焚着一炷明香。花香馥馥，和爐香直透穹蒼。願得朝廷有道三才順，天地無私品物昌。平康，祝吾皇萬壽無疆。

【前腔】（生）再上香，雲蕩蕩，遙瞻宇宙茫茫。中心至願，對蒼天一一敷揚。願得家家子孝親心樂，個個臣賢國祚長。平康，祝吾親福壽無疆。

【前腔】（末）遙望明星朗朗，與日月共號三光。人間善惡，料三光普照難藏。但祈天產人人善，更願人行事事臧。平康，祝東人福壽無疆。

（旦、占執幢幡上）幢影飄飄下九天，降臨凡世迓真仙。世人只戀人間樂，豈解天宮樂自然！傳相在花園燒香，正好前去迎接。（內放火介）

（外）忽見紅光燭地，照人如畫。（當旦、占下）

【三段子】（合唱）想是天神歆享，望天庭忱惶稽顙。回首忙忙，又轉過玩月樓前，賞花亭傍。

【歸朝歡】（外）猛然間精神昏恍，如見那幢幡擾攘。莫非我壽數終陽？（生）願得爹爹天長地久。（外）誰免得不歸泉壤？

【尾聲】譙樓鼓打三更響，杜宇聲聲夜未央，不覺回來到畫堂。

（生）後花園內燒香，（末）玩月樓前却步。

（外）天有不測風雲，（合）人有旦夕禍福。

傅相囑子

生—羅卜　夫—劉氏　外—傅相　淨—和尚　小—道人
旦—尼姑　末—益利　丑—扮鶴　二旦—金童、玉女

【霜天曉角】（生）焚香待旦，心上憂愁何限。願蒼天鑒此虔忱，佑老父多增壽算。

父母俱存誠至樂，喜中有懼少人知。昨當三月三日，侍父後園上香，不意老父精神恍惚，言語譸張，人子之心何勝恐懼！夜來焚香告天，願得老父如日月之恒、松柏之茂，子之幸也。今當昧爽，敬往寢所問安則個。（行介）孩兒敢問二親安否何如？

（內應）平安無事。

（生）不勝欣喜。

【懶畫眉】（生）一家安樂值錢多，親健兒心喜若何。謝天謝地謝彌陀，願得福如東海雙親樂，壽比南山萬仞高。

【前腔】（夫）夫妻結髮兩諧和，不覺回頭兩鬢皤。夫君終日念波羅，願他百歲身安妥，不負喃哆嗲唎哆。

【前腔】（外）人生光景去如梭，又見春風長薜蘿。杜宇聲裏月婆娑，不如歸去猶催我，我欲跨鶴乘雲上玉河。

（生）跨鶴乘雲，莫非王子成仙之故事乎？

（外）然也。

（生）爹爹休說此話。（見介）

（外）兒，長江後浪催前浪，世上新人趲舊人。昨晚花園上香，明見金童玉女，各持寶蓋珠幡，有引我昇天之意，定在今日，我當棄世。已曾分付益利，去請僧道尼姑到此作別，想必來也。

（夫）休說此話！（淨、小、旦上）

（淨）勿謂今日不修而有來日。

（小）勿謂今年不修而有來年。

（旦）日月逝矣，歲不我延。

（合）嗚呼老矣，是誰之愆！不知齋公呼喚何事，我等須索一行。（見介）（問介）

（外）昨晚花園上香，明見金童玉女各持珠幡寶蓋，前來接引。夜來參透禪機，仰觀天象，今日午時我當辭別。列位請上，受我一禮。

【尾犯序】（外）生寄死如歸。天道循環，誰能逃避？吾當歸矣。拜辭了優僧優道優尼。聽啓：優尼受我一禮。妻老倦尚賴扶持。羽師、上人受我一禮。兒聰慧尚叨訓誨。異日裏大家歡會，同列在瑤池。

（衆）我等各生天一涯，深感招徠，又承周濟。頓成拋棄，教人怎不傷悲！老安人，休慮，（淨）我往三官堂念佛看經。（旦）我往真靜庵告天吁地。（合）把危橋平平過却，一路永無危。

（夫）既然如此，望列位急急前去！

（衆）老安人不用苦疑驚，小官人寬心奉二親。今番叨佛力，救度有緣人。（下）

（外）老安人，常聞佛法專在度人，如有衆生平生修善，禮佛看經，雖其壽數當終，必無疾病纏害。我當今日一定相拋。益利，可捧香盆過來，待我上香。

【前腔】（外）天地神明聽拜啓：未報深恩，空生塵世。安人受我一禮。我和你夫妻本是同林鳥，大限來時各自飛。百歲夫妻，只在須臾撇離。須記：依着我念佛看經，依着我齋僧佈施。休垂淚，歎人生在世，都有個別離時。

可拿文房四寶過來，寫下遺囑。（鶴同二旦上介）（外寫介）

【一封書】（外）吾今囑，子與妻，謹記吾言不可違。齋僧道，廣佈施，敬奉三官似我在時。吃齋把素須清淨，念佛看經要整齊。可遵依，要遵依，若有開葷天鑒之。（夫）謹遵依，敬遵依。（合）若有開葷天鑒之。

（二旦）門官，土地，謹記謹記！

（外）已而已而，離此殼漏子；歸歟歸歟，往彼白雲衢。（憺死介）

（二旦）安泰國中多快樂，了無衆苦撓其心。翻身跳出三千界，便是蓮花國裏人。（小扮外一樣跨鶴下）

【尾犯序】（夫、生）呼號總不知。歲在龍蛇，身騎箕尾，薤歌聲起。太山崩梁木其頹。憂抑，空使我淚眼流枯，枉教人肝腸痛碎。（合）從今後幽明兩地，再見是何時？（扶外下）

【玉抱肚】（生）天崩柱倒，這災禍怎生是了？歎此生難報春暉，歎此心空牽寸草。（合）愁懷如搗，不由人不珠淚拋。天降災殃人怎逃？

【前腔】（夫）將我拋却，我娘兒將誰倚靠？益利，可備棺槨衣衾，合家人皆穿素縞。（合前）

（生）父子一朝成永訣，

（夫）夫妻半路各分張。

（合）歸家不敢高聲哭，只恐猿聞也斷腸。

（生）益利，可去請和尙來。（下）

（末行云）不幸東人喪，淚與河水流。河水有時竭，淚痕常在眸。到此山門，竟自入去便了。（叫介）

（淨、丑上）山寺日高僧未起，算來名利不如閒。（見問介）

【步步嬌】（末）東人不幸身傾棄，痛得肝腸碎。特地請闍黎，光降蓬門，恭修齋事，普仗大慈悲，超入天宮內。

（淨）可傷可傷！好人好人！

【前腔】（淨）歎浮生擾擾爭名利，要做千年計。豈知道一旦無常，皆成空寂。老齋公看破世情非，不墜酆都地。

徒弟，可拿通書看個日子。（丑取介）

（淨）老人家眼昏，你念與我聽。

（丑）修齋吉日，甲甲日好。

（淨）甲申日也不曉得！

（丑）往日師父說，甲字出頭是申字，這個不曾出頭。

（淨）這是刊書的鏟了那些些。你也不想一想，只有個甲申，那有個甲甲？（打介）

（淨）再念！

（丑）戊牛日吉。

（淨）戊午也不曉得！

（丑）往日師父説，午字出頭是牛字，這出頭了。

（淨）這是印書的滲了一點點兒！你也不想一想，那有戊牛日？（欲打介）

（丑哭云）那個不出頭的該打了，這個出頭的也打，世上那個肯出頭？

（淨笑）本該打你，看你説得好，且將就你。

（丑笑）申字不出頭，險些打破腦；午字出了頭，師父不打我。奉勸世間人，還是出頭好。

（淨）益利哥先回，明日齊到。

（末）家下事冗，不及相候。

（淨）老僧原是渡人船，　　渡盡三千及大千。

（末）苦海岸邊人喚渡，（合）相逢須信是前緣。（下）

修齋薦父

生—羅卜　外、淨、丑—和尚　末—益利
夫—劉氏　小—書童

【七娘子】（生）欺椿府一朝仙逝，覷萱花無限淒其。欲報親恩，須叨佛力，接引上逍遥宫裏。

白日青天天柱摧，仰天驚駭不勝悲。女媧欲補渾無計，此恨綿綿無絶期。小生父喪，敬請和尚修齋追薦，文書寫完，長老請上。（外、淨、丑上）

【生查子】（衆）我佛起西天，超度人無際。（見介）

（淨）疏已寫完，就此鋪設。（鋪設介）（吹打介）（行淨介）

（外）南無盡虚空界，一切諸菩薩；南無西方極樂世界諸菩薩，南無十方三界一切諸菩薩。

（念經）唵呾哆蘭哆娑婆訶，唵嗲唎悉唎。娑婆訶，唵鼠尾提鼠尾提娑婆訶，唵陀那耶陀那耶娑婆訶，唵呾哆蘭哆嗲唎悉唎鼠尾提陀那耶娑婆訶。

（外）上來，道場開啓，法事方興，先遣直符，拜迎衆聖。清茶一獻，醴酒三斟，直符使者，急急來臨。

【鮑老撲燈蛾】（外）直符，向天曹地府傳，走水國陽元遍，往四部告諸天，望諸天神齊昭鑒也。（合）龍車鳳輦盡來臨，同追薦俯賜周全，將亡魂引上逍遥殿。

【前腔】（生）靈椿喪九泉，孤子心哀念。敢求衆聖賜哀憐，使孤兒得遂追修願也。（合前）

（外）四路直符既已差遣，五淨真言亦已披宣，所有疏文容臣宣讀。（丑）據南耶王舍城中孝子傅羅卜上侍母親劉氏暨合家眷等言：念佛法無邊，親恩罔極，仰千萬聖俯歷寸忱，痛念顯考傅相府君忽焉幻化，難報劬勞，特建九幽拔亡救罪超生道場，一中供陳玉粒，茶獻金芽，水灑五龍，沛清霄之雨露；幡飛三鳳，掃濁世之粃糠，上薦靈椿早登天府。再念木有本、水有源，祖德宗功之當報；寒無衣，饑無食，孤魂野鬼之堪憐。普仗慈悲，同升脫化，上期聖壽萬年，下祝慈親百歲。凡干動履，悉賴枅懞。（念前三南無）（吹打介）

【滴溜子】（僧）天昭鑒，（叠）虔忱拜禱。傅相的，（叠）平生樂道。伏願慈光普照，接引上蓬萊，逍遥快樂，方顯得佛法無邊，天恩浩浩。

（末）請長老後堂吃齋。（僧下）

（末）請安人上香。（夫上對靈几唱）

【一封書】夫和婦，鳳與凰，一旦分飛痛斷腸。兒孤幼，我鬢霜。你今抛我母子而去呵，誰與娘兒作主張？黃昏有月空追想，白晝無天自慘傷。（禮佛介）（合）佛無量，法無量，超度他高登快樂堂。

【前腔】（生）金猊内，爇寶香，痛念靈椿一旦亡。愁千結，淚萬行，罔極恩深報未央。白雲渺渺親何在？滄海悠悠恨更長。（合前）

（末）香雲藹，燭影煌，朗朗堂堂滿道場。祈天際，放佛光，普照

存亡福自昌。老員外,你三魂渺渺歸何處?我兩淚汪汪對夕陽。(合前)

(小上)上命差遣,不敢有違。卑人是曹老爹手下書童。老爹有女,許聘傅家,因聞親家作古,特遣卑人送禮作弔。來到此間,只見幡懸千尺蝀,鼓震半天雷。想是作齋,不免入去。

(末)書童哥來了。(見介)

【香柳娘】(小)我老爹在朝,(疊)忽聞訃報。痛親家捐館當親弔。奈有公事在身,不敢擅離職役,因此上,遣卑人拜禱。(疊)老員外,鑒此遠來忱。老安人,何須苦焦躁。老相公道:雖為親家,奈他在朝,(合)歡離多會少。(疊)從此分張,永成哀悼。

【前腔】(夫、生)謝泰山誼高,(疊)我娘兒感恩非小。莫說我娘兒呵,亡魂地下增榮耀。書童哥,更多多有勞。(疊)(小)望賜回書,卑人就回。(生)瀟灑且留停,從容自回報。(合前)

(生)益利,可陪書童哥書館中暫住幾日。(小、末下)(僧上)

(外)頭陀渡孤。

【佛賺】(衆)王舍城中颯颯悲風起,好人家男女去做賊。事發告到官,死在牢獄裏,這便是囚死的孤魂,(合)來赴甘露會。(走一轉)

【前腔】王舍城中颯颯悲風起,媳婦受不得婆婆氣。冤枉叫皇天,懸在高梁底,這便是弔死孤魂。(合前)(走)

【前腔】王舍城中颯颯悲風起,好人家女兒賣在勾欄內。受不得亡八氣,跳在長江裏,這便是淹死的孤魂,(合前)(走)

【前腔】王舍城中颯颯悲風起,孤獨鰥寡無衣食。四面去哀求,倒在中途裏,這便是餓死的孤魂。(合前)(走)

【前腔】王舍城中颯颯悲風起,莊家砍柴種田地。遇著那惡虎與毒蛇,傷在深山裏。這便是咬死的孤魂,(合前)

【滴溜子】(衆走唱)可憐見,可憐見,孤魂野鬼;掛高幡,掛高幡,特來招集。願你都來赴佛會。那寒者添衣,饑者足食,乘此良因,同生樂地,同生樂地。

(外)頭陀散花。

（淨）頭陀，孝子薦親，只在清心默禱。諸天下界，惟觀誠意為先。今欲散花，未知何故？

（丑）頭陀，天道有陰陽。陽暄花開，陰則落人。誰無喜戚，喜將花賞戚時無。必散四季名花，以見天人交慶。

（淨）呵，花當散也。請問，四季之中，百花之內，其所散者可是何花？

（丑）春散牡丹花，取其為花中之王；夏散蓮花，取其為花中之君子；秋散菊花，取其為花中之傑士；冬散梅花，取為花中之魁。

（淨）呀，春牡丹，夏蓮秋菊，吾無間矣。至於冬景，百花零落，惟有青松翠竹，勁節孤高，以此獻於羣仙，足為淨瓶之用，何必拘乎梅花？

（丑）豈不聞君子虛心問大夫，梅花何事不稱呼。梅花試問松和竹，曾有調羹手段無？此其所以可取也。

【掉角兒】（衆）春日有牡丹甚妍，夏日有蓮花鮮艷，秋日有籬菊清香，冬日有梅花清健。一年四季循環轉，百花次第都開遍。散奇花上獻羣仙，願羣仙大家歡忭。（合）覷今朝法筵，人喜神歡。乾旋坤轉，接引亡靈上了逍遙宮殿。

【前腔】花散處人人笑喧，花散處天天昭鑒，花散處地獄門開，花散處天堂路見。花散處粧點出錦繡乾坤，花散處引動了蕊宮仙眷。（合前）

【尾】道場已盡追修典，火化錢財獻聖賢，願引亡靈上九天。（生謝僧介）

（生）為報靈椿罔極恩，修齋追薦上天庭。

（僧）從今苦海門中客，都做靈山會上人。（下）

傅相昇天

末—城隍　旦—玉女　外—傅相　淨—閻羅
丑—關主　小—手下

【虞美人】（末、小）天堂非遠還非邇，只在人心裏。存心自有老天知，一朝簡拔，接引上天墀。

自家城隍是也，今有善人傅相昇天，料應參拜，鬼使伺候。（旦引外騎鶴上）

【玉芙蓉】（外）翩翩鶴影翱，隱隱雲程渺，更雙雙珠幡、寶蓋飄飄。吾身此去雖榮耀，尚念妻兒不忍拋。（旦）天有眼看得最高。（合）為善人有善報，半點不差訛。

（旦）此乃城隍殿前，須當參拜。（見介）

（末）恭喜善人，果獲善報。

【前腔】（末）陰陽二氣交，生死循環道，古和今賢愚貴賤難逃。你陽間修善工夫到，今日天曹迎接，不枉了陽間走一遭。天有耳聽得最高。（合前）

（末）關文在此。一路照驗，徑昇天堂，再無阻滯。

【前腔】（外）承恩賜寵褒，感德非輕小。望尊神仍前保佑兒曹。家門清泰心常樂，母子團圞福自饒。天有性記得最高。（合前）

（末）請跨仙鶴。

【尾聲】（衆）祥雲朵朵扶仙鶴，平地飛騰上九霄。方顯得神天佑善曹。（末下）

（旦）善人請登雲路。

【七賢過關】（合唱）雲程路渺茫，仙樂聲嘹亮。草木盡光輝，神鬼皆欽讓。（外）這是甚麼所在了？（旦）這是金山萬丈，銀山萬丈。（外）為何喚做金山銀山？（旦）一下打者為金錢，二下打者為銀錢，陰司受之，積成此山。使善人過此堪遊賞。（外）那有一支山。（旦）那便是破錢積下巉岩狀。（外）怎麼叫做破錢山？（旦）那紙錢打不成、燒不過者為破錢，堆成此山。使惡者奔波受苦殃。（外）那一座樓臺是甚麼所在？（旦）此乃是望鄉臺上。（外）為何叫做望鄉臺？（旦）凡人一朝死別，骨肉未免牽懷，是以望鄉一臺，天造地設。使亡人到此把家山望。（外）既然如此，央煩引我登臺一望。（旦）便引你登臺望故鄉。（上介）（外）原來我妻子哭泣在堂，做齋追薦呵！（旦）長者，為善之人，登臺便見家山像。若是為惡之人,縱是登臺盼望,他不見家山柱斷腸。(行介)又來到滑油山傍。(外)為何喚做滑油山?(旦)只為人生在世,心地不肯光明,又將昏油點佛前之火,油腳傾在此間。使他到此遭磨障,一路昏昏不見光。(外)點燈之人強如不點,尚以為罪,何法網之太密也!(旦)非干是密為法網。豈不聞慈悲勝念千聲佛,作惡空燒萬炷香。(叠)

【滾終】(小又上唱)鬼門關主差,差遣來迎候。催促地行仙,及早登天府。

【七賢過關】(旦)前關遣使迎,夾道歡聲哄。九萬快鵬程,一路香車擁。(外)這是甚麼所在了?(旦)此乃是金河水湧,銀河水湧。金河上便有金橋,銀河上便有銀橋。河橋高駕蒼龍洞。善者臨河,自有橋頭刺史相迎送。(外)那邊還有一道橋。(旦)那便是愛河橋也,橋下水洶洶。為惡之人,逼他到那橋心過,墜在波濤洶湧中。那銅蛇亂咬,鐵犬亂來攻,魄散魂消不見蹤。(行介)又來到鬼門關上。(外)有甚景致?(旦)左為昇天門,善人到此上昇天堂;右為鬼門關,惡人到此下墜地獄。善惡別西東。歎世人不省,都做耳邊風。平生不整修行路,悔到臨時路不通。(叠)(弔場)

【水底魚兒】(生、淨上)欽奉天差,親賚玉旨來。鬼門關上,善哉又善哉。

(丑上)自愧非才,關門敢擅開!閻君下降,欽哉又欽哉。

鬼門關吏迎接。

(淨)起來!(旦引外攙陣上)

(旦、外)一路徘徊,遊觀景色佳。此乃鬼門關也。天堂將近,快哉又快哉。

(淨)玉旨已到,跪聽宣讀。玉帝詔曰:夫人之性,莫不有善而無惡;夫人之情,莫不好善而惡惡。故善者上昇天堂,惡者下墜地獄。今有傅相,稟性溫良,立心光大,誠休休之彥士,乃愷愷之君子,封為天曹至靈至聖勸善大師,即入天宮,永享快樂。叩頭謝恩!

(外)聖壽!聖壽!(介)

(淨)左右,斟上酒來!

【山花子】(淨)有生有死明如鏡,歎時人心眼昏昏。羨君家獨清獨醒,到今日不枉了修行。(合)感玉皇降下玉音,酆都地獄君免臨。萬里天堂一旦昇,方顯存心從善如登。

(外)感君薦拔登仙境,愧庸才叨忝尊榮。痛妻兒一朝剖分,不由人淚雨沾巾。(合前)

【紅繡鞋】(淨)神司聽我叮嚀,叮嚀;沿途須要遵行,遵行。天開泰運善人興,齊護送上天庭。(合)逍遥快樂,快樂謝皇恩。(下)

(外、旦)祥雲五彩鮮明,鮮明;輝煌色映天門,天門。天街十二擁香塵,迎善士,喜欣欣。(合前)(下)

尼姑下山

旦—小尼

【娥郎兒】日轉花陰匝步廊,南無。風送花香入戒房,南無阿彌陀佛。金針刺破紙糊窗,南無。透引春風一綫長,南無阿彌陀佛。蜂兒對對嚷,蟻兒陣陣忙,南無。倒拖花片上宫牆,南無阿彌陀佛。

三千禪覺裏,十八女沙彌。應似仙人子,花宫未嫁時。自入庵門,謹遵佛教,每日看經念佛,不敢閒遊。今日師傅、師兄俱下山挪齋去了,我一人在此守家,不免暫出門前,遊耍片時。(行介)好春景!

【洞天春】緑樹鶯啼聲巧,滿地落花未掃。露點珍珠遍芳草,正山門清曉。冉冉流光易老,又是清明過了。燕蝶輕狂柳絲撩,亂春心多少。

對此佳景,令人感傷。

【新水令】守山門終日念彌陀,那曾知秋月春花。法門清似水,心事亂如麻。默默咨嗟,怨只怨爹和媽。

【駐馬聽】我爹媽好念波羅,生下奴身疾病多。愈念哆哪,捨入庵門保佑我。自入庵來呵,終朝念着娑婆訶,終朝念着摩訶薩。老師父絮絮叨叨,終日裏苦荊笞,逼咱們將許多經卷都摩破。全不念我青春不再來，常道是你白日莫閒過。

【得勝令】念經時須則是數珠兒在手內搓，那曾知淚珠兒在胸前墮。為只為每日裏有幾個俊俏兒郎來戲耍，駕言是拜參菩薩來清醮。他那裏禁不住把眼兒睃，俺這裏丟不下把心兒掛。

【水仙子】我本不是路柳與牆花，奈遇着賣風流業主冤家。憑着他眼去眉來，引動我心猿意馬，到不如丟了庵門撇了菩薩，學仙姬成雙成對在碧桃前，學神女為雲為雨在陽臺下；學雲英攜了瓊漿玉杵往那藍橋。

說便是這等說，自入山門，吃師父的，穿師父的，教我念經，教我寫字。

【折桂令】我師父教養意如何？怎忍見背義忘恩，使他們燭滅香消。咳！去不得，去不得呀！我忽聽得山兒下鼓樂喧嘩，我忽聽得山兒下鼓樂喧嘩，原來是人家娶親。你看那新郎在前，新人在後，夫妻一對，同到家門。今夜洞房裏鴛鴦配合，花燭下鸞鳳諧和。閃得我魂飛難縛、肉酥難把、心癢難抓。幸得師父今不在家，砍柴的也已出去。我只得趁無人離了山窩。往常見說尼姑下山，打破鐃鈸，埋了藏經，扯了袈裟。這都是辜恩負義所為。呵，我而今去則去，說甚麼打破鐃鈸；行則行，說甚麼埋了藏經；走則走，說甚麼扯破了袈裟！

【尾聲】這樣人呵，我笑他都是胸襟狹。師父，我身雖去心猶把你牽掛。天！這織女整頓了鵲橋，願牛郎早早渡銀河。（弔場）

和尚下山

小—和尚　旦—尼姑

【娥郎兒】青山影裏塔重重，南無。一徑斜穿十里松，南無阿彌陀佛。春來萬紫更千紅，南無。春去園林一夜風，南無阿彌陀佛。前日是兒童，今朝是老翁，南無。人不風流總是空，南無阿彌陀佛。

林下曬衣嫌日淡,池中濯足恨魚腥。靈山會上三千寺,天竺求來萬卷經。自家從入沙門,謹遵師訓,每日裏捶鐘擂鼓,掃地焚香,念佛看經,學科寫字,十分辛苦。今日師父、師兄往人家做齋去了,我一人在此守家,不免遊耍一番。(行介)呀!果好春景!【西江月】對對黃鸝送巧,雙雙紫燕分泥。穿花蝴蝶去還回,蜂抱花鬚釀蜜。　　陣陣落花隨水,聲聲杜宇催歸。不如歸去我曾知,爭奈欲歸猶未。

【江頭金桂】自恨我生來命薄,襁褓裏淹淹疾病多。因此上爹娘憂慮。將我八字推算,那先生道我命犯孤魔。三六九歲定是難過,我的爹娘無奈之何,只得靠賴神明,將我捨出家。我自入空門奉佛,謹遵五戒,斷酒除花,朱樓美酒應無分,紅粉佳人不許瞧,雪夜孤眠寒悄悄,霜天剃髮冷瀟瀟。萬苦千辛,受盡了幾多折挫。前日同師父下山做齋,見幾個年少嬌娥,十分美貌。真個是臉如桃杏,鬢似堆鴉,十指纖纖,金蓮三寸,傾國傾城,莫說凡間女流了,就是月裏姮娥賽不過他。因此上我心頭牽掛,暮暮朝朝撇他們不下。念彌陀木魚敲得聲聲響,意馬奔馳怎奈何。

今日幸得師父既不在家,火頭砍柴去了。

【前腔】我就此拜辭了菩薩,下山去尋一個鸞鳳交。去便去了,須留去後之思。代他把僧房封鎖,脫下袈裟,從此丟開三昧哆。師父,我非是背義私逃。做和尚的沒妻沒子,只怕終無結果。僧堂道院真是陷人的所在。我將這陷人的牆圍,從今打破。跳出牢籠須及早,歎人生易老,歎人生易老,須要及時行樂。(走介)學當年劉郎,採藥桃源去,未審仙姬得會麼?

【尾聲】闍黎都是高人做。做和尚的不要瞞我。有幾個清心不戀花?今日卑人呵,也只為花迷去了家。

遠遠望見有個尼姑前來,在此略坐片時,待他來着。

【步步嬌】(旦)離了庵門來山下,一路難藏躲。瞻前顧後沒人家,忽聽得喜鵲喳喳,又聽得烏鴉啞啞。自古道,鵲聲報喜,鴉聲報凶,今日一時齊鳴,未知此去事如何,使我心驚怕。(見介)

(小)潘尼何來?

（旦）小尼在仙桃庵來。

（小）往那裏去？

（旦）往母家去。

（小）我和你出家之人不認族也，説甚母家？

（旦）喏，人以兼愛病我釋家之流，我今探問母親，正是愛無差等、施由親始之意也。上人休得見誚。

（小）説得有理。

（旦）敢問上人何來？

（小）小僧從碧桃山來。

（旦）往那裏去？

（小）往山下人家抄化齋糧。

（旦）人以遊手遊食病我釋氏之流，上人在山自食其力可也，何用抄題！

（小）喏，古云養兒代老，積穀防饑。我今師父害病在山，下山抄化齋糧，正是子路負米之意也。潘尼何用見譏？

（旦）説得有理！

（詩云）（小）和尚下山為師尊。（旦）尼姑下山為母親。（合）正是：相逢不下馬，各自奔前程。（各打木魚作別介）（相望介）

（旦）上人瞧甚的？

（小）非是瞧你，因有一個小和尚在後面來，是以望望而去也。（開介又瞧）

（小）潘尼瞧甚的？

（旦）非是瞧你。因有一個小尼姑在後面來，是以遲遲吾行也。（小下）

（旦）這和尚去了。天那天！【西江月】忽見風流和尚，聰明俊雅温和。手中雖把木魚敲，口念經詞錯雜。　百樣身軀扭捏，一雙俊眼偷睃。牛郎有意弄金梭，不敢分明説破。此間一所古廟，不免假做在此燒香，諒他還來。

（小）【西江月】呀！忽見優尼容貌，傾城傾國堪誇。陡然遍體盡酥麻，心癢令人難抓。　海島觀音難賽，月宮仙姐無差。可惜去了。若不去了，將他搜倒在山窩，權取一場快活呵。不免趕上，纏他講話片時，也是快活。（趕介）優尼，優尼，原來在此！

（旦出云）又叫怎的？

（小）後面有小尼姑來得甚忙，想是趕你。

（旦）怕没有！

（小）你説有個小尼姑在後，怎麽没有？

（旦）呵，我説有就有？

（小）却不是怎的？

（旦）我那小尼姑是哄你這和尚！

（小）我這小和尚是弄你那師姑。

（旦）啐！哄我就説哄我，説甚弄我師姑！

（小）喏，你的小尼姑哄得我和尚，我的小和尚弄不得你師姑？

（旦）守戒之人，休得如此！

（小）師姑，師姑，我是逃下山來的和尚了。

（旦）和尚，和尚，我也是逃下山來的師姑。

（小）你説是回母家。

（旦）豈不聞我乃仙桃庵來？你説是抄題。

（小）豈不聞我乃碧桃山來！

（旦）仙桃也是桃，碧桃也是桃，尼姑與和尚，都是"桃之夭夭"。

（小）既曉得"桃之夭夭"，當曉得"其葉蓁蓁"。你做個"之子于歸"，我和你"宜其家人"，"宜其家人"。（親嘴介）

（旦叫）地方，地方！

（小）此乃古廟堂，那得有地方！

【一江風】（旦）恁輕狂，敢把春心蕩！真個是膽大似天來樣！只道你墨名儒行，那知你人面獸心！你是個人面獸心腸。不怕三光，不畏四知，五戒何曾講！笑伊家不忖量，笑伊家不忖量，料此事焉容強。施主來了。（小驚介）（旦）可不羞殺你騷和尚！（小跪）

【前腔】見嬌娘，頓使我神魂喪。（旦）你也不是好人。（小）論神仙自古多情況。（旦）那有這等神仙？（小）那襄王與神女，相逢暮暮朝朝，為雲為雨在陽臺上。（旦）也不是甚麼樣好名聲。（小）

他到今名顯揚,他到今名顯揚,你何須苦自防!(旦)只怕菩薩不容你。(小)那菩薩也都是爹娘養。

(内云"砍柴砍柴")

(旦)砍柴的來也!

(小)有人來問,就說一對夫妻。

(旦)我和你兩個光頭,誰不曉得是和尚、師姑!你且從廟前過水,說去抄題;我從廟後過山,說往母家。待夕陽西下之時,到此相會便了。

(小)隔了遠水高山,怕又難了。

【尾聲】(旦)男有心,女有心,何怕山高水又深。(合)約定夕陽西下處,有心人會有心人。

勸姐開葷

丑—金奴　淨—劉賈　夫—四真

【半天飛】(丑)每日侵晨,灑掃前堂與後廳。先將水灑香塵潤,再將箒掃花磚淨。嗏!霎時拂拭得淨清清,潔淨光明。洞啓重門,風靜簾閒,香氣氤氳,真是神仙境。老安人好享榮華過一生。(又)

(淨上)堪歎吾身,骨肉生來只兩人。劉賈有姐嫁與傅相。這幾日身往他鄉郡,姐姐處久缺慇懃問。嗏!日昨轉家庭,聞知姐丈身傾。可憐我姐姐,娘兒一旦成孤另。竟往他家去一行。(又)
(見介)

(丑)舅舅來了?

(淨)老安人健否?

(丑)託福。今日睡尚未起。舅舅請坐,一事相煩。

(淨)為甚的?想是你年紀長大,替你說個方便,嫁與人去?

(丑)非也。

只為安人,把素看經不自省。老員外吃素熬成病,空把經談論。嗏！煩舅舅勸安人,早早開葷。道是三杯酒美,一朵花新,正好遣興陶情,行樂終天命。何用癡心去念經,何用痴心去念經！

（淨）自有分曉。（丑報介）

【前腔】（夫上）兄弟登門,搵不住汪汪兩淚零。（見介）兄弟,往常到此,姐夫必相迎迓。今日不見他蹤影。（淨）姐姐且自寬解。（夫）怎解咱愁悶。（淨）姐姐你聽:我勸你莫悲疼、且安心。常言道,聚散由天,生死皆由命。莫哭莫哭。世事若還哭得轉,我亦千愁淚萬行。只是一死須知不再生,只是一死須知不再生。

（淨拜介）姐姐,我和你哭了這一會,外甥為何竟不出來？

（夫）我兒為前日做齋,感蒙鄰里相助,今日作謝去了。

（淨）咳！姐姐,姐姐,命好不用乖,心好不用齋。只有你家生前吃齋,死後作齋,終日離不得"齋"字。那齋的不好。

（夫）怎見不好？

（淨）我見那遊方的和尚師姑盡吃齋,巉岩熬得骨如柴。一朝倒在中途裏,沒有棺材散土埋。

（夫）兄弟差矣！佛語云:勸你修時急急修,吃齋把素是根由。生前享盡千般味,死後惟添幾點油。吃齋方好。

（淨）吃齋的好,吃肉的不好？但看古往今來,那個好漢不吃肉？姐姐,且聽我道來。

【紅衲襖】（淨）論人為萬物靈,論人資萬物生。肥從口入言堪聽,人沒根基食是根。那牛與羊本是天生養我人。文王之政,使民五母鷄、二母彘。那鷄與彘都是聖人養老政。孟子云:"魚我所欲也,熊掌亦我所欲也。"魚與熊皆是欲所存。是以孔子魚餒而肉敗不食,不得其醬不食。魚與肉尚須用醬和成,是以曾子養曾毋,每食必有酒肉,曾元養曾子,每食亦必有酒肉。雖曾元難與曾參并,都在以酒肉肥甘養二親。

（夫）兄弟,論葤豢可養身,論齋戒可養心。古人云:齋戒以神明其德。齋戒可與神明並,孟子云:"雖有惡人,齋戒可以祀上帝。"齋戒能來上帝歆。口腹之人,則人賤之矣。養口腹,人所輕,從其小體為小人,從其大體為大人。養心志,人所敬。人能無以饑渴之害為心害,則不及人不為憂矣。人無饑渴為心病,何患吾生不及人?

(淨)嗻,尊姐之言,皆是古人齋戒,豈今人可比!

(夫)原來有甚不同?

【前腔】(淨)論齋戒今與古同一名,究根源古與今兩樣心。古人齋戒存誠信,近世長齋諂鬼神。古人惟存誠信,所以敬鬼神而遠之。見既定,心自寧。今人惟諂瀆鬼神,則行險以徼倖。福未至,禍已臨。姐夫終日吃齋,未滿六旬而喪,酒池肉林亦將何用?姐姐,勸你自今飲酒茹葷也,休做長齋懵懂人。

(夫)兄弟言之有理。聽伊言醉乍醒,歎當初睡未省。從今看破迷魂陣,自此除開奉佛心。但你姐夫遺囑分付,依舊吃齋。背夫言心不忍,怕兒曹也不遵。一時之間難以遽改。待從容說與孩兒聽。(淨)切不可說是我勸你開齋。(夫)這些事情豈不曉得?我只道:兒,古云,口腹軀命所關,老者非肉不飽。你須以肥甘養老身。

(淨)姐姐,外甥見聽,留他在家一同享用;如不見聽,叫他離家做買賣去,豈不得個自在!

(夫)自有分曉。

　　(夫)只待兒歸說事因,開齋飲酒更茹葷。
　　(淨)逢人且說三分話,未可全拋一片心。

遣子經商

生—羅卜　夫—劉氏　末—益利

【一剪梅】(生)靈椿一夢赴南柯,朝淚滂沱,暮淚滂沱。臨終囑咐事如何,委念彌陀,遵念彌陀。

不幸靈椿喪九泉,瀟瀟風木恨無邊。孤兒欲繼先人志,念佛看經與坐禪。羅卜自從父親喪後,為因喪事,久未念經。今在佛前,不免添上爐香,念經則個。

【馬不行】香滿金爐,坐擁團團一草蒲。念幾句阿彌陀佛,嗲唎娑婆,三昧哆哪。木魚敲動萬靈扶,真經念處群仙護,災障消除,

災障消除,出門便是菩提路。

　　(夫)痛念兒夫,血淚流殘兩眼枯。可憐我形容憔瘦,筋力衰微,鬢髮蕭疎。兒,你且慢念經,娘有話與你說。(行介)(問介)(夫)兒,爹爹終日念經,今將何用?若依老娘之見呵,不如把些肥甘滋味易齏蔬,莫使我桑榆暮景成虛度。(生)老娘休出此言!(夫)兒,你未能事人,焉能事鬼?不用躊躇,不用躊躇,那秦皇漢武成差誤。

　　【前腔】(生)老父將殂,親寫遺言囑咐孤,教我看經念佛,戒酒除葷,吃齋把素。(夫)此言多是迂談。(生)休言我父語多迂,娘,兒一路承遺囑,父有嘉謨,父有嘉謨,自古道,三年無改於其父。

　　(夫)兒,你但知三年無改,豈不聞如其道終身無改可也,如其非道何待三年!

　　【前腔】(夫)父敬浮屠,那佛如何不救渠?我欲待暫開葷酒,趁此餘年,且自歡娛。(生)望老娘勿變初心,還要吃齋把素。(夫)若要我吃齋把素似當初,除非是鐵杵開花、揚子江心生蓮藕。(生)老娘出此言語,孩兒不勝之憂。(夫)兒,不必多憂,不必多憂,娘親做者娘親受。

　　【黃鶯兒】(生)聽說淚交流,不由人生怨尤。舅爺,你如何勸母開葷酒?我娘曾罰咒,爹曾囑咐。今日開了葷呵,怕神天降割如何救?娘,苦哀求容兒分剖,免效那郗后。

　　(夫)郗后之言何如?

　　(生)昔日梁武帝皇后郗氏,不信神明,死後變為蟒蛇。武帝代為懺悔,方纔得還人身。

　　(夫)武帝既能度其妻,我兒必能度其母,予復何憂!(作思介)原來我兒志不可回。兒,娘前所說之言,試你道心何如。

　　(生)如此感謝。

　　(夫)但今齋僧佈施,費用浩大,你可出去做些買賣,賺些利息,則前功可繼。

　　(生)娘親年老,不敢遠遊。

　　(夫)我今身幸未衰,正當勇往前行。益利何在?

（末上）佛殿燒香猶未畢,高堂有喚又忙來。稟安人,有何使令?

（夫）佛事慮難周,我欲遣官人出外州,生財有道方能久。你把行囊早收,同伊遠遊,庶經營不落他人後。願來秋腰纏萬貫,得意早回頭。

（末）老安人年老在堂,小官人經營不慣,伏望思忖,莫遣遠行。

（夫）立心已定,誰敢有違!

（生）益利,娘親發怒,只得遵依。娘,孩兒怎捨得遠行!

（夫）兒,放心去!

【泣顏回】（生）一旦撇慈幃,不由人心不傷悲。我無兄無弟,娘衰老誰與扶持?心中思憶,願萱親守着一念慈悲,散金貲普濟僧尼,誦寶經禮念阿彌。

（夫）叮囑我佳兒,寬心前去,不用憂疑。齋僧佈施,我依舊一一施為。心中憂慮,怕途中早晚難調理。益利,你須當仔細。慈母手中綫,遊子身上衣。臨行密密縫,意恐遲遲歸。免娘親倚門數着歸期。（末挑擔上）

（末）半挑行李受驅馳,餐風宿水,豈敢推辭。（夫）好生一路伏侍東人。（末）奉東人自當竭力,擬明年捆載而歸。（私唱）癡心暗疑慮,安人心口相違背。若得他廣佈陰功,不枉了遠涉天涯。

【尾聲】（生）匆匆拜別登程去。娘,惟願你康健無危。（夫）更願你錢神母子,得意早回歸。

　　　（夫）自古人生多別離,　　嬌兒不用苦傷悲。
　　　（生）明朝回首家山路,（末）一片白雲空自飛。

拐　子　相　邀

淨—張焉有　丑—段以人

【三棒鼓】（淨）平生手段與天齊,拐殺人時總不知。獃人我便欺,乖人我便迷。任是閻羅天子,判官小鬼,也索落在咱圈套子裏。

自家張焉有是也。生來伶俐，負包天羅地之胸襟；遇事機關，擅捉虎拿龍之手段。他心明如日月，遮蔽無難；我才捷似風雷，施為有法。今聞傅羅卜性好佈施，又見黃沙渡橋造未成，我而今假寫化緣疏簿，某大人捨多少，某財主捨若干，抄題他幾百兩銀子。又有朋友名喚段以人，慣造假銀，與他商議，拿假銀百兩兌換他的紋銀，豈不是個小小富貴？不免前去見段兄則個。（行介）段兄在家否？

【普賢歌】（丑）昨宵飲酒醉如泥，日上三竿睡未起。忽聽叫聲低，慌忙起着衣。未審何人來到此。（見介）（叙事介）

（丑）此計却高，只是傅齋公看經念佛之人，不當騙他。

【皂羅袍】（淨）歎舉世昏昏醉夢，好看經念佛結甚陰功？豈知道天高視遠聽朦朧，全然不為他心動。（合）那騙人的致富，安分的守窮，聰明的殀死，奸詐的壽終。區區本分成何用！

（丑）小弟愚見，與尊兄不同。

（淨）怎的不同？

（丑）我有過心常自訟。（淨）已矣乎！吾未見其過而內自訟者也。老兄自訟為何？（丑）怕人言道我玷辱了宗祖門風。（淨）嚱！你的祖宗也不足法，人言也不足恤。（丑）人道得不好：拐子拐子，天雷打死。怕皇天生變不相容。（淨）嗏，天變也不足畏。（丑）好也，今日得老兄"三不足"之說，可以破小弟之愚了。我從今心不生驚恐。（合前）

（淨）小弟先去，老兄就來。

（丑）自有分曉。

（淨）莫笑商量用歹心，世情宜假不宜真。

（丑）不用再三親囑付，想來都是會中人。

行　路　施　金

生—羅卜　末—益利　淨、丑—拐子

【寸寸好】（生）野店雞鳴天方曉，人就長安道。重露濕衣袍。

則見煙幛旋收,火輪飛照。回首白雲高,珠淚臨風落。夏日苦炎熱,遠行須趁涼。

（末）竹清風薦爽,荷淨露生香。

（生）益利,為奉母親嚴命,往外買賣。身雖離了家門,心長在於膝下。思念不了,如何是好?

（末）小官人,此去獲利回家,雖有離憂,終成快樂。今在途路,須索趲行。

【雙調新水令】（生）綠陰冉冉路漫漫,聽枝頭黃鸝聲喚。榴花薰眼媚,梅子濺牙酸。回首家山,惹起我愁無限。

【駐馬聽】（生）椿樹催殘,幹蠱無能心自報。萱花景晚,經商遠別意何安?好教我恨猶露草長紛蕃,思隨風絮飛撩亂。心自癡頑,舉目把孤雲盼。（望介）

【川撥棹】（末）我東人呵,盼那雲停處心與俱還,雲散後魂猶未返。東人,親舍遠枉自追思,客途遙空成嗟歎。論事親孝道多端。孝之為道,置之而塞乎天地,溥之而橫乎四海。大矣美矣,未可以一端而盡也!今日裏順親心撇却親顏,又何殊膝下承歡?況分離有日團圞。

【雁兒落】（生）益利,須知是有日團圞,苦無奈恁般傷感。一路來呵,水帶離魂向我悲,山牽別恨連腸斷。

【得勝令】（生）呀!傷情對景有萬千般,如何能把程途趲。（末）東人,看山僧竹林下避暑盤桓。（生）益利,朝臣待漏五更寒,鐵甲將軍夜渡關。山寺日高僧未起,算來名利不如閒。怎學得那山僧恁樣清閒。（行介）（末）東人,那漁翁柳陰下持着絲竿。（生）那漁翁一條絲綫一條竿,名不貪兮利不貪。醉臥沙汀呼不醒,江山常在夢中看。我怎學得那漁翁恁般疏散。（行介）（末）又則見牧童的牛背上短笛腔翻。（生）這牧童與山僧、漁翁皆是一樣。他名和利了不相干。我為着蠅頭利,受驅馳水宿風餐。見伊行寧不羞慚!

【掛玉鈎】（末）東人,論人生,寄跡在塵寰,都為着利鎖名牽,受餒觖寒。誰能解破那機關?這便是超塵脫俗神仙伴。（生）亂石巉巉,你須是掇將開成彼平寬。（介）荊棘攪攪,你須是剪將開免彼遮攔。一路去若有寺觀倒塌，佛像朽壞，須是施捨，俱要重新。（末）東人，這便是菩提心自有龍天昭鑒，方便事滿了天上人間。自有知音另眼相看。

（生）來到此間，有一所亭子，略坐片時。

（末）原來前面有兩個道人來也。

【佛賺】（丑、淨）急急修來急急修，茫茫陸海幾沈浮，南無。都將名利為香餌，搭上牽人一釣鉤，南無。鉤也麼鉤，鉤住人心那日休。舉世盡從忙裏過，無人肯向死前收，南無阿彌陀佛。（唱）

【前腔】你既不收如何肯休，你既不休如何肯修，南無。我今勸你修時要休，我今勸你休時要收。收得便是休，休得便是修。修哩休來休哩收，請君試問古巢由，南無。巢由曉得收休法，修到神仙在物外遊，南無阿彌陀佛。

（見介）施主稽首。

（生）道人少禮。

（丑）敢問施主高姓貴表？

（生）學生姓傅名羅卜。

（丑）原來就是羅卜官人，有眼不識泰山。

（生）何故言此？

（淨）久聞潭府好善樂施，今為黃沙渡口橋造未成，正要到施主府上抄題結緣。幸喜偶遇，分明是天假良緣，望乞樂助樂助。

（生）既然如此，拿疏簿來。（題疏介）王舍城傅羅卜樂助白金一百兩，祈保母親劉氏福壽康寧。

（丑）阿彌陀佛！福有攸歸。

（生）這銀子現付五十兩，那一半見功找足。

（淨）正好正好。昨日得一個大元寶，不好散使，求施主換些碎銀。自古道：換錢不蝕鈔。

（生）這個奉承。（換介）

（生）我今施百金，（末）樂助造橋成。

若有見聞者，（丑）悉發菩提心。（生、末下）

（淨）一尅一酌，莫非前定。我們正要尋他，他便來此，就我樂助,題得五十兩,假銀換得五十兩,美哉美哉!若非妙計,何處得來!

（淨）不施萬丈深潭計,（丑）怎得驪龍項下珠!（下）

遣買犧牲

夫—劉氏　丑—金奴　小—安童　淨—牙人

【阮郎歸】（夫）槐陰庭院晝初長,燕語繞雕梁。引雛出壘共飛翔,惹起我恓惶。

（丑）老燕引雛出壘,不勝雀躍徜徉。安人何事苦悲傷,說與這番情況。

【二犯傍妝臺】（夫）我心中有話不堪提,若還提起,未語淚先垂。（丑）為着那一件來?（夫）為舅爹勸我開葷酒,我聽着彼言詞,因此上遣他主僕經商去,致我娘兒一旦離。今見燕子呵,母將子喚,子將母隨,我感時覩物自傷悲。

（丑）原來為此!
勸安人不用恁凄其,這燕兒母子也有別離時。那老燕他銜泥哺子身多苦,分食供兒自忍饑。那小燕呵,不思娘受千般苦,長大毛乾各自飛。老安人不須癡想,且自三思。論人生快樂是便宜。

勸安人且自開葷快樂,佛事皆是虛無。

【刮鼓令】（夫）金奴,吾心每自疑,事浮屠總是虛。但員外臨終曾囑付,教我母子持齋不可違,立誓許遵依。今為開葷小事,忍將兒受風霜苦,轉換娘親口體肥。兒!不由人追悔淚沾衣。

（丑）老安人,奴須識見低,笑持齋總是癡。那東街張安人,西街李安人都發虛病,那醫人教他每日早晨豬蹄一頓,中時羊肉一頓,晚間肥雞一頓,病都好了!只聞食肉能醫病,那見長齋可濟危?兒去有時歸。勸老安人呵,把三官圖像高高捲,諸品肥甘急急炊,怕光陰一去不重回。

【滾終】（夫）光陰不再來,此語誠端的。兒去有時歸,我又何

須慮！（丑）老安人，此言自是。往事已非，喚安童急買犧牲去。（丑叫介）

（小上）終日清齋難度口，何時有酒可開懷。

（丑）老安人開葷了，你快來！（見介）

（夫）明知佛事非，因發開葷意。你去買犧牲，急急回家裏。（丑）安排筵席，供調甘旨，論人生有酒須當醉。（作付銀介）

（小）連年着鬼迷，此日天開霽。老安人，藻鑒既昭明，休得再為他遮蔽。（合）遇酒高歌，逢場作戲，笑看經做不得千年計。

（丑）買豬羊來不要宰殺。那豬綁在柱上，用棍打死；那羊把鐵欄罩住，用火烘死，使血不去心肝，方好嗛酒。那雞鵝也不要殺，將雞放在瓮中，滾水泡死，將鵝罩在火磚上，任他跳死，鵝掌雞心，其味方佳。須當記取，不可有違！

（夫）安童急去買豬羊，（丑、小）安排筵席奉高堂。

（合）縱使百年渾是醉，　　　寧教三萬六千場。（夫、丑下）

【剔銀燈】（小）安人命不敢有違，買犧牲供調甘旨。老安人看破了，那佛老誣民惑世，那長齋喪心失志。望街頭人煙湊聚，先尋個牙行問取。（叫介）

（淨扮牙人上）店脚稍虔共一家，慣能打鼓弄琵琶。古人有語君休笑，心不瞞人莫做牙。

（小）閣下就是經紀？高姓貴表？

（淨）老夫姓呂名喚品器，充當牙行生意。生來名姓口多，終日括噇拮哩。本是犧牲牙行，人喚畜生經紀。老妻聞之不平，心中十分慍氣。勸妻休聽聞言，當他放個臭屁。

（小）卑人要買些犧牲，敢託閣下指引指引。

（淨）自有分曉。到這裏來。（行介叫介）

（丑上）老夫住在街坊，懶得出湖出江。養些牲口度時光，一個個稀泥爛壯。（見介）大哥是那一家？

（淨）他是傅家。

（丑）他家只吃豆腐，也買豬羊？

（小）而今安人開了五葷，託煩經紀來買犧牲。（淨看介，講價介）

【皂羅袍】（小）論買賣須憑時值，你瞞天說價何為？
（丑）你到就地還錢，反說我瞞天說價！（小）卑人不敢愛便宜，在牙行公道成交易。（淨定價云云）（小）貨低不買！（丑）價虧不賣！（合淨）你今買了休言貨低，你今賣了休言價虧。論有無相濟非相厲。
【前腔】（丑）市價從來無二，雖市童五尺也不相欺。無利則可，蝕本難同。若教傷本也難依。經紀，你須斟酌休輕易。（合前）
【前腔】（淨）古者日中為市，設牙行把公道扶持。自古道：將軍劍，牙人口。皇天后土不容私，一言判定無更易。（合前）
價已主定，兌了銀子。
（小）銀子十兩，不消兌得。
（淨）猪羊牽去，塘魚牛肉明日來挑。
（小）請了。世間萬物，惟錢可求。
（淨）人平不語，水平不流。（小下介）
（淨）牙錢。
（丑）每兩三分。
（淨）常規是每兩三分，今番主價實多，要每兩一錢。
（丑）你要騙我？
（淨）我非騙你。主價過多有，在你處不可太貪！
（丑）我也非貪你的。
（淨）"貪"字與"貧"字差得不多。
（丑）你那"牙"字轉過腳來就是"无"字。（淨思介）
　　（淨）只道"貪"和"貧"不遠，那思"牙"轉腳為"无"。
　　（丑）須知萬事皆前定，且醉春風酒一壺。（拍肩下）

雷 公 電 母

旦—電母　外—雷公　小—社令

（旦）雲中電母世間稱，

（外）天上雷公自古聞。
（旦）電一掣時雷一震，
（外）乾坤教自此中行。
（旦）雷公稽首。
（外）電母少禮。
（旦）金蛇放燁燁之光，能照世人之肝膽。
（外）火鼓震赫赫之聲，能鼓萬物之精神。
（旦）人惟敬天之威，乃可免天之刑。
（外）劉公當食失筯，孔聖雖夜必興。要在戒慎不覩，與夫恐懼不聞。是以古人云：人間私語，天聞若雷；暗室虧心，神目如電。道猶未了，天使來也。
（小上）一封丹鳳詔，飛下紫雲端。玉旨已到，跪聽宣讀。玉帝詔曰：天之生人，性相近也。人之事天，習相遠也。然善者天佑，惡者天覆。今因司命啓奏，特旨遣爾電母雷公，憑社令之插紅旗者，一一擊之。欽哉欽哉，毋縱毋枉。謝恩！
（旦、外）聖壽聖壽！（安玉旨介）
（外）不知社令之插紅旗、雷公之打死者，有幾等人？
（小）一打不孝不弟，二打不良不忠，三打欺心賊骨，四打騙人扁衆，五打公門不法，六打牙行不公，七打挑唆使嘴，八打偷盜成風，九打養漢婦女，十打輕薄兒童。此其大略。其餘自有社令一一詳察。
（小）湛湛青天不可欺，（旦）此心纔起鬼神知。
（外）勸君莫作虧心事，（合）電母雷公放過誰！

社 令 插 旗

小—社令　丑—拐子、惡婦　丑—拐子　旦—孝婦、電母
生—羅卜　末—益利　外—雷公

（小上）世間善惡不同流，禍福皆因自己求。天把惡人誅幾個，

使人儆省早回頭。自家社令是也。昨蒙玉旨敕令城隍，轉委卑職撿察一方善惡，善者插一青旗，天公佑之；惡者插一紅旗，天雷擊之。不免用心，一一撿察。（立介）

【金錢花】（丑、淨）今番買賣稀奇，稀奇。一頭撞着那癡兒，癡兒。白金百兩任施為，朋共友，笑嬉嬉。急急走，轉庭幃。（小插紅旗介）

（丑）兩京大棍張焉有。

（淨）拐子先鋒段以人。二人正要去尋羅卜，他便撞入我網中，可喜可喜。且回家去快活！

（丑）人不無良身不貴。

（淨）火不燒山地怎肥？（下）

（旦）夫君遠戍邊城，邊城。婆婆一病沈沈，沈沈。靈山廟裏叩神明，祈保佑我婆身，災病退，早安寧。

心慌來路遠，事急出家忙。奴家丈夫從軍去了，婆婆一病，十分沈重，敬往靈山燒香，保佑婆婆。效取烏行返哺意，但祈佛度有緣人。（小插青旗下）

（丑）奴奴貌賽嫦娥，嫦娥。一張口利如刀，如刀。終朝兩腳走奔波，與我吃，笑呵呵。沒得吃，奈何他。

殺人可恕，情理難容。前日去到左鄰張娘子家挪些酒飯，不與吃也罷了，又說我終日閒走，槍人肺頭。而今往他婆婆跟前數他養漢，數他罵婆，唆他婆婆打上一頓，送了他的殘生，方消此恨！張氏張氏，只教你閉門屋裏坐，禍從天上來！（小插紅旗下）

（生、末）九天赫赫雷轟，雷轟，四山靄靄雲屯，雲屯。空中掣電紫蛇形，風撼樹，地揚塵。急急走，過山陵。

在家千日好，出路一時難。到此途中，忽遇天變，只得趲行，早尋歇所。正是：家貧未是貧，路貧愁殺人。（小為插青旗下）

（小）人心分善惡，旗號別紅青。打死為非漢，安存積善人。（小下）

（丑、淨上）風雨來了，快走，快走！（外、旦上打介）（下）（丑、淨塗面脫衣披髮跪介）

【前腔】（生、末上）慌慌走過山林，山林。天有不測風雲，風雲。半空雷火照人明。緣來二人跪在前面。忙看取，好傷心。

二人背上批得有字：拐脫一名張焉有，假銀一名段以人。呀！原來就是抄題之人。今被天雷打死，二人銀子俱在此間。

（末）原來借佛求食，假銀騙人！

【半天飛】（合）赫赫天威，堪歎時人總不知。脫騙為生計，造假貪財利。喈！謾自愛便宜，天眼低。前日你求財恨不多，今日你財多害身己。喪了殘生，剝了身衣，焦了頭毛，爛了膚皮。騙人的、拐人的、害人的，到此成何濟？須信天公不可欺，須信天公不可欺。

益利，可將銀子五兩，託地方人買棺材，收取二人屍首。（丑、淨下）

（生）緣來又發大風，二人屍首吹入湖中去了！

（末）分明天不相容！

（內云）喏，前面山下雷打死一個婦人，背上批得有字，是"搬唆使嘴"的也。發大風吹入湖中去了。

（生）皆是天所不容！

（生）拐人一似網張風，若要窮時先使銅。
（末）今日雷公都打死，信知天道不相容。

劉氏開葷

小—安童、道人　丑—金奴　夫—劉氏　淨—把戲、丐子
末—把戲　外—和尚　旦—尼姑

（小）安人心厭吃長齋，今向華堂綺席開。一醉渾忘天地老，何須供佛覓蓬萊。昨承安人嚴命，整頓酒席齊備，不免喚出金奴，一同擺列。（叫介）

（丑）老安人性靜情逸，豈知他逐物意移。今日裏肆筵設席，我只得入奉母儀。

（小）咱兩個接杯舉觴，便是個孔懷兄弟；打叠了具膳餐飯，悄

做個夫唱婦隨。

（丑）我本是女慕貞烈，又豈肯心動神疲。你不知四大五常，敢望我晝眠夕寐！

（小）你憑我園莽抽條，弄得你川流不息。産下個猶子比兒，豈不是篤初誠美？

（丑）你是個圖寫禽獸，那曉得禮別尊卑。若告到户封八縣，拿下你弔民伐罪。

（夫）咄！你兩人在此説甚麽？

（丑）没有説甚麽。

（夫）没有説甚？一本《千字文》，兩人説盡了！

（丑）嚇得我悚懼恐惶，從今後知過必改。（小下）

【浣溪紗】（夫）曉來微雨過南塘，又見葵心迓太陽，垂金梅子綴輕黄。　　（丑）蒲舞龍泉磨淺水，竹摇鳳尾掃幽窗，困人天氣日初長。筵席安排已了，請安人歡飲一會。

【甘州歌】（衆）風清天爽，把珠簾掛上。池館生涼，葵榴爭放。炎炎夏日偏長。閒歌樊素誇紅粉，笑舞蠻腰泛紫觴。風光好，酒興狂，憑欄十里芰荷香。

【窣地錦襠】（淨、末上）鮑老當年笑郭郎，笑他舞袖太郎當。若教鮑老舞郎當，更覺郎當舞袖長。

（末）處處相逢是戲場，眼前傀儡為誰忙。幾人識得閒中趣，忙裏偷閒耍一場。

（淨）咱們慣做把戲，可戲的所在方去，若還他不識戲，咱們也不輕至。（見介）

（丑）正來得好。老安人堂上飲宴，我與你通報。（報進介）

（夫）你做甚麽把戲的？

（淨）吹彈唱舞，無不皆能。

（夫）既如此，你做來。（插科做把戲，提傀儡介）（賞介）

（淨、末）遇酒飲三杯，逢花插一枝。思量今古事，安樂是便宜。（下）

（丑）勸安人飲酒。

【甘州歌】（丑）金烏玉兔忙，且耽風玩月，縱酒持觴。我淺斟低唱，請開懷對景徜徉。輕搖紈扇思班妤，笑看蓮花似六郎。槐陰密，雪檻涼，樓臺倒影入池塘。（淨又扮丐子上）

【窣地錦襠】（淨）當年豪富自驕奢，此時貧窮枉欷嗟。只得沿門賣曲作生涯。賣曲賣曲！（丑）是水酒麯，是燒酒麯？（淨）我是時曲。是哩哩蓮花哩蓮花。

（丑）原來是討飯的！你唱。

（淨）乞兒雖是下班人，唱起詞來盡可聽。哩哩蓮花哩哩蓮花落。喏，不唱前唐并後漢，只唱人間十不親。咳咳咳咳蓮花落。

（丑）何為十不親？

【前腔】（淨）天是親來也不是親，說起天來沒了恩情。世間萬事由天定，如何貧富不均平？（合）哩哩蓮花哩哩蓮花落，喏。

【前腔】地是親來也不是親，說起地來沒了恩情。長江後浪催前浪，一層黃土蓋了一層人。（合）咳咳咳咳蓮花落。

【前腔】父母親來也不是親，說起父母沒了恩情。若是孩兒缺奉養，言三語四不安寧。（合前哩哩）

【前腔】兄弟親來也不是親，說起兄弟沒了恩情。幼小之時是兄弟，長大分家細細爭。（合前咳咳）（以下俱同前合"哩哩"間"咳咳"）

【前腔】老婆親來也不是親，說起老婆沒了恩情。若是丈夫身死了，梳起油頭嫁別人。（合前）

【前腔】兒子親來也不是親，說起兒子沒了恩情。爹娘埋在南山下，一年上得幾遭墳？（合前）

【前腔】女兒親來也不是親，說起女兒沒了恩情。嫁時若是妝奩少，搥胸頓腳不肯出了門。（合前）

【前腔】媳婦親來也不是親，說起媳婦沒了恩情。公婆把媳婦做親兒女，媳婦把公婆當陌路人。（合前）

【前腔】叔伯母親來也不是親，說起叔伯母沒了恩情。面前假意相和順，背後使嘴各開門。（合前）

【前腔】朋友親來也不是親，說起朋友沒了恩情。有錢有酒多

兄弟,急難何曾見一人?(合前)

【前腔】十不親來果不是親,我今說與世人聽。世間若要人情好,惟有錢財却是親。(合前)

(丑)怎見得錢財是親?

【前腔】(淨)天有錢來天可親,燒錢做福也回心。地有錢來地可親,將錢置買任君行。(合前)

【前腔】父母有錢也可親,暖衣飽食自歡欣。兄弟有錢也可親,易求田地不相爭。(合前)

【前腔】老婆因錢敬夫主,兒子因錢敬父親。女兒有錢歡喜去,媳婦有錢不生嗔。(合前)

【前腔】叔伯母有錢都和氣,朋友有錢盡知心。可見錢如親骨肉,可見錢是性命根。(合前)

【前腔】若是有錢便有勢,不應親者強來親。不信但看筵中酒,杯杯相勸有錢人。(合前)(賞介)

(淨)感得老安人,賜我米和銀。好看千里客,萬里去傳名。(下)

(小、外上云)天可度,地可量,惟有人心不可防。齋公辟穀纔周歲,阿母開葷不忖量。我們前去勸諫一番,一不辜齋公付託之深恩,二不負安人供膳之厚意。(敲門介)(丑問介)

(小、外)聞知老安人開葷飲酒,流連荒亡,是以僧道特來進諫。

(夫怒)員外已誤,老身豈容再誤?急急與我趕將出去!(趕介)

(小)我有口號,你可對安人說:勸君莫愛口頭肥,惡業冤家步步隨。汝食他時他食汝,何能成就佛菩提。我分明指點平川路,反把忠言作惡言。(下)(丑入說介)

【黃鶯兒】(夫)僧道忒無知,出狂言把我譏。不由人怒氣塡胸臆。(丑)咯,僧道之言善無足喜,惡無足累。勸安人休把閒愁繫。(合)且開懷高歌唱飲,休得論閒非。

(旦上)路遙知馬力,事久見人心。小尼蒙安人相待甚厚,今聽讒言開葷飲酒,不免前去將幾句言語打動他,看他何如?(見丑介)

聞老安人開葷飲酒，招集善歌唱者。小尼曉得幾句新詞，特來勸飲，望與通報。（見介）

（夫）尼姑請坐。往常相見，師弟相處。我今看破佛老，皆是虛無。自後相見，只行賓主之禮。

（丑）你說善唱，且借佳音。

（旦）不知安人以甚為題？

（夫）往常員外所掛神圖佛像，前日老身喚安童換了，所掛乃是四景，就以此為題。

（旦）領命。

【二犯淘金令】（旦）煙籠淺水，柳染青絲細。天開麗日，花逞芳容媚。粉蝶雙雙，黃蜂對對，迷戀着萬花叢裏。那柳底黃鸝心，欲遷喬往上飛。（夫）那黃鸝飛不去。（旦）他身雖難動，實有去心。（夫）你可曉得這婦人否？（旦）這是酩酊醉，楊妃留連夜不歸。（合）誰解丹青，包涵着雅義？

請安人且飲一杯春酒。

（夫）春景已過，且說夏景。

（旦）槐陰茂盛，遍覆苔階翠。新篁猗密，映掩欄杆碧。出水荷花，淨如濯洗，對對鴛鴦遊戲。堪歎莪葵，空有丹心向日輝。（夫）葵花向日，是他本等，怎說空有？（旦）老安人，葵雖有心向日，日却無心念葵，所以是空。（夫）那個由他。這婦人可認得否？（旦）這是妙音在蓮池，化身千萬億。（合前）（勸酒介）

（夫）夏景已過，且說秋景。

（旦）碧雲天遠，旅燕沖風去。南洲水淺，征雁唧蘆至。一去一來，兩相回避，也是各從其志。（夫）那燕去雁來，天時使之，似非有意。（旦）他雖無意，其實順時見機而作。須知禽鳥也知機，却不道色斯舉矣。（夫）那個且由他。這婦人你認得否？（旦）這是王母在瑤池，蟠桃進酒卮。（合前）（勸酒介）

（夫）秋景已過，再說冬景。

（旦）山雲垂幕，慘淡陰風起。江梅破玉，撩亂天花墜。萬徑人稀，千山鳥絕，只見個孤舟蓑笠。貪戀江魚，死向風波不悔。（夫）

那個由他。這婦人你認得否？（旦）這是姜女送寒衣，往長城十萬里。（合前）（勸酒介）

（夫）這四個婦人，你取那一個好？

（旦）不知老安人尊意何如？

（夫）我道不如楊貴妃，終日飲酒歡樂是好！

（旦）安人差矣！

【傍妝臺】（旦）那楊妃，酕醄終日醉如泥。他淫亂後宮，釀成大禍；祿山作亂，不得其死。貪淫樂禍行無忌，國敗身亡悔已遲。正是酒不醉人人自醉，色不迷人人自迷。（夫）楊妃不好，員外不當留此畫也。（旦）豈不聞善者可以感發人之善心，惡者可以懲創人之逸志。丹青筆是個勸懲碑，正當把做戒牌兒。

（夫）這個婦人不好，那三個有甚好處？

【黃鶯兒】（旦）那妙音大慈悲，救苦難天下依。那王母瑤池，長主蟠桃會。那姜女送寒衣，送到長城，其夫杞梁已死，姜女一哭，長城遂崩。姜女送衣，仙蹤罕稀。員外用此三畫，非為無意。知斯三者，則知所以修身也。使你見賢當有思齊意。（夫）這三個雖好，楊妃也不低。（旦）那楊妃是個山花野草，怎比這靈芝？

（夫）喏，尼姑說話，其實蹺蹊，取那三個婦人，貶倒楊妃，分明譏誚着我。原來觀畫言語，都是有心！

（旦）怎見有心？

（夫）你說黃鶯心欲遷喬，又說燕雁各從其志，是你厭我而欲他往也；又說葵空向日，漁翁死也不悔，是譏我飲酒而不聽爾之言也。你張口片舌，可恨可恨。

【半天飛】（夫）潑賤歪尼，絮絮叨叨說甚的？我縱排筵席，與你何干已？伊何事不思疑？你的食和衣，皆我提撕，及時支給。反出狂言討是尋非！吾豈昏愚，不解伊情意！金奴，你與我趕逐離門不可遲，你與我趕逐離門不可遲。（夫下）

（丑）出去出去！

（旦）金奴姐不必張威，我人善人欺天不欺。自古道：忠言逆耳，良藥苦口。苦口皆良劑，逆耳皆公議。噫！豈不聞道吾惡者是吾師。不尋思曾對青天，立誓投詞，把素持齋，決不相違。今日裏夫死無期，一旦相違背。只怕船到江心補漏遲。（丑）啐！從今不與齋糧！只教你船到江心補漏遲。（旦下）

（丑）可惡可惡！虎生猶可近，人熟不堪親。和尚道士尼姑，我家待他甚厚，安人開葷，何必都來譏誚？（思介）呵，我有一計，與安人商議。明日乃是齋僧之期，今晚拿犬一隻，投入瓮中，用滾水泡死，剁肉為丸，分做饅頭中餡，使他一齊吃了，墜我計中，然後說他一場，有何不可！

正是：魚到吞鉤空自悔，鳥當入網怎能飛？

肉饅齋僧

淨—監齋　外—僧　末—道　旦—尼
丑—金奴　小—安童

【望遠行】（淨）愚婦昏昏可憫，青天湛湛難欺。夜來殺狗做饅頭，今日向齋場佈施。那怕鬼神知！

魚在水中不見水，龍在石中不見石。人在塵中不見塵，鬼在地中不見地。自家監齋使者是也。原居陽世，把素心堅。後到陰司，持齋名重。蒙玉皇敕旨，封為冥陽會上九天雲厨使者、監齋糾察大神。傅家三代吃齋，劉氏一朝遽改。因恨僧尼進諫，聽信金奴之言，夜來殺狗，砍做饅頭中餡，送到齋場，與僧道尼姑吃了，然後笑他。已曾稟過司命，啟奏玉皇，我今扮為狂道，前到會緣橋上，點化吃齋之人，將金奴叱罵一頓，多少是好！正是：神仙若不分明說，誤了凡間多少人。（行介）呵，來此會緣橋上，僧道尼姑各在齋房打坐。呀！送齋儀的到了！吃齋，吃齋！（淨作笑舞介）

（外）苦海茫茫無際，（末）浮生擾擾堪悲。（旦）把忠言反作惡言，將好意翻成惡意。（合）只怕悔時遲。（見介）

（末）道士何來？

【混江龍】（淨）俺來自，來自那蓬萊山島。（外）到此何幹？

（淨）俺特地，特地來報與伊曹。（外）所報何事？（淨）為只為劉青提聽信着金奴計較，他夜來殺犬做饅頭，今日裏相將來到。（外）先生何以知之？（淨）俺昨晚在他廚房中臥，因此上得知分曉。（外）既然如此，何以待之？（淨）勸伊曹，先將那素饅首各籠着一個，到那吃齋時，悄悄的將他肉饅頭換却。待他們撫掌相嘲，那時節取出肉饅頭與他看着，好將肉餡的盡丟與我，我聚在盂瓢，吃得一飽。

（外）原來你要這肉饅頭吃！不打緊要，若果是真，便皆與你。

（淨）我不圖這個，不做這個。

（丑、小上）夜來着意做饅頭，餌彼魚兒上釣鈎。擡往會緣橋上去，使他都向暗中投。

【不是路】（丑、小）齋會良辰，特送齋儀到法門。（外、末、旦）愧無能，屢承嘉貺來相贈。（丑、小）老安人，道齋儀菲薄休相哂，饅頭一味無多品。（外、末、旦）荷深恩，謹當下拜；齊承領，不為虛遜，不為虛遜。（吃介）

【馬不行】（丑、小）堪笑喬才，懵懵昏昏不自裁。昨日裏裝成嬌態，都到寒門，非誚開齋。肉饅頭吃盡不疑猜，皮燈籠全沒些光彩。奉勸喬才，奉勸喬才，從今休得將乖來賣。

【前腔】（外、末、旦）此事堪哀，說起令人淚滿腮。忍得把犬來泡死，將肉做饅頭，今日擡來。我等已先知之。素饅頭先向袖中懷。吃了素的，你肉饅頭個個都還在。（淨上）呵，原來他將肉饅頭與你們吃！（外）便是。因我等諫他不當開葷，他故將肉饅頭與我等吃。裝此喬乖，裝此喬乖，要將我等清名壞！

【前腔】（丑）此事喬哉！為甚先知我計埋？（小）分明是被人瞧破，泄露機關，報與伊儕。肉饅頭你等不吃，只是平素會偷雞偷魚。（外）那見偷來？（丑、小）你偷魚喚做水梭花，偷雞喚作攢籬菜。做賊名開，做賊名開，從今休得將乖來賣。

【前腔】（淨）潑賤裙釵！蛇蝎心腸甚是歪。列位，好把他饅頭擘破，肉餡傾來，積聚成堆。（衆傾介）（淨）須知此是禍胚胎。（作噴水介）（衆驚云）原來肉餡變為犬也！（淨）變成犬走令人駭。天眼恢恢，天眼恢恢，你有時變狗還他債。

（丑）此計被他參破，不免回去，勸老安人將齋房燒了，教他排牙說不得，插翅也難飛。（丑、小下）

（淨）金奴回去，又唆劉氏燒了齋房，但好鳥擇樹而棲，君子見機而作。是以女樂既受，孔子接淅而行；周德將衰，老聃跨牛而去。爾等色斯舉矣，正在斯時。何不收拾，就此他行？

（眾）然也，然也。

（淨）萬事勸人休碌碌，舉頭三尺有神明。（下）

（眾）這道士說得甚是！我等就此他行罷。

（末）不免題詩一首在這塔上，使東人回來，知我去志。"往來塔下幾經秋，每恨無由到上頭。留是看來真是險，不如平地任遨遊。"

（外）好個"留是"！雙關二意，妙哉妙哉！老僧也寫幾句："方丈前頭掛草鞋，流行坎止任安排。老僧脚底從來闊，未必骷髏在此埋。"

（末）好個"未必骷髏在此埋"！士大夫見此，可以深長思也。

（旦）小尼亦寫兩句："白雲無意過青山，多謝青山着眼看。久住難妨山不厭，飄然飛去自心安。"

（外）妙哉妙哉！此得詩人之比體也。

【浪淘沙】（外）納履便登程，緩步徐行。因憐劉氏老安人。生世不知身是夢，終日昏昏。

【前腔】（末）纔離傅家門，驛路山程。斜穿竹徑午風清。安得此風歸綺席，吹醒人心。（作別介）

【前腔】（旦）三路各離分，流水行雲。下灘出岫本無心。聚散無常休歎息，會在蓬瀛。

【尾聲】論人生分合如萍梗，總在乾坤內裏行。說甚麼西出陽關無故人！

　　　　　　日月籠中鳥，乾坤水上萍。
　　　　　　須知高尚者，隨處任飄零。

議逐僧道

夫—劉氏　淨—劉賈　丑、末、小—佃人

【金瓏璁】（夫）異類肆狂顛，真是恩多成怨。須逐去免憂煎。易長易退山溪水，易反易覆小人心。當初僧道尼姑，老身待他甚厚，豈容前日皆出狂言相譏！昨日肉饅頭機事不密，被他參破，已曾遣人去請兄弟，議將異類一概逐去，想必來也。

【前腔】（淨）緩步過前川，來到傅家宅院。諒姐氏有何言。（見介）（叙事介）

（淨）姐姐，凡此異類，不忠不孝，削髮而揖君親；遊手遊食，異服以逃租稅。聖賢比之為夷狄，叱之如禽獸。當時聽其愚惑，空望長生；今日肆為狂言，自行短計。何不分付家人，委令各莊佃戶，各持乾柴一把，將齋房燒毀；各執大銑一條，將橋梁拆調。則倒其樹而羣鴉自散，火其居而異類自逃。義所當為，何疑之有！

（夫）兄弟之言，正合我意。

【劃鋒兒】（夫）淫辭泛濫充仁義，今當放逐又何疑？須迸諸四夷，豈同中國。（合）常言道祭非其鬼，是為諂矣；見義不為，斯無勇也。

【前腔】（淨）聖賢道炳如星日，那異端與禽獸何殊？效周公把猛獸驅，此心方已。（合前）

【前腔】（夫）前日怒從心上起，到今心尚不能灰。感得兄弟妙計！壞橋火其居，羣邪遠離。（合）百川東之，邪流自息；萬代瞻依，在此一舉。

【前腔】（淨）中流一柱擎天地，狂瀾萬頃也堪回。禹昔抑洪水，今日此功可媲。（合前）

【四邊靜】（夫）想吾家施捨無窮際，伊何自違背？今日火其居，噬臍亦何及！（合）異端既除，正道斯闢；雖使聖人起，吾言豈能易？

【前腔】（淨）異端無事食人食，須當感恩德。伊何不三思，飯飽反弄筯？（合前）

【尾聲】歎他鼓舌談唇輩，真個是操戈入室。只教他禍起蕭牆怎得知！

（夫）就煩兄弟前去。

（淨）自有分曉。

（夫）僧道忒心歪，（淨）狂言惹禍胎。

（夫）閉門屋裏坐，（淨）禍從天上來。（夫下）

（淨）恨小非君子，無毒不丈夫。劉賈今承姐命，不免喚出他佃人來。（叫介）

（丑、末、小上）人不無良身不貴，火不燒山地不肥。（見介）

【豹子令】（淨）火佃聽我説事因，説事因。一人一把燥柴薪，燥柴薪。砲響一聲齊放火，齋房頃刻變灰燼，變灰燼。（行介）（合）向前行，各人須索用心勤，教他逃命也無門。

【前腔】（淨）再聽咱們施號令，施號令。各持鐵銃到橋亭，到橋亭。把那橋梁皆銃倒，免教異類再留停，再留停。（合前）（內號介）

（小）燒毀齋房拆毀橋，（淨）無情水火不相饒。

（丑）霎時異類皆星散，（淨）方顯區區此計高。

李公勸善

夫—劉氏　丑—金奴　外—李公

【臨江仙引】（夫）一自良人捐世，齋僧把素心灰。孩兒已遣離庭幃。乘時當快樂，七十古來稀。

百年光景去如梭，須信人生能幾何。遇飲酒時須飲酒，得高歌處且高歌。老身孩兒遠去，連日快樂。今聞鄰廂李厚德公公，原與夫君相處甚厚，特來探問老身。金奴，（丑）有。（夫）門外伺候，若有人來通報。

（外上）山中有直樹，世上無直人。老夫李厚德是也。幼與傅相長者相處。從他喪後，羅卜往外。今聞安人開了五葷，造下許多惡業。正是：畫虎畫皮難畫骨，知人知面不知心。不免前去諫他一番。（行介）（見介）

（外）婦人之德，莫大"三從"：在家從父，出嫁從夫，夫死從子。今安人受夫遺命而不從，有子善言而不聽，老夫託在鄰家，特來進諫。

【桂枝香】（外）安人聽啓，卑人憨直。傅家三代持齋，遺囑言猶在耳。聞安人近日，聞安近日，與前言相背，把五葷開矣。試思之：只怕臨崖勒馬收繮晚，船到江心補漏遲。

（夫）感承厚意。只是舍弟劉賈前日到此，也曾説來。

（外）他説怎的？

【前腔】（夫）他特來相訪，勸言頗當。道我夫供佛多年，未滿六旬身喪。可見浮屠幻妄，可見浮屠幻妄，謾遭他欺罔，當把肥甘自享。請思量：各人自掃門前雪，休管他人瓦上霜。

（外）還要修行。

（夫）還要享用。

（外）豈不聞佛經云：來也空，去也空，貧富不離三界中。勸君早上修行路，莫到臨時路不通。還要修行。

（夫）豈不聞：風隨氣，氣隨風，一片黃皮裹臭膿。不信但看桃李樹，花開能有幾時紅？還要享用。

（外）豈不聞佛語云：人人知道有來年，家家盡種來年穀。人人知道有來生，何不種取來生福！還要修行。

（夫）就如佛語云：牡丹落盡樹枝空，來年枝上依前紅。如何人似花枝老，紅顏一去無回蹤。還要享用。

（外）老安人口口只説享用，豈知殺生不可！

（副）怎見不可？

（外）豈不聞佛語云：鱗甲羽毛無數，晤來物性皆同。鋼刀宰剝血飛紅，碎砍爛煎可恫。奉勸世人省悟，休教惱犯閻翁。輪回改換霎時中，一樣爾身苦痛。還要修行。

（夫）老身也記得古詞云：世事短如春夢，人情薄似秋雲。何須計較苦勞心，萬事從來有命。幸遇三杯酒美，喜逢一朵花新。暫時歡笑且相親，明日陰晴未定。還要享用。

（外）老安人差矣！

【鎖南枝】（外）也曾罰誓願，告上天，夫君兒子皆在前。今日頓相違，如何見你夫君面？若問前世因，今生受者是；若問後世因，今生作者是。安人，違了誓願，獲罪於天了！怕天神降災伊怎免？莫如是早聽吾言，免到那陰司受譴，免到那陰司受譴。

【前腔】（夫）休偏見，莫亂言。天堂地獄誰得見？多少吃齋人，那曾見閻羅放轉？況人一死，形既朽滅，神亦飄散。剉燒舂磨無所展。金奴，好將他推出門前，免得他恁般強辯，免得他恁般強辯。

（外）不聽吾言便罷，何須推出！

（夫）老狗忒無知，叨叨說是非。

（外）我心不負人，面無愧色。出言何太易，變狗悔時遲。

招財買貨

丑—寒山　小—拾得　淨—店主
生—羅卜　外、末—道人

【金蟾歌】（丑）我是蓬頭赤脚仙，赤脚仙。瀟瀟灑灑戲金蟾，戲金蟾。世人誠意來供奉，管取新年勝舊年，勝舊年。

（小）我是招財利市仙，利市仙。行行步步踹金錢，踹金錢。若有善人供奉我，管教財利湧如泉，湧如泉。

自家寒山、拾得是也。原居人世，動獲財利之百倍；今在天官，普顯神通於四海。人見蓬頭赤脚，呼為利市招財，豈知普顯、文殊，變作寒山、拾得。姑蘇城連三萬垛，勝境仙蹤；寒山寺立幾千秋，鐘聲佛號。江楓橋頭風景好，愁眠山上月光寒。昔有君子題詩為記："月落烏啼霜滿天，江楓漁火對愁眠。姑蘇城外寒山寺，夜半鐘聲到客船。"今承慈悲教主觀音娘娘嚴命,道商人傅羅卜功果滿於乾坤,令咱變為凡人,買了他貨物,使他早早歸家。正是:藥醫不死病,佛化有緣人。不免更換衣冠,扮做商人,前去則個。(下)

(外、末上)白雲本是無心物,却被清風引出來。咱兩個既已改換衣妝,不免化出銀子,方纔可去。天靈靈,地靈靈,太上老君,黃金白銀,本是乾坤之氣、二五之精,我今呼你,急急見身。好銀子,好銀子!

【紅衲襖】(外)銀子,你本是乾坤內濟世丹,人為你夜忘眠晝失餐,人為你東馳西走經年絆,人為你水宿風餐兩鬢斑。人為你涉江湖蛟蜃湍,人為你入山林虎豹關。銀子,欺身傍一旦無君也,開口求人難上難!

【前腔】(末)不但如此!那父子恩也多有為你殘,那手足情也多有因你間。好朋友因為你做不得忠厚漢,好士夫因為你做不得廉潔官。更有好閨門因你亂,好軍機因你反。銀子,欺床頭一日無君也,壯士難辭減却顏。

【前腔】(外)又不但如此!若帶着你行使人心不閒,伴着你眠使人睡不鼾。那成家子把你做性命看,那敗家子把你做糞土觀。視你如糞土者,暴殄天物,不可也;視你如性命者,尚當裁之以義焉,可也。義可取得了,你也用得安;義當辭貪了,你是招禍端。惟傅羅卜之為人,他能仗義施財也,陰德瀰漫宇宙間。

【前腔】(末)你得與失誰知是命所關,去與來誰知是天所管。命該富天使你積似山,命該窮天使你容易散。奉勸世上人,明中去不用慳,暗裏來不用貪。傅羅卜他能重義輕財也,天向陰中百倍還。

【尾聲】論錢財原不容人算,歎舉世爭財用盡奸。豈知道致富根源只在方寸間。

不免到傅羅卜安下見他則個。主人何在?

【字字雙】(淨)夜來飲酒醉醺醺,高枕。忽聞剝琢叩門聲,驚醒。何人到此,見咱們則甚?緣來二位大官人。請進。(見介)

(淨)我有口中劍,殺人要當面;當面殺死人,人死也不怨。

（末）原來閣下有心害人！

（淨笑）自古道："將軍劍，牙人口"，那不是"口中劍"？世上牙人，扯姨夫，打夾帳，那是背地害人，那個不怨？我不扯姨夫，不打夾帳，豈不是"當面殺人，死者無怨"？

（末）原來閣下是個好人！

（淨）二位下顧，不知何幹？

（末）聞道傅官人有貨在此，特來求買。

（淨）呵，請他出來，二位面說。（叫介）

（生）千里夢初斷，五更霜正寒。主人相喚，有何話說？（叙事介）（見介）

（末）憑主人定價，算該多少銀子，兌了就是。

（外）幸遇傅官人，少年英俊，敢邀到小娘兒家一耍？

（生）戒之在色，不敢胡行。

（末）既然如此，敢邀到酒樓一叙？

（生）卑人戒酒，不敢奉命。

（末）原來如此！少年老成，客中少有。

（淨）請入後堂兌了銀子。今宵一叙，明日兩開。

　　　　（淨）仁義值千金，錢財在所輕。
　　　　（末）交錢是買主，說價是閒人。

觀 音 勸 善

淨、小、丑—十友　占—觀音

【卜算子】（淨）金剛山上棲，豪傑皆歸倚。軍中號令雪霜飛，所向期無敵。

曉日貔貅萬竈煙，旌旗烈烈蔽青天。帳中若有閒光景，竊把兵書看幾篇。自家張佑大是也。與兄弟李純元等十人結義在此金剛山上，招集人馬，縱橫天下。這幾日清閒無事，不免下山遊獵一番。兄弟何在？

【前腔】（小、丑）羣虎養雄威，一吼驚天地。何時唊盡野狐狸，方遂英雄志。（見介）

（淨）咱等鋤強助弱，取富濟貧，知我者以為義兵，不知者以為強盜。今日閒居無事，下山遊獵一番。

（小、丑）謹依尊命，就此起馬。

【生薑芽】（淨）金盔耀日鮮，征袍艷，龍駒胯下如飛電。腰上懸刀和劍、弓和箭，砲聲一響人驚戰。兄弟，咱等此行，（合）鋤強取富濟顛連，富休誇也貧休怨。

【前腔】（丑）男兒在世間，要丟顛，名方顯。若夜行衣錦人誰見。棄家園，藉軍權行方便，一時善惡咱褒貶。（合前）

【前腔】（小）行行慢着鞭，鼓聲喧。旌旗萬丈連雲捲，膽如天，計如泉，人如鷃，醉胸橫得崑崙遍。（合前）

【金錢花】（衆擁陣）軍中號令精嚴，精嚴。人人勇敢爭先，爭先。呀！喊聲震地又驚天，強與暴一齊殲，惟孝義為周全，惟孝義為周全。（弔）

（占）善哉善哉，苦事難捱。吾今不救，等待誰來？自家觀音是也。觀見傅羅卜前生修行八世，今生已是九世。此人原是天上一點金剛星，久後終成大業，上管三十三天，下管九泉十地。今有金剛山張佑大、李純元兄弟十人，修行七世，殺心未滅，又復為強。入山之時，曾憑鐵牌為記。未開金剛山，先賴觀音力。傅羅卜買賣回家，經過山下，遇此強人擄掠上山，我欲點化十人，與羅卜結為兄弟，化散強心，先往西天見佛修行，以全後事。不免扮做道人，等他們來則個。

【水底魚兒】（占）口念彌陀，娑婆三昧哆，金剛山下，強人奈我何。（立介）

【前腔】（丑、淨）弓箭懸腰，威名蓋世豪。殺人如草，遇着定不饒。（打話介）（占用法使十人自戰介）

（衆）道人有此好法，不免請他到寨上作個軍師，掏摸了他的本事，又做計較。（請介）

（占）既請我為軍師，便要依我五事。

（丑）那個五事？

（占）一不許殺人性命，二不許燒人房屋，三不許擄人子女，四不許劫人財物，五都要吃齋把素。若依吾命，事事皆昌。

（丑）除了這五件，做甚麼強人？

（淨）且自依順，又做計較。（介）軍師嚴命，一一聽順。只是入山之時，許下生人還願。

（占）且自回山，又做區處。

（衆）幸喜山前逢道士，請登山寨作軍師。
（合）七擒孟獲休誇巧，六出陳平謾擅奇。

插　　科

外—老人　丑—和尚

【撲燈蛾】（外）兵干募地興，金鼓連天震。老媽媽那裏去了？夫婦兩離分，向深山各自逃生命。（合）常言道：寧逢惡虎，莫逢善軍。寧作太平犬，莫為這亂世人。

閉門屋裏坐，禍從天上來。金剛山上強人下山打擄，老媽媽同媳婦不知那裏去了，老人家穿着靴來走得疲倦了，只得躲在草坡之中，畧息片時。正是：無能堪滅寇，有草且藏身。（弔）

【前腔】（丑）寇盜剽鄉村，擄掠金銀盡。東舍與西鄰，霎時星散無蹤影。（合前）

心慌來路遠，事急出家忙。金剛山上強人打擄，只得挑了衣衫法器，往山中逃難。正是：路逢險處難回避，事到頭來不自由。（弔）

（外）逢人且說三分話，未可全拋一片心。遠遠望見和尚來也，我幸帶得媽媽羅裙在此，不免穿起來，將手帕蓋了頭面，扮做女人，哄他背去，豈不是好！人言使口不如自走，我道自走不如使口。（扮介）

（丑）亂猿啼古樹，僻塢少行人。來至此地，想無事也。遠見一人站在途中，不免看着。緣來是小娘子！讓路讓路！

（外）和尚，我怕得緊！

（丑）旣怕和尚，何不站開？

（外）喏，出家之人，慈悲為本。奴今行走不動，上人何不捨力背我前去，勝造七級浮屠。

（丑）小娘子，救人須慈悲之本心，奈衣衫法器要挑，難以奉命。

（外）喏，上人若肯相救，奴願結為夫妻。丟了行李，當做財禮也罷！

（丑）小娘子是戲言是真語？

（外）喏，君子無戲言。放心放心！

（丑）旣然如此，情願丟了行囊，背娘子去也！（內喊介）

（外）强人來了！（丑背走介）

（外）走耶！

（丑）走耶！

（外）百年恩愛重，急走莫停留。（弔上）

（丑）地僻人蹤少，娘行不用愁。（介）

【山坡羊】（丑）小娘子，因甚的怎般樣老蒼聲氣？（外）哭啞了。（丑）是了是了。因甚的這般樣粗大手指？（外）娘親死了，我做火頭。（丑）是了是了。因甚的我頸傍似你口鬚釘着？（外）散了頭髮。（丑）是也是也。因甚的你足下把這靴穿起？（外）起來慌了，穿了父親靴來。（丑）是也是也。這因依，你分明說與我知，免教人心下、心下生疑慮。（外）趕行！（丑）我自當鞠躬盡瘁負娘行、直入深山內。來至此間，一所石洞，四面茂林，好成親也！（外）且緩！（丑）幽棲，賽過巫山十二奇。休推，莫負襄王雲雨期。

【前腔】（外）感君家在窮途怎般樣周濟，告君家遂天緣不須得性急。論奴身須則是一言旣許，在君子也須是不逼斯為美。我和伊眞是個有緣千里、千里能相會。但婚姻之事，夜間所為，白日青天，何顏相從？望從容少待，日落西山不敢違。（丑）娘子這般推託，不該哄我丟去衣衫法器了。（外）丟了衣衫法器，是見兔放鷹，與我何干！須知，我色不迷人人自迷。堪悲，猶恐相逢是夢裏。

（介）

（丑）咦，原來是個鬍子！怎麼假裝婦人哄我？

（外）我不哄你，你不馱我。

（丑）咦，怎麼教我丟了許多衣衫法器？

（外）是你丟了，與我何干？

（丑）要你賠我行李！要你還我腳錢！（扯介）

【前腔】（外）禿驢騷興發，馱我到山中。本以空貪色，焉知色是空。不思伊有罪，反索我酬功。你乘機打擄，截路強奸！告到官中去，充軍定不容！

（丑跪）老爺，去罷！

（外）得放手時須放手，得饒人處且饒人。（下）

（丑）殺人可恕，情理難容。這老狗！我丟了行囊，背他到此，反要告我！天耶天！天下欺心是這老狗，天下晦氣是我禿驢。

忽聞強盜至，逃出梵王宮。努力背他走，過山知幾重。

只期紅粉女，誰料白頭翁。雖是他心歹，多因我命窮。

【半天飛】我命該窮，白日青天被鬼籠。輕聽花言哄，頓把春心動。嗏！恨只恨老奸雄！我道聲音蒼，他說哭啞了；我道手指粗，他說做火頭；我道鬚釘人，他說散了髮；我道怎穿靴，他說錯穿了。一問一對，他口利如風，雨覆雲翻，將人調弄。只道是馱到山中，結就夫妻，百歲諧鸞鳳，豈知道老鼠跳入糠籮一旦空。這欺心老狗！我禱告蒼天，買個雷公打殺儂！（又）（下）

羅卜回家

生—羅卜　末—益利　淨—主人、強盜　丑—強盜

【憶王孫】（生）彤雲風掃雪初晴，天外孤鴻三兩聲，遊子他鄉不忍聽。憶萱親，目斷飛鴻欲倚門。

小梅沖破曉寒開，羌笛聲聲總是哀。三載經商歸未得，寸心爭忍不成灰。自家為奉母親嚴命，離家三載。且喜貨物賣完，不免喚

出益利,拜辭主人,回去便了。(叫介)

(末)鄉夢有時生枕上,客情終日在眉頭。(見介)(敘事介)

(末)既然如此,待我請主人出來。(叫介)

(淨)千載鶴歸猶有恨,三年人別豈無情!(見介)(敘事介)

(淨)傅官人,卑人忝為經紀,接人頗多,但如足下,眼中絕少。無以為別,白銀五兩,聊申贐意。

(生)不勞。(收介)

(淨)容卑人遠送一程。

(生)免勞。(行介)

(淨)村橋西路雪初晴,雲暖沙乾馬足輕。落日千峰轉迢遞,知君回首望高城。

【八聲甘州歌】(生)回首望高城,歎人生聚散,水上浮萍。感君誼腆,慇懃送出閶門。長江有水深千丈,不及賢東送我情。(合)年將暮,義怎分,何時再得會仁兄。

【前腔】(淨)君是後生中老成,歎酒難相困,色也難淫。我盍簪有幸,何期又戒離程。你那裏歸心似箭初離弩,我這裏別緒如刀碎刮心。(合前)

【尾聲】(生)賓主相看四淚流。(淨)知君何日到蘇州?(生)殘陽欲落未落處,(淨)照盡行人千古愁。(淨下)(生、末行介)

(生)既已辭別主人。

【前腔】(生)程途須趲行。歎遠遊三載,未見家音。北堂皓首,倚門幾度黃昏?今朝急把歸鞭整,指日期娛彩服新。(合)山雖峻,水自深,歸心如箭去無停。

(末)狂風刮耳鳴,見雪花繚亂,雨木皆冰。千山鳥絕,漁翁獨釣江濱。玉樓粟起寒難忍,銀海光搖花亂生。(合前)

(內叫云)那走路的,此處有強人,下山須索仔細!(內喊介)(生、末驚介)(走介)

【紅繡鞋】(生、末)忽聞鼓震山丘,山丘;頓然使我心憂,疾忙過此莫停留。(淨、丑上唱)欲富貴,死中求;逢着我,豈干休!(疊)(拿生、末上寨介)

觀音救苦

占—觀音　生—羅卜　丑—十友　末—益利

（衆上，丑請介）

【海棠春】（占上）山寨作兵師，生殺惟吾意。

（丑）啓軍師得知，適纔拿兩個漢子，儀容俊雅，可以賽願。

（占）且緩着，待我問他端的。你兩人天堂有路偏不去，地獄無門却入來！家住那裏，從直說來！

【五更轉】（生）告將軍聽拜禀，念家居在王舍城。（占）姓甚名誰？（生）卑人姓傅羅卜名。（占）那一個哩？（生）他名益利是我義兄。（占）為何到此？（生）為遵堂上嚴親命，慮家中佛事多端，遣我往蘇城營運。（占）離家幾年了？（生）別來三載客途淹。（占）可知家中事否？（生）全無半紙家鄉信，今番過此還鄉井。干犯了天威，望大王開天赦，赦二人殘生性命。（叠）

（丑扯生云）要將此人還願，拿出去洗得乾淨！

【山坡羊】（末）俺東人，平生孝行。俺東人，平生清慎。每日裏只是看經念佛，吃齋把素甘清淨。（丑）清淨之人正好賽願！（末）有黃金，金百鎰獻臺前，買取、買取我東人命。（丑）要人還願。（末）大王，望將我賽願酬神也。東人家有老母，赦却東人去養母親。東人，怎捨得你途中一命傾？安人，你孤苦伶仃誰奉承？

（丑）既然如此，就將這家人去還願也罷！（扯介）

【前腔】（生哭唱）論義兄平生忠順，論義兄平生勤謹，理齋事却無荒無怠，那奉佛時必盡誠和敬。（丑）呵，饒你性命，還要救他？（生）長官，論生靈，莫說是人了，凡有知覺，就是犬馬螻蟻，誰無個畏死心！大王，還容我死放義兄，去報與娘親信。益利，回去多多拜上老安人。我今是數盡難逃也，勸他保養餘年免淚淋。酸辛，仰望青天苦怎陳？娘親，暮景桑榆靠甚人！（放火介）（占下）（衆驚介）

（丑）青天白日一聲雷，弓箭刀槍化作灰。不識軍師何處去，這場災異甚蹺蹊。

（占內叫云）衆人聽我分付！（衆跪介）（占升高介）

【四邊靜】（占）張佑大，你兄弟十人聽吾說，觀音降真訣。（衆）原來軍師就是觀音菩薩！阿彌陀佛！阿彌陀佛！（占）你兄弟在前生，修行已七世。（合）你強心未除，殺心未滅。點化你回心，西天見活佛。

（丑）娘娘，五千人馬，一時難散。

【前腔】（占唱）五千人馬須拋撒，教他各歸務生業。羅卜善心人，與他相拜結。（合前）

（生）阿彌陀佛！阿彌陀佛！

【前腔】（占）羅卜本是修行者，終當成大業。急急轉家庭。你的娘親在家殺牲害命，飲酒開葷，自今以後，他的事多費周折。（生歎介）（合）你莫嗔莫嗟，我不生不滅。須知清夜一輪冰，便是紅爐一點雪。

十人西去，若有大難，又來相救。不是神仙分明說，誤了凡間多少人！（下）

（衆）親聞天語把天機泄，也是有緣得相接。就此結拜了！（拜介）自此弟和兄，大家務名節。（合前）

（丑）衆軍人各自回去！我們兄弟十人，往西天修行去也！

（衆）喏，我們都修行了。阿彌陀佛！阿彌陀佛！

（生）列位先往西天，卑人回家養母，就此拜別！

（占）五千人馬一朝分，（丑）竟往西天謁世尊。

（末）今日與君分別去，（合）不知何地再逢君。

劉氏憶子

夫—劉氏　丑—金奴　小—安童　末—益利

【破齊陣引】（夫）古鼎沈煙篆細，疏簾映日光生。鬢怯瓊梳，容銷金鏡，斑斑華髮發添新。兒！倚遍門閭空佇目，密縫針綫枉留心，如何没信音？

嬌兒一去竟三年，半紙音書不見傳。天若有情天亦老，月如無恨月長圓。當初老身不是，遣了孩兒出去。而今思想起來，巴不得他到我跟前。天！一枝丹桂在庭除，難比森森有幾株。去後寥寥音信絶，令人追悔自躊躇。

【四朝元】躊躇，昔日聽旁人説是非，遣嬌兒往外。我兒心不忍去，他那裏掩淚含悲，急煎煎一旦離。歎光陰瞬息，歎光陰瞬息，只見雁影空飛，魚書絶寄。好教我卜盡金錢，滴穿珠淚，把門閭空自倚。嗏！兒耶！若得你便回歸，情願長齋，落得個子母團圓，勝似膏粱味。自古道，養兒代老，我兒一去不回呵，娘好似那啣泥燕空忙，兒怎無那返哺烏情義！行思坐想，朝朝暮暮，空成悲戚，空成悲戚。

（丑）遊子經年別，慈親鎮日愁。雪溪溪上水，難比恨悠悠。（見介）老安人為何愁悶？

（夫）金奴，我朝朝暮暮枉悲傷，不見嬌兒返故鄉。想是神前多怠慢，故教子母兩分張。

【四朝元】（夫）你與我把三官掛起，（丑）呵，我便把三官掛起。（夫）只為孩兒去不回。因此上禱告神祇，懺悔從前罪，望廣開天赦，望廣開天赦，暗裏推移，陰中周庇，保佑嬌兒，早歸故里，子母重完聚。嗏！兒耶！你記不得密縫衣？（丑）老安人，檐前鵲兒倒叫得好！（夫）金奴，到而今檐鵲無靈。（丑）昨晚燈火也生一朶好花。（夫）那燈花空結蕊。兒！你三載不思家，老娘呵，常時掛念你。恨當初見左，到如今嗟嗟怨怨，悔之無及，悔之無及。

（小）纔自街頭問卜回，特來簾下説音依。

（夫）安童，問卦那先生怎麽道？

（小）先生道：青龍福德逢天喜，斷定行人即日歸。

（夫）依他説今日還到家？

（小）是也！

【前腔】（夫）聽伊傳語，心中喜自馳。那先生靈否？（小）那先生見鬼,説來便來!(夫)兒,若得覷伊一面,即便展放雙眉,信先生靈似鬼。先生還是不靈,歎年將暮矣,年將暮矣!雪阻長途,冰連遠水,萬徑人稀,千山鳥絕。冷冷清清,那得人來至!嗏!金奴,你與我掩柴扉,待我添上爐香,再告神祇,使我兒曹明年早得還家裏。(丑)想是買賣蝕本,所以不歸?(夫)金奴説那裏話!只得小官人到家呵,他千金盡無回,我一心終是喜。奈關山萬里,迢迢遠遠,一時難會。(叠)

(末上)關山迢遞,歸心疾似飛。因此上冒雪沖寒,餐風宿水,晝夜奔馳。今日裏喜到、喜到家園地。呵,見家門緊閉,家門緊閉,一路上來,都道老安人在家,縱欲開葷,肆筵設席,有量盡歡,無歸不醉,把佛事皆荒棄。嗏!不免將門敲上幾下。(丑)是那個?(末)是益利自遠方回。金奴,你須是急啓重門。(介)(末)待小人拜了三官菩薩,再拜老安人。容卑人次第行參禮。(夫)小官人為何不與同來?(末)為思親苦痛悲,因此在後三步一拜,代母禳災悔。喜三官堂上,齊齊整整香燈如昔。(叠)

(夫)孩兒果在後面拜來?

(末)焉敢弔謊!

【尾聲】(夫)好也!兒歸喜自天來至。(丑)你看老安人呵,方纔多少憂戚,今見小官人回來,喜上眉尖了!打破愁城不自知。(合)拜謝天神與地祇。

(末)敢問老安人,會緣橋為何崩壞?

(夫)被洪水沖了。

(末)齋房為何燒毀?

(夫)住僧失火燒了。

(末)原來如此!何處齋僧?

(夫)幸有橫廳寬闊,暫為持齋之所。前日伏牛山遊僧三百,終南山全真一百,都在此齋他。

(末)果然如此!容老奴即往途中,報與小官人知道!

(夫)我向前去,你到家中吃飯來!

　　　(夫)聞説孩兒今已回,(丑)喜從天降笑顏開。

（末）途中閒語君休聽，　　歸看香燈似舊排。

母子團圓

生—羅卜　外—李公　淨—家人　夫—劉氏　末—益利

【半天飛】（生）歸去來兮，路過金剛事險危；託賴觀音庇，急難相周濟。嗏！此事尙堪疑，細思之。聽得慈悲阿彌陀佛，道我慈幃，事多周折，應促吾曹，急急回家裏。因此上三步一拜拜回歸，三步一拜拜回歸，代萱堂資福消災悔。阿彌陀佛！（弔）

【前腔】（外上）日月如飛，又見寒梅四五枝。你看雪後初晴，青山又見本來面，瘦竹方伸久折腰。雪後多佳致。長安有貧者，宜瑞不宜多。貧者愁衣食。嗏！（淨上）老官人，我去撿柴，望見羅卜官人，三步一拜，拜回來了！（外）忽聽樵子報音依，羅卜回歸。我須是步過長堤，等待伊來，勸解伊曹，見彼慈幃，且自寬心，休得爭閒氣。（淨）那年勸安人，被他罵了，再莫理他！（外）噷！母子之間，人所難言。我不為調和更仗誰，我不為調和更仗誰！（立介）

【前腔】（生拜唱）阿彌陀佛！難報春暉，定省溫清歎久違。寸草心空繫，百拜身何瘁。阿彌陀佛，嗏！（外）賢侄回來了？（生）忽見父相知，感提撕！（外）賢侄，瞻前無佛，顧後無僧，三步一拜，拜着誰來？（生）感得觀音，道我親幃，事多周摺。因此上三步一拜，拜回家裏，為我慈親懺悔。塵緣罪不及，從容話別離。阿彌陀佛！

【前腔】（外）暫立須臾，聽我一言說與知。賢侄去後，令堂輕信讒人語，便把三官毀。嗏！（生）怎生是好？（外）今勸你謾傷悲，轉庭幃，拜謁尊堂，從容諫取；母子同心，自有個相依處，不用忙忙辨是非，不用忙忙辨是非！

【鎖南枝】（生）聞翁語，自怨嗟。嗟我不能供子職，辜負了老父囑孩兒。命"持齋與供佛，如伊在時"的言在耳，娘！今日頓相違，痛得肝腸碎。

（外）寬解寬解。（生憒介）

（外）怎生是好？

【前腔】（夫上）聞兒至，喜上眉。他三步一拜為母儀。移步到長堤，探取兒消息。（見介）（夫）李公休怪。兒因何事，憒倒喚不起？我省得了，李髯子，莫不是你攛掇甚言詞，氣得我嬌兒死？

（淨）老官人，劉安人怪你，不如回去。閉口深藏舌，安身處處牢。（淨扯外下）

【前腔】（生）我三魂渺，七魄馳，非翁誰與我說詳細？（夫）呵，可見是他攛掇！髯子，髯子，豈不聞母以遠間親，使親者毋失其為親！今日你離間我娘兒，兒若有疏違，定然不放你！兒！娘到此痛得珠淚垂。纔聞兒至，幾多歡喜！今見如此呵，可憐我歡喜無幾，又成悲戚！

想是身體倦了？

（生）娘，非身倦。（夫）想是本錢虧了？（生）非本虧。（夫）因甚的來？（生）因李公說與我端的。（夫）他說甚事？（生）他勸孩兒順母言情，休得相違背。（夫）他既勸你，你為何氣倒？（生）孩兒見父之執，如見老父。因此痛傷悲，憒在中途裏。

（末上）人言何足信，親見始為真。

（夫）兒，益利到家來了，問他便知端的。

【香柳娘】（末）承東人遣差，承東人遣差，到家中已知明白。（生私問）三官不在了？（末）三官聖像依然在。（生）敢沒香燈？（末）更香燈列擺。（叠）（生）敢不齋僧了？（末）依舊施僧齋，何曾有荒怠？（夫）我兒可知道了？（合）歎浮雲世態，歎浮雲世態，一路致疑猜，多緣我之罪。

（生）聽伊家道來，伊家道來，愁懷頓解。老娘，人言差錯何須怪，且趨步轉回，且趨步轉回。（丑上）小官人來也！長成好多了！（生）金奴，拿香盆過來！稽首向蓮臺，拈香且參拜。（合前）

（夫）我當初為財，我當初為財，遣兒往外。望穿雙眼眉攢黛。買賣一事何如？（生）託娘之庇，獲利數倍。（夫）幸獲利數倍，幸獲利數倍，貨殖稱兒懷，娘心愈歡快。（合）喜今朝到來，喜今朝到來，母子笑顏開，謝天與遮蓋。

（生）歎拋離數載，拋離數載，溫清誰代？歸來幸喜娘康泰，況凡百事皆，況凡百事皆，皆賴母尊裁，支吾不傾敗。（合前）

（夫）孩兒幸喜轉家筵，休聽閒人路上言。

（生）母子仍前修善果，戲文到此小團圓。

中　卷

開　場
末

【西江月】古聖書囊奧妙，皇朝法網嚴明。幾人讀得幾人遵，不負聖皇立訓。　　演戲少扶世教，長歌庶感人心。假饒看了不關情，有愧游魚出聽。（餘同上卷）

　　　劉氏開葷結業冤，陰司譴責受諸愆。
　　　觀音點化傅羅卜，挑經挑母往西天。

壽母勸善
生—羅卜　末—益利　夫—劉氏　丑—金奴

【瑞鶴仙】（生）百行孝為先。歎椿府淒涼，幸萱堂康健。更春光明媚，須對景承歡，及時修善。人事周全，在天理自然發見。且自看經念佛，敢將分外責報於天！

天地分明有鬼神，彝倫須是重君親。若還心昧虛靈理，安得身為忠孝人！齋釋道，濟孤貧，吃齋把素敬神明。自從面受嚴椿教，終日拳拳謹服膺。小生敬以宅心，確守仲尼之三畏；審於接物，每存楊震之四知。菲飲食而致孝乎鬼神，惡衣服而致美乎佛餙。乾稱父，坤稱母，視天下猶一家；捨乎己，從乎人，視疲癃猶一體。敦孝悌以為仁之本，王慈悲為作聖之機。不幸嚴椿仙逝，目今慈母孀居。喜此春光明媚，安排醴酒一杯，與母親上壽。昨日已曾分付益利，不免喚他出來。（叫介）

（末上）艷日綺羅香苑囿，佛天簫管動樓臺。（敘事介）（請介）

【謁金門】（夫）春日曉，檜雀喳喳頻噪。閑庭簾幕卷，東風吹送爐煙裊裊。（丑）又聽得柳外黃鸝，一聲聲送巧。海棠昨夜都開

了。須索及時行樂。（見介）

（丑）老安人,喜際春光好,飛紅軟翠堆。

（夫）金奴,但愁花有語,不為老人開。（夫、生叙事介）

【惜奴嬌】（生）花柳爭妍,又早見鶯啼柳底,蝶舞花前。歎春暉難報,陽春寸草心牽,敬捧一樽春酒,用表忱虔,幸靈萱身康健。（合）告蒼天,願得年年此日,重展華筵。

【前腔】〔換頭〕（夫）堪羨,春光鮮艷,見樹頭蜂抱花鬚,更池內魚吹水面。太平氣象,士女紛紛遊衍。須信人生快樂,便是登仙。（合前）

【黑麻序】（丑、末）歡忭,花有香,壺有酒,人有餘閒。老安人,對此良辰,正好開懷消遣。（生）思念先君種福田,此日承天眷。（合）奉遺言,須是鷄鳴而起,孳孳為善。

【前腔】（夫）膚見。富和貧,貴和賤,壽和殀,總是前緣。歎漢武求仙,此事堪為明鑒。（生）娘,容諫。却不道三尺有神明,一念天應鑒。（合前）

【尾聲】（夫）歎光陰迅速如飛電,（生）娘善行須當及早遷。（合）人老何曾再少年？

（生）告稟母親得知：夫孝在於善繼其志、善述其事。兒今意欲先遣益利往會緣橋頭,雇倩工人,採辦木石,依舊做造齋僧舍宇,結砌會緣橋梁,不知娘親意下何如？

（夫）如此却好。

（夫）一家安樂值錢多,（生）萬兩黄金未足誇。

（夫）兒,遇酒不須辭酩酊,（生）娘,得閒還是念彌陀。

十友行路

末、小、丑―十友

【步步嬌】（衆）金剛山上屯兵馬。志在圖王霸,未免殺人多。感得慈悲,現身點化。棄寨往西天,参佛成功果。

人人心上有神明，不早修行負此生。感得慈悲親點化，弟兄協力奔西行。自家張佑大、李純元等是也。兄弟十人，結義在金剛山上，積草屯兵，感得觀音娘娘，道咱們修行七世，指示與大哥傅羅卜結拜，先往西天，見佛修行，日後扶助大哥，共成大業。咱等自從受命以來，夙夜皇皇。今在途路之中，天氣清明，不免趲行幾步。

　　【八聲甘州】（小）弟兄慕道，縱是關山迢遞，敢憚驅勞？憂勤惕勵，怕山蹊又長蓬茅。人道往西天有十萬八千里路，兄弟，西天路遠終須到。觀音娘娘道，我兄弟已曾修行七世，七世緣深怎可拋？（合）兄和弟，暮又朝，一心心只是念彌陀。阿彌陀佛。

　　【前腔】（末）春郊景色饒，看千紅萬紫，鬥巧爭嬌。只愁春暮，水流花謝無憀。兄弟，爭如安樂西番國，常是乾坤錦繡朝。（合前）

　　（丑）我兄弟棄了金剛山，而往安樂國，

　　【前腔】如鳥棄舊巢，便飄然遠舉，直上青霄。不堪回首，悔當時作事差訛。古云：積善之家，必有餘慶；不善之家，必有餘殃。須知積善膺天眷，堪歎為強沒下稍。（合前）

　　【尾】盼歸人，靠晚爭舟鬧。風動前村酒旆招，不飲從他酒價高。

　　　　舉世奔忙為利名，十人勤苦為身心。
　　　　此行得見西天佛，普賴南無觀世音。

觀 音 渡 厄

占—觀音　旦—鐵扇公主　外—雲橋道人　淨—百介

　　【三棒鼓】（占）天風吹送下瑤臺，救度人間苦與災。行孝的既可懷，修善的尤可哀。觀世音時聞音下界，為只為十子在途中苦難來。

　　家貧未是貧，路貧愁殺人。十人途路苦，口口叫觀音。張佑大兄弟十人，是我在金剛山點化，他先往西天修行，日後扶助羅卜，共成大業。他等途中，將到火焰山、寒冰池、爛沙河，凡此至險，皆是天造地設，隔斷紅塵，不使凡人輕履佛地。不免喚過鐵扇公主渡他過了火焰山，雲橋道人渡他過了寒冰池，猪百介渡他過了爛沙河，早到西天，同成佛果。鐵扇公主、雲橋道人、猪百介早上。

【不是路】（旦）鐵扇裙釵，為赴慈悲寵召來。（外）下天街，雲橋直駕青天外。（淨）漫詼諧，白蓮會上呼百介，時人休笑為精怪。（合）奉天差，慈悲法力同天大，只得向前參拜。（見介）（叙事介）

（占）鐵扇公主聽我分付：

【馬不行】（占）鐵扇風裁，制自天工體甚佳。今念十人苦楚，萬里長途，幾遇凶災。好把騰騰火焰扇將開，使他堂堂大路無遮礙。（旦）自愧非才，自愧非才，勉成善果期無怠。

（占）雲橋道人聽我分付：

【前腔】人在天涯，高架雲橋渡得來。今見池冰滿腹，寒氣侵人，凍裂肌骸。好把雲橋一道跨冰崖，暖超十子過寒陌。（外）（合前）

（占）猪百介聽我分付：

【前腔】你猪首猪腮，中有仁心遍九垓。這便是蛇身人首，牛首人身，一樣形骸。好把沙河淤塞孔將開，使他康莊直抵西番界。（淨）（合前）

（占）今則十人將臨險地，你等可急急前去！

（占）佛化有緣人，功非可獨成。

（衆）三人承囑付，各自顯神靈。

匠人爭席

末—益利　丑—石匠　淨—木匠　小—泥水匠　生—羅卜

（末）肯堂肯構承先德，善繼善述孝兒心。益利蒙東人嚴命，到會緣橋頭招聚石工，修砌橋梁；招聚木工，起造齋房；用泥水匠沾蓋齊備，一如員外在日，事事無差。工錢打發已了，安排一杯淡酒，與匠人餞程。酒已齊備，衆作首請上。（淨、小、丑上）

【出隊子】工程完備,收了工錢各自回。一從到此吃長齋,三月何曾知肉味。早早歸家,買些葷吃。(見介)

(末)草酌與列位餞程,坐下寬飲。

(丑)那個坐首席?

(末)憑在列位。

(淨介)就憑益利哥說,該那個坐?

(末)我也難以主張,待問東人。禮義由賢者出,坐席待主人來。(末下)

(丑)來不來,該我石匠坐大。

(小)怎麼該你坐大?

(丑)且說石匠來歷與你聽着:【西江月】自昔女媧煉石,飛身上補青天。石工最大至今傳,河上能將橋捲。　南北人行可渡,東西地隔堪聯。乘輿濟渡敢爭先,首席該吾非僭。

(淨)上午拿着犯夜的——早來。該我木匠坐大。

(丑)怎麼該你坐?

(淨)【西江月】上古巢居穴處,羲皇作室居民。魯班一出法尤精,規矩均齊方正。　兩岸齋房星集,四方善士雲興,覆幬陰騭滿乾坤,首席吾當不遜。

(小)王府茅厮,那有你分!該我泥水匠坐大。

(淨)怎麼該你?

(小)【西江月】堯殿茅茨不剪,舜親陶於河濱。家家屋上盡烏雲,雨雪焉能為病。　木石賴吾遮蓋,齋房要我完成。今朝坐次不須爭,首席是吾本等。(坐介,爭介)

(丑私扯小云)泥水石匠原是一樣,我送你五錢銀子,幫我打這木匠一頓,有何不可?(打介)(如打蔡公子樣)

(淨)這泥水匠好沒分曉!我和你俱是上等之匠,他乃下等之人,我送你五錢銀子,幫我打這石匠一頓!

(小)這等事我不為。

(淨)老作!沒奈何,你就不肯,也租這拳頭與我用一用。

(小)也罷,也罷!(打介)

（丑）泥水匠好欺心！方纔得我五錢銀，如何幫他打咱們？

（淨）原來他得你五錢銀子了！

（丑）便是。

（淨）也得我五錢銀子了！這狗養的！他倒兩邊得錢，使我二人結冤。我和你齊起心來，請他一頓蠻拳！（打介）

（末、生上）幡搖千尺龍蛇影，經誦半天風雨聲。哎喏！怎麼你二人打他一人？

【半天飛】（丑、淨）拜告賢東，叵耐這賊，作無知鬼弄通。他得石匠銀子幫他打木匠，又得木匠銀子幫他打石匠。石匠遭他哄，木匠遭他嗊。嗏！我今兩下自和，同把他攻也。請他一頓拳槌，免得他舌劍唇槍，暗地將人弄。（生）相處許久，也當容忍。（丑）人可容時天不容。

（生）為何相爭？

（小）只為首席難分，因此三人起鬥爭。這石匠買我幫他興，這木匠買我消他忿。嗏！我也只是兩公平助他們。（丑）那有這樣公平？（小）豈知他反面無情，合着機謀，將我打上這一頓。我一人打死二人，一人填命，他二人打死一人，二人俱要填命。伏望賢東作證盟。

（生）禮別尊卑，雖本人情該物理。（淨）怎見得該物理？（生）金木水火土，物有天然序，吉凶軍賓嘉，人以和為貴。嗏！（眾互云饒不過）（生）自古道饒人未為癡、得便宜。（末）禀東人，小人有處了。（生）你有何處？（末）他三人各拿一巨杯，我斟上酒來。且自立飲三杯，依次推移，轉轉團團，和氣雍雍，做一個車盤會。（眾笑云）好！好！（生）飲此可以至和氣，何用爭強坐上席。

古之君子，知天下之不可上也，故下之；知眾人之不可先也，故後之。是以強梁者不得其死，好勝者必遇其敵。今後不可。

（眾作思介）有理有理。

（各作悔介）各人省悟了。

（小）這工錢我不要了。

（丑）我也不要了。

（淨）我也不要了，一齊送還主人。

（生）工錢是你們本等，我怎麼要你的！

【前腔】（眾）多感明言，諸匠心中已豁然。東道賜酒，乃是好意，怎麼打將起來？全沒高遠見。我等小人，不可以履君子之庭。羞見東君面。嗏！賢東既不受這銀子呵，我們都把這工錢結良緣，付與齋公，鑄副爐瓶，獻在神前，懺悔前愆。也見賢東，感動工人，俄頃之間，一變皆從善。（淨）自古道：打人一拳，三日不得眠。而今和了，各自歸家自在眠。

（小）諸匠心中已豁然，（生）方知杯酒釋兵權。

（丑）人生要好惟和氣，（合）鬭勇爭強是夢顛。（丑、淨、小下）

（生）諸匠已散，益利可竪起旗幡，齋僧齋道齋尼，一如舊日；施米施銀施布，皆侶往時，庶幾上可以繼父功，下可以延母壽。

（末）理會得。東人，請入齋房，小人一一遵行。若有人來，又當告報。

（生）廣行方便事，陰騭滿乾坤。（下）

劉氏自歎

夫—劉氏　丑—金奴　小—安童　末—土地

【柳梢青】（夫）春光易謝，怕聽杜鵑聲聲啼血。滿院東風，只見海棠鋪繡，梨花飛雪。（丑）老安人，看丁香雨後枝斜，那愁腸為誰寸結？須信人生，有酒有花，還當歡悅。

（四七言）（夫）苦雨催花，狂風吹絮，雨雨風風總是愁，茫茫直共天無際。鵲喚春來，燕呢春去，惟有啼鶯不負春，聲聲強要留春住。金奴，自從員外喪後，不勝愁悶，小官人往會緣橋修理齋房去了，老員外若在，必是喜欣。遇此事情，令人感傷。

（丑）且自耐煩。

【黃鶯兒】（夫）杜宇苦悲啼，促風花片片飛。鳥聲物色都是傷春意。感時換移，令人慘淒，只落得瀟瀟華髮添憔悴。（合）小官人呵，念阿彌熬清守淡，不顧老娘衰。

（丑）日月苦奔馳。記得少年騎竹馬，看看又是白頭翁。似長江急浪催。有少必有老，有生必有死，此乃理之自然。笑看經念佛成何濟？老安人，不用欷嗟，須當主維，論養生，還是膏粱味。（合前）

（夫）念佛持齋，明知是謬，但員外分付如此，孩兒又不忍違。前日他不在家，宰殺犧牲，那些骨頭藏在後廠倉內。金奴，你可喚安童，與他擡到後花園中，好生埋了。

（丑）理會得。安童那有？

（小）忽聞堂上喚，忙走到階前。（見介）（夫叙前事）

【四犯黃鶯兒】（夫）聽我說因依，疾忙行，不可遲。一齊同到廠倉內，把倉口打開，將骨頭囊起，忙忙擡往花園裏。（合）挖開土泥，深埋土底。（小）老安人，不埋他也不妨，子無制母之理，終不然你反怕他？（夫）不是反怕兒子，只是他見又是不喜，埋了之時，免教子母傷和氣。（小）自有分曉。（夫下）（小）金奴姐，平昔酒肉是你吃，當時主意是你起，你一人去，我不管你！（丑）哎喏！猪羊是你買，酒席是你排，你一人去，我決不來！（小）說便是這等說，我和你二人呵，同去莫辭推。（丑）正是了。同去莫辭推。（小笑云）你不推辭，我就來了。（丑）啐！來做怎的？安人分付，到廠倉把骨搬取。（行介）（内作鬼叫介）（驚介）（丑）分明是鬼叫，使我心驚畏。（小）自古道：心疑生暗鬼。青天白日，那有鬼來！（丑）是了。心中暗疑，耳邊鬼嘶。（小）呵，我和你把骨頭擡去休遲滯。（介）（合前）

（小）骨埋免使安人慮，（丑）味美應教土地嚐。（下）

（末）土地須知不可欺，未曾舉意我先知。骨頭埋在花園内，反把神明作耍嬉。自家花園土地是也。劉氏四真違誓殺牲，又將骨頭埋在此間，不免前去會同竈司、社令，議處此事；還要劉氏到此花園，裂開地皮，與他兒子一齊驚看，方顯神靈。

萬事勸人休碌碌，舉頭三尺有神明。（下）

齋僧濟貧

末—益利　外—道士　淨—和尙、漁翁　生—羅卜
丑—瞎子、虔婆　旦—尼姑　小—孝子　占—大姐

（末）長幡影掛青天外，廣佈功盈陸海中。益利承東人嚴命，修理橋梁已完，齋房已畢，香燭紙札，事事皆全；錢米布帛，般般俱備。道有未了，東人請上。

【寄生草】（生）蔭宅有諸君子，侯門有五大夫。功名不上釣魚鈎，清閒自異屠龍手。逍遙欲訪乘鸞偶。須知獨立德難成，何當大聚諸朋友。（末見介）

【西江月】塵世昏昏醉夢，幾人心眼惺惺。山窗春睡正冥冥，啼鳥一聲喚醒。　修福但憑佈施，談玄又在澄清。何當大集道和僧，靜所一番講論。益利，若有道友，引他入來。

（末）理會得。

【蔔算】（外）丹田養紫芝，金鼎銷紅日。飛行八極臨寰區，穩跨靑牛背。

丹鳳翔金鼎，蒼龍戲玉池；袖中懷寶劍，身上著霞衣。貧道遨遊四海，浪迹塵寰。今聞王舍城中齋公傅羅卜好善樂施，以此邀同道友，探問一番。道友早上。

【前腔】（淨）天邊露濕衣，海底泥沾履。行雲流水去隨隨，須信皆無意。

性朗秋空月，心澄古井冰。花飛天外雨，龍聽座中經。（白同前）（見末介）（報介，入見生介）

（生）未知二位遠來，有失迎迓。

（外、淨）何故言此？舉世奔馳陸海中，誰知往事到頭空。

（生）爭如清淨超塵外，夜半中天麗日紅。幸蒙羽師下顧，正得講論一番，以開茅塞。敢問大道之原？

【玉芙蓉】（外）要知大道原，從事工非淺。從道為事，則為道

士。論道士事須從道無偏。凡為道士，須以道德為父，神明為母，清淨為師，太和為友。太和清淨功須遍，道德神明義始全。餐六氣，玄中又玄。能通此玄，則萬古乾坤雙草履，百年身世一麻衣。覷槁木旋生羽翰，白日上青天。

（生）謹領明教。敢問禪師，浮屠之法何如？

【前腔】（淨）浮屠正法門，覺者方能進。浮屠者，佛也；佛者，覺也。覺乃浮屠之法門。論浮屠，法在覺悟羣生。（生）浮屠有如來之法，何如？（淨）如者不生，來者不滅。不生不滅，是如來本。（生）浮屠有菩薩之法，何如？（淨）菩者普也，薩者濟也。普濟羣生，是菩薩名。具法眼悟浮屠上乘。能悟上乘，自超於陰陽陶冶之外。則見他降龍洗鉢，自此出風塵。

（生）謹領明教。

（內叫云）貧人告謁。

（生）貧人求濟紛紛，列位請入齋房，尚當從容領教。

（外、淨）暫時分別去，少待又相逢。（下）

【窣地錦襠】（丑）瞎子終日叫呦呦，口食身衣到處求，只因前世不曾修。（末）今世好修了。（丑）說起教人滿面羞。

財主財主，瞎子前世不修，今生如此。幸得財主濟貧。正是富而好禮，使瞎子們得個貧而樂也。

（生）瞎子緣來曉書，想是中年瞎了？

（丑）是了。【西江月】瞎子，自幼聰明乖巧，長成酗酒癲狂。貪花好賭蕩田莊，專意唆人告狀。　纔見別人殷富，我心便起刀槍。一聲雷震電飛光，兩眼變成瞎瘴。

（末）緣來如此！你沒眼時天有眼。唆人告狀的可以為戒了。

（生）可將白銀五錢、白米三斗，賞他前去。

（丑）多謝，多謝！

（末）仔細過橋，路上須防險峻。

（丑）財主，貧子眼瞎，拿住拄杖，步步踏實。雖逢險路，也不跌倒。可惜世上有一等眼光心瞎，見個好人，只要害他；專行險事，不知仔細；一交跌倒，爬不起來。正是：霸王空有重瞳目，有眼何曾識

好人。(下)(生弔場)

(小)屋漏更遭連夜雨,行船又被打頭風。自家一貧如洗,遇此荒年,母親又喪,怎生是了?

【梧葉兒犯】痛恨娘親不幸,愧無能措辦棺槨衣衾。仰天束手渾無策,只得賣了吾身殯老親。孟子云:守孰為大?守身為大。欲待賣身羞怎忍?又云:事孰為大?事親為大。今日送死事大,則吾身在所輕了。顧不得羞來怕不得恥,顧不得羞來怕不得恥,我只得沿街去叫賣身。賣身,賣身。(內云)是官升?是小升?(小)是人身。(內云)人參藥鋪收買,我這裏不要。(小)長者,我人身不是那人參。(內云)爾身為何賣了?(小)只因親喪無錢殯,賣取吾身也,報答生身罔極恩。

(內云)不買。

(小)你既不買,講這一會何用?

(內云)聞講何害?

【前腔】只得向前街去賣,只得向前街去賣。賣身賣身。可憐叫破我喉咽。一路無人肯收。正是貧無達士將金贈,有何人憐念起慈心?娘,你在黃泉聞兒叫,你在黃泉聞兒叫,料得你慘慘淒淒不忍聽。我將身賣無人買,只得素手轉家門。

(行介)(思介)噥!賣身雖無人買,奈母親死在地下,雖回家去,除了此身,再無一物可賣了。

【滾調】天,家中徹底貧,家中徹底貧,紙錢沒半文,糧米沒半升。若還不去,苦告哀求賣此身,葬之事不成,祭之禮不行,報不得慈母恩,盡不得人子情,吾乃是天地之間一個大罪人。(跌介)爭奈連朝饑又病,跌倒莫能興。娘,我今身死何足惜,只是暴露了娘的屍骸也,我死在黃泉目不瞑。(內云)漢子,賣身可往會緣橋去。而今傅家賑濟貧窮,收買你身也未見得。(小)緣來有此!正如渴裏逢梅,精神陡然清爽也。長者,感得金言相指引,好似枯樹枯枝再遇春。(行見末介)

(末)君子何來?

(小)賣身。(報介)

（生上）萬靈慈是本，百行孝為先。（見小介）
（生）看你少年英俊，為何賣身？
【四朝元】（小）衷情欲訴，未言先淚流。（生）可有父母？（小）歎嚴君早喪，慈母孀居，歷盡冰霜雪上頭，又遇饑荒時候，又遇饑荒時候，衣不遮身，食難供口，母喪黃泉，兒惟素手，棺槨衣衾何處有。嗟！無計可營求，只得賣我身軀，送母歸黃土。君子賜收留，卑人心願欲。（生）傷哉貧也！人子之報父母，正當如此！益利，可將棺槨衣衾一副、白銀二兩、白米二擔，送此孝子前去。（小）感君家周濟，感君家周濟。非惟小生感戴，老母九泉之下，也是感戴了！生生死死，感恩不朽。
（生）敢問孝子高姓貴表？
（小）卑人姓諸名子貴，老母劉氏，乃是牌坊下劉家。
（生）既是如此，老母亦是牌坊下劉家，親以及親，正當周濟。
（小）今日得君提掇起，果然勝遇岳陽金。（下）（淨扮漁人上）
【三棒鼓】（淨）春來生意在青螺，朝下河時暮下河。今朝撿一籮，明朝撿一籮，賣取錢兒養老婆。（遇末介）（末）養自家老婆纔是，養別人家老婆怕無結果。（淨）別人家老婆分外好，沒有結果且由他。（見生介）
（生）這螺螄賣與我罷。
（淨）這螺螄也是葷腥，你家吃齋，買他何用？
（生）我今買他放生。
（淨）呵，你原來買他放生！
（生）畏死貪生物我同，仁心要在纊而充。
（淨）好人，好人！他買物放生，我怎麼害生？從今也吃齋修心，不撿螺了。（作傾介）江湖魚鱉知多少？盡在煙波浩渺中。（下）（生弔場）
【清江引】（占）奴生命薄顏空美，陷在勾欄裏。煙花眾所推，露柳非吾意。恨媽媽將人苦逼勒。
心慌來路遠，事急出家忙。奴家賽芙蓉是也。不幸落在勾欄，虔婆十分凌逼，只得逃出，削髮為尼。芙蓉生在秋江上，莫怨東風

當自嗟。(下)

【前腔】(丑)恨丫頭作怪沒道理,有沽樂無情趣。昨宵逃出門,今早方知識。疾忙行,將他們趕上者。

海枯終見底,人死不知心。自家李媽是也。粉頭賽芙蓉,我待他甚厚,豈知他不肯服這一家,口口聲聲要去為尼,昨晚三更逃出,一路討信,人說從此去了。任他走上夜魔天,足下騰雲須趕上。(下)

【前腔】(旦)仙家清淨超塵世,鉢盂兒為生計。悠悠雲水間,蕩蕩乾坤內,轉身時,便是蟠桃會。

青春辭繡閣,白日守庵門。自家靜覺庵中尼姑是也。今聞傅齋公好善樂施,前去探問。正是:慈悲勝念千聲佛,作惡徒燒萬炷香。(下)

【前腔】(占上走)芙蓉生在秋江上,莫怨東風當自嗟。(丑上趕)從他走上夜魔天,足下騰雲須趕上。(扯占介)(旦上)慈悲勝念千聲佛,作惡徒燒萬炷香。二位娘子,為甚相爭?(見末介)

(生上)自不整衣帽,何須夜夜號。爭甚相鬧?

【半天飛】(丑)潑賤丫頭,提起教人恨怎休。(生)你是甚樣人?(丑)我是個花柳叢中首。(末)緣來是個媽媽。(生)他是你甚人?(丑)他是個胭粉班中偶。(末)緣來是個粉頭。(丑)嗏!他衣食頗優優,好風流不肯風流,有客登門無採無揪。昨夜三更,背地私逃走。老人家趕到此間,有氣上沒氣下了,只得下君子一禮,望借好言勸他回去。禮下於人有所求,禮下於人有所求。

【前腔】(占)淚雨盈眸,說起令人羞上羞。奴本良家後,落在虔婆手。嗏!歎我前世不曾修,恨悠悠。因此上把雲雨情收,撇開花柳,削髮為尼,願把清貧守。幸遇齋公,又逢尼姑,央煩二位勸解媽媽。休得將人作馬牛,休得將人作馬牛。(叠)

(生)這丫頭不必多憂,那媽媽你得放手時須放手。(生問占)你肯真心修行?(占)真意修行了。(生問丑)你原用多少銀子討此丫頭?(丑)一百兩。(生)不打緊要。(向占唱)你果入空門路,我代你將身贖。(丑)你討他做妾?(生)嗏!將他託付這尼姑帶為徒,把素持齋,念佛看經,就結來生福。若問前世因,今生受者是;若問後世因,今生作者是。媽媽若能修行,來生必享富貴,斷不為娼了。我勸你修時你也急急修,我勸你修時你也急急修。

（丑）原來老人家前世不修,今世為娼。咳!

【前腔】（丑）追悔無由,悔殺前生事不周。今世為娼婦,受盡多淩辱。嗏!我今自籌謀自修求,回轉家門,賣了丫頭,收拾盤纏,拜託尼姑,教我念經和咒。齋公在上,這丫頭聽他為尼,財禮都不要了。兒,老人家也來修行了!和你做甚麼冤家結甚麼讐,和你做甚麼冤家結甚麼讐!

（生）如此甚好。

（占）只怕你去又不來了!

（丑）一定就來!

　　（生）今朝此會甚稀奇,（占）情願收心去做尼。
　　（丑）兒,歸把粉頭都賣了,也來同你念阿彌。

十友見佛

末—頭陀　外—活佛　丑、小—十友

（末）一炷清香一卷經,半窗燈火半天星;聲聲玉犬雲中吠,瘦瘦泥牛海底耕。自家釋迦門下小小頭陀便是。我師生於周朝剎利王家,年方十八而得道,遂成西方活佛,道貫天人,古今號為天人師,世世尊信,又號為世尊。所居之地,號為極樂國。怎見極樂?論飲食,有金鉢,有銀鉢,有水晶琉璃鉢,有琥珀珊瑚鉢,百般潔饌充滿其中;欲食則自然見前,不食則自然化去。論衣服,有偏衫,有袈裟,有衲衣,有無垢衣,有忍辱衣,有消瘦衣,有離塵衣,欲穿則隨意而見,不穿則逐情而化。至於宮室,則重重珠玉樓臺,面面琉璃階道,或如雲結於空中,或若山聳於平地,無作而適然形見,有感則自然化生。至於音樂,則惠日照臨,微風徐動,吹諸寶樹成法音,吹諸寶葉成妙樂,累累如貫珠,洋洋其盈耳。又以池流而言:七寶池中，法水轉相灌注；無量波底，天聲自然發生。或作說佛聲、說去聲、說寂寞波羅聲，聲人聞聽；或作無我聲、無異聲、無起滅生息聲，動世招揚。又以花果而言：則有菩提樹，梅松香樹，吉祥果樹，枝枝相向；恒開搆牟頭華，芬陀利華，優鉢羅華，花花相順。夫飲食可樂，衣服尤可樂；宮室可樂，音樂尤可樂。至於池塘花果樂，尚不殊極樂之名，豈為虛譽？但國之可樂在物，所以能樂在人，此君子不務外而惟務內，求諸己而不求諸人也。道有未了，我師請上。

【紅衲襖】（外上）太虛中，寄此生；太空中，幻此形。毫光普照無遮境，妙覺渾忘大小乘。相從者，皆是向善人；相和者，皆是念佛聲。真個是國專極樂無邊也，幾萬乾坤幾萬春。

極樂西方境妙哉，菩提世界寶樓臺。可憐塵世亡羊者，盡力相拋不肯來。自家牟尼是也，與李老聃、孔仲尼並列三教。仲尼為儒家之師，老聃為道家之祖，吾乃釋家所宗，嘉封釋迦佛，又稱娑曩喃。凡有皈依，不問其未發願已發願今發願，普施教誘，是之謂無量僧無量法無量佛。今有張佑大等，觀音點化，來此皈依，頭陀伺候。

【卜算子先】（小）一路受波查，喜到西天境。
【卜算子後】（丑）梵王宮殿異凡塵，使我彈冠相慶。
（小）兄弟，來到此間，景物非常，果為極樂之國，不免整頓衣冠，向前參拜。（見介）
（小）小生張佑大、李純元等兄弟十人，同心參謁。
（外）爾等同心參佛，須知佛不外心，蓋佛佛唯心，而心心即佛。諸善士果能息念澄神，回光返照，罪消塵劫，分明只在目前。福等沙河，竟究不居心外。
（小）承教承教。

【桂枝香】（外）牟尼垂訓，頭陀須聽。要知平地一簣，終可成山九仞。向奇闍窟裏，向奇闍窟裏，悟空入定，明心見性。（合）到功深，蒲團坐破千峰月，信手推開六合雲。
（小、丑）承師尊命，此生何幸。猶如拭去埃塵，還我一輪明鏡，向奇闍窟裏，向奇闍窟裏，互相戒儆，各求清淨。（合前）

（外）徒弟，為此十人披剃，以恭聰明從睿肅義哲謀聖，編其法名。

（末）理會得。張佑大號法恭，李純元號法聰，其餘兄弟以次而號。（衆謝介）

（外）二乘四諦無非道，萬法千門只一心。

（小）十子從今皈一法，奇闍窟裏共修真。

司命議事

外—竈司　丑—土地　末—社公

【一剪梅】（外）南方火德顯靈威，見卽書之，聞卽書之。每逢晦日上天墀，善也宣披，惡也宣披。

世上誰能斷火煙，火煙起處竈司專。人間善惡詳詳記，晦日數陳玉帝前。自家乃是傳家東厨司命竈君是也。獨掌陽權，列於七政之表；廣敷火德，附於五祀之中。人莫不飲食也，卽飲食而察人間之善惡；人莫不饑渴也，因饑渴而識人心之存亡。善男信女，但無獲罪於天，集福消災，何用寧媚於奧。今有劉氏，不敬神明，故違誓願，惡孽多端，難以掩護。已曾分付童子，邀同土地社令，商議此事，想必來也。

【前腔】（丑）門宮土地職雖卑，言也先知，行也先知。（末）春秋社令地之祇，好也難欺，歹也難欺。

土地靈君，今蒙司命相招，諒必有何話說，不免入去。（見介）

（外）劉氏故違誓願，三官不敬，五葷盡開，惡孽多端！

（丑）犧牲骨頭，埋在花園之內。

【三學士】（外）我東厨司命掌家炊，凡事我宜遮庇。奈何阿母行無忌，恐冒天威不敢違。（合）今同列聖商量取，須奏上玉皇知。

【前腔】（末）歎世人作事不思疑，縱人欲那存天理！豈知天性非嚴急，記性牢牢小不遺。（合前）

【前腔】（丑）劉青提事不堪提，提着令人怒起。他的罪過，南

山竹罄書難紀，東海波乾惡尚遺。（合前）

【尾】（衆）神靈意見皆如此。穢惡昭彰只自欺，船到江心補漏遲。

（末）劉氏惡昭彰，（外）吾當奏玉皇。

（丑）好花連夜雨，（合）嫩草一朝霜。（丑、末下）

（外）手下，可拿玉簡過來，就此騰雲奏上玉皇。（行雲）金殿當頭虎豹重，仙人掌上玉芙蓉。太平天子朝元日，五色雲車駕六龍。

【鬭鵪鶉】月色將沈，星光漸隱，天街人靜，玉宇無塵。瀼瀼珠露，冉冉金輪。遙望着扶桑上掛影，海島上高升，我戰戰兢兢，把衣冠整頓。

【紫花兒序】伺候着開了天門，我直造天庭。冒干天聽，將劉氏滔天之罪，向天闕披宣。求遣天臣，恭行天罰，使那逆天之婦知有天刑。下天牢三拷六問，問伊是不知天命，瞞昧天心。（進朝）

【金蕉葉】忽聽得靜天鞭響了一聲，衆天臣鞠躬而進。齊呼着"聖壽聖壽"，天階下舞蹈揚塵。（內云）有事者奏，無事者退班。（外）微臣有短表，微臣有短表，冒奏天庭。

【調笑令】臣本是東厨司命神，蒙聖恩進微臣祿位，授火德星君。帶同家屬臨凡境，凡間事靡不知聞，是和非尤難欺隱。臣今奏為只為傅羅卜娘親。

（內云）他娘親姓甚名誰？

【小桃紅】（外）劉氏青提卽四真。呀！願持齋永不開葷。他又故違誓願，殺害犧牲，拆橋梁害及生靈，毀齋房燒死僧人，殺犬做饅頭故把齋僧。犧牲鏤骨埋在花陰，土地原呈可證。這都是欺瞞天地，褻瀆神明。臣無任瞻天仰聖，謹奉表稱奏以聞。

（小）玉旨已到，聽宣讀：玉帝詔曰：朕自統理天人政，每敷存仁恕。今爾司命所奏，劉氏故違誓願，卽敕酆都閻羅查勘，一如誓詞，無得輕縱。欽哉謝恩！

（外）聖壽聖壽！（見介）

（小）請珮玉旨。

（外）劉氏夢中人，昏迷醉不醒。

閻君查考出，懺悔也無門。

閻羅接旨

末—判官　丑—小鬼　淨—閻王　外—竈司

（末、丑上）人心纔起鬼先知，更有青天不可欺。善惡到頭終有報，只爭來早與來遲。咱們判官小鬼是也。閻君升殿，在此伺候。

（淨上）掌理天曹是玉皇，人間敷治賴君王。天人兩下皆兼理，地府閻羅獨主張。自家職居五殿，統理三才，生殺雖居於掌握，是非原繫於人為。天上人間，關節盡知。不到情真罪當，鐵臉其實無私。道猶未了，適聞玉皇有旨，鬼使伺候！

【皂羅袍】（外上）敬捧着玉皇敕旨，駕祥雲飛到陰司。閻君殿下說因依，行查劉氏須真實。（合）人間私語，天聞若雷。對天罰願，伊何故違？欺心瞞不過天和地。

玉旨已到，跪聽宣讀！（讀前玉旨介）

（淨）聖壽！聖壽！（安介）

【前腔】（淨）承天使天書頒示，便詳查劉氏青提。陽間壽滿正當歸，急差公作休遲滯。（合前）

公差，可領文去，竟往王舍城城隍位下投落。

（丑）理會得。

（外）敬捧天書告地祇，（淨）詳查劉氏行多虧。

（外）勸君休做虧心事，（淨）黑臉閻王放過誰！

公作行路
丑、小—鬼使

閻王注定三更死，定不留人到五更。自家承閻君嚴命，拿捉劉氏，已到城隍殿下掛了號來，就此趲行便了。

【四邊靜】（丑）閻羅天子差公作，拿了麻繩與鐵索。竟往傅家門，將劉氏真魂鎖。（合）教他無門可躲，有錢難脫。奉勸世間人，為善莫為惡。

（小）世人事事施奸巧，只說陰司那知道。豈知陽世有凶人，陰司有凶報。（合前）

（丑）神鬼無形無聲，（小）世人不見不聞。
（丑）須知惡有惡報，（合）切莫使心用心。

花園捉魂

末—益利　夫—劉氏　生—羅卜　丑、小—鬼使

【夜行船】（末）裊裊香煙滿畫堂，睏人天氣日初長。鶯燕交啼，葵榴爭放，感時無限悲傷。

彩鳳文凰一樣心，陰陽唱和似鳴琴。可堪鳳去凰心易，鳴蟲雌雞報曉音。老員外、老安人同德同心，立誓吃齋，不幸員外喪後，安人開了五葷，今到三官堂內，拂拭塵埃則個。

【江頭金桂】我則見堂空人靜。爇沈檀散彩雲，把三官金容拂拭，再將水灑埃塵，把這庭除都掃淨。（作添油介）碧琉璃四座光生，真個是清虛佛境。（夫上聽介）常言道：為人在世，須要滅却心頭火，剔起佛前燈。老安人呵，事事都憑他火性，違却誓詞不省。遣了小官人離家，背地裏開葷，殺生害命。三官菩薩，若不是我早回程，琉璃依舊無光彩，夜夜雕梁月自明。

這些事情，小官人不言，怎奈傍人盡皆談說。安人，安人，正是好事不出門——

（夫）咄！有甚惡事傳千里？（末跪介）
（夫）老奴才可惱。孩兒何在？

【前腔】（生上）隔牆猶有耳，窗外豈無人？娘親為何焦躁？

（夫）這老奴才背地裏妄生議論。（末）不敢。（生）他道甚事來？（夫）他道我惟憑火性行，又道是背地開葷，殺生害命，全沒個

尊卑之分。老畜生，養猫以捕鼠，不可以無鼠而養不捕之猫；蓄犬以防賊，不可以無賊而蓄不吠之犬。不捕猶可也，不捕鼠而捕鷄則甚矣！不吠猶可也，不吠賊而吠主則甚矣！今者僧道異類之徒，聖人比之為禽獸，你不知攻彼之非，而反道我之過，正是捕鷄的猫、吠主的犬了！豈不是負了東人養育恩！畜生！養伊來則甚？兒，休聽他細人離間，把母子天親，翻作區區陌路人。（生）不敢。（夫）拿家法過來！你與我把惡奴戒懲。（又）使他自今戒警，庶家庭是非內外言無紊，貴賤卑尊分自明。

【孝順歌】（生）兒頓首，望慈親息怒嗔。念益利老奴言語昏。他干冒罪當懲，兒哀求望容忍。自古道：尺霧障天，不虧於大；寸雲點日，何損於明。娘，你便是個日，你便是個天。益利的胡言，正是尺霧寸雲，於天日何損！小人之言，善不足喜，惡不足怒。須是寬解愁懷，不須憂悶。（夫）不忠之徒，不可容他！（生）（合）容他改却前非，再圖忠藎。（又）

【前腔】（末）老奴婢，年昏耄，語浪聞，天威干犯當罪刑。（夫）你知罪否？（末）知罪了。安人滄海量，寬宏仁，天賜憐憫，憐憫我老奴癡蠢。而今叩首在階前，望安人消忿。（合前）

（夫）我曉得了。你二人都是一套，背地閒言把我非，我何曾作事有差池？此情自有天知道，竟往花園立誓詞。（並弔場）

（丑、小）雀啄常四顧，燕寢無疑心；量大福亦大，機深禍亦深。我們奉閻君號令，城隍老爹臺前掛號，拿捉劉氏真魂見他。香火社令皆道：其子家中奉佛，難以拘拿。他今到此花園之內，聽咱去拿。道猶未了，遠遠望見劉氏來也。金風未動蟬先覺，斷送無常死不知。（作躲介）

【紅衲襖】（夫）到花園使人愁悶縈，見花容使人慚愧增。老員外當時築此花臺呵，止望夫妻百歲同歡慶，今日裏鳳去臺空煙霧凝。養孤兒費盡了父母心。兒，休聽讒言。古人云，讒言謹勿聽，聽之禍殃結。君聽臣當誅，父聽子當決。夫妻聽之疏，朋友聽之別。堂堂七尺軀，休聽三寸舌。舌上有龍泉，殺人不見血。兒那！休得要聽讒言離間了骨肉情。對葵花欲訴衷腸也。葵花，葵花！

空有丹心向日傾。(內放火出介)

(生、末)咳嗏！火焰騰騰,地皮裂開；火坑之內,盡是犧牲體骨,見之令人寒心。

【前腔】(生唱)赤烈烈火焰騰,白岩岩骨滿坑。是何人殺害犧牲命！因何事傷殘鵝鴨羣？將白骨藏入地腹深。豈知道上有青天自鑒臨,似這等欲蓋彌彰也,何不當初莫用心！

【前腔】(夫)是何人蛇蝎心,是何人鬼魅行！殺生害命情難隱,白骨埋藏在花樹陰。見着他使人心戰驚,說起他使人心不平。兒疑是老娘呵？(生)不敢。(夫)老娘受屈含冤也,死在黃泉目不瞑。

(怒介)孩兒疑心終不解,益利屈話更難禁；只得撮土為香深深拜,拜告九天聽誓盟。上有青天,下有黃泉,日月三官聽我言：劉氏青提若還背子開葷,又將白骨埋在此間呵,七孔皆流鮮血死,重重地獄受災愆。

(生、末驚)娘親為何一時昏憒？(旦先扮夫一樣服色躲夫坐下)(至此丑、小鎖旦扯介下)(夫自打介)

(生)娘親一時昏憒。

(末)嗏,安人眼中口中耳中鼻中,一齊流血,怎生是好？

【一江風】(生)娘為甚的自顛跌,七孔流鮮血？嚇得我心驚怯。(末)看他眼唇斜,齒定無言,手足寒如鐵。(合)這災來不可遮。(叠)痛得肝腸裂。娘,娘！叫得我咽喉噎。

(末)老安人蘇醒！

(夫)員外！

(生、末)謝天地！

【前腔】(夫)自傷嗟,是老娘作事多差迭,悔不聽嬌兒說。(生)娘親憒去,可見甚的？(夫)兒,見伊爹。(生)見爹爹可說甚話？(夫)怪老娘作事差池,地獄裏遭磨折。我扯住叫他救我,被你叫醒,就不見了。可憐夫共妻,恍惚裏成離別,空使我心痛似鋼刀切。

(生)益利,我扶安人回家,你可急去尋個醫人,前來醫治則個。

（夫）好悶人也！

（生）病裏莫生嗔，寬心保自身。（下）

（末）藥醫不死病，佛化有緣人。（下）

請醫救母

淨—醫人　丑—徒弟　末—益利　生—羅卜　夫—劉氏

【窣地錦襠】（淨駝醫上）天生一點活人星，親受神農一卷經。龍因點眼奮滄溟，虎為鍼牙到杏林。

神農去世遠，華佗不復作。百里無良醫，十病九溝壑。我生背雖駝，心頗明醫藥。陰騭滿乾坤，人稱駝扁鵲。自家頗通醫學，四方請者甚多，徒弟從者又衆，今喜清閒，不免喚過徒弟，將《難經》、《素問》、《脈訣》等書講論一番。正是：學問勤乃有，不勤腹空虛。徒弟哪有？

【前腔】（丑）我家師父是郎中，宰相濟人功一同。坐令四海沒疲癃，能補乾坤造化工。（見介）

（丑）師父，四方盡仰杏林風，百里咸沾橘井功。

（淨）徒弟，但願世人無病痛，休誇吾藥有靈通。

（丑）師父，說便是這等說，昨日街坊上過，師父前行，小徒後跟，幾個輕薄後生背地裏鼓舌搖唇，他們做個口號，分明嘲着師尊。

（淨）他怎麼說？

（丑）他道俯非觀地理，仰莫見天文，背駝醫不得，如何醫別人？我就回他一首。

（淨）你怎麼回？

（丑）我說我家師父有德纔盎背，你無學莫談文；駝子醫得直，只怕苦了人。

（淨）好，好！強將手下無弱兵。（末上聽介）

（丑）還有一件。嘗聞孔子云："人之生也直"；孟子云："不直則道不見。"今師尊欲行醫道於天下，不能直躬而行，則外不能以起人之生，内不可以見己之道，如之何則可？

（淨）呀！亂說，亂說！人之生也直，自其稟性而言。我身雖不直，心之直也，可以參乎天地。不直則道不見，自其行道而言。我形雖不直，道之直也，可以贊乎造化。世上之人，身之直者雖多，心之直者絕少。為人臣者阿諛以事其君，曲也，非直也；為人子者阿諛以事其父，曲也，非直也。至於兄弟朋友，莫不皆然。是世人形直而心曲，爭如我背駝而心直！故證父攘羊，事直而其心不直；竊負而逃，背駝而直在其中。徒弟，今後觀人當觀其心。故曰莫信直中直，須防人不仁。

（丑）承教承教！但古人論求財者，寧向直中取，不可曲中求。我家師父取錢，但可曲中取，難向直中求。

（淨）又是曲解《金剛經》。

（末）徒弟休強辯，先生話頗真。

（丑）怎見得？

（末）豈不聞山中有直樹，世上無直人？（笑介）

（淨）益利哥，到此貴幹？

（末）安人一病，十分蹊蹺，特請先生去為療理。

（淨）適間張家有請，明日來罷。

（末）猶如大旱之望雲霓。

（淨）既然如此，先到府上，再到張家。（行介）

（末）醫者已到，東人請上。

【霜天曉角】（生）萱親染疾，未審凶和吉。有緣除是遇良醫，庶幾可濟。（見敘事介）（生扶夫上）

（夫）禍從天墜，七孔裏血流不止。當初是我差池，今日裏悔之晚矣！（診脈介）

（淨）老安人請便。（夫下）

（生）老母病體何如？

【蠻牌令】（淨）若詢這病體，此病甚蹊蹺。（生）老人家敢是精神疲憊，血氣衰微？（淨）也不是精神憊，也不是血氣衰。（生）敢是食少事煩，以成憂抑？（淨）也不是事煩，食少成憂抑。好一似冤尤取,好一似債鬼迷。(生)望先生盡心醫治,卑人重謝。(淨)古語云:妙藥難醫冤債病,正是令堂;橫財不富命窮人,就是在下了。(合)縱遇神仙也難醫治。

(生)怎生是好?

【前腔】(淨)休得垂雙淚,休得皺雙眉;休得氣長吁,休得心如醉。藥乃草根樹皮,只能醫人之身,不能醫人之心。須是拜告天和地,懺悔罪和非,天地垂憐,災方可退。(合前)

(生)還望先生賜一妙劑。

(淨)既然如此,老夫回到小店,就令小徒送來。

(生)懸望懸望。

(淨)駝先生說話頗直, 賢東道須是三思。

(生)幾文錢望賜收下,(合)三折肱是為良醫。(淨下)

(生)先生道母親之疾有藥難治,教我代為懺悔。適見玉兔東昇,不免焚香拜告天地。(介)養兒防老意何如?積穀防饑在此時。一炷心香燒月下,願將身代母災危。

【征胡兵】丹崖雲斂冰輪上,青天鑒臨。只因母病沈沈,憂心耿耿,心香滿斗焚。天!願以身代母災危,望天、天垂應。天地拜告已了,不免拜告三官則個。(行介)

【羅帳裏坐】三官明聖,聽臣拜稟:這炷香呵,為老娘病在膏肓,藥難對症。伏乞容身代,母病可興。(合)來如風雨去如塵,感謝龍天不盡。

(末)既取非常藥,難防不測憂。告東人,老安人已歸大夢了。

(生)怎麼?(末又說介)(生急行介)(哭介)娘,娘!孩兒禱告天神,求以身代母病,奈何一息不來,千秋永訣!兀的不是痛殺我也!(憯介)

(末)東人甦醒!(介)

【玉交枝】(生)肝腸痛碎,閃得我魂無所倚。可憐見七孔血淋灘。多因是我不孝相連累,鋼刀寸寸裂肝脾,長江滾滾流珠淚。(合)此恨綿綿,何時是盡期?

(末)百年母子,霎時間頓成拋棄。今當廣召僧尼,大設度亡齋

七,使他脫離地網莫相羈,超昇天府逍遥内。(合前)

【尾聲】(合)酸風一陣從天至。恍惚裏萱花殞地。地慘天昏總是悲。

城 隍 起 解

末—城隍　生—手下　丑—鬼使
夫—劉氏　淨、小、旦—犯人

【北點絳唇】(末)天地無私,神靈有職把陰陽理。陽世差池,陰司裏難逃避。

山川處處有神靈,體察人間仁不仁。處事惟憑三尺法,加人不用半毫心。自家城隍是也。統理陰陽,兼司人鬼。但有來者至此掛號,左右何在?

(生)一聲呼喚來堂上,兩脚奔忙到案前。(見介)

(末)但有投文掛號,引他入來。

(生)理會得。(丑帶夫、淨、小、旦上)

(淨)人心似鐵非為鐵,

(夫)官法如爐果是爐。

(小)奉勸世人須儆戒,

(旦)陽間作事莫糊塗。

(丑)城隍老爺殿下,各人須要仔細。(報介)(進介)

(丑)批文伏乞照驗。

(末看云)一名偷盜鐘鼓犯人林刁。

(夫)有!

(末)一名違誓開葷犯婦劉氏。

(夫)有!

(末)一名不守清規淫尼靜虛。

(旦)有!

(末)一名奸宿尼姑和尚本無。

（小）有！

（末）爾等都是不敬鬼神，所以至此！

（淨）爺爺，非干小的不敬鬼神，不知鬼神住在哪裏？

（末）天曹之神住在天宮，地府之神住在地下。但人在塵中不見塵，鬼在地下不見地。地下之鬼，何處無之？你徒據陳談，以鬼神為不足信，哪知二帝三王敬天以勤民，周公孔子，制祭以報本，正以鬼神德盛故也。

【念奴嬌序】（末）論鬼神德盛，聖人制禮，使齋明盛服欽承。只見他著顯洋洋，流動處，如在其上，如在其左右，昭昭充滿乾坤。推本，天施地生，故郊社以事上帝；祖功宗德，故禘嘗以祀其先。郊社兼修，禘嘗迭舉，享親享帝豈無因。你緣何偏云不信？（淨）爺爺，小人有過，伏乞筆下超生。（合）（末）到而今，正是江心補漏，說甚麼筆下超生！

（夫）爺爺，劉氏在生持齋敬神。

【前腔】（末）堪哂。你持心不定，立誓持齋，空為話柄。纔喪夫君，便開葷殺害了許多性命。那更，違誓開葷，又到花園立誓。昧己瞞心，指天畫地，使神明聞聽怒生嗔。（合前）

（旦）小尼伏乞超生。

（小）和尚伏乞超生。

【前腔】（末）詳審。你為尼不守清規，你為僧不遵佛行。都背師逃走下山門。恣荒淫，全不怕神明照證。試問，南海觀音，西天活佛，一個王家之女，一個王家之子，他能甘清淨、絕塵心、成佛果，萬古揚名。（合前）

各人盡招。（打介）

【醉太平】（淨）容稟，小人追省。從今後尊信天地神靈，守口如瓶，不敢妄言非聖。（夫）垂聽。悔當初背子開葷，悔當初誓詞不謹。望發慈仁，廣開天赦，超奴身命。

（小）憐憫。卑人愚蠢，待來生將佛教遵行，把神司欽敬。（旦）奴今醉夢纔醒，悔當初不遵清訓。（衆）伏望筆下超生。（疊）（末）伊等，都是自家栽定了禍芽根。到今日，只落得自作自當，自招自認。供卷完成，手下，將他們解入酆都，重重拷問。

這林刁解到鬼門關，打入地獄，這和尚尼姑解到變成大王殿下，和尚變為禿驢，尼姑變作母猪。這劉氏他自家罰定誓願，重重地獄受災愆，解入地獄重重受苦。

【餘文】（末、丑）昭昭天道明如鏡，悉照你生前事發行。（衆）悔殺在陽間不敬神。

（丑）劉氏林刁不敬神，尼姑和尚競荒淫。

（衆）一齊解入酆都去，地獄重重受苦辛。

劉氏回煞

生—羅卜　小、淨—鬼使　丑—門神　夫—劉氏

【菊花新引】（生）哀哀苦母喪幽冥，空仰天邊皓月明。月照影隨身，月落後身孤無影。

一夜霜風起北堂，萱花零落最堪傷。香魂渺渺知何處？愁苦茫茫塞大荒。不幸雙親連喪，今在母親靈位前獨坐。夜沈沈，孤燈耿，寸心惟憑香一炷，報答父娘恩。

【香羅帶】思量父母恩，天高海深。方期盡我寸草心，報答我椿萱，罔極深恩也。誰知道遽喪了我靈椿！萱花冷落桑榆景，誰知道又凋零！苦！這的是樹欲靜時風不靜，子欲養時呵，奈我親不存。

【前腔】欲養親不存，此恨怎禁！聞道是靈椿一萬六千春，又道是萱草可以忘憂也。天！何獨我椿萱，不得享遐齡，這燭銷焰短流淚頻。燭，好似我苦痛心疼也。只落得千行珠淚傾。呵！而今思想起來，今乃老娘回煞之日，不免將灰鋪在地上，以驗到否。（作鋪灰介）地灰如雪白，清夜似年長；願我娘昭鑒，歸來走一場。（生坐作寐介）（小、淨鎖夫上）

【寸寸好】（夫）自歸陰府多驚恐，生世成何用！我在陽世，嘗聞得萬事轉頭空，今日到此，悟得原在陽世呵，雖未轉頭時，也都是一場春夢。奉勸世間人，早把阿彌誦。

【前腔】(小)世人作事多昏懵,不肯把彌陀奉。豈知道人鬼理皆同,生死衙門,都是一般相統。惟我鬼神之道,昭如日星,是以周公孔子,制為祀典。使人萬世共尊崇。如無鬼神,周孔聖人,忍把人愚弄?

(夫)長官,望容老身回家一行。

(小)只怕門神不肯。

(淨)大哥,我們同去,怕甚門神!(行介)

(夫)苦!一路人家依舊在,天!可憐我獨不相容。

(丑扮門神上)兩儀闔闢由咱掌,萬種妖氛莫我侵。吾乃傅家門神神荼、鬱壘是也。(見介)來者是何鬼魅?

(夫)老身劉氏四真,伏望門神開放。

(丑)哎!豈不聞佛語云:生從大門入,死從大門出。你從大門出了,豈肯放你再入!況近來家鬼反取家人。決不開門!

(夫)老身今日乃是回煞之辰,伏望開門。

(小)喏,回煞一事,乃神司慈悲之念,哀憐死者,容他一行,有何不可?

(丑)如今世上訛傳,謂之雌雄破射煞,或東或西,必要傷人;有高有下,一定害物。不思有生有死,人道之常。安有一人回煞,又傷數人?陽世訛傳,所以不開門也。

(夫)老身記得俗語云:門神門神,顯顯威靈;一年一換,好做人情。

(丑)呀!此乃陽世清官不聽人情,故那說人情的,借我門神以為譏諷。可見陽間知我門神不順人情了。今日豈肯順情!

(淨)啐!要你開門!

(丑)喏,你雖閻君所差,吾乃上帝所敕,各有職守,定是不開!

(淨)定要你開!(鬥介)(淨敗走介)

(小)他既不肯,我們呼動業風,使他乘風而起,望空而下,見他兒子,有何不可?

(夫)多謝!多謝!(呼風介)

(小)風從草裏生,吹送亡魂起。(行介)從此屋漏之中下去。(到介)喜得你兒子睡着,你可看去!

【山坡羊】(夫)到家庭看不盡我一生手跡,見嬌兒揾不住我兩行珠淚。兒,娘來看你,休得着驚。悔當初不聽、不聽嬌兒語,到今朝解入、解入酆都地。苦痛悲,我的夫、我的兒,奴今悔是遲。這回見你使我多增愧。兒,我今撇却家庭也,知道何時得再回?(合)孤恓,痛斷肝腸裂碎脾。須知,若要相逢,除非是夢裏。

撇不下嬌兒遠去,叮嚀我嬌兒牢記。兒,你正好看經念佛,你正好齋僧佈施。你須是保重你的身體,你須是為老娘做個超生計。(內做雞叫介)聽金雞咿咿喔喔啼。(淨)天將曉了,急急去也!(夫)苦無奈,這公差催逼,催逼我相拋棄。兒,我從今一上冥途也,一路裏淒涼説與誰!(合前)

(小)金雞叫破五更期,去色匆匆不可遲。一陣天風從地起,騰空飛出舊庭幃。(下)

【紅衲襖帶山坡羊】(生)娘,娘!夢兒裏分明見我娘,口兒裏慇懃為我講。我見老娘猶如在生。我則道北堂百歲能終養,又誰知却只是南柯夢一場。呵,雖是一夢,乃是老娘回煞之期,不免秉燭一看。罷了!地灰上分明有跡可詳。這一路來,這一路去,娘,畫堂中分明是你來又往。(合)悲傷,一度思量一斷腸;恓惶,珠淚千行更萬行。

恨金雞,五更頭叫甚忙?逼慈烏,兩分飛去甚慌。娘!我這裏一場痛哭空思想,你那裏一路孤恓苦怎當?恨悠悠並着天地長。娘,夢裏分明見面,醒來依舊無蹤,靜悄悄只見星月朗。(合前)(又雞叫介)

【餘文】銀河影落金雞唱,鐵馬聲嘶玉露瀼。娘,我口兒裏念,心兒裏想,無由得見我親娘。明日裏畫取真容萬古揚。(下)

過金錢山

丑、小—鬼使　夫—劉氏　二旦—鐘、玉女
　　　外—善人　淨—善女

【水底魚兒】(丑、小)潑賤裙釵,今當受苦災。如何強項,拖也拖不來。
　　（夫）哀告公差，非奴敢打獸。容奴買命，將奴且放回。
　　（丑、小）陽世人伢，癡心只愛財；陰司網密，有錢買不開。
　　（夫）非敢推捱，奴情有可哀。（丑、小）可哀可哀，哪個叫你開齋？（夫）望行方便，容奴再吃齋。
　　（丑）你倒好緩心性兒！世上來到世下，還放你去吃齋哩！
　　（夫）奴有幾文錢送長官，望乞收下。
　　（丑）陰司錢積成山，罕稀你這幾文錢？
　　（夫）既有錢山，望引一看。（行介）
　　（丑）你看這是金錢山，這是銀錢山，這是破錢山。
　　（夫）敢問長官，為何有此三山之別？
　　（丑）一下打者為金錢，二下打者為銀錢，打不成燒不過者為破錢。
　　（夫）錢用紙打，陽間至賤之物，陰司以為金錢、銀錢，何其陰陽異地，貴賤懸殊！況紙製自蔡倫，不識無紙之先，鬼用何物？
　　（小）鬼神之道，千變萬化，感應之機，在人一心。人有敬神之心，則紙憑火化，錢逐心成也。
　　（夫）既錢逐心成，為何不用，又積成山？
　　（小）夫錢者，前也。有則可向人前，無則便落人後。此古人命名之意也。錢以一金而峙二戈，纔有金之為利，便有戈之為害。此古人製字之義也。世上之人，不能解此意義，得一文錢便要施張，百般運用。陰司之內，清淨無為，所以積成此山。
　　（夫）世上之人，只愁無錢可用，安得有錢不用？
　　（小）有錢必用，人情之常。然錢神之論，亦深可想。故誌公和尚囑錢有云：黃金與白銀，聽我囑咐話：若是有緣者，到他家裏坐；若是無緣者，在他手中過；若還苦苦不放，你出門與他一場禍。
　　（夫）言之有理。這三條大路有何分別？
　　（小）上等好善之人，從金錢山過；中等為善之人，從銀錢山過；生前雖是貧寒，從此有錢受用。下等為惡之人，從破錢山過。生前雖則富貴，到此有錢不得受用了。急急趕行。（介）

【泣顏回】（夫）路入破錢山，頓教人愁恨漫漫。我陽間功幹，齋僧道賑濟了多少貧寒？豈知道陰司文案紀人短，將人長處皆刪。金銀山路不容行，破錢山受盡多艱。

（小、丑）你對天罰誓兩三番，正當謹守，不可踰閑。却緣何行無忌憚？與前言渺不相關。咱神明昭鑒，伊今當受這摧殘。自古道：人心似鐵，官法如爐。陽間且然，況我陰司！方知是官法如爐，方信是天眼難瞞。

（夫）天眼雖是難瞞，望長官回天之力將就將就。

（丑）天不可瞞，法不可賣，惡不可長，路不容更。急行急行！（扯介）

【古輪臺】（夫）罷了！石巉巉，陰風慘慘水潺潺。寒雲陣陣鴉聲亂，曲曲彎彎，水水山山，受盡了幾多磨難！天！老身今日到此，有誰憐念呵！我舉目瀟瀟，令人愁歎。（小、丑）你故違誓願不羞慚，口腹貪饞，惡業造來無算。你纔立誓吃齋，又故違誓開葷；你既埋了骨頭，又到花園立誓，許多勾當，使人紀載心煩，見之心怒，人情已極，天理亦何堪！小人閒居為不善，無所不至，但君子以正法眼觀，灼見你肺和肝。從今去，不但破錢山下受苦而已，只教你一路淚難乾！

【尾聲】（夫）歎破錢山路多崎棧。（小、丑）只為你惡孽千端與萬端。（夫）這路難行，怎生是好？（小、丑合）休歎今朝行路難。（下）

【傍妝臺】（二旦）執幢幡，引善人到此恣遊觀。（敘事白同前）銀山有路超陰府，金山有路透天關，破錢山下羊腸路，作惡人行去不還。陽世為惡之人，從破錢山下過去，受了幾多苦楚，幾多羞恥！列位為善之人，皆從金錢山、銀錢山一路遊觀，享了幾多快樂、幾多榮耀！（合）榮和辱辨此間，勸世人睜起你那眼來看。

（外、淨）樂盤桓，芬芳善類似芝蘭。金山遊到銀山下，歎惡人難過破錢山。俺這裏欣欣喜喜登天易，他那裏哭哭啼啼行路難。（合前）

羅卜描容

生—羅卜

【胡搗練】（生）愁脈脈，恨茫茫，長在眉頭與心上。掃開愁恨將眉放，又聚成心上恓惶。

終夜無眠到五更，淚珠滴盡漏聲頻。堂前不見萱花影，衣上空瞻舊綫痕。不幸雙親連喪，今奉母親喪柩，暫厝父親墳傍，待揀良年吉日合葬於此，子之願也。但老娘生前不信神明，死後恐墜地獄，我今在此，晝則禮佛看經，懺悔母親罪過；夜則寢苫枕塊，少伸人子私情。風聲鶴唳，如聞歎息之聲；月夕花朝，空想儀容莫見。欲待畫取老娘真容，朝夕侍奉，不免取出文房四寶過來。

【西江月】紙好峙君如玉潔，筆管城子似刀鋒。硯石卿侯出，切磋中。墨公子，烏衣名重。　假爾文房四寶，寫吾慈母真容。瀟瀟風水恨無窮，從此少紓哀慟。

【新水令】一從慈母夢黃粱，歎伶仃悄無瞻仰。孤兒在此廬墓之所，每日裏寒雲迷峻岇，每夜裏冷月照空堂。老娘呵，拜告無方，因此上摹寫着真容像。

【胡十八】想真容情慘傷。要畫老娘真容，如見老娘容貌，恍惚似你見於前、臨於上，心兒裏無限思量。我思古人，高宗夢寐之間得見傳說，畫將出來，尚且無差。今孩兒畫我老娘真容，怎麽意中了了，筆下難傳？我省得了，古云繪事後素，先畫出骨格，再加以文彩方是。娘，先畫出你貌端莊，先畫出你貌端莊，畫出你神清爽，畫出你兩鬢如霜，畫出你喜欣時兩朵眉兒放，畫出你一身端肅衣妝。

我思天下畫工，花可畫也，不能畫其馨；月可畫也，不能畫其明；水可畫也，不能畫其聲；人可畫也，不能畫其情。

【慶東原】娘，徒畫得面貌與衣裳。老娘養育孩兒，懷躭十月，乳哺三年，而今畫在那厢，畫不出你養子劬勞艱辛形狀，畫不出你性天慈厚心地溫良,畫不出你一生來許多的賢淑行藏。畫喏,只畫得你髮颼颼老景瀟疎,與那臨終模樣。

古人父母死後,思念不已,也曾有之。

【沈醉東風】想丁蘭刻木為爹娘。丁蘭雖能刻木,奈樹欲靜而風不止,子欲養而親不待了。想皋魚感風木悲傷。皋魚風木之悲,徒遺於父母之死後,孰若菽水之歡,少盡於父母之生前!倒不如孟宗的哭竹,蔡順的分桑,閔損的推車,伯俞的泣杖。更有個懷橘的是陸績,扇枕的是黃香,負米的是子路,臥冰的是王祥。這都是這都是生前孝養兒郎,愧孩兒皆未之能,對丹青空懷悒怏。

我思天下之人,同此生即同此形,豈無相貌之相同?但容貌似我老娘,哪有我老娘這樣賢淑德性呵!

【雁兒落】那九尺交非九尺湯,重瞳舜豈重瞳項。人有貴賤,不嫌於貌之相同。孔仲尼貌同那陽虎,陽虎人不善而貌善,殆無足取。但貌本善而畫之不善者,深為可嗟。恨只恨毛延壽描壞了王嬙。

真容寫完,不免掛在堂上,拜告老娘一番則個。

【得勝令】把真容高掛在中堂,寶爐內焚着一炷名香。娘,自從那日分張,孩兒那日不想,那夕不念!想儀容夙夜徬徨。今假文房四寶,畫出老娘真容,掛在堂上,猶如老娘再生了!喜今朝再覯容光。娘,望你靈魂早降。孩兒見我老娘,不勝之喜,為何掉下淚來,不勝之悲?容孩兒含了哀,搵了淚,含哀拭淚,置奠陳觴。

孩兒進酒在案上,望老娘畧飲一杯。

【攬箏琶】進酒卮不見你親嘗。孩兒奠饌在案上,望老娘略起一匙。奠疏食不見你親來享。娘,娘,往日孩兒聲叫,老娘聲應,今日為甚的任孩兒叫了你千聲萬聲,任孩兒叫了你千聲萬聲。娘,你半聲兒不應,好教我痛殺殺寸寸兒碎碎的裂斷肝腸,痛殺殺寸寸兒碎碎的裂斷肝腸。(跪案前介)娘,痛殺你在生時兒不曾學得返哺慈烏,到今日娘死後空做個跪乳的羝羊。報不得養育恩天高地廣,訴不盡衷腸悶地久天長。好教我滴溜溜搵不住珠淚千行。

【煞尾】聽慈烏啞啞淒涼。慈烏,你這等斷腸聲,偏向我斷腸人叫,好教人越添惆恨!這慈烏叫得可疑,莫不是老娘靈魂,因孩兒在這裏啼哭,你假託慈烏到這裏來叫?慈烏慈烏,若是老娘靈魂,對着我大叫三聲。(內叫介)罷了!分明是老娘靈魂了!想老娘在生為人,固有不待生而存;死後為神,尚有不隨死而亡。今日裏覷真容娘固如生,聽烏啼分明是娘猶不喪。老娘,孩兒省得了,慈烏不可再叫了。你似這等叫呵,惹得我瀟瀟淚雨滿湘江,悠悠怨恨充穹壤。何日能忘,何日能忘?(生驚介)咦,我向慈烏説話,娘親真容為何倒過東邊門扇上來?呀,原來是西風吹動影飄颻。我這裏猛回頭,恍惚裏疑是我娘親,想孩兒念孩兒倚着這門兒顒望。(焚紙介)

【尾】紙灰兒化作蝴蝶兒飛揚,望你受用了彩幣金箱,脱離了天羅地網。

娘親拜告已了,不免賫一分香紙,到父親墳上拜告。待來日畫取他真容,一同掛在此間。

正是:父母劬勞原一樣,兒心思念總無窮。

才女試節

小—善財　生—羅卜　旦—龍女　丑—里正　淨—差人

【浪淘沙】(小)貧道下山來,一路徘徊。逢人且自賣詼諧。若遇善男和信女,引上蓬萊。

自家善才是也。蒙觀音娘娘分付,羅卜守他母喪,不知他母親墜入地獄,教我扮為狂道,前去試他。呵,此間有一所房子,不免入去。主人何在?原來無人在家。只有一軸美人掛在堂上,想是他母親真容。不免將柳枝沾惹污泥,把這婦人塗了,看他何如?正是:西子蒙不潔,則人皆掩鼻而過之。(笑介)

【生查子】(生)纔往父墳前,不覺心驚戰。急急轉家筵。先生拜揖!咦,先生,為甚的塗壞真容面?

(小)這畫值得甚的大驚小怪!

【普天樂】（生）這是母真容不比尋常畫。（小）呵，原來是你母真容！不當掛在堂上了。（生）家有嚴君，父母之謂也。論家堂宜在高堂坐，又誰知遭伊家塗抹，痛得我淚下如麻！（小）只見你娘外面腌臢，那知他內裏腌臢！（生）怎見得？（小）違誓開五葷，殺狗做饅頭，豈不是內裏腌臢？（生私云）此事莫須有之，怎麽他都知道？正是好事不出門，這没好事偏傳遠。（小）閣下罵我？（生）卑人自怨而已。又焉敢出輕言，便把先生罵？母容儀本是個白玉無瑕，豈被惡泥污，心似鋼刀割。

（小）原來君子不是罵我！不必憂慮，我將楊枝一掃，依舊如前。

（生）既然如此，敢煩先生就為一掃。

（小）楊柳枝頭甘露水，撥開雲霧見青天。孝子看着！

（生）果然好矣！

【耍孩兒】（生）感君一掃污泥下，好似雲開月再華。我娘兒又得重歡合。先生這等手段，移神周昉難專美，絕筆王維謾自誇。似有個神仙法。昔日丁蘭刻木以為父母，鄰人張叔杖之，丁蘭外回，只見父母淚下。我做不得丁蘭孝感，君不比張叔胡遮。

感承厚意，白練一端，聊申謝敬。

（小）貧道得罪，焉敢受賜！請了。聲應九韶方識鳳，震驚百里始知龍。（下）

（生）這道人有些蹺怪，初來塗抹真容，見我自怨，又將楊枝掃去污泥。而今天色已晚，不免閉上柴門，看經打坐。

【駐馬聽】（生）寶篆香焚，對一盞寒燈念一卷經。只聽得砌蛩聲怨，鐵馬聲鏗，木魚聲清。似這等蕭蕭索索最關情，不由人淒淒慘慘無聊聽，苦痛酸心，苦痛酸心，茫茫宇宙，都是思親恨。

（旦上）水將杖探知深淺，人用言調見假真。傳羅卜盧伊母樞，觀音娘娘分付我龍女前去試他。蓋觀人不於其所勉，而於其所忽。（行介）緣來在此念經！（敲門介）（生聽介）

【降黃龍】（生）俺索居蓬蓽，月色橫空，行人屏跡。緣何門外，依稀剝啄聲微？使我心中頓生疑慮。想是風撼松楸子墜？不是。

自古道,鳥宿池邊樹。莫不是宿鳥驚飛,踏枝搖拽。不是。自古道,僧敲月下門。想闍黎帶月吟詩,敲門歸去?

【前腔】〔換頭〕(旦)聽啓,奴是個女流之輩。也非松,也非鳥,也非僧。休得多生疑惑。(生)呀!真個是婦人聲氣。夜靜更深,那有婦人?自古道:勢敗奴欺主,身衰鬼弄人。咳!你是甚妖精鬼怪,夜靜更深,將人侵害?(旦)奴不是邪魔野鬼。只因父母俱亡,二八青春,無人匹配。(生)既是未曾婚配,你今到此,其心何為?(旦)為你獨居闇室,悄來探問因依。望君家啓門相納,容陪枕蓆。

【前腔】(生)差矣!念卑人身披衰絰,儼然苦塊堪悲。說甚麼枕蓆相陪,將人調戲!不免將這門兒緊緊閉上。(旦)呵,反將門兒閉上!不免畫一靈符,使門自開,進到房中,看他何如。(旦進介)(生驚介)(生)自家門户重重閉,春色緣何得入來?(旦)春色滿園關不住,一枝紅杏出牆來。(見禮介)(生)分明將門閉了,敢是慌了,不曾拴得住?(旦入作扯生介)(生走出介)(生)此事不好不好!(旦)君子休說不好。你好為之:第一來寡女孤兒,第二來深更僻地,第三來女貌男才,又何用十分妨避,十分嫌棄!原來君子在此,一條草薦,一塊磚頭,夜間好孤恓呵!(生)小娘子快出來了!不要污了我的鋪蓆。(旦)你好入來!(生)急急出來!聽取,人生在世,婦人家須要個四德三從,男子漢須守着四知三畏。

【前腔】(旦)固執,豈不聞禮順人情。自昔神仙,多是風流飄逸,(生)那有這樣神仙!(旦)那裏王和神女,劉阮和仙姬,雖然是無意相逢,却做了有緣相會。(生)偏僻,豈不聞愛人以禮?何必做蕩性貪淫,令人談議?(旦)真個不肯成就?(生)阿彌陀佛!(旦)好心虧!你真是流水無情,辜負我落花有意。

(滾)(生)休恁忒心癡。(旦)休恁忒獃滯。(生)我有松柏歲寒心。(旦)君子,你有松柏歲寒心,奴有桃李芳容,正堪作配。(生)娘子,你好沒志氣!(旦)君子,你好沒情趣!(合)咫尺天涯,無緣相會。(生)娘子,我這裏夜靜水寒魚不餌。(旦)你笑我滿船空載月明歸?豈不聞相逢不飲空回,洞口桃花笑人空去!(生)娘子須記,好事不出門,惡事傳千里。(旦)不智尾生只自愚,孝己成何濟?

（生）何用多言，不須提起。大丈夫烈烈轟轟，青天白日，終不學漢相如。色不迷人人自迷，迷了呵令人笑恥。

【尾聲】（旦）恩情盡付東流水。（生）你急轉家庭且三思。人不知時除非是我莫為！（旦出介）

（生）命運顛倒顛倒。昨日遇着一個道人，纏到天晚；昨晚又遇着一個婦人，纏到天亮。幸得他已出門，不免再將門緊緊抵上，抵得明白。（生下）

（旦）原來孝子立心正大，不免將娘娘分付詩詞寫在白蓮葉上。（寫介）詩已寫了，就此回去報與娘娘，留取鸚哥報與孝子。不是神仙分明說，誤了凡間多少人！（下）（生上聽介）（內作鸚哥叫介）

（生）想是婦人躲在一傍。呵，原來有一白鸚哥，聲聲叫道：婦人去也，婦人去也！不免開門看着。（介）原來白蓮池中荷葉之上，寫得有字。（念云）"一夜蓮花開滿池，孝心天地已先知。兒居山舍空懷母，娘落陰司更仗誰？南海無邊垂庇佑，西天有佛可皈依。母骸化入行囊裏，急往西天莫待遲。"觀此詩來，分明是神人點化，道我母陷陰入司，須往西天見佛，方能救母。我省得了：道士手執柳枝，想是善才；女子身帶鸚哥，想是龍女。分明是觀音娘娘遣他點化，不免往觀音堂拜謝娘娘。（下）（丑、淨扮里正、差人上）

【桂枝香】（丑）身充糧里，幾多干係。勞心催併，錢糧比較，殆無虛日。主人安在？（生上）誰叫？（丑）噦！被伊家連累，被伊家連累。（生）何事相累？（丑）你糧錢不兌，我臀龐打碎。（合）套將伊，扯到官中去，把你驢臀打八十。

（生）牌子哥不消性急。

【前腔】（淨）身充牌子，從來性急。最嫌跋扈豪強，專一拖延國稅。豈今朝為你，豈今朝為你，拖欠錢糧，累咱跋涉！（合前）

（生）既為錢糧，不打緊要。卑人為老母不幸，所以羈遲。一匙茶飯便兌銀子。

（淨）好美人！

（生）此乃老母真容。

（丑）好令堂！見其像如見其人，有其父必有其子。可喜可喜！

（生）昨日遇一道人，手執楊柳，為掃真容；昨晚有一婦人，身帶鸚哥，為題蓮葉。

（丑）婦人身帶鸚哥，想是龍女；道士手執楊柳，想是善才。咳喏！孝感天心，可羨可羨！常聞道：郭巨埋兒天賜金，孟宗哭竹冬生笋。

【大迓鼓】（丑）孝感天心古有之，羨君家孝感，十分稀奇。你為着百年萱草思無已，天降着一夜蓮花發滿池。（合）奏上朝廷，褒封可期。

【前腔】（淨）河出圖來洛出書，這蓮池詩句，可與爭輝。高風聞者猶興起，何幸身親得見伊。（合前）

【前腔】（生）卑人無德感神祇，偶然見蓮葉題詩。承君厚德成人美，又安敢浪受名譽？（合前）

　　　　　　（丑）羨君孝感古來稀，（生）偶見今朝葉上詩。
　　　　　　（淨）指日一封丹鳳詔，　加封官職耀門閭。

過滑油山

丑、小—鬼使　夫—劉氏

【金蕉葉】（夫）恨多怨多，恨當初是我差錯。在陽間作業多端，到陰司怎生結果！

（丑）善惡分明路兩條，相差原只在分毫。陰司法度無偏枉，據爾陽間事若何。你在陽間作惡多端，今到陰司受諸苦楚，理勢必然，休得埋怨。

（夫）公門之下，正好修行。萬望長官將就將就。

（丑）將就將就，生前作者今來受。莫埋怨，忙進步，過却五關時，還有一十八重地獄。

（夫）如此，怎生是了！敢問長官，此地是甚所在也？

（丑）是滑油山了。

（夫）怎麼叫做滑油山？

（丑）世人奸猾油嘴，作惡多端，又將清油自家吃了，故把昏油佛前點燈，那些油脚都傾在此間，所以到此要過滑油山去。

（夫）只怕過不得。

（丑）過不得，跌下來一身粉碎，又發業風，吹成活鬼，解往前途，苦楚輪迴，以為世上惡人之戒。

（夫）老身亦要過否？

（丑）急急過去，不得有違！

（夫）望列位哀憐，饒奴過罷！

（丑）喊！我要饒你過，天饒你不過。

（夫）只恐難過。

（丑）難過難過，何不當初莫做！

（夫）長官長官，若還再回陽世，情願將清油點佛前燈也。

（丑）但知點佛前之燈，不識滅心頭之火，也是枉然！

（夫）敢問何謂心頭火？

（丑）心頭火，心頭火，說起根因非小可。初生只是一星星，一團私慾來包裹。發時燒破菩提心，燃時毀却平安道。不顧君來不顧親，不顧兄來不顧嫂。不顧他人毛髮焦，只要自家溫與飽。貪淫樂禍結業冤，殺人放火為強暴。燒着人時心便凉，燒人不着心偏惱。一把和柴一例燒，陽間靈焰知多少！世人要點佛前燈，須先滅却心頭火。

（夫）感蒙長官教道。若得放回陽世，情願滅却心頭火也！

（丑）陽間作惡之流，尚在不赦；陰司執法之所，豈望放回！急急趲行，過此滑油山去！

【一江風帶過跌落金錢】（夫）滑油山望也心驚怕，欲登時步進身還却。光油油恁地高，石岩岩恁地高！盼峰頭萬仞何能到？恨殺牲是我差，恨開齋是我錯，到今日受報應難逃躲。（丑）你也悔了？（夫）我悔當初把清油澆肉鍋，把昏油點佛火。今日裏這滑油山教我如何過！（丑打介）急急行！（夫）急行時步怎挪？（末）饒他緩行些。（夫）緩行時步怎挪？（作跌介）纔閞得幾步兒又跌下。苦！我頭顱都跌破，我手足都折挫。天耶！可憐殺我一把肌膚，怎禁得無端禍！滴溜溜淚雨拋，撲簌簌淚雨拋。可憐見兒在陽間，夫在天曹，我在陰司，舉目瀟瀟，苦有誰知道？又遭着這般樣的公作，把鐵繩兒練了，鐵棍兒打着，行步遲延便連扯連敲。莫說是人了，就是鐵也消磨，石也消磨。這樣孤恓，教我向誰告！天！叫天枉自號。地！叫地空自勞。列位鬼使哥，奴還有幾文錢在此間，望你收下，免我過此滑油山罷。深深拜禱，禱告着列位恩官，發一念慈悲，矜憫奴衰老。

（丑）兄弟，他行不得了。

【尾】你們向前拖，我們在後叉。哎喈，拖！哎喈，叉！把這賊婆娘扯在滑油山頭過。（下）

縣官起馬

小—手下　外—縣官　淨—里正

（小）朝為田舍郎，暮登天子堂；將相本無種，男兒當自強。自家縣主老爹手下的便是。日前老爹訪知傅羅卜孝感天神，奏上朝廷，乞恩旌表。昨日聖旨到縣，如今老爹親往傅家表揚孝子，只得預備人馬伺候。道有未了，老爹請上。

【鳳凰閣】（外）菲才作縣，深慚製錦垂簾。喜民學道孝心堅，感動天神有驗。鳳詔傳宣，加褒贈一門光顯。

天子綏荒服，郎官應列星。雲端雙鳥下，花外一琴清。政簡堂無冗，民純孝有聲。九重丹鳳詔，褒寵列公卿。自家職居縣令，撫育斯民。風化莫大於彞倫，人倫莫重於父子。民能行孝，足為令尹之光；孝可格天，益顯皇王之化。今喜治下傅羅卜，事父母能竭其力，感天地已有其徵。下官申奏朝廷，聖恩特加褒獎。左右，彎馬過來，就此起程！（上馬介）

【添字紅繡鞋】（小、外）乘騎遠過前川，前川；見秋風禾黍爭妍，爭妍。賫聖旨到民間，能耀後更光前，更光前。（合）誰人不愛子孫賢！

【前腔】（淨）喜逢父母清廉，清廉；不聞胥吏徵錢，徵錢。民擁道迓青天，怕指日又高遷，又高遷。（合前）

不知老爹駕臨荒野，有失候迓。

（外）起來，竟往孝子傅羅卜家。

（衆）因聞孝義周全，周全；丹心感動蒼天，蒼天。應奏請詔書傳，加褒寵耀閭閻，耀閭閻。（合前）（下）

羅卜辭官

生—羅卜　末—益利　小—手下　外—縣官

【秋蕊香】（生）荒郊秋色淒其，時序逝如流水。真愁萬斛不堪提，提起令人墜淚。

為念椿萱苦，其如秋思何！砌蛩吟意慘，檐馬戰聲多。情事無能盡，虛名敢浪誇！聖皇敷孝治，豈料錫褒加。自家不幸，父母俱喪。感得觀音娘娘點化，教我竟往西天，參謁活佛，超度苦母。今聞縣主申奏朝廷，謬加褒贈。愧無實德，其何以堪！不免分付益利，安排香案伺候。（叫介）

（末上）饑鳳羽毛寒不鍛，臥龍頭角老方高。（見介）（問介）

【水底魚兒】（小、外）鳳詔新頒，沿途擁道看。黃童白叟，個個喜喜歡，個個喜喜歡。

聖旨已到，跪聽宣讀。皇帝詔曰：朕惟臣子之道，忠孝一理；天人之際，感應一機。為子而孝可格天，為臣必忠能報主。此古人所以求忠臣於孝子之門，徵人事於天道之應也。咨爾孝子傅羅卜，事父母能竭其力，感天地已有其徵，人所難能，朕深嘉獎。用是寵錫，以旌孝感。傅羅卜授以刺史之職。服闋之日，起送到京；其父傅相，贈河南刺史；母劉氏贈河南邑夫人。於戲！三牲五鼎，菽水之歡可追；鳳詔鸞章，風木之情可愜。服此休嘉，慰爾悼念。謝恩！（安奉科）（相見介）

（生）荷蒙父母老爹保奏，小民何以克當！

（外）孝子，自此之後，當以官禮相見，不用過謙。手下，可捧冠帶過來。

（生）父母老爹在上，容卑人告訴！

【曉行序】（生）父母劬勞，等天高地厚，寸草心牽難報。感公相過，加賞識旌褒，鳳誥自天旌表。地下亡魂，從此多增榮耀。臺照，料蓬蒿，豈堪梁棟天朝！

（外）聖旨不為別的。

【前腔】（外）為君行孝，感通天地神明，古今稀少。手下，捧冠帶過來！須領着金帶錦衣烏帽。（生）不肖身披素縞，敢圖紫綬金貂！（外）須曉，聖人之製禮也，過者俯而就之，雖親恩罔極，而送死有已；雖子情無窮，而復生有節。至正無偏，方為禮道。

【鬪寶蟾】（生）容告，爵位雖高，心獨念仁親為寶。縱身榮怎解得憂心悄悄？（外）斟酌，豈不聞喪亦不可久也，時亦不可失也？懷寶迷邦，尤為不可。（合）（生）論唐堯於變時雍，尚有巢由難召。

【前腔】（外）評較，人子臣僚，報效君親一道。夫孝始於事親，終於事君。故曰：孝者所以事君也。笑王祥未識攄忠，徒稱行孝。（生）敢效，徐子孝廉科，惹得人譏誚。（合前）

（外）既然如此，孝子不受官職？

（生）非不知君命為尊。奈母居淺土，喪服未闋，況兼微賤，安敢濫膺名爵！容到臺前叩謝。

（外）愈見高節。聖旨道了，待你服闋之日，又來催促起程。

（生）微臣卑賤等蓬茅，感謝明公賜寵褒。

（外）人爵不如天爵貴，功名爭似孝名高。

過望鄉臺

夫—劉氏　小、丑—鬼使　二旦—玉女
外—善男　淨—信女

【窣地錦襠】（夫）黃泉路上最淒涼，天上人間兩渺茫。幾番回首望家鄉，一度思量一斷腸。

【哭岐婆】（小、丑）婆娘，今番受苦，不用慘傷。當時立誓，請自忖量。有道是重重地獄受災殃，又道是自作伊家恁自當。

（夫）"自作自當"，老身勸子開葷，曾有此話。"重重地獄受災殃"，老身花園罰願，曾有此言。為何陰司一一知道？

（丑）豈不聞人間私語，天聞若雷！你纔開言，土地社令詳記，竈司奏上玉皇，發下酆都閻君，差我們拘拿你去。

（夫）既拿我去，就從好路走罷，為何又要我一路受苦？

（丑）為你生前開葷，要你死後受苦！

【洞仙歌】（夫）思量天下人，那個不吃葷？何獨劉四真，今朝遭酷刑。長官，還有幾文錢相送，受我一禮。望行方便心，免我受苦辛。恩德謝不盡。

【前腔】（丑、小）堪嗟愚婦人，誓盟不自遵。立誓吃齋，違誓開葷，又到花園瞞天立誓。語倒更言顛，令人惡怒生。難行方便心，難免你苦辛。你過了五關，還有一十八重地獄。你苦說不盡！

【前腔】（夫）我兒夫好善人，齋僧道又濟貧。縱然奴不賢，將功折罪名。長官，望開方便門，為我訴此情，或也垂憐憫。

（丑、小）佛法本救人，多憑前世因。你在世惡多般，今當加痛懲。難開方便門，難為訴此情，休望垂憐憫。

（夫）呵，來到此間，前面一所樓臺，是甚所在了？

（丑）是望鄉臺也。

（夫）呵，曾聞陽世有蜀王秀，築望鄉臺於成都；有漢李陵，築望鄉臺於匈奴。陰司為何也有此臺？

（丑）懷土常物之大情，思鄉眾人之公念。這望鄉一臺，乃是天造地設，使亡人到此，盼望家鄉。或兒女哭泣，得以與聞；或僧道追薦，得以受用。

（夫）既然如此，望長官引老身一登。

（丑）臺以望鄉為名，乃為善人而設。若惡人到此，依然難見家鄉。

（夫）長官，吾乃好善之家，必得見家鄉也！
（丑）你且上來。脚踏雲梯步步高，靈臺突兀聳青霄。
（夫）亡魂都有思鄉意，得見家鄉是這遭。

【風入松】（夫）半空中高起望鄉臺，到此令人感慨。我家山在王舍城南界。（丑）可見你家鄉麼？（夫）不見呵！（丑）你兒子不在那棺材下哭？（夫）罷了！歎兒女空守棺材。兒！怎知道老娘親牽腸掛懷。苦！兒在陽間哭着娘親，娘在陰間念着孩兒。可憐見娘兒兩個，兩下裏一般哀。

【前腔】猛然妖霧捲風來，黑沈沈把樓臺遮蓋。我家山隔斷在紅塵外。盼不見如何佈擺？（丑）呵，家山分明在目，為何不見？（夫）為天降黑霧，遮蔽眼睛，望不見也。（丑）婆娘，這黑霧非從天降也。（夫）從那裏來？（丑）從你心上來！你在陽間用黑心欺瞞天地，所以今日天降黑霧，遮蔽家山。（夫）罷了！原來是我用黑心欺瞞天地，所以今日天降黑霧，遮蔽家山！這都是我自作孽致天降災。苦耶！閃得我腸欲斷眼難開。

（丑）當初那個叫你開齋？

【前腔】（夫）被讒言蠱惑女裙釵，違誓願把犧牲殺害。無端結下冤尤債，到今日無言可解，家山不見兒何在？兒，娘遭黑霧遮蔽家山，縱有孝意，不得受用了！你空設醮柱修齋。（內扮惡鬼出打介）

【前腔】何方惡鬼恁般歪？將老身推落在塵埃。頭顱跌破心驚駭，賊魔魑令人叵耐。氣得我珠淚滿腮，這苦楚實難捱。

（丑）苦楚難捱也着捱，（夫）這回空上望鄉臺。
（合）生前造下多端惡，　今日分明報應來。（下）

【桂枝香】（二旦引外、淨上）珠幡寶蓋，雙雙列擺。此乃是望鄉臺也。善人到此遊觀，泮渙優悠自在，望家鄉幾回，望家鄉幾回。（外）我兒不須啼哭，你孝心追薦，我得受用了！（淨同）（旦）你可見家鄉了？（外、淨）明明白白，並無遮礙。（旦）你等善人得見家山，若是為惡之人也，望家山不見。（外、淨）呵，原來有此！記今來，勸世人撤去心頭膜，登臺眼自開。

議 婚 辭 婚

小—院子　外—曹公　淨—媒婆　生—羅卜

（小）一來一往幾車馬，可北可南多路歧。莫待迷途重回首，未曾差處好思惟。小人為何道此言語？只因我曹老爹身居高位，心悅浮屠，有女千金，揀選念佛人家，曾憑官媒許聘傅相之子。今聞此子惑於異端，有心救母，無意娶妻。老爺老爺，總是你念頭差了！往日差之毫厘，此時謬以千里。道有未了，老爺請上。

【似娘兒引】（外）日月去如梭，早不覺而兩鬢婆娑。只因愛女縈懷抱，玉種藍田，辟成雙寶，此時欲駕藍橋。（小見介）

（外）養女作門楣，吾門事更奇。婿能敦孝道，名已列丹墀。鳳詔褒封日，龍顏寵召時。夫榮妻亦貴，端不負佳期。我兒可知道否？

（小）小人不知。

（外）而今，傅姐夫孝感天神，朝廷旌表，可賀可賀！你可安排花紅羊酒，喚過原媒，一齊上門。賀他旌表，勝如金榜題名時；報道送親，早遂洞房花燭夜。二喜駢臻，一時盛事。急喚官媒過來。

（小）理會得。（叫介）

【字字雙】（淨）忽聞門外叫媒婆，來到。梳妝雅淡賽姮娥，俊俏。（小笑云）你面皮打皺，還賽姮娥！（淨）休道我面皮打皺兩三條，老了。乾薑別棄雖然老，越好。

（小）你這是人老心不老。

（淨笑云）可知道我人閒心不閒。（敘事介）（引見介）

【中央鬧】（外）媒婆聽我親囑咐，往傅家道衷曲。鳳誥喜增榮，東床宜坦腹。（合）金章紫綬，洞房花燭，舉案兩齊眉，從今萬事足。

【前腔】（淨）芳名注定婚姻牘，今當偕鳳卜。才貌兩相當，姻緣果非俗。（合前）

（小私唱）藍田謾道成雙玉，傅郎尙非欲。爲母不思妻，求榮反招辱。（外）院子説甚話？（小）（合前）
　　　　（外）文鸞彩鳳稱雙美，（淨）赤繩玉足多年繫。
　　　　（小）銀河整頓鵲橋高，（合）這回好個風流婿。（外下）
（淨）受人之託，卽當忠人之事。就此同行。
（小）去便同去，只怕傅郎不肯應成此親。
（淨）嗟，院公説事忒差訛，你行路不似我過橋多。世上風流好子弟，那個不肯要老婆？燈草鍬排，放心放心！
【傍妝臺】（淨）急忙忙，佳音傳與傅家郎。他官封刺史淸高職，那小姐貌賽巫山窈窕娘。佳人跨鳳歸羅帳，才子乘龍入洞房。歡情暢，喜氣揚，如魚似水百年昌。（叫介）
（生）誰叫？
（淨）是院子、媒婆！（見介）
（生）自家門户重重閉，春色緣何得入來？院子、媒婆，有甚事説？
（淨）曹老爹多多拜上，賀官人職封刺史，喜小姐貌賽姮娥。月老傳書，曾訂百年之約；冰人晉啓，請偕二姓之歡。男有室，女有家，此其時也。天與長，地與久，又何重焉！爲此仰陳，敢祈俯納。
（生）院公、媒婆，感承厚意，聽我道來！
【八聲甘州】（生）衷情欲講，好教人搵不住涕淚汪汪。爲只爲萱親早喪，居苦塊夙夜徬徨。（淨）請諧鳳卜。（生）花前鳳卜空自想，月下烏啼欲斷腸。淒慘，（淨）正好坦腹東床。（生）念此時焉敢坦腹東床！
【前腔】〔換頭〕（淨）岳丈，傳言拜上。論赤繩久已繫定鸞鳳。今又喜朝廷旌奬，門楣與有輝光。紋鸞旣已登仕榜，彩鳳應求入洞房。休得推讓，這時節正好坦腹東床。
【前腔】（生）悒怏。千思萬想，論親恩廣大無疆。我帶麻執杖，感觀音指示行藏。道我娘居地獄遭磨瘴。我欲急往西天學救娘。請諒，念此時焉敢坦腹東床！
【前腔】（小）非奬，那小姐十分停儅。休誇貌美，論賢德眼下無雙。自古道：夫婦人倫之本；有夫婦然後有父子。雖知母子情義廣，要識夫妻恩愛長。非誑，趁此時正好坦腹東床。

【古輪臺】（生）細端詳，轉添惆悵。我爹行與曹相，樂善徜徉。兩情相向，將兒女結為姻況。奈我二親連喪，未遂烏情，敢諧鴛帳！（淨）論人生不孝有三樁。不孝有三，無後為大。不娶妻房，絕先嗣最為謬妄。況悅浮屠，却悔姻盟翻成虛謊。莫不是前生燒了斷頭香？那相府堂堂，恁樣風光，却無福享！

【前腔】〔換頭〕（生）悲傷。念萱親養子淒涼。懷胎十月，乳哺三年，劬勞萬狀。我未報親恩，焉敢受妻兒奉養？況欲往西方，救度萱堂，脫離地網。行囊打點齊備，就要今日起程，多多拜上。那百年事，都付與陽關三唱。（小）想古今多少賢良，敦行孝道，坦坦平平，無偏無黨。豈必慕荒唐，壞亂了人紀天常，做出了許多模樣！

傅官人，姻緣一事，真意何如？

【尾】（生）我真心救母無他向。（淨）姻緣想不諧矣！目斷了藍橋水渺茫，一任梅花自主張。

（淨）姻緣何事不相依，（生）只為娘親苦痛悲。
（小）夜靜水寒魚不餌，（合）滿船空載月明歸。

主 僕 分 別

末—益利　生—羅卜

【菊花新】（末）辭官未已又辭婚，嗟我東君耿寸心。主僕義攸存，須替取這番勞頓。

廬墓三年人，將適萬里道。牽衣問歸期，落淚沾懷抱。東人為因救母，欲往西方，期在三年服滿，然後啟行。官裏道，三年服滿，遵奉聖旨，逼他往京。媒婆又道，三年服滿，遵依吉禮，送親上門。東人無奈之何，只得先期竟往西方，庶幾官事、婚事兩無相絆。昨承東人嚴命，行囊打疊已了，我意欲告稟東人，代他前去，不知他意下何如？不免請他出來，稟知則個。東人請上！

（生上）心緒千條亂，程途萬里長。不知何處所，得見我親娘？行囊可齊備否？

（末）益利請出東人，不為別事。今日西行，還望東人容小人代去。

（生）參謁活佛，豈容你代！

（末）既不容代行，望帶小人同去！

（生）我家三代以來，齋僧佈施，未嘗缺乏。我今遠行，家中佛事，盡皆付託於你。你當依舊盡心，使東人不墜先志，即是義也。何用同行！

（末）東人，蓋聞家主，分同君父之尊；若論僕人，義猶臣子之比。今東人為母而參禪，任重而道遠，正老奴報主之秋，猶臣子效力之日。奈代行不允，同去不從，使益利雖有報主之心，亦無庸力之地。但常聞犬知醲水，馬識垂韁，益利人非犬馬，知感深恩；心匪鐵石，忍從獨去！只得再三哀告，大則容益利代行，小則帶益利同去，使為奴僕之人，少盡臣子之意。伏乞允從，不勝欣幸！

（生）紛紛家事要支持，爾可依然代我為。學道參禪當自往，即行分手莫遲遲。

【下山虎】（生）三官聖帝，聽臣拜禀：為因救母修行，暫違明聖。仰望相憐憫，仰望垂靈應。一路去登山嶺，涉水程，都獲安寧平靜也。却不道家貧未是貧。（合）益利急把行囊整，一頭挑母一頭經，西出陽關無故人。

就此拜辭父親墳墓。（拜介）

【前腔】（生）凡為人子，當孝奉二親。兒今為救度娘身，撇下了父墳孤另。益利，你為我加時省，你為我薦時新。將荊棘剪，使松柏興，致馬鬣封成庇蔭也。却不道能保百年墳。（合前）

【前腔】（末）衷腸欲訴，未言淚淋。感東人養育深恩，義當致命。今日此行，代行既不允，同去又不聽，使我奴僕情，犬馬心，皆不得自伸自盡也。豈不是養軍千日成虛令！（合）欲別又難忍，止不住淚盈盈，割斷肝腸裂碎心。

（生）益利，受我一禮！

（生）代吾家政，猶當竭誠。佛前侍奉香燈，更當謹愼。還爲我施金繒，還爲我濟孤貧。使雙親在九泉，也道孩兒，不墜前人善行也。却不道事亡如事存。（合前）

【尾鷓鴣天】（合）萬種離愁萬里程，一頭挑母一頭經。西天有路容人到，老僕無能代主行。腸斷盡，淚流頻，生離死別最關情。不堪兩地重回首，一片青山鎖白雲。（下）

遣將擒猿

小—白猿　占—觀音　生—馬帥　末—溫帥
丑—趙帥　外—關帥　淨—天師

（小）白猿身住碧雲窩，暮四朝三怎奈何？天上瑤池王母母，也曾三讓我蟠桃。自家周穆王時軍中君子，化爲此身，歷今千有餘年，神通廣大。知我者以我爲牛首蛇身之類，不知我者以我爲狼心狐首之流。正是：萬法皈依山路靜，一聲長嘯海雲深。（下）

【侯山月】（占）心存一念大慈悲，手執青青楊柳枝。廣濟衆生迷，須總仗神功，大張法力。

南海慈悲觀世音，雲中觀見孝兒心。救娘竟往西天去，只怕途中靈厲侵。傅羅卜因吾指引，竟往西天，一路精怪雖多，白猿最甚。不免會同張天師，擒出白猿精，要他開通道路，殄滅餘黨。想天師必然來也！

【前腔】（淨）百年道教沛江河，一品金書耀綺羅。仗劍伏邪魔，須知將逐符，行急如風火。

自家張道靈是也。蒙皇帝聖旨，封爲上淸正一執法天師，收服邪魔。一品敕書昭日月，七星寶劍鎭乾坤。今蒙慈悲教主有召，不免前去。（見介）娘娘稽首！不知有何分付？

（占）只爲孝子傅羅卜前往西天，一路多有精怪，特請天師遣差天將，擒出白猿，使他殄滅餘黨，護送孝子，以成大業。

【黃鶯兒】（貼）天地與神明，每矜憐行孝人。傅家孝子眞堪憫，一頭挑着母親，一頭挑着佛經，迢迢直奔西天境。（合）遣天兵開通道路，先要擒取白猿精。

【前腔】（淨）百行孝為根，喜佳兒能務本。挑經挑母甘勞頓，十萬里路程，百千般苦辛。感慈悲垂念斯人困。（合前）

（占）大抵乾坤都一照，免教人在暗中行。（下）

（淨）已承慈旨，不免就此焚香，啓奏玉皇便了！（香案介）

香上寶爐焚，望青天披素忱。傅羅卜行孝真純謹，為救他母親，不恤他此身。怕途中邪魅相侵併。（合前）（作畫符燒介）（行罡介）（鑼鼓混介）（打法尺介）

【道贓】（淨）正乙天師張道靈，張道靈；召請靈官馬將軍，馬將軍；天師立在壇場上，須知將要逐符行，逐符行。急如星火莫留停。（生掛鬚扮三眼馬元帥執蛇槍上舞，立東一位）

（淨）請執法趙將軍！（科方同前）（丑扮黑面趙元帥執鐵鞭鐵鎖舞上，立西一位）

（淨）請主令溫將軍！（科方同前）（末扮藍面溫元帥執查槌舞上，立東二位）

（淨）請義勇關將軍！（科方同前）（外扮紅面關元帥執偃月刀舞上，立西二位）

【前腔】（淨）馬趙溫關已降臨，已降臨；聽吾一一說原因，說原因。只因孝子傅羅卜，往西天見佛救娘親，途路崎嶇多險阻，神明開路助他行，助他行！四將聽吾親囑付，協心擒取白猿精。

（打法尺行罡，鑼鼓混介）（四將且舞且行介）（小扮白猿精上與四將各戰介）（小下）（四將各立本位）

（淨）原來白猿精走上夜毛天去了！不免畫一天羅，遣四將擒將下來。（畫符燒，行罡介）（四將且舞且行介）（小又攛入陣中打筋斗走）（小又下）（四將各立原位）

（淨）原來白猿精逃入地下去了！不免畫一地網，遣四將擒將出來。（畫符燒行罡介）（四將且舞且行擒住白猿介）

（淨）且喜四將今已擒出白猿精，伏望觀音娘娘親來發落。

【侯山月】（貼）聖凡禀性原相近，只因習俗相懸甚。今日裏擒取白猿精，須教他改行從良，傾心聽令。

（淨）娘娘稽首！四將擒住白猿，跪在壇前，特請娘娘發落。

（占）白猿，你身作邪魔，莫若皈依正道，聽吾號令。你可從否？

（小）一一聽命。

（占）既然如此，我今賜你金箍，只許你戴，不許你解！（淨代戴介）

（淨）娘娘親賜金箍，天師為你戴起，若不順吾道心，天雷霹汝粉碎！

（小）一一聽命。（打筋斗走下）

（淨）白猿又走了！莫若就遣天雷霹伊粉碎！

（占）白猿放心未除，所以走去。但他法力可收餘黨，莫若我行一訣，使金箍緊緊箍起。白猿精，走一步時緊一步，緊一步時叫一聲，叫一聲叫一聲，急急便回程。

（小上跪壇前云）白猿不復反矣！

（淨）果然來也！

（占）既然如此，聽我分付！

（小）望娘娘把金箍放寬些！（占介）

【中央鬧】（占）白猿聽我親囑付：孝哉傅羅卜，挑母又挑經，西天見活佛。（合）山川險阻，邪魔侵侮，遣你護他行，驅邪更開路。

【前腔】（小）微臣自悔從前誤，承恩賜寬宥。（占）可心服否？（小）七縱七擒時，如何不心服！（合前）

敢問娘娘，不知此去，一路有何險阻？

（占）此去黑松林，有虎豹關、寒冰池，有蛟龍窟、火焰山，有赤蛇精、爛沙河，有沙和尚。你且前去掃開樹木。若逢急難，我又親臨。

（小）領命！

（占）天師以禮送將回天。

（淨）領命！

（小）欽承慈命出長途，

（占）一路邪魔盡掃除。

(淨)羽翼鳳雛成大業,

(合)菩洲萬古顯名譽。(占、小下)

【道賺】(淨)就此拜送四將。正乙真人張道靈,張道靈;拜送靈官馬將軍,馬將軍。功成不敢相羈絆,化財拜送上天庭。(作送科)(馬帥下)(餘同)

(淨)白猿已去,四將已回;孝子大業,自此成矣!

(詩)犀因玩月紋生角,象為聞雷花入牙。(下)

白 猿 開 路

小—白猿

自家承觀音娘娘嚴命,為孝子開通道路,先將樹木砍倒,就此前行。

【正宮端正好】纔離了碧雲窩,早赴紅塵道。放開胸內膽,豎起頂頭毛。喊一聲驚動了天星亂落,頓一腳震動了地軸翻搖。

【滾繡球】山不怕高,水不怕惡,又何愁野魅邪魔!憑着俺這一枝兒烏龍鋼椽,掃平了萬里山河。非是我誇,不是我巧,九重天上,瑤池王母,曾讓我蟠桃。今日去開通路道,又何怕甚麼樣水遠山遙!承娘娘法旨,我要掃除了黑松林的虎豹,斬斷了寒冰池的龍蛟。

【叨叨令】我要將三百里火焰山炎威滅了,三百里爛沙河坑坎填交。且將這樹木砍倒,開成了大路迢迢,使他們一頭經一頭母,那般擔子兒可以橫挑。我只得做一場也麼哥,我只得發一狠也麼哥,山神土地聽我呼號。

吾乃白猿精,觀音度我身。護持傅羅卜,見佛救娘親。慈悲明降旨,一路要依遵。不順道心者,天雷霹汝身!

【倘秀才】土地,遇山魅可把鐵繩兒練着;逢魍魎須把鐵肘兒拴撩。待白猿一路兒將他們都淨剿,一任他銅胸鐵膽,盡教,他火滅煙消。

【白鶴子】自古來天地間惟有善人為寶。為人子只是行孝為高。救娘的傅羅卜孝行昭彰，救苦的觀世音神通晃耀。（內作虎叫介）

【尾】這山中多虎還多豹，那孝子相將到險坳。報與娘娘，親度伊行須及早。（下）

挑經挑母

生—羅卜

【步步嬌】挑經挑母離鄉井，直奔西天境。殘蟬哽咽鳴，好似為孤兒，訴出心頭悶。擔重路難行，敢憚身勞困！

【鷓鴣天】枝上啼鳥帶淚聞，新啼痕間舊啼痕。百年苦母沈幽府，萬里關山勞夢魂。　　心上苦，對誰論，斷腸腸斷寸無存。何時得見西天佛，超度娘離苦海門。羅卜感得觀音娘娘點化，將母屍化作一頭，與佛經整為一擔，敬往西天參拜活佛。盡心竭力，惟思報膝下之劬勞；宿水餐風，安敢憚途中之困苦。而今在此，幸得天色尚早，不免趲行幾步。

【二犯江兒水】我拋離鄉土，為娘親敢辭勞碌！沿途漸漸故人疏。爹！回首孤墳，只見白雲封護。我為母向前行，戀爹還後顧。去住兩情，鋼刀難剖。罷罷罷！父埋在土，母挑在肩，只得撇下爹爹，闖闖前行。我行一步來念一聲佛。阿彌陀佛！我念一聲佛來叫一聲母，母向前時背了經。經向前罷，經向前時又背了母。背了母非孝者無親，背了經非聖者無法，二者不可得兼。怎生是好？我仔細思量難擺佈。呵！身賴母生，還當以母向前。咳！母賴佛生，安敢以佛向後？我有一計，可以兩全而無害了。似這等橫挑着望前走。（合）娘！只為你死得甚凶，因此上挑經挑母趲行路途，幾時間得到西天，見了活佛，哀告慈悲阿彌陀佛。我的娘望慈悲超度，超度你離了地府。

【前腔】腸斷都無，連喪雙親真是苦。哀哀父母，生我劬勞。

昊天思罔極，銀海淚流枯。人人都道，此到西天有十萬八千里路，恨不得駕霧騰雲，到了天竺，為我母滅罪資福。呵，一路上來，見則見兩邊拜倒新樹木。想是樵夫砍了？又無斧痕！我曉得了，夫孝置之塞乎天地，溥之橫乎四海。羅卜不敢自以為孝，莫不是天憐念挑母挑經，哀哉羅卜？空林啞啞叫慈烏。這慈烏尚能返哺，可以人而不如鳥乎？當報取十月懷躭，三年乳哺。（合前）

【前腔】我追想當初，勸我娘吃齋把素，看經念佛，戒葷斷酒。老娘道，若要你吃齋把素，看經念佛，戒葷斷酒，除非是鐵柱開花，揚子江心生蓮藕。娘！你不聽孩兒之言不打緊要，今日裏你陷在酆都，江心蓮藕不曾生，是船到江心漏難補。違誓開齋，雖是老娘偏見，我怨只怨娘舅與金奴，終日裏搬唆，使我娘褻瀆神明，到今朝難贖。（合前）

【前腔】娘！你骸骨兒不曾離了我肩頭，你魂靈兒在何處所？挑得我腿兒酸，肩兒破，鮮血澆流。娘！你若在時呵，見孩兒磨破了肩上皮，你痛孩兒好一似剜却了心頭肉。天！父母養子，費了多少心力！肩破血流，小孝用力而已，我怎敢埋怨！依舊兒橫挑着，一步挨上一步。呀！霎時間風雨暗前途。我只得趲行程，滑喇喇跌閃誰扶？第一來怕損壞了經，第二來怕驚嚇了母。願只願早息了風雷，望只望龍天垂佑。（合前）

【清江引】只聽得雷音寺裏鳴鐘鼓。救苦難慈悲主，靈感觀世音，南無彌陀佛，救我母脫地獄往天堂，不枉了兒心一念苦！

過耐河橋

末—鬼使　丑—刺史　夫—劉氏　小—孝子　旦—玉女
外—忠臣　貼—烈女、親母　淨—僧、信女　占—尼
外—又道　貼—又母親

（末）陽世茫茫蟻子羣，使心用計亂紛紛。誰知來到陰司裏，剖白賢愚不順情。自家橋梁刺史老爹手下的便是。我老爹掌管三

河,曰金河、銀河、耐河。河上三橋,曰金橋、銀橋、耐河橋。上等樂善之人金橋上過,中等為善之人銀橋上過,下等不善之人從耐河橋過。過不得跌下來,陷在河中,鐵犬銅蛇殘其骨肉,又發業風,吹成活鬼,解往前途。非我老爺樂意如此,只為人心分善惡,故將橋道別安危。道猶未了,老爹請上。

【普賢歌】(丑)官居刺史冠幽明,掌管三河頗有聲。過金橋的真可欽,過銀橋的不可輕,過耐河橋的打斷他筋!

職拜橋梁刺史公,世人誰不仰威風。三河分作三橋過,予奪唯吾掌握中。自家官居一面,職掌三河,但有亡人過此,都要照驗放行。歎世上為善之人雖有,為惡之人更多。生前不肯修心,死後尚不知悔。手下,可將文房四寶過來,待我寫幾句口號,門前張掛,曉諭惡人。(寫介)善人無奈惡人何,惡漢偏將善漢磨。善者金銀橋上過,惡人請過耐河橋。妙哉妙哉!(又)河中滾滾水揚波,橋下銅蛇鐵犬多。世上惡人無可奈,耐河橋上奈何他。沙哉沙哉!

(末)怎麼叫做"沙哉"?

(丑)"沙"字與"妙"字相近,妙不過了就是沙也。將這詩去門外張掛。

(末)理會得。(掛介)(淨帶牛頭拽夫上)

(夫)苦!

【窣地錦襠】(淨)婆娘一路叫呦呦,叫你修時不肯修。(夫)夕陽西下水東流,野草閒花滿地愁。

長官,一路辛苦,行走不動,前面有一所橋亭,正好歇息歇息。

(淨)前面三河渡口,橋梁刺史老爺照驗發行。我怕你過此苦楚苦楚,你倒要歇息歇息!(行介)緣來門前有告示在此!(作念介)

(末)亡人何來?

(淨)央煩通報。(末報介)(入介)(丑看公文介)

(丑)緣來劉氏乃是作惡之人!

(內叫)善人到!(末稟介)

(丑)善人既到,可將惡人鎖在一傍。

（夫）伏乞老爺疎放。

（丑）我肯放你，天不肯放你了。休想放也！（鎖介）（淨下）（玉女引忠臣、孝子、節婦上）

【窣地錦襠】（外）自從幼小讀文章，便擬將來做一場。披肝瀝膽為君王，方顯男兒當自強。

自家光國卿是也。只因諫主，有忤權臣，死不敢辭。今在冥途，列位早上！（立介）

【前腔】（小）父天母地德無疆，顛沛流離怎敢忘？只因繼母歹心腸，順父言情未忍傷。

自家安於命是也。只因我父聽信繼母之言，賜死冥途，今過三河渡口，同行列位早上！（立介）

【前腔】（占）鴛鴦對對浴滄浪，一女何曾嫁二郎！自甘白刃鐵心腸，死向黃泉草木香。

奴家耿氏心貞是也。只為青年夫喪無子，繼母貪財，逼奴改嫁，甘蹈白刃，死向黃泉。（見介）請了！進見則個。

（丑）原來忠臣、孝子、節婦，俱是為善之人。拼死一身輕似葉，高名千古重如山。

（眾）非欲做番驚世事，各知求個此心安。

（丑）就與掛號，請過金橋，再至鬼門關，超升天府，或擢用於天曹，逍遙快樂，或再生於陽世，福壽康寧。從容遊玩一番則個！（眾謝出）

【江頭金桂】（眾）自光嶽氣分俗薄，紛紛的都是貪生畏死曹。因此上為臣的死忠，為子的死孝，為妻的死節，把頹敗綱常撐住了。今來到此三河渡口，蒙刺史大人以綱常為重，請吾曹登此金橋，把金河過却，再至鬼門關超昇天府、擢用天曹，永享天宮逍遙快樂。（夫扯旦）列位，老身劉氏四真，生前齋僧齋道齋尼，望列位希帶希帶。（末）此乃為惡之人，你等急去，莫管閒事。（眾合）原來如此！歎人為善好，歎人為善好，善人為寶，到今朝方顯，是善人自獲天膺眷，不枉了陽間走一遭！（下）

（丑出云）惡婦，惡婦！你看善人多少榮耀呵！

【前腔】看善類恁般榮耀，論人生都是共一胞。同此形骸，同斯性道，天性何曾有惡苗？奈形生神發，慾動心搖！為善的日進高明，為惡的日流污下。善惡天淵懸隔了。善者過金橋，惡人橋柱鎖。（合前）

（內叫）善人到！（丑坐介）（玉女引僧、尼、道士上）

【佛賺】（外）善士在陽間修上修，金妝佛像起高樓。南無！陽間不肯修行者，來到陰司柱淚流。南無阿彌陀佛！

【前腔】（淨、占）僧尼在陽間急急修，廣行方便度春秋，南無！奉勸修行須及早，光陰去似水東流。南無阿彌陀佛！（見入同前）

（丑）僧尼道士，俱是為善之人，就與掛號，請從銀橋上過，再至鬼門關上，依舊再生人世，永享富貴！（占先下扮親母）（眾謝）（出介）

【二犯淘金令】（外、淨）一自生居塵世，歎浮生似夢中。因此上敦行善道，廣積陰功。到今朝樂正終。感皇天眷善，玉女和金童，朱幡與寶幢，對對前迎、雙雙後擁。引出塵寰，迎歸仙洞，更關上遞相迎送。（合）銀橋駕彩虹，銀河冰雪湧，從此去竟入天宮。再生來重沾天寵，福壽綿綿享不窮。（下）

（內叫）善人到！（玉女引信女上）

【佛賺】（占）信女在陽間修上修，修來修得福悠悠，南無！若不修行遭折挫，誰云善惡可同流？南無阿彌陀佛！

（夫）夫人希帶希帶！

（占）這婦人為何鎖在此間？（問夫云）你是那裏人？

（夫）我是王舍城人，丈夫傅相，兒子傅羅卜，相繼吃齋，屢代積善。今日冤枉，鎖在此間。

（占）你取了媳婦不曾？

（夫）媳婦定在曹大人家，名喚賽英。孩兒羅卜連喪父母，未取過門。

（占哭）罷了！親家婆！

【一封書】曹家女賽英，我便是他母親。（夫）親家母，貽辱貽辱！（占）伊家積善門，却緣何受此刑？賽英的兒，你命這等樣薄呵！娘兒不得相看顧，婆媳如何兩下分？好傷情，痛傷情！兒，你在陽間靠甚人？

（夫）親家母，幸得相逢，望救一救。

（占）自有分曉。

（淨扮信女趕上）等我一等去！（見入同前）

（丑）原來信女為善之人，就與照驗前去，再到鬼門關上，依舊超生人世，大則皇后妃嬪，小則財主夫人，福壽綿綿，永享富貴。

（占、淨）多感多感！

（占）老身一事稟上大人。

（丑）何事？說來！

（占）適見橋梁柱上，鎖一婦人，乃是老身親家婆。其家好善看經，望行方便，容他與老身同去罷！

（丑）你那曾知道！

【前腔】他徒干好善名，背夫言開五葷。（占）此乃小過，望開天赦。（丑）開葷雖是小過，不應又將骨頭埋在花園，反到花園之中，昂昂惡怒嗔，叫皇天立誓盟，道是若有開葷埋骨事，地獄重重受苦刑。（占）老身原在陽間，未聞此事。（丑）你雖未知，神司已知之矣！他罪名真，惡貫盈。你急急前去，不可理他！休為他人誤自身。

（淨）不要理閒事，連累我們呵！（占、淨出）

（占向夫云）親家婆，罷了。我在刺史大人跟前，再三苦告，他說出你許多事情，不肯將就，如之奈何？

（夫）親家母，多貽累了！

（末）信女趕行，不可久延。

【前腔】（夫）公差苦逼凌，急忙忙趕去程。自此分手，親母上青天，老身入黃泉。天淵兩下分，要相逢永不能，要相逢永不能。此去若見親家傅相，望將事情一一說知。使知奴受千般苦，莫負前生百夜恩。（占）老身有幾文錢，送你前去，畧表痛念之情。（末）急急趕行，說甚閒話！（淨扯占介）去了去了，莫惹閒事！（合）天！戰兢兢，淚盈盈，割斷肝腸裂碎心。

(旦)快上橋來!

【二犯淘金令】(衆)即便往銀橋,高渡天河自此通。脫却凡塵,一路逍遙,幾多尊重。歎世人昏憒,歎世人昏憒,終日醉烘烘,笑看經總是空。豈知善果圓成,天心可動,駕霧騰雲、乘鸞跨鳳。正是人有善願天必從。(合前淘金令尾)(下)

(夫)鬼使哥,老身鎖久了,望替我禀一禀。

(末)我就替你禀去。(入介)禀老爺,橋梁柱上鎖的婦人不曾發落。

(丑)可帶將過來。(末引夫進介)

(夫)爺爺可憐見!望開天赦,容老身金銀橋上過罷!

(丑)你豈不見上等之人過金橋,中等之人過銀橋,爾乃下等之人,當過耐河橋去!(末扯夫出介)

(夫)敢問長官,何為上等之人?

【西江月】(末)孝子忠臣烈婦,生來氣節高奇。但憑天理弗徇私,死向黃泉不悔。　萬古綱常所繫,九天日月爭輝。神明天地共扶持,人品當居第一。

(夫)何為中等?

(末)世上善男信女,人間道士僧尼。只因命限犯災危,發願廣施陰德。　善果生前成就,仙橋死後扶持。來生富貴壽山齊,都是這些善類。

(夫)既然如此,老身也曾看經佈施,為何派居下等?

(末)你雖看經,豈不聞心行慈善,何須努力。看經意欲損人,枉讀如來一藏。

(夫)容奴再辯去。

(夫走入跪云)爺爺,奴聞佛語云:看盡彌陀經,念盡大悲咒。種瓜還得瓜,種豆還得豆。奴在陽間也曾看經念佛,今不得渡銀橋,是種瓜而不得瓜,種豆而不得豆矣!

(丑)咳!咳!佛語本有八句,為何只念前四句?後四句也念一念兒!

(夫)奴不曉得了。

（丑）你豈不曉得後四句？說着你的病痛，你就不說了！我說與你聽。後四句道：經咒本慈悲，冤結如何救？照見本來心，做者還他受。你生前作惡多端，今日受諸苦楚，正是自作自當。佛語云：看經未為善，作福未為願。就是你了。

　　（夫）這佛語也有四句：看經未為善，作福未為願。莫若當權時，與人行方便。爺爺，當權行一方便，有何不可？

　　（丑）去莨莠以養嘉禾，懲惡人以獎善類，此乃為官者大方便了。如何縱惡得為方便？手下打着！（打背介）

　　【拆破金字令】（丑）婆娘强口，妄想仙橋渡。皇天有眼，見你生嗔怒。你故違誓願，背地開葷，瞞天罰咒，陽世親為，陰司親受。今朝到此悔不周。（合）橋下水悠悠，滔滔都是愁。鐵犬搖頭，銅蛇張口，耐河橋兒要你惡婦走！

　　　　（丑）春來上苑花爭發，秋至空山葉自飛。
　　　　　　善惡到頭終有報，只爭來早與來遲。（下）

　　（淨、小上向末云）可將這婦人叉過耐河橋去！

　　（夫）纔到耐河橋，令人魂自消。險疑天地設，滑似滾油澆。（驚介）犬湧千層浪，蛇翻萬傾濤。兄弟，我當時輕聽你，誰料有今朝！

　　（淨、小）勸世人凡事莫心高，得過便且過；但行平正事，何怕耐河橋？

　　【前腔】（夫）長官，聽我分訴呵！我吃齋把素，善果將成就。因聽兄弟之言，開葷嗜酒，作事多差謬。今日到此呵，獨木危橋，成羣猛獸，有口難分，有冤難訴，瞻前顧後空淚流。（合）橋下水悠悠，滔滔都是愁。鐵犬搖頭，銅蛇張口，耐河橋兒教我怎的走！走不得！（坐介）

　　【半天飛】（小、淨、末）河水滔滔，河上高擎獨木橋。惡者要在橋心過，那許你在橋頭坐！（扯夫行介）（夫）舉步兩頭搖，滑如膏。長官，非是我不行，怕只怕去到橋中，跌下橋來，陷在洪波，鐵犬銅蛇，嘬得我心肝破。（夫跌下河，蛇犬亂咬介）（淨、小）奉勸列位大家看一看！沒奈何人今日可奈何？（叠）

【金錢花】耐河橋滑如油,如油。人人到此心憂,心憂。婆娘跌在浪中浮,蛇擺尾,犬搖頭,勸世上,及時修。勸世上,及時修。(夫跳橋上過下)

過黑松林 觀音戲目連
貼—觀音　生—羅卜

【新水令引】(貼)霎時間飛到黑松林,石岩前崎嶇山徑。松間惟有鶴,山外悄無人。虎豹縱橫,為孝子臨凡境。

一念慈悲萬劫身,靈光普照大乾坤。從空伸出拿雲手,提起天羅地網人。自家觀音是也,為因傅羅卜前往西天,黑松林又多虎豹,我今改換衣妝,扮為凡婦,松林之下化一茅房,將虎豹四山逐散,待他到此投宿,又可見他道心。果能至死不移,尤當護助。正是:青眼垂憐行孝子,皇天不負善心人。道猶未了,遠遠望見孝子來也。(弔場)

【山坡羊】(生)遠迢迢難窮盡的路徑,急煎煎難寬解的愁悶。重搖搖難挑負的擔子,痛殺殺難救度的娘苦困。娘!兒為你,為你直奔着西天境。若得活佛相憐也,超度娘離苦海門。娘親,你在地獄門中受苦辛;酸心,好教我滴溜溜淚滿巾。

挑母挑經出遠途,途中勞苦怎支吾。一聲苦母一聲佛,銀海流殘血淚枯。自家為因救母,離了家門,一路餐風宿水,登高履險,多少艱辛呵!來至此間,不覺天色將晚,只得趲行便了。

【清江引】紫煙一帶拖山麓,想是天將暮。全無半個人,只得忙移步。向前村望人家投一宿。(叫介)

【金錢花】(貼上)忽聞犬吠連聲,連聲;是誰叩我柴門,柴門?(開門介)(貼)原來是一修行君子!(生)原來是一娘子。敢問娘子,前面有人家否?(貼)前三十里都是黑松林。(生)可有人行麼?(貼)人稀少,虎縱橫。(生)原來如此!小生進退兩難。(貼)君子,何不在茅檐裏暫棲身?(見介)

（貼）敢問君子,高姓貴表,從何方來,幹何事去?

【半天飛】（生）聽告原因:傅羅卜家居王舍城。（貼）久聞久聞!（生）我父為善登仙境,我母不把神明敬傾,一旦赴幽冥,苦難禁,地獄重重,無計超昇。因此上挑母挑經,徑往西天,把活佛來參問。路上來道遙擔重。須信家貧未是貧,感得垂憐出路人。

敢問娘子,官人何在?

【前腔】（貼）若問夫君,他已離家四五春。（生）可有信回麼?（貼）一去無音信。（生）家下有人否?（貼）只有相隨影。（生）深山獨處,甚難為情。（貼）情提起暗消魂、不堪聞。丈夫去了,辜負奴花樣嬌妖,柳樣輕盈。每夜裏斗帳香銷,紗窗月冷,長夜迢迢,却有誰愀問。君子不遠千里而來,好似巫山遇雨雲,想不是無緣對面人。

（生）娘子說話十分蹺蹊。不是無緣對面人,是有緣千里來相會了? 娘子,巫山雲雨,莫非楚襄王與神女相逢故事乎?

（貼）然也,然也。

【前腔】（生）煉性澄心,火不能燃水不冰。五蘊都修淨,六根皆除盡。聽你是女人身、抵千金,休得胡行,玷辱家聲。（貼）暮夜昏昏,何人知證?（生）雖然是暮夜昏昏,自有個天知地知,你知我知。此意昭昭,難說無知證。想是不肯相容了。（挑擔出介）願立階前到五更,敢做違條犯法人?（念經介）

【前腔】（貼）堪笑癡心,口口聲聲念佛經。佛在那裏?（生）西天。（貼）可知道佛在西天境,渺渺無明證。君,似這等夜靜與更深、不須驚,請入蘭房,共枕同衾,鳳倒鸞顛,此樂何堪並!一夜夫妻百夜恩,休做癡獃懵懂人。

（生背云）這娘子起了念頭,不如對天立下誓願,庶可斷他邪心。小娘子,今在三光之下,罰下誓願,小生若為不才,娘子道前途有虎,就被拖去。

（貼默云）他到說起虎來!不免就遣虎至,試他何如。天靈靈,地靈靈,執法金輪,虎豹關中急放虎來臨,試取此人心。（虎上叫介）

（貼）君子，我這裏牆低畏虎。

【鮑老撲燈蛾】（生）忽聞猛虎聲，剛把雄威整。想我行多虧，虎，天公遣你來相警？我嘗聞古人號你做山君，山君果有靈，我乃行孝念佛人，也當相憐憫；你若是無靈，咱們便死有何恨？

【前腔】（貼）階前虎逼人。（疊）我已開門等，何不入門來，脫離了虎口諧鴛枕？（生）寧死虎口，不諧鴛枕。（貼）君子，你如是肯聽，一夜裏同歡慶；你如是不聽，伊家自喪殘生命。（疊）

（生拜虎云）阿彌陀佛！（貼麾虎退）

（生）自古道：履虎尾咥人凶。今者虎不傷人，分明是神天擁護。

【鎖南枝】天開眼，神有靈，虎狼猶如鹿豕馴。（貼）恭喜虎已退了，奴有魯酒一甌，與君壓驚。（生）我不飲酒。（貼）既不飲酒，奴有肉饅頭一對，與君充飢。（生）我不茹葷。（貼）為何不吃？（生）我遵佛戒守佛法，吃齋把素甘清淨。（貼）既不飲酒茹葷，須索請進房子裏來，終不然在階前站到天亮不成！（生）豈不聞關雲長，也曾秉燭到天明？娘子呵，你休學那卓文君，把相如牽引。你休學那卓文君，把相如牽引。

（貼默云）此人心不可回，不免假妝一病，試他何如。哎嗟，哎嗟！

（生）娘子為何？

【前腔】（貼）我疾作。（生）甚麼疾？（貼）是腹疼。（生）是舊疾，是新疾？（貼）舊病。（生）既是舊病，往日怎生醫治？（貼）往日丈夫在家，除非是手摩方可寧。（生）既然如此，娘子急急自摩。（貼）嗟，病人手軟，安能自摩？你既是出家人，慈悲為本，放踵摩頂，何不把我腹來摩，一舉手活得一人命。救人一命，勝造七級浮屠。比造那七級浮屠還勝。（生）男女授受不親。（貼）男女授受不親，禮也。嫂溺，援之以手，權也。豈不聞柳下惠，曾抱着女子到天明？君子，嗟，這便是磨而不磷，這便是磨而不磷。

（生）小娘子既曉得柳下惠，可也曉得魯男子否？

（貼）魯男子何如？

【前腔】(生)魯男子,當夜深,有一女子為風雨摧廬,求救於魯男子,他閉門不容女人進。那女子也道柳下惠故事,魯男子道,在柳下惠則可,在吾則不可!能忍他凍死呵,不肯開門,把清名污損。我以手摩爾身,就是挽天河,只恐洗難淨。常言道:瓜田不納履,李下不整冠。君子遠嫌疑,難依着娘行尊命。君子遠嫌疑,難依着娘行尊命。

【前腔】(貼)天將曉,雞已鳴,翻來覆去痛怎禁?(生)天色已明,諒有鄰人相救。(貼)前三十里,後三十里,並無人家,那得個人來相救?可惜你修行,不肯相救呵,如入寶山中,空手還鄉井。(生)娘子,摩腹一事,小生不能。(貼)是不為,非不能。似這等哀告不回心,君子呵,敢是你心無惻隱,敢是你心無惻隱?

(生)無惻隱之心非人也,況我出家之人,豈忍見死不救!但仁者切於救人,智者必不失己。小娘子,我有一計,將衣被覆在娘子身上,小生自窗牖上,隔衣一摩何如?

(貼)隔衣難救急症,須是手腹相粘,方可救也。

(生)我將大紙數張,與娘子蓋在腹上,我在紙上一摩罷。

(貼)如此也可。急急快來!(生摩介)(內放火介)(貼下)

【前腔】(生驚云)只見閃閃紅光燭地明。茅房、娘子都不見了呵!四山虎豹往前奔。這紙上,張張都有觀音像。不免掛在擔上,高叫南無觀世音。(生拜下介)(貼上云)羅卜稽首,聽我分付:

觀音詞(貼念)

觀世音來觀世音,我今觀盡世間人。世人那個無父母?那個兒女念雙親?

羅卜本是行孝子,只因母喪在幽冥。魂靈陷在地獄裏,渺渺茫茫無處尋。

孝子一心思報母,拋家棄業去修行。一聲娘來一聲佛,一頭母也一頭經。

橫挑擔兒難趲步,堪堪來到黑松林。黑松林中多虎豹,親來度你過關門。

心已堅時操已定,酒難蕩也色難淫。途路雖有十萬里,我今為你促途程。

一千行來抵一萬，一日行來當一旬。見佛前往地獄裏，救你娘親劉四真。

一齊成佛登天界，方表孩兒報母情。我今賜你聖像去，一路將來護爾身。

若是途中遇苦難，高叫南無觀世音。（貼下）（生起拜介）

【掉角兒】感觀音鑒孤此情，把迷途為孤指引。念羅卜路遠擔非輕，他為我促途程，我拳拳服膺，謹如教令。（合）平昔為在家庭，長念着南無觀世音，豈識觀音？今日裏黑松林這般顯應！今日裏黑松林這般顯應！

【尾】堪堪曙色分幽暝，喜見東方日漸升，依舊長亭更短亭。（下）

過昇天門

末—鬼使　丑—關主、手下　小—孝子　占—節婦
外—忠臣　夫—劉氏　淨—劉賈

（末）山削懸崖水湧瀾，十人到此九心寒。九原地險有如此，絕勝殽函百二關。自家關主老爹手下便是。見則見山聳雲霄，波翻冰雪。龍盤虎踞，年年雪作黑山花；鶴怨猿哀，夜夜月懸青洞鏡。謾羨東封函谷，休嗟生入玉門。縱披金甲之將軍，不容閒渡；雖跨青牛之老子，未許輕過。正是：一夫當關，萬夫莫開。道有未了，老爹早上。

【西地錦】（丑上）職掌五關險隘，寸心經德無回。善惡同歸，賢愚剖白。風霜雨露兼該。

膽氣堂堂七尺軀，職專控扼值通衢。玉門函谷何須尚，天上人間此險殊。自家掌管五關，前此四關，憑咱為之剖決；後來十殿，自此作其根源。善者自昇天門入，竟登天堂；惡者從鬼門關行，即墮地獄。正是：善惡到頭終有報，水清方見兩般魚。今當開關之期，手下，關前鬼犯，放他入來！

【玩仙燈】（小、占、外）一路謾徜徉，早來到五重關上。（夫）一路受波查，又來到五重關下。

（末）稟老爹，善人、惡人都到了。

（丑）善人先進，惡人門外伺候。（善人入介）

（外）自家忠臣光國卿是也。伏乞照驗，給與符節放行。

（小）孝子安於命也。

（占）烈婦耿心貞也。

（丑）緣來曰忠曰孝曰節，雖其稱名不同，然而盡忠、盡孝、盡節，究其為善則一。手下，取符節過來！（介）

【風入松】（丑）由來善類在陽間，事業震天關。丹心耿耿天應鑒，沿途上都是另眼相看。引自昇天門入。過關門誕登道岸，須玩賞，且盤桓。

（衆謝）萬樹花開資地暖，一輪月朗伏波澄。（下）

（淨上）人鬼雖殊地，幽明只一天。自家劉賈是也。陽世作事差池，陰司受諸苦楚。到此關上，全憑三寸舌，關上九重天。（見介）

（夫）罷了！兄弟，你也到此呵！

（淨）原來姐姐也在此！

【前腔】（夫）猛然一見痛心酸，搵不住淚潸潸。恨伊浸潤將吾陷，又哀伊陷苦海、受多苦艱。（淨）姐姐既恨我，不哀我也罷了！（夫）兄弟，須知手足情無間，豈恨爾便傷殘？

（末）休說閒話，急急進去！（入介）

（丑）劉氏青提！

（夫）有！

（丑）劉賈！

（淨）有！

（丑）拽二人！魯衛之政兄弟也，手下，好生將他打入地獄！

（淨）爺爺可憐見！姐姐平生吃齋，劉賈亦未為惡，伏乞超度。

【前腔】（丑）你二人在世恁多奸，作惡百千般。同謀燒毀齋僧館，違誓開葷，殺牲害命，肉饅頭把僧道隱瞞。（夫）自知有罪，乞開天赦。(丑)今朝只落得空追歎。手下,急扯入鬼門關!

【前腔】(淨)卑人叩首告恩官。自古道:將相膊頭堪走馬,公侯肚裏好撐船。伏望賜包涵。我姐姐呵,持齋又把資財散,勸開葷是小人口饞,自甘當畫招成案。與姐氏實無干。

【前腔】(夫)兄弟,同胞恩義重如山,弟苦姐何安!爺爺,開葷違誓皆奴犯,肉饅頭是奴造端。自甘當畫招成案,與兄弟實無干。

(丑)見你二人互相救解,比那不念手足之情者大有不同。

【尾】(丑)因伊把文卷詳詳看。你二人罪過,土地記載,竈司申詳,玉皇敕旨,誰敢有違?欲待要赦你之時難上難。在我惟遵天帝令,將他解入鬼門關。(下)(夫)兄弟,關主爺爺道,因吾把文卷詳詳看。道是我二人罪過,土地記載,竈司申詳,玉皇敕旨,不敢有違,欲待要赦我之時難上難。(合)怎做得犬吠雞鳴潛度關?

(末)二人急入鬼門關去!

(夫)一去一萬里,千之千不還。崖州在何處,生度鬼門關。陽世曾聞此言,今日果然到此!

【折宮花】(淨)恨當初是我不信神明,勸姐姐殺牲害命,毀齋房拆倒了橋亭。豈知道舉頭三尺神明近。今日裏三拷六問,受盡了萬苦千辛。(夫)怕只怕在鬼門關進,怕只怕在鬼門關進,沿途去苦楚難禁。(合)眼睜睜力窮計盡。(夫)兄弟,我為你出脫無能。(淨)姐姐,我為你出脫無門。

(丑上)生前欺騙他人物,死到陰司也要還。劉賈生前欺騙,許多債主告在閻君殿下,差我拿他前去對理還債。(捉介)

(淨)怎麼?怎麼?(小叙前事)

(淨)敢借批文一觀。(介)一為欺騙事,仰本役速拘後開鬼犯聽審毋違!計開惡人一名劉賈。

(夫)兄弟,不好了!

【鷓鴣天】(夫)纔得相逢一路行,可憐兩下又離分。兄弟此回呵,百般苦楚吾何忍?(淨)姐姐此去呵,萬種凄涼你怎禁?(合)離思切,哭聲頻,可憐地慘更天昏。流淚眼觀流淚眼,斷腸人送斷腸人。(下)

善人昇天

外、占、小—善人　末、淨—鼓手　旦—玉女　生—手下

【鷓鴣天】(外)濟濟陽間修善羣,(末)各持符節度關門。(旦)五關歷過清平地,一路逍遙自在身。　(合)仙樂奏,鳳凰鳴,天街十二靄香雲。鬼神報應如桴捷,天道何曾負善人!(外)我等一路逍遙,不負忠孝節義。

【節節高】(末、淨、生上)瑤池九品蓮,為羣仙昨宵一夜都開遍。天風扇,異香傳,奇枝軟花舒笑臉。迎仙眷,前迎後擁皆歡忭。(合)分明有個路朝天,人生要好惟為善。

(衆)三生幸有緣,到關前一時皆得叨榮選。好一似日光輝,月光明,星光閃,天堂此去知非遠,前途便是長生殿。(合前)

【尾】(衆)龍幢萬丈連雲捲,鳳撐雙輪賽月圓,天上人間稱貴顯。(下)

過寒冰池

小—猿精　生—羅卜　丑—龍精　外—道人

(小)古人形似獸,皆有大聖德。今人表似人,獸心安可測?我有活人心,猴形何足怪。奉勸世間人,莫笑猿精白。承慈悲教主命我護送孝子,前往西天。往日娘娘親度他過了虎豹關,而今將至寒冰池,有烏龍精作怪害人,且自扮做道人,在此伺候着。(小下)(外上)

【新水令】(生)西天活佛可皈依,歷程途敢辭勞瘁!方纔離虎穴,早又到冰池。苦向誰提?望蒼天相周濟。(見介)

(外)君子嗟歎,莫非挑擔辛苦,行路艱難?

(生)然也。

（外）繩鋸木可斷，水滴石猶穿。不愁行不到，只在用心堅。
（生）敢問道士從何而來？

【懶畫眉】（外）因參活佛自西歸，親見西方道路危。（生）既然如此，要知山下路，但問過來人。那冰池一事何如？（外）妖龍作怪凍難支。君子，不如東向回家裏，免待臨時悔却遲。

（生）長者在上。

【前腔】（生）一心心要去謁牟尼，敢憚驅勞半路回？（外）只怕妖龍作凍，壞了你殘生。（生）須知救母我當為，妖龍作凍吾何避，趨步前行不敢遲。（作別介）

（生）君來余又去，各自奔前程。

（外）君子，此行如凍倒，高叫度冰人。（外弔）

（生）道士好沒見識！他自西方而來，反勸卑人回去，此非信道不專，即是妒人為善。其不足信也明矣！

【前腔】欺道人說話不思疑，教我凍倒之時可叫伊。須知只是一冰池，他能回也吾能至，只是相爭早與遲。

來至此間，果有寒冰池也！冰光燦，冰氣團，隱隱蛟龍駐此間，令人心膽寒。身既單，衣又單，雁不到時人度關，空歌行路難。不免打起精神，趨行幾步。

【一枝花】見則見池冰凛冽，是則是重陰固結。遍長池如銀叠，好似白玉平鋪。水晶排列，莫不是玉天仙素練在天河洗？莫不是玉皇聖駕巡凡世，廣鋪瓊玉淨襯行車？白茫茫未解山頭雪，淡溶溶普照梅梢月，光皎皎冷侵一川圭，靜悄悄那見中流楫。（下）

（丑上）噓氣成雲萬里騰，呼風攪作一池冰。生人若到冰池過，震動風雷一口吞。自家烏龍精是也。據此冰池，若有生人來，生噓口寒風，使他凍倒，便吃了他！今聞有生人氣，不免瞧着。（吹氣介）

（生上）驚覩寒冰萬丈深，險於弱水三千里。

【前腔】當，當不住寒如刀切，遮，遮不住風如箭劫；捱，捱不過冰滑如油；凍，凍得我身寒似鐵。

【前腔】（丑）原來此人有觀音聖像在身，害不得他！不免將他吹倒。(吹介)(生驚)猛然間身軀僵跌,好教人腳跟難拽。為只為救我娘親,辭怎辭這般磨折。天耶!想光武渡河冰終成大業。娘耶!想王祥臥河冰孝名不缺。我今冰上遭顛蹶,只為娘親志不衰。高叫道人相救也。

道人救人!

(外上)孝子既存乎遠慮,老夫須解其近憂。呵,原來君子被龍精作怪,凍倒在此!

(生)擔上觀音娘娘,救人救人!

(外)你擔上既有觀音聖像,何不將來頂在頭上,叫告娘娘,救此苦難?

(生)承教承教!(聖像包額上介)

(生)卑人往日在黑松林,蒙娘娘親口分付,途中若還遇苦難,高叫南無觀世音。望長者和我高叫一番。

(生、外唱)(丑作私聽介)高叫南無觀世音,天生一點活人星。滿頭細髮烏雲黑,兩朵纖眉柳葉青。南無!

目巧世間人盡見,耳聰天下事皆聞。面如美玉無瑕玷,身似冰輪絕點塵。南無大慈大悲救苦救難靈感觀世音菩薩!

大慈悲是生來性,救苦難是本來心。鸚哥句句傳佛語,楊柳青青插玉瓶。

瓶注九龍真法水,楊柳灑時遍乾坤。一灑九天甘露下,二灑大旱沛甘霖。三灑春郊足時雨,纔沾一點值千金。南無!

病人沾着災殃退,苦人沾着難離身。熱腦沾之生涼快,寒冷沾之轉陽春。枯朽沾之枝葉發,孤獨沾之子孫生。貧窮沾之富貴到,富貴沾之福壽增。我今倒在長池上,只為妖龍作凍冰。伏望現身來救度,不枉了高叫南無觀世音。

(丑私叫介)眾鬼使聽我分付:觀音娘娘已有法旨,可放此人過去,不可害他!(下)

(生)原來拜告娘娘,這冰池頓生陽暖,不覺霎時過了。

(外)冰池雖然過了,前面還有火焰山赤蛇精作怪害人。君子可一樣高叫觀音娘娘,方可去得!

（生）敢問長者高姓貴表？

（外）卑人自幼出家，忘其姓名。但時人見我，號為雲水道人。敢問君子何姓何名？

（生）卑人姓傅名羅卜。為因救母，前往西天。奈何身孤擔重，高叫觀音，不能以筋力為禮，又恐褻瀆神明。長者受卑人一禮，還望再送一程，容當結草以報。

（外）太上立德，次務報施。老夫雖非立德之人，但已出家，救人苦難是我本心，豈望報也！再送再送。

（外）容當再送過前途，（生）多感先生捨力扶。

（外）救人須救難中漢，（生）求人須求大丈夫。（下）

過火焰山

丑—蛇精　生—羅卜　外—道人

【霜天曉角】（丑）乾坤萬類，我亦非凡質。火焰山頭三百里，據此又非一日。

自家赤蛇精是也。生稟乾坤之火德，異為萬類之精靈。時乎居，則與蛟龍而共蟄；時乎出，則乘雲霧以飛騰。口大十圍，常吞鹿象；身長九萬，能遶崑崙。曾闞於門而致厲公之出，曾銜乎珠以報隋侯之恩。見虎牢以警乎魏帝，入梓潼以壓乎五丁。身雖斷而復續，志可屈而又伸。勸世人雖巧，不可畫吾之足；勸世人雖衆，不可害我之生。在此火焰山裏，已經千有餘春。但有生人到此，自來膳我點心。且喜聞有生人氣來，在此睥睨則個。（弔場）

（生上）關山迢遞，西域何時至？（外）今在路途須努力，終有到場之日。

（生）鐵因煉火方成劍。

（外）魚為奔波始化龍。來到此間，將至火焰山，只得趲行。

【玉交枝】（生）為娘見佛，須奔取西方佛地。愁只愁火焰多艱，又豈可半途而廢！今日到此，進退兩難。好一似羝羊到此觸藩籬。常聞竊脂之鳥，垂翼可以遮火。那得個竊脂垂翼來遮蔽？（合）南無大慈大悲救苦救難靈感觀世音菩薩！叫只叫觀音垂庇，望只望觀音垂庇。

【前腔】（外）高山峽裏，見火焰騰騰飛起。赤炎炎不辨蕭芝，光烈烈那分玉石？昔人有焦先者，能裸身入火。焦先入火事難期。便做個子推焚死心無悔。（合前）

【前腔】（生）勞心焦思，怕甚麼焦頭爛額，想劉昆德感天神，遇火災反風火息。常聞崐山有白首之鳥，符愚有赤喙之禽，皆能遮火。崐山白首歎逢稀，符愚赤喙嗟難遇。（合前）

（外）敬將法水，用柳枝輕輕細灑。猶如是甘露瀼瀼，又何怕火威方熾。火坑化作白蓮池，炎途盡是清涼地。（合前）

（丑）原來觀音娘娘已有令旨！衆兄弟，大家稽首，讓他過去。（下）

（生）果然法水一灑，火威自息了。

（外）火焰山雖過了，前途還有個爛沙河，沙和尚作怪，一時難過。

（生）既然如此，還望老師再送一程。

（外）是為馮婦也。況我歸心如箭，不及再送。

（生）自古道君子成人之美。佛語云，渡人須到岸。還望再送一程。

（外）既然如此，待我先行探他事勢何如，你隨後來。

（生）如此更好！

（外）我往前途探事因，君隨後至謾憂心。

（生）深感厚恩當刻骨，千年萬載不生塵。

過爛沙河

丑—沙和尚　小—白猿精

【粉蝶兒】（小）孝子在窮途，天遣小神相護。

積土成山風雨興，積水成淵蛟龍生；積善成德神明見，神明專渡有緣人。白猿承娘娘令旨，護送孝子前往西天。已曾扮作道人，渡他過了寒冰池、火焰山矣。今又將到爛沙河。孝子，孝子，焉知道士原是猿精！只為你孝心上感乎天心，故神道陰扶乎人道呵！今來到此，便是沙河。這兩邊石壁參天，一道爛沙滾水。欲將石山推倒，塡了沙河，奈有和尚作怪，難以成功。不免將我烏龍鋼椽，把這石壁錐下一邊，塡了沙河，看他如何。

【水底魚】流爛沙河，從無人敢過。塡成大路，試他待若何。

曾駕小舟遊大海，這回不怕浪頭高。（弔場）

【前腔】（丑）據險年多，安然獨樂窩。誰人到此，開路做甚麼？

（內）是白猿精要將石山推倒，塡了河道。

（丑）妖魔好沒道理！手下，聽我分付：爾等一人擁沙一堆，將水壅在上流，待我與他打話，詐言放他前去，再將沙堆推倒，放水下流，把他淬倒，坑在河中。只教他虎陷深坑難展爪，龍遭鐵網怎翻身。（弔場）

【前腔】（小）河水衝開，流沙滾滾來。把山頭推倒，塡成一道街。

【前腔】（丑）叵耐喬才，推山下水涯。與他辨別，此事該不該。（見介）

（丑）猿乃深山之小畜，諒無敵我之大才。為甚來由，擅開河道？

（小）我奉觀音法旨，護送孝子前往西天，一路遵依，今至此地。沙河流爛，難以前行，只得推倒山頭，塡成大路，庶便孝子前行。

（丑）呵，原來如此！俺分付河伯水官，使洪水一時乾了，放他過去。（叫介）（內應介）

（小）既蒙盛舉，待我向前打探，再同孝子前來。（行介）

（丑）推倒沙堆，放水放水！

（小）一時水漲，流沙滾滾。而今陷在河中，怎生是好？

（丑）陷他三日，看他如何！從今認得沙和尚，說甚南無觀世音！（下）

（小）陷在爛沙之中，跳不起來，怎生是好！不免將金箍敲動，叫告娘娘。（敲介）（念云）金箍敲動響叮叮，高叫南無觀世音。一從護送傅羅卜，沿途神鬼盡皆欽。豈知來到沙河上，妖僧設計害吾身。將身困倒流沙裏，猶如虎陷在深坑。伏望娘娘親救度，方顯南無觀世音。遠遠望見那邊有一沙堆，不免閣去站着。（介）
　　　　（詩）龍游淺水遭蝦笑，虎落平陽被犬欺。（弔）

擒沙和尚

貼—觀音　旦—龍女　淨—錦羅王　生—手下

　　【點絳唇】（貼）觀見西方，爛沙河有沙和尚。好勇爭強，把白猿陷倒遭磨瘴。
　　得勢狐狸強似虎，退毛鸞鳳不如鷄。前日遣白猿精開通道路，今被沙和尚陷在河中，須索親自前去收服邪魔，救拔白猿則個。
　　（旦）聞此邪魔善化不得，惡化有餘。
　　【前腔】（貼）龍女說得甚是！我則待收服強梁，須索是猛烈英雄將。（旦）憑娘娘差那一員將去。（貼）我改換衣妝，變出個猛烈英雄像。
　　（旦）既然如此，請娘娘帳中披掛。
　　（貼）邪道豈能干正道！
　　（旦）正神端可服邪神。（弔場）
　　（內云）喊！一路神鬼，須當仔細。觀音娘娘變為錦羅王來也！
　　【混江龍】（淨上唱）一聲哨響，雲中降下錦羅王。頭戴着金盔日朗，身披着金甲星光；跨着龍駒馬謾誇騏驥，提着龍泉劍不讓干將。噓口氣沖開牛斗，喊一聲震動山岡。真個是人如虎豹，令迅風霜。
　　【那吒令】我本是大慈悲佛法無雙，我本是大慈悲佛教無疆，我本是大慈悲救人無量。為甚的陡起殺人心，變出驚人狀？
　　【鵲踏枝】俺只為沙和尚心忒狠，俺只為沙和尚行忒莽。自矜雄壯,聚邪魔據守沙場。流沙滾滾沿河蕩,過此者陷溺身亡。

【寄生草】白猿精去開河道,沙和尚用歹心腸。(生)不知他用何計較?(淨)他壅水沙從暗裏坊,潣人水向途中放,殺人刀在笑中藏。白猿輕聽其言,將身陷在水中央,而今困在沙堆上。

【醉中天】這白猿呵,苦遭他欺罔,高叫我娘娘。因此上我匹馬單槍出上方,要擒了沙和尚。他是個阱中虎尚把威揚,釜中魚猶思作浪,地頭蛇龍來不讓。

【醉扶歸】他無忌憚肆猖狂,敢胡為裝虛謊。惱得我怒氣昂昂塞滿腔。這鬼魅難輕放。我慈悲本是渡人航,奈緣他自取身淪喪。

【金盞兒】非是咱恃己長,誇我強。我覷他恰便似猛虎奔羊。料伊行無能抵擋。他是個幽崖鬼魅,我是個清曉鸞凰。他縱有爛沙河可恃,又焉知海水斗難量。

【賺尾】龍馬駕雲翔,鳳哨連天響。呼風喝雨誰能抗,走石飛沙孰敢當。半空中旗幟影飄颺,一路上神鬼心欽仰。霎時間擒住沙和尚,萬里邪魔盡服降,方顯得錦羅王法力廣。(弔場)

【水底魚兒】(丑、末上)火箭神槍,旌旗閃閃光。妖魔野鬼,到此盡服降。

(淨、生上)我武惟揚,威風誰敢當。凱歌聲裏,教他認得錦羅王。(遇介)(打話介)

(丑)錦羅王,錦羅王,何須這等自猖狂。好生下馬低頭拜,免陷沙河受苦殃。

(淨)沙和尚,沙和尚,何須這等言輕放。好生平却爛沙河,免教頃刻殘生喪。

(丑)口說無憑,做出便見。(戰介)(淨拿丑介)

(丑)大王饒命!

(淨)可送白猿還否?

(丑)手下,急急送白猿到此!

(小上)饑鳳羽毛寒不鍛,臥龍頭角病猶高。小子不才,多累大王親征。

(淨)送還白猿之後,可聽吾號令否?

（丑）一一聽命。

（淨）既然如此，你可開通河道，同白猿護送孝子前往西天。

（丑）領命。

（小）護送孝子所不敢辭，但與其救苦於途中，孰若高昇於物外？望娘娘大發慈悲，早行方便，使羅卜凡身脫化，佛果栽根，則一時可到西天，娘娘度人之心亦早遂也。

（淨）也說得是。你二人可先到百梅嶺上，白猿精藏在百梅叢中，沙和尚躲在萬丈崖下。待他到彼之時，白猿搶了他行李，丟下懸崖。他一時痛念母親，必定投崖而死。那時節就使他脫去凡身，化為佛相，沙和尚即以爾之衣帽為他法服、法冠，竟往西天，有何不可！

（小）如此，多謝多謝！

（淨）吾道由來順者昌，二人急去度伊行。

（丑）娘娘好時便是觀音佛，不好便是錦羅王。（淨下）

（丑）受人之託，即當忠人之事。我二人已承法旨，不免就此前去。（行介，到介）

（小）我向梅叢躲得高。　　（丑）我從崖下逞功勞。

（合）羅卜羅卜，三擔黃蓮都吃盡，一挑甘草未開包。（弔）

【紅衲襖】（生）歎孤身一路上多苦辛。感道人向前途探信音。俺這裏趲行程不敢停。道人呵，你那裏往何方不見影？呵，來到此間，想是爛沙河也。只見流沙滾滾，河水滔滔，中間一道沙壖。幸無風浪，正好過去，不免趲行。（介）喜過了爛沙河風浪平。大哥，敢問前面一條峻嶺，是甚所在？（內應云）是百梅嶺也。又早到百梅山風雪緊。咳！梅白雪又白，雪與梅同色。不是暗香來，梅花辨不得。梅乃百花之魁，有此清香可愛。（放擔介）折一枝獻佛與娘親也。娘！願你聞此奇香早化升。（小搶行李丟介）

【半天飛】（生）罷了！忽被猿精搶，我行囊丟下萬丈坑。天耶！佛經都傷損。娘喏，骸骨無蹤影。嗏！嚇得我喪魄與消魂，痛酸心。我也只為娘親，陷在幽冥，一路奔波，受盡艱辛。止望西天超度娘生，誰知是到此山中，一旦成畫餅！天！顧不得娘來怎顧得

身？向這萬丈懸崖一命傾！（生跳下）（帶僧帽二人扶上介）

【掉角兒】（小、丑）告君家不須悶縈，賀君家這番歡慶。那白骨是你脫化了凡身，這光頭是你早成了佛頂。（生問小云）你是何人？（小）我本是白猿精。承娘娘法旨，一路上護送你前行。前日道人即是我也。（生）呵！（又問丑云）你是何人？（丑）我本是沙和尚。承娘娘法旨度伊行，命咱來幫襯。（生）凡胞庸骨幸已脫化，不見佛經與母親屍首，怎生是好？（小、丑）這的是母骸千金，這的是佛經幾本。（合）一擔行囊齊齊整整。此去西天行行將近。

【前腔】（生）感慈悲這多厚恩，賴伊家恁般惻隱。使卑人脫化凡塵，掩遺骸須當誠敬。（小、丑）從今去一路飛騰，省當初許多勞頓。（合）

（生）百梅嶺上遇神君，萬丈崖前度此身。
（小、丑）正是藥醫不死病，果然佛化有緣人。（下）

見 佛 團 圓

外—活佛　末、小、丑—十友　生—羅卜

【河滿子引】（外）天意獨憐孝子，佛光普照華夷。孝兒一路苦奔馳，十萬八千餘里。千餘里，脫化凡身，行將至矣。
（眾）世尊稽首。
（外）今日傳羅卜挑經挑母，將至此也！
（眾）感承指引，同往門前盼着。
【生查子】（生）風攪六花飛，擔壓雙肩碎。（眾）傅兄果然到也！大雪紛紛，好苦！（生）只為就明師，辛苦應難避。（丑接擔介）（見介）
（生）世尊在上，容小生見禮！
【刮鼓令】（生）佛法大無邊，拔幽冥苦萬千。只因母墜陰司裏，挑母挑經赴講筵。伏望賜周全，使他苦海門中客，都作靈山會上仙。（合）不枉了為母到西天。

（外）人生俯仰間，善當為，孝最先。念爾路途多勞倦，報答劬勞心獨堅，從此悟真玄。要從地獄逢娘面，須向沙門學定禪。（合前）

（外）孝莫大於救母，行必先於正名。我今取爾法名，謂之大目犍連，庶爾日後大有所就也。

（生）敢問大目犍連其義何居？

（外）佛法無量謂之"大"，佛光普照謂之"目"，佛力至剛謂之"犍"，佛功不息謂之"連"。以此定名，爾當顧名而思義也。

【前腔】（生）承師戒語專，對蒼天佩戒言。（外）從此修為當黽勉，賜法名為大目犍連。（衆）間別已多年，喜得今朝重相見，兄和弟永團圓。（合前）

    羅卜更名目犍連，師生兄弟共團圓。
    二臺傳記關名教，一炷冥香答上天。

下　卷

開　場
末

【鷓鴣天】日暖風和景物鮮，太平人樂太平年。新編孝子尋娘記，觀者誰能不悚然。　　搜實跡，據陳編，括成曲調入梨園。詞華不及《西廂》艷，但比《西廂》孝義全。（餘白同前）

　　　　劉青提陰司受苦，釋迦佛法力無邊。
　　　　曹氏女未婚守節，目犍連救母昇天。

師友講道
生—羅卜　小、丑—十友　外—活佛

【高陽臺】（生）身着袈裟，地居極樂，誰知憂思懸河。樹倚菩提，怎起幽冥萱草？須知祝髮省愁煩，又怎得斷除煩惱？坐蒲團，佛火常明，照人昏曉。

（四七言）夔龍班裏，高官須信非吾意；金鳳釵頭，好色尤難解我憂。萱花零落，香魂渺渺何依泊；風木悲號，情緒匆匆轉寂寥。自家傅羅卜是也。為因救母，拜謁世尊，蒙收門下，賜名大目犍連，與兄弟張佑大等在此修行，講論一番，多少是好。（喚介）

【生查子】（小、丑）結義弟和兄，喜得皆相聚。佛果未能成，惕勵期無已。（見介）

（生）告稟兄弟得知，我等同到西天，佛果未成，須當勉勵。

（小）師兄道得有理！古云學問勤乃有，不勤腹空虛。

（丑）出家如初，成佛有餘。咱等各執一經就正世尊何如？

（生）如此正是。（介）

【前腔】（外）沙門卽乘門，釋道同儒道。諸子遠相從，豈吝施

吾教。(見介)

（衆）佛教能傾否，羣生賴發蒙。

（外）相期千載上，妙契一言中。

（衆）諸子竭誠執經問難。

（外）目連手執何經？

（生）《心經》。

【金字經】（外）聽道：菩提薩埵，心無罣礙。色即是空空即色。空即色，無至亦無得離，顛倒，度一切苦厄。

【尾】羯帝，羯帝，波羅羯帝。波羅僧羯帝，菩提娑婆訶。

（生）謹領明教。

（外）法恭手執何經？

（小）《妙沙經》。

【前腔】（外）聽道：十萬萬佛，九萬萬僧，誠心齊念妙沙經。謝天地，報答父母恩。生增壽，過去早超昇。

【尾】南無。天上地下，日月星辰，有人持念妙沙經。天下神鬼不敢侵，一切衆生離地獄，奈何橋上看分明。諸大菩薩摩訶薩，摩訶不惹波羅密。

（小）謹領明教。

（外）法從手執何經？

（丑）《救苦經》。

【前腔】（外）聽道：摩休摩休，清淨比丘。官事解散私事休。私事休，消災離苦憂。枷鎖脫，自能救獄囚。

【尾】觀音菩薩大慈悲，救度衆生無盡期。有人念得觀音咒，火坑化作白蓮池。南無。大悲大願，大聖大慈，觀音菩薩摩訶薩，摩訶不惹波羅密。

（丑）謝教。

（外）此其大略。諸生熟讀此經，得意忘言，則過去佛、現在佛、未來佛，皆將一以貫之。

（衆）何謂過去佛？

（外）彌勒如來是過去佛。

（眾）何謂現在佛？
（外）我釋迦如來就是現在佛。
（眾）何謂未來佛？
（外）阿彌陀佛是未來佛。
（眾）過去佛、現在佛、未來佛，名雖異矣，然則三子亦有同乎？
（外）有也。
【閱金經】（外）過去現在未來佛名，皆是西天大聖。人人無非覺，此心心能覺，佛果從此成。
（眾）諸生不敏，請事斯語矣。
（外）下學可以言傳，上達必由心悟。蓋經經惟佛，佛佛惟心。諸生求佛於心，則佛從心出矣。聽我道來！
【駐馬聽】（外）佛在吾心，堪歎時人向外尋。豈不是煮石求粥，却步求前，反鑒求明！須知道不遠於人，遠人求道皆昏沌。（合）息妄澄神，回光便是菩提境。
【前腔】（生）多謝師尊，提挈綱維示眾生。方信是萬歸於一，色出於空，道入於冥。孔門一貫在存誠，釋家一貫由禪定。（合前）
（小）我世尊道貫天人，不遇幾乎負此生。常聞道老聃指舌，列子執衿，莊周斲輪。從來上達在忘形，須知妙覺由存性。（合前）
【前腔】（丑）涵育功深，一覺渾忘大小乘。好一似夢人纔寤，瞽者纔明，醉漢纔醒。玉蓉城內鉢花馨，金蓮臺上天香噴。（合前）
（外）目連，若要見母，先在明心，可往奇闍窟中坐禪，日久自知下落。
　　萬丈毫光出黍珠，三車講破見真如。
　　要知阿母昇沈事。秖在高禪入定餘。

曹府元宵

末—院子　小—曹公子　外—京兆　占—夫人
旦—賽英　丑—梅香

（末）彩服華妝處處逢，六街燈火鬧兒童。三千世界笙歌裏，十二樓臺錦繡中。自家非別,乃京兆曹爺門下掌院事的便是。今當元宵佳節,公子分付,安排筵席,為老爺上壽。筵席整備,公子請上。

【念奴嬌】(小)融融春色滿皇州,清響玉壺銀漏。錦繡乾坤花宇宙,輝煌燈彩盈眸。(合)願取燈光,歲歲照人依舊。

(見介)(敘事介)

(小)院子,分付譙樓上:玉漏銀壺且莫催,鐵關金鎖徹明開。誰家見月能閒坐,何處聞燈不看來。筵席既已齊備,待我請爹媽出來。(請介)

(外)萬星移下彩雲頭,清夜恍如春晝。(占)花叢錦陳笙歌奏,珠簾控上金鉤。(合前)(小見介)(末見介)(末下)

(占)梅香,可請小姐出來。

【一剪梅】(旦)天清如洗碧雲收,燈滿瓊樓,月滿瓊樓。(丑)小姐聽着,笙歌繚亮宛還柔,且進金甌,且醉金甌。(見介)

(外)我兒,你兄妹二人請老爹娘出來,有何話說?

(小、旦跪云)告禀爹媽得知,今遇元宵佳節,但見紫禁煙花一萬重,鰲山宮闕隱晴空。玉皇端拱彤雲上,人物嬉遊陸海中。星轉斗,駕回龍,五侯池館醉春風。

(外)兒,起來。而今白髮三千丈,羞對寒燈數點紅。

【山花子】(小)院子尌上酒來!燈嫌月淡連天照,正金吾弛禁良宵。仰吾皇光被四表,遍閭閻共樂唐堯。(合)更笙歌聲沸海濤,香煙人氣滿市朝,拚取年年,此夜酕醄。

【前腔】(旦)燈花似怯春寒悄,向火樹吐出紅桃。影煌煌高纏紫霄,照椿萱福壽雙高。(合前)

【前腔】(占)鰲山故事般般巧,錦乾坤難畫難描。華筵深處檀板敲,樂清光遍照蓬茅。(合前)

【前腔】(外)天街歡閙皆年少,恣嬉遊快樂陶陶。怕燈光偏嫌二毛,暗教人清興渾消。(合前)

【紅繡鞋】(合)銀屏玉盞鶯膏,鶯膏;何妨徹夜高燒,高燒。開玳宴醉香醪,酐美景聽童謠。人人齊唱,齊唱太平歌。

【尾聲】金鷄三唱天將曉，月淡星稀斗轉稍，整肅衣冠拜聖朝。

（末）有事忙來報，無事不敢言。告相公得知，有聖旨到。

（外）既然如此，夫人女兒回避，院子安排香案。（旦、占下）

（末上）一封丹鳳詔，飛下九重天。聖旨已到，跪聽宣讀。奉天承運，皇帝詔曰：國政莫大於御戎，軍機必先於足食。今有西方醜虜，擾亂邊陲，特加京兆曹獻忠戶部侍郎之職，解粟十萬，往賑邊庭。爾往欽哉，毋延毋怠。叩頭謝恩！（介）

（末）驛路風霜，老大人須是耐煩。

（外）驛騎不憚千山遠，

（末）麟閣期標萬古名。（末下）（旦占上）（叙事介）

（外）君言不宿於家，就此告別而行。

（占）相公，王事靡盬，為臣固當盡忠；孩兒年將弱冠，為子尤當盡孝。兒，你須伏侍爹爹，一同前去。（小）理會得。

（占）梅香，取酒過來，與相公餞程。

【鬪黑麻】賀相公，感皇恩，加官進爵。誰料在須臾，驪歌又作。只怕邊塞遠，風塵苦惡。一路艱辛，難憑钁鑠。（外）夫人，君命在身，焉敢憚勞！（占）相公，君恩當報，夫妻的情匪薄。一旦分離，盈盈淚落。

【前腔】（旦）俺爹爹，本是個，達尊大老。荷聖旨，白天高擢。爹，論王事，何獨苦賢勞。哥哥同行呵，越顯吾家，一門忠孝。（合）君恩當報，父子的情匪薄。一旦分離，盈盈淚落。

【餘文】（外）鞠躬盡瘁人臣道，萬里關山敢憚勞。（合）但願得一路平康歸更早。（下）

主婢相逢

小—鬼使、夜叉　夫—劉氏　淨、末—餓鬼　丑—金奴

（小拽夫上）

【水底魚兒】（夫）一路孤恓，淒涼訴與誰？悔之無及，只落得

雙淚垂。

（小）劉氏不用悲啼，須知天眼低。惡有惡報，毫髮也不遺。

（夫）弟兄纔會面，同入鬼門關。豈料須臾別，依然身又單。長官，今來到此，是甚所在？

（小）是孤恓埂了。

（夫）如何叫作孤恓埂？

（小）只因惡漢徒貪陽世歡娛，恃財妄作，那識陰司法度，稱物平施。是以既入鬼門關，又要過此孤恓埂。見則見亂石巉巉，個一個利如刀斧、污泥爛爛；寸一寸滑似膏油，闊只三尺有奇，長計三百餘里。有幾根古古怪怪之蒼松，上棲惡鳥；更一路蓬蓬鬆鬆之茅草，下產毒蛇。這惡鳥盡是叫屈聲，那毒蛇都是取命鬼。但有惡人過此，不須鬼使跟隨，望前走，烏風洞寒威凜凜；若退後，鬼門關鎖鑰重重。向右行，白灰河毒水溶溶；若往左，苦海上波濤洶洶。陷在此地，全無半個善人。試問他們，都是一團惡鬼。急走去，當不得這等崎嶇；縱緩行，熬不得恁般苦楚。況那叫屈鳥嘲瞎了惡人的眼睛，又兼取命鬼搶奪了冤尤的口食。上天無路，縱教插翅也難飛；入地無門，就是學法也難脫。我今往慈航上去，你自到烏風洞來。劉氏，劉氏，休嗟今日受孤恓，須悔當時貪快樂。（小下）

（夫）咳，長官上舡去了，何不帶我同行。

（內叫）咳，咳，慈航上那容你去？孤恓埂上是你受苦的所在！

（夫）緣來丟我一人在此孤恓埂上受苦！

【鶯集御林春】俺則見孤埂迢迢在波濤中結，却全無地脈連接。白茫茫巨浪千叠，好一似雷轟雪噴勢滔天。嚇得我魂飛魄喪心驚怯。當，當不過風利如刀；熬，熬不住身寒似鐵。天耶！這樣孤恓憑誰說。

【前腔】似這等鳥道崎嶇，教我怎生跋涉。苦，我脚欲行時步又躓，心欲前時身又跌。跌得我眼目昏花，凍得我肌膚綻裂。便做是鐵石人，熬不得恁樣孤恓，這般磨折，兩淚汪汪都是血。

【前腔】天！第一來悔我背子開葷，第二來悔我瞞天立誓，第三來悔把三官捲了香燈撤，第四來悔我殺狗做饅頭，第五來悔把齋僧舍宇都燒滅。到而今枉自追思,這些事都成差迭,悔斷肝腸醫不得也。

一時狂風巨浪打上埂來,怎生是好!

【換韻古水仙子】呀,風風風,摧山擣海怒聲雄。浪浪浪,吞天浴日高千丈。嚇嚇嚇,嚇得我心驚膽戰腳難撐。苦苦苦,苦得我身疲力倦容消瘦。鳥鳥鳥,嘲得人血淚汪汪落。蛇蛇蛇,取人的性命將人扯。(末上打介)(占上打介)(夫)嗏,打打打,都是冤尤尋還債。搶搶搶,恁般惡鬼來無狀。(跌介)推推推,推倒在泥中闘不起。天天天,到而今只落得自埋冤。

【餘文】孤身眇眇程途遠,苦海林中苦萬千。天耶!那得個相熟的人兒到眼前。

眼又瞎了,力又弱了,怎生是好!(憽介)(小帶牛頭拽丑上)

【三棒鼓】(丑)當初悔不信神明,苦勸安人開五葷。豈知道土地事事謄,社令事事呈。司命啓奏上天庭,致我今朝受苦刑。(叠)

自家金奴是也。因勸安人開葷,安人纔死,我便繼亡。來到鬼門關,打入地獄。不知到此是甚麼所在了?

(小)是孤悽埂了。

(丑)如何叫做孤悽埂?

(小)世人誰不厭孤悽,惡性來時又亂為。要問孤悽來歷處,略行數步便知之。(小下)

(丑)這鬼使哥上舡去了,丟我一人在此,如何是好?

(末、淨上)苦海林中躲,孤悽埂上行。饑寒無計較,依舊做強人。咱們孤悽埂上的餓鬼是也。這幾日饑餓不過,不免向前面埂上,若有人行,搶些物來。正是:生做善人猶未得,死為惡鬼又何妨。(瞧介)(打丑,剝衣介)

(丑哭云)苦耶,苦!誰知到此,又遇强梁餓鬼,剝了衣服,奪了口糧。又遇風浪滔天,站立不住,如何是好!

【玉山頽】欲待趲行數里,奈恁般埂勢孤危。(驚介)白茫茫雪浪滔天,黑洞洞雷聲震地。我衣衫透濕,一身狼狽無依。(合)痛得肝腸碎,淚雙垂,追思往事總成非。

前面一人倒在路上,不免看着。緣來是我老安人。老安人!老安人!(丑抱夫介)

(夫蘇云)你是誰?

(丑)我是金奴。

(夫)你因何到此?苦喏苦!

【前腔】金奴你忽然到此,真個是幸他鄉遇着故知。恨當初聽爾言詞,到今朝被伊連累。自從城隍起解,過那破錢山、望鄉臺、滑油山、奈何橋、鬼門關,又到此孤恓埂。受多苦罪,我形骸瘦盡難支。(合前)

(丑)我中心慚愧,累安人受了多少孤恓。便教我粉骨也甘心。奈於我安人也無益,只得背娘前去。(行跌介)奈身衰脚步難移。(合前)(夫、丑同坐介)

(淨、末上)惶恐灘頭説惶恐,孤恓埂上受孤恓。前面兩個婦人説好一會,想是還有東西,不免去瞧一瞧。(介)

(夫)天耶!劉氏四真今日受這等苦楚呵!

(丑)金奴又替不得,如何好?

(淨)這劉氏莫不是王舍城中傅齋公的母親?

(丑)正是。

(淨)這金奴莫不就是劉安人家的金奴?

(丑)正是。我却認不得你。

【前腔】(淨)聽吾訴與。我便是當年乞食的貧兒,到你家唱《十不親》就是我。荷安人周濟貧窮,使我們死生感激。自古道投我以木瓜,報之以瓊琚。小人生前貧窮,瓊琚未及。但沙場結草,也是死後報恩。常懷結草之思。今日忽見安人。(合前)

(夫)大哥,大哥!望做計較相救一救。

(淨)安人不須憂慮。日前有個財主婆過此,我們搶得他一乘魂轎。今同這朋友擡着安人,一時過了孤恓埂去。(淨、末取轎介)

(丑)天耶天!知恩報恩,世上也少有,豈料到世下還遇這等好人呵。

（淨）老安人請上轎。

【撲燈蛾】當初覓食時，當初覓食時，深感安人惠。誰料到陰司，恩人又得重相會也。這的是人生何處不相逢，老安人你是個陽間放債陰間取。（合）自古道明中財捨去，暗裏福來隨。

（丑）趕不上了，趕不上了。

（末）生承賜肉糜，死合周危急。誰云乞丐心，果無羞惡與廉恥也。這的是感恩千載不生塵，這的是人生自古誰無死。（合前）

（小帶牛頭上）黃泉路上的鬼使，烏風洞口的夜叉。來者何人？

（淨）劉氏安人。

（小）急急入門，就閉門了。

（淨、末）來得好，來得好。

（夫）匆匆說不盡，

（淨）盡在不言中。（夫下）

（淨）這安人日後還有好處。須知為善還逢善，正是知恩便報恩。（下）

（丑上）老安人，老安人。

（內）疆纔來的婦人，已進烏風洞了。

（丑）望把洞門開一開，容我趕主人婆，一路同上。

（內）那個為你開門？

（丑）既然如此，何日再開？

（內）豈不聞烏風洞門十日方開一次。

（丑）怎生是好！（哭）

【半天飛】他轎去如飛，我步走如何跟得起。老安人，你幸過烏風地。我又要遲旬日。嗏！堪歎那討飯的好仁意，因感我恩情，相周咱危急。這便是結草銜環，不負人恩義。天耶！我勸安人開齋，今受此苦。安人濟他急難，今得此報。可見善有善報，惡有惡報。善惡終須有報期。（下）

目連坐禪

生—羅卜　小—鶴　淨—虎　二旦—玉女　外—傅相、活佛
丑—鬼使、十友　夫—劉氏　末—十友

【西地錦】（生）身入西番佛境，志圖阿母超生，寸心夙夜苦縈縈。此願何時方稱？

【西江月】西域菩提馥鬱，北堂萱草彫零。叨承佛教起沈淪，先在明心見性。　十友互相砥礪，六根須索澄清。欲知父母事原因，只在澄神入定。自家為因救母，到此西天，每日得侍世尊，既領清虛之訓，夜來不免打坐，少加遊息之功。正是：仰而思之，夜以繼日；幸而得之，坐以待旦。古今無二理，凡聖本同心。

【浪淘沙】（生）添上寶爐，香煙雲渺茫。十方僧佛法無量，聞此不生還不滅，地久天長。

【前腔】剔起佛前燈，怎樣光明，沖開牛斗破幽冥。大抵乾坤通一照，免在暗行。

【前腔】小小草蒲團，雙膝堪盤，坐來渾覺此身安。身既安時心自定，天地同寬。

【前腔】小小木魚兒，身靜心虛，敲時天地鬼神知。信女善男齊合掌，聽念阿彌。（內作樂介）

【風入松】（生）一更裏打坐念彌陀，玉盞燦金花，樹禽水鳥皆來和。（鶴上介）這仙鶴他心能契合，聽經言蹁躚自歌，禪定處物諧和。

【前腔】二更裏打坐念彌陀，月色正婆娑。（虎上介）天風一陣階前過，原來是山君皈依吾佛。他與仙鶴渾忘爾我，歌共舞樂陶陶。

【前腔】三更裏打坐念彌陀，光景去如梭。時從亥子分今昨，交平旦清明氣多。我定禪時性天圓覺，如止水不生波。（二旦引外過）

【前腔】四更裏打坐念彌陀,舉目見仙槎。我父居仙府為仙佐,享仙宮逍遙快樂。爹,也是你在生時熬成善果,天佑善豈差訛。(丑帶夫過)

【前腔】五更裏打坐念彌陀,雞唱落星河。娘居地獄罹災禍,受盡了幾多折磨。不由人淚珠偷墮,心似割奈之何。

【生查子】(末、小、丑)水月性常明,冰玉心同潔。禪定見真如,總是無生滅。(見介)

(小)師兄入定,妙覺之中,必有所見。特來拜問,賜教何如?

(生)夜來禪床入定,仰觀天文,俯察地理,中盡物情。雖云不敢自多,亦覺少有所得。

(小)何為中盡物情?

(生)飛鳥有仙鶴,走獸有山君。山君與仙鶴,皆聽我談經。

(小)何為仰觀天文?

(生)舉目見天街,天門洞洞開。父居天府上,快樂永無涯。

(小)何為俯察地理?

(生)地獄原非遠,人多被欲迷。夜來禪覺裏,見母受災危。

(小)師兄既知母墜地獄,何不稟告世尊,以求救母之方?

(生)正有此意。就煩列位同告世尊則個。(請介)

(外)四大本來空,五蘊原非有。圓覺悟無差,衣鉢纔堪授。(見介)

(外)聖人設教,妙在無言。釋氏談空,神歸有覺。目連入定,可能覺否?

(生)上告世尊得知,夜來禪定,神光煥發,照見父在天堂逍遙快樂,母居地府苦楚輪回。敢求救母之方,少遂出家之念。

(外)百行莫先於孝,五倫何重於親!既要救母,地獄重重,有難遽入。我今與你錫杖一條,芒鞋一雙。這錫杖上指天文,則星移斗轉;下敲地獄,則鎖落門開。這芒鞋穿將起來,舉足騰雲,竟入九重地府;飛身駕霧,何愁萬里天山。就此起程,再無疑滯。

(生)多謝了!

【催拍】(生)念目連為慈親命迍,墜地獄受這多苦辛。感世尊厚恩,感世尊厚恩,賜我錫杖芒鞋,竟赴幽冥,敲開獄門,救度娘親。(合)辭別去即便趲行,逢地獄遍挨尋。

(外)你為萱堂離鄉撇井,赴奇闈坐禪入定,堅持爾孝心,堅持爾孝心,善果圓成,性天昭明,竟往陰司救母沈淪。(合前)

(末、小)昔在金剛遇老兄,便傾蓋遂成刎頸。愧學而未能,愧學而未能。你道術精,加法力圓神,得見親娘,早辦回程。(合前)

【尾】(生)拜違師友成孤另。(外)地獄重重要小心。(生)當自拳拳謹服膺。

(外)芒鞋穩步萬山雲。(小)錫杖敲開地獄門。
(生)只恐難逢慈母面,(合)須知天佑孝心人。

一殿尋母

末—判官　淨—小鬼　外—大王　丑—趙甲
貼—錢氏　夫—劉氏　生—羅卜

(末、淨)陰陽一理古今傳,陽有刑曹陰亦然。但願世人無罪過,雖終陽壽又昇天。咱兩個非別,乃是地獄第一重秦廣王殿下判官鬼使是也。今當我王昇殿,只得在此伺候。但見天府巍巍金燦燦,有十大重的寶殿;地獄濟濟鐵鞍鞍,有十八重的陰司。寶殿何為十大重?東二殿,西二殿,中二殿,南二殿,北二殿,十大重顯顯煌煌。陰司何為十八重?東四司,西四司,南四司,北四司,中二司,十八重深深隱隱。殿一殿天造地設,重一重鬼哭神愁。且論十殿大王,分理一十八重地獄,第一殿秦廣王,管的是刀山劍樹。第二殿楚江王,管的是磨磨碓舂。第三殿宋帝王,管着鐵床血湖。第四殿午官王,管着油鍋銅柱。五殿閻羅天子尊,鐵圍城中有業鏡。六殿變成大王,掌阿鼻獄裏無青天,鋸身獄、刮舌獄。七殿太山王,所掌無差,湯鑊刑、火車刑。八殿平等王,所施有準。至於都市王之九殿,所理的是寒冰黑風。若論轉王之十重,所司者是定身畜產。十大殿統論綱領之尊嚴,十八重細數條目之周密。刑名雖備,刑實期於無刑；法網雖詳，法乃所以止法。但願天多生善人，個一個不墮地獄；又願人多行善事，件一件莫犯天條。使十殿雖設，千古常空。這便是乾坤一點好生心，佛祖本來無法念。道有未了，吾王請上。

【粉蝶兒】（外）統理乾坤，掌萬民福區靈境，鎮東方金闕珠庭。見則見香鳳縹，燭龍生。鐘聲隱隱，刀山劍樹血腥腥。咱心似衡平、令如雷迅。

陰府森羅殿十重，職掌首殿擅豪雄。兩重地獄行天罰，一點丹心貫日紅。自家東方一殿秦廣王者是也。職掌地獄二重，左曰刀山，右名劍樹。上接五關鬼犯，下為九獄根源。但是陽間作惡之人，先受東方地獄之苦。手下，可將投文牌出去，有解鬼犯，引他入來。（淨下）

（內叫）鬼門關解犯人到。（末作通報介）（丑進介）（外看文卷介）

（外）一名鬼犯趙甲不孝，打罵爹娘。我問你：人生天地間，非父不生，非母不養，父母為兒子受了多少辛苦？養得兒子長大，反欺父母年老，敢行打罵，是何道理？

（丑）爺爺，只因吃酒醉了，打了母親幾下，罵了父親幾句。

（外）鬼使打着！（打介）

【耍孩兒】（外）論人身生長乾坤內，父母恩天地齊。養孩兒費盡心和力，長成當報爹娘德，敢逞凶頑與抗持，真是滔天罪！鬼使，將這廝（合）丟在刀山碎剮，劍樹凌遲。

【前腔】（丑）望大王聽訴詞，容小人說來歷。只為我爹娘愛、養成驕恣，憑咱蠢性偏偏做。豈料陰司件件知，到此追無及。世上為人子者不孝爹娘，我就是個樣子了！（合）今日裏丟在刀山上碎剮，劍樹上凌遲。（丑下，貼上）

（外）一名犯婦錢氏乙秀，不孝舅姑，打婆罵公。我問你：公婆索個媳婦，費盡心機，為媳婦者須當孝順公姑，纔是道理。你為何私作飲食，致使公姑受饑；自穿好衣，致使公姑受寒？反逞長舌，抗忤公婆，是何道理？

（貼）爺爺，非干小媳婦事。我的衣食俱是娘家送來，與公婆無干。是以不與他吃，不與他穿。公反罵我，所以回了公公幾句；婆反打我，所以回了婆婆幾下。

（外）鬼使打着！（打介）

【前腔】（外）婆婆即是娘，公公即是爹，女兒媳婦原無異，饑寒當進衣和食，打罵休生怨與嗟，他止望伊成器。你滔天罪不容逃，鬼使可將他——（合前）

【前腔】（貼）爺爺容訴。在家中做女兒，悔不曾學禮儀。嫁來便不中公婆意，他因奴忤逆成嘔氣，奴恨彼刁難不為炊。因此上他受了饑和餓。做媳婦的不敬公婆，我就是個樣子了！（合前）

（貼下，夫上）

（外）一名犯婦劉氏青提，故違誓願，殺牲害命，惡業多端，其實可惡！

（夫）爺爺，皆是兄弟劉賈搬唆，非干老身事。

（外）打着！（打背介）

【前腔】（夫）望吾王息怒威，容老身訴是非。天生人食犧牲類。非但是人呵，犧牲之禮，祭天祭地神皆享，從古從今用不疑。殺牲呵，何獨加吾罪，望大王從公推斷，免老身獨受災危。

（外）聽伊強辨詞，使人惡怒起。你開葷豈與他人比？人雖同食犧牲，你獨立誓幾次，又復開了。舌尖話盡犧牲味，腹劍雕殘造化機。你誓已定難逃避。（末）劉氏長解。（外）使他遊遍了十八重地獄，受盡了千萬種孤恓。

【尾】（外）一殿山樹間，兩般刀劍倚，欽哉刑獄惟矜恤。（內叫苦介）（外）這刀山劍樹之刑，都是你自作自當，吾亦非得已。（下）

【步步嬌】（生）只因母喪幽冥地，無計堪尋覓。過却五關西，又是一殿陰司裏。（末）闍黎何來？到此何事？（生）吾乃西方目連僧，為尋老母到此。（末）你母姓甚名誰？（生）劉氏諱青提，是我娘名字。

（末）噯喏！疆纔解往二殿去了。

（生）又往二殿去了！

【尾聲】可憐母去兒空至。天！不見娘親誓不歸！只得奔忙又往前獄裏。

尋母初來一殿時，刀山劍樹血淋灘。
仰天號泣娘何在，剖碎心肝裂碎脾。

二　殿　尋　母
末—手下　外—大王　淨、丑—犯人　夫—劉氏

（末）只有天在上，更無山與齊。舉頭紅日近，回首白雲低。自家乃是東方第二重楚江王殿下鬼使是也。今當我王昇殿，只得在此伺候。（外換冠上）

【紅納襖】掌陰司生殺權，審陽間善惡編。生前誰惡誰為善，白白明明在眼前。為善的天使延，為惡的地獄淹。求無陰府諸愆也，須在陽間種福田。

下有黃泉上有天，天人俯仰法無偏。要知有罪和無罪，只在人賢與不賢。自家二殿楚江王者是也。職掌東方二殿，分司地獄兩重，磨來磨與碓來舂，到此誰無感慟。（飛白同一殿）一名鬼犯孫丙，為因圖財殺死人命。我問你，人生世間，須索各安本分，你為圖財害死人命！

（淨）爺爺容訴：

【桂枝香】思量昔日，開張酒肆，見人財寶之時，無賴我貪心頓起，因此上將他害死，將他害死。圖他財利，襯吾家計。望詳推，人不無良身不貴，火不燒山地不肥。

（外）鬼使打着！

【前腔】為人在世，須循道理，各宜本分營生，豈可損人利己。這窮酸餓鬼，這窮酸餓鬼，窮斯濫矣，把天心瞞昧。（合）可將伊，萬斤銅磨磨成粉，千斤鐵碓舂作泥。（淨下）

（外）一名犯婦李氏丁香，與人通奸，謀死親夫。李氏女子，在家從父，出嫁從夫，理之常也。為何私與外人通奸，反把親夫謀死？

（丑）爺爺容訴。

【前腔】思量昔日，女兒在室，被奸夫惹動我春心，與我往來情密。因此上把親夫害死，把親夫害死。快吾心意，免他嫌忌。爺爺，望詳推，夫妻本是同林鳥，大限來時各自飛。

【前腔】（外）夫妻匹配，天生作對，況兼七世同修，今世共諧連理。李氏，你全無廉恥，你全無廉恥，行同狗彘，把親夫謀死。（合前）（丑下）

（外）一名犯婦劉氏青提，故違誓願，殺牲害命，惡業多端，其實可惡！

（夫）爺爺容訴。

【前腔】天生萬物，惟人獨貴。人當享用肥甘，為甚反加刑罪？況我夫君子息，況我夫君子息，也曾念佛看經，齋僧佈施。望詳推，當權若不行方便，如入寶山空手回。

【前腔】（外）你對天立誓，神司詳記，如何行便相違？不念言猶在耳，我考伊索履。不念言猶在耳，我考伊索履。地獄重重，解無寧日。（夫）老身追悔了。（外）枉追思，臨崖勒馬收韁晚，船到江心補漏遲。

（夫）爺爺，望開天赦。

【大迓鼓】（外）湛湛青天不可欺，你誓詞一出，駟馬難追。須知陰府加人罪，只為陽間作事非。（合）奉勸世人，立誓之時須當三思。（外下）

【前腔】（夫）悔吾行與誓相違，豈料我陽間過失，陰府詳知！（眾）試將地獄重重問，往古來今放過誰？（合前）（夫下）（小、末整磨介）

【黃鶯兒】（淨）見磨使人驚，魂魄飛，珠淚零。悔喏，（小）悔甚的？（淨）悔前生作事不思忖。（小）今當你填命，今當你磨身，惡遭惡報明如鏡。（合）勸世人，大家驚省，切莫使歪心。（磨淨下）（小、末整碓介）

【前腔】（丑）見碓暗消魂，體蘇麻，心戰競。悔喏，（小）悔甚的？（丑）悔當初作事多徼倖。（小）生既橫行，死當苦刑，急煎煎舂得成齏粉。（合前）（丑下）

【半天飛】（生）為母奔馳，一殿跟尋到二殿裏，門戶重重閉。（錫杖敲介）碓磨森森立。（小問介）（生）我乃西天目連僧，到此尋母。（小）你母姓甚名誰？（生）我母姓劉氏字青提，為只為干犯天威，罰在陰司。伏望仁慈，賜我娘兒得一重相會。（小）嗒，劉氏青提，方纔解往前途去了。（生）天！我到一殿，娘往二殿；我到二殿，娘又解往前途去了。娘，我子母緣慳處處違，仰望青天血淚垂。

（生）尋母今來二殿間，　　忍看碓磨血成斑。
（小）須知母已奔前去，（生）不見娘親誓不還！

曹氏清明

旦—曹氏　丑—梅香　小—書童

【憶秦娥】（旦上）風雨歇，淡煙薄霧清明節。（丑）清明節，柳底黃鸝，花間蝴蝶。小姐，杜鵑叫落梨花月，海棠露濕胭脂頰。（旦）胭脂頰，露滴花梢，好似我淚珠流血。

世人皆有母，嗟我獨無娘。泣灑恓惶淚，千行更萬行。不幸親娘早喪，感得繼母養育。今遇清明，又是娘親忌日。往常父兄在家，必到墳頭掛紙。前日爹爹因承王命，解粟賑邊，哥哥為父親年老，一路同行，只得上墳祭拜。

（丑）小姐，婦人之德，不出閨門，梅香代小姐去罷！

（旦）豈不聞"吾不與祭如不祭"？清明大事，須是親行。

（丑）既然如此，莫禮俱已齊備，分付書童挑了就行。（叫介）

（小上）清明今日是，原上一經過。新葬塚無數，未來人更多。梅香姐趲行。（行介）

【浣溪紗】（丑）風壓輕雲貼水飛，乍晴池畔燕分泥。（旦）思親淚落濕羅衣。　　林外纔聞烏鳥泣，竹間又聽鷓鴣啼，此情惟有老天知。

（小）來到此間，便是老夫人墳墓。

（丑）擺開祭禮。

（旦）娘，女孩兒賽英，今到老娘墳前致祭。伏望靈魂，陰中鑒察。

【菊花新】（旦）早年不幸喪慈親，幼女嬌癡靠甚人。淒楚幾晨昏，酪子裏淚珠流盡。

（小）紙錢掛起了。

（丑）拜典拜典。（旦拜介）

【綿搭絮】（旦）墳頭高掛紙錢新，聊表孩兒報答娘親養育恩。這紙錢呵，縱千文怎贖娘身？莫說是紙錢了，就是金錢如山積，也難買娘再回生。兒將紙掛在墳頭，知我娘親歆不歆。

（丑）上香。（旦上香介）

（丑）一上香，二上香，三上香，俯伏。

【前腔】（旦唱）冥香三上寶爐焚。娘！願得香魂，憑此香煙早降臨。（丑）奠酒。（旦）捧金樽珠淚盈盈，娘！這杯中盡是心中淚，酒終三獻，淚已流頻。梅香，我酌時酒已成三獻，只怕一滴何曾到九泉。娘，兒今奠酒在墳前，知我娘親飲不飲。

（丑折柳枝介）今日清明佳節，請小姐插柳，以紀芳辰。（旦接介）

（旦唱）一年一度一清明，當此春光，草木欣欣盡向榮。歎萱親久已彫零。他一枯永沒個回榮日，我何心插柳，紀甚芳辰！（丟介）娘，娘！兒今叫破了喉咽，知我娘親聞不聞。（小作焚紙介）

【傍妝臺】（小、丑）紙錢焚，化為蝴蝶舞紛紛。乘風直上青霄上，願隨阿母上天庭。落花片片隨流水，杜宇聲聲慘上林。（合）閃得我肝腸碎、珠淚淋，除非夢裏會容音。

（丑）這慈烏這等叫！

（旦）我省得了。梅香。

【前腔】想我老夫人，平生施捨濟孤貧。他精靈不共形骸滅，化作慈烏、來此塚上鳴。慈烏，慈烏，若是老娘靈魂，飛過這一傍樹上，再叫幾聲。（介）他哀哀似有依人意，啞啞分明戀子心。（合前）

（丑）安童先回，我和小姐緩緩而來。

拜掃無過骨肉親，一年只此兩三辰。

塚頭莫種有花樹，春色不關泉下人。

公子回家
淨—公子　外—家人

【半天飛】（淨）節屆清明，路入晴郊馬足輕。祖墓身之本，親祭吾當盡。㗱，高塚臥麒麟。古和今多少豪雄，纔入荒丘，勢焰無蹤影。堪歎時人醉不醒。（叠）

南北山頭多墓田，清明拜掃各紛然。人生有酒須當醉，一滴何曾到九泉？自家段公子是也。今日清明佳節，往祖墳拜掃而回。手下，這等晴和天氣，真好遊玩。帶着馬兒，緩緩行着。

（外）理會得。

【前腔】（淨）雲淡風輕，萬紫千紅總是春。風木空遺恨，花鳥堪供興。㗱，阮肇與劉晨本無心，兩個同行，共入桃源，遇着仙鄉，結就三生幸。天！我怎學得桃源遇美人。（下）

見女託媒
旦—曹氏　丑—梅香、媒婆　淨—公子　外—院子

【窣地錦襠】（旦）南山頭過北山頭，滿眼蓬蒿共一丘。人生到此總休休，野草閒花滿地愁。

【哭岐婆】（丑）香車寶馬，少年玩遊，花邊柳外，笙歌迭奏。今日清明佳節，不風流者也風流。這樣風光何處有。（淨、外上）這樣風光何處有。

（旦）遊人駿馬來得甚緊。梅香，可從小路去了。（下）

（淨）聞道佳人分付梅香，從小路回避。不免趲行幾步，先到小路口上等候，待他來時，看得一飽。

（外）公子尊重。

【窣地錦襠】清明拜掃艷陽天，處處墳頭掛紙錢。烏鴉啞過夕陽邊，古樹枝頭把牖戶纏。

【哭岐婆】（淨）呀，你休談閒論，我心如火燃。雕鞍跨上，快着玉鞭。羊腸路口待嬋娟，若得相逢緣不淺。（叠）

此乃小路口上，想那嬌娥定從此來，不免下馬，在此柳陰樹下，等他則個。

（外）公子尊重。古人云：君子不重則不威。況道路之間，男女往來，各宜方便。所以遠嫌疑、養廉恥、敦風化、立人紀，不可不慎！

（淨）啐！有緣幸得逢今日，何暇閒談論古書。來了，來了！

（丑上）小姐快來！

【么歌令】（旦）崎嶇曲徑斜穿，斜穿。羅衣被花刺相牽，相牽。鞋弓襪小步難前。（合）紅落日，紫拖煙，須趲步轉家簷。

【前腔】（丑）沿途芳草芊芊，芊芊。聲聲花外啼鵑，啼鵑。夜歸兒女笑燈前，（合前）（淨）休趲步轉家簷。（旦下）

（丑罵）你是誰家浪子，真如井底蝦蟆。一雙餓鬼眼巴巴，攔路不由人過。狂似顛狂柳絮，輕如輕薄桃花。皇天記取不相饒，你死妻兒再嫁。

（淨）沒有老婆。

（丑）一下天雷打殺！

（淨）吾乃段家公子，滔天勢焰堪誇。中途幸喜遇嬌娥，天賜一場快活。他比鶯鶯更美，我同君瑞無差。梅香若肯為調和，賽過紅娘騷辣。

（丑）你饞口仰天噴血，我小姐美玉無瑕。梅香生得大方家，不比胸襟窄狹。你矮似獻寶波厮，醜如探海夜叉。輕輕薄薄嘴喳喳，惹我一場臭罵，臭罵！你輕薄的天殺！你家沒有妻子，沒有妹子，沒有娘親？罵，罵你輕薄的天殺！（下）

（外）那梅香罵公子了。

（淨）他罵我是愛我！你徒聞其聲，不察其心。見我被他罵，不知我快活。莫說小姐，就是丫頭，也十分清俊，可愛可愛！

（外）公子登鞍回去。（上馬介）

【前腔】(淨)嬌娥美不容言,容言。不由人不留連,留連。馬知人意懶奔前。(合前)

(外)告稟公子,已到家門,敢請下馬。

(淨)到家了?這是那裏?

(外)是公子書房裏。

(淨)拿茶來!

(外)理會得。(外下)

(淨坐想介)萬紫千紅總是春,出門俱是看花人。春色惱人眠不得,春宵一刻值千金。自家拜掃而回,中途幸遇嬌娥,十分美貌。來到家庭,不覺天色已晚,明月又東昇矣!

【中呂粉蝶兒】玉兔東昇,透窗櫺流光不定,到花臺花漸生陰。好教人,對此花和月,撫景生情。猛想起那花容月貌,多應是愛月惜花心。

小姐前行,我在後跟,風吹香氣,撲鼻馨馨。

【迎仙客】把月比他貌,貌更生香;把花比他容,花却無聲。若論他千嬌百媚,真個是描不就也畫難成。驀然間花邊相遇,恍疑是水月裏觀音。

【珠履曲】他渾身堆俏總難言,娥眉淡掃秋波俊。半嚲了鸞釵輕,籠着蟬鬢。小扇兒擁香腮,十指兒排春筍。那金蓮三寸,一步步蹴起香塵。

【天下樂】聽得他低把梅香叫一聲。梅香呵,往小路潛行。我緊跨着鞍鐙,趲絲鞭向着羊腸路奔。卸却在柳陰傍,立住在花前等。等待他來時,豈知道被他們,奪去了我的魂靈。

【那吒令】那梅香怒嗔罵我是輕薄遊神。我這裏喜欣道賽過張生。你那小姐呵真個是賽過了鶯鶯。梅香姐你若是有紅娘風韻,小生呵敢求你做個紅葉冰人。

【上小樓】向晚來把銀牙咬定,直盼到天明。須索個細挨細問,何村何宅,誰姓誰名。他若是已諧秦晉,定教他鳳折鸞分;他若是未諧娉婷,定與他結就了海誓山盟。

【尾聲】堪堪月轉西廊影,盼殺銀河織女星。天!何不遣仙姬早早遇劉晨。

（外上）碧落初明月未收，露華香滴杏梢頭。公子還在此坐，莫非是鸞交鳳友無由遂，因此上燕語鶯啼總是愁。

（淨）不是。今為惜花春起早。

（外）公子昨夜都沒有睡？

（淨）昨因愛月夜眠遲。

（外）可惜不對小人説。若説與小人呵，定使掬水月在手，管取弄花香滿衣。

（淨）我兒，乖心事你已知之，但不知那女子是誰家的？

（外）那女子乃是曹京兆老爹之女，名喚賽英小姐。先年憑那張媒，許聘傅相之子。近聞其子出家修行，不知此女近來如何？

（淨）既然如此，張媒必知端的。備辦禮物，就去託他。

（外）理會得。禮物已備，請公子就行。

【水底魚兒】（淨）自見嬌娥，心心念着他。去尋月老，此事想諧和。（叫介）

【前腔】（丑）伐柯伐柯，匪斧奈之何。要求老瓢，先來拜媒婆。（見介）

（淨）老婆。

（丑）有便是老婆，沒有便是"老瓢"。

（淨）媽媽，小子輕造貴肚。

（丑）"府"喏！

（淨）數年不覺別狗。

（丑）"久"！

（淨）斗膽在你上面動手。

（丑）"作揖"。

（淨）作揖又不是動手。

（丑）豐年何用討口。（叙事介）

【中央鬧】（淨）皇都人盡稱豪俊，非咱自誇逞。才子配佳人，奇花添艷錦。（合）牛郎意誠，鵲橋高整。願他早早渡銀河，雙雙謝天慶。

（丑）公子，姻緣雖是天排定，人謀要厮稱，有斧伐方成，無針綫難引。（合前）

（淨）叮囑又叮嚀。（丑）求人便得人。
（淨）將心託明月。（丑）側耳聽佳音。

三殿尋母
丑—獄官　小、外—手下　夫—劉氏
末—夜叉　淨—夜叉、賊婦

【寸寸好】（丑）凡人只道陰司遠，作惡無人見。不思你心上有青天，暗室虧心，神目如電。陽世不修行，陰府空埋怨。（見介）

刑獄斯民命所關，職專司獄事尤難。若云官小糊塗做，惹得時人笑小官。自家姓莫名可知，三殿宋帝王手下司獄的獄官是也。原在陽間作刑房，廣行方便；後來地府任司獄，職掌刑名。曰鐵床，曰血湖，兩重地獄；或火烘，或水浸，一樣天威。官職雖卑，焉肯貪一毫錢鈔；衙門雖小，決不受半點人情！但有收監鬼犯，一惟王命是遵，鐵床上火炙其膏油，血湖中水渰其骸骨。奉勸世人休作惡，須知水火不容情。（末、淨拽夫上）

【前腔】（夫）重重地獄多刑憲，惡滋味都嘗遍。苦楚向誰言！難脫的是地網天羅，最怕的是牛頭馬面。苦！無計可修求，天！有口難分辯。

（淨）犯人收監。（小開門，夫入介）

（夫驚云）渺渺平湖陣陣風，水光紅似落霞紅。誰家婦人遭顛沛，淹沒漂流在此中。

（小）婦人血水污三光，聚作平湖水渺茫。今到血湖池上過，渰流漂沒受災殃。

（夫）血水污穢三光，婦人之不得已。陰司亦以為罪，何責人之無已也！俗語云，畫地為獄期不入，刻木為吏期不對。豈偶然哉，豈偶然哉！

（淨）休得閒講。劉氏青提，違誓開葷，殿下問明，到此受罪。

（丑）起去！手下，可將這劉氏先上鐵床，再丟血湖！

（夫）老爺，血水污穢，婦人之不得已。伏乞將就。

（丑）血水污穢三光，雖婦人之不得已，違誓開葷，是可以已而不已。陰司法度，身有惡，血不以為污；心有惡，血深為可惡。扯上鐵床！

（夫）爺爺可憐見，望寬假片時，容奴將污三光不得已的原因，訴與老爺知道。

（丑）你且說來。

（夫）（七言詞）人生莫作婦人身，做個婦人多苦辛。媳婦苦也是本等，且說做娘苦楚與世人聽。未有兒時終日望，堪堪受喜尚難憑。一月懷耽如白露，二月懷耽桃花形；三月懷耽分男女，四月懷耽形相全，五月懷耽成筋骨，六月懷耽毛髮生，七月懷耽右手動，八月懷耽左手伸，九月懷耽兒三轉，十月懷耽兒已成。腹滿將臨分解日，預先許願告神靈。許下願心期保佑，豈知一旦腹中疼。疼得熱氣不相接，疼得冷汗水般淋。口中咬着青絲髮，產下兒子抵千金。爐灰掩時血滿地，污衣洗下血盈盆。三朝五日尚欠乳，請個乳母要慇懃。痛兒一似心上肉，愛兒一似掌中珍。兒耶兒，一日吃娘十次乳，十日百次未為頻。衣裳裹兒尿與屎，時時更洗淨清清。兒若生瘡娘一樣，手難動也腳難行。頭要梳時梳不得，蓬鬆兩鬢裹包巾。日日抱兒在懷內，難開肉鎖重千斤。日間苦楚熬過了，夜間苦楚對誰論。兒睡熟時娘不睡，心心又怕我兒醒。若是夜啼兒吵鬧，三更半夜起吹燈。左邊濕了娘身睡，右邊乾處與兒臨。右邊濕了娘又睡，左邊乾處把兒更。（飛白）若是兩邊都濕了，抱兒在胸上到天明。這是乳哺三年苦，兒嗳，養子方知父母恩。萬苦千辛說不盡，人生莫作婦人身。

【紅衲襖】眾聽伊言感我心，不由人珠淚淋。論爹娘恩與乾坤並，論人子身從何處生。凡為子者，都受了乳哺三年娘庇蔭，都累了懷耽十月娘苦辛。我今說與世上人知道，休忘了爹娘養育恩。（叠）（小又扯夫，科方同前）

（夫）二大苦楚實難提，我今說與世人知。乳哺三年將滿日，見兒斷乳甚孤悽。纔得些些好滋味，省口留下與孩兒。兒能說話娘心喜，兒能行走母提攜。母若有事向前去，恐兒又在後跟隨。行一步時回一首，好似母雞顧小雞。一怕孩兒身上冷，二怕孩兒肚中饑，三怕孩兒遭跌撲，四怕麻痘不疎稀，五怕孩兒犯湯火，六怕孩兒水邊嬉，七怕孩兒遠處去，八怕孩兒上高梯，九怕孩兒心性慒，十怕孩兒有災危。若是孩兒身惹病，娘親急得似昏迷。直待孩兒身可了，方纔依舊放雙眉。六歲七歲漸乖覺，送兒入學去從師。文房四寶都齊備，一日三餐不敢遲。供膳先生都要好，俸錢遲了怕兒催。若得經書都熟了，送入大學做文詞。做得文章應得考，望兒奪取錦衣歸。又慮孩兒年長大，與兒婚配正當時。東邊也討庚來卜，西邊也討命來推。揀得那家女命好，託媒下禮費心機。定了慇懃不敢缺，爹娘盡力共支持。千方求得親家肯，取得媳婦到庭闈。媳婦下轎堂前拜，婆婆忙把眼來窺。一願媳婦人品好，二願媳婦好威儀，三願媳婦心性好，四願媳婦好奩資。若是般般都好了，願他百歲樂怡怡。如此和諧三五載，他喓喓唧唧要營私。兒子只說老婆是，開口便說老娘非。娘親只望兒長大，兒全不念老娘衰。老娘身似枯柴樣，兒子心也不驚疑。只道老娘身長在，從容行孝不差池。豈知一旦娘身死，去了沒有轉來期。燕子啣泥空費力，毛乾大時各自飛。奉勸世間人子聽，及時行孝養親闈。孝順還生孝順子，簷水點點不差移。

【前腔】（衆）二大苦，真慘淒，不由人心痛悲。論爹娘苦楚真無極，人子如何不三思。那跪乳的羊四足馳，反哺的鳥兩翅飛。人為萬物之靈，若為人不念爹娘苦，比着禽獸存心反不如。（叠）（小又扯夫，科方同前）

（夫唱）第三苦楚最恓惶，說起令人情感傷。自古人生誰不死，可憐母死衆家喪。兒子先要分家產，媳婦先要點衣裳。女兒來哭要手跡，買他上得一爐香。若有些些不稱意，原轎擡了離門牆。

（小）嫁了的女兒如此，不曾嫁的何如？

（夫）若是女兒不曾嫁，他真心哭母淚汪汪。其餘親戚來作弔，不過答禮只尋常。一七二七三七裏,打鼓擡柩出荒岡。若是人家孝順子,做齋做七啓道場。若是人家不孝子,娘死不離老婆房。豈知娘到陰司裏,一路孤恓没主張。幸得陰司開大赦,望鄉臺上望家鄉。有罪之人望不見,枉望一回空斷腸。到了鬼門關上起,重重地獄受災殃。且説今來血湖上,只因血水厭三光。這也只為兒和女,兒女安知娘苦瘍。一重地獄一番苦,怎離苦海上仙航。這是為娘三大苦,我今説與世人詳。奉勸世間人子聽,五更高枕細思量。從頭説盡千般苦,只恐猿聞也斷腸。

【前腔】(衆)三大苦,更可傷,越教人涕淚滂。論陰司報應無虛謊,況豺獺皆知報本方。鐵床上,苦怎當;血湖中,苦莫量。父母苦楚如此,為人子者,惟送死可以當大事。須是設醮修齋也,超度高登快樂堂。

(丑)劉氏,三大苦楚,非你説不出來。為人子者,須當謹記,謹記!

(夫)恩官既有哀矜之心,乞發超度之意。

(丑)血湖之難,本婦人之不得已,善自懺悔,罰宜從輕。我今饒你刑罰,解往前途去罷。

(夫)奴非極惡,為何將奴重重解去?

(丑)只為世人不信神明,幸你兒子孝行純篤,把你解去,使他來尋,一則成他大孝之名,二則可為萬世人子救親之法。放心前去,有日超生。

【催拍】(夫)感得恩官作主張,免老身血湖災瘴。這恩德怎忘,這恩德怎忘!怕只怕前殿獄王,又是火中添炭,雪上加霜。我一把肌膚,再怎承當。到那裏誰與商量?(合)心戰戰,淚汪汪。

(丑)神道昭昭日月光,並乾坤包含萬象。奈天機秘藏,奈天機秘藏,誰解得否中有泰,禍裏生祥。今日把你解去,使你兒子來尋。一旦超生,萬古名揚。放心去不用愴傷。(合前)

【尾聲】(夫)歎長江後浪催前浪,這地獄誰能免一場。奉勸善男信女呵,除非是作善修齋福自昌。(叠)(下)

(内叫)殿下,發犯人收監。(小開門淨入介)

（丑）拿監簿記上。

（小執筆云）犯婦姓甚麼？

【鎖南枝】（淨）奴是奚家女。（小）名甚麼？（淨）名在真。（小）你丈夫姓名？（淨）丈夫却是何有名。（小）老爺，婦人奚在真，丈夫何有名，兩般疑是假，伏望細推評。（丑）可是假麼？（淨）姓本祖宗傳下，名由父母安成。世情宜假不宜真，或有改名換姓。陽世凶頑奸詐，陰司法度詳明，但能感動世人心，真假何須拘定。（丑）這個也罷。你因甚犯罪？（淨）我只因好嘴偷雞。（小）咳，人家咒罵。（淨）咒罵時只做個耳聾不聽。（丑）你須不聽，天聽地聽，鬼神共聽，何不自忖？（淨）非不忖，怨只怨我爹娘，生壞了這賊情性。（丑）你不偷雞便罷，怎怨着爹娘？（淨）老爺，我不偷雞便害病。

（小）甚麼病？

（淨）癆蟲取餓鬼病。

【前腔】（丑）這賊潑賤言好輕。爾做賊時怨爾親，分明是習相遠，豈不聞性相近？（淨）老爺，偷雞小事，乞赦小過。（丑）咳，你一雞十文錢，十雞百文錢，繩鋸木可斷，水滴石猶穿。況又打壞丫頭，吵死人命！你的惡積如山。（淨）老爺，我只說個把雞兒小事，豈知併贓而論，罪不容逃。若得放回陽世，來生決不做賊了！（丑）咳，陽間責攘雞之輩，何待來年！陰司懲偷雞之賊，焉容來世！到今日也空追省。手下，好着力，打斷賊奴筋，使那做賊的大加警。（淨起哭介）

【前腔】（淨）老爺，容犯婦首事因。世間盜賊多得緊。（丑）甚麼盜賊哩？（淨）那大戶騙小民，贓官騙百姓。這都是強盜殺人心，比着我偷雞的又狠。（丑）這狐狸精，偷雞扳別人！（淨）爺爺，那豺狼當道，安問狐狸！望恩官急誅懲。

（丑）你所首者皆實？

【前腔】只是作惡漢，自有天監臨。遠在兒孫近在身，他指日到幽冥，一般受刑併。（淨）說便是這等說，只怕他用了錢財，討了人情，也是放過。（丑）豈不聞我聰明正直為神。只教他有錢財無用場，有人情也難順。

且將這賊婆娘丟下血湖池去。(小扯介)

(淨)奉勸世間人,休如吳在真。當時雞好吃,此日禍難禁。(下)

【傍妝臺】(生上)路茫茫,東方遊遍又南方。(敲門念咒介)敲開地獄叨仙杖,又見血湖與鐵床。(小)咭,何處野僧,擅開獄門?(生)小僧西方目連是也。因尋母到寶坊。(小)爾母是何姓名?(生)劉青提是我親娘。(見禮介)

(丑)慢悽惶,羡君行孝世無雙。你孝心感動天和地,故遣娘兒參與商。使你見我陰司裏法力彰,傳與世人,把爹娘都追薦上天堂。

(生)多承勸諭,不見老娘好傷情也。

(丑)奉勸高僧莫慘傷,(生)空追三殿未逢娘。

(小、外)須知山有相逢日,(生)只得奔忙往上方。

求 婚 逼 嫁

占—夫人　丑—媒婆　旦—賽英

【剔銀燈】(占)髮星星年光老矣,兒女債牽腸掛意。歎當初把女孩兒輕許,豈喬才他不仁不義。把姻盟反行拆悔,到惹得外人笑恥。

姻緣姻緣,事非偶然。當時女聘傅家,老身不喜,相公道:其家好善,後嗣必昌。豈知其子出家修行,反將庚帖送還我家。而今思想起來,那得富貴雙全賽過傅家,此心方稱。

(丑)受人之託,即當忠人之事。昨承段公子託,往曹府求親,此間便是,不免入去。(見介)

(占)張媒到此何幹?

(丑)段公子央老身作伐,敢求令愛小姐為配。不知夫人意下何如?

(占)段府求親,甚是可允。但老相公不在家裏。

（丑）老相公讀書之人，料他回來也是肯的。

（占）說便是這等說，古云婦人無專制之義，須待老爹回家。

（丑）喏，男大當婚，女長當嫁。可許即許，何必直待老爹？老爹在邊廷之上，儻或羈絆，一時不回，公子別求配偶，豈不失此機會？

（占思介）張媒說得甚是。但女孩兒年紀長大，未知他的意下何如？

（丑）既然如此，我且回避，就煩老夫人探他意向。

（占）正是如此。

（丑）欲知心腹事，但看口中詞。（下）（占喚旦介）

【西地錦】（旦上）昨日墳頭掛紙，歸來無限傷悲。堪歎嬌癡兒女，燈前歡笑，此事非宜。（見介）（問介）

（占）我兒，男子生而願為之有室，女子生而願為之有家。父母之心，人皆有之。往歲爹爹以你許聘傅家，老娘心甚不喜，豈知前日反將庚帖還了我家。幸得天從人願，舊日張媒婆為你百年之計，今為段公子求諧二姓之歡。兒，女貌男才，門當戶對，老娘心中甚喜，孩兒意下何如？但自說來。

（旦）娘，尊卑有分，女當母命之是從；內外有章，妻合夫言之是聽。爹爹賢勞王事，不久言旋，娘親俯賜海涵，俟其駕反，諒有一定之言，決無兩許之理。

（占）兒，家無二上，妻當候命於夫君；女有三從，嫁必聽言於父母。此固平常之理，尚有通變之宜。這段公子年紀長大，他若別諧配偶，此為自失事機。故舜之不告而娶，帝之不告而妻，事有出於權宜，禮不容於固滯。當聽娘言，何拘父命！

（旦）娘，曾觀典籍，姻緣定月老之盟；若論綱常，夫婦實人倫之本。我這裏紅錦裁雲，名姓已通於傅宅；他那裏紫簫吹月，清聲豈咽於曹門？蓋彼因救母以修行，非棄其妻而不顧，兒當為夫以全節，助救其母而靡他。望體天地之心，以成孩兒之志。

（占）兒，說便是這等說，只是他不念你，你又何必念他！

【獅子序】（旦）兒頓首，告慈親，論伊家也是為母去修行。非干有別意,敢背姻盟?(占)送親不受,豈非是有意背盟?(旦)娘,他怕耽誤了朱顏綠鬢,故把紅庚返璧,使不負青春。(占)可知道。你既知此,何不再嫁?(旦)娘,忠臣不事二君,烈女豈嫁二夫!蓋君猶天也,夫亦天也,二之則不是矣。却不道一天自誓,方是個烈女忠臣。

(占)忠臣不事二君,是已受爵祿之臣;烈女不嫁二夫,則已同衾枕之婦。你今大不相同!

【東甌令】(旦)雖然是未同枕衾,未與執縈蘋。豈不聞鳳占協吉,赤繫月中繩。(占)月老赤繩繫,正是那肯的。那不肯的,繫他不住。(旦)娘,奕者舉棋不定,不勝其偶。嫁女可以不定乎!自古道,君子一言永為定,他玉種藍田非一日,紅牽繡幕幾經春,又安可負初心。

(占)你未與他會面,安有初心?

【賞宮花】(旦)我雖是未會他面音,我焉容將天理泯。(占)兒,白髮尚然移晚節,紅顏誰肯負韶光。(旦)娘,歎那背夫改節,有愧文禽。(占)文禽也是已成配的,你與傅氏如同陌路之人!(旦)我與他,姓名已着婚姻牘,怎比區區陌路人?

(占)守節天下好事,亦是難事。一時如此,怕難到頭。

【降黃龍】(旦)論堅貞,縱是磨而不磷。若到不得頭呵,是磨而便磷,被人談哂。(占)常言道,苦節貞凶。縱不改節,苦也難禁。(旦)冰中蘗有千般苦,雪裏梅無一點污。任渠是苦楚難禁,看寒梅在雪裏,玉潔冰清。(占)梅雖玉潔冰清,後來只成酸味。何如撇調,另尋甜桃。(旦)豈肯把寒酸撇調,將那甘味他尋。(占)你不棄寒酸,也是尾生、孝己。膠柱鼓瑟,有誰知之?(旦)娘,人之為人者心而已。心之為心者理而已。此心無愧,則此理無虧。人雖不知,天自知之。奴雖是膠柱鼓瑟,上有青天垂聽,又強如伯牙知音。

(占)呵,你道我不知音?我知羅卜削髮為僧去也。

【大聖樂】(旦)他既是削髮為僧,奴便做尼姑滅姓。(占)他為僧救母,你為尼為何?(旦)僧尼兩下相幫襯,成善果超度了慈魂。(占)你要超度,他却不是你的親姑也。(旦)奴本是他生前定下的親媳婦，便道非親也却是親。（占）兒，段家比那傅家勝過幾多。（旦）娘，他縱然是富盛，便將我頭頸刎下，決不再嫁豪門！

（占怒云）咳！這妮子説我是繼母，將這大言沖撞着。我要你再嫁，別無他意。只道鶯花猶怕春光老，豈可教人枉度春！你今反不聽從，正是：畫虎畫皮難畫骨，知人知面不知心！

（旦）娘，孩兒亦非有別意也，只為爹娘爭一口氣。

（占）你回繡房中去。

（旦）自怨紅顏多薄命，甘持清操守空房。（下）

（占）自古道的是，難將我語同他語，未必他心似我心。張媒。

（丑）有。占鳳已傳紅葉信，乘鸞專聽玉簫音。老夫人，姻事想聽命了？

（占）可怒！這妮子不肯順從，你且回去拜上公子，待曹老爹回來，這段親事定是他的。

（丑）老夫人，君子不可不重，小人不可不算。他説你是繼母，不聽你言。你雖是大大主張，受了財禮，許了段家，怕他不肯！

（占）我意亦是如此。但他不肯起嫁，怎生是好？

（丑）這個不打緊。只叫公子親自抱他上轎。他粘了公子，一軟如綿。

（占）既然如此，你且回去。我家有個奶娘，賽英是他養育。待我分付他，教他苦勸女兒，必須從順。拜上公子，三日之後，女兒見聽，即來取親；若不見聽，即來搶親。

（丑）正是如此。

　　　計就月中擒玉兔，謀成日裏捉金烏。

曹氏剪髮

旦—賽英　丑—奶娘　淨—姐姐

【金瓏璁】（旦）繼母見多偏，爹爹王事留連。豈遭長舌進讒言，逼我別諧姻眷。令人頓背前緣。天！只得剪頭髮，留取孝名傳。

念妾閨中秀,冰清一性真。方期諧二姓,豈彼喪雙親。繼母聽媒譖,將奴別配姻。我雖違母命,焉肯敗人倫。改節生難許,投崖死可殉。性存鋼百煉,言重義千鈞。清操勵冰雪,丹心質鬼神。欲將雲鬟剪,嘔血自酸心。奴家自從早歲許聘傅家,不料公姑雙雙繼喪,可憐夫婿念念救娘。辭官辭婚,風木恨遺於千古;挑經挑母,花燭事付之東流。奴家立心守節,繼母惑志聽讒。不從再嫁之言,定畫搶親之計。而今思想起來,爹爹既不在家,傅氏又無顧絆,不免將頭髮剪下,逃出為尼,一則絕段家謀娶之心,二則助傅氏救娘之意。但常聞身體髮膚,受之父母,不敢毀傷。今將頭髮剪了,為着那一件來。

　　髮膚雖可重,節義重千鈞。
　　取義和完節,由來在我心。

【風雲四朝元】(旦)吾心節義,須臾不可離。惟其有節義之心,忠臣不事二君,烈女不嫁二夫。歎庸臣惡婦,自把心欺,自將欲蔽,自使行多乖戾,自使行多乖戾。為臣的賣國欺君,甘心降賊;為妻的失節忘夫,甘心再適。嘁!真是無羞恥。嗏!這便是禽類與蠻夷。然比之蠻夷,孔子云夷狄之有君。比之禽類,關雎一失其偶,終身不肯別配。夷有君臣,禽有雌雄配。那不忠不良之人呵,比蠻夷尚不如,視禽鳥當知愧。因此上要扶人紀,剛剛決決,忘身殉理。因此上要扶人紀,剛剛決決,忘身殉理。

　　殉理心非僻,心存理亦存。
　　理當今日死,身死理猶生。

【前腔】身亡理直,心生理不虧。與日月爭光,與乾坤立極,與古今節義人爭氣。娘親逼奴改嫁,論奴當死矣。(又)若傅郎不在,奴豈貪生!念伊家今在西方,非無歸志。我只得逃入空門,待伊消息。古人云:養其生以有為,愛其死以有待。奴今日豈是偷生計。嗏!有一日善功成,境入菩提,終有相逢處。一時雖暫離,千古同完聚。若是背盟再適,傷風敗化,猥猥瑣瑣,令人談議。若是背盟再適,傷風敗化,猥猥瑣瑣,令人談議。

談議今雖免，將來事未期。

且將頭上髮，披剃去為尼。

【前腔】為尼披剃，忙將玉剪持。剪，你本是堅鋼百煉，開時節如彩鳳比翼飛，合時節如鴛鴦交頸睡。你兩口相依，雖然是開合由人，羨只羨你中心見定無更易。（取鏡介）這鏡子湛如秋水，這鏡子湛如秋水，照見人的妍媸，便知人的欣戚。憂則同憂，喜則同喜，形影相隨，若個能逃避。嗏！鏡子，今日裏對你剪青絲，人不得團圓，羞與你團圓對。剪了髮時，知將聖訓違；若不剪時，難絕奸媒計。千思萬想，存得個清清白白，死而無悔。千思萬想，存得個清清白白，死而無悔。（坐介）

【窣地錦襠】（丑上）一家有女百家求，一家有事百家憂。求來九十九家休，憂來三更夜半走。

自家奶娘是也。先年賽英生母亡過，是我養育。昨日夫人逼他改嫁，女兒不從，夫人分付，教我苦勸孩兒，必須聽順。若勸不從，定是將我刑責。夜來睡不安枕，天色將明，不免悄地前去勸他則個。我兒，開門。（旦驚問介）（見介）

【鏵鍬兒】（丑）我兒，因甚的恁般懊惱？因甚的無眠獨坐？因甚的杏臉紅消，柳眉翠鎖？（旦）娘耶。（哭介）（丑）因甚的半吞半吐，言顛倒淚如雨落？因甚的將手帕把頭包？待我揭取看着，因甚事兒不湊巧，却把青絲斷了？

【前腔】（旦）奶娘，我衷情欲告，說來時含羞怎道？（丑）不要害羞。（旦）傅郎為痛娘亡，去從禪學。（丑）喏，原來學禪去了。（旦）那張媒又受了段家公子託，將我晚娘唆調。調我母貪富豪，致孩兒無倚靠。（丑）只是老爹回來就好。（旦）因這些兒不湊巧，我只得把青絲斷了。

（丑）我兒，不如再嫁了也罷。

（旦）娘差矣。自古道忠臣不事二君，烈女豈嫁二夫。便死也是不從！

【前腔】（丑）兒，昨晚來承夫人教道，這緣由已知分曉。恨張媒是個起禍根苗，喜我兒有這松筠節操。我又聞知道，段府安排搶親轎，人雄馬高，在今朝定來到。這般撞得不湊巧，此事如何是了？

【前腔】（旦）娘，不須得驚悼，奴自有全身的計較。潛身逃入空門，望娘引導。怕只怕繼母曉來又驚覺，出門須早。（丑）去便去了，又怕遇着那張媒婆、段公子，怎生是了？（旦）那媒婆似鵰鶚，那公子如虎豹。若還遇得不湊巧，奴一死諸事便了。

（丑）我今勸你不從，夫人必是計較。不如同你逃去，且到我姐姐家安下，又作區處。

（旦）如此甚好。（行介）

【玉抱肚】（丑）棄家就道，趲行程須是及早。露瀼瀼濕透了羅鞋，滑喇喇閃教人跌倒。（內作喊介）（合）忽聽得敲鑼喝號，震山丘勢如剽掠。遇着冤家如何是好？

【前腔】（旦）奴身此去為尼呵，皈依三寶，在途中望空拜禱。（丑）趲行。（旦）非奴不欲趲行程，爭奈奴家弓鞋窄小。（合前）

【前腔】（丑）幸天未曉，這山頭有一座幽沈古廟，近前來拜告神明，望神靈陰中相保。（合）待他狂徒過却，趁無人過了山坳，不遇冤家便是好。（作躲介）

（內叫云）手下，大家俱要齊心，好意便是迎親，惡意便是搶親。

【前腔】（旦）覷他輕驃，恃伊豪將人輕藐。他那裏喜氣揚颺，我這裏憂心悄悄。（合前）

（丑）幸喜狂徒已過，到此是我姐姐家門。姐姐在家守寡，且在他家躲了，夫人必定遣人挨問，只説有人在江邊見女投水死了，數日之後，同你再往庵中，埋名改姓，庶幾可免此禍。

（旦）如此甚好。

（丑）姐姐。（敲門介）

【不是路】（淨）五鼓纔鳴，却是何人叩我門？（丑）姐姐，是咱們。（淨）原來是我妹妹。待我開門。（丑）特來到此相詢問。（淨）這女子是誰？（丑）這是我所養之女，賽英小姐的便是。（淨）喊！妹妹，你有何因，夠他星夜來投奔？分明説與休藏隱。（丑）只為小姐，他不從再嫁娘言命。（淨）呵，繼母逼他改嫁，小姐不從，所以逃了！（丑）然也。（淨、丑）**此情堪憫。**（叠）

（淨）既然如此，且在我家住下。數日之後，看他事體何如，又做道理。

（丑）正是如此。

（丑）幸得今朝已出門，（淨）茅簷數日且安身。

（旦）惟有感恩並積恨，（合）千年萬載不生塵。（並下）

（末）天有不測風雲，人有旦夕禍福。老夫人輕聽張媒之言，要將小姐重聘段家。小姐不從，又令奶娘再三諫勸。諫若不從，定將奶娘刑責。就被奶娘帶了小姐一同去了。（叫介）（問介）

（內應云）今日五更時分，江邊有人聞道，一女子哭哭啼啼，到江邊投水，想是跳水死了。

（末驚介）咳，此事怎麼是了！老相公又不在家，老夫人幹出這等勾當，此事怎麼是了？小姐生則難明，死則有準，只得回去報與夫人知道。

小姐閨中玉，張媒禍裏胎。

閉門屋裏坐，禍從天上來。

四殿尋母

小—鬼使　丑、淨—鬼犯　夫—劉氏
末—獄官　生—羅卜

【山坡羊】（丑、淨、夫）黑沈沈不見天日的地獄，滑喇喇不順人情的法度，骨岩岩難禁受的苦楚，急煎煎難解脫的枷和肘。歎咱們，幾死又被業風吹，吹成活鬼囚。天！何如賜我一死無回也，免得番番受罪尤。（合）淹留，恨悠悠那日休；憂愁，濮簌簌珠淚流。

（夫）陽世作事差池，陰司受諸苦楚。過了三殿，到此四殿，收在獄中，不見天日。這樣憂愁，天地之間那一件可比！

（丑）古人云：憂端如山來，澒洞不可測。山可比也。

（淨）比不得。古人云：曾量東海水，看取淺深愁。水可比也。

（丑）水比不得，還是山可比。古人云：夕陽樓上山重叠，未比春愁一倍多。

（淨）山比不得，還是水可比。古人云：問君却有幾多愁，恰似一江春水向東流。又云落紅萬點愁如海。

（丑）山可比！

（淨）水可比！（作相鬧介）

（小）這些鬼囚可惡，可惡！一個拗山，一個拗水，地獄還要相爭，真是死也不改性了。

（夫）你們二人不必拗山拗水。古人云：試問閒愁知幾許，一川煙柳，滿城飛絮，梅子黃時雨。

（丑、淨）這個真可比也！

（夫）地獄之中愁多如此，望長官將就將就。（內喝道介）

（小）老爹來提監，好生迎接。

（末）天聽寂無音，蒼蒼何處尋。非高亦非遠，都只在人心。自家四殿午官大王殿下掌管地獄的獄官是也，管着油鍋、銅柱。左右，拿監簿過來看。（小送簿上）

（末看介）呵，一名鬼犯茅山鹿，殺人放火，無所不為；一名鬼婦秋狗奴，專一偷盜搬唆，致使人家爭競，搆成大禍。我王問定油鍋煎熬之罪。

（丑、淨）爺爺可憐見。

（末）一名犯婦劉氏青提，故違誓願，自家招定，重重地獄受災愆。我王問定，解往五殿。手下，可將劉氏解去！

（夫）望爺爺疎放。

【前腔】（末）歎世上人心都不古，論地獄便說是沒有。不思量陰陽只是一理，在生為人，死後為神。又何須偏僻，偏僻出此輕狂口。做官的不信鬼神，如何先拜城隍？做秀才不信鬼神，如何先拜孔廟？世上人家，那一家堂上沒有香火？那一個墳頭不掛紙錢？伊所行，分明都是敬鬼，你如何故把我輕譏詬。那時候把機關用盡，正好修時不肯修。（夫）都知追悔了。（末）而今到此追思也，正是船到江心思補漏。（合前）

（丑）一樣犯人，兩樣施行，也是不公。

（末）刑罰有輕有重，過犯有重有輕，若肯三思改過，決不一列施行。（夫末下）（小作煎丑、淨介）

【前腔】（丑、淨）歎生前用心狠毒，到陰司有誰搭救？見油鍋嚇得我膽戰，這般苦教我如何受？滾鍋油煎得人沈又浮也。都是生前造惡，到今日反不如個豬和狗。（合前）（下）

【前腔】（生）急忙忙走不盡途路，弱怯怯熬不盡苦楚，黑洞洞遊不遍地府，白茫茫尋不着吾慈母。怨金奴，你賺我娘開了，開了葷和酒，將娘陷在陰司也。空使我把重重地府遊。（合前）（小）（生）（敘事同前）

（生）地獄遊來已四重，可憐未得母相逢。
（小）心堅石也有穿日，只在高禪方寸中。

曹氏逃難

淨—姐姐　丑—奶娘　旦—賽英　小—三保

【掛真意】（淨）夜裏風景似清秋，堪堪月上南樓。蛙鬧空池，螢藏暗草，正是納涼時候。

風清應罷扇，月上不須燈。果好涼夜！自從妹妹同小姐到此，一怕老夫人知之，二怕段公子曉得，曹老爹又不回來，此事如何是好？而今思想起來，不免將幾句言語勸解小姐，若得回心轉意，蓄髮回家，再嫁他人，未為不可。妹妹、小姐請上。

【前腔】（丑）晚娘何事聽奸謀，逼孩兒別配鸞儔。（旦）髮斷青絲，臉消紅粉，此身誓不他述。（見介）

（旦）不知姨娘有何分付？

（淨）一從小姐入吾門，猶恐將來事未寧。好似和針吞却綫，刺人腸肚繫人心。而今思想起來，不如順從母命，嫁了也罷。

（丑）正是正是。

（旦）姨娘，侄女兒立志已定，必向空門為尼去！

【懶畫眉】（淨）小姐，聖賢道理本中庸，未婚守節，是太過猶如不及中。莫如蓄髮且回宗,別諧雲雨陽臺夢,勝向空門聽曉鐘。

【前腔】(旦)由來女烈比臣忠,勁節高於萬丈松。任渠霜雪歷嚴冬,青柯翠葉難移動,方顯終生節操崇。

【前腔】(丑)段家公子果豪雄,多少兒郎落下風。傅郎既不願乘龍,小姐何如別配丹山鳳,百歲和鳴樂事雍。

【前腔】(旦)庚書已把姓名通,名分昭昭日月同。傅郎身入梵王宮,修行功果奴當共,再嫁今生誓不從!

(淨)嫁與不嫁由你。只是公子勢焰滔天,夫人心性各別,知你在此,城門失火,殃及池魚,怎生是好?

(旦)望姨娘趁此夜靜,引奴前往庵中去為尼罷。

(淨)既然如此,權到彼處安身。待令尊回來,又做計較。

(丑)正合我意。

(淨)小的謹守家門,我送了小姐去呵,有人來問,只說我往靈山燒香去了。

(內應)理會得。夜深恐怕虎蟲,可叫三保馱了一條棍同去。

(淨)也是。

(小上)我有一枝槍,鈴兒響琅琅。若還遇老虎,請他見閻王。(作笑介)母親向前引路,小姨和小姐在後,三保馱響棍在中。

(丑)你怎麼在中?

(小)兩頭好打老"府"。

(丑)"虎"喏!

【下山虎】(淨)更闌人靜,悄離家門。幸喜得月到天心,照人耿耿。小姐,在路行須緊,恐防細人,見吾姐妹共登程,又成禍根。(旦)姨娘,途路多崎峻,我生來未曾慣經。弓鞋窄小步難行,怎受得這般苦辛。(合)最是淒涼景,猿哀鶴鳴,怎不教人珠淚零。

【前腔】(旦)嗟奴薄命,早喪母親,感繼母養育恩深。事當從順,豈被張媒譖,令人背盟。奴甘死向幽冥,斷不做偷生短行。(丑)我兒,還是你執性。(旦)非奴執性,為只為傅郎身往西天境,因此上苟延此生。且向空門去念經,少助伊家結善因。(合前)

【前腔】(丑)羊腸路徑,一派松陰。只聽得野鳥催更,令人慘情,惹起心頭恨。只恨你晚娘忒狠心,逼我兒剪下了香雲,又在途中勞頓。(小)喏,老虎老虎。(衆驚介)(丑)虎在那裏?(小)在前面。(旦)不是老虎。(小)分明是老虎眼睛。(旦)是兩點兒流螢,若是老虎近前來了!(小)緣來是流螢,我錯認螢光作虎睛,累伊行着一驚。願此去沿途安穩。(合)(旦)感得相憐憫,恩同再生。結草啣環報答恩。

(旦)行不得了。

(丑)便是。一時昏黑,行不得了,怎生是好呵?

【前腔】(旦唱)雲迷月暗,山高路昏。盼疎疎密密天星,微光隱隱。(丑)兒,緩步從容進,可憐你幼長閨門,怎熬得高山峻嶺?(又作驚介)(丑)緣來是宿鳥移枝,駭人戰競。願只願蒼天垂靈,應念伊家這般苦情,依舊雲開月又明。(合前)

【尾聲】(合)依稀日掛扶桑影,隱隱鐘聲出上林。(淨)妹妹送小姐入庵,我同三保回去。(旦)怎捨得姨娘回去!(淨)小姐耐煩,又來看你。(合)怎捨得須臾兩下分。(並下)

五殿尋母

末—判官　外—鬼使　淨—閻王　小—孝子　丑—繼母、婆婆、財主　占—孝婦　夫—劉氏　生—目連

(末、外上)位列上中下,才分天地人。六龍扶鳳輦,一樣定君臣。自家乃五殿閻羅天子殿前判官鬼使是也。今當我王升殿,只得在此伺候。道有末了,吾王早上。

【仙呂點絳脣引】(淨)俺這裏燁燁毫光,乾坤普照神通廣。恒沙河仁風蕩蕩,天人鬼盡皈降。

天上至尊惟玉帝,人間最貴是君王。天人兩下皆兼理,地府閻羅獨主張。自家閻羅天子是也。職掌中央,如土貫五行之表;位居五殿,即信成四德之中。東西南北盡皈依,天地鬼神皆統屬。生則生,死則死,據爾所為;入者入,出者出,任吾明鑒。善事無微不錄,

惡者有過難逃。正是：閻王注定三更死，定不留人到五更。鬼使，可將投文牌出去，但有鬼犯，引他入來。（叫介）（淨看文介）一名忤逆不孝鄭庚夫調戲繼母，前殿俱已問明。我問你，人生天地之間，所以異於禽獸者，以其有禮義廉恥也。你上蒸父妾，是不知父子之情，且亡男女之別。其情可惡，依直招來。

【五更轉】（小）告閻君聽分剖，普天下無不是的父母。多因是子職未供，因此上我繼母心懷嫉惡。那日裏娘往花園身隨後，見羣蜂擁聚在娘親首，因此上舉袂攘蜂。豈知我父在高樓，望見時心生氣蠱，霎時間賜死到冥途。我怎做得孝感親心，號天怨慕。（又）

（淨）鄭庚夫自怨自艾，事有可疑。鬼使，可分付掌業鏡判官，擡那業鏡過來。（照介）原來你繼母王氏辛桂，心懷疾妒，侵晨起來，先用蜜糖梳頭搽臉，又唆爾父上樓去望，他故意引你到花園遊戲，蜂聞蜜香，擁聚在他頭上，你舉手攘蜂，本是為娘除害，豈知你父不察，疑你有淫亂之心，一時賜死。此事果然冤枉。判官，查看王氏陽壽若何？

（末）王氏注定六十三歲。今方四十，尚有二十餘年。

（淨）鬼使，可分付追魂使者，急追王氏到此對證。（叫介）（丑扮王氏上）

（淨）王氏，可同你兒子業鏡臺前一齊照去！

（丑）當時是奴身不是，豈知業鏡之中秋毫無隱。

（淨）手下，把那王氏打着。（打介）可將長枷把王氏枷起，禁在鐵圍城中，受諸苦楚。自古道得好，寧見我閻羅王，莫見你晚爹娘。"青竹蛇兒口，黃蜂尾上針。兩般尤未毒，最毒晚娘心"，正是你了。鬼使，帶入鐵圍去。

（丑）渾身是口不能言，遍體排牙說不得。

（淨）可喚金童玉女過來。（叫介）（生、旦扮上）

【浪淘沙】（淨）孝子，久因在幽冥，冤苦難伸。今朝業鏡照分明，打了你長枷並鐵鎖，自此超昇。

【前腔】（小）百拜謝閻君，光察覆盆。幢幡接引上天庭。望把娘親都赦却，方表兒情。

雪隱鷺鷥飛始現，柳藏鸚鵡語方知。（下）

（淨又看文介）一名犯婦陳氏癸英，與人通奸，打罵婆婆。陳氏，關雎尚有夫婦，虎狼尚知父子，你為何與人通奸，敗壞夫婦之倫，打罵婆婆，不知上下之分？從直招來！

【八聲甘州歌】（占）從直招來，苦情事容訴天臺。為只為婆婆心歹，逼奴家輕身，貪愛錢財。（淨）可順從否？我一貞自守難從順，他百計尋非駕禍災。可哀，望閣君明鏡高擡。

（淨照鏡同前科）原來陳氏癸英乃是烈婦。只因晚婆沈氏丑奴，私與外人通奸，反要媳婦學他所為，陳氏致死，寧可受屈而亡，不忍揚婆之過。此真孝婦也！（科方同前）（丑扮沈氏上）

【皂羅袍】（淨）沈氏，你為人十分心歹，這賢媳婦怎忍把他圖賴？但知貪色又貪財，那些個媳婦婆遮蓋。鬼使，可將陳氏，枷鎖打開；可將沈氏，枷鎖上來，使善人勉勵凶人戒。

（丑）混濁不分鱔共鯉，水清方見兩般魚。（下）

【前腔】（淨）喚玉女金童對對，把珠旛寶蓋安排，接迎孝婦上天街，與月宮仙姐爭光彩。堪嗟塵世，苦事難挨，須知陰府，天日可回。勸世人謾把他人害。

（占云）多感，多感！人惡人怕天不怕，人善人欺天不欺。（出介）

【前腔】（占）向天府逍遙自在，嘆當初是枉死在塵埃。今日裏猶如枯木再花開，感閣君恩德天來大。世間惡婦，當知自裁；世間孝婦，何須自猜。到業鏡臺前呵，非非是是明明白。

（淨看文卷介）一名犯婦劉氏青提，惡業多端。從直招來！

【馬不行】（夫）上告神君，伏望容奴訴事因。念奴是從夫從子，施帛施金，齋道齋僧。奈緣前殿不原情，使奴受盡歹刑併。爺爺，伏乞哀矜，（又）高擡明鏡超身命。

（淨）臺前照去！

（末）這婆娘立誓持齋永不開，一朝筵宴自安排。骨頭埋在花園內，土地還聞立誓來。道是若有開葷埋骨事，重重地獄受凶災。

【前腔】（淨）你行濁言清，業鏡昭昭自見真。故違誓願，殺害犧牲。褻瀆神明，當時任意敢胡行。今朝到此難逃遁，誓定難更。（又）重重解往前途問。

（夫）自恨當初行事錯，今朝追悔總成空。（下）

（淨看文卷介）

（丑又上）一生豪富人欽仰，五殿仁明諒放行。自家富喧天是也。生前救濟人多，死後該當罪少。少到閻君殿下，未知事體若何。

（淨）富喧天！

（丑）在。

（淨）照去。

（末）原來這財主為富不仁，違禁取利，害衆成家。輕秤出，重秤入，威似虎狼；小斗放，大斗收，毒如蛇蝎。雖云易借，其實難還。小民敢怒不敢言，逼債賣男還賣女。

【前腔】（淨）你佛口蛇心，縱富喧天也是浪名。慣用那大升小斗，輕重天平，剝騙貧民，吃人腦髓又抽筋，小民誰敢與伊爭論。手下，解往前途，分付注生判官，使他來世孤貧。（又）依然求借到豪門等。

（丑）列位，我為富不仁難脫罪，為仁不富是良謀。（下）

【尾聲】（淨）欺世人多少心頭病，到業鏡臺前事事明。惟有個積善之人心不驚。

（外）業鏡誰能掩是非。（末）須知到此總難欺。

（淨）勸君莫作虧心事，　　黑臉閻王放過誰。

【節節高】（北腔）（生）東南上陰司、陰司遊遍，早來到中央、中央寶殿。我把錫杖兒輕敲，敲開地獄門扇。近七寶池邊，五蓮臺的前面，見一所鐵圍城，銅牆鐵壁，四時蔽日，萬垛連天。好教我瞻之在前，仰之彌高，鑽之彌堅。天！我娘親多應是在此鐵圍城裏，受着業冤。（問介）

（末）令堂何姓何名？

（生）老母姓劉氏名青提。

【柳葉喧】(末)劉青提承閻君、閻君發遣,纔解了、解了往前途佛殿。(生)又往前途去了!我苦難言。天耶!望早與人行方便,好教我珠淚漣。這般摧錯怎不憂煎。娘!誰知道我子母直恁無緣!

(衆)此去前面是阿鼻地獄,雖去也難相見。勸你休去罷了。(生哭介)

(小)高僧不必淚漣漣,鐵杵磨針在意堅。

(生)我到鐵圍娘又去,不知何日得團圓。

二 度 見 佛

生—羅卜 外—活佛 小、丑—徒弟

【天下樂】(生)經年為母苦奔馳,歷遍陰司五殿回。可堪母子分緣虧,再謁我西天活佛。

舡往東西南北了,依然不離古灘頭。目連承師指引,遊遍五殿。我行雖急,娘去更忙。空受奔波,無由得會。只得再見世尊。此間便是,不免入去。師父請上。

(外、小、丑上)茫茫三界有誰知,生死昇沈沒盡期。孝兒為母受淒其,喜得今番又至。(生見介)

(外)目連回來,救母一事何如?

【刮鼓令】(生)一從別講壇,為慈幃歷苦艱。我到一殿時娘已離一殿,我跟一關時娘又過一關。歎母子緣分慳,奔查歷盡成何濟,苦楚熬來總是閒。因此上,再謁世尊顏。

(外)吾徒去又還,為萱親見面難。你度窮地獄無名水,歷盡人間不到山。(生)敢問尊師,母今何在?(外)他在阿鼻地獄受摧殘。我將鉢盂烏飯贈你娘親吃。(生)何故不用白飯?(外)白飯須防餓鬼饞。(生)如此多謝!但不知得見老娘,吃此飯否?(外)定見你娘親得此餐。

(生)承師賜烏飯,與母充饑餒。不知何日得見老母。

(外)子母要相逢,四月初八日。

曹氏到庵

占—老尼　淨—小尼　丑—奶娘　旦—賽英

【娥郎兒】（占）老尼終日坐蒲團，南無。懶啟關門不下山。南無阿彌陀佛。身軀常伴白雲間，南無。心似冰池清更寒。南無阿彌陀佛。榮華也不貪，富貴也不貪，南無。一任春秋去又還。南無阿彌陀佛。

（占）東嶽真人張煉師，高情雅淡世間稀。雲衢不用吹簫伴，只擬乘鸞月下歸。老尼因嫌塵俗，遂入空門。煉性修心，明月殿堂持戒苦；看經習懺，清風庭院步蓮遲。寶爐內香銷塵慮，玉盞裏光透神機。談經白晝墜天花，階前虎伏；洗缽清泉生紫霧，水底龍驚。正是造化從他似小兒，婦人似我如男子。日前有曹大人到此談禪，音聞這幾時回來。此公好善之人，如過庵門，必參佛殿。呵，忽見檐前鵲噪，又聞竹外犬鳴。不知何人到此？徒弟那有？

（淨）命孤離母早，起晚記經遲。師父叫我，想是打呵！（見介）（敘事介）（旦、丑上）

【生查子】清曉入沙門，竹外通幽徑。潭水空禪心，萬籟時俱靜。

（丑）來到此間，便是靜覺庵矣。你在此站一站，待我進去看着。

（淨）那裏來的？

（丑）到此出家的。

（淨）咳喏！老人家，伏侍丈夫過世罷了，還來出家！

（丑）老身丈夫已曾沒了。

（淨）呵，老人家丈夫沒了，還來出家？

（丑）不是老身，是送我小女到此出家。

（淨）呵，你女何在？（見介）（通報介）（引見介）

（占）老奶娘，小娘子，何方人氏，高姓貴表？

（丑）這小姐乃是曹京兆老爺之女，名喚賽英，原許傅家。近因羅卜為母修行，繼母不仁，欲逼改嫁。

（占）小姐何如？

（丑）小姐誓不再嫁，因此剪下頭髮。老身是他奶娘，送他到此，投拜為尼。

（占）呵，緣來繼母逼嫁，小姐不從！

（丑）然也。

（占）家無二上，須看曹大人意下何如？

（丑）遇得不好，曹老爹又不在家，所以如此。

（占）我已理會得了。只是小姐出家，有好多難處。

（丑）嗏，削髮便是為尼，有何難處？

【新水令】（占）休言是削髮便為尼，論為尼事非容易。道窮天地外，玄入水雲微。經懺山堆，須是取次讀從頭記。

【駐馬聽】女子身軀，梅雪精神當自勵。丈夫膽志，菩提事業要思齊。妝臺朝不畫娥眉，祇園老不生春意。要心似寒灰，從渠焰火燃無異。

【雁兒落】做尼姑呵，吃的是紫芝羹聊取充饑，穿的是茶褐衣僅將蔽體。夜無眠伴着一盞琉璃，朝早起念着千聲阿彌。

【得勝令】蒲團坐、坐到心月交輝；木魚敲、敲得天花亂墜。鼕鼕鼓擂到夜氣清虛，琅琅鐘撞得晨天開霽。此景誰知，這其間有無窮清味。此苦誰知，這其間有無窮追悔。

（丑）嗏，那悔者便是尋常女流，若是好女子決不悔了。

（占）你道好女子不悔，我且說幾個女子與你聽着：那嫦娥、織女、王母也，好不好？

（丑）嗏，這都是仙女，為何不好？

（占）嫦娥也悔了。

（丑）怎見得？

【水仙子】（占）豈不聞："雲母屏風燭影深，長河漸落曉星沈。嫦娥應悔偷靈藥，碧海青天夜夜心。"那嫦娥也悔居月窟。（丑）是也。（占）織女也悔了。（丑）怎見得？（占）豈不聞："鸞扇斜分鳳幄開,星橋橫過鵲飛回。爭將世上無窮別,換得年年一度來。"那織女也悔上仙機。(丑)也是。(占)那王母也悔了。(丑)又怎見得?(占)豈不聞:"瑤池阿母綠窗開,黃竹歌聲動地哀。八駿日行三萬里,穆王何事不重來。"那王母也悔入瑤池。(丑)真道是呵。(占)這三仙都悔前非,況小姐豈不懷歸?(丑)這個沒事。小女立志已定,決無後悔!(占)常言道盤水可捧志難持,六馬可馭心難繫。小姐,小姐,你須是仔細尋思。

【折桂令】(占)你須是仔細尋思。莫說別事,只說你小姐頭上戴的呵,每日裏高挽雲鬟珠翠圍,也強如我低頭水抹把鋼刀剃。說你身上穿的呵,你穿的是綾羅錦綺,也強如我百衲茶衣。說你口裏吃的呵,你吃的是珍饈百味,也強如我清齋素食。又說你腳下踹的來,你踹的是雙鳳繡羅鞋,也強如我白芒草履。(旦)這些事既已出家,都是不悔。諄諄以此為詞,想是不肯收留呵。(占)小姐,我佛度人,有教無類。豈是不肯收留,只怕霎時間你一言既出,久後裏駟馬難追!

【尾聲】(占)常言作事須謀始。小姐之行,令尊既不在家,令堂又不得知。論親在義無專制。但聞令尊一兩日間回來,待我探問明白。他果無拒,你的言情,便是我留伊的道理。

(內叫云)尼姑,接官接官。

(丑)有官來。

(占)徒弟你去接官,奶娘小姐,後堂回避。

　　休言削髮無煩惱,須信為尼事更多。(齊下)

曹公見女

外—曹公　末—手下　淨—小尼　占—老尼
旦—賽英　丑—奶娘　小—轎夫

【出隊子】(外、末)欽承王命、王命,賑肅邊庭今始回。昔從東嶽見真人,今自西歸謁煉師。(合)又得浮生,清閒片時。

【前腔】（淨）山居寂靜、寂靜，忽聽明公自遠歸。敢迎貴客過茅庵，容獻清茶表芹意。（外）我也正有此意。（合前）（見介）

（占）且喜明公今日還，老尼聞語即開關。

（外）百年自覺為身累，一日無能伴汝閒。曩過名山，蒙煉師上乘之教，於心不忘，所以再造寶庵，拜謝舊恩，更祈新教。

（占）老大人在上，一事告稟。

（外）請道。

【雙鸂鶒】（占）告相公聽傳語，聞別後蕭牆禍起。那張媒賺夫人，逼小姐別諧連理。（外）原來有此！我女何如？（占）他剪青絲，對青天冰清自誓，願清淨為尼念佛。

（外）聽伊說着怒起。論人心三綱所繫，臣盡忠子盡孝妻當盡節。小婿雖已出家，諒有歸日。這鸞鳳終效於飛，焉容拆配。喜我女能持節義。就此告辭。急回歸便知端的。

（占）令愛志欲出家，同奶娘已到此了。

（外）小女果然到此！

（占）在此。

（外）既然如此，快喚出來相見！（占叫介）（旦、丑上）（見哭介）

【玉交枝】（外）我兒不須啼泣，這冤由我心盡知。你晚娘聽信張媒，將我女恁般逼勒。兒，尚期你齊賦白頭詩，如何便把青絲剃？人無遠慮，必有近憂。（合）這其間令人太息。

【前腔】（旦）承爹訓誨，也知有三從四德。欺天來禍大難支，叫孩兒怎生區處。剪了頭髮，毀親遺體固非宜。若是再嫁，辱親名節尤堪恥。孩兒左難右難。（合前）

【前腔】（丑）人心天理，這其間難容欺偽。曹老爺父子兩人，東西各自分張。老爺回家，今日到此；小姐出家，今日也到此？這一旦遇非偶耳。恭喜老爺賑邊而回，是為臣盡忠。丹心報國世間稀。恭喜小姐削髮而出，是為女守節。青年守節人難比。只是張媒可恨可恨！（合前）

（外）就此告辭，帶小女一同回去。

（旦跪云）常聞烈女不嫁二夫，君子愛人以德。孩兒不敢自附於烈女。爹爹大人君子,望乞愛人以德,容奴在此出家。

(外)說那裏話!起來回去。

(旦)爹爹,孩兒立志已定,削髮未生,有何面目再回家去?望爹爹念奴之志,成人之美。

(外)我兒立志既堅,就此出家也可。你可近前來,拜了真人為師。

【孝順歌】(旦)深深拜,拜我師,怕嬌癡不能相侍隨。(外)我兒,一日為師,終身為母。(旦)論恩同母子,論尊同天地。望伊家須是,須是早起晚息,將奴訓誨。(合)今後逢人,只是阿彌陀佛。(叠)

(占)既然在此出家,便是我家人了。可拜謝令尊大人,一酬養育之恩,二感俯從之意,三來仍望扶持。

【前腔】(旦)女百拜,謝我爹。爹娘養女如養兒。長得相依,女生皆外去。爹生女做怎的?養女做怎的?一旦生離,牽腸弔淚。(合前)

(占)可拜謝奶娘。

【前腔】(旦)兒百拜,謝母慈,一言相煩須記取。(丑)有何話說?(旦)娘,你拜上我的慈幃,赦除我的罪戾。勸他們與爹爹和處,莫為奴身,相爭閒氣。(合前)

(外)我兒耐煩,我到家中,就着丫鬟又來看你。(辭介)(又轉介)

【前腔】(外)吾年老,爾又離,欲拋你歸時不忍歸。兒,非爹耽誤伊,非爹不念你,也是你命該如此。真人,請上受我一禮。望把嬌兒愛如親女。出家事非容易。(合)須是確守清規,莫使你爹行憂慮。

(旦)怎捨得母親去了。

【前腔】(丑)娘自去,兒莫悲。你哭時使我心割碎。真人請上,受老身一禮。小女在此,望頻賜提撕,望多加愛惜。這女呵,他生來聰慧。異日裏衣鉢相傳,諒能相繼。(合)須是確守清規,免使你娘行憂慮。(外、旦作別介)(不忍去介)

（占）大人，你娘三回四顧，只是放不得心呵。

【前腔】放心去，不用疑，雖去常如在此時。我自教誨他經書，我自調理他衣食，不須掛意。他在此庵中，猶如在家裏。我兒近前來，拜你爹娘，使他放心前去。（合）你須是確守清規，莫使你爹娘憂慮。（拜介）

（旦）爹，放心去。

（外）兒，拋不得你！

（旦）娘，放心去。

（丑）兒，離不得你！

（占）你二位一個拋不得，一個離不得。

【哭相思】只是人在世，都有拋離日。老大人謾悲傷，老奶娘休慘戚。（合）滔滔水流不盡悽惶淚，怕猿聞也哀泣。

　　　　（外）外面接官人多，我兒回避。

　　　　（外）未婚守節世間稀，（占）剪髮為尼事更奇。

　　　　（旦）一家骨肉分離日，（合）九曲柔腸寸斷時。

（丑）稟上老爹，當時夫人着令老奴勸小姐改嫁，因剪了頭髮，一時同小姐私自來了。回見夫人，望乞遮蓋。

（外）自有分曉。

（末、小、淨）本縣夫馬迎接老爹。

（外）呵，奶娘該遲留幾日纔是。

（丑）正是。

（外）既已出門，不可回去，又添我女一番哀感。感你救女性命，送他到此。

（外）衆夫子，可留下花轎一乘。轎夫四名，吹鼓手一夥，迎送奶娘歸家。其餘人夫同我先去。

（丑）折福折福。

（外）龍為雲羈歸洞晚，雁因風阻到家遲。（下）

（淨）奶娘是個丫鬟，我們不擡他。

（小）你不擡他，他說與曹老爺，老爺又說與縣主老爺，可不是打？我有一計，老爺不罵，奶娘不怒。

（淨）説來説來。

（小）我而今請奶娘恭喜，討了賞手，擡將起來，搖得他頭暈眼花吐出屎，他自行去，豈不是妙計？

（衆）妙哉妙哉！

（衆跪介）喏，夫子參。

（丑）起來。

（衆）老奶娘，衆夫子望賜常例。

（丑）咳喏，却没有。

（淨）天子不差餓兵，就是擡夫人回娘家，也有常例。

（丑）真道是。爭奈不曾帶得，來到家補罷。

（小）稍公不討到岸錢。

（丑）也罷！我只有簪環在此，隨你拿一件去罷。

（淨）銅的，那個要他！

（丑）這等没有了。

（小）老奶娘，衣服也罷。

（丑）衣服也可？只是不好看相。大蟲跳過籬，只有一層皮。

（淨）轎幃幃了，擡到你家，那個看見？

（丑）也罷。（作脱衣介）（上轎擡介）

【水底魚兒】（衆走唱）花鼓鼕鼕，特來接相公。相公分付，接個老顛瘋。

【前腔】（又）鑼響噹噹，接官回故鄉。官人分付，接個老婆娘。

【前腔】（又）花轎高高，接官遭復遭。這遭分付，擡個老尿包。

（丑）衆夫子住下，住下，把衣還我。

（衆）拿前去了。捨不得衣服，又不坐轎了？

【皂羅袍】（丑）非是我捨不得衣衫不坐，奈緣你擡了這轎子連跑。搖來搖得眼渾花，暈來暈得頭昏倒。（合）骨骸抖碎，疼痛怎過。喉嚨吐破，如之奈何？老天，今後今後，勸世人命薄休乘轎！

且在地下一坐。

【前腔】（衆）扶住你緩行休坐，奈夕陽西下如跑。奶娘還坐轎。（丑）今世不坐了！（衆）我們不擡，你又要擡，我們要擡，你又

不坐。可憐辜負轎頭花,如何作事多顛倒。(合前)

(衆)近他家矣,丟開一跑。

(丑)他們就去了。這天殺的!自古道,狠心人幾樣,却是䏍、虔、店、脚、牙。看將起來,脚夫第一心狠了!

　　　　脚夫天殺忒心欺,索人常例剝人衣。
　　　　擡轎依然步路走,青天白日被鬼迷。

六殿見母

小—鬼使　丑、淨—餓鬼　夫—劉氏　生—目連

【普賢歌】(小)夜叉尊我作班頭,拘管牢中餓鬼囚。有錢的略放手,無錢的打不休。把鋼鐵洋來熱灌他的喉,把鋼鐵洋來熱灌他的喉。

自家夜叉班頭是也,掌管阿鼻地獄。今當四月八日,龍華大會,我殿變成大王已去赴會,獄官獄吏俱跟隨去了,惟我班頭在此守監。呀,獄中餓鬼,須是各守法度。

【八聲甘州歌】(生上)忘餐廢寢,為堅心救母,敢憚辛勤。承師指引,許逢娘在初八之辰。只得趲行。啼殘杜宇三更月,踏破陰山一片雲。(合)慇懃問,仔細尋,得逢老母謝神靈。

【前腔】遥瞻松柏林,映巍巍殿宇,隱隱重門。原來是阿鼻地獄。銅牆萬仞,牢拴着餓鬼饑魂。(內哭介)(生)他那裏號天吁地應難脱,叫苦啼饑不忍聞。(合前)(見介)

(小)禪師何方人氏?

【前腔】(生)西方目連僧。(小)到此何幹?(生)為跟尋老母,敢造金城。(小)令堂何姓何名?(生)娘親是劉姓,青提是老母之名。(小)為何令堂墜入地獄?(生)因兒不孝相連累,致母多災受苦刑。(小)我替你問。(合前)

(小叫云)餓鬼獄中有姓劉名青提者否?(內叫如前)

(夫上立云)不知問他何事?

（小）他有兒子在此尋他。

（夫）不知尋母之人何姓何名？

（小）西方僧人，名喚目連。

【前腔】（夫）心中自駭驚，忽聞有兒子，尋問娘親。他的娘親姓劉名青提，老身也姓劉名青提。同名同姓，但我兒不是僧人。（小）你的兒子姓甚名誰？（夫）我兒姓傅名羅卜。望長官傳與那禪師，子既不同，娘必不是了！空與他娘行共姓名。（合）慇懃問，仔細尋，得逢兒子謝神靈。

（小）令堂不在此地。今我獄中雖有婦人劉氏青提，與令堂同名同姓，奈他兒子姓傅名羅卜，且不為僧，請自迴避，他尋則個。

（生）呵，有一婦人劉氏青提，他的兒子名傅羅卜，不是僧人。果有此人！

（小）然也。

【駐雲飛】（生）忽聽傳音，不覺汪汪兩淚淋。傅羅卜本是咱名姓，大目連是我師相贈。（小）為何令堂不知你出家？（生）嗏！為只為萱親喪幽冥，苦楚難禁，因此修行，挑母挑經，投拜世尊，煉性修真。他指引我到此相尋問。長官，望發慈悲方便心，望發慈悲方便心。

（小私云）我曉得那劉氏分明是他娘了。噺，劉氏，那目連即是羅卜，分明是你兒子。我開了獄門，使你子母相見。天上人間方便第一。（小弔場）

（夫）羅卜的兒。

（生）娘！（哭介）

（夫）枷鎖解不得，怎生是好？

【浪淘沙】（生）佛法本堅剛，至大無方。我將錫杖一敷揚，枷鎖一時皆解脫，救我親娘。

（夫）枷鎖脫了，眼看不見，怎生是好！

【前腔】（生）佛法本光明，普照乾坤。我將錫杖振天根，石孔流泉堪洗眼。娘，依舊澄清。

（夫）眼光明了。兒耶，果已剃了頭髮！我肚中饑餓，怎生是好?

【前腔】(生)佛法本餘饒,飲食勻調。杖頭帶得有盂瓢,化出飯來娘自吃。娘,飽在今朝。

(內叫云)目連菩薩,善醫眼瞎,捨手傳名,因功顯法。

(生)呵,原來獄中瞎子叫我捨手傳名!娘,可憐瞎子皆堪憫,且散清泉洗眼來。(生弔場)

(丑、淨上)原來那和尚帶得有飯與那婆娘吃!(搶吃介)(哽死介)

(夫)兒,不好了,飯被餓鬼搶吃了!

(生上)餓鬼在那裏?

(夫)哽死在此地下。

(生)緩吃些。

(夫)這是顧嘴不顧身,要財不要命的!

(生)娘,放心!

(生)佛法本機關,變化無端。鉢盂中烏飯,黑雲團烏飯,奉娘親自吃,鬼不爭餐。

(夫)這飯全看不得。

(生)此飯雖不好看,却有實用。娘試用之。(夫吃介)

(丑、淨望云)原來那和尚在鐵爐邊撿些鐵屑與他吃。(下介)

【刮鼓令】(生)老娘,從娘厭世塵,鎮朝昏、幾淚零。感得觀音親點化,道娘在陰司受苦,教我往西天謁世尊。蒙賜我錫杖赴幽冥。(夫)我兒,可曾來幽冥否?我跟尋五殿無蹤影。只得再謁世尊。他許定今朝見母親。但獄中餓鬼,白飯必搶。因此上以烏飯贈兒行。

【前腔】(夫)花園一旦分。後來四煞到家,見你靈前睡着了。煞回時酸痛心。自在城隍殿下起解,過多少關津!關關受苦應難説。又自一殿解至六殿,殿殿遭刑苦怎禁,天賜我兒臨。清泉洗眼,烏飯充饑,削髮為僧,捨身救母。古來未有兒孝敬。自古道,皇天不負孝心人。料得天憐行孝人。兒,你須是超度我出幽冥。

(內叫云)夜叉接官!

（小）禪師出去，待我鎖門。

（生）長官，容我母子叙苦片時。

（小）咳！今當四月八日，獄主赴會去了。而今將回，你可出去，休得連累！

（夫）長官可憐見，望容我兒少住幾日。

（小）這婦人說那裏話！見你令郎行孝，奉承你母子相見一度。事發連累，好心不得好報也！

【尾犯序】（生）娘，自從那日別親幃，隔斷幽明兩不知。費盡心機纔得會，如何邂逅便分離！百結離愁，一言未畢，只擬從容，將救母情由細議。豈意，這夜叉急忙忙逼我骨肉分張。痛殺殺使我肝腸裂碎。（合）怕只怕獄門一出，咫尺似天涯。

【前腔】（夫）悲歡沒定期。在此獄中，忽聞兒來，歡喜纔臨，又要去了，悲愁又至。天地非不廣也，歎茫茫三界，不容我母子歡會，須臾追悔。兒，悔當初苦不相依，到今日反多相累。（合）從今後，兒在陽間，娘在陰司，娘兒兩地。（夫）天耶兒耶，叫一聲天來哭一聲兒。天耶兒耶，叫一聲天來哭一聲兒。（生）天耶娘耶，叫一聲天來哭一聲娘。天耶娘耶，叫一聲天來哭一聲娘。（夫）兒，兒。（生）娘，娘。（合）睜睜兩眼，閣不住淚雙垂。

【前腔】（生）捫心空太息，歎我違天，坑娘入地。拋家棄業，十年枉自奔馳。慘戚，忍見你兩鬢蓬鬆，忍見你一身狼狽。最苦是剉燒舂磨，苦痛怎能支？

【前腔】（夫）孝心天地知，自古尋親，何人似你？此去陽間，還望把老娘掛意。（生）孩兒自有分曉。（夫）兒牢記。你須是再往西天，你須是哀求活佛，傳度你將娘救取，萬古孝名馳。

（小）獄中餓鬼，可將劉氏圍住，把目連扯開。（詳叙前事）

【尾聲】（生）娘，我今到此渾無計。（夫）兒，懸望你還來莫待遲。（扯開介）（關門介）（生）娘耶。（夫）兒耶。（合）痛斷肝腸只自知。（夫下）

（小）禪師好不達理！獄主已回，反相連累。況令堂劉氏，昨日該吏已曾寫起解批，解往七殿，只因管解夜叉看會去了，耽擱至今。

而今回來，拿了昨日的文書，就從後面虎頭門出解他去了。要見令堂，可急往七殿問去！

（生）又解去了？

（小）不要啼哭。小人有一結義朋友，名喚戈子虛，在七殿為獄官，我將戈兄平日賜我戒尺，上寫卑人賤名，與禪師帶去，他自為禪師出力。

（生）如此，多感多感！

（小取戒尺寫介）小弟故左人拜。拿去！

（小）戒尺贈前行，應憐孝義深。

（生）得君提掇起，勝遇櫟陽金。

傅相救妻

外—傅相　末—城隍

【喜遷喬】（外）身居仙境，但永享逍遙，長瞻天聖。陸地瑤琴，紅塵寶鏡，天淵此際離分。況荊室九泉牢落，更桂花萬里飄零。幾度裏雲端盼望，淚雨沾襟。

（四七言）渺渺雲程，巍巍天府，逍遙快樂超今古。由我修行博得來，勸君早上修行路。煙霧塵寰，糟糠舊婦，幽明兩隔無由晤。念取當初百夜恩，救他此際千般苦。自家傅相是也。原居陽世，盡修齋奉佛之功；今在天曹，掌勸善太師之職。俯思塵世，事可感傷。

【雁魚錦】想當初寄跡在紅塵，感上天賜我人形性。人為萬物之靈。佛經云，此身不向今生度，更向何生度此身。因此上，我把煉性工夫常戒謹。況吾門世傳清白家聲，我夫和婦同心同德修行，事菩提念着佛經，散資財齋僧道，賑濟多貧困；立誓聞神，共持齋永不開葷。若有個開葷天鑒臨。

【二犯漁家傲】欽承上帝昭明，鑒吾曹事神天竭情盡慎，榮須誥命，遣金童玉女來招引。那時節天使催徵，匆匆的勒馬登程，冗冗的分鸞破鏡，渺渺的跨鶴乘雲。咳！可憐見老安人，我和你夫妻本是同林鳥，大限來時各自分。

【雁漁序】從此後幽明兩隔天淵境。安人，安人，我這裏天堂照映，知伊是不敬神，違誓的遭刑罪，你那裏地獄深沈。道咱是不顧妻無情的薄倖人。堪矜。老安人，你苦楚難禁，更兒曹為娘親，又受了幾多勞頓。

【漁家喜雁燈】妻在陰司，兒在凡塵，我在天曹，怎不牽縈！雖為安人掛念，奈玉皇敕令，普天之下天曹地府，水國陽元，這四大部各有個職司難紊。我今在玉皇門下，做個勸善大師，是天曹不屑理陰司事。老安人，豈是不念你夫妻百夜恩。

【錦纏雁】深思省，這情由須索是直奏上玉皇殿庭，懇吾皇天聽垂憐憫。念微臣在凡世，妻與子本是個骨肉之情。吾皇降下皇恩大赦，使安人早脫幽冥，使孩兒早成佛行。這天曹普賜超昇，使當時苦海林中客，都做了靈山會上人。

手下，拿玉簡過來，就此奏上玉皇。（介）閶闔開黃道，衣冠拜紫宸。幽明齊效順，天地一家春。（行朝儀介）

（內云）有事者奏上，無事者退班。

【半天飛】（外）摺笏摳衣，忙恐忙惶奏玉墀。未及開言語，（又）搵不住雙垂淚。嗏！為只為老臣妻劉氏青提事，不思疑干犯天威，罰在陰司，苦楚輪回，受盡多狼狽。伏乞吾皇赦宥之。（又）

【前腔】再聽宣披，臣只區區一個兒，救母多勞瘁，事佛尤勤勵。嘻！乞憐陽世職諸司，禮有常規，一士霑恩，顯祖榮宗，蔭子封妻，一家都得叨榮貴，伏乞吾皇簡拔之。（又）

（內云）據爾太師所奏，死者可憫，生者可嘉。即仰殿前飛虎將軍，速到陽原，宣召王舍城城隍之神，到此查究。（末扮城隍上）

【粉蝶兒引】玉詔飛宣，早來到玉皇寶殿。
天風吹下御爐香，日照仙袍紫霧光。（行朝儀介）

（內云）城隍既至，劉氏青提一事何如？

【馬不行】（末）臣對臣聞：劉氏青提卽四真。只為他不遵夫命，不敬神祇，殺犬開葷，重重地獄受災迍。他願詞罰在生前定。變犬回生，（又）與他誓願方相稱。

（内云）再問羅卜一事何如？

【前腔】（末）臣奏臣聞：傅羅卜為人孝行純。（内云）孝行既純，何不薦揚？（末）為只為世人蚩蠢，不孝爹娘，不敬神明，故教他尋母到幽冥，把重重地獄都遊盡，傳與時人。（又）救親的當以他為憑準。

小臣尚有一事啓奏。

【前腔】臣奏臣聞：尚有曹家女賽英，他曾與傅郎盟娉。為羅卜尋娘，未配婚姻。不從再嫁母言情，自甘削髮持清淨，今入庵門。（又）望聖恩普賜超仙境。

（内云）依卿所奏。劉氏青提，待他變犬回陽，特遣地官赦除伊罪，脱犬為人。傅羅卜，待他遊遍地獄，傳與世人，追薦父母，以此為法。曹氏賽英，未婚守節，不惟有松筠之操，又且有善提之心，俱限七月十五中元佳節，即差太師傅相賚末詔臨凡，着令城隍一齊申送，同上天堂，永享快樂。謝恩！

（外、末）聖壽聖壽！（外謝末介）

（末）何故言此。

（外）念子更思妻，封章達玉墀。
（末）今朝奏得准，是你運通時。

七　殿　見　佛

末—獄官　淨—手下、惡人　丑—差人、惡人
外—鬼使、世尊　生—羅卜　小—鬼使、十友

【西地錦】（末）職掌陰司獄典，奉天行法無偏。誰能免不到陰間，到此的賢愚自辨。

國正天心順，官清民自安。自家戈子虛是也。生前為吏，多與人行方便。死到陰司，取在七殿平頂大王殿下，做個獄官。因我伶利，暫委投文管解。昨因四月八日，龍華大會，職掌諸司俱未投文起解，又恐稽遲公事。手下，但有投文來者，即與通報。

（淨）理會得。

（丑上）一心忙似箭，兩脚走如飛。（見介）

（末）呵，原來解送餓鬼到此。騙人餓鬼程氏辰秀，殺人餓鬼張如虎，開葷餓鬼劉氏青提，這文書該昨日到此，為何稽遲了一日？

（丑）為因赴會，所以稽遲。我獄中班頭故左人拜上老爺，伏乞方便。

（末）原來故兄在那裏做班頭。

（丑）便是。

（末）既然如此，手下，就與他寫文書，將這些鬼犯解往八殿，即與六殿差人批回轉去。

（丑向內叫云）你們餓鬼少站一站，就起文書解往八殿。

（內云）多謝了！

（末向丑云）批回與你回去，多多拜上故兄。（又叫淨云）手下，可領解批，就解餓鬼往八殿去。回者休遲，去者須急。

（淨、丑）天上人間，方便第一。（並出）

（淨）老爺，今日順了你這等大人情，餓鬼都不曾刑罰。

（丑）皆賴班頭之力。古人云：人情大於法度。

（淨）兄回六殿去，我向八殿行。

（丑）相逢不下馬，各自奔前程。（淨、丑下）

（末又看文卷介云）呵，一名犯人，偷牛放火，打劫殺人，無所不為，我主問定鋸身之罪。一名犯婦，偷雞養漢，搬唆鬪舌，無所不為，我主問定刮舌之刑。手下，俱要依例施行，不可有違！死後不須愁地獄，生前切莫犯天條。（末下）

（外、小）獄主老爺分付我們，將鋸身刮舌之人依例施行，不免取他出來，下手了他！（扯丑、淨上）

【金錢花】（丑）生前欺了青天，青天；死後解入黃泉，黃泉。鋸身罪大苦難言，今到此柱埋冤。（又）（小、外鋸丑，用板三片，丑右手抱一片，在前，左手抱二片在後，鋸從二片中下）

【前腔】（小、外）鋸梁正正無偏，無偏；鋸齒個個剛堅，剛堅。二人忙把鋸來牽，鋸你做兩半邊。（又）（丑下）

【前腔】（淨）生前利口便便，便便；搬唇鬭舌多言，多言。今當刮舌苦憂煎，空使我淚漣漣。（又）

【前腔】（小、外）天差執取刀箝，刀箝；奉天行法無偏，無偏。將惡人懲戒受災愆，割了你舌頭尖。（又）（淨下）

【西地錦】（生上）幸得娘親相會，豈知頃刻分離。蒙將戒尺為標記，未知到此何如。

不因漁父引，怎得見波濤。自家來到阿鼻地獄，幸得班頭故左人方便，使我母子相逢。豈料霎時依然分散。又感班頭賜我戒尺，令我送到七殿獄官門下。念他故舊之情，必為小僧出力。此間便是，不免入去。（見外、小介）小僧目連是也。（敘事通報介）

（末上）職雖專地府，法只奉天差。

（生見介）貧僧為因母墮地獄，尋至阿鼻獄中，幸得班頭方便，母子相逢；又恐稽遲公事，將老母解送臺前；見生哀告，應發菩提之心，將老大人昔日賜他戒尺轉贈，小僧齎來拜謁。庶大人觸物生情，愛屋及烏，謹此干冒，伏乞照納。

（末）呵，原來有此！見戒尺如見故兄，愛吾兄自愛閣下。但不知令堂何姓何名？

（生）老母姓劉名青提。

（末）呵，下官因他稽遲，故兄分上，即將一干餓鬼解往八殿矣！手下，解餓鬼的可已去否。

（內云）巳時去了。

（生哭云）容貧僧趕去！

（末）巳時去了，已至八殿，追不上矣。

（生）既追不上，望大人友以及友，前殿事因，指示一二。

（末）不說起前殿事因便罷，說起來好狠！

（生）願聞其畧。

【紅衲襖】（末）他那裏夜魔城黑洞洞六月寒，又更有火車刑赤烈烈恁樣慘。重一重密密的都是貙猴閒，路一路緊緊的盡是虎豹關。陰司內有公文尚詰盤。禪師，你是世上人沒公文，只怕去又返。此乃是酆都第一關喉也，要見尊堂難上難。

【前腔】(生)歎娘兒緣分慳,塞乾坤愁恨滿。大人在上,蒙班頭贈我戒尺而來,滿期得遂三生願。誰知卑人到此,老母又已去了！豈料相違只在咫尺間。仰青天痛殺殺裂肺肝,盼黃泉恨悠悠枯淚眼。娘,我今進退無門也,好一似羝羊去觸藩。
(末)敢問禪師何處出家,何師受業？
(生)小僧在西天出家,世尊門下受業。
(末)呵,原來如此！下官二百年前也曾受業於世尊門下,先進後進,師一道同。師兄還當再見世尊,方可到夜魔城去。
(生)敢承師兄明教。此後事體,還望扶持。
(末)自有分曉。(生作謝介)
　　　　(生)恨不遇娘親,(末)還當謁世尊。
　　　　(生)擊石乃有火,(末)淘沙自見金。(末下)
(生)呵,蒙戈大人勸我再見世尊,另求指點,方可往夜魔城去。而今思想起來,我師道貫天人,明同日月,幽冥之事,非不盡知。救母之方,非不盡說。一則至道難聞,不容躐等。二則救親大事,須是心誠。故三至圯橋,而後知孺子之可教；三顧草廬,而後知帝業之可成。不免再謁世尊,盡我三至之誠心,庶聞一貫之至教。(行介)
【寸寸好】為母奔馳到七殿,又不得娘相見。幸良朋指示我名言,須是再謁世尊,另求指點。為此轉西天,再見我師尊面。
師父、師兄請上。(外、小、丑同上)
【夜行船】一榻坐臨西土,任風雲變態、日月居諸。砌竹搖風,庭花泣露,八窗洞達清虛。(生見介)
(外)入門休問榮枯事,觀着容顏便得知。目連今番見母,為何又是恁般憂戚？一一道來。
【七賢過關】(生)叨承指點恩,竟赴幽冥地。四月八佳辰,到獄名阿鼻。只見那鐵城緊蔽,鐵門緊閉。那獄中羈魂餓鬼聲號泣。我把錫杖敲門見母儀。(外)見你令堂何如？(生)他口中無食,身上又無衣。烏飯先將母療饑,奈何鬼使相催逼。纔得相逢又別離,我便跟隨蹤跡,中途路裏,幸遇良朋戈子虛。他曾遊我師門下,念及同門同道,説那夜魔黑獄愁難入,教予回至宮門內,再仗明師賜指麾。

【前腔】(外)人生俯仰間,君父恩何極。臣子報君親,當盡心和力。目連為母,心兮已至,力兮已至,三來門下心誠矣。吾道今當一貫之,且自寬心寧耐,我周全到底,座間分與神燈去。用此七七四十九盞之神燈,照破一十八重之地獄。黑獄重重盡放輝。頭陀,可拿鉢一付、衣一領來。我賜伊法鉢,更授爾禪衣。穿此衣則三光垂照,打此鉢則諸佛回頭。天地神明共護持。你今此去,(合)管取你娘兒相遇,歸家大建盂蘭會,便是萱花再茂時。(小丑執燈介)

【前腔】(小、丑)吾師此佛燈,散滿乾坤內。(生)何處有此?(小)歷數我中原,到處昭仙跡。(生)願聞。(小)且説明州福地,簡州福地,和那成都,各有這神燈起。明州天童山,簡州天光觀,成都聖燈山,皆有此佛燈。(生)承教承教。(小)更有衡嶽,和峨眉燈更奇。衡山在衡州,峨眉山在峨眉縣,皆有此佛燈。(生)承教承教。尚有匡廬穎異,竹影寺名馳。(生)呵,廬山竹影寺有此聖燈,然也。(小)此乃是中國神燈天下知,更有那聖燈在太白,稱高麗。(生)呵,高麗、太白山有此聖燈,曾聞之矣。(小)還有那涼焰,在蕭山顯外夷。(生)蕭山之丘有涼焰焉,亦聞之矣。(小)風吹難滅,雨打不能欺。此乃是天地精光散太虛。師兄,今掛此燈而去呵,(合)管取你娘兒相遇。待到其時,我等皆至。大家共建盂蘭會,便是萱花再茂時。

(外)本欲就為令堂超生,奈天將降大任,必先苦其心志,勞其筋骨,使爾遊遍地獄,方成大業,超上天堂,一來為釋家所宗,二來為人子之法。

(生)只怕凡胎終難脱化。

(外)説那裏話!青出於藍而青於藍,鏡出於銅而明於銅。我雖薄德,爾當終成大業,不必疑也。

【耍孩兒】(生)承師衣鉢神燈去,我披此衣飛身萬里。鉢聲一響佛頭回,燈到處盡是光輝。沈沈黑獄應難蔽,閃閃紅光照不遺。

鬼魔難藏避,母兮得會兒也榮歸。

【前腔】(外)正法眼伊能具,最上乘伊已知。孝心感動天和地,重重地獄皆欽敬,處處神靈盡護持。此去休憂慮,成就那百年功果,留取你萬古名題。

【尾聲】(生)師恩不忍離,母苦無能濟。這其間說不盡淒涼意。天！幾時得超苦母謝恩師,這一心兒纔是喜,喜！

(生)感師淚滴隨流水,念母愁生逐野雲。
(外)要遂百年人子願,全憑一盞佛前燈。

曹氏却餽

旦—尼姑　淨—小尼　末—益利　丑—奶娘
小、占—老尼

【七娘子引】(旦)生來薄命合孤恓,正青春剪髮為尼。確守清規,謹承師誨,看經念佛無違。

一榻寒燈夢不成,有誰知我此時情。胸前淚共檐前雨,隔個窗兒滴到明。小尼自入庵門,謹遵師教,每日裏看經寫字,稍閒時刺襪納衣。今日清閒,不免佛堂中看視香燈則個。

堂空人靜晝沈沈,簾影低垂風自清。
寶鼎香飄雲外篆,琉璃光散佛前燈。

【二犯朝天子】琉璃光散佛前燈,舉目如移下一天星。時無昏曉總光明。總光明,鬼魅邪魔不敢停。燈,安得救娘人,有此輝煌掛彼身,直赴幽冥境。(疊)神鬼皆皈順,竟入夜魔城。夜魔城,洞洞無遮隱。見伊親,見伊親,使他萬里天庭一旦昇。

萬里天庭一旦昇,助他佛果在看經。
看經欲得聲相應,慢擊虛堂磬幾聲。

【前腔】慢擊虛堂磬幾聲,念幾句阿彌陀法華經。怕只怕荷簣過山門。過山門,譏我擊磬之人尚有心。我這裏閒評論,怕處處有知音。豈不聞流水高山興。(疊)自有能聰聽,況我磬哀鳴。磬哀嗚,總是心頭悶。苦難禁,苦難禁,何時得阿母超生遂此情。

(淨上)滿院靜沈沈,惟聞鐘磬音。斷除凡俗氣,恐壞定禪心。姐姐一人在此。(坐介)

【步步嬌】(末挑擔上)亂雲荒草迷幽徑,入路把青松認。又只見來往鞋蹤,把蒼苔踹印。忽聽鐸鈴聲,喜見庵門近。

松下清虛境,雲邊翠竹門。流來天際水,隔斷世間塵。果好所在!(見介)(敘事介)

(末)告稟小姐得知,小人乃是傅相員外門下老僕,名喚益利。因見小姐未婚守節,誠古今之罕有;削髮為尼,又人情之最難。在小姐雖出乎天性,在老僕當竭乎芹誠。謹此敬賣白金十兩、白米一擔,聊表老僕之忠,用昭小姐之節,伏乞叱留,不勝榮幸!

(旦)師妹可認得他否?

(淨)我認得他,傅家齋僧齋尼,都是此人。

【桂枝香】(旦)承伊遠問,累伊勞頓,況兼有白米青蚨,益見你生平忠藎。(末)此皆是傅家之物,伏乞收下。(旦)我與傅氏未曾相認,敢勞相贈!(合)賴伊曹,返璧歸家去。(末)小姐,敢嫌禮數輕微麼?(旦)非嫌禮數輕。

【紅衲襖】(末)念東君往西天,也只是為着他母親;累小姐入山門,也只是為着我主人。雙雙節孝誰能並,耿耿芳名萬古存。傅官人的家人,即是小姐的家人了。那蘸水的犬他尚能報主恩,那垂韁的馬他尚能救主生。老奴今此微儀,畧表我區區犬馬忠心也,伏望收留鑒此誠。

(旦)禮物定是不受,但勞你到此,且往後堂吃一匙飯去。

(末)多感多感。(弔)

【步步嬌】(小、丑上)一年兩度來仙境。(小)奶娘,莫錯了路呵。(丑)路熟何須問。你看那猿飲倒垂藤,翠竹青松,把庵門掩映。不雨地常陰,無露山猶潤。

(小)香氣三天下,鐘聲萬壑連。雲迷青草徑,鳥破翠微煙。真好所在!(見介)(敘事介)

(旦)奶娘,此時爹爹與母親相和睦否?

（丑）我兒，老爹到家與夫人爭鬧一場，後來夫人悔過，如今也吃長齋，看經念佛了！

（旦）原來如此，子心纔安。梅香，挑來的是何物？

（丑）這是令堂送來錦繡衣裳，這是令尊送來白金五十兩，俱望收下。我兒，老娘沒有東西，只有遊番道姑送我一幅畫兒，我不曉得甚麼故事，拿來轉送我兒，畧表老娘微意。

（旦接畫看介）原來一個猿，一匹馬，將鐵鎖鎖倒在鐵柱上。這是心猿意馬苦奔馳，鐵鎖牢拴緊繫時。

（丑）這個那裏曉得！

（旦）只在自家心裏會，却難說與外人知。

（丑）原來如此！我兒正當勉勵。

（旦）這畫孩兒收了。

【桂枝香】（旦）承娘戒警，自當三省。這銀子衣服都不收。我自有淡飯粗衣，何用此白金繡錦？論出家道理，（叠）高堂上旣曠晨昏，山門裏何勞存問。（合前）

【紅衲襖】（丑）小姐，你在家中享榮華似掌上珍，你到庵中守清寒似壺內冰。老相公在家呵，怕你入空門心未寧，怕你踏禪關步未穩。今日到此，討小姐安樂音，見爹娘眷戀心。此乃長者所賜。須知却則非恭也，收下方為兩盡情。（末上）

（丑）呵，原來益利哥也在此！（各叙事介）

（小）受了我的！

（末）小姐未婚守節，是為我傅官人爭氣，當受小人的！

（丑）小姐未婚守節，是為他父母爭氣，當受我的！

（旦）我皆不受。（向小云）你多多拜上老相公、老夫人，奴身已離曹門，不得侍奉父母，他有女也如無女了，豈敢又受其惠！（向末云）多多累你遠來。我身未至傅家，不得事奉舅姑，他有媳已同無媳了，豈敢又受其餽！都是不受，不受。

（丑）不濟，待我請真人出來。（叫介）

（占上）隔牆猶有耳，窗外豈無人。你們在此，因何相鬧？（丑、末見介）

（丑）前日多擾。（各敘事介）

　　（占）奶娘之餽，此父母愛子之心，仁也；益利之餽，是忠臣報主之意，義也。吾徒不受，是禪家清淨之節，智也。一事而三善備焉，可喜可喜。但此禮物各自收回。（末、丑各道前白託收介）

　　（占）兩家既不肯帶回，且令徒弟收下。二位畧住數日，待我建一道場，曹家保佑曹大人夫妻福壽雙全，傅家保佑傅官人母子早得相會。

　　（末、小）如此甚好，甚好！

　　　　（占）顧絆無過骨肉親，輕財守義世稀聞。

　　（末、丑）明日道場開設處，一團瑞氣滿乾坤。（下）

目 連 掛 燈

生—目連　　外—老僧　　丑、淨—徒弟

　　（生上）駐足瀟疎古寺中，空階徹夜叫寒蛩。撩人滴盡思親淚，淚有窮時恨未窮。自家三謁世尊，蒙授以掛燈之法，照破地獄，但恐事情重大，須先告於天地神明。夜來投宿在此，承列位上人顧盼甚厚，今欲相煩啓建道場，昭告衆神，是所願也。列位師父請上。

　　（外上）手開一室翠微裏，老僧半間雲半間。三更雲去作行雨，回頭方信老僧閒。禪師稽首。山門寂淨，夜來無以為禮，今蒙呼喚，有何話說？

　　（生）小僧為救苦母，哀求活佛。蒙世尊教以掛燈，照破地獄。今思告於天地神明，以求普護。因此敢求師父，代為主壇，建一道場，不識尊慈肯垂念否？

　　（外）禪宗事屬一家，救母天下好事。奉承奉承。徒弟，

　　（內應）有。

　　（外）辦起紙劄，剪起彩幡，寫起對聯，掛起聖像，打起鐘鼓，吹起法器，代目連禪師大建救母拔亡光燈破獄超生道場。須要用心，不可輕易！（內應介）

（外）要寫鄉貫情款。
（生）心事多端，容小僧自寫。
（外）既要自寫，請入後堂經房中，文房四寶齊備些。（生下，妝燈介）
（外）徒弟。
（淨、丑上）清淨超塵世，空虛即佛心。傳燈無白晝，布地有黃金。告師父，幡彩對聯，俱已齊備，就此張掛。（作鋪設吹打介）（行淨介）（衆念經咒，見前做齋內）
【生查子】（生）身掛佛前燈，先啓諸神聖。仗此大光明，普照無遮境。
（外）燃燈來矣，果好光明！萬丈光從心上發，千枝花向火中生。大抵乾坤通一照，免教人在暗中行。此燈普照十方，謂之普光燈可也。（外念云）上來拜請。天曹地府、水國陽元、四部神聖已到。今為西方僧人大目犍連修建光燈破獄度亡道場，所有科文，容臣宣讀。
【佛賺】（衆）普光佛降普光燈，普光燈照普天明。上方下方通一照，人離難也難離身。（合）
南無阿彌陀佛娑婆呵。
【前腔】（又）普光佛降普光燈，普照君王萬萬春。雨順風調民物泰，河清海晏永康寧。（合前）
【前腔】普光佛降普光燈，普照人間白髮親。多富多壽多男子，百年永享福和平。（合前）
【前腔】普光佛降普光燈，普照天下讀書人。心地融通文理順，管教一舉便成名。（合前）
【前腔】普光佛降普光燈，普照天下衆公卿。仁心化作光明燭，遍照閭閻百姓門。（合前）
【前腔】普光佛降普光燈，普照天下趁錢人。一錢為本萬錢利，廣買田園與子孫。（合前）
【前腔】普光佛降普光燈，普照天下求子人。揭取頂頭燈一盞，光昭十月產麒麟。（合前）

【前腔】普光佛降普光燈,普照天下吃齋人。佛果圓成天自佑,天堂萬里賜超生。(合前)

【前腔】普光佛降普光燈,普照臺前好善人。出一分時賺一萬,全家福壽享無垠。(合前)(又共念前三南無介)

【煞尾】(衆)南無。普光佛降下普光燈,南無。普光佛注下普光經。念起經來點起燈,燈也麼燈,照咱一切衆生。點起燈來念起經,經也麼經,度咱一切衆生。佛言只在經,佛光只在燈,燈與經來都只在心,心便即是佛,佛便即是心。心地光明佛自成。(合前)

【前腔】(衆)今有西方目連僧,身掛着佛燈,口念着佛經,仗佛結良因,就此往夜魔城,照破了幽陰,救度他母親。伏望如來作證盟。使他早早超生!(合前)

(外)恭喜賀喜,令堂必得超生。

【駐雲飛】(生)感謝高僧,普為貧僧結善因。燈耀天光映,經落天花陣。嗏!我今即往夜魔城,仗此神燈,照破幽冥。黑獄沈沈,都是光明境。一路猶如佈福星。(叠)(生下)

(外)去得好,去得好!目連佛自今成矣!

　　　　(外)人生百行孝為先,　　救母誰如目犍連。
　　　　(小)一旦超生天府去,(丑)千年留取孝名傳。

八殿尋母

末—鬼使　夫、丑、旦—犯人　外—差人　生—目連、手下
　　小—獄官　淨—鍾馗　丑、外、占各扮餓鬼走一次

【遍地遊】(夫、丑)重重地獄,處處多刑罰。問天、天怎生結果!(末)天只在人心,心虧者天加折挫;反問天,天,何不自將心摸?

(夫)世人非不畏青天,私慾迷時念即遷。來到陰司遭折挫,空成追悔自埋冤。在此八殿夜魔城,不見天日,怎生是好?

(外上)人鬼雖殊地,幽明只一天。兒能修佛果,亦可蓋前愆。

自家蒙獄主嚴命,遣我解送劉氏青提前往九殿,為他超生。已領公文,不免竟往獄中帶他去也。(叫介云云)

(夫)多謝多謝!娘親幸得兒超度,地獄惟憑天主張。(外、夫下)

(丑)這婆娘倒去了!我們在此,何時得見天日?

(末)要見天日,除非是佛光普照。(生掛燈上)(左手握錫杖、右手搖鈴)

【縷縷金】(生)為苦母結良因,此身遍掛佛前燈。今來飛入夜魔城,普照光明。(內放火介)(丑、外各扮餓鬼走)(合)紛紛餓鬼走無停,各自逃生命。

【前腔】娘,娘!高聲叫,叫母親,劉氏青提即四真。娘,你今何投奔,急見兒身。(合前)

(末哭云)不好了!今我夜魔城中,被這和尚錫杖震開獄門,燈光照破地獄,餓鬼逃去不知幾多人矣!老爹早上!

【江兒水】(小上)號聲震地,火光滿城。陡然生此變,未審有何因。(丑)禀爺爺,未審何來一怪僧。(合)口念着佛經,身披着佛燈,被他照破夜魔城,獄中餓鬼皆逃遁。

(末扯生云)就是這個和尚。

(生)阿彌陀佛。

(小)禪師何來?身掛佛燈,到此何幹?

(生)大目犍連西方小僧,為尋我母劉四真,敢來到寶庭。不見娘親愁殺人。(合前)

(小)緣來劉氏四真就是令堂。下官表兄戈子虛原與禪師同門同道,日前因為令堂有書到此,下官一一查考,令堂魂魄消磨,屍首焚化,一時難以超生,須是假借血類,方可脫化。為此,今日侵辰遣人送往九殿。諒前殿獄主皆知禪師道高德厚,自相招接,不必掛燈去也。

(生)敢問大人高姓貴表?

(小)下官姓劉名傳芳,本貫南耶王舍城人也。

(生)小僧原是南耶城人,老母劉氏,即是牌坊下劉家。

（小）既然如此，原與下官共宗。但令堂此去，必得超生。禪師不必慮也。

（生）感謝恩官說事因，（小）尊堂此去必超生。

（生）娘兒若有相逢日，　　結草啣環報答恩。（生下）

（小）那禪師去了。但我獄中逃出許多餓鬼，我王知道多是不便。手下，可急請鍾老爹來，代我一收，我今前往殿下自認罪去。眼望捷旌旗，耳聽好消息。（下）

（淨上舞介）袖拂春風蘇朽稿，劍橫秋水滅妖魔。自家姓鍾名馗，別號南山。幼習文章，早叨科舉。滿擬入場，賈誼功名可就；豈知揭曉，劉蕢下第堪差。因此怒髮沖冠，觸死於金階之上；更有英魂不昧，流行於紫禁之中。無聲或著其聲，駭人之聽；無象忽呈其象，聳衆之觀。唐王感悟於心中，官爵加封於身後，賜我青銅寶劍，收服邪魔，顯吾大節忠良，皈依正道。正是：生前富貴雖無分，死後文章尚有聲。（立聽介）呵，緣來這蝙蝠報道，八殿夜魔城，餓鬼逃奔，獄官劉傳芳已往平等王殿下認罪去了，今來請我前去，代他收服。須索走一遭！

【一枝花】文興八代衰，勇奪三軍帥。愧無公相分，空有狀元才。觸死金階，我做不得青雲有路終須到，也做個金榜無名誓不回。我做不得一舉首登龍虎榜，也做了十年身到鳳凰臺。

【小梁州】我文章生前豪邁，我富貴死後還來。感唐王敕贈皇恩大，我戴一頂烏紗帽沖天氣概。我掛一領綠羅袍覆物風裁，我腳下穿一雙踹小鬼的皁朝靴。我腰間繫一條盛大肚的黃金帶，我有一張白象簡上朝天闕。我有一條紫絨縧下繫牙牌，我有一口青銅劍能誅精怪。我令迅風雷，邪魔萬里皆驚駭。（生扮鬼使云）告禀鍾爺得知，我獄主老爹往殿下認罪去了。獄中逃去鬼犯，有呈子在此，伏乞一收。（淨）起來，自有分曉。我只教他霎時間跪的跪、拜的拜，個一個都俯伏在塵埃，方顯我雄材。（舞劍步訣介）

天靈靈地靈靈，太上老君將逐符行，私逃鬼犯個個來臨。

（丑上跪云）爺爺可憐見。

（淨）這是甚麼鬼？

（生）這是偷盜鐘鼓的。
（淨）帶入夜魔城去。
（丑）生前身犯法，死後躲無門。（下）
（旦裹頭上，跪白同前）
（生）這是背師逃走不守清規的尼姑。（淨同前）
（旦）城隍殿下供招定，我是來生變母猪。（下）（占上同前）
（生）這是罵公打婆的婦人。
（淨）打着！（生打占介）
（占）無方堪告脱，有翅也難飛。（下）（丑上同前）
（生）這是不守清規逃走下山的和尚。（淨同前）
（丑）城隍殿下供招定，我是來生變秃驢。（下）
（内叫云）餓鬼紛紛都在夜魔城下，願自都入獄中，乞鍾爺饒他打罷。（生云云介）
（淨）既然如此，一齊收入夜魔城去！
（生）劉老爹回，就來拜謝。
【尾聲】（淨）我平生正直無邪態，赫赫聲名遍九垓。這鬼犯名名都具在。鬼犯，非因你命乖，多因你心歹。在生時積下了許多冤債，冤債。

十殿尋母

外—大王　末—手下　夫—劉氏　淨—犯人、秀才
丑—犯人、解人　生—羅卜

【菊花新】（外）職掌十王城，解脱魔魃命。到此盡超生，但有個裸蟲不等。

舉世紛紛盡裸蟲，有生萬類在其中。雖然貴賤分人物，盡在吾曹掌握中。自家十殿轉輪大王者便是。從前九殿解來鬼犯，依次施行。輪該為人者，使其一轉而成人。輪該為畜者，使其一轉而成畜。轉移之機雖在於我，輪該之次實繫於人。正是：天地無心而成

化,鬼神有心而無為。手下,但有解來鬼犯,一一通報。(丑、淨、夫上)

【玩仙燈】一路受波查,又來到十重殿下。(入介)

(外看文卷介)原來程氏,為你丈夫將耕牛當了人銀子來用,債主取急,逼你弔死圖賴他。既已負其銀本,又反騙其燒埋。情實可惡,就該變牛還他債去!原來劉賈勸姐開葷,殺牲害命,又騙人驢子,價亦不還,就當變驢去還他債。原來劉氏背子開葷,瞞天立誓,況又殺犬齋僧,辱罵李公老狗,就當變犬,再為超生。

(眾)爺爺可憐見,乞賜超生人世罷。

【耍孩兒】(眾)望仁慈法主開天赦、開天赦,眾鬼犯皆知自悔。生前差錯死難移,到今日空自追思。四生盡自臺前出,六道惟憑筆下麾。乞賜超人世,感恩有自,報德無涯。

(外)程氏聽我分付。

【前腔】你為人心太虧,你變牛事正宜。有其角者廢其齒,草如茵處和煙臥,桃滿林時帶雨歸。叩角歌須記,飽耕南畝,穩駕高車。

(丑)騙得人來當日喜,變為牛去此時羞。(下)

(外)劉賈聽我分付。

【前腔】生前心太欺,死後當變驢。耳長體掉西園轡,更防虎笑無他技,且聽僧敲有好詩。報主時須記取垂韁義,張果老由他倒跨,華易縣一任橫騎。

(淨)害人當日強如虎,塡命今朝變作驢。(下)

(外)劉氏聽我分付。

(夫)爺爺可憐見,乞賜超生人世。

(外)你有賢子,孝行昭彰,本欲賜你就還人道——

【前腔】你屍身已化灰,你魂靈無所依,且須變犬回陽世。休言犬賤非人類,自有兒來贖你歸。大設盂蘭會,借他血氣,昇上天梯。

(夫)曾罵他人為老狗,今朝變狗悔時遲。(下)(淨、丑又上)

(丑)解狂秀才到。(淨入長揖介)

（外）你這秀才，那狂性兒到死也不改！咳，可笑可笑！

【前腔】（淨）大王，我天資衆所推，才名人罕比。千軍一掃誠容易，七科不第天留意，四十無聞我自知。大王，又何用相催逼，若賜我垂鶯而返，試看我縛虎而歸。

（外）這秀才真是狂者！

（淨）怎見學生狂來？

（外）你那日從白馬廟過，見許多神像，不作揖也罷了，又説這些神像都是那土木衣冠！

（淨）學生在世以為無鬼，曾有此言。

（外）豈不聞韓愈不信佛，作《佛骨表》矣，後來湘子乃度彼藍關之厄；阮瞻不信鬼，作《無鬼論》矣，即有真鬼因與之爭論不窮。況仁人享帝，孝子享親，於今為烈，焉可誣也！我神道雖是土木衣冠，全不思量你世上讀書之人，也有衣冠土木！

（淨）怎見是衣冠土木？

（外）具元宰之衣冠，而不能燮理陰陽；具元帥之衣冠，而不能捍禦夷狄；具諫臣之衣冠，而不能繩愆糾謬；具憲臺之衣冠，而不能振揚風紀；具有司之衣冠，而不能節用愛人；具使臣之衣冠，而不能仗義死節。這些為官者都是衣冠的土木，何為只譏神道是個土木的衣冠？

（淨）大王數語，令人毛骨悚然。小生願安承教。

【前腔】（外）你文章雖則奇，狂暴尚未除。聲聲説道無神鬼，那衣冠土木皆尸位。我土木衣冠便肆譏，那些個先器識後文藝，故使你驥蹄中蹶，成就你鵬翮高飛。

秀才超生人世，依舊還做秀才，除去狂暴，推廣德器，早中三元，官居一品。手下，好生就送他回陽世去！

（淨）狂暴信為文學累，寬洪自有鬼神扶。（下）

【前腔】（生上）我愁腸日九回，我娘魂歎久羈。特來十殿詢消息。天！羝羊尚識酬娘德，烏鳥猶能報母慈，人豈可忘恩義。母今不見，兒也何歸。（入見介）

（外）禪師何來？到此何幹？

（生）小生西方大目犍連是也。為尋老母劉氏青提，到此驚動起居，伏乞赦罪。

（外）呵，劉氏青提即是令堂。因前殿解來文書，道禪師孝感神明，法通天地，本欲即賜令堂超生，奈他屍首焚化，魂魄消磨，必假血類，方可回生。所以到此，就與他變犬去矣。

（生）原來老母變犬去也。罷了，娘耶！

【前腔】（生）兒來母又離，兒空把母追。天！娘兒底事相違背，況聞變犬回陽世，更使兒心苦痛悲，只落得肝腸碎。娘！枉遊地府，空涉天涯。

【尾聲】酸風刮地來，苦雨漫天至。遍江湖流不盡悷惶淚，借問天，天，我老娘向何方尋覓。

（外）令堂變犬回陽，不久將還人道，禪師不必慮也。

（生）痛娘變犬苦難禁，未審何方寄此生。

（外）要識阿婆相會處，黑松林下問觀音。

益利見驢

淨—店主　丑—龍保　末—益利　小—驢

【字字變】（淨上）驢子人家萬萬千，常見。我家驢子甚丟顛，人變。只因劉賈騙店錢，天譴。勸君切莫用花言，拖欠。

小子姓仰名獻，清溪河頭開店。只因買賣艱難，買個驢子磨麵。豈知老驢臀癢，被恠驢傷了一箭。後來產下小駒，人道驢臁有驗。背上四枚大字，道是"劉賈所變"。只因生前騙我，今日來還前件。奉勸列位君子，各宜回心向善。莫學劉賈變驢，到此空自埋怨。今日驢子從早磨麵到今，不免趕出草場之中，放他一飽。正是：不將辛苦意，難動世間財。（介）

【前腔】（丑上）我家公祖富喧天，積善。父親近日蕩家筵，拐騙。他纔死得兩三年，我越寒；而今乞食苦憂煎，嘴臉。

世事無憑似轉蓬，幾人富貴幾人窮。我今乞食君休笑，三十年前水打東。自家乃劉賈之子劉龍保是也。公祖家道優優，父親漸不如前。姑娘嫁與傅相，只因我父不敬神明，專為拐騙，是以肉死未寒，致我遂為乞丐。表兄羅卜，出家修行，一分家產盡是益利掌管。此人忠厚，受他周濟已多，難以再去，寧可往外乞食度日。前面一所店房，不免告謁則個。正是：一日不知羞，三餐吃飽飯。（入見介）老爹討飯，唱一個。

（淨）莫唱。

（丑）唱個。

（丑）我勸人須孝二親，順親先在自修身。修身又在遵四戒，酒色財氣問根因。呀，小官人，好留心，一字千金，喏嗳一字千金。

我勸人休好酒漿，酒漿原是爛腸湯。爛了腸時收不得，錢財用盡賣田莊。呀，好兒郎，早思量，莫聽人扛，喏嗳莫聽人扛。

我勸好人莫貪花，貪花喪德敗身家。養漢老婆都是假，人前打鼓弄琵琶。呀，嘴喳喳，亂蝦蟆，切莫聽他，喏嗳切莫聽他。

我勸人休苟取財，錢財原有命安排。若還貪得無廉恥，財到家時起禍災。呀，記今來，義不該，切莫心歪，喏嗳切莫心歪。

我勸時人莫逞強，逞強使氣自猖狂。強中更有強中手，遇着強人怎抵當？呀，楚霸王，好強梁，自刎烏江，喏嗳自刎烏江。

酒色財氣四堵牆，世人圍住在中央。若還有個跳得出，便是神仙不老方。呀，勸賢良，細端詳，莫做尋常，喏嗳莫做尋常。

（淨）果然唱得好。

（丑）道聽而途說。

（淨）原來也曉得書？

（丑）老爹，貧子原是故家，幼小聰明，會作對兒。父親叫先生出個三字對與我對，他說"新銀杯"，我說"破漆碗"。父親發怒，更了一個先生。一日，又叫出個五字對與我對，他說"亭亭竹節高"，我對"哩哩蓮花落"。父親又怒，又更了一個先生。一日，又叫那先生出個七字對與我對，他說"桂花插鬢喜乘龍"，我對"竹杖隨身長打狗"。父親又怒，又更了一個先生。一日，又叫出個隔句對與我對，他說"九重殿上，列兩班文武官僚"，我對"十字街頭，叫幾聲衣

食父母"。父親大怒，深怪先生，那先生道：你這兒子生定是個乞丐，雖孔夫子也化不得他了！（作賞酒吃介）

（末上）酒中不語真君子，財上分明大丈夫。我家齋僧奉佛貨物，盡是仰店支去。今日到此與他算帳，不免入去。

（末見丑云）你是龍保表兄？

（丑）我不是。

（末）怎麼不是？

（丑）父在之時喚作龍保，惜如掌上之珠；父沒之後喚作臕包，輕如糞中之草。羞哉羞哉！

（末）原來母舅死後，老兄饑寒至此！何不往我家來？

（丑）益利哥，俗語云：餓莫看燒瓶，窮莫靠親情。受你顧盼處多，所以不敢來了。

（末哭云）劉賈舅爹。

（丑）爹爹。（驢走上）

（末看驢云）這背上有字："劉賈變驢"。是母舅變為驢矣！

（丑）天下同名者多，安知是我父親變為驢子？驢子，你果是龍保父親，大叫三聲，觸入懷來。（驢叫介）果然是了！

【半天飛】（丑）驚歟躊躇，何事吾爹變做驢？若說不是，四字堪為據。若果是了，一變將何處？嗏！氣得我淚流珠。父親變驢，今後有人見我龍保，都說那驢臕子入的來了。俗子村夫，狂言薄語，我有人心，豈不生惶懼！益利哥，沒奈何，今日偶遇在此，望脫吾爹出此途，望脫吾爹出此途。

【前腔】（末）不用嗟吁，積善之家慶有餘。舅爺，只為心無主，勸姐多讒語。嗏！因此上到酆都變為驢。不善之家，必有餘殃，受此多般苦，須念彌陀救度渠，須念彌陀救度渠。

（丑）承教、承教。但天下物各有主，買驢又愧無錢，學莫先於治生，修行尤恐乏食，怎生是好？

（末）卑人自有處置。上告仰兄得知，母舅變驢，卑人今欲求買，敢請價值？

（淨）齋公分上，一一奉承，不敢計價。

（末、丑）多謝多謝！

（末）龍保兄，可帶了此驢到老員外書房中住下，晝則看驢，夜則看經，衣食之類，卑人供給。

【園林好】（丑）謝長者以驢贈小生，感益利念先人舊情。此生此遇誠多幸，難報取二人恩，難報取二人恩。

【前腔】（末）蓋前愆須當勵行，事神明須當至忱。由來天道明如鏡，纔發願便知聞，纔發願便知聞。

【前腔】（淨）見此事令人駭驚，幸託在一親二鄰。益利哥，你佛經敢求三兩本。（末）仰兄要他何用？（淨）從此後也修行，從此後也修行。

好也、好也！今日益利哥救得母舅，龍保兄救得父親，卑人感動，發願修行，一事而三善備焉，可喜！

（丑）途中幸喜遇恩人，救援孤寒貧困身。

（合）萬事勸人休碌碌，舉頭三尺有神明。

目 連 尋 犬

生—目連　占—觀音

【山坡羊】（生）為萱堂離鄉撇井，到西天學禪入定。往地獄那一十八重都遊遍，歎親娘這百千萬苦都嘗盡。苦痛心，痛殺殺珠淚零。雖道是老娘變犬，知他們落在、落在何州郡？娘親，渺渺茫茫何處尋；鄉村，密密詳詳問信音。

【訴衷腸】天浩浩，路茫茫，一重山外，又是一村鄉。家家門犬吠汪汪，知他何處，却是我親娘。自家為因救母，投拜世尊，蒙示以神人之至教，出入於幽明之兩途，遊遍陰司，知我老娘變犬，又云「要識阿婆相會處，黑松林下問觀音。」（行介）呵，來到此間，又是黑松林也。原蒙觀音娘娘在此點化，不免撮土焚香，拜告娘娘則個！

【佛賺】觀音菩薩大慈悲，救度眾生無盡期。當初感得親點化，今來過此不勝思。伏望娘娘親顯現，使逢老母早同歸。我今俯

伏松林下,遊神南海訴哀辭。(伏介)

【山坡羊】(占)駕祥雲降臨了凡境,放清風掃除了埃爐。念當初傅羅卜是我指引,喜而今目犍連果已成佛行。到幽冥,知他娘變犬身,陽間遍訪、遍訪無蹤影,到松林俯伏在地埃塵。我須說與、說與他詳審。目連,目連,堪矜,你是個救母到西天行孝人;平身,我是個救苦的南無觀世音。

(生)【西江月】昔日深蒙點化,到今感謝難忘。叩頭三撮土為香,又感娘娘親降。

(占)堪歎世間子女,幾人能報爹娘?羨君救母孝名揚,留於後人講講。

(生)西天見佛,雖懷救母之心;北海望洋,未遂出家之願。盛蒙過獎,敢冒虛名?

(占)救母雖孝子之初心,起死亦世間之難事。行將就緒,莫慢咨嗟。

【皂羅袍】(生)昔日恭承明示,見世尊救度慈幛。感蒙世尊,初賜以芒鞋、錫杖,又賜以烏飯、神燈。十大重寶殿到無遺,十八重地獄都遊畢。母兮變犬,處所未知;兒兮尋母,見日未期。望指示,在何時何地,與我娘相會。

【前腔】(占)孝子不須憂慮。你尊堂在鄭公子門下投胎,明朝打獵出郊西,他在萬軍營內先來至。你到清溪渡口,高石岩底,犬來相倚,君請勿疑。方顯你,孝心感動天和地。

(生)如此多謝了!

【尾】(生)我敬往清溪,渡口依高石。(占)管取你得見娘親一路歸。(合)不枉了到地獄西天走一回。

　　　　(生)感得示愚冥,(占)來朝見母親。
　　　　(占)天憐行孝子,(生)佛化有緣人。

打獵見犬

淨、丑—手下　小—公子　犬　生—羅卜

【卜算子】（丑、淨）三軍奮武威，四海稱豪貴。臂鷹馳馬出郊西，勢焰真無敵。

自家鄭公子手下的便是。今日公子遊山打獵，只得伺候。

（小）豪氣吐虹霓，世籍叨熏戚。三千珠履日相隨，結就風流會。

臂鷹駕霧冲長陌，縱犬和雲入舊山。壯氣老懷長劍古，醉胸橫得太行寬。自家兵部鄭尚書公子是也。俺爹爹身居相位，職掌兵權，事君能盡其忠，訓子更詳其法。以古者寓兵於農，寓陣於獵，故因獵以訓軍旅，示之武以威天下；取物以祭宗廟，示之孝以順天下。兵農兼舉，資於獵者匪輕；戎祀交修，賴於獵者最重。今當大閱之時，咨爾有衆，聽吾號令！（丑、淨應介）毋參差以亂陣。（介）毋怠惰以偷安。（介）毋喧譁以惑衆。（介）毋詭遇而獲禽。（介）毋放縱以擾民。（介）毋焚林而害物。（介）違吾令者，軍法施行！（介）各帶鷹犬，就此起程。（介）

（丑）告禀公子得知，數日之前老犬生下小犬，方纔九日，其大類母。今見羣犬將行，小犬向前去了。

（小）且自由他。

【點絳唇】俺爹爹貴顯當朝，見超物表，訓兒曹逸莫忘勞，文武須兼造。

【混江龍】這番獵較，籍鷹犬演習着豹略龍韜。手下，可臂着蒼鷹白鷂，可牽着黃犬青獒，赳赳的都騎上戰馬，閃閃的都掛着征袍。須帶着良弓勁弩，利劍鋒刀，雷轟金鼓，電掣旌旄。軍過處好似半空飛雨雹，巨海湧風濤。（丑）告禀公子得知，獵所將近。（小）衆軍的弓上弦來刀出鞘，將獵犬放開了金鎖，把海青解散了絨條。

【油葫蘆】那海青翀上了碧雲霄，那獵犬走遍了荒郊。山禽都不見,野獸盡皆逃。又即見那海青飛過樹林梢,驚起了一陣天鵝在天邊旋遶。天鵝陣似白雲團,海青疾似流星過。天鵝天鵝咭哩咭囉,咭哩咭囉,戰兢兢有翅也難飛,意慌慌無計能藏躲,急煎煎怎奈海青何。

【天下樂】海青抓住那天鵝,把天鵝頭眼都抓破,鮮血如澆,一時間滾落在沙場草。前驅急急拿,後隊呵呵笑,一齊喝彩喊聲高。

【村裏迓鼓】又則見犬走下平坡,猛然間過却山坳。三匝蓬蒿,搜動那獸羣驚擾。高材疾足,各逞雄驍。馬似龍飛,箭如蝟落。一時間人兒又鬧,犬兒又叫,獸兒又跑。這獸羣呵,若不是趕倒,多應是射倒。

【元和令】衆軍卒唱凱歌,金鐙兒玉鞭敲。欣欣喜色而相告,不知者道我是遊山打獵逞英豪,知之者道我為乾豆賓客與充庖。又誰知我只在與民同樂,將貔貅陰向獵中操。操練貔貅,所以壯國家之神氣;與民同樂,所以培國家之元氣。內順治,外威嚴。指日裏為皇朝,把萬里烽塵都盡掃,把萬里烽塵都盡掃。

【尾】手下,可將鷹犬都收了。(丑)鷹犬收時,只是那小犬兒又走向前去了。(小)旣然如此,你把弓箭刀槍各繫腰,跨上金鞍歸去早。(弔)

【鎖南枝】(生上)因救母,苦萬千,撇離鄉井十六年。到十殿問根源,知我娘已變犬。昨蒙觀音娘娘許到清溪渡口,高石岩前,必遇我母。來至此間,果好一座高石岩,岩有師尹之氣象,隱隱有觀音之儀形。娘娘,伏望賜周全,早使娘相見。(犬上介)

【前腔】(生)忽見犬,聲叫喧,頭搖尾擺似乞憐。犬耶,莫是我娘親來會孩兒面?你若是我母,聽我言,扯住我叫三聲,對着我把頭三點。

罷了!此犬扯着我衣,點頭連叫,分明是我娘了!

【前腔】痛得我,珠淚漣。犬耶,分明是我娘所變。幸得偶相逢,感得天憐念。娘!須跟我返故園,容孩兒又追薦。

前面人馬來得甚緊,且將袈裟蓋着此犬,待他過去。

【前腔】(衆上)因獵較,奏凱旋,猛然小犬奔向前。須索緊加鞭,免教他去遠。(丑見生云)原來犬在此!(生)這是我老娘。(丑)分明是我小犬,怎説是你老娘?告公子得知,和尚用袈裟藏了小犬在高石岩下。(小)原來是野和尚歪肆纏,敢大膽將小犬來藏掩!

和尚藏我之犬,與盜我之犬罪同,可捆將過來,以軍法施行!(丑捆介)(生行法介)

(丑)稟公子得知,和尚有法,拿不得他。

(淨)這廝該打!和尚是個光頭,又説有髮。有髮何不扯將過來?

(小)這廝没用,你可捆將過來。(淨捆介)

(淨)稟公子得知,和尚頭上無髮,肚裏有法。

(小)這廝都不濟事,待我下馬自拿。(介)

(小)呵,原來和尚果有妙法!手下的,眾軍先回,親隨數人跟我在此高石岩前,請禪師一拜。(介)敢問禪師,妙法何處學來?要我此犬何用?一一説來。

【風入松】(生)望將軍俯聽訴原因,這犬兒是我娘親。(小)如何我犬,説是你娘?(生)説時無奈喉咽哽,這緣由山高海深。我父親積善為根本,朝念佛,暮看經。

(小)你父親好善,母親也當好善了。

【前腔】(生)他夫妻立誓告神明,共持齋永不開葷。(小)既然如此,都該好了。(生)豈知老父身纔殞,老娘呵,聽讒言遣孩兒經營遠行。他開葷殺害犧牲命。(小)他又開葷違誓願也!(生)他違誓願不思忖。

(小)他不思忖,後來何如?

【前腔】(生)他一朝凶死事堪驚,七孔裏鮮血淋淋,可憐見孤兒枉抱終天恨。我只得將母屍化焚,挑經挑母往西天奔,見活佛救娘親。

(小)你可去否?

【前腔】(生)我到西天親謁世尊門,感世尊教我煉性修真,指示我尋娘自往陰司問。(小)你可去否?(生)我曾到地獄裏訪尋。

我跟一殿，娘去一殿，直將地獄都遊盡。到那十殿，知我娘變犬到紅塵。

（小）何獨認我之犬是你的娘？

【前腔】（生）白忙忙走遍幾鄉村，靜悄悄全沒個蹤影。忽然此犬來相認，他牽我裾叫不住聲。娘耶，你跪着將軍同訴此情。（犬跪介）（小）此犬聽他説話，分明是真。（生哭唱）卑人非敢相欺隱，望賜開天赦發慈心。

（丑）此事是假，豈有人變為犬！

（小）你那曾曉得！嘗聞齊女為蟬，宋女化燕。況高辛時官中有一婦人，曾化為犬，能取吳將軍之頭以滅戎。人變物類，自古有之。

（丑）呵！若有此事，犬，你起來對着公子大叫三聲！（犬起叫介）

（丑）分明是了！

【前腔】（小）我聽尚人哀告犬哀鳴，不由人珠淚沾襟。論人生都受了爹娘蔭。哀哀父母，生我劬勞，欲報深恩，昊天罔極。誰報得罔極厚恩。這禪師救娘不憚身勞困。詩云："永言孝思，孝思惟則。"當為天下法，萬年遵。

【前腔】（生）卑人稽首告將軍，望將軍轡下生春，容卑人買犬還鄉井。若得我娘脱化、瞻天仰聖，這都是將軍盛情。我知有自報無垠。

（小）尚人受我一禮。

【前腔】念卑人有母喪幽冥。我從三歲喪了我母，今年一十六歲了。愧未能超度他靈魂。禪師，你能救母登仙境，須是錫爾類、超我母、把天堂共登，不枉了這回相遇聆清訓。你能超度你的令堂，又能超度我的老母，使人各親其親，然後不獨親其親。你的慈悲念，滿乾坤。

（生）將軍有此孝心，謹當拜領。

（小）此犬禪師領去，敢問家住何村？

（生）卑人祖居南耶王舍城是也。

（小）容當專拜。

（生）今朝幸喜遇娘親，（小）親爾親來及我親。
（生）惟有感恩並積恨，（合）千年萬載不生塵。

犬入庵門

旦—賽英　占—老尼　生—羅卜　犬

【寸寸好】（旦）風飄梧葉階前墜，帶得秋來至。寒上旅人衣，誰憐救母的孤兒，關山迢遞，對景謾淒其。又聽征鴻何處聲嘹唳。

【如夢令】獨守庵門清戒，為欠前生孤債。終日念如來，未審真如安在。纔解，纔解，究竟不居心外。小尼曹氏賽英是也。幼與傅郎曾訂百年之約，伊因救母，未諧二姓之歡。繼母逼嫁不從，到此為尼已久。十六年來，雨鐸風鈴都是恨；大千界裏，晨鐘暮鼓總成悲。纔離眉頭，又在心上。正是：此意更無人可語，暗愁惟有老天知。

【傍妝臺】老天知，平生清苦好似雪中梅。冰霜歷盡千般苦，清香一段死難移。乘閒謾自拈針綫，禦冷須先整衲衣。一針一綫，自嗟自吁。（聽介）原來寒蛩這等叫！怕寒蛩啾唧滿庭除。

寒蛩啾唧滿庭除，縱是無愁怕聽渠。況我多愁何忍聽，停針不語自躊躕。

【前腔】自躊躕，奴乃宦家之女，一入庵門，則錦繡不掛於體了。歎當初羅綺總成虛。（提剪介）你看此剪，開則如雙鳳之齊飛，合則如雙鳳之并宿。兩口相依，同偕到老。我今日有一邊沒一股了。我懶將金剪開雙鳳，怕羞殺此身孤。呵，這綫兒結了，針可解開。只是一件，有針難解我愁眉結，無綫堪穿這淚臉珠。長懷短戀，日居月諸。奴今既不敢怨爹娘，亦不敢怨舅姑了。正是：芙蓉生在秋江上，莫怨春風當自嗟。問芙蓉在秋水怨何如。（介）

【前腔】（生、犬上）為慈幃，幽明兩地苦奔馳。只因娘變為靈犬，幸得遇與同歸。娘耶！逢人不用汪汪吠，在路須當步步隨。同孤子返故閭，容兒追薦上天衢。（犬走下）

（生）救娘幸已成功果，逐犬須當尚緊行。（下）（犬上拜佛）（扯旦衣介）（旦驚叫介）

（占上）忽聞喊叫聲，使我心驚恐。為甚大驚小怪？

【玉抱肚】（旦）忽然有狗，入庵來佛前稽首。回頭咬我衣裾。（占扯犬開）（犬叫介）（旦）叫時節便如人吼。（合）這場蹺怪，料應他有甚冤尤，不是冤家不聚頭。

【前腔】（占）令人偦儚，這般事從來沒有。犬，你果然是他債主冤家，你叫三聲扯住他衣袖。（犬叫扯介）（合前）

（占）且將此犬鎖在經房之中，同往門前看着。（介）

【前腔】（生上）忽然犬走，向前奔令人落後。分明是入此庵中，我只得向前分剖。卑人從買此犬，一路上來並不走入人家，今乃入此庵中呵。（合前）（生入見介）

【不是路】（旦）你是何處闍黎，來勢匆匆因甚的。（生）告優尼，只因犬入庵門裏。（旦）你念阿彌，緣何帶犬隨身已，其中必有多情弊。（生背唱）我淚偷垂，欲言又自增惶愧。（旦）你要尋此犬，要說原由。（生）這原由不堪提起。（叠）

（旦）說到不說，怎般啼哭，我曉得了！

【古梁州】和尚莫不是寺中司吠？（生）司吠乃守犬也，這個不是。（旦）莫不是喪家無倚？（生）喪家乃亡犬也，這也不是。（旦）莫不是搏兔韓獹？（生）韓獹乃獵犬也，也不是。（旦）莫不是旅獒堪比？（生）旅獒乃奇犬也，這也不是。（占）我老人家猜着你了。莫不是他性會傳書？（生）傳書乃信犬也，也不是。（占）莫不是他恩能蘸水？（生）蘸水乃義犬也，也不是。（占）莫不是他不厭家貧？（生）不厭家貧仁犬也，這也不是。（占）莫不是雲中異類？（生）雲中異類仙犬也。佛經云，玉犬雲中吠，泥牛海底耕。畧畧猜着些也，還不是！（旦）咳，這不是那不是，你是僧我是尼，論僧尼事同一體，何不明明白白說個詳細。

（生私云）尼姑言之有理，出家之人，事同一體，何須忌諱？優尼在上，卑人從直訴來，萬勿見哂。

（旦）但自說來。

【前腔】（生）叨承清誨，敢敷心膂。念卑人為家堂不信神祇，怕死後墜在陰司獄裏。因此上將他屍身焚化，挑往西天拜見牟尼，期母子同沾佛力。西天活佛，本欲就為我老母超生，奈他屍身已化，魂魄俱消，須是變為犬類。犬之性猶人之性也。借伊血氣，附此精靈，方可超生去。（旦）呵，原來有此！以出家而盡心救母，以生人而能入陰司，此皆人所難能，誠天下之異人也。敢問原籍何方人氏？（生）原籍是南耶城內。（旦）南耶相去不遠，是那一家？（生）家君是傅相，家堂是劉氏青提。（占向旦云）他父親傅相，母親劉氏，莫非就是羅卜官人？（旦躱後云）天下同名同姓者多，可問禪師，他未出家時是何名字？（占問介）（生）念卑人是傅家羅卜。（占）羅卜官人就是閣下！曾定親否？（生）曾定婚於曹氏。（占）旣然如此，丈人何字？妻子何名？曾娶過門否？（生）丈人是獻忠大人，妻子是賽英小姐。為往西天救母，不曾與他匹配夫妻。

【玉交枝】（旦私唱）聽伊訴語，我心中頓生慘戚。（入房抱犬介）却纔怪是犬驚人。天！又誰知却是我的婆尋媳。婆耶，你原在生呵，我無緣對面不相逢。奴今在此呵，你有緣千里來相會。覩物傷情，令人痛悲。

可送此犬還孝子去。（犬出抱生）

（生哭云）娘！一時走向前來，孩兒不勝之憂也。

（占）犬已在矣，何用悲傷？

（生）此犬老娘所變，見犬如見老娘了！

【前腔】衷情難已，不由人悲傷痛泣。怪伊家打話的小優尼，他因甚恁般哀戚。子之哭也，一似重有憂者。令人心下暗猜疑，望伊行說與吾端的，為甚悲傷，有何來歷？

【前腔】（占）念伊是曹氏。（生）曹氏何名？（占）你的妻子，名喚賽英小姐。（生）然也。（占）賽英便是他名兒。（生）小姐為何到此？（占）只為他晚娘逼嫁不相依，他便剪下了頭髮為尼。羅卜官人，你撇了小姐，是流水無心戀落花；小姐為尼，可憐他落花有意隨流水。這點丹心，惟天鑒取。

（生）原來有此呵！

【前腔】感伊厚意,歎生來面無相識。似這等未婚守節世間稀,古今烈女皆難比。雖蒙小姐厚意,惜此生不能報答了。(占)何故言此?(生)他是個南海清清觀世音,我也是個西方淨淨彌陀佛。這段恩情如何報得?

(占)我兒出來,請禪師一拜。

(旦)適纔無意相逢,而今何顏相見!

【川撥棹】(占)今日裏事非偶耳。(叠)這犬入庵是天留意。天意令你一會,你今不從,潔身之義雖高,結髮之情安在?(旦)師父差矣!結髮今為了斷髮人,多情已做了無情輩。(犬扯旦介)(旦哭云)罷了!婆耶!(合)就是鐵打心腸也痛悲,不由人不珠淚垂。

(占扯旦出云)禪師,小尼敢請一拜!

【前腔】(生)卑人薄義,累伊家身無所倚。(旦)説那裏話!今日裏男出了家來女出了家,各人須盡清修職。(犬兩扯介)(生)罷了,娘耶!(旦)罷了,婆耶!(合前)

【尾】(占)好也!這僧非俗子,這尼非凡女。你兩個一個盡孝,一個盡節,謂僧為孝子可也,謂尼為烈女可也,誰云削髮盡是滅倫,兩人節孝孚天地。(向尼云)我兒,皇天不負善心人!(向僧云)禪師,皇天不負孝心人!料天、天也自相周濟,萬古流傳,使人作話題。不知令堂何以超生?

(生)蒙世尊指引,中元佳節之日,地官赦罪之辰,廣召僧尼,大建盂蘭盆會,庶幾老母可以超生。

(占)既然如此,我師徒二人如期執經從事。

(生)多謝多謝!

  (生)人生聚散總由天,(占)説是無緣尚有緣。
  (旦)天意人情憐孝子,(合)會看救母共登仙。

目 連 到 家

末—益利　生—羅卜　犬

【天下樂】（末上）東人一去無音信，使寸心終日牽縈。齋僧供佛與看經，長是盡此心忱敬。

燭焰香煙靄佛堂，感時懷主思茫茫。淚痕多似三春雨，拭盡千行更萬行。益利自東人去後，照管家事，一如舊規。堪羨主母曹氏，未婚守節，日前送些錢米到彼庵中，皆不肯受，後蒙老尼為建道場，保佑東人。東人東人，你因救母去了一十六年；小姐小姐，你今為尼受了百千萬苦。一個盡孝，一個盡節，墨名儒行，世之罕有。但東人去後，杳杳無音，終日掛念，何時是了！

【醉扶歸】東人獨往西天，是為客正當無雁處，這故園空望有書回。你餐風宿水歷艱危，我望日瞻雲彈珠淚。寸心爭忍不成灰。老天！知甚日又得個重相會。

這幾日家事所絆，不曾到老員外墳上去看，不免前去看顧一番，多少是好！

（詩）老僕不忘三父義，誰云難保百年墳。（弔）

【梅花引】（生上）西遊今日始東歸，經故地，愈傷悲。親塚淒涼，我久違拜祭，瀟瀟風木夜烏啼，問泉下有人可曾知未？

自別家鄉十六秋，思親懷土恨悠悠。如今淚滴家鄉土，不見雙親空淚流。來到此間，乃是我爹爹墳墓，犬亦有知，先向墳前叩首去了。（末上望介）

【玉雁兒】（生）兒因救母，撇孤墳不能看顧。豈知娘變為靈狗，在這墓前稽首。爹！娘！哭翻銀海淚流枯，賣盡金山也難贖。訴不盡心中苦楚。（合）叫一聲娘來，娘！你在何處所？叫一聲爹來，爹！你在何處所？（末）你是那裏和尚，帶着犬來到我老員外墳前這般樣哭？（生）你莫不是益利？（末）我是益利，你是何人？（生）卑人是羅卜。（末）原來就是東人！認不得了。（抱生哭介）

（生）難怪你了！撇離有一十六秋。當時分別呵，我少年，伊家是壯夫。今日相逢呵，我壯夫，伊家又是皓首。傷心滿目故人疎，只有個山青水綠還似舊。堪歎人生尤如朝露。（末）叫一聲老安人在何處所，叫一聲老東人在何處所。

（末）別後事體若何？

【前腔】（生）自那日挑經挑母，到西天拜見活佛。他教我救娘時須自投陰府。（末）東人可曾去否？（生）我尋至那阿鼻地獄。（末）可見老安人否？（生）見安人恁般苦楚，須臾母子又分手。十殿尋娘知變狗。（生合前）（末合前）

（末）陰司亦無分曉，怎使我安人變犬？

（生）十殿大王因我救母，感動天神，本要便賜老母超生，奈他屍身焚化，魂魄消磨，所以變為此犬，借他血氣，方可脫化。

（末）原來如此！東人，恭喜恭喜！

【玉山供】（末）細推今古，為子的誰無父母？誰似我東人，歷遍了十萬里的程途，遊遍了十八重的陰府。天上人間從來未有。原來此犬是我老安人所變！（犬咬末衣介）（末）罷了，老安人。（合）須知兒不嫌母醜，全仗神天超度我哀哉父母。

敢請東人拜辭墳墓，一同回家。（行介）

【前腔】（生）溪山如舊，歎親鄰已多非故。（末）請東人拜謝家堂香火。（生）謝神明陰中相護。益利，更喜依然是滿堂香燭，不負當初臨行囑咐。（合前）

七月十五，乃地官赦罪之辰，諸佛解憂之日，大設盂蘭盆會，我母所以超生。還有西天十友，他許我如期俱來相助。

（末）幸遇東人今日回，喜從天降笑顏開。

（生）明朝大設盂蘭會，見母超生始稱懷。

曹氏赴會

占—老尼　旦—賽英

【菊花新引】（占）人生百行孝為先，力孝須知可格天。如約赴經筵，也見我禪門義腆。

孝義根天性，人多為欲遷。佳兒心不變，救母使登仙。老尼張煉師是也。前日目連禪師到此尋犬，期定中元佳節薦母升天。我見此人容貌異常，許他我二人如期從事，一則慈悲之心，固以度人為本；二則盂蘭之會，亦以有事為榮。不免喚出徒弟，同行則個。（叫介）

【前腔】（旦）關門鎮日定心禪，正一輪明月中天。風度寶爐煙，送出了九重佛殿。（見介）（問介）

（占）你不記得了？前日許定目連禪師，中元佳節追薦他娘親，我和你如期從事。

（旦）小尼非不記得，但我與目連曾訂百年之約，因從禪學，未諧二姓之歡。雖知色則是空，已絕塵緣之念；尤恐空仍是色，又生嫌忌之心。是以欲去而亦不果去，當行而亦不敢行。望師尊前去申達此情，小徒幸甚，伊家亦幸甚也。

（占）説那裏話！不曰堅乎磨而不磷！不曰白乎涅而不緇！此度盂蘭大會，合天神、地祇、人鬼，罔不同臨；盡闍黎、知觀、女冠，無不畢至。誦萬法皈依之寶懺，散四時不謝之奇花。楊柳枝頭，灑出九龍法水；菩提座下，兆開九品紅蓮。雖居燕越，尚欲來觀；況屬朱陳，何生嫌忌！可捧佛經，就此前去！

【清江引】（旦）尼姑本是仙家女，清淨非凡侶。（占）你當時鸞鳳盟，此日僧尼異。兩人心一般兒清似水。（下）

十友赴會
小　丑—十友

【菊花新引】（小、丑）故人東去路漫漫，望月瞻雲思未闌。有約赴經壇，今日裏程途須趕。

金剛山上結金蘭，齊入奇闈共歲寒。約定中元佳節日，共成善果赴經壇。自家張佑大、李純元是也。兄弟十人，原在金剛山，與大兄傅羅卜結拜，後到西天講道多年。前日師兄救母前去，我世尊期定中元之日，令師兄目連大建盂蘭盆會，命我等十人如期從事，共成大業。今在途中，不免喚動山神，整齊鶴駕，催促雲程，一時早到。

【步步嬌】（小、丑）十人遠赴盂蘭會，跨鶴騰雲去。纔過了爛沙池，又過却火焰寒冰，早來到中原福地。這金剛山下，許多田地，何人耕種？（內應）當時是張佑大、李純元強盜占了，自他去後，都是良民耕種。（小、丑）大半主人非，城廓原無異。

【清江引】（小、丑）論師兄孝義人難比，來往幽明地。奔馳十六年，寧耐如一日。此行輔助師兄，為母超生，使人間世世為法則。（下）

盂蘭大會
生—目連　淨—和尚　旦、占—尼姑　末—益利
外—傅相　夫—劉氏　小丑—十友

【生查子】（生）佳節值中元，大建追修典。十友未來臨，使我心憂念。

當時西天拜別活佛，許定中元十友俱至，輔成大功。今尚未到，使人憂念。

【前腔】（小、丑）十友離西天，相助同追薦。救母早登仙，方表神通顯。（見介）（敘事介）

（丑）犬乃純陽之獸，又能超生。

（生）西方十友已至，列位請上。

【前腔】（淨）遠近衆僧尼，今日都來遍。（旦、占）大會建華筵，期遂追修願。

（淨）今日僧尼大會，何人主壇？

（丑）十友乃結義兄弟，自家和尚做不得自家齋，還勞老師主壇。

（淨）老人家對佛防神倦，看經認字遲。不中用也。

（生）人惟求舊，還煩老師。

（淨）既然如此，不敢多讓了。（鋪設介）（請神念經，同前做齋）

（淨）上來謹謹焚香，一心拜請天曹地府、水國陽元、四部神靈降臨壇上。法水一灑而壓穢，清淨仙樂一奏，而天地清寧。今為孝子傅羅卜，一心救母，削髮為僧，贖犬歸家。仗此中元佳節，地官赦罪之辰，大設道場，普叨佛力，拔亡於幽明之府，超生於快樂之宮。再念祖宗先遠，未報深恩，普叨追薦，繩繩齊度於仙橋，濟濟誕登於道岸。下曁孤魂野鬼，一齊脫化超生。敢迎海衆之同臨，請看天花之亂墜。（散花同做齋科）

（淨打法尺云）肅靜。

【煞尾】（淨）雲中忽聽呼仙犬，（生）仿佛娘親在面前。（夫）仗此良因答上天，（生）子母孤恓不盡言。

（外）一封丹鳳詔，飛下九重天。玉旨已到，跪聽宣讀。玉帝詔曰：惟德動天，惟天眷德。今見孝子傅羅卜，盡心救母，封為九天十地總管諸部仁孝大善菩薩；曹氏未婚守節，封為蕊宮貞烈仙姬。其父傅相加封勸善大師，母劉氏封為勸善夫人，益利封為仙官掌門大使，張佑大等輔友有功，封為天曹諸部大元帥。嗚呼！逍遙快樂，天之報人者，不為不腆；憂勤惕勵，人之感天者，不可不嚴。服此休加，永昭獎勸。謝恩！

（衆）聖壽聖壽！

（夫）員外！

（生）爹爹，不圖今日復見仙官威儀。

（外）安人之苦，孩兒之孝，今不盡言。只是虧了曹氏，賢哉賢哉！

（旦拜外介）奴居人世，不能奉侍公姑。今日天書，冒得列於仙眷。多愧多愧！

（外）雖云未為媳婦，今同列於仙曹，可喜可喜！

（衆）就此拜謝天地神明便了！

【永團圓】（衆）一家今日皆仙眷，喜骨肉共團圓。感得天天相憐念，願已遂，緣非淺。這隆恩盛典，感謝情何限。我而今奉勸、奉勸人間，須是大家為善，善皆如大目連。父母劬勞也，須是追薦，追薦共登仙，不枉了平生願。三教由來本不偏，萬古永流傳。

目連戲願三宵畢，施主陰功萬世昌。

勸善記跋

　　高石鄭先生，予母太孺人之表弟也。弱冠補邑庠，較藝屢冠，諸士人以異材目之，先生亦以天下為己任。予自幼聆先生緒論，見其學貫天人，識超古今，里人有不決之疑、不平之鳴，咸質成焉。先生一言，靡不渙然冰釋瓦解也。中年棄舉子業，遨遊於山水間，常謂人曰：予不獲立功於國，獨不能立德立言以垂訓天下後世乎！暇日取目連傳，括成《勸善記》叁冊，予詳觀之，不過假借其事，以寓勸善懲惡之意。至於崇正之說，未嘗不嚴。其有關於世教不小矣！好事者不憚千里求其稿，贍寫不給，乃繡之梓，以應求者。鶴墩葉副憲翁已叙諸首矣！予不必僭，跋於末簡，亦以見先生立言之一端也。

　　時萬曆壬午夏五月吉旦，都昌承敕進修職佐郎光祿寺掌醢署監事眷甥胡天祿惟賢頓首拜書。